PROLOG

Die Zeit ist abgelaufen, dachte sie. So ist es also, wenn man stirbt.

Sie schlug mit dem Kopf auf den Asphalt auf, ihr Bewusstsein trübte sich. Die Angst verschwand zusammen mit der Wahrnehmung von Geräuschen. Es herrschte Stille.

Ihre Gedanken waren ruhig und klar. Bauch und Geschlecht pressten sich auf die Erde, Eis und Schotter an Haar und Wange.

Wie eigentümlich doch alles sein konnte, wie wenig man im Grunde vorhersehen konnte. Wer hätte ahnen können, dass es ausgerechnet hier geschehen würde? An einer fremden Küste, hoch im Norden.

Dann sah sie den Jungen wieder vor sich, seine ausgestreckten Arme, empfand das Entsetzen, hörte die Schüsse, wurde von Tränen und dem Gefühl der eigenen Unvollkommenheit erfüllt.

«Verzeih», flüsterte sie. «Verzeih mir meine Feigheit, meine erbärmliche Unfähigkeit.»

Plötzlich spürte sie wieder den Wind. Er schmerzte, zerrte an ihrer großen Tasche. Die Geräusche kehrten zurück, ihr Fuß tat weh. Sie wurde sich der Kälte und der Feuchtigkeit bewusst, die durch ihre Jeans krochen. Sie war nur gestolpert, nicht getroffen worden. Ihr Kopf leerte sich wieder, bis nur ein einziger Gedanke blieb.

Weg hier.

Sie stemmte sich hoch auf alle viere, der Wind warf sie wieder zu Boden, sie stand auf. Die umstehenden Gebäude machten die Windböen unberechenbar, sie fuhren, vom Meer kommend, die Straße herauf wie unbarmherzige Stockschläge.

Ich muss hier weg. Sofort.

Sie wusste, dass der Mann irgendwo hinter ihr war. Er versperrte ihr den Weg zurück in die Stadt, sie saß fest.

Ich darf nicht im Scheinwerferlicht stehen bleiben. Ich muss fort. *Fort!*

Eine neuerliche Windbö verschlug ihr den Atem. Sie schnappte nach Luft, drehte ihr den Rücken zu, noch mehr gelbe Scheinwerfer, die aus all dem Schäbigen Gold machten, wo sollte sie hin?

Sie nahm die Tasche und lief mit dem Wind im Rücken auf ein Gebäude zu, dessen Längsseite parallel zum Wasser verlief. Ein langer Ladekai führte daran vorbei. Der Wind hatte einiges Gerümpel umgeweht, was zum Teufel war das? Eine Treppe? Ein Schornstein! Möbel. Ein gynäkologischer Behandlungsstuhl. Ein Ford-T. Das Cockpit eines Kampfflugzeugs.

Sie schwang sich auf den Kai hinauf, riss die Tasche hoch, kreuzte zwischen Badewannen und Schulbänken hindurch und verkroch sich hinter einem alten Schreibtisch.

Er findet mich, dachte sie. Es ist nur eine Frage der Zeit. Er wird niemals aufgeben.

Sie kauerte sich zusammen wie ein Embryo, schwankend, keuchend, nass von Schweiß und Straßendreck. Begriff, dass sie in die Falle gegangen war. Hier kam sie nicht mehr weg. Er brauchte nur zu ihr zu kommen, den Revolver an ihren Hinterkopf zu setzen und abzudrücken.

Vorsichtig lugte sie an den Schubladen vorbei, konnte aber nichts sehen außer Eis und Lagerhallen, die in gelbes Scheinwerfergold getaucht waren.

Ich muss warten, dachte sie. Ich muss herausfinden, wo er ist. Dann erst kann ich versuchen abzuhauen.

Nach ein paar Minuten taten ihr die Kniekehlen weh. Ober- und Unterschenkel wurden taub, die Fußgelenke brannten, besonders das linke. Sie musste es sich bei ihrem Sturz verstaucht haben. Blut tropfte aus einer Wunde an der Stirn auf den Kai.

Dann sah sie ihn. Er stand an der Kaikante, drei Meter von ihr entfernt, sie sah sein markantes Profil im Dunkeln vor dem gelben Lichtschein. Der Wind trug sein Flüstern zu ihr.

«Aida.»

Sie krümmte sich zusammen und schloss fest die Augen, machte sich klein, zu einem unsichtbaren Tier.

«Aida, ich weiß, dass du hier bist.»

Sie atmete mit offenem Mund und wartete. Der Wind war auf seiner Seite, machte seine Schritte lautlos. Als sie das nächste Mal aufschaute, ging er auf der anderen Seite der breiten Straße am Zaun entlang, die Waffe diskret unter der Jacke in Bereitschaft. Sie atmete schneller, in unregelmäßigen Schüben, ihr wurde schwindlig. Als er um die Ecke und in das blaue Lagerhaus hineinglitt, stand sie auf, sprang auf den Asphalt hinunter und lief. Ihre Füße donnerten, verräterischer Wind, die Tasche schlug gegen den Rücken, sie hatte Haare in den Augen.

Sie hörte den Schuss nicht, spürte nur, wie die Kugel an ihrem Kopf vorbeipfiff, und begann Zickzack zu laufen, schlug abrupte, willkürliche Haken. Ein neues Pfeifen, ein neuer Haken.

Plötzlich endete das Land, und die rasende Ostsee lag vor ihr. Wellen wie Segel, scharf wie Glas. Sie zögerte nur einen Moment.

Der Mann trat an die Kaikante, von der die Frau gesprungen war, und spähte auf das Meer hinaus. Seine Augen verengten sich zu Schlitzen, die Waffe war schussbereit. Vergeblich versuchte er, ihren Kopf zwischen den Wellen auszumachen.
Das würde sie nie schaffen. Es war zu kalt, der Wind war zu stark. Es war zu spät.
Zu spät für Aida aus Bijeljina. Sie war zu groß geworden. Sie war zu einsam.
Er blieb noch einen Moment in der beißenden Kälte stehen. Der Wind schlug ihm entgegen, schleuderte Eisstücke in sein Gesicht.
Das Geräusch, das der Anlasser des Scania hinter ihm machte, wurde verweht, fort, nach hinten, drang niemals zu ihm durch. Der Sattelschlepper glitt im Goldschein lautlos, spurlos davon.

TEIL 1

OKTOBER

Ich bin kein böser Mensch

Ich bin ein Produkt meiner Lebensbedingungen und der Umstände. Alle Menschen werden in das gleiche Leben geboren, nur die Voraussetzungen unterscheiden sich: die genetischen, kulturellen, sozialen.
Ich habe getötet, das ist wahr, aber letztlich uninteressant. Die Frage ist vielmehr, ob ein Mensch, der nicht mehr lebt, es überhaupt noch verdient hat zu leben. Ich kenne meinen Standpunkt, aber er braucht nicht mit dem anderer übereinzustimmen.
Man mag mich gewalttätig finden, was aber nichts mit Bösartigkeit zu tun haben muss. Gewalt ist Macht, genau wie Geld oder Einfluss. Wer sich entschließt, Gewalt als ein Werkzeug zu benutzen, kann dies auch ohne Bösartigkeit tun. Den Preis muss man allerdings immer bezahlen.
Der Griff zur Gewalt ist nicht gratis, du musst deine Seele dafür verpfänden. Dadurch sind die Einsätze unterschiedlich hoch, für mich gab es nicht viel zu verlieren.
Die Leere wird anschließend mit den notwendigen Voraussetzungen gefüllt, um die Gewalt wirklich ausüben zu können, die Bösartigkeit ist eine davon, Verzweiflung eine andere, Rache eine dritte, rasende Wut eine vierte, und bei den Kranken die Lust.
Und ich bin kein böser Mensch.
Ich bin ein Produkt meiner Lebensbedingungen und der Umstände.

SONNTAG, 28. OKTOBER

Der Securitas-Wachmann war aufmerksam. Überall konnte man die Verwüstungen durch den nächtlichen Orkan sehen – umgestürzte Bäume, Blechteile von Lagerhallen und Dächern, verstreute Waren.

Als er den Freihafen erreichte, bremste er abrupt. Auf dem breiten Platz direkt am Meer lag das Innere eines Flugzeugcockpits, medizinische Ausrüstung, Teile eines Badezimmers. Es dauerte ein paar Sekunden, bis der Wachmann begriff, was er betrachtete: Wrackteile aus dem Requisitenvorrat des schwedischen Fernsehens.

Die toten Menschen sah er erst, als er den Motor abgestellt und den Gurt gelöst hatte. Seltsamerweise war er weder entsetzt noch schockiert. Die schwarz gekleideten Leichen lagen vor der beschädigten Treppe aus einer längst abgesetzten Fernsehserie. Noch ehe er aus dem Wagen gestiegen war, wusste er, dass die zwei Männer ermordet worden waren. Dazu bedurfte es keiner größeren Kombinationsfähigkeit. Die Schädel der beiden fehlten zum Teil, und etwas Klebriges war stattdessen auf den vereisten Asphalt gelaufen.

Ohne sich Gedanken über seine eigene Sicherheit zu machen, verließ der Wachmann sein Auto und ging zu den Männern, die nur wenige Meter von ihm entfernt lagen. Seine Reaktion ließ sich am ehesten noch mit Verwunderung vergleichen. Die Leichen sahen äußerst seltsam aus, wie kleine Brüder von

Marty Feldman. Die Augen waren ihnen halb aus den Höhlen getreten, die Zungen hingen heraus, beide hatten eine kleine Markierung auf dem Kopf, und beiden fehlte ein Ohr und, wie gesagt, große Teile von Hinterkopf und Hals.

Der Lebende betrachtete die beiden Toten eine Weile, wie lange, konnte er später nicht genau sagen, bis eine verspätete Sturmböe zwischen den Silos der Raiffeisenkooperative hindurchfuhr und ihn zu Boden warf. Er fing sich mit den Armen ab und setzte dabei unabsichtlich die rechte Hand in die ausgelaufene Hirnsubstanz einer der Leichen. Das Gefühl des kalten, zähflüssigen Breis zwischen den Fingern löste bei dem Lebenden augenblicklich heftige Übelkeit aus. Er erbrach sich auf die Stoßstange seines Autos und wischte die klebrige Masse anschließend wie wild an den Plüschbezügen des Fahrersitzes ab.

Um 05.31 Uhr wurde die Einsatzzentrale der Polizei auf Kungsholmen in Stockholm vom Freihafen aus alarmiert. Drei Minuten später erreichte die Nachricht das *Abendblatt*. Es war Leif, der anrief.

«Wagen 1120 und zwei Krankenwagen sind unterwegs zum Värtanhafen.»

Um diese Uhrzeit, neunundvierzig Minuten nach Redaktionsschluss und sechsundzwanzig Minuten bevor die Zeitung in Druck ging, herrschte in der Redaktion wie gewöhnlich ein konzentriertes und kreatives Chaos. Die Redakteure hackten mit rot unterlaufenen Augen die letzten Überschriften in den Computer, gaben Formulierungen in Aufmachern und Bildtexten den letzten Schliff und berichtigten Satzfehler. Jansson, der Nachtchef, war damit beschäftigt, Umbrüche zu prüfen und Seiten auf der neuen elektronischen Datenautobahn zur Druckerei zu schicken.

Die Mitarbeiterin, die in dieser Situation die Informationen von außen entgegennehmen musste, war die Textredakteurin der Nachtredaktion, Annika Bengtzon.
«Das heißt?», fragte sie und machte sich in Windeseile Notizen auf einem Post-it-Zettel.
«Mindestens zwei Morde», erwiderte Leif und brach das Gespräch ab, um die Neuigkeit auch noch bei der nächsten Zeitung als Erster verkünden zu können. Wer als Zweiter mit einem Tipp kam, erhielt kein Geld.
Annika stand auf und ließ gleichzeitig den Hörer auf die Gabel fallen.
«Zwei Tote im Värtan, möglicherweise Mord, nicht bestätigt», sagte sie zu Janssons Hinterkopf. «Willst du es in der überregionalen Ausgabe bringen?»
«Nein», sagte der Hinterkopf.
«Soll ich es Carl und Bertil geben?», erkundigte sie sich.
«Ja», antwortete der Hinterkopf.
Sie ging zum Reporterstand, den gelben Zettel wie eine Flagge an ihrem Zeigefinger festgeklebt.
«Jansson möchte, dass du dir das mal anschaust», sagte sie und zielte mit dem Finger auf den Reporter.
Carl Wennergren zog den Zettel mit einem leicht angeekelten Gesichtsausdruck ab.
«Bertil Strand ist gekommen, falls ihr rausfahren müsst», sagte sie. «Er ist unten im Fotolabor.»
Annika machte auf dem Absatz kehrt und ging weg, ohne Carls Antwort abzuwarten. Die beiden hatten nicht gerade das herzlichste Verhältnis. Sie ließ sich auf ihren Stuhl fallen, ihr Kopf war müde. Es war eine sehr anstrengende Nacht gewesen, mit zahlreichen Paraden auf der Torlinie. Ein Orkan war am gestrigen Abend über Schonen hinweggefegt und

dann Richtung Norden über das ganze Land gezogen. Das *Abendblatt* hatte sich viel Mühe gegeben, den Verlauf des Unwetters zu verfolgen, und war dabei ausgesprochen erfolgreich gewesen. Sie hatten es geschafft, Reporter und Fotografen mit dem letzten Flug zum Malmöer Flughafen Sturup zu bringen, um die Redaktion in Malmö zu verstärken. Die Journalisten in Växjö und Göteborg hatten die ganze Nacht durchgearbeitet, unterstützt von einer ganzen Heerschar freier Mitarbeiter für Text und Fotos. Das ganze Material war auf dem Nachtdesk gelandet, und Annikas Aufgabe war es gewesen, die einzelnen Artikel zusammenzustellen und zu strukturieren, was bedeutete, dass sie jeden einzelnen von ihnen umschreiben musste, damit sie zueinander und in den Zusammenhang passten. Trotzdem war ihr Name in der Zeitung nirgendwo zu lesen, wenn man einmal von der Faktenübersicht über Orkane absah, die sie schon im Voraus erarbeitet hatte. Sie war Textredakteurin, eine von all jenen anonymen Journalisten, die im Hintergrund arbeiteten.

«Verdammter Mist!», schnauzte Jansson plötzlich. «Das dämliche Gelb im Bild auf der ersten Seite ist nicht rübergegangen. Verdammter Mist ...»

Er warf sich in Richtung Fotodesk und rief nach dem Fotoredakteur Pelle Oscarsson. Annika lächelte matt, du schöne, neue Welt. Wenn man den Zukunftspropheten Glauben schenkte, würde die digitale Technik alles schneller, sicherer, einfacher machen. In Wirklichkeit wohnte aber ein kleiner Teufel in der ISDN-Leitung zur Druckerei, der in unregelmäßigen Abständen eine der Farbdateien schluckte, meistens die gelbe. Wenn der Fehler nicht entdeckt wurde, führte dies zu äußerst eigenartigen Fotos in der Zeitung. Jansson behauptete, der Farbfresser sei der gleiche Teufel, der auch in

seiner Waschmaschine wohne und andauernd einen Strumpf esse.
«ISDN», schnaubte der Nachtchef hinter seinem Platz, nachdem er die Katastrophe abgewendet und das Bild erneut losgeschickt hatte. «Ich Schluck Die Nachricht.»
Annika packte die Sachen auf ihrem Tisch zusammen.
«Ist doch alles ganz gut geworden, oder?», fragte sie.
Jansson ließ sich auf seinen Stuhl fallen und steckte sich eine unangezündete Blend zwischen die Zähne.
«Du hast verdammt gut gearbeitet heute Nacht», sagte er und nickte anerkennend. «Ich habe die Originaltexte gesehen. Du hast sie echt klasse zusammengestrickt.»
«Es ist ganz okay geworden», meinte Annika verlegen.
«Was sind das für Tote im Hafen?»
Annika zuckte mit den Schultern.
«Keine Ahnung. Soll ich mich mal umhören?»
Jansson stand auf und ging zur Raucherecke.
«Tu das», sagte er.
Sie fing mit der Notrufzentrale an.
«Wir haben zwei Krankenwagen geschickt», bestätigte der dortige Einsatzleiter.
«Keine Polizeileichenwagen?», wollte Annika wissen.
«Darüber haben wir nachgedacht, aber es war ein Wachmann, der anrief. Wir haben Krankenwagen geschickt.»
Annika machte sich Notizen. Leichenwagen wurden nur dann geschickt, wenn es völlig sicher war, dass die Opfer tot waren. Nach den geltenden Regeln durften Polizisten erst dann Polizeileichenwagen anfordern, wenn der Kopf des Opfers vom Körper abgetrennt war.
Es war nicht leicht, bei der Einsatzzentrale der Polizei durchzukommen. Es dauerte mehrere Minuten, ehe jemand an den

Apparat ging. Dann dauerte es weitere fünf Minuten, bis der Dienst habende Beamte sich freimachen konnte. Als er schließlich den Hörer ergriff, waren seine Auskünfte klar und präzise.

«Wir haben zwei Tote», sagte er. «Zwei Männer. Erschossen. Wir können noch nicht sagen, ob es sich um Mord oder Selbstmord handelt. Sie müssen später noch einmal anrufen.»

«Sie wurden im Freihafen gefunden», sagte Annika schnell. «Was sagt Ihnen das?»

Der Wachhabende zögerte.

«Ich kann zum jetzigen Zeitpunkt noch keine Schlussfolgerungen ziehen», meinte er. «Aber Ihrer Phantasie sind keine Grenzen gesetzt.»

Als sie den Hörer aufgelegt hatte, wusste sie, dass der Doppelmord die Zeitung für mehrere Tage dominieren würde. Aus irgendeinem Grund waren zwei Morde nicht nur doppelt so aufregend wie ein Mord, sondern noch viel sensationeller. Sie überlegte, ob sie sich einen Becher Kaffee holen sollte. Sie hatte Durst und war schlapp, er würde ihr gut tun. Aber Koffein um diese Zeit des Tages würde sie bis weit in den Vormittag hinein hellwach an die Decke starren lassen, während ihr die Müdigkeit in allen Knochen steckte.

Ach, was soll's, dachte sie und ging zum Automaten.

Sie setzte sich an ihren Platz am Nachtdesk und legte die Füße auf den Schreibtisch.

Ein kleiner Doppelmord im Freihafen, so kann es gehen.

Sie blies auf den Kaffee.

Dass die Opfer erschossen worden waren, wies darauf hin, dass hier keine Unglücksbrüder im Suff aneinander geraten waren. Penner brachten sich gegenseitig mit Messern, Flaschen, Fäusten, Tritten oder Stößen vom Balkon um. Wenn

sie an Waffen herangekommen wären, hätten sie sie verhökert und sich Schnaps dafür gekauft.
Sie kippte das Getränk herunter, warf den Plastikbecher weg, ging auf die Toilette und trank Wasser.
Zwei Männer, das ließ nun wirklich nicht auf Mord und darauf folgenden Selbstmord schließen, nicht im Freihafen während eines Orkans. Eifersucht schied als Motiv aller Voraussicht nach aus, was bedeutete, dass Spekulationen über journalistisch etwas ergiebigere Motive Tür und Tor geöffnet waren. Eine Abrechnung unter Kriminellen, von Motorradgangs über verschiedene Mafiagruppierungen bis hin zu wirtschaftlichen Syndikaten. Politische Motive. Internationale Verwicklungen.
Annika ging zu ihrem Platz zurück. Eines wusste sie mit Sicherheit: Sie würde nicht einmal ansatzweise in die Nähe dieser Morde gelangen. Andere würden den Fall für das *Abendblatt* verfolgen. Sie holte ihre Jacke.
An den Wochenenden gab es keine spezielle Morgenredaktion, sodass Jansson bleiben würde, bis alle Vorortauflagen auch in Druck gegangen waren. Annika hörte um sechs Uhr auf.
«Ich hau jetzt ab», sagte sie, als der Nachtchef an ihr vorbeikam. Er sah todmüde aus, hätte gern gesehen, dass sie noch blieb.
«Willst du nicht auf die Zeitung warten?», fragte er.
Die Zeitungsstöße kamen eine Viertelstunde nach Andruck mit einem Botenwagen aus der Druckerei. Annika schüttelte den Kopf, bestellte sich ein Taxi, stand auf, zog Jacke, Schal und Handschuhe an.
«Könntest du heute Abend vielleicht ein bisschen früher kommen?», rief Jansson ihr hinterher. «Um nach dieser Orkanhölle aufzuräumen?»

Annika hob ihre Tasche hoch und zuckte mit den Schultern. «Wer hat schon ein Privatleben?»

Thomas Samuelsson berührte leicht den Bauch seiner Frau. Die frühere Härte war verschwunden, die Haut war weich und warm unter seinen Händen. Seit Eleonor Büroleiterin in der Bank war, hatte sie einfach nicht mehr die Zeit, so hart zu trainieren wie früher.

Er ließ seine Hand langsam über den Nabel herabgleiten, fand die Leiste, folgte mit dem Zeigefinger sachte der Falte und glitt zwischen die Schenkel, fühlte das Haar, fand die Feuchtigkeit.

«Lass das», murmelte seine Frau und drehte sich von ihm weg.

Er seufzte und rollte sich auf den Rücken, seine Erregung pochte wie ein Hammer. Er verschränkte die Finger, legte die Hände unter den Kopf und starrte an die Decke. Er hörte, wie ihre Atemzüge wieder flach und ruhig wurden. In letzter Zeit wollte sie nie.

Ärgerlich schlug er die Decke beiseite und ging nackt in die Küche, wobei sein Schwanz herabbaumelte wie eine vertrocknete Tulpe. Er trank Wasser aus einem ungespülten Glas, gab Kaffeepulver in einen neuen Filter und schaltete die Kaffeemaschine ein, ging auf die Toilette und pinkelte. Im Badezimmerspiegel sah er, dass ihm die Haare zu Berge standen, was ihm ein unbeschwertes Aussehen gab, das besser zu seinem Alter passte. Er fuhr sich mit den Händen durch die Haarmähne.

Es ist noch zu früh für eine Midlife-Crisis, dachte er. Viel zu früh.

Er ging in die Küche zurück, stellte sich ans Fenster und

starrte auf das Meer hinaus. Es war schwarz und wild. Der nächtliche Sturm war am Schaum und den hohen Wellen noch zu erkennen, die Sonnenuhr der Nachbarn lag wie besoffen neben ihrer Verandatür.

Was hat das nur für einen Sinn?, dachte er. Warum macht man weiter?

Eine große und dunkle Melancholie ergriff Besitz von ihm, und er war sich bewusst, dass sie fast schon an Selbstmitleid grenzte. Es zog vom Fenster her, dieser verdammte Pfuschbau, er bekam eine Gänsehaut, seufzte und holte seinen Bademantel, ein Weihnachtsgeschenk seiner Frau, grün, blau und weinrot, teuer, von NK, dazu passende Pantoffeln, die er nie getragen hatte.

Die Kaffeemaschine gurgelte. Er nahm eine Tasse mit dem Logo der Bank heraus und schaltete das Radio ein, suchte den Sender mit den Nachrichten. Die Meldungen wurden durch Überdruss und Kaffee gefiltert und trafen planlos. Der Orkan, der über Südschweden hinweggezogen war und große Schäden verursacht hatte. Haushalte ohne elektrischen Strom. Die Versicherungsgesellschaften versprechen. Zwei Männer tot. Die Sicherheitszone im südlichen Libanon. Kosovo.

Er schaltete ab, ging in den Flur hinaus, zog sich die Stiefel an und holte stattdessen die Zeitung aus dem Briefkasten. Der Wind zerrte an den Seiten, fuhr unter seinen Frotteemantel, kühlte seine Schenkel. Er blieb stehen, schloss die Augen, atmete. Eis lag in der Luft, das Meer würde gefrieren.

Er sah zum Haus hinunter, zu dem schönen Haus, das ihre Eltern hatten bauen lassen, von einem Architekten speziell entworfen. In der Küche im oberen Stockwerk war das Licht an, die Lampe über dem Tisch von einem Designer, dessen Name er vergessen hatte. Der Lichtschein war grünlich und kalt, ein böses Auge, das über das Meer wachte. Die hellen Ziegelsteine waren grau im Licht der Dämmerung. In den Augen seiner Mutter war es immer Vaxholms schönstes Haus gewesen. Sie hatte angeboten, Gardinen für alle Zimmer zu nähen, als sie einzogen. Eleonor hatte sie davon abgebracht, höflich, aber bestimmt.

Er ging wieder hinein, blätterte die einzelnen Zeitungsteile durch, ohne sich konzentrieren zu können, blieb wie üblich bei den Wohnungsanzeigen hängen. 5-Zimmer-Wohnung in Vasastan, Kachelöfen in jedem Zimmer. 2-Zimmer-Wohnung in Gamla Stan, Dachwohnung mit frei liegenden Balken, Aussicht in drei Himmelsrichtungen. Holzhütte außerhalb von Malmköping, Elektrizität und fließendes Wasser im Sommer, Herbstpreis!

In seinem Innern hörte er die Stimme seiner Frau.

Tagträumer! Wenn du nur halb so viel Zeit auf den Aktienmarkt verschwenden würdest wie auf Wohnungsanzeigen, wärst du längst Millionär.

Sie war es bereits.

Er schämte sich augenblicklich. Sie meinte es nur gut. Ihre Liebe war unerschütterlich. Das Problem war er, er war es, der nicht mehr konnte. Es war gut möglich, dass sie Recht hatte, dass er Probleme hatte, mit ihrem Erfolg umzugehen. Vielleicht sollten sie doch zu diesem Therapeuten gehen, trotz allem.

Er faltete die Zeitung wieder so, wie sie ursprünglich gewesen war, denn Eleonor wollte keine abgenutzten Artikel lesen, und legte sie auf das Sideboard für Post und Zeitschriften. Anschließend ging er ins Schlafzimmer zurück, ließ seinen Bademantel fallen und glitt unter die Decke. Sie wand sich im

Schlaf, als sie seinen kalten Körper spürte. Er zog sie an sich, pustete in ihren weichen Nacken.
«Ich liebe dich», flüsterte er.
«Ich dich auch», murmelte sie.

Carl Wennergren und Bertil Strand trafen um den Bruchteil einer Sekunde zu spät im Freihafen ein. Als sie den Dienst-Saab des Fotografen parkten, sahen sie die Krankenwagen vorfahren und die Absperrungen passieren. Der Reporter konnte sich einen frustrierten leisen Fluch nicht verkneifen. Bertil Strand fuhr immer so unglaublich vorsichtig, hielt sich an die vorgeschriebenen fünfzig oder sogar dreißig Stundenkilometer, obwohl kein Schwein auf den Straßen unterwegs war. Der Fotograf bemerkte die unausgesprochene Kritik und wurde ärgerlich.
«Jetzt mecker nicht rum», sagte er zu dem Reporter.
Die Männer trotteten zur Plastikabsperrung, und eine Lücke zwischen ihnen markierte ihre gefühlsmäßige Distanz zueinander. Als die Blaulichter und die Bewegungen der Polizisten deutlich wurden, verschwand das Misstrauen, die Ereignisse nahmen sie gefangen.
Die Bullen waren heute schnell gewesen, hatten wohl nach dem Unwetter viel Adrenalin im Blut. Das abgesperrte Gebiet war groß. Es erstreckte sich vom Zaun links bis hin zu dem Bürogebäude rechts. Bertil Strand ließ den Blick über das Gelände schweifen, harte Gegend. Fast mitten in der Stadt und dennoch völlig ab vom Schuss. Gutes Licht, klar, aber dennoch warm. Magische Schatten.
Carl Wennergren knöpfte seinen Ölmantel zu, verdammt, war das kalt.
Sie sahen nicht besonders viel von den Opfern. Gerümpel,

Polizisten und Krankenwagen versperrten ihnen die Sicht. Der Reporter stampfte mit den Füßen, zog die Schultern bis zu den Ohren hoch und steckte die Hände in die Manteltaschen; er hasste die Morgenschicht. Der Fotograf fischte das Kameragehäuse und das Teleobjektiv von seinem Rücken und bewegte sich entlang der Absperrung. Ganz links konnte er ein paar gute Aufnahmen schießen, Uniformen im Profil, schwarze Leichen, in Zivil gekleidete Techniker mit Mützen.
«Fertig», rief er dem Reporter zu.
Carl Wennergrens Nase war rot geworden, ein kleiner Tropfen durchsichtiger Rotze hing an der äußersten Spitze.
«Was für ein beschissener Ort zum Sterben», sagte er, als der Fotograf zurückkam.
«Wenn wir heute noch was darüber in die Vorortauflagen bekommen wollen, müssen wir jetzt los», meinte Bertil Strand.
«Aber ich bin noch nicht fertig», erwiderte Carl Wennergren. «Ich hab doch noch nicht einmal angefangen.»
«Du wirst vom Auto aus anrufen müssen oder von der Redaktion. Beeil dich, versuch etwas Lokalkolorit aufzuschnappen, damit du das Ganze ein wenig ausschmücken kannst.»
Der Fotograf ging zum Wagen, sein Rucksack hüpfte auf und ab. Auf der Rückfahrt nach Marieberg schwiegen sie.

Anders Schyman klickte gereizt die Meldungen der Nachrichtenagentur weg, sie waren wie eine Droge. Man konnte den Computer so einstellen, dass er die Agenturmeldungen nach Themengebieten sortierte, Inland, Ausland, Sport, Feature, aber Schyman zog es vor, alles in einem Verzeichnis zu haben. Er wollte alles wissen, gleichzeitig.
Er drehte eine Runde in seinem engen Büro, seinem Aquarium, rollte ein wenig mit den Schultern. Dann setzte er sich

auf das stinkende Sofa und griff sich die aktuelle Ausgabe mit dem Sonderteil über den Orkan. Er nickte zufrieden vor sich hin, seine Vorstellungen waren umgesetzt worden. Die einzelnen Abteilungen hatten genau so zusammengearbeitet, wie er es vorgeschlagen hatte. Jansson hatte ihm erzählt, dass Annika Bengtzon für die praktische Koordination verantworlich gewesen sei, was sehr gut funktioniert habe.

Annika Bengtzon, dachte er und seufzte.

Das Schicksal der jungen Textredakteurin war auf zufällige und bedauerliche Weise mit seiner eigenen Stellung bei der Zeitung verknüpft. Er und Annika Bengtzon waren im Abstand von nur wenigen Wochen zur Redaktion gestoßen. Sein erster Konflikt mit den übrigen Ressortleitern hatte mit ihr zu tun gehabt. Es war um eine längerfristige Vertretung in der Nachrichtenredaktion gegangen, und in seinen Augen war Annika Bengtzon dafür die erste Wahl gewesen. Sicher, sie war zu jung, zu unreif, zu hitzig und hatte zu wenig Routine, aber ihre Begabung lag in seinen Augen weit über dem Durchschnitt. Sie war nicht sehr gebildet, hatte aber ein Bewusstsein für ethische Fragen. Sie wurde unbestreitbar von einem großen Gerechtigkeitssinn angetrieben. Sie war schnell und schrieb stilsicher. Außerdem hatte sie etwas von einem Panzer, was für einen Reporter bei einer Abendzeitung von ungeheurem Vorteil war. Wenn sie ein Hindernis nicht umgehen konnte, walzte sie es platt, gab niemals auf.

Die restliche Redaktionsleitung, abgesehen von Nachtchef Jansson, war nicht seiner Meinung gewesen. Sie wollten Carl Wennergren einstellen, den Sohn eines Aufsichtsratmitglieds, einen hübschen und reichen Jungen mit erheblichen moralischen Defiziten. Er nahm es weder mit der Wahrheit noch mit dem Schutz seiner Informanten so genau. Unverständlicherweise sah die restliche Redaktionsleitung darin nichts Unehrenhaftes oder zumindest nichts Fragwürdiges.

Die Führungsebenen des *Abendblatts* bestanden ausschließlich aus weißen, heterosexuellen Männern mittleren Alters mit Auto und hohem Gehalt, den Stützen und gleichzeitig den Nutznießern der Gesellschaft wie der Zeitung. Anders Schyman hatte den Verdacht, dass Carl Wennergren diese Männer an ihre eigene Jugend erinnerte oder dass er vielmehr die Illusion ihrer eigenen Jugend personifizierte.

Schließlich hatte er Bengtzon eine Schwangerschaftsvertretung als Textredakteurin in Janssons Nachtschicht angeboten, die sie angenommen hatte. Es hatte Streit mit der Zeitungsleitung gegeben, ehe seine Entscheidung akzeptiert worden war. Annika Bengtzon wurde zu dem Fall, bei dem er nicht locker lassen durfte, um seine Handlungsfähigkeit zu demonstrieren. Die Sache nahm ein Ende mit Schrecken.

Wenige Tage nachdem die Anstellung offiziell bestätigt worden war, hatte das Mädchen ihren Freund getötet. Sie hatte ihn mit einer Eisenstange geschlagen, sodass er in einen stillgelegten Hochofen im Stahlwerk von Hälleforsnäs gestürzt war. Schon in den allerersten Gerüchten war zwar von Notwehr die Rede gewesen, aber Anders Schyman erinnerte sich noch gut an seine erste Reaktion, an den Wunsch, im Erdboden zu versinken, und an den anschließenden Gedanken: So ist das also, wenn man aufs falsche Pferd gesetzt hat. Am Abend hatte sie ihn zu Hause angerufen, wortkarg und noch unter Schock bestätigt, dass das Gerücht der Wahrheit entsprach. Sie war verhört worden und stand unter dem Verdacht der fahrlässigen Tötung, war aber nicht verhaftet worden. Sie würde ein paar Wochen in einer Hütte im Wald wohnen bleiben, bis die polizeilichen Ermittlungen abgeschlossen

wären, und wollte von ihm wissen, ob sie ihre Stelle beim *Abendblatt* noch habe.
Er hatte ihr gesagt, dass sie, wie die Dinge lagen, die Vertretung hatte, auch wenn es Leute bei der Zeitung gab, die das bedauerten, denn sie war nicht sehr beliebt bei der Gewerkschaft. Eine fahrlässige Tötung bedeutete eine Form von Unglück. Falls sie wegen eines Unfalls verurteilt wurde, bei dem jemand ums Leben gekommen war, war das zwar bedauerlich, aber kein Kündigungsgrund. Wenn sie allerdings zu einer längeren Gefängnisstrafe verurteilt wurde, würde es natürlich schwierig werden, eine Verlängerung der Vertretung zu bekommen, dessen sollte sie sich bewusst sein.
Als er so weit gekommen war, hatte sie angefangen zu weinen. Er hatte gegen seinen instinktiven Wunsch angekämpft, sie anzuschnauzen, ihr diese ungeheure Ungeschicklichkeit vorzuwerfen, und dass sie ihn mit in den Dreck gezogen hatte.
«Ich bekomme keine Gefängnisstrafe», hatte sie in den Hörer geflüstert. «Er oder ich, eine andere Wahl hatte ich nicht. Er hätte mich umgebracht, wenn ich nicht auf ihn eingeschlagen hätte. Das weiß auch der Staatsanwalt.»
Sie hatte in der Nachtschicht angefangen, wie es vorgesehen gewesen war, blasser und magerer als je zuvor. Sie unterhielt sich manchmal mit ihm, mit Jansson, Berit, Bild-Pelle und ein paar anderen, aber ansonsten hielt sie sich zurück. Wenn man Jansson Glauben schenken wollte, leistete sie nachts verdammt gute Arbeit, schrieb um, ergänzte, kontrollierte Fakten, schrieb Bildtexte und Aufmacher, spielte sich niemals auf. Die Gerüchte verstummten schneller, als er gedacht hätte. Die Zeitung beschäftigte sich tagtäglich mit Morden und Skandalen, da gab es Grenzen dafür, wie lange man sich über einen tragischen und unglücklichen Todesfall das Maul zerreißen konnte.

Der Prozess um den verunglückten Bandyspieler Sven Matsson aus Hälleforsnäs, der Frauen misshandelt hatte, war für das Amtsgericht in Eskilstuna nicht sonderlich wichtig. Die Anklage lautete auf Totschlag oder fahrlässige Tötung. Das Urteil war kurz vor Mittsommer des vorangegangenen Jahres gesprochen worden. Annika Bengtzon wurde vom Vorwurf des Totschlags freigesprochen, aber im weniger schwer wiegenden Anklagepunkt verurteilt. Es wurde eine Bewährungsstrafe verhängt. Zu den Bewährungsauflagen gehörte, dass sie eine Zeit lang eine Art Therapie machen musste, aber soweit er wusste, war die Sache aus Sicht der Justiz zu den Akten gelegt worden.

Der Ressortleiter ging zu seinem Schreibtisch zurück und klickte wieder die Meldungen an, überflog alle, die in den letzten Minuten neu hinzugekommen waren. Die Sportergebnisse vom Sonntag trudelten langsam ein, die Nachwirkungen des Orkans setzten sich fort, eine Reihe von Samstagsnachrichten wurde wiederholt. Er seufzte erneut, alles ging einfach immer nur weiter, es nahm nie ein Ende, nirgendwo, und jetzt sollte es wieder umorganisiert werden.

Chefredakteur Torstensson wollte eine neue Chefebene einführen, die Beschlüsse zentralisieren. Das Modell existierte bereits bei ihrer direkten Konkurrenz und ein paar anderen überregionalen Medien. Torstensson hatte beschlossen, dass auch für das *Abendblatt* die Zeit reif war, umzustrukturieren und ein «modernes» Unternehmen zu werden. Anders Schyman dagegen war unschlüssig. Es gab alle Vorzeichen einer herannahenden Katastrophe: sinkende Auflagenzahlen, schlechte Geschäftsergebnisse, die immer düsterer wirkenden Mienen der Aufsichtsratsmitglieder. Die Redaktion, die mit einem schadhaften Ruder und einem halb kaputten Radar

Schlagseite bekam. In Wahrheit wusste das *Abendblatt* nicht, wohin es unterwegs war oder warum. Er hatte es, trotz großer Seminare und Konferenzen zu den Bedingungen und der Verantwortung der Medien, einfach nicht geschafft, ein kollektives Bewusstsein dafür aufzubauen, wo die Grenzen verliefen. Regelrechte publizistische Havarien konnten zwar vermieden werden, seit er bei der Zeitung tätig war, aber die Reparaturarbeiten an früheren Schäden schritten nur langsam voran.

Außerdem, und das bereitete ihm etwas größeres Kopfzerbrechen, als er zugeben wollte, hatte Torstensson Details über einen anderen Job fallen lassen, einen ehrenvollen Auftrag in Brüssel. Vielleicht hatte er es deshalb so eilig mit seiner Umorganisation. Torstensson wollte bleibende Spuren hinterlassen, und das hatte er durch seine publizistischen Leistungen weiß Gott nicht getan.

Schyman stöhnte und klickte sich wieder ungeduldig durch die Liste der Meldungen.

Es musste bald etwas passieren.

Die Dunkelheit lauerte bereits in den Ecken, als sie erwachte. Der kurze Tag hatte aufgegeben, während sie sich schwitzend im Bett gewälzt hatte, sie hätte die letzte Tasse Kaffee nicht trinken dürfen. Sie atmete ein paar Mal tief ein, zwang sich, still zu liegen, und horchte in sich hinein, wie es ihr ging. Sie hatte nirgendwo Schmerzen. Ihr Kopf war ein bisschen schwer, aber das lag an der andauernden Umstellung des Tagesrhythmus. Sie sah zu der fleckigen grauen Decke hinauf. Der Vormieter hatte die alte Leimfarbe mit Acrylfarbe überstrichen, die ganze Decke war voller Risse in verschiedenen Nuancen. Ihr Blick folgte den Rissen, ihrem brüchigen und unregelmäßigen Muster. Fand den Schmetterling im Muster, das Auto, den Totenschädel. Ein einsamer Ton begann in ihrem linken Ohr zu pfeifen, der Einsamkeitston, und trudelte ein wenig auf der Tonleiter auf und ab.

Sie seufzte, musste pinkeln, wie lästig. Sie stieg aus dem Bett, und das Holz fühlte sich rau an unter ihren Füßen, manchmal riss sie sich einen Splitter ein. Sie zog ihren Bademantel an, der Stoff war seidig und kalt auf der Haut, sie schauderte. Sie öffnete die Wohnungstür und lauschte ins Treppenhaus hinaus. Hinter dem Ton war alles still. Schnell trippelte sie eine halbe Etage tiefer zur Gemeinschaftstoilette, und ihre Fußsohlen wurden augenblicklich kalt und schmutzig, aber das war ihr jetzt egal.

Sie bemerkte den Luftzug, als sie wieder in die Wohnung kam. Die dünnen Gardinen bauschten sich, obwohl sie gar kein Fenster geöffnet hatte. Sie schloss die Tür hinter sich, die Gardinen kamen zur Ruhe. Sie putzte sich die Füße an der Flurmatte ab und ging ins Wohnzimmer.

Eine der oberen Fensterscheiben war während der Nacht zu Bruch gegangen, vom Wind eingedrückt oder von umherfliegenden Gegenständen eingeschlagen worden. Die äußere Fensterscheibe der Doppelverglasung schien völlig zu fehlen, von der inneren waren noch einige große Scherben am Rand übrig geblieben. Auf dem Fußboden unter dem Fenster lagen Putz und Glas, und sie betrachtete die Bescherung, schloss die Augen, strich sich über die Stirn.

Das ist ja wieder einmal typisch, dachte sie und hatte nicht die Energie, das Wort «Glaser» zu formulieren.

Es zog um die Beine, und sie verließ das Wohnzimmer und setzte sich in die Küche. Sie schaute zum Fenster hinaus, sah in die Wohnung im zweiten Stock des Vorderhauses hinein.

Ein Bauunternehmen benutzte sie als Wohnung für Gäste, das Badezimmer hatte ein Fenster aus Milchglas. Die Menschen, die dort ein oder zwei Nächte wohnten, machten sich keine Gedanken darüber, dass man sie sehen konnte, wenn sie auf die Toilette gingen. Sobald sie das Licht anmachten, waren ihre welligen Konturen durch die Scheibe zu erkennen. Sie hatte mehr als zwei Jahre lang beobachtet, wie die Kunden des Bauunternehmens sich liebten, auf die Toilette gingen und Tampons wechselten. Anfangs war es ihr peinlich gewesen, aber nach einer Weile fand sie es lustig. Dann machte es sie ärgerlich, sie wollte niemanden pinkeln sehen, wenn sie zu Abend aß. Mittlerweile war es ihr einfach egal. Die Besucher in der Wohnung wurden seltener, das Gebäude war mittlerweile so heruntergekommen, dass man damit niemanden mehr beeindrucken konnte. Im Moment war die Scheibe grau, stumm, leer.

Während der Nacht war viel Putz von der Hausfassade heruntergefallen und lag, mit klumpigem Schneematsch vermischt, auf dem Hinterhof. Im ersten Stock waren zwei Scheiben zu Bruch gegangen. Sie stand auf, ging zum Fenster und sah die schwarzen Löcher. Der elektrische Heizkörper in der Küche wärmte ihre Beine, und sie blieb an ihm stehen, bis die Hitze zu groß wurde. Sie hatte keinen Hunger, obwohl sie etwas essen sollte, und trank stattdessen ein paar Schluck Wasser direkt aus dem Hahn.

Es geht mir gut, dachte sie. Ich habe alles, was ich will.

Rastlos ging sie wieder ins Wohnzimmer, setzte sich auf die Couch, legte die Füße auf das Kissen, schlang die Arme um die Knie und schaukelte ein wenig. Sie atmete tief durch, ein und aus und ein und aus, es war ziemlich kalt. Das Gebäude hatte keine Zentralheizung, und die einzelnen Heizkörper, die sie gekauft hatte, schafften es kaum, die Wohnung warm zu halten, selbst wenn die Fensterscheiben ganz waren. Die wenigen Sachen, die sie besaß, stammten vom Flohmarkt und von Ikea, Sachen, mit denen sie keine gemeinsame Geschichte verband.

Sie sah sich im Zimmer um, schaukelte, sah zu, wie die Schatten einander jagten. Das reine Licht, das sie anfangs so sehr geliebt hatte, war nicht mehr weiß. Die schimmernde Mattheit der Wände, die das Licht mit der gleichen Bewegung zu absorbieren und wiederzugeben pflegte, war jetzt eingetrocknet und verstummt. Der Tag reichte nicht länger in ihr Zimmer hinein. Alles blieb grau, trotz des Wechsels der Jahreszeiten. Die Luft war schwer und dumpf wie Lehm.

Die Couch scheuerte, und der grobe Stoff hinterließ Abdrücke auf ihren Pobacken. Sie kratzte sich, während sie wieder in das Schlafzimmer zurückging und unter das verschwitzte Bettzeug sank. Sie zog sich die Bettdecke, unter der es feucht war, über den Kopf. Es wurde schnell warm und roch ein wenig säuerlich. Der Hardrocker aus der unteren Etage warf seine Stereoanlage an, und die Bässe drangen durch die Steinwände und ließen ihr Bett zittern. Der Ton in ihrem Ohr kehrte irritierend hoch zurück, und sie zwang sich, liegen zu bleiben. Es waren immer noch viele Stunden, bis ihre Schicht begann.

Sie drehte sich zur Wand um, starrte die Tapete an. Sie war mit dünner weißer Grundfarbe überstrichen, aber das alte Muster schien durch, Medaillons. Die Nachbarn auf der anderen Seite des Treppenhauses kamen nach Hause, und Annika hörte, wie sie die Füße abtraten und lachten. Sie legte sich das Kissen auf den Kopf, das Lachen wurde dumpfer, der Ton höher.

Ich will schlafen, dachte sie. Lasst mich nur noch ein bisschen schlafen, dann kann ich vielleicht weitermachen.

Der Mann steckte sich eine Zigarette an, inhalierte tief und zwang das Chaos in seinem Gehirn zu verschwinden. Er wusste nicht, welches Gefühl am stärksten war: die Wut über den Verrat, die Angst vor den Folgen, die Scham darüber, hereingelegt worden zu sein, oder der Hass auf die Schuldigen.
Er würde sich rächen, zum Teufel, dafür würden sie bezahlen.
Er rauchte die Zigarette in zwei Minuten auf, sie verwandelte sich in eine Aschesäule, die am Ende wie eine Scheißwurst herabhing. Er zerrieb die Kippe auf dem Fußboden der Bar und bestellte mit einem Wink einen weiteren Schnaps. Nur einen, nur diesen noch, er musste einen klaren Kopf bewahren, musste sich bewegen können. Er kippte den Drink herunter, das Halfter scheuerte angenehm in den Achselhöhlen, verdammt, jetzt war er lebensgefährlich.
Eine Erklärung, dachte er. Ich muss mir eine verdammt gute Erklärung dafür einfallen lassen, dass die Sache so schief gehen konnte.
Er wollte gerade noch einen bestellen, hielt jedoch mitten in der Bewegung inne.
«Einen Kaffee. Schwarz.»
Er konnte es einfach nicht fassen. Er begriff nicht, was passiert war, und er hatte keine Ahnung, wie er das Geschehene seinen Vorgesetzten erklären sollte. Sie würden einen vollständigen Schadensersatz fordern. Die Leichen waren nicht das Problem, auch wenn diese Art von Verlust niemals gut war. Ermordete Menschen zogen die Aufmerksamkeit der Polizei auf sich und machten für einen gewissen Zeitraum größere Vorsichtsmaßnahmen erforderlich. Das Problem war der

Lastwagen. Es reichte nicht, die Ware ausfindig zu machen und sicherzustellen, er würde persönlich gezwungen werden, aufzuräumen und den Schnitzer auszubügeln. Jemand hatte gesungen. Er musste die Ladung finden, und er musste diejenigen finden, die für ihr Verschwinden verantwortlich waren. Wie sehr er es auch drehte und wendete, er kam zu dem Schluss, dass es etwas mit der Frau zu tun haben musste. Sie musste dabei eine Rolle spielen, sonst wäre sie nicht da gewesen.

Er trank den Kaffee auf die gleiche Art wie seinen Drink, in einem Schluck, und verbrannte sich die Kehle.

«Du bist tot, Hure.»

Die Aufzugbeleuchtung war kalt wie immer, und sie sah aus wie ein toter Fisch. Annika schloss die Augen, um ihrem Spiegelbild zu entkommen. Sie hatte nicht wieder einschlafen können und war stattdessen in den Rålambshovpark hinausgegangen, hatte Luft und Licht gesucht, ohne es zu finden. Die Erde war vom Regen und von Tausenden Füßen weich getrampelt, matschig und braun. Sie war zur Zeitung gegangen. Die Redaktion war sonntäglich leer und trostlos. Sie ging zu ihrem Platz, der Nachrichtenchef Ingvar Johansson saß gerade dort und telefonierte. Sie blieb stehen und ging stattdessen in die Kriminalredaktion. Vollkommen leer im Hirn, ließ sie sich auf Berit Hamrins Platz fallen und rief ihre Großmutter an.

Die alte Frau war in ihrer Wohnung in Hälleforsnäs, um zu waschen und Einkäufe zu erledigen.

«Wie geht es dir?», wollte sie wissen. «Hat der Wind dich erwischt?»

Annika lachte.

«Ja, das kann man wohl sagen, eines meiner Fenster ist zu Bruch gegangen!»
«Du bist doch nicht verletzt?», fragte die alte Frau beunruhigt.
«Aber nein, sei nicht so ängstlich. Wie sieht es bei dir aus? Steht der Wald noch?»
Ihre Großmutter seufzte.
«Einigermaßen, aber es sind viele Bäume umgestürzt. Heute Morgen waren sie im Ort eine Zeit lang ohne Strom, aber jetzt funktioniert offenbar wieder alles. Wann kommst du vorbei?»
Annikas Großmutter bewohnte nach langen Jahren als Haushälterin auf dem Repräsentations- und Erholungsgut des Ministerpräsidenten auf den Ländereien von Gut Harpsund eine kleine Hütte ohne Elektrizität und fließendes Wasser, in der Annika alle Schulferien verbracht hatte, an die sie sich erinnern konnte.
«Ich arbeite heute Abend und noch eine Nacht, ich komme dann irgendwann am Dienstagnachmittag zu dir», meinte Annika. «Soll ich unterwegs etwas besorgen?»
«Nicht doch», erwiderte ihre Großmutter. «Bring dich selber mit, dann habe ich alles, was ich brauche.»
«Du fehlst mir», sagte Annika.
Sie nahm eine Zeitung und blätterte pflichtschuldigst darin. Die heutige Ausgabe des *Abendblatts* war von ziemlich guter Qualität. Die Orkanartikel kannte sie und übersprang sie deshalb. Carl Wennergrens Artikel über den Doppelmord im Freihafen war dagegen nichts, womit man sich schmücken konnte. Den toten Männern war in den Kopf geschossen worden, stand dort, und die Polizei schloss Selbstmord aus. Ach was. Anschließend folgte eine Beschreibung des Freihafens, die tatsächlich nicht ohne poetische Qualitäten war. Carl hatte

offensichtlich ein wenig von der Stimmung aufgenommen. «Hübsch heruntergekommen» war es dort und «voll kontinentaler Atmosphäre».

«Hallöchen, Süße, qué pasa?»

Annika schluckte.

«Hallo, Sjölander», sagte sie.

Der Leiter der Kriminalredaktion setzte sich vertraulich auf den Schreibtisch neben ihr.

«Wie geht's?»

Annika versuchte ein Lächeln.

«Danke, gut. Bin vielleicht ein bisschen müde.»

Der Mann boxte sie leicht gegen die Schulter und zwinkerte ihr zu.

«Anstrengende Nacht, was?»

Sie stand auf, nahm ihre Zeitung, sammelte Tasche und Jacke auf.

«Wahnsinnig anstrengend. Ich und sieben Jungs.»

Sjölander lachte glucksend.

«Du weißt, wie man's anstellen muss.»

Sie hielt dem Leiter der Kriminalredaktion die Zeitung unter die Nase.

«Ich habe gearbeitet», sagte sie. «Was ist denn im Freihafen los?»

Er sah sie ein paar Sekunden an und strich sich dann das Haar aus der Stirn.

«Die Leichen hatten keine Ausweispapiere bei sich», erwiderte er, «keine Schlüssel, kein Geld, weder Waffen noch Kaugummis, noch Kondome.»

«Gefilzt», kommentierte Annika.

Sjölander nickte.

«Die Polizei hat keinerlei Anhaltspunkte, nicht einmal, was

die Identität der Opfer betrifft. Ihre Fingerabdrücke sind jedenfalls in Schweden nicht registriert.»

«Dann haben sie wirklich keine Ahnung? Was ist denn mit ihren Kleidern?»

Sjölander ging zu seinem Schreibtisch und schaltete den Computer an.

«Die Mäntel, Jeans und Schuhe stammen aus Italien, Frankreich, den USA, aber die Unterhosen sind mit kyrillischen Buchstaben beschriftet.»

Annika blickte auf.

«Ausländische Markenkleidung», sagte sie, «aber billige einheimische Unterwäsche. Aus der früheren Sowjetunion, dem ehemaligen Jugoslawien oder Bulgarien.»

«Du stehst ein bisschen auf Kriminalfälle, was?», sagte er grinsend.

Er wusste Bescheid, alle wussten Bescheid. Sie zuckte mit den Schultern.

«Du weißt schon, wie das ist. Es bleibt immer was kleben.»

Dann drehte sie sich um und ging zum Nachtdesk. Hinter sich hörte sie ihn schnauben. Warum spiele ich da mit?, dachte sie. Sie schaltete den Computer an, der rechts neben dem des Nachtchefs stand, zog die Beine auf den Bürostuhl hoch und machte es sich mit dem Kinn auf dem Knie gemütlich. Am besten, sie sah einmal nach, ob etwas passiert war. Geduldig wartete sie, bis der Computer hochgefahren war, und klickte anschließend die Nachrichtenagentur an, las, überflog, klickte weiter.

«He, Bengtzon! Was hast du für eine Nummer?»

Sie blickte sich um, sah Sjölander mit einem Hörer winken, rief ihm die Nummer zu und hatte ihn am Apparat.

«Da ist eine Tante am Telefon, die über das Sozialamt reden

will. Es geht irgendwie um Frauen, denen es schlecht geht», sagte der Kriminalchef. «Ich habe dafür jetzt keine Zeit. Das ist doch wohl eher deine Kragenweite, nicht? Kannst du drangehen?»

Sie schloss die Augen, atmete durch, schluckte.

«Ich habe eigentlich noch gar nicht angefangen», antwortete sie. «Ich wollte nur ein bisschen ...»

«Übernimmst du das Gespräch jetzt, oder soll ich sie aus der Leitung schmeißen?»

Sie seufzte.

«Okay, stell sie rüber.»

Eine kühle und ruhige Stimme war zu hören.

«Hallo? Ich möchte vertraulich mit jemandem sprechen.»

«Wir hier bei der Zeitung unterliegen immer der Schweigepflicht, wenn Sie es wünschen», erwiderte Annika und überflog die Agenturmeldungen auf dem Bildschirm. «Worum geht es denn?»

Klick, klick, unentschieden im Derby.

«Ich bin mir nicht ganz sicher, ob ich bei Ihnen richtig bin. Es geht um eine neue Organisation, eine neue Möglichkeit, Menschen zu schützen, die unter Morddrohungen stehen.»

Annika hörte auf zu lesen.

«Aha», sagte sie. «Wie denn?»

Die Frau zögerte.

«Ich habe Informationen über eine einzigartige Methode, bedrohten Personen zu einem neuen Leben zu verhelfen. Die Arbeitsweise ist den allermeisten nicht bekannt, aber ich bin berechtigt, die Informationen in den Medien zu verbreiten. Ich würde dies gern auf solide und kontrollierte Weise tun, und deshalb möchte ich wissen, ob es bei Ihrer Zeitung jemanden gibt, an den ich mich wenden kann.»

Sie wollte nicht hinhören, wollte sich nicht dafür interessieren. Starrte auf den Bildschirm, eine Reihe von Haushalten noch ohne Strom, neue Raketenangriffe auf Grosny, sie stützte den Kopf auf.

«Können Sie uns einen Brief oder ein Fax schicken?», fragte sie.

Die Frau blieb lange stumm.

«Hallo?», sagte Annika, bereit, mit einem Gefühl der Erleichterung aufzulegen.

«Ich möchte die Person gern treffen, mit der ich mich unterhalte, und zwar an einem sicheren Ort», sagte die Frau.

Annika sackte an ihrem Schreibtisch zusammen.

«Das geht nicht», erwiderte sie. «Hier ist im Moment niemand.»

«Und was ist mit Ihnen?»

Sie strich das Haar nach hinten, suchte nach einer Ausrede.

«Wir müssen wissen, worum es geht, ehe wir jemanden losschicken», sagte sie.

Die Frau am anderen Ende der Leitung verstummte wieder.

Annika versuchte das Gespräch zu beenden.

«Wenn Sie nicht noch etwas anderes vorzubringen haben, dann ...»

«Wussten Sie, dass hier, in diesem Moment, in Schweden Menschen im Untergrund leben?», fragte die Frau leise. «Frauen und Kinder, die misshandelt werden und in Schwierigkeiten sind?»

Nein, dachte Annika. Alles, nur das nicht.

«Vielen Dank für Ihren Anruf», antwortete sie, «aber das ist leider kein Thema, mit dem wir uns heute Abend beschäftigen können.»

Die Frau im Hörer sprach jetzt lauter.

«Wollen Sie jetzt etwa auflegen? Bin ich und was ich tue Ihnen völlig egal? Wissen Sie eigentlich, wie vielen Menschen ich schon geholfen habe? Sind Ihnen Frauen, die verfolgt werden, wirklich völlig egal? Ihr Journalisten sitzt da in euren Zeitungsredaktionen und habt nicht die geringste Ahnung, wie es in der Gesellschaft um euch herum aussieht.»

Annika war schwindlig, sie bekam keine Luft mehr.

«Sie wissen nichts über mich», sagte sie.

«Die Medien sind überall gleich. Ich habe geglaubt, das *Abendblatt* wäre besser als die renommierten Zeitungen, aber Ihnen sind misshandelte und bedrohte Frauen und Kinder offensichtlich genauso egal.»

Das Blut schoss ihr in den Kopf.

«Sagen Sie mir nicht, wofür ich stehe», sagte Annika viel zu laut. «Kommen Sie hier nicht an und behaupten Sachen, über die Sie nichts wissen.»

«Warum wollen Sie mich dann nicht anhören?»

Die Frau am anderen Ende der Leitung klang verärgert.

Annika legte die Hände vors Gesicht und wartete.

«Es geht um Menschen, die isoliert sind», erklang die Stimme der Frau im Hörer, «die Morddrohungen erhalten, um ihr Leben bangen. Wie sehr sie sich auch verstecken, es gibt doch immer jemanden oder etwas, das dafür sorgt, dass man sie aufstöbern kann – ein Sachbearbeiter auf dem Sozialamt, ein Gericht, ein Bankkonto, ein Kindergarten ...»

Annika antwortete nicht, lauschte stumm in den Hörer hinein.

«Die meisten sind natürlich Frauen und Kinder, wie Sie sich vielleicht denken können», fuhr die Frau fort, «sie leben in unserer Gesellschaft am gefährlichsten. Andere Betroffene sind Zeugen, denen jemand droht, Menschen, die bei diversen

Sekten ausgestiegen sind oder von der Mafia gejagt werden, Journalisten, die Enthüllungen gemacht haben, aber vor allem geht es natürlich um Frauen und Kinder, die Morddrohungen erhalten haben.»

Annika griff unschlüssig nach einem Stift und begann sich Notizen zu machen.

«Wir bilden eine Gruppe», sagte die Frau, «die auf diesem neuen Betätigungsfeld aktiv ist. Ich bin die Geschäftsführerin. Sind Sie noch dran?»

Annika räusperte sich.

«Was unterscheidet Sie von herkömmlichen Frauenhäusern mit geheim gehaltenen Adressen?»

Die Frau im Hörer seufzte resigniert.

«Einfach alles. Die Frauenhäuser werden mit völlig unzulänglichen öffentlichen Geldern finanziert. Sie haben einfach nicht die Mittel, das zu leisten, was wir tun. Wir sind eine rein private Initiative mit ganz anderen Möglichkeiten.»

Der Stift versagte den Dienst. Annika warf ihn in den Papierkorb und kramte einen neuen hervor.

«Inwiefern?»

«Mehr möchte ich am Telefon lieber nicht sagen. Könnten wir uns vielleicht treffen?»

Annika sackte in sich zusammen, wollte nicht, hatte nicht die Kraft.

«Bengtzon!»

Ingvar Johansson baute sich vor ihr auf.

«Einen Moment, bitte», sagte sie in den Hörer und drückte ihn an die Brust. «Was ist?»

«Wenn Sie sonst nichts zu tun haben, können Sie das doch eingeben.» Der Nachrichtenchef hielt ihr einen Stapel Sportergebnisse aus den unteren Ligen entgegen.

Die Frage traf Annika wie ein Faustschlag in den Magen. Nein, verdammt nochmal! Sie wollten sie für etwas ausnutzen, was sie als Vierzehnjährige beim *Katrineholms-Kuriren* gemacht hatte: Ergebnisse in Tabellen einfügen.
Sie wandte sich von Ingvar Johansson ab, hob den Hörer wieder ans Ohr und sagte:
«Ich könnte mich jetzt mit Ihnen treffen, auf der Stelle.»
Die Frau war freudig überrascht.
«Schon heute Abend? Wie schön!»
Annika biss die Zähne zusammen, spürte den Blick des Nachrichtenchefs im Nacken.
«Wo wäre es Ihnen recht?», fragte sie.
Die Frau nannte den Namen eines Hotels in einem Vorort, wo Annika noch nie gewesen war.
«Sagen wir, in einer Stunde?»
Ingvar Johansson war nicht mehr da, als sie auflegte. Schnell zog sie ihre Jacke an, hängte sich die Tasche über die Schulter und sprach mit dem Hausmeister. Natürlich waren keine Dienstwagen da, sodass sie sich ein Taxi rief. In ihrer Freizeit machte sie immer noch, was sie wollte.
Füll deine dämlichen Tabellen doch selber aus, du Wichser.

«Bist du fertig, Liebling?»
Seine Frau stand im Mantel im Türrahmen des Wohnzimmers und zog sich ihre Nappalederhandschuhe an.
Er hörte seine eigene Verwunderung.
«Fertig für was?»
Sie zerrte gereizt an dem dünnen Leder.
«Der Bund der Selbständigen», antwortete sie. «Du hast versprochen mitzukommen.»
Thomas faltete seine Abendzeitung zusammen und setzte

die Füße auf den gekachelten Fußboden mit Fußbodenheizung.
«Ja, natürlich», sagte er. «Entschuldige. Das hatte ich völlig vergessen.»
«Ich geh schon mal raus und warte auf dich», meinte sie, machte auf dem Absatz kehrt und verschwand.
Er seufzte leise. Zum Glück hatte er sich wenigstens schon geduscht und rasiert.
Er ging ins Schlafzimmer hinauf, zog Jeans und T-Shirt unterwegs aus, warf sich in ein weißes Hemd und einen Anzug, schlang sich eine Krawatte um den Hals. Er hörte den BMW draußen starten und ungeduldig aufheulen.
«Ja, ja», sagte er.
Das Licht war im ganzen Haus noch an, aber er hatte weiß Gott nicht vor, eine Runde zu drehen und alles auszumachen. Er ging mit dem Mantel über dem Arm und ungeschnürten Schuhen hinaus, rutschte auf einer vereisten Stelle aus und wäre beinahe hingefallen.
«Man könnte übrigens Sand streuen», kommentierte Eleonor.
Er antwortete nicht, schlug die Beifahrertür zu und stützte sich am Armaturenbrett ab, als sie auf die Östra Ekuddsgatan bog. Seine Krawatte band er während der Fahrt, die Schnürsenkel würde er zuknoten, bevor er hineinging.
Es war dunkel geworden. Wohin war dieser Tag verschwunden? Er ging zu Ende, ehe er richtig begonnen hatte. War es überhaupt hell gewesen?
Er seufzte.
«Wie geht es dir, mein Lieber?», fragte sie, jetzt freundlich.
Er starrte zum Fenster auf das Meer hinaus.
«Ich fühle mich nicht so gut», sagte er.

«Vielleicht ist es dieses Virus, das auch Nisse hatte», meinte sie.

Er nickte desinteressiert.

Der örtliche Bund der Selbständigen. Er wusste genau, worüber sie reden würden, über Touristen. Wie viele es waren, wie man mehr anlocken und diejenigen an sich binden konnte, die einmal den Weg in ihre Stadt gefunden hatten. Man würde die Probleme diskutieren, die man mit Geschäftsbesitzern hatte, die nur während der Sommermonate da waren und den Ortsansässigen den Verdienst abspenstig machten. Man würde über das gute Essen im Vaxholms Hotel, die Vorbereitungen für den Weihnachtsmarkt, die Öffnungszeiten abends und am Wochenende reden. Alle würden da sein. Alle würden froh und engagiert sein. So war es immer, ganz gleich, zu welcher Veranstaltung sie gingen. In der letzten Zeit war es oft um Kunst gegangen, aber auch um die Gemeinde und darum, alte Häuser und Gärten zu bewahren, und wenn möglich sollte immer jemand anders dafür bezahlen.

Er seufzte wieder.

«Jetzt reiß dich zusammen», sagte seine Frau.

«Annika Bengtzon? Ich bin Rebecka Björkstig.»

Die Frau war jung, viel jünger, als Annika geglaubt hatte. Klein, schmal, zerbrechlich wie Porzellan. Sie gaben sich die Hand.

«Ich muss mich für den seltsamen Treffpunkt entschuldigen», sagte Rebecka Björkstig, «aber wir können nicht vorsichtig genug sein.»

Sie gingen durch einen verlassenen Korridor und gelangten in eine Hotellobby mit Bar. Die Beleuchtung war spärlich, und die Atmosphäre erinnerte an die staatlichen Hotels in der alten Sowjetunion. Runde braune Tische mit Sesseln, deren Rücken- und Armlehnen in der gleichen Farbe gehalten waren. In der gegenüberliegenden Ecke unterhielten sich leise ein paar Männer, ansonsten war das Lokal leer.

Annika hatte das surrealistische Gefühl, in einem alten Agentenroman gelandet zu sein, und verspürte intensiv den Wunsch zu fliehen. Was machte sie hier bloß?

«Wie schön, dass wir uns so kurzfristig treffen konnten», sagte Rebecka Björkstig und setzte sich an einen Tisch, wobei sie über ihre Schulter vorsichtige Blicke zu den Männern im hinteren Teil des Raums warf.

Annika murmelte etwas Unverständliches.

«Wird das morgen in der Zeitung erscheinen?», wollte die Frau wissen und lächelte hoffnungsvoll.

Annika schüttelte den Kopf. Ihr war in der stickigen Luft leicht schwindlig.

«Nein, sicher nicht. Es ist noch gar nicht gesagt, dass wir überhaupt etwas darüber bringen. Der Herausgeber entscheidet über alle Veröffentlichungen.»

Sie sah auf die Tischplatte hinunter, verlogen, ausweichend. Die Frau strich ihren hellen Rock glatt, fuhr sich über das streng nach hinten gekämmte Haar.

«Über welche Themen schreiben Sie denn so?», erkundigte sie sich und versuchte Annikas Blick auf sich zu ziehen. Ihre Stimme war hell und ein wenig matt.

Annika räusperte sich.

«Im Moment besteht meine Arbeit vor allem darin, Texte zusammenzustellen und durchzugehen», erwiderte sie wahrheitsgemäß.

«Welche Art von Texten?»

Sie strich sich über die Stirn.

«Alle möglichen. Heute Nacht ging es um den Orkan, vor ein paar Tagen habe ich den Fall eines behinderten Jungen bearbeitet, bei dem sich die Stadtverwaltung geweigert hat, ihrer Verantwortung gerecht zu werden ...»

«Ah!», sagte Rebecka Björkstig und legte die Beine übereinander. «Dann fällt unser Tätigkeitsbereich ja genau in Ihr Ressort. Städte und Gemeinden sind unsere wichtigsten Auftraggeber. Könnte ich bitte eine Tasse Kaffee bekommen?»

Ein Kellner mit einer schmutzigen Schürze war neben ihnen aufgetaucht. Annika nickte kurz, als er fragte, ob sie auch eine wolle. Ihr war schlecht, sie wollte nach Hause, wollte weg. Rebecka Björkstig lehnte sich gegen die geschwungene Rückenlehne ihres Stuhls. Ihre Augen waren hell und rund, sanft und ausdruckslos.

«Wir sind eine gemeinnützige Stiftung, aber unsere Arbeit muss natürlich bezahlt werden. Es sind häufig die Sozialämter in verschiedenen Städten im ganzen Land, die unsere Unkosten tragen. Wir verdienen keinen Pfennig daran.»

Die Stimme war immer noch gleich bleibend sanft, aber dennoch hatten die Worte einen harten Klang.

Sie ist nur aufs Geld aus, dachte Annika und sah zu der Frau auf. Sie macht das, um sich auf Kosten von bedrohten Frauen und Kindern zu bereichern.

Die Frau lächelte.

«Ich weiß, was Sie denken. Ich versichere Ihnen, dass Sie sich irren.»

Annika sah zu Boden, fingerte an einem Zahnstocher herum.

«Warum haben Sie gerade heute Abend gerade uns angerufen?»

Rebecka Björkstig seufzte und wischte sich die Fingerspitzen an einer Serviette ab, die sie in der Tasche hatte.

«Offen gesagt, wollte ich nur anrufen, um mich zu erkundigen», meinte sie. «Ich habe in der Zeitung über die Verwüstungen durch den Orkan gelesen und sah die Telefonnummer im Impressum. Wir erwägen schon eine ganze Weile, mit unserer Arbeit an die Öffentlichkeit zu treten, aber mein Anruf war ein wenig spontan, könnte man sagen.»

«Ich habe noch nie von Ihrer Organisation gehört», sagte Annika.

Die Frau lächelte wieder. Es war ein Lächeln, das so flüchtig war wie der Luftzug in einem Raum.

«Bislang hatten wir noch nicht die Mittel, den Zustrom aufzufangen, der aller Wahrscheinlichkeit nach auf uns zukommen wird, wenn wir an die Öffentlichkeit gehen, aber das hat sich geändert. Heute haben wir die Mittel und die Kompetenz, zu expandieren, und deshalb ist es uns wichtig, nicht länger zu zögern. Es gibt so viele, die unsere Hilfe benötigen.»

Annika holte Stift und Notizblock aus ihrer Tasche.

«Erzählen Sie mir, worauf das Ganze hinausläuft.»

Die Frau warf erneut einen Blick in die Runde und wischte sich die Mundwinkel ab.

«Unsere Arbeit setzt da an, wo die Möglichkeiten der Behörden erschöpft sind», sagte sie ein wenig gehetzt. «Wir sind ausschließlich dafür zuständig, wirklich bedrohten Menschen zu einem neuen Leben zu verhelfen. Drei Jahre lang haben wir dafür gearbeitet, dass unser System funktioniert. Jetzt sind wir sicher, dass es klappt.»

Annika wartete schweigend.

«Und wie?»

Der Kellner kam mit dem Kaffee. Er war grau und bitter. Rebecka Björkstig legte eine Serviette zwischen Tasse und Untertasse und rührte mit dem Löffel in dem Gebräu.

«Unsere Gesellschaft ist heute auf allen Ebenen so computerisiert, dass niemand ihr entgehen kann», sagte sie leise, nachdem die Bedienung wieder verschwunden war. «Wohin diese Menschen sich auch wenden, es gibt immer Personen, die ihre neue Adresse, neue Telefonnummer, neue Kontonummer, ihren neuen Mietvertrag kennen. Auch wenn alle Angaben streng vertraulich behandelt werden sollten, so sind sie doch verfügbar in Krankenblättern im Krankenhaus, auf dem Sozialamt, beim Amtsgericht, in Steuerregistern, Firmenregistern, überall.»

«Kann man da nicht irgendetwas machen?», fragte Annika vorsichtig. «Gibt es keine Möglichkeit, die Adressen aus den Registern zu streichen, eine neue Personennummer zu bekommen und so weiter?»

Der Frau entfuhr ein weiterer schwacher Seufzer.

«Oh, doch, es gibt verschiedene Möglichkeiten. Das Problem ist nur, dass sie nicht funktionieren. Unsere Stiftung hat einen Weg gefunden, Menschen vollständig zu löschen. Wussten Sie, dass es über sechzig öffentliche Computerregister gibt, in denen praktisch alle Schweden verzeichnet sind?»

Annika brummte verneinend, der Kaffee war wirklich widerwärtig.

«Das erste halbe Jahr habe ich nur damit verbracht, all diese Register aufzulisten. Ich arbeitete Pläne und Vorgehensweisen aus, um sie zu umgehen. Es gab zahlreiche offene Fragen, und die Antworten waren manchmal nur schwer zu finden. Die Organisation, die aus unserer Arbeit entstanden ist, ist einzigartig.»

Die letzten Worte hingen im Raum. Annika nahm einen Schluck von der grauen Brühe und verschüttete ein wenig, als sie die Tasse abstellte.

«Was hat Sie dazu bewegt, sich in dieser Sache zu engagieren?», fragte sie.
Das Schweigen wurde beklemmend.
«Ich bin selbst Opfer solcher Bedrohungen gewesen», antwortete die Frau.
«Aus welchem Grund?», hakte Annika nach.
Die Frau räusperte sich, zögerte, wischte sich mit der Serviette die Handgelenke ab.
«Sie müssen entschuldigen, aber ich möchte lieber nicht darüber sprechen. Es ist ein so lähmendes Gefühl. Ich habe mir mein neues Leben hart erarbeitet und will mir meine Erfahrungen zu Nutze machen.»
Annika sah Rebecka Björkstig an, die so kalt und gleichzeitig sanft war.
«Erzählen Sie mir mehr über Ihre Arbeit», sagte sie.
Rebecka Björkstig schlürfte vorsichtig etwas Kaffee in sich hinein.
«Wir machen unsere Arbeit in Form einer gemeinnützigen Stiftung, der wir den Namen *Paradies* gegeben haben. Im Grunde machen wir gar nichts Besonderes, wir geben den bedrohten Menschen nur ihren Alltag zurück. Aber für jemanden, der verfolgt wurde und weiß, was Terror und Schrecken bedeuten, für einen solchen Menschen ist sein neues Dasein das reinste Paradies.»
Annika starrte, von dem banalen Klischee peinlich berührt, auf ihren Notizblock.
«Und wie stellen Sie das an?»
Die Frau lächelte kurz, klang selbstsicher und unbeirrbar.
«Der Garten Eden war ein geschützter Ort», sagte sie. «Er war von unsichtbaren Mauern umgeben, die das Böse nicht durchdringen konnte. So funktioniert die Sache auch bei uns.

Die Klienten kommen zu uns, durchlaufen unsere Organisation und verschwinden hinter einer undurchdringlichen Fassade. Sie werden ganz einfach gelöscht. Wenn jemand versucht, unsere Klienten aufzuspüren, stößt er, egal, welchen Weg er auch wählt, nur auf eine große, stumme Wand: uns.»

Annika blickte auf.

«Aber haben Sie denn keine Angst?»

«Wir sind uns der bestehenden Risiken bewusst, aber die Stiftung *Paradies* lässt sich ebenso wenig aufspüren. Wir haben verschiedene Büros, zwischen denen wir pendeln. Unsere Telefone sind über andere Anschlüsse in anderen Regierungsbezirken geschaltet. Wir sind fünf Personen, die ganztags für *Paradies* arbeiten, und wir sind alle gelöscht worden. Der einzige Weg in das *Paradies* ist eine Geheimnummer.»

Annika betrachtete die kleine Porzellanfrau, die selbstvergessen die Serviette zwischen ihren Fingern drehte. Die Frau passte so gar nicht in diese Umgebung, sie war so weiß und rein in der schäbigen Bar mit ihrer lichtscheuen Einrichtung.

«Wie funktioniert diese Löschung?»

Jemand schaltete schräg hinter Rebecka Björkstig eine Deckenlampe an, sodass ihr Gesicht in der Dunkelheit versank und die hellen, stummen Augen zu schwarzen Löchern wurden.

«Ich glaube, wir machen an dieser Stelle Schluss», sagte sie. «Ich hoffe, Sie haben dafür Verständnis, aber ich würde mit den restlichen Informationen gern noch ein wenig warten.»

Die Enttäuschung vermischte sich mit Erleichterung, Annika atmete auf. Rebecka Björkstig zog eine Karte aus ihrer Handtasche.

«Sie können mit Ihrem Herausgeber sprechen und fragen, ob Ihre Zeitung über unsere Arbeit berichten möchte. Anschlie-

ßend können Sie mich anrufen. Hier ist unsere Geheimnummer. Ich brauche wohl nicht zu betonen, dass Sie äußerst bedacht mit ihr umgehen müssen.»
Annika murmelte zustimmend.
«Wenn einer Veröffentlichung zugestimmt wird, können wir uns wieder treffen», sagte Rebecka Björkstig und erhob sich, klein und hell, aber im Schatten.
Annika lächelte dümmlich und stand auf. Sie gaben sich die Hand.
«Ich werde mich vielleicht wieder bei Ihnen melden», sagte sie.
«Wenn Sie mich bitte entschuldigen wollen, ich bin etwas in Eile», erwiderte Rebecka Björkstig. «Ich freue mich auf Ihren Anruf.»
Und dann war sie weg.
Der Kellner tauchte an ihrem Tisch auf.
«Zwei Kaffee, das macht fünfundfünzig Kronen.»
Annika bezahlte.
Im Taxi auf dem Rückweg zur Zeitung schweiften ihre Gedanken ab. Die Vororte rauschten hinter dem Schmutzfilm der Windschutzscheibe vorbei, die Industriegebiete mit ihren Gebäuden aus Blech, trostlose Hochhäuser, Hauptverkehrsstraßen mit roten Ampeln.
Wie hatte Rebecka Björkstig eigentlich ausgesehen? Annika merkte, dass sie es schon wieder vergessen hatte, erinnerte sich nur an das Vage, Ausweichende.
Bedrohte Menschen, misshandelte Frauen. Wenn es etwas gab, worüber sie lieber nicht schreiben sollte, dann war es genau das. Das Thema war für alle Zeit tabu für sie.
Was hatte sie noch über den Garten Eden gesagt? Annika durchforstete ihr Gedächtnis, es wollte ihr nicht mehr einfal-

len. Sie holte ihre Notizen heraus, blätterte und versuchte, in der regelmäßig aufblitzenden gelben Autobahnbeleuchtung darin zu lesen.
Dass er von einer unsichtbaren Mauer umschlossen war, die das Böse nicht durchdringen konnte.
Sie ließ den Notizblock sinken und sah die Hochhäuser von Blåkulla vorbeiflimmern.
Und was war mit der Schlange?, dachte Annika. Woher kam die?

Berit Hamrin saß an ihrem Platz in der Redaktion, als Annika zurückkehrte. Annika ging zu ihr und umarmte sie.
«Der Doppelmord?», fragte sie.
Berit lächelte.
«Es geht doch nichts über einen kleinen Mafiakrieg», antwortete sie.
Annika zog ihre Jacke aus und ließ sie zu einem kleinen Haufen auf den Fußboden sinken.
«Hast du schon gegessen?»
Sie gingen in die Kantine «Zu den sieben Ratten» hinunter und bestellten beide das Tagesgericht.
«Irgendwas am Laufen?», fragte Berit und schmierte sich ein Knäckebrot.
«Heute Nacht wird es wohl noch einmal um den Orkan gehen», antwortete Annika. «Und dann habe ich noch eine Frau getroffen, die mir eine reichlich seltsame Geschichte erzählt hat.»
Berit hob interessiert die Augenbrauen, während sie gleichzeitig den Kartoffelauflauf kostete.
«Seltsame Geschichten können einem richtig Spaß machen», meinte sie. «Reichst du mir bitte das Salz?»

Annika streckte sich nach hinten und holte einen Halter mit Salz- und Pfefferstreuer vom Nachbartisch.
«Die Frau behauptet, es gebe eine Stiftung mit dem Namen *Paradies*, die Frauen und Kindern, die Morddrohungen erhalten haben, zu einem neuen Leben verhilft.»
Berit nickte aufmunternd.
«Klingt spannend. Ist das wahr?»
Annika zögerte.
«Keine Ahnung, ich habe nicht alles erfahren. Die Geschäftsführerin machte einen unheimlich seriösen Eindruck. Offensichtlich haben sie eine Methode entwickelt, um verfolgte Menschen aus allen Computerregistern zu löschen.»
Sie bekam das Salz von Berit und verstreute es reichlich auf ihrer eigenen Portion.
«Denkst du ... dass es ein Problem ist, wenn ich so eine Geschichte recherchiere?», fragte sie vorsichtig.
Berit kaute einen Moment.
«Nein, überhaupt nicht», antwortete sie. «Du meinst, wegen Sven?»
Annika nickte, ihr blieb plötzlich die Stimme weg.
Die ältere Kollegin seufzte.
«Ich verstehe, dass du so denkst, aber dieser Vorfall kann dich nicht für alle Zeit davon abhalten, ganz normale journalistische Arbeit zu machen. Es war ein Unglück, das hast du doch schwarz auf weiß.»
Dem war nichts hinzuzufügen. Annika sah auf ihren Teller und schnitt ein Salatblatt in Streifen.
«Informiere aber lieber die Redaktionsleitung», meinte Berit. «Es ist leichter, Sachen ins Blatt zu bekommen, wenn die Herren in den höheren Etagen glauben, dass die Artikel ihre eigenen Ideen gewesen sind.»

Annika lächelte, kaute Salat. Sie aßen schweigend weiter.
«Bist du draußen im Freihafen gewesen?», fragte Annika, als sie den Teller zur Seite schob und sich nach einem Zahnstocher reckte.
Berit stand auf.
«Kaffee?»
«Schwarz.»
Sie holte beiden eine Tasse.
«Grausige Geschichte», sagte sie, als sie eine Tasse vor Annika abstellte. «Die Typen waren möglicherweise Serben, die Polizei vermutet, dass sie zur jugoslawischen Mafia gehörten. Sie befürchtet, dass sie jetzt anfangen, sich hier gegenseitig abzuschlachten.»
«Irgendwelche Spuren?»
«Schwer, was zu finden», antwortete sie. «Die Techniker waren am Tatort, bis es zu dunkel wurde, haben jedes Staubkorn untersucht, um Spuren und Kugeln zu finden.»
Annika blies über ihren Kaffee.
«Können wir unsere schönen Klischees einbringen? Hinrichtung? Eine Abrechnung in der Unterwelt? Die Polizei befürchtet einen Gangsterkrieg?»
Sie lachten ein wenig.
«Vermutlich alle», meinte Berit.

Sie schrieb ihre Notizen zur Stiftung *Paradies* ins Reine, und anschließend beauftragte Jansson sie damit, die neuen Texte über den Orkan zu bearbeiten. Die langen Nachtschichten machten sich immer stärker bemerkbar, und sie musste sich dauernd die Augen reiben, damit die Buchstaben nicht verschwammen. Glücklicherweise war der große Artikel über den behinderten Jungen schon fertig redigiert und brauchte nur

noch eingefügt zu werden. Vier Seiten darüber, wie das Sozialamt gegen die Kommunalgesetzgebung verstieß und dem Kind nicht die Fürsorge zuteil werden ließ, die ihm zustand. Es würde eine ruhige Nacht werden, vielleicht sogar zu ruhig.
Kurz vor Mitternacht brach der Rest der Nachtschicht nach unten auf, um zu essen. Annika blieb oben, ging ans Telefon, hatte ein Auge auf die neuen Meldungen der Nachrichtenagentur und war erleichtert, nicht mitgehen zu müssen. Als die Kollegen verschwunden waren, zögerte sie einen Augenblick und schwankte, ob sie ins Koma fallen oder ein paar Sachen recherchieren sollte. Dann setzte sie sich auf Janssons Platz, dessen Computer immer online war, und suchte über Yahoo nach einer Stiftung namens *Das Paradies*. Der Computer suchte, fand aber nichts. Dann versuchte sie es nur mit *Paradies* und bekam ein paar Treffer, eine Werbeagentur, einen freikirchlichen Pastor in Vetlanda mit eigener Homepage, einen Film mit Leonardo DiCaprio, nichts über eine Organisation, die bedrohten Frauen und Kindern half.
Sie ging an ihren Platz zurück, sah sich die Agenturmeldungen an. Keine *breaking news*. Sie wählte die Kurzwahlnummer des Archivs im zweiten Stock, wo sie eine Broschüre über Stiftungen hatten, die das Finanzamt zum Thema Steuergesetzgebung herausgegeben hatte. Sie bestellte sie, aber als der Hausmeister sich endlich dazu bequemt hatte, sie hochzubringen, hatte sie keine Lust, darin zu lesen. Sie drehte eine Runde, rieb sich die Augen, war müde, zermürbt, desinteressiert. Sie setzte sich wieder an ihren Platz, sehnte das Ende ihrer Schicht herbei, damit sie nicht mehr herkommen und nicht mehr in ihrer Wohnung sein musste. Sie verspürte einen leichten Druck auf der Brust, die Sinnlosigkeit machte ihr zu schaffen.
«Sjölander», rief sie. «Was soll ich tun? Eine Übersicht mit

Fakten zur Geschichte der jugoslawischen Mafia zusammenstellen?»

Er telefonierte gerade, hob aber den Daumen.

Annika ging wieder zu Janssons Platz und rief das Computerarchiv auf, wo sie unter Jugoslawien und Mafia suchte.

Den Ausschnitten zufolge, die sie fand, waren kriminelle jugoslawische Gruppierungen schon seit mehreren Jahrzehnten in zahlreichen Orten Schwedens etabliert, sowohl in den Großstädten als auch in kleineren Orten auf dem Lande. Ihre Hauptbetätigungsfelder waren Schmuggel und Rauschgifthandel, oftmals mit einem Restaurant als Deckmantel, aber in den letzten Jahren hatten sich ihre Aktivitäten verändert. Nachdem die Regierung vor ein paar Jahren die Tabaksteuer in zwei Stufen drastisch angehoben hatte, wechselten viele Schmuggler von Rauschgift zu Zigaretten. Eine Stange Zigaretten wurde für dreißig bis fünfzig Kronen in Osteuropa eingekauft, wo die schwedischen Marken Prince und Blend unter Lizenz hergestellt wurden. Anschließend wurden sie entweder direkt oder über Estland nach Schweden geschafft.

Annika saß eine Weile stumm am Computer und las in den Suchergebnissen. Dann ging sie zu Sjölander. Er hatte das Telefonat beendet und tippte, dass die Zeigefinger nur so auf die Tastatur hämmerten.

«Werden wir uns darauf festlegen, dass es sich um einen Mord unter Jugoslawen handelt?», wollte sie wissen.

Sjölander seufzte schwer.

«Na ja», antwortete er, «das ist eine schreibtechnische Frage. Ein Mord im Gangstermilieu ist es auf jeden Fall, eine Art Abrechnung in Mafiakreisen.»

«Vielleicht sollten wir uns dann nicht auf ein bestimmtes Land festlegen, oder?», fragte Annika. «Es gibt doch jede

Menge krimineller Gruppen, die hier seit Jahren ihren Geschäften nachgehen. Soll ich eine kleine Auflistung über die verschiedenen Mafiagruppen und ihre Spezialgebiete zusammenstellen?»

Sjölander brachte seine Zeigefinger wieder in Stellung.

«Kannst du machen.»

Annika ging zum Platz zurück und rief ihren Informanten an. Er ging sofort an den Apparat.

«Sie arbeiten spät», stellte Annika fest.

«Hat man Sie wieder aus der Versenkung geholt?», erkundigte sich der Kriminalbeamte.

«Keine Chance», erwiderte Annika. «Ich fresse immer noch Dreck. Haben Sie Zeit für ein paar kurze Fragen?»

Der Mann stöhnte auf.

«Ich habe hier zwei Typen», meinte er, «denen man eine Kugel ins Hirn verpasst hat.»

«Oh je», sagte Annika. «Das klingt schmerzhaft. Sind Sie sicher, dass es Jugoslawen sind?»

«Vergessen Sie es», sagte Q.

«Okay. Ein paar generelle Fragen zu verschiedenen ethnischen Gruppierungen. Was machen die ... Südamerikaner?»

«Ich habe keine Zeit.»

Annika spielte jetzt die Zerknirschte.

«Nur ein bisschen?», quengelte sie.

Der Kriminalkommissar lachte lauthals auf.

«Kokain», sagte er. «Aus Kolumbien. Wir haben letztes Jahr über hundert Prozent mehr beschlagnahmt.»

«Die Balten», hakte Annika nach und machte sich rasend schnell Notizen.

«Zum Teil Zigaretten. Viele gestohlene Autos. Wir glauben, dass Schweden allmählich zu einem Transitland für gestohlene Autos wird, Autos, die in Italien und Spanien gestohlen und durch ganz Europa direkt hierher geschafft werden, um anschließend mit Fähren ins Baltikum und nach Russland überführt zu werden.»

«Okay, weitere Gruppen, Sie kennen sich besser aus als ich.»

«Die Türken haben früher den Handel mit Heroin kontrolliert, aber in den letzten Jahren haben die Kosovo-Albaner das Geschäft übernommen. Die Russen waschen Geld, bis heute haben sie bei uns bereits eine halbe Milliarde in Immobilien investiert. Die Jugoslawen schmuggeln vor allem Zigaretten und Alkohol und haben ansonsten eine Reihe von Spielklubs und erpressen Schutzgelder. Manchmal benutzen sie Restaurants als Deckmantel. Reicht das?»

«Machen Sie ruhig weiter», erwiderte Annika.

«Die Motorradgangs treiben Geld ein und verdingen sich als Schläger. Sie bestehen durch die Bank aus Schweden oder anderen Skandinaviern. Die Pornomafia wird ebenfalls von Schweden gesteuert, aber das wissen Sie ja ...»

«Ha, ha, ha», sagte Annika trocken.

«Wirtschaftsdelikte werden fast immer von schwedischen Männern verübt. Sie arbeiten oft in verschiedenen Konstellationen zusammen, plündern Unternehmen, pfuschen mit der Mehrwertsteuer, solche und ähnliche Betrügereien. Einige haben bezahlte Schläger. Wir haben auch schon ein paar Banden aus Gambia gehabt, die mit Heroin gehandelt haben.»

«All right», sagte Annika. «Das reicht für eine Übersicht.»

«Es ist mir immer ein Vergnügen, Ihnen behilflich sein zu können», erwiderte er säuerlich und legte auf.

Annika lächelte. Er war ein Schatz.

«Was machst du?», fragte Jansson mit einer Plastiktasse in der Hand.

«Schreiben», sagte Annika.
Sie schrieb die Übersicht, fügte ihre Signatur hinzu und schickte den Text in den Stehsatz hinüber.
«Ich dreh mal eine Runde», sagte sie.
Jansson reagierte nicht.
Die Sinnlosigkeit gewann wieder die Oberhand.

Die Frau hustete dumpf und hohl. Ihr Kopf platzte fast vor Schmerzen, und die Wunde auf der Stirn pochte. Der leichte Schüttelfrost ließ auf eine erhöhte Körpertemperatur schließen, und sie vermutete eine bakterielle Infektion der Atemwege oder der Lunge. Gegen Mittag hatte sie die erste Tablette eines Breitband-Antibiotikums genommen. Die glutroten Ziffern auf dem Radiowecker neben dem Bett zeigten an, dass es Zeit für die nächste war.
Sie stolperte fröstelnd aus dem Bett, riss ihren Medikamentenbeutel auf, wühlte darin herum und fand das Antibiotikum unter dem Verbandszeug. Sie nahm mehrere Paracetamol gegen das Fieber. Die Pillen waren schon alt, hatten sie seit Sarajewo begleitet, das Verfallsdatum war schon ein paar Jahre überschritten. Das ließ sich jetzt nicht ändern, sie hatte keine Wahl.
Sie kroch wieder ins Bett, am besten versuchte sie sich gesund zu schlafen.
Aber der Schlaf wollte nicht kommen. Vor ihren geschlossenen Augen spielten sich Szenen ab, Menschen starben, unkontrollierbare Fantasien nahmen Gestalt an, das Fieber stieg. Schließlich kam er, der kleine Junge, mit ausgestreckten Armen, immer rasend schnell, laufend, schreiend, den Tod im Blick.
Sie stand verärgert auf, hustete, trank einen halben Liter Was-

ser. Sie musste diese Mistkrankheit loswerden, ehe man sie fand. Sie hatte jetzt keine Zeit, krank zu sein.
Dann riss sie sich zusammen. Was war schon eine Erkältung gegen das, was ihr hätte passieren können? Das Meer hatte sich über ihrem Kopf geschlossen, eiskalt und hart, Dunkelheit und Schmerz. Sie hatte die Panik unterdrückt und ihren Körper gezwungen, sich zu bewegen, sie schwamm so weit wie möglich unter der Wasseroberfläche von der Kaikante weg, holte Luft und tauchte wieder unter. Die Wellen warfen sie die letzten Meter bis zu dem Kai auf der anderen Seite des Hafens, ihre Schulter schlug gegen den Beton, sie hatte sich umgedreht und gesehen, wie er auf das Wasser hinausstarrte, eine schwarze Silhouette vor dem Lagerhaus im Goldschein. Sie war im Ölhafen hochgeklettert, hatte sich zwischen zwei gelbe Poller gelegt und für einen Moment das Bewusstsein verloren. Angst und Adrenalin hatten die Ohnmacht wieder verdrängt. Sie war an eine windgeschützte Stelle gegangen und hatte den Inhalt ihrer Tasche kontrolliert. Nach einigen Versuchen gelang es ihr, das Handy in Gang zu bekommen, und sie bestellte ein Taxi zu Louddens Ölhafen. Dann wollte dieser dämliche Taxifahrer sie nicht ins Auto lassen, weil sie so nass war, aber sie hatte nicht locker gelassen, und er hatte sie zu diesem heruntergekommenen Motel gefahren.
Sie strich sich über die geschlossenen Augen.
Der Taxifahrer war ein Problem. Er würde sich garantiert an sie erinnern und vermutlich reden, wenn er nur genug Geld dafür bekam.
Sie musste eigentlich weg von hier, ihre Sachen packen und das Zimmer schon diese Nacht verlassen.
Plötzlich spürte sie, dass die Zeit knapp wurde. Sie stand auf, war diesmal etwas stabiler auf den Beinen, weil das fiebersen-

kende Mittel seine Wirkung tat, und zog ihre verknitterten Kleider an. Der Mantel war in den Taschen immer noch ein wenig feucht.

Sie hatte gerade ihren Medikamentenbeutel in die Tasche gelegt, als es an der Tür klopfte. Das Herz schlug ihr bis zum Hals, ihr Atem ging federleicht.

«Aida?»

Die Stimme hinter der Tür war leise, sanft und dumpf. Das Spiel der Katze mit der Maus.

«Ich weiß, dass du hier bist, Aida.»

Sie nahm ihre Tasche und stürzte ins Badezimmer, schloss die Tür hinter sich ab, kletterte auf den Rand der Badewanne und schob das kleine Lüftungsfenster auf. Ein kalter Wind schlug ihr entgegen. Sie warf die Tasche hinaus, riss sich den Mantel vom Leib und drückte ihn durch die Öffnung. Im gleichen Moment hörte sie das Geräusch von berstendem Glas im Zimmer.

«Aida!»

Sie nahm Schwung, warf sich durch die Öffnung, fing sich mit den Händen ab und schlug einen Purzelbaum, als sie den Erdboden erreichte. Die Schläge gegen die Badezimmertür hallten durch das offene Fenster hinaus, das Geräusch von zersplitterndem Holz. Sie zog den Mantel an, packte die Tasche und lief in Richtung Autobahn davon.

MONTAG, 29. OKTOBER

Sie stieg an der Endhaltestelle der Linie 41 aus, atmete auf, sah den Bus davonfahren und hinter einem niedrigen Verwaltungsgebäude verschwinden. Alles war still, keine Menschenseele zu sehen. Der Tag war dabei, aufzugeben und sich zurückzuziehen, noch bevor er gekommen war. Sie vermisste ihn nicht.

Sie hängte sich die Tasche über die Schulter und ging einige Meter, sah sich um. Es war ein eigenartiges Gefühl, zwischen diesen Häusern und Lagerhallen umherzugehen. Hier endete Schweden. Ein Schild links von ihr wies den Weg in Richtung Tallinn, Klaipeda, Riga, Sankt Petersburg, zu den neuen Volkswirtschaften, den jungen Demokratien.

Kapitalismus, dachte Annika. Eigenverantwortlichkeit, Privatisierungen. Ist das die Lösung?

Sie hielt das Gesicht in den Wind und blinzelte. Alles wurde grau. Das Meer, die Kais, die Häuser, die Kräne. Kalte, hartnäckige Sturmböen. Sie schloss die Augen und ließ den Wind an ihr zerren.

Ich habe alles, was ich mir je gewünscht habe, dachte sie. Genau so will ich mein Leben leben. Ich habe es selbst gewählt. Ich kann niemandem einen Vorwurf machen.

Sie blickte direkt in den Wind, der ihre Augen tränen ließ. Geradeaus lag die Hauptverwaltung des Stockholmer Hafens, ein schöner alter Ziegelbau mit Erkern, Terrassen und einem

Blechdach in verschiedenen Stufen. Hinter dem Gebäude erhoben sich die riesigen Silos der Raiffeisenkooperative wie zusammengewachsene Penisse gen Himmel. Der Fährterminal Richtung Estland lag links, dahinter begann das offene Wasser. Rechts erstreckte sich ein Hafenbecken mit Kränen und Lagerhallen zu beiden Seiten.

Sie schlug den Kragen der Jacke hoch, zog das Halstuch enger und ging langsam zu dem Bürogebäude. Eine Fähre aus Tallinn lag vor Anker und sah hinter den Häusern gigantisch aus. Das Fenster der Balten zum Westen.

Als sie um die Ecke des Bürogebäudes bog, sah sie die Absperrungen. Die blauweiß gestreifte Plastikfolie flatterte einsam und verfroren bei den Silos im Wind. Es waren keine Polizisten zu sehen. Sie blieb stehen und studierte die Landzunge, die sich vor ihr erstreckte. Dies musste das Herz des Hafens sein. Das Gebiet war ein paar hundert Meter lang, mit gewaltigen Lagerhäusern zu beiden Seiten. Ganz am Ende, noch hinter den Absperrungen, sah man einen Abstellplatz für Sattelschlepper. Die einzigen Menschen, die sie ausmachen konnte, waren ein paar Gestalten in knallgelben Westen bei den Zugmaschinen.

Sie ging langsam zu den Plastikbändern der Polizei und blickte zu den enormen Silos auf. Obwohl sie festen Boden unter den Füßen hatte, wurde ihr von der Höhe schwindlig. Die Spitzen trafen den Himmel, ohne einen größeren Kontrast zu bilden, Grau auf Grau. Ihr Blick folgte ihnen, bis ihre Hüfte gegen das zähe Plastik stieß.

Zwischen den Silos gab es eine schmale Fläche, zu der kein Tageslicht hervordrang. Hier hatten die Männer ihr Leben ausgehaucht. Sie zwinkerte in der plötzlichen Dunkelheit, um ihre Augen an das Zwielicht zu gewöhnen, konnte aber dennoch die schwarzen Flecken, die von dem Blut stammten,

kaum erkennen. Die Körper hatten in der Mündung der Passage gelegen, nicht zwischen den Schatten versteckt.
Sie wandte dem Tod den Rücken zu und sah sich um. Reihen von Scheinwerfermasten standen an der Kaikante. Das ganze Hafengebiet dürfte nachts in helles Licht getaucht sein, ausgenommen der Raum zwischen den Silos.
Wenn man jemanden erschießen will, warum lässt man ihn dann mitten im Scheinwerferlicht liegen? Warum schleift man ihn nicht in den Schatten?
Es kommt natürlich darauf an, wie eilig man es hat, dachte sie.
Sie senkte den Blick, stampfte mit den Füßen und blies in ihre Hände, der Matsch spritzte. Scheißwinter. Hinter dem abgesperrten Areal befand sich irgendwo das Requisitenlager des schwedischen Fernsehens.
Sie ging um die Absperrung herum und fror dabei ordentlich, denn der Regen war zwar nicht sehr stark, wurde aber von dem vom Meer kommenden eisigen Wind scharf landeinwärts geweht. Sie schlug den Schal noch einmal um den Kopf und ging weiter in Richtung Wasser, folgte einem Zaun, der die Grenze zum Baltikum bildete. Ein Ferntransporter, der seine besten Tage hinter sich hatte, stand auf der anderen Seite und spuckte Abgase, sie zog den Schal vor die Nase.
Der Zaun endete an einem großen Tor gleich neben den abgestellten Sattelschleppern. Drei Zollbeamte waren gerade dabei, den vorletzten Lastwagen des Tages zu kontrollieren, der letzte war der Umweltsünder hinter ihr.
«Was machen Sie hier?»
Der Mann hatte rote Wangen von der Kälte und trug die Uniform eines Zollbeamten unter seiner gelben Weste. Seine Augen waren klar und fröhlich. Annika lächelte.

«Ich bin nur neugierig. Ich arbeite bei einer Zeitung und habe von den Morden da drüben gelesen», sagte sie und zeigte über die Schulter.
«Wenn Sie etwas schreiben wollen, muss ich Sie an unseren Pressesprecher verweisen», sagte der Zollbeamte freundlich.
«Nein, nein, ich schreibe nicht in der Zeitung, ich kontrolliere bloß, ob die anderen auch alles richtig beschrieben haben. Da ist es gut, wenn man auch mal rauskommt und sich umsieht, damit man weiß, ob die Reporter schlampig gewesen sind.»
Der Zollbeamte lachte.
«Ja, da haben Sie sicher viel zu tun», meinte er.
«Genau wie Sie, nehme ich an», erwiderte Annika.
Sie gaben sich die Hand und stellten sich vor.
«Ist bald Schluss für heute?», fragte Annika und zeigte auf das letzte Fahrzeug, das gerade zum Tor vortuckerte.
Der Mann seufzte müde.
«Zumindest für mich», meinte er. «Es war ein ziemliches Durcheinander hier in den letzten Tagen, mit der Absperrung da hinten und dem allen. Und dann die ganzen Zigaretten.»
Annika hob die Augenbrauen.
«Ist heute was Besonderes passiert?»
«Wir haben heute Morgen einen falschen Kühllastwagen erwischt, der voller Tabak war, im Boden, in der Decke, in den Wänden. Sie hatten die ganzen Isolierungen entfernt und die Hohlräume mit Zigaretten gefüllt.»
«Wie viele waren es denn?»
«In den Boden eines Ferntransporters passen fünfhunderttausend und fünfhunderttausend in die Decke und dann noch einmal genauso viel in die Wände. Insgesamt dürften es also bis zu zwei Millionen gewesen sein, und Sie können mit einer Krone pro Zigarette rechnen.»

«Großer Gott», sagte Annika.

«Das ist im Grunde gar nichts, verglichen mit allem, was sonst noch so kommt. Es werden unglaubliche Mengen von Zigaretten geschmuggelt. Die Schmuggler haben das Rauschgift aufgegeben und schmuggeln stattdessen Tabak. Seit der Staat die Steuern erhöht hat, werfen Zigaretten genauso viel ab wie Heroin, und das bei einem wesentlich niedrigeren Risiko. Rauschgift in Millionenwert bringt einen ins Gefängnis, bis man verrottet, Zigarettenschmuggel wird kaum bestraft. Sie versuchen es mit doppelten Planen, Zwischenböden, hohlen Stahlträgern …»

«Einfallsreiche Typen», sagte Annika.

«Unbestritten», erwiderte der Zollbeamte.

Annika nahm Anlauf. «Wissen Sie, wer die Toten waren?»

Der Mann schüttelte den Kopf.

«Nein. Habe sie vorher noch nie gesehen.»

Annika sperrte die Augen auf.

«Dann haben Sie die Leichen gesehen?»

«Ja. Sie lagen da hinten, als ich kam. Direkt in den Kopf geschossen.»

«Gott, wie furchtbar», meinte Annika.

Der Zollbeamte zog eine Grimasse, stampfte Leben in seine Füße.

«Na, jetzt wird es aber bald Zeit, den Laden dicht zu machen. Wollten Sie sonst noch etwas wissen?»

Annika sah sich um.

«Nur, was sich in diesen Häusern befindet.»

Der Zollbeamte zeigte auf die einzelnen Gebäude und erklärte es ihr.

«Lagerhalle acht. Steht im Moment leer. In der Zwei dahinten sind der Tallinn-Terminal und der Seezoll. Alle Gütertrans-

porte aus Tallinn müssen erst dahin und ihre Papiere vorzeigen, ehe sie zu uns kommen.»
«Was sind das für Papiere?»
«Frachtbriefe, jede einzelne Kiste samt Inhalt muss aufgeführt sein. Dann bekommen sie den hier, den sie bei uns vorzeigen müssen.»
Der Mann zog einen knallgrünen Papierstreifen mit Stempeln, Unterschriften und den Buchstaben IN hervor.
«Und Sie kontrollieren jedes einzelne Ding?», fragte Annika.
«Das meiste, aber alles schaffen wir nicht.»
Annika lächelte verständnisvoll.
«Wann überspringen Sie denn einen Wagen?»
Der Zollbeamte seufzte.
«Wenn man die Hecktüren aufmacht und die Paletten und Kartons vom Boden bis zur Decke gestapelt sind, kann es schon einmal vorkommen, dass einem die Lust vergeht. Wenn wir so einen Lastwagen überprüfen wollen, müssen wir ihn in die Sieben drüben auf dem Containergelände bringen und alles ausladen, die Ladung mit Hilfe von Gabelstaplern rausholen. Wir haben hier zwar Zollbeamte, die ausgebildete Gabelstaplerfahrer sind, aber so viel Personal haben wir nun auch wieder nicht.»
«Nein, das verstehe ich», sagte Annika.
«Dann sind da noch die verplombten Wagen, die Schweden mit versiegeltem Laderaum passieren. Niemand darf Teile der Fracht entfernen, hinzufügen oder austauschen, ehe der Transport das vorgesehene Empfängerland erreicht hat.»
«Sind das die Wagen, auf denen TIR steht?»
Der Mann nickte.
«Es gibt auch noch andere Formen der Versiegelung, aber TIR ist die bekannteste.»

Annika streckte die Hand aus.
«Was machen denn die ganzen Sattelschlepper hier?»
Er drehte sich um und sah zu dem Parkplatz mit den vielen Aufliegern hinüber.
«Da draußen stehen die Frachten, die ins Baltikum sollen und auf eine Fähre warten, oder Sachen, die verzollt worden sind und auf den Weitertransport in Schweden warten.»
«Mietet man diese Stellplätze?»
«Nein, man stellt sich einfach hin. Niemand weiß wirklich, wer da alles steht. Oder warum oder wie lange. Da kann alles Mögliche drin sein.»
«Auch die eine oder andere eingeschmuggelte Stange Zigaretten?»
«Mit allergrößter Wahrscheinlichkeit.»
Sie lächelten sich an.
«Danke, dass Sie sich ein wenig Zeit für mich genommen haben», sagte Annika.
Gemeinsam gingen sie zur Einfahrt des Freihafens. Als sie gerade auf der Höhe der Polizeiabsperrung waren, wurden die Scheinwerfer eingeschaltet und warfen ihr unbarmherziges Licht über das Gelände.
«Verdammt tragische Geschichte», meinte der Zollbeamte. «Junge Kerle, kaum zwanzig Jahre alt.»
«Wie sahen sie aus?», wollte Annika wissen.
«Die Jungs wussten nicht, was ein richtiger Winter ist», antwortete der Zollbeamte. «Sie müssen höllisch gefroren haben, trugen feine Lederjacken und Jeans. Nichts auf dem Kopf oder an den Händen. Sportschuhe.»
«Wie lagen sie?»
«Fast schon aufeinander, beide mit Löchern im Kopf.»
Der Zollbeamte klopfte sich mitten auf die Stirn.

Annika blieb stehen.
«Hat denn keiner etwas gehört? Gibt es hier nachts kein Wachpersonal?»
«Es gibt Wachhunde in allen Lagerhäusern, außer in der Acht, die leer steht. Sie bellen wie verrückt, wenn jemand versucht einzubrechen. Die Zahl der Diebstähle und Einbrüche ist deutlich zurückgegangen, seit es die Hunde gibt, obwohl sie ja keine brauchbaren Augenzeugen sind. Ehrlich gesagt, weiß ich nicht, ob jemand die Schüsse gehört hat. Der Wind blies immerhin mit Orkanstärke.»
Sie tauschten noch ihre Visitenkarten und ein paar Höflichkeitsfloskeln aus, dann ging Annika mit schnellen Schritten zur Bushaltestelle neben dem Schild Tallinn, Klaipeda, Riga, Sankt Petersburg. Sie fror so sehr, dass sie mit den Zähnen klapperte. Die Einsamkeit schloss sich um sie, schwer und feucht. Sie blieb im Unterstand der Bushaltestelle stehen, eine graue Gestalt, die vor dem grauen Hintergrund verschwand. Es war noch zu früh, um zur Zeitung, aber auch zu spät, um noch mal nach Hause zu fahren, und alles zu leer, um denken zu können.
Als plötzlich hinter einem Verwaltungsgebäude ein Bus der Linie 76 auftauchte, folgte sie einem spontanen Impuls. Statt mit der Linie 41 nach Kungsholmen zurückzufahren, fuhr sie nach Gamla Stan, stieg am Schloss aus und ging durch das Gassengewirr zum Tyska Brinken. Es hatte aufgehört zu regnen, und der Wind war abgeflaut. Die Zeit stand still zwischen den Steinhäusern, der Verkehrslärm von der Skeppsbron verklang, ihre Schritte hallten auf dem mit Eis überzogenen Kopfsteinpflaster. Es wurde schnell dunkler, und die Farben wurden im gelben Goldschein der schmiedeeisernen Laternen verzerrt und zu Flecken im knappen Zirkel des Lichts reduziert. Schwarze

Schmiedearbeiten. Roter Ocker. Glänzende, mundgeblasene Fensterscheiben in kleinen Rahmen. Gamla Stan war eine andere Welt, eine andere Zeit, ein Echo aus der Vergangenheit. Natürlich war es Anne Snapphane gelungen, an eine Dachwohnung neben der Deutschen Kirche zu kommen. Zwar nur als Untermieterin, aber immerhin.

Sie war zu Hause und kochte gerade Nudeln.

«Stell eine Schüssel auf den Tisch. Die reichen auch noch für dich», sagte sie, nachdem sie Annika hereingelassen und die Tür hinter ihr geschlossen hatte. «Was verschafft mir die Ehre?»

«Ich war ein bisschen unterwegs und komme direkt aus dem Freihafen.»

Annika ließ sich auf einen Stuhl unter der Dachschräge in der kleinen Küche fallen, atmete die Wärme und die Dämpfe vom Nudeltopf ein. Die Sinnlosigkeit verblasste, ihre Leere füllte sich mit Anne Snapphanes lauter und leiser werdenden Geplapper. Annika antwortete nur einsilbig.

Sie saßen sich gegenüber, mischten Butter, Käse und Sojasauce unter die Tagliatelle. Der Käse schmolz und bildete zähe Tentakeln zwischen den Nudeln. Annika drehte ihre Gabel in dem Gewirr und sah zum Fenster hinaus. Dächer, Schornsteine und Terrassen zeichneten sich vor dem tiefblauen Winterhimmel als schwarze Konturen ab. Plötzlich merkte sie, wie hungrig sie war, und sie aß, bis ihr die Luft wegblieb, und trank ein großes Bierglas voll Cola.

«War da nicht heute Morgen ein Mord im Freihafen?», fragte Anne, schob sich den letzten Bissen in den Mund und füllte den Wasserkocher.

«Zwei, gestern Morgen», antwortete Annika und stellte ihren Teller in die Spülmaschine.

«Das ist ja toll», meinte Anne, «seit wann arbeitest du wieder als Reporterin?»
Sie goss das Wasser in die Bodum-Kanne.
«Keine voreiligen Schlüsse, bitte. Ich liege auf Eis, und das ist dicker, als man denkt», erwiderte Annika und ging zu den Dachbalken im Wohnzimmer.
Anne Snapphane folgte ihr mit einem Tablett, auf dem zwei Tassen, die Kaffeekanne und eine Tüte Gummibärchen waren.
«Aber du darfst wieder schreiben? Ich meine, als Reporterin?»
Sie setzten sich auf das Sofa. Annika schluckte.
«Überhaupt nicht. Ich habe es nur nicht mehr zu Hause ausgehalten. Ein Doppelmord ist immerhin ein Doppelmord.»
Anne verzog das Gesicht zu einer Grimasse, blies auf das heiße Getränk, schlürfte.
«Dass du das aushältst», sagte sie. «Ich dagegen weiß alles über weibliche Beziehungen, Mode und Essstörungen.»
Annika lächelte.
«Wie läuft's denn?»
«Der Programmdirektor findet, dass *Die Frauencouch* ein großartiger Erfolg ist. Mir persönlich fällt es schwer, seinen Enthusiasmus zu teilen. Die gesamte Redaktion arbeitet sich fast zu Tode, alle hassen die Moderatorin, und der Regisseur hat ein Verhältnis mit der Projektleiterin.»
«Wie hoch sind eure Einschaltquoten? Eine Million?»
Anne Snapphane blickte Annika traurig an.
«Aber meine Liebe», sagte sie. «Wir reden hier über das Satellitenuniversum. Marktanteile. Das Erreichen der Zielgruppe. Nur die schwachen Öffentlich-Rechtlichen reden noch über Einschaltquoten.»

«Warum schreiben wir dann andauernd über sie?», fragte Annika und öffnete die Gummibärchentüte.

«Woher soll ich das denn wissen», antwortete Anne. «Ihr wisst es wahrscheinlich nicht besser. Und aus *Die Frauencouch* wird nie etwas Ordentliches werden, wenn wir nicht ein paar richtige Journalisten in unsere Redaktion bekommen.»

«So schlimm? Sollte nicht jemand Neues anfangen?», fragte Annika und schob sich eine Hand voll Gummibärchen in den Mund.

Anne Snapphane stöhnte laut auf.

«Michelle Carlsson. Kann nichts, weiß nichts, ist aber unglaublich kamerageil.»

Annika lachte.

«Läuft es beim Fernsehen nicht immer darauf hinaus?»

«Ja, natürlich», erwiderte Anne, «mach dich nur lustig. Redakteure bei Abendzeitungen sollten keine Steine werfen. Sie sitzen selber im Glashaus.»

Anne schaltete ihren Fernsehapparat an und landete mitten in der Erkennungsmelodie der öffentlich-rechtlichen Nachrichten.

«Voilà, Arroganz extra», sagte sie.

«Sei still», meinte Annika, «ich will hören, ob sie was über die Morde im Freihafen bringen.»

Die Fernsehnachrichten begannen mit den Nachwirkungen des Orkans in Südschweden. Die Lokalredaktion in Malmö war unterwegs gewesen und hatte beschädigte Bushaltestellen, abgedeckte Scheunen und zu Bruch gegangene Schaufenster gefilmt. Ein alter Mann mit einer Mütze des Bauernverbands auf dem Kopf kratzte sich bekümmert im Nacken, während er sein umgewehtes Gewächshaus betrachtete, und sagte etwas im schonischen Dialekt, für das man schwedische

Untertitel benötigt hätte. Dann landete man im Firmensitz eines Energieversorgers, wo ein Firmenvertreter mit tiefen Ringen unter den Augen versicherte, dass man alles tue, was man könne, damit alle Kunden im Laufe des Abends wieder Strom hätten. Soundso viele Haushalte waren in Schonen, Blekinge und Småland immer noch ohne Strom.

Annika seufzte innerlich. Wie unglaublich langweilig.

Dann folgte eine Schätzung über den materiellen Schaden, der weit in die Millionen ging. In Dänemark war eine Frau ums Leben gekommen, als ihr Auto von einem umstürzenden Baum getroffen wurde.

«Gibt es Wald in Dänemark?», fragte Anne Snapphane.

Annika sah ihre Freundin aus dem Norden Schwedens müde an.

«Bist du denn wirklich nie von eurer kahlen Hochebene runtergekommen?», fragte sie.

Anschließend folgten die obligatorischen Redeschwälle zu Archivbildern aus Tschetschenien und dem Kosovo. Russische Truppen hatten dies und die UCK hatte das getan. Die Kamera schwenkte über ausgebombte Gebäude und schmutzige Flüchtlinge auf den Ladeflächen von Lastwagen.

«Dein Mord ist denen egal», sagte Anne Snapphane.

«Das ist nicht mein Mord», erwiderte Annika. «Er gehört Sjölander.»

Nach einer Kurzmeldung über etwas, das der Ministerpräsident gesagt hatte, folgte eine Live-Reportage zu den Morden im Freihafen. Die Nachrichtensprecherin redete aus dem Off zu Bildern des Areals zwischen den Silos. Das Fernsehen brachte ungefähr die gleichen Informationen wie das *Abendblatt* in seiner letzten Ausgabe, die vor zwölf Stunden in Druck gegangen war.

«Dass diese Fernsehreporter aber auch nie etwas selber recherchieren können», sagte Annika. «Sie hatten den ganzen Tag zur Verfügung und haben nicht das Geringste herausgefunden.»

«So etwas ist denen nicht wichtig», meinte Anne.

«Die Fernsehleute leben noch in den Fünfzigern», sagte Annika. «Es reicht ihnen, wenn die Bilder sich bewegen und man etwas hört. Die journalistische Arbeit ist ihnen entweder egal, oder sie beherrschen sie erst gar nicht. Fernsehreporter sind Versager.»

«Amen», sagte Anne. «Das Geschenk Gottes an den Journalismus hat gesprochen. Ja, aber sag mal, verdammt nochmal, hast du etwa alle Gummibärchen aufgefuttert? Ein paar hättest du mir wenigstens übrig lassen können.»

«Sorry», sagte Annika beschämt. «Ich muss los.»

Sie verließ Anne unter ihrem Dachgiebel und ging die Stora Nygatan Richtung Norrmalm entlang. Die Luft war jetzt nicht mehr schneidend, nur noch frisch und klar. Etwas in ihr erwachte zum Leben, und sie bekam Lust zu singen. Sie stand da, summte und wartete, dass die Ampel an der Kreuzung beim Adelshaus und dem Höchsten Gericht grün wurde, als ein kleiner Mann links neben ihr auftauchte.

«Ich bin den ganzen Weg von Huddinge aus mit dem Fahrrad gefahren», sagte der Alte, und Annika zuckte zusammen.

Der alte Mann konnte sich vor Erschöpfung kaum mehr auf den Beinen halten. Er zitterte am ganzen Körper, seine Nase lief.

«Hui, das ist ganz schön weit», sagte Annika. «Haben Sie keine müden Beine?»

«Nicht die Bohne», sagte der alte Mann, und die Tränen begannen zu laufen. «Ich könnte noch einmal so weit fahren.»

Es wurde grün. Als Annika losging, folgte der alte Mann ihr.

Er stolperte ihr, über das Fahrrad gebeugt, nach. Annika wartete auf ihn.
«Wohin wollen Sie jetzt?», fragte sie.
«Zum Zug», flüsterte er. «Zum Zug nach Hause.»
Sie half ihm über den Tegelbacken bis zum Hauptbahnhof. Der alte Mann hatte keinen Pfennig Geld bei sich. Annika bezahlte seine Fahrkarte.
«Gibt es jemanden, der sich um Sie kümmert, wenn Sie nach Hause kommen?», erkundigte sie sich.
Der Mann schüttelte heftig den Kopf, die Rotze flog.
«Ich bin gerade aus dem Krankenhaus entlassen worden», sagte er.
Als sie ihn verließ, saß er auf einer Bank am Hauptbahnhof, den Kopf auf der Brust, das Fahrrad an seine Beine gelehnt.

Das Bild war groß und nahm die ganze Mitte der Titelseite der Zeitung ein. Die Grundfarbe war goldgelb, glänzend, die Motive scharf und deutlich erkennbar. Die Polizisten in ihren schweren Lederjacken, schwarz im Profil, das leuchtende Weiß der Krankenwagen, ernste Männer in Graublau mit kleinen Werkzeugen in den Händen, das Gerümpel, die Treppe, der gynäkologische Behandlungsstuhl.
Und dann die leblosen, zusammengesunkenen und schwarzen Pakete, die so groß waren, als sie noch lebten, so viel Platz einnahmen. Wie klein sie nun aussahen auf der Erde, leicht zu beseitigender Abfall.
Sie hustete, zitterte. Das Fieber war im Laufe des Tages gestiegen. Das Antibiotikum schien nicht zu helfen. Die Wunde an der Stirn schmerzte.
Ich muss mich ausruhen, dachte sie. Ich muss schlafen.
Sie ließ die Zeitung sinken, lehnte sich mit dem Kopf an die Kis-

sen. Das Gefühl des Fallens, das den Schlaf ankündigte, stellte sich augenblicklich ein, rückwärts, das schnelle Einatmen, der tastende Griff nach dem Geländer. Und dann der Junge, seine Angst und sein Schrei, ihre eigene bodenlose Unzulänglichkeit. Sie öffnete mit einem Ruck die Augen. Auf der anderen Seite der Wand lachten die Teilnehmer einer Tagung. Sie war gleichzeitig mit ihrem Bus im Hotel angekommen, und es war ihr gelungen, als eine Teilnehmerin mit hineinzugelangen. Das hatte sie fürs Erste gerettet, aber jetzt genügte das nicht mehr. Wenn ihre alten Medikamente in der Nacht keine Wirkung zeigten, musste sie sich behandeln lassen. Der Gedanke machte ihr Angst, sie würde so leicht zu entdecken sein. Sie trank ein paar Schluck Wasser, ihre Arme waren steif und schwer, und sie versuchte sich wieder auf den Artikel zu konzentrieren.
Eine Abrechnung in Unterweltkreisen. Die jugoslawische Mafia. Keine Verdächtigen, aber mehrere Spuren. Sie blätterte um. Ein Bild von einem Taxifahrer.
Ihr Blick stockte, sie sah genauer hin und setzte sich, gegen die Kissen gelehnt, auf.
Sie erkannte den Taxifahrer wieder, der sie nicht in sein schickes Auto hatte lassen wollen. Ein Reporter hatte mit ihm gesprochen. Er berichtete in dem Artikel, dass er in der betreffenden Nacht eine Frau aus dem Ölhafen gefahren habe, die nass wie eine ertränkte Katze gewesen sei. Die Polizei war daran interessiert, Kontakt zu der Frau aufzunehmen, um ihr einige Fragen zu stellen.
Einige Fragen zu stellen.
Sie sank wieder in die Kissen, schloss die Augen, atmete schnell.
Was war, wenn nach ihr gefahndet wurde! Dann konnte sie sich auf keinen Fall in ärztliche Behandlung begeben.

Sie stöhnte laut auf, atmete heftig und stoßweise, die Polizei suchte nach ihr.
Keine Panik, dachte sie. Werd jetzt nicht hysterisch, vielleicht fahndet die Polizei überhaupt nicht nach dir.
Sie zwang sich, ruhig zu werden, zwang sich zu einem ruhigeren Puls und zu langsamerem Atmen.
Wie konnte sie herausfinden, ob nach ihr gefahndet wurde? Sie konnte ja schlecht anrufen und fragen, dann würde man sie binnen einer Viertelstunde holen. Sie konnte anrufen und ein wenig im Trüben fischen und so tun, als hätte sie Informationen zu dem Fall, und darauf hoffen, dass die Polizisten aus Versehen etwas ausplauderten.
Sie nahm die Zeitung wieder auf, um den Schluss des Artikels zu lesen. Er enthielt nicht viel mehr Informationen, und es ging auch nicht daraus hervor, ob tatsächlich nach ihr gefahndet wurde.
Dann sah sie den Namen unter dem Artikel. Der Journalist. Journalisten übertrieben ab und zu, spekulierten, erfanden, aber manchmal wussten sie auch mehr, als sie schrieben.
Sie bekam einen Hustenanfall. So ging es nicht weiter. Sie brauchte Hilfe. Sie griff nach der Zeitung und las noch einmal den Namen.
Sjölander.
Sie streckte sich nach dem Telefon aus.

Annika hatte ihre Jacke noch nicht ganz ausgezogen, als Sjölander sie auch schon rief und mit dem Hörer winkte.
«Da ist irgend so eine Tussi dran, die Hilfe braucht. Kannst du übernehmen?»
Annika schloss die Augen. Das war ihre Rolle. Mitspielen, dranbleiben.

Die Frau am anderen Ende der Leitung klang matt und krank und hatte einen starken ausländischen Akzent.
«Ich brauche Hilfe», keuchte sie.
Annika setzte sich, fühlte sich plötzlich wieder leer und sehnte sich nach einer Tasse Kaffee.
«Er ist hinter mir her», sagte die Frau. «Er macht Jagd auf mich.»
Annika schloss die Augen, lehnte sich vor, sank über dem Schreibtisch zusammen.
«Ich bin Bürgerkriegsflüchtling aus Bosnien», fuhr die Frau fort. «Er versucht mich zu töten.»
Großer Gott, war sie denn wirklich für das verdammte Elend der ganzen Welt verantwortlich?
Die Frau murmelte etwas, und es hörte sich an, als würde sie gleich das Bewusstsein verlieren.
«Hören Sie», sagte Annika und öffnete die Augen. «Wie geht es Ihnen?»
Die Frau begann zu weinen.
«Ich bin krank», antwortete sie. «Ich traue mich aber nicht, ins Krankenhaus zu fahren. Ich habe Angst, dass er mich findet. Können Sie mir nicht helfen?»
Annika stöhnte innerlich auf und suchte mit den Augen in der Redaktion nach jemandem, an den sie das Gespräch weitergeben konnte, fand aber niemanden.
«Haben Sie die Polizei angerufen?», fragte sie.
«Er bringt mich um, wenn er mich findet», flüsterte die Frau. «Er hat schon mehrfach versucht, mich zu erschießen. Ich schaffe es nicht mehr, noch weiter zu fliehen.»
Die keuchenden Atemzüge der Frau hallten durch den Hörer. Annika fühlte sich immer kraftloser.
«Ich kann Ihnen nicht helfen», sagte sie. «Ich bin Journalis-

tin, ich schreibe Artikel. Haben Sie beim Sozialdienst angerufen oder im Frauenhaus?»

«Der Freihafen», flüsterte die Frau. «Die Toten im Freihafen. Ich kann über sie reden.»

Bei diesen Worten zuckte Annika zusammen und richtete sich auf.

«Wie bitte? Was?»

«Wenn Sie erzählen, was Sie wissen, werde ich Ihnen sagen, was ich weiß», sagte die Frau.

Annika befeuchtete ihre Lippen. Ihre Augen suchten Sjölander, sie konnte ihn aber nirgends entdecken.

«Sie müssen herkommen», keuchte die Frau. «Sagen Sie niemandem, wohin Sie fahren. Nehmen Sie kein Taxi. Sagen Sie keinem, wer ich bin.»

Jansson stand vor ihr, als sie den Hörer aufgelegt hatte.

«Die Morde im Freihafen», sagte sie erklärend.

«Warum hat Sjölander das Gespräch nicht angenommen?», fragte Jansson.

«Es war eine Frau am Apparat», antwortete Annika.

«Ach so», sagte Jansson und ging zu seinem Telefon.

«Ich fahre hin», sagte sie. «Es kann ein bisschen dauern.»

Jansson winkte sie weg.

Annika nahm das Branchenbuch mit und bekam von Tore Brands Sohn in der Hausmeisterloge die Schlüssel zu einem Zeitungsauto ohne Werbeaufschrift überreicht. Sie fuhr in die Garage hinunter und fand nach einigem Suchen das Auto. Sie lehnte das Telefonbuch an den Lenker und suchte das Hotel heraus. Es lag ziemlich weit weg, in einem entfernteren Vorort, in dem sie noch nie zuvor gewesen war.

Es war wenig Verkehr, die Straßen waren glatt. Sie fuhr vorsichtig, hatte keine Lust, in dieser Nacht zu sterben.

Das wird schon, dachte sie. Es wird klappen.
Sie blickte durch die Windschutzscheibe zum Himmel hinauf.
Jemand sieht mich, dachte sie, das fühle ich.

Thomas würgte das Nachrichtengelaber ab, landete in einer hitzigen Podiumsdiskussion, schaltete weiter und fand sich in einer Soap aus dem amerikanischen Süden wieder, um schließlich bei MTV hängen zu bleiben, *give it to me baby, aha, aha.*
Er ertappte sich dabei, wie er die Brüste der Frauen, ihre goldfarbenen Bäuche, ihre flatternden Locken anstarrte.
«Liebling!»
Eleonor zog die Haustür hinter sich zu und stampfte den Schneematsch von den Füßen.
«Im Wohnzimmer», rief er zurück, wechselte schnell den Sender und landete wieder bei den Nachrichten.
«Was für ein Tag», sagte seine Frau, als sie die Treppe heruntergekommen war, zog ihre Seidenbluse aus dem Rock, öffnete die Perlmuttknöpfe an den Handgelenken, warf sich neben ihm auf das Sofa.
Er zog sie an sich und küsste sie aufs Ohr.
«Du arbeitest zu viel», sagte er.
Sie öffnete die Haarspange und schüttelte ihr Haar aus.
«Die Management-Weiterbildung», erwiderte sie. «Du weißt doch, dass die heute war. Das habe ich dir schon ein paar Mal gesagt.»
Er ließ sie los und streckte sich wieder nach der Fernbedienung.
«Ja, natürlich», sagte er.
«Ist Post gekommen?»
Sie stand auf und ging wieder in den Flur hinauf, er antwortete nicht. Er hörte ihre Nylonfüße auf der Lackoberfläche

der Treppenstufen quietschen, das Rascheln der Umschläge, die aufgerissen wurden, die Schublade für Rechnungen, die geöffnet und wieder geschlossen wurde, die Schritte zum Unterschrank der Spüle, wo das Altpapier verwahrt wurde.
«Hat jemand angerufen?», rief sie.
Er räusperte sich.
«Nein.»
«Überhaupt niemand?»
Er seufzte leise.
«Doch, meine Mutter.»
«Was wollte sie?»
«Über Weihnachten reden. Ich habe ihr gesagt, dass ich mit dir sprechen werde und wir sie dann später wieder anrufen.»
Sie kam mit einem Knäckebrot, belegt mit fettarmem Käse, in der Hand wieder die Treppe herunter.
«Wir waren schon letztes Jahr bei ihnen», meinte sie. «Dieses Jahr sind meine Eltern an der Reihe.»
Er nahm die Fernsehzeitung vom Couchtisch, blätterte in den Filmkritiken.
«Wie wäre es, wenn wir dieses Jahr einfach zu Hause blieben?», fragte er. «Wir können das Weihnachtsessen doch auch hier machen und deine und meine Eltern einladen.»
Sie kaute konzentriert auf dem Brot, dem an Ballaststoffen so reichen Brot.
«Und wer soll das bitte schön vorbereiten?»
«Es gibt doch Catering-Firmen», antwortete er.
Sie blieb neben dem Sofa stehen, sah mit Brotkrümeln in den Mundwinkeln zu ihm herab.
«Catering?», sagte sie. «Deine Mutter kocht immer Sülze aus einem Schweinskopf, meine Mutter macht ihre eigene Knoblauchwurst, und du redest von Catering?»

Er stand auf. Plötzlich war er wütend.
«Dann vergiss es eben», sagte er und ging an ihr vorbei, ohne sie eines Blickes zu würdigen.
«Was ist denn mit dir los?», fragte sie fordernd seinen Rücken. «Du bist mit nichts mehr zufrieden! Was passt dir denn nicht an unserem Leben?»
Er blieb auf halber Treppe stehen und sah sie an. Sie war so schön, so müde, so weit weg.
«Natürlich können wir zu deinen Eltern fahren», sagte er.
Sie drehte sich um, setzte sich auf die äußerste Sofakante und wechselte den Sender.
Sein Blick trübte sich, der Kloß in seiner Brust wurde härter.

«Ist es okay, wenn ich ein wenig lüfte?», fragte Annika und ging zum Fenster.
«Nein!», zischte die Frau und sank auf ihr Bett zurück.
Annika hielt mitten in der Bewegung inne, kam sich dumm und unbeholfen vor, zog die Vorhänge wieder zu. Der Raum lag im Halbdunkel, grau und ungesund, es roch nach Fieber und Schleim. In einer Ecke stand ein Schreibtisch mit einem Stuhl und einer Leselampe. Sie machte das Licht an, rückte den Schreibtischstuhl an das Bett heran und zog sich die Jacke aus. Die Frau sah wirklich krank aus, sie brauchte eigentlich jemanden, der sich um sie kümmerte.
«Was ist passiert?», wollte Annika wissen.
Die Frau begann plötzlich zu lachen. Sie rollte sich zusammen wie ein Fötus und lachte hysterisch, bis ihr Lachen in Weinen überging. Annika wartete peinlich berührt und hielt die Hände unsicher auf dem Schoß.
Noch eine, die gerade entlassen worden ist, dachte sie.
Dann verstummte die Frau, gewann keuchend die Fassung

wieder und sah zu Annika auf. Ihr Gesicht glänzte von Tränen und Schweiß.
«Ich stamme aus Bijeljina», sagte sie leise. «Kennen Sie Bijeljina?»
Annika schüttelte den Kopf.
«Der Krieg in Bosnien hat dort angefangen», erläuterte die Frau.
Annika wartete schweigend auf eine Fortsetzung, die nicht kam. Die Frau schloss die Augen, und ihre Atemzüge wurden tiefer. Anscheinend schlief sie ein.
Annika räusperte sich vorsichtig und betrachtete unsicher die kranke Frau in dem Bett.
«Wer sind Sie?», fragte sie laut.
Die Frau zuckte zusammen.
«Aida», erwiderte sie. «Ich heiße Aida Begovic.»
«Warum liegen Sie hier?»
«Ich werde verfolgt.»
Ihre Atemzüge waren jetzt wieder schnell und flach, sie schien auf der Schwelle zur Bewusstlosigkeit zu stehen. Annika war immer unbehaglicher zu Mute.
«Kennen Sie niemand, der sich um Sie kümmern kann?»
Es kam keine Antwort. Du meine Güte, sollte sie einen Krankenwagen rufen?
Annika trat an das Bett heran und beugte sich über die Frau.
«Wie geht es Ihnen? Soll ich jemanden anrufen? Wo wohnen Sie, woher kommen Sie?»
Die Antwort kam atemlos.
«Fredriksberg in Vaxholm. Ich kann nicht mehr dorthin zurück. Dort findet er mich sofort.»
Annika ging zu ihrer Tasche, kramte Notizblock und Stift heraus und schrieb Fredriksberg, Vaxholm und verfolgt.

«Wer findet Sie sofort?»
«Ein Mann.»
«Was für ein Mann? Ihr eigener Mann?»
Sie antwortete nicht, keuchte.
«Was wollten Sie mir über den Freihafen erzählen?»
«Ich war da.»
Annika starrte die Frau an.
«Was meinen Sie damit? Haben Sie die Morde gesehen?»
Plötzlich erinnerte sie sich an den Artikel in der Zeitung, an den Taxifahrer, den Sjölander aufgetrieben hatte.
«Das waren Sie!», sagte sie.
Aida Begovic aus Bijeljina setzte sich mühsam im Bett auf, schob die Kissen am Kopfende hoch und lehnte sich an.
«Ich hätte auch tot sein sollen, aber ich bin entkommen.»
Die Frau hatte rote Flecken im Gesicht, ihre Haare waren schweißverklebt. Sie hatte eine große Schnittwunde auf der Stirn und blaue Flecken auf der Wange. Sie sah Annika mit Augen an, die abgrundtief, schwarz, bodenlos waren. Annika setzte sich wieder, ihr Mund war völlig ausgedörrt.
«Was ist passiert?»
«Ich lief und fiel hin, versuchte mich zu verstecken, auf einem langen Ladekai lag eine Menge Gerümpel. Dann lief ich weiter, er schoss auf mich, ich sprang ins Wasser. Es war so kalt, deshalb bin ich krank geworden.»
«Wer hat geschossen?»
Sie schloss die Augen, zögerte.
«Es kann gefährlich für Sie werden, das zu wissen», sagte sie.
«Er hat nicht zum ersten Mal getötet.»
«Woher wissen Sie das?», fragte Annika.
Aida lachte müde, die Finger an die Stirn gelegt.
«Sagen wir, dass ich ihn gut kenne.»

Die alte Geschichte, dachte Annika.
«Wer waren die toten Männer?»
Aida aus Bijeljina schlug die Augen auf.
«Sie sind nicht wichtig», sagte sie.
Annikas Unsicherheit wich einer schnellen und unmissverständlichen Wut.
«Was heißt denn hier nicht wichtig?», sagte sie. «Zwei junge Menschen, die durch Kopfschüsse getötet wurden, sollen nicht wichtig sein?»
Die Frau begegnete ihrem Blick.
«Wissen Sie, wie viele Menschen während des Krieges in Bosnien gestorben sind?»
«Das hat doch damit nichts zu tun», erwiderte Annika. «Jetzt reden wir über den Freihafen von Stockholm.»
«Denken Sie, das macht einen Unterschied?»
Sie starrten sich schweigend an. Die fiebrig glänzenden Augen der Frau hatten zu viel gesehen. Annika senkte als Erste den Blick.
«Vielleicht nicht», sagte sie. «Warum wurden sie ermordet?»
«Was wissen Sie?», wollte Aida aus Bijeljina wissen.
«Nicht viel mehr, als was in den Zeitungen steht. Dass die Männer vermutlich Serben sind, sie trugen serbische Kleidung. Keine Ausweispapiere, keine Fingerabdrücke. Interpol hat bereits Kontakt mit Belgrad aufgenommen. Die Polizei sucht Sie.»
«Wird nach mir gefahndet?»
Sie stellte die Frage schnell und mit Nachdruck, und Annika beobachtete sie genau.
«Ich weiß es nicht», antwortete sie. «Ich glaube schon. Warum melden Sie sich nicht selbst bei der Polizei und fragen?»
Die Frau sah sie aus ihrem Fiebernebel heraus an.

«Sie verstehen das nicht», sagte sie. «Sie kennen meine Situation nicht. Ich kann nicht mit der Polizei reden. Jetzt nicht. Was wissen Sie über den Mörder?»
«Laut Polizei jemand aus der Unterwelt.»
«Das Motiv?»
«Irgendeine Abrechnung unter Kriminellen, genau wie es in der Zeitung stand. Was wissen Sie eigentlich über das alles?»
Aida Begovic aus Bijeljina schloss die Augen und ruhte sich einen Moment lang aus.
«Sie dürfen nicht erzählen, dass Sie mit mir gesprochen haben.»
«Geht in Ordnung», sagte Annika. «Ich unterliege der Schweigepflicht, was meine Informanten angeht. Keine Behörde darf Nachforschungen dazu anstellen, wer Sie sind, das würde gegen die Verfassung verstoßen.»
«Sie verstehen mich falsch, es könnte gefährlich für Sie sein. Sie dürfen nicht schreiben, was ich Ihnen gesagt habe, denn sonst kapieren die, dass Sie Bescheid wissen.»
Annika betrachtete die Frau, zögerte, antwortete nicht, wollte nichts versprechen. Die Frau richtete sich wieder, an die Kissen gelehnt, auf.
«Sind Sie da gewesen? Haben Sie die Lastwagen am Hafen gesehen?»
Annika nickte.
«Einer von ihnen fehlt», sagte Aida aus Bijeljina. «Ein Ferntransporter voller Zigaretten, nicht nur im Boden, sondern die ganze Fracht, fünfzig Millionen Zigaretten, fünfzig Millionen Kronen.»
Annika stockte der Atem.
«Es wird noch mehr Morde geben, der Mann, dem die Ladung gehört, wird die Diebe nicht entkommen lassen.»
«Ist er es, der Sie jagt?»

Die Frau nickte.
«Warum?»
Sie schloss die Augen.
«Ich weiß alles», sagte sie.
Sie saßen eine Weile schweigend da, als es plötzlich an der Tür klopfte. Aida aus Bijeljina wurde kreideweiß im Gesicht. Das Klopfen wiederholte sich. Eine sanfte Stimme, dunkel und männlich, erklang fast flüsternd.
«Aida?»
«Das ist er», flüsterte die Frau. «Er wird uns beide erschießen.»
Sie sah aus, als würde sie jeden Augenblick in Ohnmacht fallen.
Annika wurde schwindlig. Sie stand auf, der Raum schwankte, sie versuchte das Gleichgewicht zu halten.
Erneutes Klopfen.
«Aida?»
«Jetzt sterben wir», sagte die Frau resigniert.
Annika sah sie den Kopf senken und beten.
Nein, dachte Annika. Nicht hier, nicht jetzt.
«Kommen Sie», flüsterte sie, zog die Frau aus dem Bett und schleppte sie ins Badezimmer, warf anschließend ihre Kleider hinterher, riss sich den Pullover vom Leib, hielt ihn sich vor die Brust und öffnete die Tür.
«Ja?», fragte sie erstaunt.
Der Mann vor der Tür war groß und schön, schwarz gekleidet und hielt eine Hand in der Jackentasche verborgen.
«Wo ist Aida?», fragte er mit leichtem Akzent.
«Wer?», erwiderte Annika verständnislos, der Mund ohne Speichel, mit klopfendem Herzen.
«Aida Begovic. Ich weiß, dass sie hier ist.»

Annika schluckte, blinzelte zur Deckenbeleuchtung hinauf und schob sich den Pullover unter das Kinn.
«Da haben Sie wohl die falsche Zimmernummer bekommen», sagte Annika und schnaubte. «Das hier ist mein Zimmer. Wenn Sie mich jetzt bitte entschuldigen wollen, mir geht es nicht besonders gut. Ich lag schon im Bett.»
Der Mann machte einen Schritt nach vorn, legte die linke Hand auf die Tür und versuchte sie aufzudrücken. Annika setzte instinktiv ihren Fuß auf der anderen Seite der Tür als Bremsklotz dagegen. Im gleichen Moment öffnete sich die Tür des Nachbarzimmers. Etwa zehn leicht angetrunkene Tagungsteilnehmer aus der Internet-Abteilung von Telia torkelten in den Hotelkorridor hinaus.
Der große Schwarzgekleidete zögerte, und Annika zwang Luft in ihre Lungen und schrie.
«Hauen Sie ab! Verschwinden Sie!»
Sie versuchte mit aller Macht, die Tür wieder zuzudrücken. Einige Tagungsteilnehmer blieben stehen und sahen sich um.
«Verschwinden Sie!», schrie Annika. «Helfen Sie mir, er versucht in mein Zimmer einzudringen!»
Zwei der Telia-Männer warfen sich in die Brust und wandten sich Annika zu.
«Gibt es Probleme?», wollte der eine von ihnen wissen.
«Es tut mir Leid, Liebling», sagte der Mann und ließ die Tür los. «Wir können später weiterreden.»
Er machte auf dem Abatz kehrt und ging schnell in Richtung Ausgang davon. Annika schloss die Tür, ihr war übel vor Angst.
Großer Gott, großer Gott, lass mich leben.
Ihre Beine zitterten so sehr, dass sie sich auf den Boden setzen musste, ihre Hände zitterten, sie wollte sich übergeben. Die Badezimmertür ging auf.

«Ist er gegangen?»
Annika nickte schweigend, und Aida aus Bijeljina schluchzte auf.
«Sie haben mir das Leben gerettet. Wie kann ich Ihnen jemals ...»
«Wir müssen hier weg», sagte Annika. «Beide, so schnell wie möglich.»
Sie stand auf, schaltete die Schreibtischlampe aus und begann in der Dunkelheit, ihre Sachen zusammenzusuchen.
«Warten Sie», sagte Aida. «Wir müssen warten, bis er weggefahren ist.»
«Er wird Wache halten, um zu sehen, was wir tun», sagte Annika. «Verdammt, verdammt!»
Sie kämpfte gegen die Tränen an. Die Frau stolperte zum Bett und ließ sich darauf fallen.
«Nein», sagte sie. «Er glaubt, dass er hereingelegt worden ist. Er hat Geld bezahlt und wird nun überprüfen, ob er einen unzuverlässigen Informanten hatte.»
Annika atmete drei Mal tief durch, ganz ruhig, sie musste jetzt Ruhe bewahren.
«Wie konnte er wissen, dass Sie hier sind?», fragte sie. «Haben Sie es jemandem gesagt?»
«Gestern hat er mich auch gefunden, ihm war klar, dass ich nicht sehr weit gekommen sein konnte. Er hat Leute, die nach mir suchen. Können Sie erkennen, ob er wegfährt?»
Annika wischte sich die Augen ab und spähte durch einen Spalt zwischen den Vorhängen hinaus. Auf dem Parkplatz unter ihnen erblickte sie den Mann zusammen mit zwei anderen Männern. Sie setzten sich alle in das Auto neben ihrem und fuhren davon.
«Sie sind gefahren», sagte Annika und ließ den Vorhang los.
«Lassen Sie uns gehen.»

Sie schaltete die Schreibtischlampe wieder an, zog sich die Jacke an, steckte den Stift in ihre Handtasche und hob den Notizblock vom Fußboden auf. Der Schweiß lief ihr über den Rücken, und gleichzeitig hatte sie kalte Hände.
«Nein», sagte Aida aus Bijeljina. «Ich bleibe. Er kommt nicht zurück.»
Annika richtete sich auf und spürte, dass ihr Gesicht rot wurde.
«Woher wollen Sie das wissen? Dieser Mann ist lebensgefährlich! Ich fahre Sie zum Flughafen oder zum Bahnhof.»
Die Frau schloss die Augen.
«Sie haben ihn gesehen», sagte sie. «Sie wissen, dass er nach Aida aus Bijeljina sucht. Er kann mich hier nicht töten, nicht heute Abend. Er tut nie etwas, das ihn in Gefahr bringt, geschnappt zu werden. Er erledigt mich stattdessen morgen oder übermorgen.»
Annika sackte wieder in sich zusammen, legte den Notizblock auf ihren Schoß, denselben Block, den sie in einem anderen Hotel in einem anderen Vorort dabeigehabt hatte.
«Können Sie sich denn nirgendwo verstecken?», fragte sie.
Aida schüttelte den Kopf.
«Gibt es niemanden, der Ihnen helfen kann?»
«Ich habe Angst, ins Krankenhaus zu fahren.»
Annika zögerte.
«Es gibt vielleicht einen Weg», sagte sie dann. «Es gibt vielleicht jemanden, der Ihnen helfen kann.»
Die Frau aus Bosnien antwortete nicht.
Annika blätterte in ihrem Block, suchte, fand aber nicht, was sie suchte.
«Es gibt eine Stiftung, die Menschen wie Ihnen hilft», sagte Annika und wühlte nun in ihrer Tasche, da, auf dem Boden,

lag die Visitenkarte. «Rufen Sie diese Nummer noch heute Abend an.»
Sie kritzelte die geheime Telefonnummer der Stiftung auf einen Zettel und legte ihn auf den Nachttisch.
«Was denn für eine Stiftung?», fragte die Frau.
Annika setzte sich neben die Kranke, strich ihr Haar nach hinten und versuchte, einen ruhigen und vernünftigen Eindruck zu machen.
«Ich weiß nicht genau, wie es funktioniert, aber es ist möglich, dass diese Menschen Ihnen helfen können. Sie löschen Menschen, sodass sie verschwinden.»
Der Blick der Frau blieb skeptisch.
«Was heißt verschwinden?»
Annika versuchte zu lächeln.
«Ich weiß es nicht genau. Rufen Sie heute Abend dort an, fragen Sie nach Rebecka Björkstig, grüßen Sie sie von mir.»
Sie stand auf.
«Warten Sie», sagte Aida. «Ich möchte mich bei Ihnen bedanken.»
Mühevoll zog sie eine große Tasche hervor, die unter dem Bett gelegen hatte. Sie war rechteckig, hatte einen Griff und Schulterriemen, ein großes Schloss aus Metall, das sich mit einem Schlüssel öffnen ließ.
«Ich möchte, dass Sie das hier bekommen», sagte Aida aus Bijeljina und hielt Annika eine dicke Goldkette entgegen, die mit zwei unregelmäßig eingefügten Berlocken verziert war.
Annika trat einen Schritt zurück, schwitzte in ihrer Jacke, wollte weg.
«Ich kann ein solches Geschenk nicht annehmen», sagte sie.
Zum ersten Mal lächelte Aida traurig.

«Wir werden uns nie wieder sehen», sagte sie. «Sie beschämen mich, wenn Sie mein Geschenk nicht annehmen.»

Zögernd nahm Annika die massive Halskette entgegen.

«Danke», murmelte sie und ließ sie in die Tasche fallen. «Viel Glück.»

Sie drehte sich um und entfloh der kranken Frau, ließ sie, mit der großen Tasche im Arm auf dem Bett sitzend, zurück.

Der Parkplatz war leer. Sie eilte mit Schritten, die leicht trippelnd, unsicher, zu klein waren, über den Asphalt. Ein schneller Blick über die Schulter, niemand sah, wie sie in das Zeitungsauto einstieg. Sie bog auf die Hauptverkehrsstraße, blickte prüfend in den Rückspiegel, fuhr bei der ersten Abfahrt ab, parkte hinter einer Tankstelle, wartete, schaute, fuhr auf langsam einkreisenden Wegen nach Stockholm zurück. Niemand folgte ihr.

Nachdem sie in der Garage der Zeitung geparkt hatte, saß sie, mehrere Minuten an das Lenkrad gelehnt, da und zwang sich, normal zu atmen.

Es war lange her, dass sie solche Angst gehabt hatte.

Mehr als zwei Jahre.

Der große Mann in den schwarzen Kleidern brach mit einem leichten Handgriff die Zimmertür im Korridor des Tagungshotels weit draußen in den Vororten auf. Die Luft verriet ihm, dass er richtig war. Es roch nach Scheiße und nach Angst. Das Zimmer lag nur halb im Dunkeln, weil eine Straßenlaterne auf dem Parkplatz weiße Tortenstücke an die Zimmerdecke malte. Er schloss die Tür hinter sich, die mit einem leisen Klicken ins Schloss fiel, trat in den Raum, zielte auf das Bett und schaltete das Licht an.

Es war leer.

Das Bettzeug war zerwühlt, eine Rolle Toilettenpapier lag auf dem Nachttisch, ansonsten folgte die Möblierung dem üblichen Standard.
Die Wut überspülte ihn mit einer Welle, die ihn völlig ermatten ließ. Er sank auf das Bett, legte die Hand auf einen Haufen voll geschnupften Papiers. Auf dem Fußboden neben seinem Fuß lag ein kleiner Karton. Er hob ihn auf und las, was auf der Verpackung stand.
Eine leere Schachtel Antibiotika, der Text war auf Serbokroatisch.
Sie musste es gewesen sein, sie musste hier gewesen sein.
Er stand auf und trat drei Mal gegen das Kopfende des Bettes, bis es nachgab.
Hure. Ich werde dich finden.
Er ging das ganze Zimmer durch, Zentimeter für Zentimeter, Schublade für Schublade, stöberte in den Papierkörben, den Schränken, riss den Schreibtisch auf und die Matraze hoch. Nichts.
Anschließend holte er sein Messer heraus und schnitt systematisch das Bettzeug, die Daunendecke, die Kissen, die Sprungfedermatratze, die Stuhlbezüge, den Duschvorhang in Fetzen und explodierte dabei fast, so stark war der Druck in seinem Innern.
Er setzte sich auf den Badewannenrand und legte die Stirn an die kalte Klinge des Messers.
Sie war hier gewesen, sein Informant war verlässlich gewesen. Wo zum Teufel war sie jetzt hin? Bald würden sich alle über ihn das Maul zerreißen, den Typen, der die Fotze nicht in die Finger bekam. Er hätte in das Zimmer eindringen müssen, als er hier war, aber da hatte er Pech gehabt, diese verdammten Hotelgäste auf dem Flur, diese schwedische Hure.

Er richtete sich auf.
Die schwedische Frau, wer zum Teufel war sie eigentlich? Er hatte sie noch nie zuvor gesehen. Sie hatte akzentfrei gesprochen, und sie musste Aida gekannt haben. Aber woher? Und was machte sie hier? Wie hing sie in der Sache drin?
Plötzlich klingelte das Handy in seiner Jackentasche. Der Mann riss die Jacke auf, zog das Handy heraus, streichelte nebenbei seine Waffe.
«Molim?»
Gute Nachrichten, endlich gute Nachrichten.
Er verließ das Zimmer und schlich unbemerkt aus dem Hotel.

Annika Bengtzon trat ein, ohne anzuklopfen, und ließ sich auf sein altes Sofa fallen, ohne sich weiter über den Gestank aufzuregen.
«Ich habe einen Tipp bekommen, den ich gern möglichst bald mit Ihnen besprechen würde», sagte sie. «Haben Sie einen Augenblick Zeit?»
Sie wirkte müde, beinahe krank.
«Es sieht nicht so aus, als hätte ich eine Wahl», erwiderte Anders Schyman gereizt.
Sie holte tief Luft und atmete langsam wieder aus.
«Entschuldigung», sagte sie, «ich bin ein wenig überdreht. Ich war gerade bei einem verdammt unangenehmen ...»
Sie schälte sich aus Jacke, Schal und Handschuhen.
«Gestern Abend habe ich eine Frau namens Rebecka Björkstig getroffen. Sie ist Geschäftsführerin einer vollkommen neuartigen Stiftung, die *Paradies* heißt. Die Stiftung verhilft Menschen, die aus irgendeinem Grund bedroht werden, zu einem neuen Leben, vor allem Frauen und Kindern. Es klang verdammt interessant.»

«Wie helfen sie ihnen?»

«Sie löschen sie aus allen Computerregistern. Sie wollte mir die Methode nicht preisgeben, ehe ich die Zusage habe, dass die Sache veröffentlicht wird.»

Schyman betrachtete sie, sie war nervös.

«Solche Garantien können wir nicht geben, ohne zu wissen, worum es eigentlich geht, das wissen Sie», sagte er. «Eine solche Organisation muss sehr sorgfältig überprüft werden, ehe wir damit an die Öffentlichkeit treten. Diese Rebecka Björkstig kann doch alles Mögliche sein, eine Betrügerin, eine Mörderin, woher wollen Sie das wissen?»

Sie sah ihn lange an.

«Denken Sie, ich sollte versuchen, das herauszufinden? Ich meine, denken Sie, dass ich ...»

Sie verstummte. Er verstand, worauf sie hinauswollte.

«Treffen Sie sich von mir aus noch einmal mit ihr und sagen Sie ihr, dass wir Interesse haben. Allerdings finde ich nicht, dass die Geschichte zu viel Zeit und Kraft von Ihrem Nachtjob in Anspruch nehmen darf.»

Sie stand von dem Sofa auf und setzte sich stattdessen in einen der Besucherstühle vor seinem Schreibtisch.

«Sie müssen dieses dämliche Sofa loswerden», sagte sie. «Warum bitten Sie nicht einfach jemanden, es rauszutragen?»

Sie legte ihren Notizblock auf den Schreibtisch. Er zögerte einen Augenblick, entschloss sich dann aber, ehrlich zu sein.

«Ich weiß, was Sie wollen. Sie wollen, dass ich Sie von der Nachtschicht befreie und wieder als Reporterin arbeiten lasse.»

Er lehnte sich zurück und vollendete seinen Gedankengang: «Das geht im Moment leider nicht.»

«Warum nicht?», fragte sie schnell. «Ich habe jetzt ein Jahr und dreihundertdreiundsechzig Tage lang in der Nachtschicht gearbeitet. Seit dem Urteil bin ich fest angestellt. Ich finde, dass ich meinen Teil getan habe. Ich will schreiben, selber schreiben.»

Eine furchtbare Müdigkeit breitete sich in ihm aus. Ich will. Ich werde. Warum darf ich nicht. Verwöhnte Gören, über zweihundert Stück, die immer ihren Willen durchsetzen wollten, deren Artikel oder Arbeitsaufgaben oder Gehälter immer das einzig Wichtige auf der Welt waren. Er konnte sie im Moment nicht versetzen, nicht vor der anstehenden Umorganisation.

«Hören Sie», sagte er. «Im Moment ist nicht der richtige Zeitpunkt. Vertrauen Sie mir.»

Sie sah ihn einige Sekunden prüfend an und nickte dann.

«Ich verstehe», sagte sie, stand auf und ging, Tasche und Kleider in einem Bündel auf dem Arm.

Nachdem sie die Tür hinter sich geschlossen hatte, seufzte Anders Schyman auf.

Der Fußboden glänzte frisch gebohnert, die Computerbildschirme ließen die Dunkelheit vibrieren. Eisblaue Gesichter wandten ihre ganze Konzentration der virtuellen Wirklichkeit zu, die Tastaturen klapperten, die Mäuse jagten über den Bildschirm, nagten, schnitten aus, änderten, löschten. Jansson telefonierte, rauchte und hackte wie verrückt auf den Tasten herum, ignorierte die Raucherecke. Sie ließ ihre Sachen neben dem Nachtdesk auf den Fußboden fallen und ging auf die Toilette, ließ warmes Wasser über ihre Handgelenke laufen. Sie war bis auf die Knochen durchgefroren.

Sie schloss die Augen und sah den Mann vor sich, den schönen Schwarzen mit der Hand in der Lederjacke, den Mörder.

Sie erinnerte sich nicht mehr daran, was sie gesagt hatte, was er gesagt hatte, nur an ihre unbeholfene Verwirrung und die lähmende Angst.

Warum gerade ich?, dachte sie. Warum immer ich?

Sie trocknete ihre Hände ab und betrachtete ihr trauriges Gesicht im Spiegel.

Großmutter, dachte sie. Morgen darf ich zu Großmutter fahren und schlafen, ausruhen, leben.

Sie fühlte sich ein wenig erleichtert, der Puls kehrte in Körper und Hände zurück, das Band um ihre Brust lockerte sich ein wenig.

Paradies, dachte sie, vielleicht sollte ich trotz allem versuchen, einen Artikel über diese Stiftung hinzubekommen. Vielleicht sollte ich nicht die ganzen freien Tage in Lyckebo bleiben, vielleicht sollte ich auch ein wenig schreiben.

Sie lächelte in sich hinein, der Tipp über die Stiftung konnte vielleicht zu einem Wendepunkt werden. Sie würde recherchieren, richtig arbeiten müssen. Schyman würde ...

Plötzlich wurde ihr eiskalt, das Band schloss sich wieder wie eine Eisenkette um ihre Brust.

Schyman! Was war, wenn er Recht hatte, wenn Rebecka Björkstig nur bluffte, ihr etwas vorspiegelte, wenn sie eine Betrügerin war? Sie hielt sich die Hand vor den Mund und stöhnte auf. Um Gottes willen, Aida aus Bijeljina, sie hatte schon einen Menschen ins *Paradies* geschickt!

Die Kälte breitete sich wieder in ihr aus, nahm von ihrem ganzen Körper Besitz.

Oh, mein Gott, wie hatte sie nur so etwas Dummes tun können, eine Organisation zu empfehlen, über die sie nicht das Geringste wusste?

Sie ging in eine Toilettenkabine und setzte sich auf das Klo, schwindelnd und matt. Gab es denn überhaupt keine Grenzen für ihre Dummheit?

Sie schnappte nach Luft und versuchte sich zu sammeln.

Was habe ich getan? Welche Wahl hatte Aida Begovic? Wenn ich sie dort nicht besucht hätte, wäre Aida jetzt schon tot.

Sie stand auf, ging zum Waschbecken hinaus und trank Wasser aus dem Hahn, sah ihr blutrot angelaufenes Gesicht im Spiegel.

Andererseits, wie konnte sie sich dessen überhaupt sicher sein? Vielleicht war auch Aida eine Lügnerin, eine Verrückte. Vielleicht fuhr sie sonst immer mit dem Rad von Huddinge nach Stockholm, bis sie nicht mehr konnte und ohne das nötige Geld, um wieder nach Hause zu kommen. Der schöne Mann in den schwarzen Kleidern war vielleicht ihr Bruder, der sie nur wieder in den Schoß der Familie zurückholen wollte.

Sie schloss die Augen, lehnte sich mit dem Hinterkopf an die gekachelte Wand und atmete ein paar Mal tief durch.

Niemand würde es je erfahren. Niemand würde je herausfinden, was sie getan hatte. Aida hatte Recht. Sie würden sich nie wieder sehen.

Wenn das *Paradies* funktionierte, würde sie verschwinden, und zwar für immer.

Wenn nicht, würde sie sterben.

Es gab aber doch eine Möglichkeit, herauszufinden, ob Aida gewusst hatte, wovon sie redete.

Annika ging zu ihrem Schreibtisch und wählte die Nummer von Q.

«Heute Abend habe ich wirklich keine Zeit», sagte ihr Informant bei der Polizei.

«Haben Sie den Ferntransporter gefunden?», fragte sie schnell.

Langes, verblüfftes Schweigen.
«Ich weiß, dass Sie danach suchen», fuhr sie fort.
«Woher zum Teufel wissen Sie von dem Sattelschlepper?», fragte er. «Wir haben gerade erst erfahren, dass er verschwunden ist, und sind noch nicht einmal dazu gekommen, die Fahndung danach rauszugeben.»
Sie atmete auf. Aida log nicht.
«Ich habe meine Quellen», sagte sie.
«Sie werden wirklich immer gespenstischer», meinte Q. «Haben Sie etwa das zweite Gesicht?»
Sie musste laut lachen, ein wenig zu laut.
«Ich meine es ernst», sagte Q. «Das hier ist kein Spiel. Passen Sie gut auf, mit wem Sie über diese Dinge sprechen.»
Das Lachen blieb ihr im Hals stecken.
«Was meinen Sie damit?»
«Alle, die davon wussten, dass der Sattelschlepper verschwunden ist, stecken ganz schön in der Klemme, einschließlich Ihres Informanten.»
Sie schloss die Augen und musste schlucken.
«Ich weiß.»
«Sie wissen was?»
«Was wisst ihr?»
Er seufzte leise.
«Die Sache ist noch lange nicht ausgestanden», antwortete er.
«Es wird noch mehr Morde geben», sagte Annika leise.
«Wir versuchen sie zu verhindern, aber wir hinken gewaltig hinterher», erwiderte Q.
«Was kann ich schreiben?»
«Den Ferntransporter oder, besser gesagt, den Sattelschlepper können Sie bringen. Schreiben Sie, wir wissen, dass er mit einer Fracht Zigaretten unbekannten Werts verschwunden ist.»

«Fünfzig Millionen», sagte Annika.

Er atmete vernehmlich in den Hörer.

«Da wissen Sie mehr als ich, aber ich glaube Ihnen.»

«Wer waren die Männer?», fragte sie.

«Das wissen wir immer noch nicht.»

«Mein Informant sagt, dass sie nicht wichtig waren. Was kann sie damit gemeint haben?»

Er schwieg eine Zeit lang.

«Dann haben Sie also einen weiblichen Informanten? Sie wissen, dass wir nach ihr suchen. Sie sollte vielleicht das dritte Opfer sein, wir haben Blut auf einem Ladekai in der Nähe des Tatorts gefunden.»

Schweigen.

«Bengtzon, verdammt nochmal, seien Sie bloß vorsichtig.»

Dann legte er auf.

Sie blieb mit dem Rauschen in der toten Leitung noch ein paar Sekunden sitzen und verspürte ein seltsames Unbehagen.

«Was war denn das?», wollte Jansson wissen.

«Nur eine kurze Recherche», sagte sie und ging zur Kriminalredaktion hinüber.

Sjölander telefonierte, gurrte, blickte gereizt auf. Sie setzte sich auf den Rand seines Schreibtischs, so wie er es auch immer bei ihr tat.

«Die Morde im Freihafen entwickeln sich zu einem Fortsetzungsroman. Ein Sattelschlepper, randvoll beladen mit geschmuggelten Zigaretten, ist verschwunden, die Polizei erwartet bereits den nächsten Mord.»

Der Leiter der Kriminalredaktion nickte anerkennend.

«Gute Informanten», meinte er. «Schreibst du selbst?»

«Lieber nicht», antwortete sie. «Aber es stimmt, ich habe es von zwei Seiten. Die eine ist die Polizei.»

«Mail mir rüber, was du hast», sagte er.

«Wie wäre es mit ein paar ausführlicheren Hintergrundinformationen über die Zigarettenmafia?»

Er hielt bereits wieder den Hörer in der Hand und hob den Daumen.

DIENSTAG, 30. OKTOBER

Annika war hellwach und starrte zu der grauen, rissigen Decke hinauf. Das Zwielicht hinter den weißen Vorhängen kündete von Mittagszeit und schlechtem Wetter. Seltsamerweise hatte sie das Gefühl, ausgeschlafen zu sein, und hatte auch keine Schmerzen.

Sie legte sich auf die Seite, und ihr Blick fiel auf die Karte, die sie auf den Nachttisch gelegt hatte. Die Telefonnummer von Rebecka Björkstig. Der Entschluss flog ihr zu, sie setzte sich einfach im Bett auf und wählte die Nummer, impulsiv und neugierig.

Es klingelte. Das klang wie ein ganz normales Freizeichen, weder geschützt noch gelöscht. Sie wartete angespannt.

«Stiftung *Paradies*!»

Es war die Stimme einer älteren Frau.

«Hm-hm, ich heiße Annika Bengtzon und hätte gern Rebecka Björkstig gesprochen.»

«Einen Augenblick, bitte ...»

Telefonrauschen, das normale Rauschen der Stille, Absätze auf einem Fußboden, die sich näherten, eine Toilette, die spülte, sie lauschte intensiv. Bis hierhin klangen die Aktivitäten der Stiftung *Paradies* ganz normal.

«Annika Bengtzon? Wie schön, dass Sie von sich hören lassen!»

Sie hörte die helle, sanfte, etwas schleppende Stimme.

Annikas Herz schlug höher. Sie hatte fast vergessen, wie aufregend das sein konnte.

«Ich würde Sie gern wieder treffen», sagte sie. «Wann hätten Sie Zeit?»

«Diese Woche ist es schwierig, wir werden mehrere neue Klienten in unsere Obhut nehmen. Nächste Woche sind wir auch sehr beschäftigt.»

Ihr Mut sank, verdammter Mist.

«Warum haben Sie uns denn angerufen, wenn Sie dann doch keine Zeit haben, mit uns zu reden?»

Nur das Rauschen in der Leitung war zu hören.

«Ich treffe mich gern mit Ihnen, wenn ich Zeit habe», sagte Rebecka Björkstig mit ihrer hauchigen, kühlen, neutralen Stimme.

«Und wann wäre das?»

«Ich habe um vierzehn Uhr eine Besprechung in der Stockholmer Innenstadt. Wir könnten uns vorher kurz treffen. Das ist der einzige freie Termin, den ich habe.»

Annika schaute auf den Wecker.

«Jetzt? Heute?»

«Wenn es Ihnen passt?»

Sie legte sich mit dem Hörer am Ohr hin.

«Sicher», sagte sie.

Als sie aufgelegt hatten, blieb sie noch einen Moment lang ruhig im Bett liegen. Für ein paar Sekunden lag das Zimmer wieder in glänzendem Licht. Dann schlug sie die Decke zur Seite, zog sich ihre Jogginghose und die Kapuzenjacke an und lief mit Duschgel und Shampoo zur Dusche, die auf der anderen Seite des Hofs lag, hinunter. Das Wasser war warm und umschmeichelte sie, sie wusch sich die Haare, trocknete sich langsam ab, das Licht war zurück.

Sie lief die Treppen hoch, kochte Kaffee, aß einen Joghurt und putzte sich die Zähne an der Spüle.
Durch das kaputte Fenster im Wohnzimmer zog es kalt herein. Sie kehrte das Glas und den abgebröckelten Putz zusammen und suchte eine Plastiktüte aus dem Supermarkt heraus, mit der sie das Loch zuklebte.
Bald, dachte sie. Bald weiß ich, wie dieses *Paradies* funktioniert.
Bald bin ich bei Großmutter in Lyckebo.

Rebecka Björkstig trug die gleichen Kleider wie bei ihrer ersten Begegnung. Sie waren hell und neutral, Leinen oder Baumwollmischgewebe. Ihr Haar war straff nach hinten gekämmt, blond, sie hatte einen leicht gezwungenen Zug um den Mund.
Evita Perón, die den Armen und Schwachen hilft, dachte Annika. *Don't cry for me, Argentina.*
«Ich habe nur wenig Zeit», sagte die Frau, «vielleicht könnten wir gleich zur Sache kommen.»
Sie hat eine Vorliebe für Hotelbars, stellte Annika fest, als die Frau den Kellner heranwinkte und für sie beide Mineralwasser bestellte.
«Wir waren bis zu der Löschung gekommen», sagte Annika und lehnte sich zurück. Ihr Haar war noch nass, es roch nach Wella. «Sie lassen Menschen verschwinden. Wie funktioniert das?»
Rebecka Björkstig seufzte und griff nach einer Serviette.
«Sie müssen entschuldigen», sagte sie und wischte sich die Hände ab, «aber wir haben im Moment ziemlich viel zu tun. Wir haben gerade einen neuen Fall bekommen, der recht kompliziert ist.»

Annika blickte auf ihren Notizblock und probierte aus, ob ihr Stift auch schrieb. Aida aus Bijeljina?, dachte sie.
Der Kellner kam mit ihrem Mineralwasser. Seine Schürze war sauber. Rebecka Björkstig wartete wie beim letzten Mal, bis er wieder gegangen war.
«Also, man darf nicht vergessen, dass es sich hier um Personen handelt, die große Angst haben», sagte sie. «Einige von ihnen sind vor lauter Angst wie gelähmt. Sie können nicht mehr einkaufen oder zur Post gehen, sie können ihr Leben nicht mehr bewältigen.»
Sie schüttelte den Kopf über diese bedauernswerten Fälle.
«Es ist furchtbar. Wir müssen ihnen bei allem helfen, bei praktischen Details wie der Kinderbetreuung, einer neuen Wohnung, Arbeit, Schulen. Und dann ist da natürlich auch noch die psychologische und soziale Betreuung, viele sind wirklich am Ende.»
Annika nickte und machte sich Notizen, doch, das konnte sie sich vorstellen. Sie musste wieder an Aida denken.
«Was tun Sie?», wollte sie wissen.
Rebecka Björkstig wischte einen Fleck auf ihrem Glas ab und nippte an ihrem Wasser.
«Der Klient kann seine Kontaktperson bei uns rund um die Uhr erreichen. Es ist das A und O, dass es immer jemanden gibt, der für einen da ist, wenn es einem gerade besonders schlecht geht.»
Komm zur Sache, dachte Annika.
«Wo wohnen diese Menschen? Verfügen Sie über ein großes Haus?»
«*Paradies* benutzt eine Reihe von Häusern in ganz Schweden. Wir besitzen sie in der Regel oder mieten sie über Strohmänner, sodass der wahre Käufer sich nicht ermitteln lässt. Dort

können die Klienten eine Zeit lang wohnen. Jede Art von medizinischer Behandlung in dieser Zeit geschieht, ohne dass der Arzt die Identität des Patienten kennt, es werden keine Krankenblätter angelegt. Statt einer Akte erhält jeder Patient eine Karte mit einer Referenznummer. Über die Stiftung erfährt dann das Krankenhaus oder die Arztpraxis, welche Verwaltungsbehörde für die Kosten der Behandlung aufkommt, der Klient sucht ja in den meisten Fällen nicht in dem Regierungsbezirk Hilfe, der die Kosten trägt ...»

Annika machte sich Notizen, das klang doch gut.

«Wie lange können Sie einen ... Klienten aufnehmen?»

«Solange es nötig ist», antwortete Rebecka Björkstig sehr bestimmt mit ihrer gehetzten, schwachen Stimme. «Es gibt keine obere Zeitgrenze.»

«Aber im Durchschnitt?»

Die Frau tupfte sich den Mundwinkel ab.

«Wenn alles läuft wie geplant, sind wir innerhalb von drei Monaten fertig.»

«Und dann haben Sie eine neue Wohnung und ärztliche Hilfe organisiert. Oder noch mehr?»

Die Frau lächelte.

«Natürlich. Es gibt noch sehr viel mehr, das funktionieren muss, wenn man ein neues Leben beginnt. Dinge wie ein Einkommen oder das Kindergeld zum Beispiel. Unser Kontakt mit den Banken funktioniert auf die gleiche Weise wie zu Ärzten. Es gibt einige Kreditinstitute, die mit uns zusammenarbeiten. Der Klient braucht kein Konto an seinem Wohnort zu eröffnen. Bei jeder Gehaltsüberweisung oder Rechnung nimmt die Bank Kontakt zu uns auf, und wir organisieren die Geldtransaktionen mit Hilfe einer weiteren Referenznummer. Das Gleiche gilt für Kontakte zu Kindergärten, Mütterberatungsstellen, der Krankenkasse und dem Finanzamt, eben zu allen. Viele benötigen auch juristischen Beistand, und dann organisieren wir auch das.»

Annika schrieb.

«Dann sorgen Sie also für einen neuen Job, eine neue Wohnung, einen neuen Kindergarten, Schulen, Ärzte, Rechtsanwälte, und das alles wird über die Stiftung abgewickelt?»

Rebecka Björkstig nickte.

«Der verfolgte Mensch verschwindet hinter einer Mauer. Wer nach einer gelöschten Person sucht, stößt nur auf uns, weiter kommt er nicht.»

«Wovon leben diese Menschen, während die Löschung vorgenommen wird? In dieser Zeit können sie doch nicht arbeiten?»

«Nein, natürlich nicht», sagte Rebecka Björkstig. «Viele sind krankgeschrieben, andere bekommen Sozialhilfe, viele haben ja auch Kinder, und dann bekommen sie natürlich Kindergeld und einen Vorschuss auf das Kindergeld. Die Prozesskostenhilfe greift oft bei juristischen Konflikten, zum Beispiel in Fragen des Sorgerechts.»

Annika dachte nach.

«Aber wenn die Verfolger nicht aufgeben, was machen Sie dann? Können Sie den Leuten auch zu einer neuen Personennummer verhelfen?»

«Wir haben bis jetzt sechzig geglückte Löschungen durchgeführt. Keiner von unseren Klienten musste eine neue Identität annehmen. Das ist bislang nicht notwendig gewesen.»

Annika vervollständigte ihre Notizen und ließ den Stift sinken. Die Sache klang wirklich völlig unglaublich. Sie hob den Blick und sah sich in der Bar um. Runde Tische, Verzierungen aus Messing. Ein dicker Teppichboden, Pettingbeleuchtung.

Wo lag der Haken bei der Geschichte?

Annika schüttelte den Kopf.

«Woher wollen Sie wissen, dass alle, die zu Ihnen kommen, die Wahrheit sagen? Vielleicht sind es nur Kriminelle, die sich dem Zugriff der Polizei und der Justiz entziehen wollen?»

Rebecka Björkstig brachte sie mit einer Handbewegung zum Schweigen, als der Kellner an ihnen vorbeiging.

«Kann ich bitte ein neues Glas bekommen, das hier war schmutzig? Danke. Ich verstehe Ihre Frage. Aber Privatpersonen können sich nicht mit der Bitte an die Stiftung wenden, gelöscht zu werden. Wir arbeiten nur im Auftrag der Behörden. Die Klienten werden von der Polizei, den Sozialbehörden, der Staatsanwaltschaft, dem Außenministerium, der Einwanderungsbehörde und von Schulen zu uns geschickt.»

Annika kratzte sich am Kopf. Okay.

«Aber wenn das alles so geheim ist, wie kommen Sie dann an die Aufträge?»

Die Frau bekam ihr Glas, die Eiswürfel klirrten.

«Bisher sind die Klienten über persönliche Kontakte und Empfehlungen an uns herangetreten. Die einzelnen Fälle stammen aus dem ganzen Land. Wie ich schon sagte, habe ich Kontakt zu Ihnen aufgenommen, weil wir denken, dass wir unsere Aktivitäten jetzt ausweiten können.»

Annika ließ die letzten Worte einige Sekunden auf sich wirken.

«Wie hoch ist das Honorar, das Sie für Ihre Dienste berechnen?», fragte sie.

Rebecka Björkstig lächelte.

«Wir verdienen nicht daran. Wir lassen uns von den Sozialämtern nur für die Behandlungszeit und die laufenden Unkosten bezahlen, während wir die Spuren verwischen. Wir verdienen nicht an unserer Arbeit. Wir begleichen lediglich unsere eigenen Ausgaben. Aber auch wenn wir eine ideelle Vereinigung ohne Profitstreben sind, müssen wir für unsere Arbeit natürlich eine Bezahlung verlangen.»

Stimmt, das hatte sie schon einmal gesagt.

«Über welche Summen sprechen wir, in Kronen und Öre ausgedrückt?»

Die Porzellanfrau bückte sich und holte etwas aus ihrer Tasche.

«Hier haben Sie ein paar Informationsblätter zu unserer Arbeit. Sie sind sehr informell gehalten, machen nicht viel her, aber die Beamten, mit denen wir bisher in Kontakt standen, kannten uns ja auch alle und wussten um unsere Kompetenz.»

Annika nahm die Blätter. Ganz oben stand eine Postfachadresse in Järfälla. Dann folgte eine Auflistung der Dienstleistungen, von denen Rebecka Björkstig gerade erzählt hatte. Ganz unten war zu lesen:

Preisauskünfte erhalten Sie unter der oben angegebenen Adresse und Telefonnummer.

«Wie hoch ist das Honorar, das Sie verlangen?», fragte Annika wieder.

Rebecka Björkstig suchte wieder nach etwas in ihrer Tasche.

«Dreitausendfünfhundert Kronen pro Tag und Person. Das ist ein sehr niedrig angesetzter Pflegesatz. Hier, das können Sie sich auch anschauen», sagte sie und reichte ein weiteres Blatt über den Tisch.

Es enthielt ungefähr die gleichen Informationen in etwas detaillierterer Form.

«Und? Denken Sie, man sollte etwas darüber schreiben?»

Annika legte die Papiere in ihre Tasche.

«Dazu kann ich im Moment noch nichts sagen. Zuerst muss ich mit meinen Vorgesetzten sprechen und hören, ob dies ein Thema ist, über das die Zeitung berichten möchte. Anschließend muss ich Ihre Angaben bei einigen der Beamten, mit denen Sie Kontakt hatten, überprüfen. Vielleicht könnten Sie mir ja schon jetzt ein paar Namen nennen?»

Rebecka Björkstig dachte nach und faltete ihre Serviette zusammen.

«Das könnte ich an sich schon machen», sagte sie. «Aber Sie müssen verstehen, dass wir hier über äußerst sensible Angelegenheiten sprechen und alles der Geheimhaltung unterliegt. Niemand wird über uns sprechen, wenn ich die betreffenden Personen nicht darüber informiert habe, dass alles seine Richtigkeit hat. Deshalb würde ich Ihnen lieber eine Liste mit Namen zukommen lassen.»

«Sicher», sagte Annika. «Sobald das abgeklärt ist, muss ich mit einigen Ihrer Klienten sprechen, mit jemand, der vollständig gelöscht wurde.»

Das kühle Lächeln.

«Das wird schon schwieriger werden. Sie werden sie nicht finden.»

«Sie könnten sie vielleicht bitten, mich anzurufen.»

Die kleine Frau nickte.

«Ja klar, das ist natürlich möglich. Aber über unsere Arbeitsmethoden können sie keine Auskünfte geben. Wir sagen ihnen nichts darüber, damit sie sich nicht selber verraten können.»

«Ich hatte nicht vor, Ihre Klienten nach Ihren Arbeitsmethoden zu fragen. Ich brauche einfach eine von Morddrohungen verfolgte Frau, die sagt: *Paradies* hat mein Leben gerettet.»

Zum ersten Mal lächelte Rebecka Björkstig so, dass ihre Zähne zu sehen waren. Sie waren klein und weiß wie Perlen.

«Das dürfte sich machen lassen», meinte sie, «solche Frauen gibt es in Hülle und Fülle. Haben Sie sonst noch irgendwelche Fragen?»

Annika zögerte.

«Nur noch eine», sagte sie. «Was ist eigentlich Ihre Motivation?»

Rebecka Björkstig verschränkte schnell Arme und Beine.

«Darüber kann ich nicht sprechen.»

«Warum nicht?», fragte Annika ruhig. «Ihre Organisation ist wirklich ungewöhnlich, irgendetwas muss Sie doch dazu bewegt haben, die Stiftung ins Leben zu rufen?»

Sie saßen sich eine Weile schweigend gegenüber, und Rebecka Björkstig wippte rhythmisch mit einem Bein auf und ab.

«Ich möchte nicht, dass Sie schreiben, was ich jetzt sage», erwiderte sie schließlich. «Ich sage es privat, es bleibt unter uns.»

Annika nickte.

Die Frau beugte sich mit weit aufgerissenen Augen vor.

«Wie ich Ihnen bereits gesagt habe», flüsterte sie, «bin ich selbst bedroht worden. Es war ein schreckliches Erlebnis, schrecklich! Am Ende konnte ich nichts mehr tun, nicht schlafen, nicht essen.»

Sie warf einen Blick über ihre Schulter, betrachtete hastig die anderen Gäste in der Bar und lehnte sich dann noch weiter vor.

«Ich beschloss zu überleben. Das war der Ausgangspunkt für den Aufbau dieses Schutzsystems. Bei meinen Bemühungen stieß ich auf zahlreiche Menschen in vergleichbaren Situationen. Ich beschloss, mich für sie zu engagieren und eine Verantwortung zu übernehmen, der sich die staatlichen Behörden nicht stellen.»

«Wer hat Sie bedroht?», fragte Annika.

Rebecka Björkstigs Unterlippe zitterte.

«Die jugoslawische Mafia», sagte sie. «Haben Sie schon einmal davon gehört?»

Annika zwinkerte völlig perplex mit den Augen.

«Was haben Sie denn mit denen zu tun?»

«Nichts!», antwortete Rebecka Björkstig heftig. «Das Ganze war nur ein einziges großes Missverständnis! Es war grässlich. Grässlich!»

Plötzlich stand sie auf.

«Entschuldigen Sie mich bitte», sagte sie und lief zur Toilette.

Auf dem Tisch blieb ein Haufen zusammengeknüllter Papierservietten zurück.

Annika sah ihr lange nach. Was zum Teufel war denn das? Noch ein Zigarettendieb?

Sie trank das lauwarme Wasser und las ihre Aufzeichnungen durch. Trotz der vielen Worte gab es Lücken in der Geschichte, aber sie sah sie noch nicht. Und was hatte nun die jugoslawische Mafia mit der Sache zu tun?

Die Porzellanfrau brauchte lange. Annika wurde ungeduldig, warf einen Blick auf die Uhr, ihr Zug nach Flen würde bald gehen. Sie bezahlte die Rechnung und hatte ihre Jacke schon angezogen, als Rebecka Björkstig mit klaren Augen und unberührt zurückkehrte.

«Verzeihen Sie», sagte die Frau und lächelte. «Die Erinnerungen sind so schmerzhaft.»

Annika betrachtete sie und beschloss, die Frage in den Raum zu stellen.

«Haben Sie etwas mit den verschwundenen Zigaretten zu tun?», fragte sie ein wenig gestresst.

Rebecka Björkstig lächelte und blinzelte einfältig.

«Haben Sie Ihre Zigaretten verloren? Ich rauche nicht.»
Annika seufzte.
«Ohne die Liste über die Beamten bei den verschiedenen Behörden werde ich nichts schreiben können», sagte sie. «Es ist wichtig, dass ich sie so schnell wie möglich bekomme.»
«Selbstverständlich», sagte Rebecka Björkstig. «Sie werden in Kürze von mir hören. Wenn Sie nichts dagegen haben, würde ich gern vor Ihnen gehen, damit man uns nicht zusammen sieht. Könnten Sie noch ein paar Minuten warten?»
Mission Impossible, dachte Annika. *The object has left the building.*
«Sicher», antwortete sie.

Das Rattern des Zuges versetzte sie in eine konzentrierte Ruhe, noch ehe sie die Årstabrücke überquert hatten. Tanto glitt links von ihr vorbei, große Häuser mit Panoramafenstern zur Wasserseite. Die Vegetation bestimmte nun das Bild – wie klein Stockholm doch war. Die vorbeisausenden Tannen füllten ihr Blickfeld mit ihrem dunklen Wintergrün, wiegten sich im Rhythmus des Zuges.
Menschen löschen, dachte sie. Ist das wirklich möglich? Eine Organisation, die auf allen Papieren steht, die den Kontakt mit allen Behörden übernimmt, die alle Verträge unterzeichnet, ist das auch wirklich legal?
Sie holte Notizblock und Stift heraus und begann zu schreiben.
Wenn die Städte und Gemeinden *Paradies* tatsächlich beauftragen, muss es wohl legal sein, dachte sie.
Dann ist da noch die finanzielle Seite, wie viel kostet es, gelöscht zu werden?
Sie blätterte in ihren Aufzeichnungen.

Dreitausendfünfhundert Kronen pro Person und Tag. Das mochte eine angemessene Summe sein, sie konnte das nicht beurteilen.

Methodisch stellte sie die Kosten zusammen:

Fünf Festangestellte, sagen wir, dass sie fünfzehntausend Kronen im Monat plus Sozialabgaben verdienen, das macht rund einhunderttausend Kronen im Monat. Zuzüglich der Häuser, nehmen wir an, dass sie zehn Häuser mit Abzahlungen oder Mieten von jeweils zehntausend Kronen im Monat haben, das macht dann weitere einhunderttausend Kronen. Noch mehr? Die ärztliche Versorgung übernahmen die Landschaftsverbände. Die Gemeinden zahlten die Sozialhilfe, die Krankenkasse das Krankengeld, die Rechtsbeihilfe übernahm die Anwaltskosten.

Die anfallenden Kosten dürften demnach bei rund zweihunderttausend Kronen im Monat liegen.

Und die Einnahmen?

Dreitausendfünfhundert Kronen pro Tag für einen Monat machte einhundertfünftausend Kronen für eine Person.

Wenn sie einer Frau mit einem Kind jeden Monat helfen, machen sie zehntausend Kronen Gewinn.

Sie starrte verblüfft auf ihre Rechnung.

Konnte das wirklich hinkommen?

Sie rechnete die Beträge noch einmal durch.

Sechzig Fälle zu dreitausendfünfhundert Kronen pro Tag über einen Zeitraum von drei Monaten machen beinahe neunzehn Millionen.

Im Laufe von drei Jahren hatte sie Unkosten in Höhe von gut sieben Millionen gehabt, was einen Gewinn von fast zwölf Millionen Kronen bedeutete.

Das kann nicht stimmen, dachte sie. Der gesamte Unkostenteil der Rechnung basiert auf Schätzungen und Vermutungen. Vielleicht haben sie viel höhere Kosten, von denen ich noch nichts weiß. Vielleicht sind Ärzte, Psychologen und Juristen angestellt und eine Reihe von Kontaktpersonen, die rund um die Uhr das ganze Jahr über Bereitschaft haben. So etwas kostet natürlich eine Menge.

Sie packte ihre Sachen wieder in die Tasche, lehnte sich auf ihrem Sitz zurück und überließ sich dem beruhigenden Schaukeln.

Die Geräusche waren immer gleich, dachte Anders Schyman. Stühle scharrten, ein Radio spielte, CNN lief mit leisem Ton, das Rascheln von Papier, eine Kakophonie aus Männerstimmen, die lauter und leiser wurden, kurze, mit Nachdruck geäußerte Sätze. Lachen, es erklangen immer harte, schnelle Lacher. Die Gerüche, immer Kaffee, leichter Fußschweiß, Aftershave. Der Zigarettenrauch in der ausgeatmeten Luft, Testosteron. Die Redaktionsleitung traf sich jeden Dienstag- und Freitagnachmittag, um größere Kampagnen und langfristige Strategien zu diskutieren. Alle waren Männer über vierzig, alle fuhren einen Firmenwagen und trugen exakt die gleichen dunkelblauen Flanellsakkos. Er wusste, dass man sie die Flanelllappen nannte.

Sie trafen sich immer in Chefredakteur Torstenssons schönem Eckzimmer mit Aussicht auf die russische Botschaft. Sie aßen immer Teilchen und Biskuit, Jansson kam immer als Letzter und verschüttete immer Kaffee auf den Teppich, bat niemals um Entschuldigung und wischte ihn niemals auf. Schyman seufzte.

«Ja, wenn wir dann ...», sagte Chefredakteur Torstensson, und seine Augen flackerten durch den Raum. Niemand be-

achtete ihn. Jansson schlenderte verschlafen herein. Die Haare standen ihm zu Berge, und in seinem Mundwinkel hing eine Zigarette.
«Hier wird nicht geraucht», sagte der Chefredakteur.
Jansson verschüttete Kaffee auf den Teppich, nahm einen tiefen Zug und setzte sich ganz hinten an die entferntere Längsseite des Tisches. Sjölander, der Leiter der Kriminalredaktion, sprach unmittelbar neben ihm in ein Handy. Ingvar Johansson blätterte in einem Stapel Agenturmeldungen, Bild-Pelle lachte prustend über etwas, das der Chef der Unterhaltungsredaktion gesagt hatte.
«Okay», meinte Schyman. «Setzt euch, damit wir hier irgendwann auch wieder wegkommen.»
Das Murmeln wurde schwächer, jemand stellte das Radio ab, Sjölander beendete das Telefonat, Jansson nahm sich ein Biskuit. Schyman selbst blieb stehen.
«Betrachtet man das Ergebnis, hat es sich als die richtige Entscheidung erwiesen, auf den Orkan zu setzen», sagte Schyman, während die Männer sich zurechtsetzten. Er hielt die Samstagsausgabe in der einen Hand, blätterte mit der anderen in der Konkurrenzpresse.
«Wir waren vom Anfang bis zum Ende am besten, und das haben wir uns redlich verdient. Wir waren umsichtig und haben unsere Mittel auf eine neue Art und Weise koordiniert. Alle Redaktionen und Arbeitsgruppen haben zusammengearbeitet, und das hat uns eine Stärke gegeben, mit der kein anderer konkurrieren konnte.»
Er legte die Zeitungen ab. Niemand kommentierte seine Worte. Was er gesagt hatte, war kontroverser, als man vielleicht annehmen könnte. Alle diese Männer waren Fürsten auf ihrem Gebiet. Keiner von ihnen wollte dem anderen Macht oder Ein-

fluss abtreten. Deshalb konnte es in extremen Fällen sogar so weit kommen, dass die einzelnen Ressort- und Schichtleiter ihre Nachrichten für sich behielten, um sie als Erste in der eigenen Redaktion zu bringen. Wenn sie zusammenarbeiteten, wurde ihre Macht auf eine höhere Ebene in der Hierarchie übertragen, auf die Ebene aus stellvertretenden Chefredakteuren, die der Chefredakteur einführen wollte.
Er blätterte weiter in den Zeitungen und setzte sich.
«Die Artikel über den behinderten Jungen scheinen auch Wirkung gezeigt zu haben, die Gemeindeverwaltung will ihren Beschluss offenbar noch einmal überprüfen, um dem Jungen die Hilfe zukommen zu lassen, die ihm zusteht.»
Es herrschte völlige Stille. Nur CNN und die Belüftung machten weiter wie immer. Anders Schyman wusste, dass die anderen es nicht mochten, alte Zeitungen durchzugehen. Aufgewärmtes, heute ist ein neuer Tag, man muss nach vorne blicken, um nach oben zu kommen, das war ihre Devise. Der Ressortleiter war anderer Ansicht. Er meinte, dass man aus den Fehlern der Vergangenheit lernen müsse, um sie in Zukunft vermeiden zu können, eine Binsenweisheit, die sich jedoch kaum vermitteln ließ.
«Wie laufen denn die Vorbereitungen für den Parteitag der Sozialdemokraten?», fragte Schyman und blickte zum Leiter der Politikredaktion hinüber.
«Ja, verdammt, wir sind kräftig dabei», meinte das Flanellsakko und lehnte sich mit ein paar Blättern in der Hand vor. «Calle Wennergren hat einen sauguten Tipp über eine der Ministerinnen bekommen. Offensichtlich hat sie mit ihrer Dienstkreditkarte eingekauft, und zwar Windeln und Schokolade.»
Die Männer wieherten, ja, zum Teufel, niemals konnten sie mit Geld umgehen! Windeln! Und Schokolade!

Schyman sah den anderen ungerührt an.
«So, so», meinte er. «Und wo ist die Pointe?»
«Privat», erwiderte der Mann. «Sie hat Privateinkäufe mit der Dienstkreditkarte getätigt.»
Alle nickten zustimmend, das war ein Ding!
«Okay», sagte Schyman. «Wir werden der Sache nachgehen. Woher kam der Tipp?»
Empörtes Murmeln war zu hören, über so etwas sprach man nicht. Schyman seufzte.
«Ja, verdammt nochmal», sagte er. «Ihr kapiert doch wohl, dass es jemanden gibt, der es darauf angelegt hat, sie fertig zu machen. Findet heraus, wer das ist. Das ist vielleicht die Pointe. Der Machtkampf innerhalb der Sozialdemokratie, wie weit sind sie bereit zu gehen, um sich vor dem Parteitag gegenseitig zu schaden. Noch etwas? Das Parlament?»
Sie gingen die einzelnen Themen durch, die in den Ressorts Politik, Unterhaltung, Ausland, Nachrichten in Arbeit waren. Die Leitartikelredaktion machte sich Notizen und gab Kommentare ab, unterschiedliche Standpunkte wurden deutlich gemacht, Richtlinien gezogen.
«Malochen und Knete?»
Der Leiter des Ressorts Arbeit & Geld schlug voller Enthusiasmus eine neue Artikelreihe zum Thema Aktienfonds vor, welche Fonds im Kommen waren und welche man besser meiden sollte, welche ethisch vertretbar waren und welche langfristige Sicherheit boten.
Überschriften wie «So machen Sie Gewinne» verkauften sich immer gut. Alle nickten, das war ganz eindeutig eine gute Sache. Alle Flanelllappen besaßen ein ordentliches Paket Wertpapiere.
«Die Kriminalredaktion?»

Sjölander räusperte sich, setzte sich mit einem Ruck auf. Beinahe wäre er auf seinem Stuhl eingenickt.

«Also gut», sagte er, «wir haben da den Doppelmord im Freihafen, und wenn man der Polizei Glauben schenken darf, ist das erst der Anfang. Wie ihr der heutigen Ausgabe entnehmen könnt, haben wir als Einzige die Information über den verschwundenen Zigarettenlaster gebracht. Fünfzig Millionen. Sie werden sich wegen dieses Lastwagens gegenseitig umbringen.»

Alle nickten anerkennend. Das war ein gutes Thema.

«Und dann haben wir da noch die Privatisierungen im öffentlichen Dienst», meinte der Chefredakteur, dessen Stimme ein wenig heller als die der anderen war. «Arbeitet schon ein Reporter an der Sache?»

Schyman ignorierte ihn.

«Annika Bengtzon hat eine Sache am Laufen, ich weiß noch nicht, was dabei herauskommt. Sie hat irgendeine dubiose Stiftung aufgetan, die Aufgaben übernimmt, mit denen die Sozialämter überfordert sind, sie versteckt Frauen und Kinder, die Morddrohungen erhalten haben.»

Die Flanelllappen rutschten unruhig auf ihren Stühlen herum, was war das denn jetzt, was denn für eine Stiftung, das klang aber verdammt vage.

«Annika Bengtzon bringt manchmal gute Sachen, aber sie ist so verdammt fixiert auf alles, was mit Frauen und Kindern zu tun hat», meinte Sjölander.

Alle nickten, ja genau, das war eine ewige Litanei, das Thema brachte nicht viel Aufmerksamkeit, hatte keinen hohen Status, war nur schäbig und tragisch.

«Aber man darf natürlich auch nicht vergessen, wo sie herkommt», sagte Sjölander, grinste ein wenig, und alle grinsten mit, das stimmte natürlich.

Schyman beobachtete die Männer schweigend.

«Wäre die Sache besser gewesen, wenn sie bedrohte Männer verstecken würde?», fragte er.

Man begann wieder mit den Stühlen zu rücken, auf die Uhr zu schauen, verdammt, jetzt wurde es aber langsam Zeit, etwas zu produzieren, war man nicht bald fertig?

Alle brachen auf, das Radio wurde eingeschaltet, es wurde laut.

Anders Schyman ging mit dem gleichen Gefühl von Frustration zu seinem Büro zurück, das ihn noch jedes Mal nach den Planungsbesprechungen überkommen hatte. Die schematische Aufteilung der Wirklichkeit durch die redaktionellen Leiter der Zeitung, ihre homogen-inzestuöse Sicht der Dinge, der entsetzliche Mangel an Selbstkritik ermüdeten ihn.

Als er sich hingesetzt und die Agenturmeldungen auf den Bildschirm geholt hatte, gab es nur noch einen alles überschattenden Gedanken in seinem Kopf:

Wie zum Teufel sollte das weitergehen?

Annika stieg beim Supermarkt aus dem Bus. Der Bürgersteig war höllisch glatt, sie zog die Schultern hoch, ignorierte die Blicke. Menschen in grellbunten Skianzügen flimmerten in den Augenwinkeln vorbei, sie wandte sich ab. Wenn sie glotzen wollten, sollten sie doch ruhig, sie ging ihren eigenen Weg. Die Straße war gestreut worden, sie trat auf die Fahrbahn und ging in Richtung Fabrik. Das Industriegebiet kollidierte mit dem massiven Grau des Himmels, es roch nach Schneematsch. Wie gewöhnlich vermied sie es, den stillgelegten Hochofen anzusehen, und schaute stattdessen nach links, ließ den Blick über die schöne, alte Arbeitersiedlung mit ihren leuchtend roten Holzfassaden schweifen. Zur Rechten lag ihre alte Wohnung, sie schielte in die Richtung. Bislang hatte sie leer gestanden, aber jetzt schien sie wieder bewohnt zu sein.

Sie blieb überrascht auf der Straße stehen.

Gardinen und Blumen am Fenster, eine kleine, kugelförmige Lampe.

Jemand wohnte in ihrer Küche, schlief in ihrem Schlafzimmer. Jemand, der schmückte, Blumen goss, alles in Ordnung hielt. Die leeren Fensterlöcher waren wieder lebendig.

Ihre Erleichterung verblüffte sie, sie war fast körperlich spürbar. Ein Stein fiel ihr vom Herzen. Sie wünschte sich plötzlich nicht mehr, einfach zu verschwinden. Zum ersten Mal seit den schrecklichen Ereignissen wurde sie von einer Welle der Zärtlichkeit für das Industriestädtchen ergriffen.

Es ging mir hier auch gut, dachte sie. Manchmal hatten wir eine schöne Zeit. Es gab zwischendurch auch Liebe.

Sie ließ den Ort hinter sich, kam zum Granhedsvägen, ging jetzt schneller und schob die Tasche höher auf die Schulter. Sie sah in den Himmel hinauf, hörte ein leichtes Säuseln in den Tannenspitzen, die Dunkelheit war nicht mehr weit.

Ich frage mich, ob es auch auf anderen Planeten Bäume gibt, dachte sie.

Die Straße war vereist und holprig, und sie ging etwas seitlich, um Halt zu finden. Ein paar Autos mit dunstigem Abblendlicht fuhren vorbei, aber niemand, den sie kannte.

Die Stille wurde greifbarer. Das Knarren der Schuhe, ihre regelmäßigen Atemzüge, das diffuse Grollen eines Flugzeugs im Landeanflug auf den Flughafen Arlanda. Ihr Körper wurde leicht, tänzelnd, die Augen frei.

Der Sturm hatte dem Wald übel mitgespielt. Auf dem Kahlschlag hinter dem Tallsjö waren fast alle Kiefernsetzlinge abgeknickt. Elektrizitäts- und Telefonmasten waren umgestürzt. Die Bäume waren umgeknickt und entwurzelt worden, in Mannshöhe abgebrochen, gespalten und in den Baumwipfeln geteilt worden. Die Fahrbahn war mit heruntergefegten Ästen bedeckt, sie musste über die Reste einer umgestürzten Birke steigen.

Wie ausgeliefert wir sind, dachte sie. Wie wenig wir im Grunde steuern können.

Die Auffahrt nach Lyckebo war nicht geräumt worden. Ein Auto war einen Tag zuvor dort gefahren, die Spuren waren zur doppelten Breite aufgetaut und anschließend wieder zu Eisrinnen gefroren. Sie kam nur schlecht voran, die Tasche schlug gegen ihre Hüfte.

Die Straßenschranke am Eingang zu den Ländereien von Gut Harpsund stand offen, die Tannen schlossen sich um sie. Die Dunkelheit wurde dichter, hier hatte der Sturm nicht so große Schäden hinterlassen. Der Staat hatte die Mittel, seinen Wald zu pflegen.

Sie kam an dem kleinen Bach vorbei, das Wasser, das aus dem Rohr herauskam, hatte eine Eisskulptur gebildet, unter der es irgendwo rieselte. Die Tierfährten kreuzten einander in unterschiedlichen Formen und Größen; Elch, Reh, Hase, Wildschwein. Die Spuren, die schon ein paar Tage alt waren, waren zu Riesenpfoten verlaufen.

Dann öffnete sich der Wald zu der Lichtung mit den drei roten Häusern, der Hütte, dem Holzschuppen und der Scheune. Alles war still. Linker Hand lagen die Hütte mit dem Brennholzvorrat und die abschüssige Wiese zum Bootssteg hinab. Sie blieb stehen und zog Handschuhe und Mütze aus, ließ sich den vom See kommenden Wind ins Haar wehen, schloss die Augen und atmete. Das Bild der Lichtung lag noch als ein

schwarzweißes Negativ auf ihrer Netzhaut, still, farblos, lautlos. Ganz allmählich nahm hinter ihren Augenlidern eine unbestimmbare Unruhe Form an, was stimmte hier nicht?
Sie riss die Augen weit auf, das Licht schlug ein, die Szenerie war glasklar, zwei Sekunden später wusste sie es.
Es kam kein Rauch aus dem Schornstein.
Sie ließ die Tasche fallen und lief, ihre Herzschläge waren wie ein pochender Puls im Gehirn. Sie riss die Tür auf, Kälte und Dunkelheit, ein übel riechender Hauch von Gefahr.
«Großmutter!»
Die Beine lugten unter dem Klapptisch hervor, braune Stützstrümpfe, sie hatte einen Schuh verloren.
«Großmutter!!»
Sie hob den Tisch weg und klemmte sich den linken Ringfinger, als die Tischplatte zuschnappte.
«Oh, mein Gott, oh, mein Gott ...»
Die alte Frau lag bäuchlings auf der Seite, ein wenig Blut war aus ihrem Mund geflossen. Annika warf sich über sie, nahm ihre eiskalte Hand, strich ihr über das Haar, die Tränen flossen, Wellen aus Adrenalin.
«Großmutter, Himmel, hörst du mich, hallo, Großmutter ...?»
Annika suchte mit den Fingern nach dem Puls am Handgelenk, fand die richtige Stelle nicht, suchte am Hals, fand auch dort keinen Puls, ihre Hände waren ungeschickt und feucht, sie drehte die alte Frau auf den Rücken, beugte sich über sie und versuchte, Atemzüge zu erahnen. Doch, sie atmete.
«Großmutter?»
Die Antwort war ein Stöhnen, dann ein schwaches Murmeln.
«Großmutter!»
Der Kopf fiel zur Seite, das Blut auf der Wange war geronnen.

Das Kinn hing schlapp zum Hals hinunter. Ein neuerliches Stöhnen, Jammern.

«Es tut weh», sagte sie. «Hilf mir.»

«Großmutter, ich bin es, mein Gott, Großmutter, du bist hingefallen, ich werde dir helfen …»

Atmung, Blutung, Schock, dachte Annika und strich der alten Frau über die Haare. Ich muss sie warm halten.

Schnell stand sie auf und lief ins Schlafzimmer, wo das Bett aus gustavianischer Zeit sorgfältig gemacht war. Mit einem Ruck zerrte Annika das Bettzeug an sich, inklusive Betttuch und Matratze, und sauste in die Küche zurück. Sie legte die Matratze auf die Erde, hob den Oberkörper der alten Frau an und trat die Matratze unter sie, wiederholte dies, um die Hüfte und anschließend die Beine darauf zu hieven. Dann nahm sie das Laken und die Decken, hob die Beine und schlug sie darin ein, setzte ihre Mütze auf den Kopf der Großmutter, deren Haar sich strohig anfühlte.

Ein Krankenwagen, dachte Annika.

«Warte hier, Großmutter», sagte sie. «Ich werde Hilfe holen. Ich bin gleich wieder zurück.»

Die Frau ließ als Antwort ein Jammern hören.

Sie lief aus dem Haus, durch den Wald am Bach vorbei, ließ die Straßenschranke hinter sich, überquerte die Straße, duckte sich unter einer herabhängenden Elektrizitätsleitung, sprang über die Grashöcker im Sumpf und lief den Hang nach Lillsjötorp hinauf.

Lieber Gott, lass den alten Gustav zu Hause sein!

Der alte Mann hackte Holz. Er hörte Annika nicht kommen, weil er schwerhörig war. Sie grüßte ihn nicht, sondern rannte auf der Stelle ins Haus.

Der Spermatopf war da, Gustavs Haushaltshilfe und Svens

alte Flamme, sie hieß Ingela. Sie spülte und sah Annika bestürzt an.
«Was zum Teufel ...?»
Annika rannte zum Telefon und wählte die Notrufnummer.
«Du könntest wenigstens die Tür hinter dir zumachen», sagte der Spermatopf gereizt, trocknete sich die Hände an einem Küchenhandtuch ab und ging in den Flur.
«Notrufzentrale, was ist passiert?», fragte eine Frau in der Leitung.
Annika brach in Tränen aus.
«Es geht um meine Großmutter!», schluchzte sie.
«Ganz ruhig. Was ist passiert?»
Annika schloss die Augen und strich sich über die Stirn.
«Es ist etwas mit meiner Großmutter passiert», antwortete sie. «Ich dachte, sie wäre tot. Sie liegt in einer Hütte außerhalb von Granhed, Sie müssen kommen und sie holen.»
«Was hast du denn mit deiner Hand gemacht?», fragte der Spermatopf erschrocken.
«Wo liegt denn Granhed?», fragte die Frau.
Annika gab ihr stockend eine Wegbeschreibung: «Biegen Sie in Valla in Richtung Hälleforsnäs ab, fahren Sie dann den Stöttastensvägen, an Granhed vorbei, dann die erste Straße rechts Richtung Hosjön.»
«Stimmt was nicht mit Sofia?», fragte der Spermatopf mit großen Augen.
Annika ließ den Hörer fallen und verließ das Haus, lief den gleichen Weg zurück, den sie auch gekommen war. Es war dunkel geworden, sie fiel mehrere Male hin. Die kleine Hütte hob sich kaum noch vom Hintergrund ab, dem schwarzen Wald.
Ihre Großmutter hatte sich nicht bewegt, lag vollkommen re-

gungslos da, atmete ruhig. Annika setzte sich, legte den Kopf der Großmutter in ihren Schoß und weinte.
«Stirb jetzt bitte nicht, hörst du! Du stirbst mir jetzt nicht!»
Langsam beruhigte sie sich. Es würde mindestens eine halbe Stunde dauern, bis der Krankenwagen kam. Als sie sich Rotze und Tränen mit der Rückseite der Hand abwischte, sah sie das Blut. Haut und Fleisch an ihrem linken Ringfinger waren gequetscht worden, als sie den Klapptisch weggehoben hatte. Blut war unter den Fingernägeln geronnen und lief über das Handgelenk herab. Im gleichen Augenblick spürte sie den Schmerz. Sie stöhnte, und der Raum um sie herum schwankte. Was war sie nur für eine Memme! Sie wickelte einen Spüllappen um die Wunde und verknotete ihn.
Am besten wäre es, sie würde die Küche warm bekommen. Sie ging zum Herd, um Feuer zu machen, legte die Hand auf das Eisen. Es war kühl, aber nicht kalt, hier war seit dem frühen Morgen nicht mehr geheizt worden. Sie zerknüllte ein paar Zeitungsseiten, legte einen Holzscheit und etwas Birkenrinde in den Herd. Ihre Hand zitterte, als sie das Streichholz über die Reibfläche zog, ihr Finger schmerzte pochend. Mit dem nächsten Streichholz machte sie die Petroleumlampe an und stellte sie in Richtung See ans Fenster.
Sie holte ein Kissen und legte es unter den Kopf der Großmutter, betrachtete nachdenklich das alte Gesicht. Sofia Katarina. Annika erinnerte sich, wie schön sie den Namen immer gefunden hatte. Sofia Katarina.
Wo blieb denn dieser verdammte Krankenwagen?
Sie sah sich in der Küche um. Es gab keine Spuren von frisch gekochtem Kaffee, Broten, Brei oder Mittagessen. Großmutter musste am frühen Morgen zusammengebrochen sein, gleich nachdem sie aufgestanden war, den Herd angeheizt

und ihr Bett gemacht hatte. Das macht acht Stunden, dachte Annika. Acht Stunden. Ist das zu lang? Schafft sie das?
Das Feuer brannte gut, und sie schob noch ein paar Holzscheite in den Herd. Die Wärme verbreitete sich unmerklich im Raum, die Kälte gab kampflos auf. Es war ein Haus, das an Wärme und Licht, Liebe und Harmonie gewöhnt war. Jetzt hatten die Bedingungen sich verändert.
Ihre Großmutter bewegte den Kopf und stöhnte. Annikas Ohnmacht steigerte sich zu rasender Wut.
Dieser verdammte, beschissene Krankenwagen, wo zum Teufel blieb er nur?

Der Laubwald war dicht, in schlechtem Zustand, fast undurchdringlich, die Straße matschig und voller Löcher. Ratko fluchte, als das linke Hinterrad im Morast durchdrehte. Er hielt an, schaltete in den ersten Gang, trat vorsichtig auf das Gaspedal. Der kräftige Dieselmotor knurrte leise, das Rad kam frei, der Wagen kämpfte sich weiter. Er musste eigentlich da sein.
Noch ein kleiner Baum war auf die Straße gefallen, und für einen Moment wurde er von unkontrollierbarer Wut erfasst. Er schlug hart gegen den Lenker, verdammt, verdammt, er hatte schon genug Hindernisse überwinden müssen. Mit einer heftigen Bewegung brachte er den Schalthebel in den Leerlauf und stieg aus, um die Birke wegzutragen. Er drückte den Stamm in den Straßengraben, sprang auf den kleinen Baum und erkannte plötzlich, dass er am Ziel war. Die Senke in der Landschaft, in der der Sattelschlepper stand, war nur zwanzig, dreißig Meter entfernt, das gelbe Fahrerhaus leuchtete zwischen den nackten, gespreizten Ästen der Laubbäume. Wenn der Baum nicht ausgerechnet hier umgefallen wä-

re, hätte er vermutlich nicht zurückgefunden. Das Schicksal strich ihm wie eine Feder über den Nacken, er verscheuchte sie.

Er blieb eine Weile stehen und atmete, sein Atem hing wie eine Rauchwolke um ihn.

Glück gab es nicht. Jeder Einzelne ist seines eigenen Glückes Schmied, das war seine feste Überzeugung. Dass sie den Lastwagen und die Stümper gefunden hatten, die ihn gestohlen hatten, war kein Glück, es war das Ergebnis eines jahrzehntelang aufgebauten Kontaktnetzes.

Niemand konnte ihm entkommen, er fand sie immer. Diese Idioten glaubten wirklich, sie könnten ihn hereinlegen.

Seine Euphorie darüber, dass sie den Lastwagen wiedergefunden hatten, verwandelte sich in ohnmächtige Wut, als sie den Sattelschlepper öffneten. Die Zigaretten waren weg. Jemand hatte sie versteckt, und die Jungen behaupteten, nicht zu wissen, wer oder wo.

Ratko biss die Zähne aufeinander, bis seine Kiefer schmerzten.

Es gab nur einen möglichen Grund, warum die Jungen nicht redeten. Sie hatten wirklich nicht die geringste Ahnung, wo sich die Ladung befand.

Er zog die Handschuhe aus und steckte sich eine Zigarette an. Er rauchte sie langsam, bis zum Filter, trat sie mit der Schuhsohle aus und steckte die Kippe in die Tasche. Heutzutage konnten sie die DNA aus dem Speichel im Filter bestimmen. Er durfte außerdem nicht vergessen, die Schuhe wegzuschmeißen. Er hatte, auch ohne dass ihm die schwedische Polizei auf den Fersen war, genug Scheiße am Hals.

Einen Moment blieb er noch stehen, dann zog er die Handschuhe wieder an. Es war besser, den Tatsachen ins Auge zu sehen, er war immer noch weit von seinem Ziel entfernt. Er hatte in seinem Leben schon oft guten Grund gehabt, wütend zu sein, aber diesmal lagen die Dinge anders. Er wusste nicht, ob er der Jäger war oder die Beute. Er spürte die Gefahr von verschiedenen Seiten herannahen. Seine Vorgesetzten beteuerten, dass sie sich auf ihn verließen und darauf vertrauten, dass er alles wieder ins rechte Lot bringen würde, aber er wusste, dass ihre Geduld Grenzen hatte. Die nächtliche Arbeit hatte sie der Ladung keinen Schritt näher gebracht, aber sie war auch nicht völlig umsonst gewesen. Sie zeigte, dass er aktiv und handlungsfähig war. Dennoch war er unsicher. Die Frau war verschwunden, und er konnte sich nicht erklären, wohin. Er verstand nach wie vor nicht, welche Rolle sie in der ganzen Sache eigentlich spielte.

Er stieg in den Wagen und warf einen Blick in den Rückspiegel. Nichts. Nur die Bündel, die ihm die Sicht ein wenig versperrten. Er fuhr ungefähr dreißig Meter weiter und bog anschließend rechts von der Straße ab, zwischen die Bäume. Das Auto hüpfte und schaukelte, dann war er da. Er schaltete in den Leerlauf, machte den Wagen aus, ließ den Zündschlüssel aber stecken. Dann holte er die Kanister und fing an. Sorgfältig und methodisch tränkte er den Sattelschlepper und das Fahrerhaus mit Benzin. Es plätscherte und spritzte, und sowohl seine Haare als auch seine Kleider saugten die rosa schimmernde Flüssigkeit auf, dann stellte er die Kanister wieder zurück. Er musste sich beeilen, es wurde jetzt schnell dunkler, und das Feuer würde in der Dunkelheit besser zu sehen sein.

Schließlich blieben nur noch die Bündel. Er nahm das erste über die Schulter, war fast schon wieder froh über die Benzindämpfe aus seinen Kleidern. Verdammt, roch der schlecht.

Als er die Leiche in das Fahrerhaus des Lastwagens schieben wollte, ließ er den Körper aus Versehen auf die Erde fallen und verlor die Beherrschung. Er trat mit seinen eisenbeschlagenen Schuhen zu, Fleisch und Knochen tanzten und rollten, wieder und immer wieder, bis er völlig am Ende war. Er musste sich einen Moment lang ausruhen, ihm wurde schwindlig vom Benzindunst in seinen Kleidern. Mit einem entschlossenen Griff hievte er daraufhin das Bündel auf den Beifahrersitz und ging zurück, um das andere zu holen. Plötzlich hörte er in der Ferne ein Motorengeräusch. Er erstarrte mitten in der Bewegung, als er die zweite Leiche schon halb aus dem Wagen gezogen hatte. Die Angst übermannte ihn, er ließ das Bündel auf die Erde fallen und warf sich ins Unterholz, wo er der Länge nach im feuchten Moos liegen blieb und bereits nach wenigen Sekunden durchnässt war.

Das Geräusch wurde allmählich schwächer und verklang. Er stellte sich auf alle viere, keuchte, seine Nase lief, er kämmte sich ein paar Zweige aus dem Haar. Ein Glück, dass ihn niemand gesehen hatte.

Beschämt stand er auf, sah die Leiche zusammengesunken auf der Erde liegen, fand zurück zu seiner Wut. Er zog das Bündel ganz heraus, trat und schlug es, bevor er es verbissen zum Fahrerhaus des Lastwagens trug, wo er es auf der Fahrerseite auf den Boden presste. Er arbeitete schnell und entschlossen, holte die beiden letzten Kanister, einen in jeder Hand, und ließ die Flüssigkeit über die Körper laufen, tränkte die Leichen mit Benzin. Die letzten Spritzer benutzte er als Zündschnur und goss sie in einer Linie über den Erdboden bis zwischen die Bäume. Er atmete auf und spürte plötzlich, wie erschöpft er war. Er hielt ein, zwei Minuten inne, zog dann die Kleider einschließlich der Unterhose aus, holte den Sport-

beutel mit der Wechselwäsche heraus, kleidete sich schnell und fröstelnd in der feuchtkalten Luft an und schlug sich die Arme mehrmals um den Leib, um sich zu wärmen. So war es besser, viel besser. Jetzt fehlte nur noch das Feuerwerk.
Er betrachtete die Szenerie einen Moment, den Sattelschlepper mit den Leichen, den Wald, und war im Grunde ganz zufrieden.
Dann machte er sein Plastikfeuerzeug an, legte es auf die Erde, drehte sich um und lief los.

Die Notaufnahme erinnerte an eine Garage. Der Krankenwagen parkte, und ein ganzer Schwarm Krankenhauspersonal in flatternden Kitteln mit Kugelschreibern in den Brusttaschen versammelte sich um sie herum. Sie sprachen ruhig miteinander, führten effektive Bewegungen aus. Alle Frauen hatten frisch gewaschenes Haar, und alle Männer waren glatt rasiert. Großmutter wurde in einer Schar aus flatterndem Polyester davongerollt.
Annika stieg aus dem Wagen und sah die Horde in Richtung Ambulanz davonschweben. Eine Frau hinter einer Glasscheibe bat sie, in den Warteraum zu gehen. Dort saßen schlappe Kinder, rastlose Eltern, hohläugige Rentner, eine lautstarke Einwandererfamilie. Annika kramte in ihrer Tasche und fand eine Telefonkarte. Sie ging zum Telefon, zwängte sich mit entschuldigender Miene an der lautstarken Familie vorbei, legte die linke Hand auf den Hörer und die Stirn an den Apparat, atmete tief durch. Sie musste anrufen.
Ihre Mutter ging nach dem vierten Klingelzeichen mit einem Hauch von Gereiztheit in der Stimme an den Apparat.
«Es geht um Großmutter», sagte Annika. «Es geht ihr sehr schlecht. Ich habe sie in der Hütte gefunden, sie war fast tot.»

«Was ist los?», fragte ihre Mutter am anderen Ende der Leitung und sagte dann zu jemand im Zimmer gewandt: «Nein, nicht die Gläser, nimm die roten …»
«Großmutter ist schwer krank!», schrie Annika. «Hörst du denn gar nicht, was ich sage!?»
«Krank?» Die Stimme war erstaunt, nicht ängstlich oder schockiert. Erstaunt.
«Im Krankenwagen lebte sie noch, aber dann haben sie sie weggerollt, und ich weiß nicht, was dann passiert ist …»
Annika fing an, lautlos zu weinen.
«Mama, kannst du nicht herkommen?»
Ihre Mutter schwieg, nur ein schwaches Rauschen war zu hören.
«Ausgerechnet jetzt, wo wir Gäste erwarten. Wo bist du?»
«Im Kullbergska.»
Die lautstarke Familie durfte endlich irgendwo eintreten, in der Stille hallte das einmalige Klingeln nach, als der Hörer eingehängt wurde.
Ein flatternder Assistenzarzt kam auf sie zu.
«Sind Sie die Angehörige von Sofia Katarina? Wenn Sie bitte mitkommen würden.»
Der weiße Rücken des Mannes glitt hinter die Glastür zurück und verschwand. Annika folgte ihm. Oh, Gott, sie ist tot, jetzt sagt er, dass sie gestorben ist, sagt, dass ich sie zu spät gefunden habe. Warum kümmert ihr euch nicht um eure alten Angehörigen?
Der Behandlungsraum war klein, trist und fensterlos. Der Doktor stellte sich vor, ein Murmeln und ein schneller Händedruck, klickte seinen Kugelschreiber an und beugte sich über seine Papiere. Annika schluckte.
«Ist sie tot?»

Der Arzt legte den Stift weg und rieb sich die Augen.
«Wir werden eine neurologische Untersuchung durchführen, um herauszufinden, was passiert ist. Wir prüfen gerade eine Reihe anderer Werte, Zucker, Blutwerte, Blutdruck.»
«Und?», sagte Annika.
«Im Moment scheint ihr Zustand stabil zu sein», antwortete er und begegnete ihrem Blick. «Es geht ihr nicht schlechter, sie ist ein wenig wacher, wir konnten einen zu hohen Zuckerwert ausschließen. Aber ihre Reflexe sind schwach, eine Körperhälfte ist schlapp. Ihnen ist vielleicht aufgefallen, dass ein Mundwinkel herabhängt.»
Das war eine Feststellung, keine Frage.
«Und das Blut?», fragte Annika. «Warum kam Blut aus ihrem Mund?»
Der Arzt stand auf.
«Sie hat sich bei ihrem Sturz gebissen. Was haben Sie da um Ihre Hand?»
«Einen Spüllappen. Ich habe mir den Finger geklemmt. Wird sie wieder gesund?»
Annika stand ebenfalls auf, und der Arzt klemmte den Stift am Rand der Brusttasche fest.
«Wenn wir hier fertig sind, machen wir eine Computertomographie. Es wird eine Weile dauern, bis wir beurteilen können, wie umfassend der Schaden ist.»
«Ein Bild vom Gehirn? Aber was fehlt ihr denn? Wird sie sterben?»
Annikas Handflächen waren jetzt schweißnass.
«Es ist noch zu früh, um ...»
«Stirbt sie?»
Ihre Stimme war allzu gellend, trug nicht, der Arzt zog sich zurück.

«Es ist etwas in der linken Seite ihres Großhirns passiert, etwas Schlimmes mit den Gefäßen. Entweder hat sie ein Blutgerinnsel im Gehirn, eine zerebrale Thrombose, oder eine Blutung, eine zerebrale Hämorrhagie. Es ist noch zu früh, um zu sagen, was von beiden.»

«Worin besteht der Unterschied?»

Der Mann legte die Hand auf die Türklinke.

«Bei einer Blutung treten die Symptome plötzlich auf, und der Patient verliert in den meisten Fällen das Bewusstsein. Oft handelt es sich um Patienten mit zu hohem Blutdruck. Wir müssen dafür sorgen, dass Ihre Hand behandelt wird und Sie eine Tetanusspritze bekommen.»

Er verließ den Raum, und ein knisterndes Geräusch von statischer Elektrizität war zu hören, als der Kittel am Plastik des Türpfostens vorbeiwischte. Annika setzte sich wieder, wie gelähmt und mit halb offenem Mund, sie bekam keine Luft.

Das darf nicht passieren, nicht mir, nicht jetzt.

Sie blieb sitzen, bis eine Krankenschwester kam und ihren Finger mit drei Stichen nähte, ihr eine Spritze in den Po gab und einen Verband anlegte, der bis über das Handgelenk reichte. Anschließend ging sie wieder in den Warteraum, wobei sie sich mit einer Hand an der überstrichenen Glasfiberwand des Korridors abstützte, während die Krankenhausgeräusche weit entfernt zu sein schienen und die Panik nur notdürftig unterdrückt war.

Ihre Mutter tauchte im Warteraum auf. Sie trug einen altmodischen Nerzmantel, der an den Schultern zu eng saß, redete laut mit der Frau am Eingang. Anschließend ließ sie sich auf den Stuhl neben Annika fallen, ohne ihren Mantel auszuziehen.

«Haben sie etwas gesagt?»
Annika seufzte schwer, kämpfte gegen die Tränen an, streckte die Arme aus und umschlang ihre Mutter.
«Es ist etwas im Gehirn. Oh, Mama, wenn sie jetzt stirbt!» Sie flüsterte an ihrer Schulter, heulte ihren Pelz voll.
«Wo ist sie jetzt?»
«Beim Röntgen.»
Ihre Mutter machte sich los, gab Annika einen Klaps auf die Wange, hustete, wischte sich mit dem Handschuh über die Stirn.
«Zieh den Pelz aus, sonst wird dir zu warm», meinte Annika.
«Ich weiß, was du denkst», sagte ihre Mutter. «Du denkst, dass das meine Schuld ist.»
Annika sah zu ihrer Mutter auf, sah, wie die Kritik, auf die sie sich eingestellt hatte, eine Abwehrhaltung in ihr Gesicht eingemeißelt hatte. Ihre Wut flammte blitzartig auf.
«Oh, nein», sagte sie. «Mach mich nicht für deine eigenen Schuldgefühle verantwortlich.»
Ihre Mutter fächelte sich mit der Hand Luft zu.
«Ich habe überhaupt keine Schuldgefühle, aber du findest, dass ich welche haben sollte.»
Annika konnte nicht sitzen bleiben. Sie stand auf und ging zur Aufnahme.
«Wann erfahren wir etwas über Sofia Katarina?»
«Sie können sich setzen und hier warten», sagte die Frau.
Ihre Mutter hatte den Pelz die Schultern herunterrutschen lassen.
«Weißt du, wo man hier rauchen darf?», erkundigte sie sich und fingerte an ihrer Handtasche herum.
«Da du schon davon angefangen hast», sagte Annika, «muss ich gestehen, dass es schon etwas seltsam ist, dass ich sie

finde, obwohl ich immerhin 120 Kilometer weit weg wohne. Du wohnst schließlich ganz in der Nähe.»

Sie setzte sich zwei Stühle weiter, lehnte sich an einen Heizkörper.

«Jetzt bekommt man also auch das noch vorgeworfen», erwiderte ihre Mutter.

Annika sah weg, schloss die Augen und ließ die Wärme durch den Pullover dringen, lehnte den Kopf nach hinten, eine Metallkante schnitt ihr in den Nacken. Die Augen brannten vom Weinen.

«Jetzt nicht, Mama», flüsterte sie.

«Annika Bengtzon?»

Die Ärztin hatte einen Pferdeschwanz und hielt eine Mappe mit Papieren in der Hand. Annika setzte sich auf, wischte sich hastig die Tränen aus den Augen, sah zu Boden. Die Ärztin setzte sich ihr gegenüber hin und beugte sich vor.

«Die Computertomographie hat genau das ergeben, was wir vermutet hatten», sagte sie. «Es gab eine Blutung in der linken Hälfte des Gehirns, im Zentrum des Nervensystems. Das wird auch durch die rechtsseitigen Symptome bestätigt und die Tatsache, dass das Auge nicht betroffen zu sein scheint.»

«Ein Schlaganfall?», fragte ihre Mutter atemlos.

«Ja, ein Gehirnschlag.»

«Oh, mein Gott», sagte Annikas Mutter matt. «Wird sie wieder gesund?»

«Einige Symptome werden in der Regel wieder schwächer. Aber in ihrem Alter und bei diesem akuten Verlauf müssen wir wohl leider mit recht starken Restsymptomen rechnen.»

«Ist sie jetzt gaga?», fragte Annika.

Die Ärztin sah sie freundlich an.

«Wir wissen nicht, ob die Blutung Auswirkungen auf ihren

geistigen Zustand gehabt hat. Das muss nicht unbedingt der Fall sein. Die weitere Entwicklung hängt zu einem großen Teil von den Rehabilitationsmaßnahmen ab, die in solchen Fällen sehr wichtig sind.»

Annika biss sich auf die Lippen.

«Wird sie wieder zu Hause wohnen können?»

«Wir müssen abwarten, bis wir das beurteilen können. Im Allgemeinen bessert sich der Zustand, wenn der Patient zu Hause wohnen kann, dann natürlich mit intensiver Pflege. Die Alternative wäre das Wohnen in einem Alters- oder Pflegeheim.»

«Altersheim?», sagte Annika. «Doch wohl nicht Lövåsen?»

Die Ärztin lächelte.

«An Lövåsen ist nichts auszusetzen. Sie dürfen nicht alles glauben, was in der Zeitung steht.»

«Ich habe die Artikel geschrieben», erwiderte Annika.

«Also ich habe nichts gegen Lövåsen», warf ihre Mutter ein.

Die Ärztin stand auf.

«Sie liegt jetzt noch in der Aufnahme. Wenn ihre Körpertemperatur wieder hoch genug ist, können Sie zu ihr gehen. Es dauert noch ein bisschen.»

Annika und ihre Mutter nickten gleichzeitig.

Thomas zerknüllte die Verpackung des Hamburgers und warf sie in den Papierkorb. Er durfte nicht vergessen, ihn vor dem Nachhausegehen zu leeren, sonst würde es in seinem Büro die ganze Woche nach Imbissbude stinken.

Er lehnte sich in seinem Bürosessel zurück und starrte das Fenster an. Durch die Dunkelheit draußen reflektierte es das Bild seines Büros, irgendein für die Finanzen zuständiger Sozialverwaltungsbeamter in irgendeiner Welt, identisch mit ihm, wenn auch spiegelverkehrt. Das Rathaus war still, fast alle Beamten waren bereits nach Hause gegangen. Bald würden sich die Mitglieder des Sozialausschusses im benachbarten Konferenzzimmer versammeln, aber noch war es ruhig. Er war eigenartig zufrieden, fühlte sich frei und hatte seine Ruhe. Er hatte die Arbeit vorgeschoben, als Eleonor vom Abendessen sprach, was zwar nicht gelogen, letztlich aber auch nicht die ganze Wahrheit war. Um diese Zeit des Jahres hatte er immer viel Arbeit, aber nicht mehr oder kompliziertere Vorgänge als sonst auch. Früher hatte ihn das nie daran gehindert, zum Essen nach Hause zu gehen. Die Abendessen waren ihnen heilig. Vorspeise, Hauptspeise, Eleonor aß nie einen Nachtisch. In der dunklen Jahreszeit zündete sie immer Kerzen an und deckte den Tisch mit gebügelten Servietten. Er hatte das stets geschätzt. Sie hatte es geliebt und ihren gemeinsamen Freunden oft davon erzählt. So romantisch, so phantastisch. Sie waren solch ein perfektes Paar, *a match made in heaven.*

Nein, dachte er, nicht im Himmel, in Perugia.

Er konnte nicht mehr sagen, wann sich die Tristesse eingeschlichen hatte. Das Gefühl einer gewachsenen Wirklichkeit versank, und etwas anderes, Wahreres trat an ihre Stelle. Sie waren nicht erwachsen, sie spielten erwachsen. Sie segelten, luden zum Abendessen ein, engagierten sich im Vereinsleben. Vaxholm war ihre Welt, die Entwicklung und der Erfolg des Orts und der Gemeinde ihr großes Interesse und ihre Ambition. Sie waren beide hier geboren und aufgewachsen, hatten niemals woanders gelebt. Niemand konnte behaupten, dass sie im sozialen wie im Arbeitsleben keine Verantwortung übernahmen.

Aber wenn es um ihre eigene Beziehung ging, stand es mit der Verantwortung nicht zum Besten. Sie benahmen sich immer noch wie zwei Jugendliche, die gerade zu Hause ausgezogen waren, spielten romantische Spiele und mussten immer Rücksicht auf ihre Eltern nehmen.

Thomas seufzte. Jetzt war er wieder beim Thema. Eltern.

Eleonor wollte keine Kinder. Sie liebte ihr Leben, ihr gemeinsames Dasein, die Abendessen, die Reisen, ihre Karriere, ihre Aktien, die Nachbarn, das Vereinsleben, das Boot.

Ich muss meine Weiblichkeit nicht auch noch dadurch bestätigen, dass ich ein Kind bekomme, hatte sie gesagt, als sie sich das letzte Mal darüber gestritten hatten. Das ist mein Leben, und ich mache damit, was ich will. Ich will Spaß haben, Leute treffen, im Job vorankommen, mich auf uns konzentrieren und auf das Haus.

«Wir könnten jetzt anfangen.»

Der Verwaltungsdirektor stand in der Tür und blinzelte verwirrt.

«Natürlich, ich komme.»

Er suchte rasch und ein wenig verlegen seine Papiere zusammen. Er war sich bewusst, dass er zerstreut war, und fragte sich, ob das sehr auffiel.

Die elf Ausschussmitglieder hatten um den Tisch herum Platz genommen, und er setzte sich neben den Schriftführer des Ausschusses ans Kopfende, wo auch der Ausschussvorsitzende saß. Die Leiter der einzelnen Arbeitsbereiche saßen nebeneinander an einer Längsseite, ein paar Beamte waren auch anwesend. Die Tagesordnung bestand aus etwa zwanzig Punkten, die meisten davon gingen ihn nichts an. Der nächste Etat sollte bei einer zweitägigen Klausurtagung in einem Hotel durchgegangen werden, heute würde er nur zu ein paar kleineren Punkten referieren und darüber hinaus für den Fall anwesend sein, dass Fragen auftauchten.

Während der Ausschussvorsitzende die Sitzung eröffnete, überflog Thomas die Tagesordnung, das Übliche, Kinderfürsorge, Personalfragen, Behindertenfürsorge, mobile Altenpflege. Die Hälfte der Tagesordnungspunkte waren Altlasten, die schon tausend Mal vertagt worden waren und zu denen auch an diesem Abend wohl kaum ein Beschluss gefasst werden würde. Sein Punkt, bei dem es um die explodierenden Kosten im Fahrdienst ging, war als achter dran. Seine Augen glitten über das Papier, er trank etwas Wasser. Punkt Nummer siebzehn war neu: Vertrag mit der Stiftung *Paradies*.

Was war das denn für ein revolutionäres Unternehmen? Glaubten sie wirklich, dass sie im Moment, angesichts der angespannten Haushaltslage, noch weitere Verträge abschließen konnten? Er seufzte so leise wie möglich und wandte seine Aufmerksamkeit den Ausschussmitgliedern zu.

Die Parteidemagogen, der Sozialdemokrat und der Konservative, saßen jeder an seiner Ecke des Tisches, allzeit bereit, ihre Argumente und Vorbehalte in die Waagschale zu werfen. «Die Freiheit des Individuums», würde der Konservative sagen, und der Sozialdemokrat würde mit «Solidarität» kontern. Bald würde der Wunsch der Politiker nach etwas *Konkretem* zur Sprache gebracht, die Forderung nach einer genaueren *Bearbeitung* ausgesprochen werden, und er würde auf Zahlen und Tabellen verweisen, was niemals irgendjemanden zufrieden stellte.

Perugia, dachte er, in diesem Moment liegt er dort, hockt er auf seinem Berggipfel in Umbrien und beherrscht das umliegende Land.

Er musste über seinen Gedanken lächeln.

Seltsam, dass ich mir die Stadt als einen Mann vorstelle.

«Thomas?»
Der Ausschussvorsitzende sah ihn freundlich an. Er räusperte sich und suchte das richtige Blatt heraus.
«Wir müssen etwas mit dem Fahrdienst machen», stellte er fest. «Die Kosten werden wahrscheinlich drei Mal so hoch sein wie die für das laufende Jahr im Haushalt vorgesehene Summe. Ich sehe keine Möglichkeit, wie wir diesen Anstieg stoppen können, das Gesetz zur Handhabung dieser Frage hilft uns auch nicht weiter. Der Bedarf ist, wenn man ihn nicht einschränkt, jedenfalls uferlos.»
Er referierte Zahlen und Tabellen, Konsequenzen und Alternativen. Der Vorsitzende holte ein Rundschreiben mit neuen Richtlinien des Städte- und Gemeindetags hervor, sie waren mit ihrem Problem offensichtlich nicht allein. Der Städte- und Gemeindetag hatte sich mit dem Thema beschäftigt, seine zentralen Richtlinien waren jedoch wie immer vage und umständlich formuliert. Bald steckte man mitten in einer Diskussion, wie man die Sachbearbeiter zu diesem Thema am besten weiterbilden könnte – sollte man sie zu einem Kurs schicken oder einen Referenten engagieren?
Stiftung *Paradies*, dachte er. Schöner Name.
Die Sitzung zog sich in die Länge. Man verhedderte sich in einer weiteren Detaildiskussion, und er wurde immer ärgerlicher. Als dann schließlich Punkt Nummer siebzehn an der Reihe war, beugte er sich vor. Eine der Beamtinnen, eine Sozialarbeiterin, die seit langem in der Gemeinde tätig war, referierte zu dem Thema.
«Es geht um einen prinzipiellen Beschluss darüber, eine neue Organisation mit Dienstleistungen zu beauftragen», sagte sie. «Es handelt sich dabei um einen Fall, der keinen Aufschub duldet und bereits vom Ausschuss für dringliche Fragen be-

handelt wurde, aber wir wollten den Vertrag erst mit Ihnen durchgehen, ehe wir ihm zustimmen.»

«Was ist das für eine Stiftung?», wollte der sozialdemokratische Demagoge misstrauisch wissen, und von da an wusste Thomas schon, wie die Sache ausgehen würde. Wenn der Sozialdemokrat dagegen war, würde sich der Konservative automatisch dafür aussprechen.

Die Beamtin zögerte. Sie konnte auf die Details des Falls nicht eingehen, weil das Protokoll der Sitzung nicht öffentlich war.

«Ganz allgemein kann ich sagen, dass sich diese Organisation darum kümmert, Menschen, die sich mit Morddrohungen konfrontiert sehen, zu schützen», sagte sie. «Wir sind die Vorgehensweise mit der Geschäftsführerin durchgegangen, und in diesem einen speziellen Fall sind wir der Meinung, dass wir die angebotenen Dienstleistungen in Anspruch nehmen sollten ...»

Alle lasen sich den Vertrag sorgfältig durch, obwohl es nicht besonders viel zu studieren gab. Die Gemeinde Vaxholm verpflichtete sich zur Zahlung eines Pflegesatzes von dreitausendfünfhundert Kronen pro Tag für geschütztes Wohnen, bis eine zufrieden stellende Lösung für den betreffenden Klienten gefunden wurde.

«Was soll das hier eigentlich?», meldete sich erneut der Sozialdemokrat. «Wir haben doch schon Verträge mit einer ganzen Reihe von Therapiezentren, brauchen wir wirklich noch einen?»

Die Beamtin wand sich verlegen.

«Es handelt sich um ein vollkommen neues und einzigartiges Verfahren», erwiderte sie. «Das einzige Arbeitsgebiet der Stiftung besteht darin, unter Morddrohungen stehende Menschen, in den meisten Fällen Frauen und Kinder, zu schützen und ihnen zu helfen. Die Personen werden aus allen öffentlichen Registern gelöscht, ihre Verfolger können sie nie wieder aufspüren. Alle Spuren enden an einer stummen Wand, bei dieser Stiftung.»

Alle Anwesenden starrten die Beamtin an.

«Und das soll tatsächlich legal sein?», wandte die frisch gewählte Vertreterin der Grünen, eine junge Frau, ein, aber ihr Einwurf wurde wie üblich ignoriert.

«Warum können wir die Angelegenheit nicht selber regeln, innerhalb unserer Sozialverwaltung?», erkundigte sich der Konservative.

Der Amtsleiter für die Einzel- und Familienfürsorge, der die Angelegenheit offenkundig billigte, ergriff das Wort.

«Es geht hier nicht um obskure Dinge», sagte er. «Man könnte vielleicht sagen, dass es sich um eine Vorgehensweise oder eine Anpassungsfähigkeit handelt, wie sie nur einer vollkommen externen Organisation möglich ist. Sie verfügt über eine Flexibilität, die uns als Behörde nicht möglich ist. Ich glaube daran.»

«Die Sache ist ganz schön teuer», meinte der Sozialdemokrat.

«Pflege kostet Geld, wann werdet ihr das endlich einsehen?», fragte der Konservative, und schon stritten sich die beiden.

Thomas lehnte sich zurück und ging den Vertrag prüfend durch. Er war extrem dürftig gehalten. Nirgendwo wurde genauer erläutert, welche Dienstleistungen im Preis inbegriffen waren, nirgendwo stand, wo die Stiftung ihren Sitz hatte, nicht einmal eine Organisationsnummer, wie sie sonst jedes Unternehmen in Schweden hatte, war zu sehen. Alles, was es gab, war ein Verweis auf ein Postfach in Järfälla.

Wie üblich wünschte er sich, es stünde in seiner Macht, sich zu äußern und die konkreten und entscheidenden Einwände gegen den Vorschlag vorzubringen.

Sie mussten natürlich Referenzen zu dieser Stiftung einholen und die Juristen der Gemeinde abklären lassen, ob die Maßnahmen auch wirklich legal waren. Und wie konnten sie ausgerechnet jetzt noch weitere Ausgaben bewilligen? Und warum, zum Teufel, fragten sie ihn eigentlich nicht, ob es finanziell überhaupt möglich war, solche Beschlüsse zu fassen, er war doch der Einzige, der den nötigen Überblick über den Etat hatte, wozu saß er sonst hier? Als ein verdammter Wandschmuck?

«Müssen wir denn wirklich schon heute einen Beschluss fassen?», fragte der Ausschussvorsitzende.

Die Beamtin und der Amtsleiter nickten.

Der Vorsitzende seufzte.

Da platzte ihm der Kragen. Zum ersten Mal während seiner sieben Jahre bei der Gemeindeverwaltung ergriff Thomas in einer Ausschusssitzung das Wort.

«Das darf doch nicht wahr sein!», sagte er erregt. «Wie können Sie glauben, dass man immer nur neue Ausgaben beschließen kann, ohne an die Konsequenzen zu denken? Was ist das hier überhaupt für eine Vereinigung? Und zu allem Überfluss auch noch in Form einer Stiftung! Mein Gott! Und was ist das für ein bescheuerter Vertrag, nicht einmal eine Organisationsnummer kann diese Stiftung vorweisen. Die Sache stinkt, wenn Sie mich fragen, was Sie verdammt nochmal tun sollten!»

Alle starrten ihn an, als wäre er ein Gespenst. Erst jetzt wurde ihm klar, dass er aufgesprungen war, dass er sich mit dem Vertrag wie eine Flagge in der rechten erhobenen Hand über den Tisch gelehnt hatte. Sein Gesicht brannte, er schwitzte. Er ließ den Vertrag auf den Tisch fallen, strich sein Haar nach hinten, rückte den Knoten seiner Krawatte zurecht.

«Verzeihung», sagte er. «Entschuldigen Sie bitte, ich ...»

Verwirrt setzte er sich wieder hin und blätterte ein wenig in seinen Unterlagen, die Ausschussmitglieder wandten den Blick von ihm ab und sahen verlegen auf den Tisch. Er wollte sterben, im Boden versinken und verschwinden.
Der Ausschussvorsitzende atmete tief durch.
«Ja, wenn wir dann zu einem Beschluss kommen könnten, dann ...»
Der Vertrag wurde mit sieben gegen vier Stimmen angenommen.

«Ich habe da eine Supersache am Laufen.»
Sjölander und Ingvar Johansson blickten gereizt zu dem Reporter auf, der sie störte. Ihre missvergnügten Mienen hellten sich jedoch rasch wohlwollend auf, als sie sahen, dass es Carl Wennergren war.
«Schieß los, verdammt», sagte Sjölander.
Der Reporter setzte sich auf den Schreibtisch des Leiters der Kriminalredaktion.
«Es geht um die Morde im Freihafen», sagte er. «Ich habe da einen Supertipp bekommen.»
Sjölander und der Nachrichtenchef ließen die Füße auf den Fußboden fallen und richteten sich auf.
«Und was?», fragte Ingvar Johansson.
«Ich habe gerade mit einem Bullen geredet», fuhr Carl Wennergren leise fort. «Sie glauben, dass Ratko hinter der Sache steckt.»
Die älteren Männer betrachteten den Jüngeren abwartend.
«Warum?», wollte Sjölander wissen.
«Ihr wisst schon», sagte Calle Wennergren, «die Mafia, Jugoslawen, verschwundene Zigaretten, das riecht förmlich nach Ratko.»

«Mit wem hast du geredet?»
«Einem Typen von der Kripo.»
«Hast du ihn angerufen oder er dich?»
Der Reporter hob erstaunt die Augenbrauen.
«Er hat angerufen, wieso?»
Sjölander und Ingvar Johansson warfen sich einen raschen Blick zu.
«Okay», sagte der Leiter der Kriminalredaktion. «Was wollte der Polizist von dir?»
«Uns den Tipp geben, dass Ratko hinter der Sache steckt, sie suchen im Moment wie verrückt nach ihm. Die Polizei möchte, dass wir seinen Namen und sein Bild bringen.»
«Wird offiziell nach ihm gefahndet?»
Der Reporter runzelte die Stirn.
«Davon hat der Typ von der Kripo nichts gesagt, nur, dass sie nach ihm suchen.»
«Daraus können wir was machen», meinte Ingvar Johansson und machte sich Notizen. «Wir werden Folgendes tun. Sjölander stellt die Hintergrundinformationen zu Ratko zusammen, und du machst die Runde in den jugoslawischen Lokalen und sammelst diese Nacht Kommentare von den Leuten dort. Damit können wir die erste Seite füllen und auch noch einen Aushänger daraus machen.»
«Also los!», sagte Calle Wennergren und sauste zum Fototisch.
Seine beiden Vorgesetzten sahen dem Reporter nach, bis er verschwunden war.
«Wusstest du das?», fragte Ingvar Johansson.
Sjölander seufzte und legte seine Füße wieder auf den Schreibtisch.
«Die Polizei hat nicht die Bohne einer Spur. Die toten Männer

waren neu hier, gerade erst aus Serbien eingeflogen. Es gab keine Zeugen, niemanden, der reden kann. Ich weiß nicht, warum, aber offensichtlich wollen die Bullen Ratko aufscheuchen.»

«Hat er was mit der Sache zu tun?»

Sjölander lachte auf.

«Natürlich hat er das, er kontrolliert den gesamten jugoslawischen Zigarettenhandel in Skandinavien. Er ist vielleicht nicht selber für die Morde verantwortlich, hat aber garantiert seine Finger in der Sache.»

Die Männer saßen noch ein paar Minuten in Gedanken versunken zusammen und kamen schließlich zu dem gleichen Schluss.

«Das Gerücht haben die Bullen sicher bewusst gestreut», meinte Ingvar Johansson.

«Todsicher», stimmte Sjölander zu.

«Aber warum?», überlegte der Nachrichtenchef.

Der Leiter der Kriminalredaktion zuckte mit den Schultern.

«Die Bullen sitzen auf dem Trockenen und wollen ein bisschen Staub aufwirbeln. Entweder versuchen sie, Ratkos Position zu untergraben, oder sie wollen sie stärken, uns kann das egal sein. Wenn ein Kripobeamter an uns herantritt und verkündet, dass sie nach Ratko suchen, ist das einen Aushänger wert.»

Sie nickten einander zu.

«Sagst du Jansson Bescheid?», fragte Sjölander.

Ingvar Johansson stand auf und ging zum Nachtdesk.

Eine schwache Lampe in einer Ecke des Raums verbreitete gelbliches Licht. Ein EKG piepste rhythmisch und eintönig. Sofia Katarina war an Leitungen und Schläuche angeschlossen. Ihr Körper sah eingefallen und vertrocknet aus unter der dünnen Decke, so still und klein. Annika ging zu ihr und strich ihr über das Haar. Ihr fiel auf, wie ungeheuer alt sie einem nun erschien. Wie seltsam. Sie hatte ihre Großmutter nie als eine alte Frau gesehen.

«Wie sie aussieht», sagte ihre Mutter. «Sieh dir mal den Mund an.»

Der rechte Mundwinkel hing herab, ein wenig Speichel lief auf den Hals hinab. Annika nahm ein Taschentuch und wischte ihn weg.

«Sie schläft jetzt», meinte die Ärztin. «Sie können gern noch einen Moment bei ihr bleiben.»

Daraufhin verließ sie den Raum, und die Tür schloss sich mit einem Luftzug.

Sie setzten sich zu beiden Seiten des Bettes, Annikas Mutter hatte immer noch ihren Pelz an. Der Raum war voller Krankenhausgeräusche, das Säuseln der Klimaanlage, die elektronischen Klänge der Apparate, Holzschuhe im Korridor hinter der Tür. Dennoch war die Stille bedrückend.

«Wer hätte das geahnt?», sagte die Mutter. «Ausgerechnet heute ...»

Sie schluchzte.

«Natürlich konntest du das nicht wissen», sagte Annika leise. «Niemand macht dir einen Vorwurf.»

«Sie war gestern noch im Ort und hat eingekauft. Ich saß an der Kasse, sie war gesund und guter Dinge.»

Sie saßen wieder schweigend da, und die Mutter weinte.

«Wir müssen etwas finden, wo sie wohnen kann», meinte Annika. «Lövåsen kommt überhaupt nicht in Frage.»

«Also ich kann das nicht übernehmen!», sagte die Mutter bestimmt und blickte auf.

«Falsche Medikation, schlechte Pflege, ich habe eine ganze Artikelreihe über die Missstände in Lövåsen geschrieben. Großmutter kommt woanders hin.»

«Das ist doch schon so lange her, heute ist dort sicher alles viel besser.»

Ihre Mutter strich sich mit einem feuchten Taschentuch übers Gesicht. Annika stand auf.

«Wir könnten eine private Lösung finden», sagte sie.

«Aber bei mir kann sie nicht wohnen!»

Annikas Mutter hatte sich aufgerichtet und aufgehört, ihr Gesicht zu kühlen. Annika sah sie dort sitzen, asthmatisch vom vielen Rauchen, erhitzt durch den Pelz und ihre Hitzewallungen, mit dünner werdendem Haar, wachsendem Übergewicht, abwehrend und selbstverliebt. Ehe sie es recht wusste, war sie schon zu ihr gegangen und hatte sie an den Schultern gepackt.

«Benimm dich doch nicht so verdammt kindisch», zischte sie. «Ich meinte natürlich private Pflegealternativen. Hier geht es nicht um dich, begreifst du das nicht? Ausnahmsweise stehst nicht du im Mittelpunkt.»

Die Frau gaffte sie an, und auf ihrem Hals bildeten sich rote Flecken.

«Du bist doch ...», begann sie, stieß Annika weg und stand auf.

Die junge Frau starrte die ältere an und ahnte, dass ein Wutanfall kurz bevorstand.

«Na los», sagte sie verbissen. «Sag, was du denkst.»

Ihre Mutter zog den Pelz über der Brust zusammen und machte ein paar Schritte auf sie zu.

«Wenn du wüsstest, wie viel Dreck ich mir wegen dir anhören musste!», flüsterte sie. «Was meinst du denn, wie es mir in den letzten Jahren ergangen ist? All die Blicke hinter meinem

Rücken! Der ganze Klatsch! Kein Wunder, dass deine Schwester umgezogen ist, die doch immer zu dir aufgeschaut hat. Es ist kaum zu glauben, dass Leif das augehalten hat, er war mehrmals drauf und dran, mich zu verlassen. Das hätte dir gefallen, du hast mir keine Liebe gegönnt, du konntest Leif nie ausstehen ...»

Annika wurde blass, während die Mutter um sie herumging, zur Tür zurückwich und mit einem anklagenden Finger auf sie zeigte.

«Ganz zu schweigen von Sofia!», fuhr sie mit erhobener Stimme fort. «Sie genoss doch solchen Respekt. Haushälterin auf Harpsund, und dann muss sie ihre Tage als die Großmutter der Frau beschließen, die den Mord ...»

Annika blieb die Luft weg.

«Fahr zur Hölle», stieß sie keuchend hervor.

Ihre Mutter kam wieder auf sie zu, die Spucke spritzte nur so aus ihrem Mund.

«Du bist doch so eine tolle Journalistin, du müsstest die Wahrheit doch ertragen können!»

Plötzlich war sie wieder im Werk, bei der Koksluke, neben dem Hochofen, und sah den Körper der Katze fliegen, sah die Eisenstange dort liegen. Sie schlug die Hände vors Gesicht und beugte sich zu ihren Knien herab.

«Geh», flüsterte sie. «Geh jetzt, Mama, schnell.»

Ihre Mutter zog ein Lederetui mit Zigaretten und einem grünen Plastikfeuerzeug hervor.

«Bleib du nur hier sitzen», sagte sie, «und denk darüber nach, was du angerichtet hast.»

Es wurde still, die Dunkelheit kompakter, Annika schnappte nach Luft. Der Schock saß wie ein Stein gleich unter ihrem Hals, sie konnte nur mit Mühe atmen.

Sie hasst mich, dachte sie. Meine Mutter hasst mich. Ich habe ihr Leben zerstört.
Eine Welle des Selbstmitleids riss sie mit und drückte sie zu Boden.
Was habe ich den Menschen nur angetan, die ich liebe? O Gott, was habe ich getan?
Sofia Katarinas linke Hand tastete über das gelbe Laken.
«Barbro?», murmelte sie.
Annika sah auf, Großmutter, oh, Großmutter, sofort war sie bei ihr, nahm ihre kalte unbewegliche, rechte Hand, unterdrückte ihre Angst und versuchte zu lächeln.
«Hallo, Großmutter. Ich bin es, Annika.»
«Barbro?», lallte ihre Großmutter fragend und sah sie mit trübem Blick an.
Die Tränen stiegen ihr in die Augen, alles verschwamm.
«Nein, ich bin es, Annika. Barbros Tochter.»
Der Blick der alten Frau schweifte durch das Zimmer, die linke Hand suchte und griff.
«Bin ich in Lyckebo?»
Die Tränen kullerten herunter, sie atmete durch den offenen Mund und ließ die Tränen laufen.
«Nein, Großmutter, du bist krank geworden. Du bist im Krankenhaus.»
Die Augen der alten Frau kehrten zu Annika zurück.
«Wer bist du?»
«Annika», flüsterte Annika. «Ich bin es.»
Dann leuchteten die Augen hinter dem trüben Schleier auf.
«Ja, natürlich», sagte Sofia Katarina. «Mein Lieblingsmädchen.»
Annika weinte, legte die Stirn auf den Bauch der alten Frau und hielt ihre Hand. Dann stand sie auf, um sich die Nase zu putzen.

«Du warst sehr krank, Großmutter», sagte sie auf dem Weg um das Bett herum. «Jetzt müssen wir dafür sorgen, dass du bald wieder ganz gesund wirst.»
Aber ihre Großmutter war schon wieder eingeschlafen.

MITTWOCH, 31. OKTOBER

Aida mobilisierte all ihre Kräfte. Der vor ihr liegende Anstieg kam ihr endlos lang vor. Die Straße schwankte, sie taumelte voran, und der Schweiß lief ihr hinter den Ohren den Hals hinunter. Wann war sie endlich da?

Sie setzte sich auf die Straße, ließ die Beine in den Straßengraben hängen und legte den Kopf auf die Knie. Sie spürte weder Kälte noch Feuchtigkeit. Nur ein wenig ausruhen, dann würde sie weitergehen.

Ein Auto schob sich über die Hügelkuppe und wurde langsamer, als es an ihr vorbeifuhr. Sie spürte die Blicke in ihrem Rücken. So konnte sie hier nicht sitzen bleiben. In einem behüteten Wohngebiet wie diesem würde sonst bestimmt bald jemand die Polizei rufen.

Sie stand auf, und für einen Moment wurde ihr schwarz vor Augen.

Ich muss das Haus finden. Auf der Stelle.

Sie ging weiter, und schon bei der nächsten Einfahrt sah sie die Nummer. Wie lächerlich, beinahe hätte sie knapp zwanzig Meter vor dem Ziel aufgegeben. Sie versuchte zu lachen. Stattdessen stolperte sie über einen Stein, wäre fast hingefallen und war den Tränen nahe.

«Helft mir», murmelte sie.

Sie schleppte sich zur Treppe, zog sich am Geländer hoch und klingelte. Eine massive Haustür, zwei Sicherheitsschlös-

ser. Eine Glocke schrillte im Haus, aber nichts geschah. Sie klingelte noch einmal. Und noch mal. Und noch mal. Sie versuchte, durch das braune Glas der Fenster neben dem Türrahmen zu schauen: Dunkelheit, Leere, nicht einmal Möbel.
Sie ließ sich auf die Treppe fallen und lehnte sich mit der Stirn an die Hauswand. Jetzt konnte sie einfach nicht mehr. Sollte er doch kommen. Es war egal. Ruft die Polizei. Schlimmer konnte es nicht mehr werden.
«Aida?»
Sie hatte kaum noch die Kraft aufzublicken.
«Aber meine Liebe, wie geht es Ihnen?»
Ihr Bewusstsein trübte sich, sie hielt sich an der Wand fest.
«Mein Gott, sie ist ja krank. Anders! Komm und hilf mir!»
Jemand griff nach ihr und zog sie auf die Füße. Sie hörte eine erregte Frauenstimme und eine ruhigere Männerstimme, es wurde warm, dunkel, sie war im Haus.
«Leg sie auf die Couch.»
Alles schwankte und hüpfte, sie wurde bewegt, landete irgendwo und sah auf die Rückenlehne einer braunen, kratzigen Couch. Jemand deckte sie mit einer Decke zu, aber sie fror trotzdem.
«Es geht ihr sehr schlecht», sagte die Frau. «Sie hat hohes Fieber. Wir müssen sie zu einem Arzt bringen.»
«Wir können keinen Arzt hierher holen, das weißt du doch», meinte der Mann.
Aida wollte etwas sagen, protestieren, nein, kein Arzt, kein Krankenhaus.
Die Menschen gingen in ein anderes Zimmer, und sie hörte ihre leisen Stimmen. Vielleicht war sie doch ein wenig eingeschlummert, denn in der nächsten Sekunde beugten sich der Mann und die Frau mit einer Tasse dampfenden Tees über sie.

«Sie müssen Aida sein», sagte die Frau. «Ich heiße Mia, Maria Eriksson. Das hier ist mein Mann, Anders. Seit wann sind Sie so krank?»

Sie versuchte zu antworten.

«Kein Arzt», flüsterte sie.

Die Frau namens Mia nickte.

«Okay», sagte sie. «Kein Arzt. Wir verstehen. Aber Sie brauchen unbedingt ärztliche Hilfe, und wir wissen eine Lösung.»

Sie schüttelte den Kopf.

«Sie suchen nach mir.»

Mia Eriksson strich ihr über die Stirn.

«Das wissen wir, aber es gibt Möglichkeiten, Ihnen zu helfen, ohne dass jemand davon erfährt.»

Sie schloss die Augen, atmete auf.

«Bin ich im *Paradies*?», flüsterte sie.

Die Antwort erreichte sie von weit her, sie versank bereits wieder.

«Ja», antwortete die Frau. «Wir werden uns jetzt um Sie kümmern.»

Während der Nacht hatten sie abwechselnd geschlafen und wach gelegen. Sofia Katarina war mal verwirrt, dann wieder ängstlich und auch etwas sentimental.

Die Krankengymnastin konfrontierte sie nach einer ersten kurzen Untersuchung mit einem niederschmetternden Bericht.

«Die Körperfunktionen sind rechtsseitig sehr reduziert», sagte sie. «Es wird sehr viel Arbeit erforderlich sein.»

«Was kann man tun, um die Beweglichkeit wieder zu trainieren?», erkundigte sich Annika.

Die Frau lächelte schwach.

«Der Fehler steckt nicht in den Beinen, sondern im Kopf. Eine Behandlungsmethode, mit der man die Funktion abgestorbener Nervenzellen wiederherstellen kann, gibt es nicht. Deshalb muss man sich auf das konzentrieren, was noch geblieben ist. Nervenzellen, die noch intakt sind und früher inaktiv waren, müssen aktiviert werden. Das kann durch eine ganze Reihe verschiedener krankengymnastischer Übungen erreicht werden.»

«Aber wann ist sie wieder gesund?»

«Ein halbes Jahr kann es durchaus dauern, bis man die ersten Fortschritte sieht. Das Wichtigste ist im Moment, dass so schnell wie möglich mit der Behandlung begonnen und diese dann konsequent weitergeführt wird.»

«Was kann ich tun?»

Die Krankengymnastin nahm ihre Hand und lächelte.

«Sie tun genau das Richtige. Kümmern Sie sich um sie. Reden Sie mit ihr, aktivieren Sie sie, singen Sie gemeinsam alte Lieder. Sie werden merken, dass sie gerne über die Vergangenheit sprechen möchte. Lassen Sie ihr die Freude.»

«Aber wann wird sie wieder wie früher sein?»

«Ihre Großmutter wird nie wieder so sein wie früher.»

Annika blinzelte, der Abgrund tat sich vor ihr auf, fast unmerklich geriet sie in Panik.

«Wie soll ich nur allein zurechtkommen? Sie war doch immer für mich da.»

Ihre Stimme war zu schrill, zu verzweifelt.

«Jetzt müssen Sie ihr helfen.»

Die Krankengymnastin tätschelte ihre Hand, und Annika merkte überhaupt nicht, dass sie wegging.

«Großmutter», flüsterte sie und streichelte ihre Hand.

Aber die alte Frau schlief. Durch die Türritze kroch das Tageslicht herein und breitete sich in dem kleinen grauen Zimmer aus. Obwohl Annika nicht sehr tief geschlafen hatte und oft aufgewacht war, lief sie auf vollen Touren und war rastlos, fast schon hyperaktiv.

Sie musste einen Ort ausfindig machen, wo ihrer Großmutter die bestmögliche Rehabilitation zuteil wurde. Lövåsen war nicht dieser Ort, da war sie sich ganz sicher. Ärgerlich stand sie auf und lief im Zimmer auf und ab, immer weiter. Die Beine taten ihr weh, ihr Finger pochte.

Es musste andere Alternativen geben, private Pflegeheime, Altenwohnheime, mobile Altenpflege.

Annika sah nicht, dass die Tür aufglitt, spürte nur den Luftzug an den Beinen.

Es war wieder die Ärztin, gefolgt von ihrer Mutter im Nerzmantel.

«Wir wollen uns über Sofias Zukunft unterhalten», sagte die Ärztin, und Annika nahm ihre Sachen und folgte ihr.

«Ich habe einfach nicht die Möglichkeit, sie selbst zu pflegen», sagte Annikas Mutter, als sie sich auf den Besucherstühlen im Büro der Ärztin niedergelassen hatten. «Ich muss meiner Arbeit nachgehen.»

«Barbro, man würde Ihnen sicher einen hohen Pflegesatz bewilligen, wenn Sie sich um Ihre Mutter kümmern würden», versuchte die Ärztin es.

Annikas Mutter rutschte unruhig hin und her.

«Ich möchte meine berufliche Laufbahn nicht aufgeben.»

Der Mangel an Schlaf, Liebe, Sinn schoss Annika in den Kopf. Ihr platzte der Kragen. Sie stand auf und schrie:

«Du bist doch verdammt noch mal nur Aushilfe an der Supermarktkasse, warum zum Teufel kannst du dich denn nicht um Großmutter kümmern?»

«Setzen Sie sich», sagte die Ärztin mit Nachdruck.
«Den Teufel werde ich tun!», schrie Annika und blieb stehen. Ihre Stimme war unsicher, ihr zitterten die Knie. «Großmutter ist euch doch scheißegal, euch allen! Ihr wollt sie als Versuchskaninchen in Lövåsen einsperren und anschließend den Schlüssel wegschmeißen. Ich weiß, wie es da aussieht! Ich habe darüber geschrieben! Schlechte Pflege, Personalmangel, Verabreichung falscher Medikamente!»
Die Ärztin stand jetzt auch auf und ging um den Tisch herum zu Annika.
«Entweder Sie setzen sich jetzt», sagte sie ruhig, «oder Sie gehen raus.»
Annika strich sich über die Stirn. Ihre Beine gaben nach, und sie ließ sich auf den Stuhl fallen. Barbro fingerte an der Pelznaht und sah der Ärztin Verständnis heischend in die Augen. Was musste sie nicht alles über sich ergehen lassen.
«Lövåsen wäre sicher eine gute Alternative ...»
«Nie und nimmer!»
«... wenn es dort freie Plätze geben würde. Aber es gibt keine, und die Warteliste ist lang. Sofia wird schon bald aus medizinischer Sicht austherapiert sein, man benötigt also eine Versorgung rund um die Uhr und umfassende und intensive Rehabilitierungsmaßnahmen. Folglich müssen wir möglichst rasch eine andere Lösung finden. Deshalb wende ich mich an Sie. Haben Sie andere Vorschläge?»
Annikas Mutter leckte sich unsicher die Lippen.
«Na ja», sagte sie, «also ich weiß nicht, man glaubt natürlich, die Gesellschaft würde die Verantwortung übernehmen, wenn so etwas passiert, dafür zahlen wir immerhin Steuern ...»
Annika starrte auf ihre Hände hinunter, ihr Gesicht brannte.
«Gibt es denn woanders freie Plätze?», fragte sie.

«Eventuell in Bettna», antwortete die Ärztin.
«Das ist doch dreißig, vierzig Kilometer von Hälleforsnäs entfernt und fast zweihundert von Stockholm», sagte Annika und blickte auf. «Wie sollen wir sie da besuchen?»
«Ich sage ja auch nicht, dass es eine ideale …»
«Was ist denn mit Stockholm?», fragte Annika. «Könnte sie nicht auch einen Platz in Stockholm bekommen? Ich würde sie täglich besuchen.»
Sie war wieder aufgestanden, aber die Ärztin zwang sie mit einer Geste wieder auf den Stuhl.
«Wenn überhaupt, dann nur als letzte Alternative. Wir müssen erst versuchen, eine Lösung innerhalb unserer eigenen Gemeinde zu finden.»
Ihre Mutter sagte nichts und fingerte stattdessen nervös an den Haken an der vorderen Saumkante ihres Pelzmantels herum. Annika saß mit hängenden Schultern auf ihrem Stuhl und starrte zu Boden. Die Ärztin betrachtete sie eine Zeit lang schweigend, Mutter und Tochter, die junge Frau stand unter Schock, die ältere war verwirrt und betrübt.
«Es ist ein furchtbares Erlebnis für Sie gewesen», sagte sie und wandte sich an Annika. «Sie werden als Folge dieser traumatischen Erfahrung mit einigen Symptomen zu kämpfen haben. Sie können plötzlich frieren, weinen oder sich niedergeschlagen fühlen.»
Annika begegnete dem Blick der Ärztin.
«Na toll», entgegnete sie. «Und was kann ich dagegen tun?»
Die Ärztin seufzte schwach.
«Trinken Sie was Alkoholisches», erwiderte sie und stand auf.
Annika starrte sie entgeistert an.
«Meinen Sie das ernst?»

Die Ärztin lächelte schwach und streckte ihr die Hand entgegen. «Das ist ein bewährtes Hausmittel in solchen Fällen. Wir werden uns sicher bald wieder treffen müssen. Wenn Sie wollen, können Sie hier noch etwas sitzen bleiben, aber ich muss jetzt leider zur Visite.»
Die Ärztin ließ die beiden Frauen in dem kleinen Raum zurück. Die Tür schloss sich hinter ihr. Die nachfolgende Stille war bedrückend. Annikas Mutter räusperte sich.
«Hast du mit der Krankengymnastin gesprochen?», erkundigte sie sich vorsichtig.
«Natürlich habe ich das», antwortete Annika. «Ich bin die ganze Nacht hier geblieben.»
Barbro stand auf, ging zu Annika und strich ihr zärtlich übers Haar.
«Wir dürfen uns nicht streiten», flüsterte ihre Mutter. «Wir müssen zusammenhalten, jetzt, wo Mama krank ist.»
Annika seufzte, zögerte und legte dann ihre Hände um die üppigen Hüften ihrer Mutter und presste das Ohr gegen ihren Bauch, in dem es leise gluckste.
«Ja, du hast Recht, wir werden uns nicht streiten», flüsterte sie zurück.
«Fahr nach Hause und ruh dich etwas aus», meinte Barbro und tastete in der Tasche ihres Pelzmantels nach den Schlüsseln. «Ich bleibe hier bei Sofia.»
Annika ließ sie los.
«Nein, danke», sagte sie, «aber ich fahre lieber zurück nach Stockholm und schlafe bei mir. Ich bin ja sofort wieder hier, wenn etwas ist, der X2000 braucht für die Strecke nur achtundfünfzig Minuten.»
Sie nahm ihre Sachen und umarmte ihre Mutter.
«Du wirst sehen, alles wird gut», sagte Barbro.

Annika trat in den schier endlosen und kalten Krankenhausflur hinaus.
Im Zug bekam sie dann tatsächlich Schüttelfrost. Sie hatte Zeitungen gekauft und vor sich liegen, verspürte aber nicht die geringste Lust, eine von ihnen aufzuschlagen.
Alkohol, dachte sie. Toller Tipp.
Sie hatte nicht vor, etwas zu trinken. Ihr Vater hatte so viel getrunken, dass es für die ganze Familie bis ans Ende ihrer Tage reichte. Er soff, bis er sturzbetrunken im Graben an der Straße in Richtung Granhed starb.
Sie kauerte sich auf dem Sitz zusammen und zog ihre Jacke fest zu, aber das half auch nicht. Die Kälte kam von innen, vom Herzen.
Alle, die ich liebe, sterben, dachte sie in einem Anfall von Selbstmitleid. Papa, Sven, bald vielleicht auch Großmutter. Nein, dachte sie dann. Großmutter nicht. Sie wird wieder fast gesund werden. Wir werden einen Ort finden, an dem sie wieder auf die Beine kommt.
Sie griff nach den Zeitungen, konnte aber einfach nicht lesen. Stattdessen legte sie den Kopf an die Rückenlehne, schloss die Augen und versuchte sich zu entspannen. Es ging nicht, ihr Körper zuckte und zitterte.
Erneut lehnte sie sich zurück und seufzte. Anschließend streckte sie sich nach der Zeitung und blätterte direkt zu den Seiten sechs und sieben, auf denen die Hauptnachricht stand. Ein Mann auf einem großen, unscharfen Bild, das bis zur Grenze des Publizierbaren vergrößert worden war, starrte sie aus der Zeitung an. Sekundenbruchteile später erkannte sie ihn. *Wo ist Aida? Aida Begovic. Ich weiß, dass sie hier ist.*
Die Überschrift war genauso groß und schwarz wie der Mann vor der Hotelzimmertür vorgestern Abend.

Der Boss der Zigarettenmafia, lautete sie, und unter dem Bild stand:
Er wird Ratko genannt, kam in den siebziger Jahren nach Schweden und wurde wegen Bankraubs und Kidnappings verurteilt. Heute steht er für Kriegsverbrechen im früheren Jugoslawien unter Anklage. Die schwedische Polizei hat den Verdacht, dass er als Drahtzieher hinter dem organisierten Zigarettenschmuggel nach Schweden steckt.
Sie schlug die Zeitung zu, ihre Zähne klapperten, der verletzte Finger und die drei Stiche schmerzten. Die Übelkeit war wieder da.

Anders Schyman schmetterte die Zeitung auf den Tisch vor Ingvar Johansson.
«Ich verlange eine Erklärung», sagte er.
Der unscharfe Mann auf der Zeitungsseite glotzte blind zu den beiden Männern auf. Der Nachrichtenchef wandte den Blick von seinem Computerbildschirm ab.
«Was meinen Sie?»
«In mein Büro. Sofort.»
Sjölander war schon dort und stand in dem Staubberg, den das Sofa zurückgelassen hatte. Schyman ließ sich schwer auf seinen Stuhl fallen, der unter seinem Gewicht knackte. Ingvar Johansson zog die Tür zu.
«Wer hat entschieden, Ratko mit Bild und Namen zu bringen?», fragte der Redaktionsleiter in den Raum hinein.
Die stehenden Männer tauschten Blicke aus.
«Ich gehe nach der Übergabe nach Hause, ich kann nicht darüber spekulieren, was ...», begann Ingvar Johansson, aber Schyman schnitt ihm auf der Stelle das Wort ab.
«Unsinn», sagte er. «ich kann durchaus erkennen, ob ein Ent-

wurf tagsüber gemacht worden ist oder nicht. Außerdem habe ich bereits mit Jansson und Torstensson gesprochen. Der Chefredakteur ist über den Publikationsbeschluss überhaupt nicht informiert worden, und Jansson war ehrlich erstaunt und hat erklärt, das ganze Paket sei von der Tagschicht geliefert worden. Setzen Sie sich.»

Sjölander und Ingvar Johansson ließen sich gleichzeitig auf die Besucherstühle fallen. Niemand sagte etwas.

«Das kann ich nicht akzeptieren», sagte Schyman leise, als die Stille unerträglich zu werden drohte. «Der Beschluss, den Namen von noch nicht verurteilten Verdächtigen zu veröffentlichen, wird vom verantwortlichen Herausgeber getroffen, das kann doch verdammt nochmal nicht neu für Sie sein.»

Sjölander sah zu Boden, und Ingvar Johansson rutschte unruhig auf seinem Stuhl herum.

«Wir haben seinen Namen auch schon früher gebracht. Dass er ein Gangster ist, ist doch nichts Neues.»

Anders Schyman seufzte schwer.

«Wir schreiben aber nicht nur, dass er ein Gangster ist. Wir bringen ihn mit dem Doppelmord im Freihafen in Verbindung und beschuldigen ihn indirekt, der Mörder zu sein. Ich habe bereits mit unseren Juristen gesprochen. Wenn Ratko uns verklagt, sind wir dran, ganz zu schweigen davon, was der Presserat dazu sagen würde.»

«Er wird uns schon nicht verklagen», sagte Ingvar Johansson selbstsicher. «Er sieht das eher als reine Reklame für seine Arbeit. Außerdem haben wir versucht, einen Kommentar von ihm zu bekommen. Calle Wennergren ist rumgefahren und hat letzte Nacht mit den Leuten in den jugoslawischen Kneipen gesprochen ...»

Anders Schyman schlug so heftig mit der Handfläche auf die Tischplatte, dass die beiden Männer auf der anderen Seite unwillkürlich zusammenzuckten.

«Das begreife ich selbst», brüllte er. «Darum geht es nicht. Es geht darum, dass man sich in dieser Redaktion laufend Freiheiten in verlegerischen Fragen herausnimmt! Sie beide dürfen diese Art von Beschlüssen nicht treffen, das ist Sache des verantwortlichen Herausgebers! Ist das denn so schwer zu kapieren?»

Sjölander wurde rot, Ingvar Johansson blass.

Anders Schyman sah ihre Reaktionen und wusste, dass sie ihm endlich zuhörten. Er unterdrückte mühsam seine Erregung und konzentrierte sich darauf, in normaler Lautstärke zu sprechen.

«Ich gehe mal davon aus, dass mehr dahinter steckt, als in der Zeitung steht», sagte er. «Also, was wissen wir wirklich?»

Mit diesen Worten brachte er die Diskussion in Gang, die sie eigentlich exakt vierundzwanzig Stunden früher hätten führen müssen.

«Die Polizei hat die Patronenhülsen und eine Kugel gefunden», sagte Sjölander. «Die Munition ist verdammt ungewöhnlich, Kaliber 30.06 vom amerikanischen Typ Federal, Marke Trophy Bond. Die Patronenhülsen sind vernickelt, also glatt, sehen aus wie Steinpilze. Fast alle anderen Hülsen auf dem Markt sind aus Messing.»

Schyman machte sich Notizen, und Sjölander entspannte sich ein wenig.

«Die Kugel hat man zwischen den Silos im Asphalt gefunden», fuhr er fort. «Man kann keine Rückschlüsse mehr darauf ziehen, wo der Möder gestanden hat, weil die Kugel im Kopf des Mannes mit allem Möglichen kollidiert ist und mehrfach die Richtung gewechselt hat. Die Patronenhülsen wurden auf der Rückseite einer leer stehenden Lagerhalle gefunden.»

«Die Waffe?», erkundigte sich Schyman.

Sjölander seufzte.

«Möglich, dass die Bullen sie kennen, aber mir haben sie leider nichts davon gesagt», antwortete er. «Dagegen haben sie eine ganze Reihe anderer Schlüsse gezogen. Der Mörder war zum Beispiel verdammt wählerisch in der Wahl seiner Ausrüstung. Das hier sind unglaublich tödliche Dinger, mit denen man sonst Großwild erlegt.»

«Das ist doch vielleicht gar nicht so seltsam», sagte Schyman. «Wenn man wirklich jemanden umbringen will, kann man es genauso gut gründlich erledigen.»

Jetzt wurde Sjölander eifrig und beugte sich über den Schreibtisch.

«Aber das ist ja gerade das Merkwürdige», erwiderte er. «Warum hat er den Opfern in den Kopf geschossen? Überall in der Brust oder im Rücken wären die Schüsse innerhalb weniger Sekunden genauso tödlich gewesen. Irgendetwas an diesem Mörder ist verdammt seltsam. Ihn treibt etwas anderes als ein schneller und effektiver Tod: ein aufgeblasenes Ego, Hass, Rache. Warum sollte man es sonst auf einen Meisterschuss anlegen, wenn man überall töten kann?»

«Warum steht das alles nicht in der Zeitung von heute?», wollte Schyman wissen.

Sjölander lehnte sich wieder zurück.

«Es würde die Ermittlungen behindern», erwiderte er.

«Und Ratko als Doppelmörder ins Spiel zu bringen, welche Auswirkungen hat das auf die Ermittlungen?», fragte der Redaktionsleiter.

Es wurde wieder still.
«Wir müssen über solche Sachen sprechen», sagte Schyman. «Das ist auf Dauer verdammt wichtig für die Positionierung der Zeitung. Wer hat euch den Tipp zu Ratko gegeben?»
Ingvar Johansson räusperte sich.
«Wir haben einen Informanten bei der Kripo, der fand, wir sollten Ratkos Bild bringen. Die Bullen sind fest davon überzeugt, dass er in der Sache irgendwie drinhängt, und sie wollen ihm ein wenig Zunder unter dem Arsch machen.»
«Und darauf haben Sie sich eingelassen?», fragte Anders Schyman mit erstickter Stimme. «Sie haben die Glaubwürdigkeit unserer Zeitung aufs Spiel gesetzt, Sie haben sich die Veröffentlichungsverantwortung des Chefredakteurs angemaßt und sich zu allem Überfluss auch noch vor den Karren der Polizei spannen lassen. Raus hier, aber sofort.»
Er wandte sich von den Männern auf den Besucherstühlen ab, rief die Nachrichtentelegramme auf seinem Bildschirm auf und ahnte aus den Augenwinkeln, wie sie sich schnell und lautlos wieder in die Redaktion davonmachten.
Er atmete auf, war sich aber nicht sicher, wie die Diskussion eigentlich gelaufen war. Eines war jedenfalls klar: Er musste bald handeln.

Sein Fauxpas auf der Ausschusssitzung hatte ihm die ganze Nacht wie ein Ziegelstein, der nicht weichen wollte, auf der Brust gelegen. Thomas strich die Vorderseite seines Jacketts glatt, zögerte noch einen Moment, ging dann aber los und klopfte an die Tür der Leiterin des Sozialamts. Sie war da.
«Ich komme direkt zur Sache», sagte er. «Es gibt keine Entschuldigung für mein gestriges Benehmen, aber ich möchte dennoch versuchen, es zu erklären.»

«Setz dich», sagte seine Chefin.
Er ließ sich nieder und atmete ein paar Mal schnell durch.
«Es geht mir nicht besonders gut», sagte er. «Ich bin nicht ausgeglichen. In letzter Zeit ist mir alles etwas schwer gefallen.»
Die Amtsleiterin betrachtete den jungen Mann schweigend. Als er nicht weitersprach, fragte sie schließlich mit gedämpfter Stimme:
«Hat es etwas mit Eleonor zu tun?»
Die Amtsleiterin gehörte zu ihrem Bekanntenkreis. Sie war vielleicht zehn Mal bei ihnen zum Essen gewesen.
«Nein, ganz und gar nicht», antwortete Thomas schnell. «Es liegt an mir. Ich ... stelle alles in Frage. War das schon alles? Kommt da nichts Besseres mehr?»
Die Frau hinter dem Schreibtisch lächelte wehmütig.
«Die Midlife-Crisis», stellte sie fest. «Aber ist das nicht noch ein bisschen zu früh? Wie alt bist du?»
«Dreiunddreißig.»
Sie seufzte.
«Dein ausfallendes Benehmen gestern lässt sich in der Tat durch nichts rechtfertigen, aber ich finde, wir sollten einen Schlussstrich unter die Angelegenheit ziehen. Ich hoffe nur, das passiert nicht noch mal.»
Er schüttelte den Kopf, stand auf und ging. Vor seiner Tür blieb er stehen, dachte nach und ging dann zu der Kollegin, die über die Stiftung referiert hatte.
«Ich bin beschäftigt», sagte sie schnippisch, offenkundig noch wütend wegen des Vorfalls.
Er versuchte entwaffnend zu lächeln.
«Ja, ich verstehe», sagte er. «Ich wollte mich auch nur für mein gestriges Benehmen entschuldigen. Es war falsch von mir, so aufbrausend zu reagieren.»

Die Beamtin legte den Kopf schief und notierte sich etwas. «Entschuldigung angenommen», sagte sie steif.

Sein Lächeln wurde etwas breiter.

«Danke. Dann gibt es nur noch ein paar Dinge, die ich in dieser Angelegenheit gern erfahren würde, zum Beispiel die Organisationsnummer der Stiftung.»

«Die habe ich nicht.»

Er sah sie so lange an, bis ihre Wangen allmählich rot wurden. Sie wusste anscheinend nicht das Geringste über diese Stiftung.

«Ich kann sie ermitteln», sagte sie.

«Das wird das Beste sein», erwiderte er.

Sie schwiegen wieder.

«Worum geht es bei der Sache eigentlich?», fragte er schließlich.

Sie blickte abweisend zu ihm auf.

«Darüber darf ich nichts sagen, das wissen Sie.»

Er seufzte.

«Nun kommen Sie schon. Wir ziehen an einem Strang. Glauben Sie etwa, ich werde es überall herumposaunen?»

Die Frau zögerte einen Moment und schob dann ihre Notizen zur Seite.

«Es ist ein akuter Fall», sagte sie. «Es geht um eine junge Frau, einen Flüchtling aus Bosnien, die von einem Mann verfolgt wird. Er hat gedroht, sie umzubringen. Wir haben die Sache gestern erst hereinbekommen, und es eilt. Es geht buchstäblich um Leben oder Tod!»

Thomas sah sie unverwandt an.

«Woher wissen wir, dass es die Wahrheit ist?»

Die Beamtin schluckte, und ihre Augen schimmerten feucht. «Sie hätten sie sehen sollen, so jung und schön und ...

verstümmelt. Sie hatte Narben am ganzen Körper, mehrere Schusswunden, Narben von Messerstichen, eine große Wunde am Kopf, das halbe Gesicht war grün und blau. Zwei Zehen waren weggeschossen. Letzten Samstag hat der Mann wieder versucht, sie zu töten, und sie hat überlebt, indem sie ins Wasser sprang, was ihr zu allem Überfluss noch eine Lungenentzündung eingebracht hat. Die Polizei kann sie nicht schützen.»

«Aber diese Stiftung kann das?»

Die Frau war jetzt ganz Feuer und Flamme und wischte sich diskret die Tränen aus den Augenwinkeln, sie war schließlich auch nur ein Mensch.

«Es ist wirklich eine phantastische Einrichtung. Man hat dort eine Methode ausgearbeitet, Personen so zu löschen, dass ihr Aufenthaltsort in öffentlichen Registern nicht genannt wird. Alle Kontakte zur Umwelt übernimmt *Paradies*. Man stellt rund um die Uhr Kontaktpersonen zur Verfügung, ärztliche Hilfe, Psychologen, Juristen, Wohnraum, hilft bei der Suche nach Schule, Arbeit und Kindergarten. Glauben Sie mir, diese Dienstleistung in Anspruch zu nehmen ist ein gutes Geschäft für die Gemeinde.»

Thomas hatte immer noch Zweifel.

«Und das *Paradies*, wo liegt das? In Järfälla?»

Die Frau lehnte sich vor.

«Das ist ja der Witz», erklärte sie. «Niemand weiß, wo die Stiftung ihren Sitz hat. Alle, die dort arbeiten, sind ebenfalls gelöscht. Die Telefonleitungen werden über militärische Nummern in anderen Verwaltungsbezirken geschaltet. Der Schutz ist wirklich wasserdicht. Weder ich noch die Amtsleiterin sind jemals auf etwas Vergleichbares gestoßen, es ist eine unglaubliche Organisation.»

Thomas sah zu Boden.
«Das alles bedeutet aber doch auch, dass niemand die Sache kontrollieren kann, oder?»
«Manchmal muss man den Menschen eben auch vertrauen», erwiderte die Beamtin.

Ihre Wohnung war ausgekühlt. Die Plastiktüte, die Annika statt der fehlenden Scheibe in den Fensterrahmen geklebt hatte, hielt die Wärme nicht. Als sie die Tasche auf den Fußboden des Flurs fallen ließ, wurde sie von Müdigkeit übermannt. Sie ließ Mantel, Handschuhe und Mütze übereinander auf den Fußboden fallen, legte sich in das ungemachte Bett und schlief angezogen ein.
Plötzlich standen die Moderatoren vom Studio 6 vor ihr. Ihre kühl musternde Böswilligkeit löste bei ihr immer Bauchkrämpfe aus.
«Das habe ich nicht gewollt!», rief sie.
Die Männer kamen näher.
«Wie könnt ihr behaupten, dass es meine Schuld war?», schrie sie.
Die Männer versuchten sie zu erschießen. Ihre Waffen detonierten in Annikas Kopf.
«Ich habe doch nichts getan, ich habe sie nur gefunden! Sie lag auf der Erde, als ich kam! Hilfe!»
Sie wachte abrupt und atemlos auf. Eine knappe Stunde war vergangen. Sie atmete mehrmals tief durch und begann unkontrolliert und krampfhaft zu weinen. Lange blieb sie liegen, während die Weinkrämpfe verebbten.
Oh, Großmutter, wie soll das nur alles weitergehen? Wer wird sich um dich kümmern?
Annika setzte sich auf und versuchte klar zu denken. Jemand

musste das Ganze organisieren, jetzt musste sie die Sache in die Hand nehmen.

Sie griff nach dem Telefonbuch, rief die Information der Stadtverwaltung an und fragte, ob es in Stockholmer Pflegeheimen freie Plätze gebe. Man sagte ihr, sie solle sich mit den zuständigen Ämtern ihres Stadtteils in Verbindung setzen und die angemessene Wohnform mit einem Sachbearbeiter besprechen.

Informationen könne sie im Internet oder im Bürgerbüro auf der Hantverkargatan 87 erhalten. Sie schrieb die Nummer auf den Rand einer alten Zeitung und bedankte sich. Anschließend ging sie in die Küche, versuchte, etwas Joghurt herunterzubringen, und schaltete den Teletext ein, um nachzusehen, ob etwas Besonderes passiert war, was aber nicht der Fall war. Dann bemerkte sie, dass sie nach Schweiß roch, stopfte die Kleider in den Wäschekorb, füllte die Spüle mit kaltem Wasser und wusch sich unter den Armen.

Warum bin ich nach Hause gefahren? Warum bin ich nicht bei Großmutter geblieben?

Sie setzte sich auf die Couch im Wohnzimmer, legte den Kopf in ihre Hände und beschloss, ehrlich zu sein.

Sie hatte es im Krankenhaus nicht mehr ausgehalten. Sie wollte zurück zu etwas, das sie gerade anfing wiederzufinden, etwas, das sie schon einmal gehabt hatte, das dann aber verloren gegangen war. Es gab etwas hier in Stockholm in der Arbeit beim *Abendblatt,* in der Wohnung, etwas, das verlockend und lebendig sein sollte, nicht gleichgültig und tot.

Sie stand abrupt auf, holte den Notizblock mit ihren Aufzeichnungen aus der Tasche und wählte, ohne weiter darüber nachzudenken, die Nummer der Stiftung.

Diesmal ging Rebecka Björkstig selbst an den Apparat.
«Ich habe über ein paar Dinge nachgedacht», meinte Annika.
«Sind Sie nicht bald fertig mit dem Artikel?»
Die Frau klang ein wenig gestresst.
Annika zog die Beine unter sich und legte den Kopf in die linke Hand.
«Mir fehlen nur noch ein paar Details», erwiderte sie. «Ich hoffe, dass wir die Sache so schnell wie möglich zu einem Abschluss bringen können, meine Großmutter ist nämlich krank geworden.»
Rebecka Björkstigs Stimme war voller Mitleid, als sie antwortete.
«Oh, das tut mir aber Leid. Ich werde Ihnen natürlich helfen, so gut ich kann. Worum geht es denn?»
Annika richtete sich etwas auf und blätterte in ihrem Block.
«Die Angestellten der Stiftung. Wie viele sind es?»
«Wir haben fünf Vollzeitkräfte.»
«Ärzte, Juristen, Sozialarbeiter, Psychologen?»
«Aber nein. Diese Dinge übernehmen der zuständige Landschaftsverband, die Städte und Gemeinden und das Amt für Rechtsbeihilfe», erklärte Rebecka Björkstig leicht amüsiert.
Annika strich ihr Haar nach hinten.
«Wer sind die Kontaktpersonen, die rund um die Uhr Dienst tun?»
«Unsere Angestellten natürlich, es sind hoch qualifizierte Kräfte.»
«Was verdienen sie im Monat?»
Nun klang Rebecka Björkstig ein wenig beleidigt.
«Sie verdienen vierzehntausend Kronen im Monat, aber sie machen ihre Arbeit nicht, um sich daran zu bereichern, sondern setzen sich für eine gute Sache ein.»

Annika blätterte in ihrem Block und überflog ihre Aufzeichnungen.
«Ihre Häuser, wie viele sind es?»
Jetzt zögerte Rebecka Björkstig.
«Warum möchten Sie das wissen?»
«Um mir ein Bild von Ihrer Organisation zu machen», erwiderte Annika.
«Wir besitzen eigentlich kaum Häuser, wir mieten sie je nach Bedarf», sagte Rebecka Björkstig nach einigem Zaudern.
«Ihr Geld», fuhr Annika fort. «Der Gewinn, den sie eventuell machen, was geschieht damit?»
Es folgte ein langes Schweigen, und Annika glaubte schon, die Frau habe aufgelegt.
«Das bisschen Gewinn, das wir gemacht haben, ist wieder in die Stiftung geflossen, es ist verwendet worden, um unsere Einrichtung aufzubauen. Mir missfällt die Unterstellung, die in Ihren Worten mitschwingt», sagte Rebecka Björkstig.
«Eine letzte Frage», sagte Annika, «die Liste über die Amtspersonen, mit denen ich mich unterhalten könnte, haben Sie die schon geschickt?»
«Das hier ist eine abhörsichere Leitung», sagte die Frau leise in den Hörer. «Ich werde Ihnen deshalb sagen, wie es ist. Alle Überschüsse sind dazu benutzt worden, einen Fluchtweg für extrem schwere Fälle aufzubauen. Seit einiger Zeit haben wir so auch die Möglichkeit, Klienten zu helfen, die nicht mehr in Schweden leben können. Wir haben Kontakte, die es uns ermöglichen, Arbeitsplätze im öffentlichen Dienst und Wohnungen in anderen Ländern zu organisieren. Auch dort kann Kontakt zu Ärzten und Psychologen aufgenommen werden, für eine Arbeitsstelle und den Sprachunterricht sorgen wir.»

Annika setzte die Füße auf den Boden und notierte die Worte der Frau. Das Ganze kam ihr etwas dubios vor.
«Aber wie funktioniert das?»
Die Frau am anderen Ende klang sehr zufrieden.
«Die Arbeitsabläufe sind bereits ausgearbeitet, und wir haben sie an zwei Fällen mit sehr viel Erfolg erprobt.»
Annika war verblüfft.
«Zwei Fälle, die ein neues Leben in einem anderen Land begonnen haben? Ohne eine neue Identität anzunehmen? Nur mit Hilfe der Stiftung?»
«Zwei Familien, das ist korrekt. Aber weder wir noch irgendeine andere Organisation können die Personennummer von Menschen ändern. Das kann nur die Regierung. Aber wie gesagt, das stand nie zur Debatte. Was die Liste angeht, so habe ich sie bereits zusammengestellt. Sagen Sie mir nur, wohin ich sie faxen soll, dann haben Sie sie in einer Viertelstunde.»
Annika gab ihr die Faxnummer der Kriminalredaktion des *Abendblatts*.
«Ich rufe zurück und bestätige, dass ich sie erhalten habe», sagte Annika.
«Gut, das ist nett. Bis dann.»
Sie legten auf. Die Stille stellte sich wieder ein, war jetzt aber weniger bedrohlich, die Wände waren etwas deutlicher geworden. Sie hatte eine Aufgabe, eine Verantwortung, einen Auftrag. Sie wurde gebraucht.

Der Läufer erhöhte die Schrittfrequenz und ließ die Füße auf den Untergrund trommeln. Sein Puls beschleunigte sich, seine Atmung jedoch nicht. Sie wurde nur tiefer, fester, ausgezeichnet! Er war gut in Form und lief locker, obwohl das Terrain ziemlich schwierig war. Dichter, verwilderter Wald, große

Verwerfungen in der Landschaft. Er warf einen Blick auf die Karte im Maßstab von 1:15000, der Luftaufnahmen und umfangreiche Erkundungen am Boden zu Grunde lagen, an denen auch er sich oft beteiligt hatte, fünf Farben in einer Produktion des schwedischen Bunds für Orientierungslaufen. Er bewegte sich am äußersten Rand der Umgebung, in der er sich auskannte, aber es war ein gutes Gelände, um erschwerte Bedingungen zu trainieren.

Er übte sich darin, im Laufen die Richtung zu bestimmen, hielt den Kompass in der rechten und die Karte in der linken Hand und wurde nicht langsamer, obwohl er sich vorgenommen hatte, alle Symbolbeschreibungen zu identifizieren, Steinhaufen, Erhebungen, Wegbiegungen. Deshalb sah er die Baumwurzel nicht. Sie brachte ihn kopfüber zu Fall, und er schlug zwischen den kleinen Laubbäumen auf dem Kopf auf. Seine Stirn knallte auf die Erde, und sekundenlang sah er nur noch Sterne. Als er wieder klar denken konnte, spürte er den Schmerz im Fuß. So ein Mist! Nur der letzte Wettbewerb der Saison stand noch aus, und dann so etwas! Das war so verdammt unnötig!

Er stöhnte, setzte sich auf und tastete das Gelenk ab. Vielleicht war es ja gar nicht so schlimm. Er versuchte den Fuß zu drehen, nein, nichts gebrochen, höchstens etwas verstaucht. Vorsichtig kam er auf die Beine und belastete den Fuß. Aua! Er musste es vorsichtig angehen lassen und versuchen, so einfach wie möglich zu seinem Auto zurückzukommen. Er studierte die Karte, um den besten Weg zu finden.

Vor wenigen Minuten hatte er einen matschigen Forstweg passiert, der einer der größeren Verwerfungen im Gelände folgte. Der Karte konnte er entnehmen, dass der Weg auf eine Hauptstraße mündete, von wo aus ihn jemand zu seinem

Auto mitnehmen können würde. Er seufzte schwer, steckte Karte und Kompass in die Jacke und schlurfte los.
Nachdem er dem aufgeweichten Weg gut hundert Meter gefolgt war, fielen ihm zwischen den Bäumen ein paar kleine, versengte Birken auf. Verwundert blieb er stehen. Ein Waldbrand bei dieser Nässe? Dann nahm er den stechenden metallischen Geruch wahr.
Der Läufer kontrollierte, dass Karte und Kompass auch wirklich in der Jacke hingen, und verließ anschließend den Weg mit seinen tiefen Reifenfurchen. Er ging vorsichtig und folgte Radspuren, die zwischen die Bäume führten, bis zu einer kleinen Senke. Am Waldsaum blieb er perplex stehen.
Vor ihm stand ein verbogenes Metallskelett, der ausgebrannte Rest von etwas, das einmal ein Lastwagen gewesen sein musste, ein großer Sattelschlepper. Wie, um alles in der Welt, war der hierher gekommen? Und wie konnte er so völlig ausbrennen?
Vorsichtig humpelte er zu den Überresten des Lastwagens, und seine Füße wurden schwarz von der rußigen Erde. Es wurde wärmer, als er näher herankam, demnach konnte es noch nicht lange her sein, dass es hier gebrannt hatte.
Der Erdboden neben der Fahrerkabine war von kleinen Glassplittern übersät, und es knirschte unter seinen Sohlen. Die Reste der Tür hingen schräg herab, und er warf einen Blick in die Fahrerkabine.
Etwas lag auf der Erde, etwas Unförmiges und Verrußtes saß auf dem Beifahrersitz. Er beugte sich vor und tippte das Ding an, das ihm am nächsten lag. Etwas löste sich davon. Er zog einen Handschuh aus und wischte mit der Hand den Ruß ab. Als die Zähne ihn angrinsten, begriff er, was er vor sich hatte.

Das Fax der Kriminalredaktion stand am Arbeitsplatz von Eva-Britt Qvist. Eva-Britt half der Kriminalredaktion mit allen möglichen Recherchen, suchte in Archiven, Tagebüchern, katalogisierten Urteilen. Sie war nicht an ihrem Platz, und Annika blätterte rasch den dünnen Packen mit Faxen durch, der im Laufe des Tages eingegangen war. Eine Pressemitteilung von der Presseabteilung der Stockholmer Polizei, Informationen des Generalstaatsanwalts, ein Urteil über ein Rauschgiftverbrechen.

«Was machst du da mit meinen Unterlagen?»

Die gedrungene Frau stampfte mit einer senkrechten Falte der Wut zwischen den Augenbrauen heran. Annika trat einen Schritt zurück.

«Ich warte auf ein Fax», sagte sie. «Ich wollte bloß nachsehen, ob es schon gekommen ist.»

«Warum gibst du meine Nummer an? Das ist das Faxgerät der Kriminalredaktion.»

Eva-Britt Qvist riss Annika die Blätter aus der Hand und raffte auch die restlichen noch auf dem Tisch liegenden Blätter zusammen. Annika sah die Frau überrascht an. Sie hatten bis zu diesem Moment kaum einmal miteinander gesprochen. Eva-Britt Qvist arbeitete tagsüber und Annika nachts.

«Entschuldige bitte», sagte sie erstaunt. «Ich gebe nachts immer diese Nummer an. Ich wusste nicht, dass das verkehrt ist.»

Die Frau starrte Annika an.

«Und dann legst du nie Papier nach.»

Die böswillige Unterstellung traf sie wie ein Pfeil, und sie verteidigte sich wütend.

«Und ob ich das tue!», sagte Annika. «Zuletzt bei meiner vorigen Schicht! Was ist denn los? Das ist doch nicht dein privates Fax, oder? Ist eine Liste über Amtspersonen von der Stiftung *Paradies* eingegangen?»

«Was ist denn los, Mädels?»

Anders Schyman stand hinter ihnen.

«Mädels?», wiederholte Annika und drehte sich schnell um. «Denken Sie, wir lassen uns hier alles gefallen?»

Der Redaktionsleiter lachte.

«Ich wusste doch, dass Sie das auf die Palme bringen würde. Was ist denn los?»

«Rebecka Björkstig will mir ein Fax schicken, damit ich die Artikelreihe über die Stiftung beenden kann, aber Eva-Britt passt es offensichtlich nicht, dass ich ihre Faxnummer angegeben habe.»

Annika war erregt und schämte sich für ihren Mangel an Selbstbeherrschung.

«Es ist nichts gekommen», sagte Eva-Britt Qvist.

Schyman wandte sich ihr zu.

«Dann denke ich, dass Sie in der nächsten Zeit ein besonderes Augenmerk auf diese Liste haben sollten», sagte er ruhig und langsam. «Sie bildet die Grundlage für ein wichtiges Projekt.»

«Wir sind hier immer noch in der Kriminalredaktion», erwiderte Eva-Britt Qvist.

«Und hier geht es um ein kriminalistisches Thema», gab Schyman zurück. «Lassen Sie doch bitte dieses Revierdenken. Kommen Sie mit, Annika, bringen Sie mich in dieser Sache mal auf den neuesten Stand.»

Annika folgte dem Redaktionsleiter in sein Büro und sah nichts anderes als seinen breiten Rücken.

Das Sofa war verschwunden.

«Ich habe Ihren Rat befolgt», meinte Schyman. «Von jetzt an

werden sich alle meine Gäste auf den Boden setzen müssen. Bitte!»

Er zeigte mit der Hand auf die verstaubte Ecke, und sie ließ sich auf einen der Besucherstühle fallen.

«Ich glaube, ich bin bald so weit», sagte sie und strich sich über die Stirn. «Rebecka Björkstig hat mir versprochen, die letzten fehlenden Angaben zu faxen, und außerdem habe ich eine Erklärung dafür gefunden, wohin das Geld fließt.»

Schyman blickte auf.

«Das Geld? Lassen die sich bezahlen?»

Annika blätterte in einem großen Notizblock, den sie aus ihrer Tasche geschüttelt hatte.

«Die Überschüsse wurden benutzt, um einen Fluchtweg für Leute aufzubauen, die nicht in Schweden bleiben können», fasste sie ihre Aufzeichnungen zusammen. «Die Stiftung hat Kontakte im Ausland, die es ihr ermöglichen, Arbeit im öffentlichen Dienst und Wohnungen in anderen Ländern zu beschaffen. Bislang hat man dies in zwei Fällen, bei zwei Familien, durchgeführt. Niemand war gezwungen, eine neue Identität anzunehmen. Die Änderung einer Personennummer kann weder die Stiftung noch eine andere Organisation durchführen, das kann nur die Regierung. Aber das hat für die betroffenen Klienten der Stiftung auch nie zur Debatte gestanden.»

Sie blickte zu ihrem Redaktionsleiter auf und versuchte zu lächeln.

«Eine gute Sache, was?»

Anders Schyman betrachtete sie ruhig.

«Das stimmt nicht», sagte er.

Sie sah auf den Tisch und antwortete nicht.

«Sie organisieren Jobs im öffentlichen Dienst anderer Län-

der?», fragte er. «Das klingt mir schwer nach einer Räuberpistole. Hat sie dafür Beweise vorgelegt?»
Annika blätterte, ohne aufzublicken, in ihren Notizen.
«Zwei Fälle, zwei Familien.»
«Haben Sie mit diesen Leuten gesprochen?»
Sie schluckte, schlug die Beine übereinander und nahm eine defensive Körperhaltung ein.
«Rebecka Björkstig weiß schon, wovon sie redet.»
Der Redaktionsleiter klopfte nachdenklich mit einem Stift auf den Tisch.
«Ach, wirklich? Es stimmt nämlich nicht, dass die Regierung über neue Personennummern entscheidet. Solche Änderungen werden im Auftrag der Oberpolizeidirektion vom Finanzamt durchgeführt.»
Alle Geräusche wurden gedämpft, sie wurde blass.
«Ist das wahr?»
Er nickte. Annika richtete sich auf und blätterte wild in ihrem Notizblock.
«Aber sie hat Regierung gesagt, da bin ich mir sicher.»
«Ich glaube Ihnen», sagte Schyman, «aber nicht dieser *Paradies*-Frau.»
Ihre Schultern sackten herunter, und sie klappte den Notizblock zu.
«Dann habe ich mir die ganze Arbeit also umsonst gemacht.»
Anders Schyman stand auf.
«Im Gegenteil», meinte er. «Jetzt fängt die Arbeit erst richtig an. Wenn es stimmt, dass es diese Einrichtung tatsächlich gibt, ist das eine ordentliche Schlagzeile, ganz egal, ob diese Frau lügt oder nicht. Was hat sie Ihnen gesagt?»
Annika fasste zusammen, wie die Stiftung funktionierte, wie die Löschungen durchgeführt wurden, die seltsame Bedro-

hung in Rebecka Björkstigs Vergangenheit, die mit der jugoslawischen Mafia zu tun hatte, schließlich ihre eigenen Gedanken zu der Frage, was eigentlich mit dem ganzen Geld geschah.

Schyman ging im Büro umher, nickte ab und zu und setzte sich wieder.

«Sie sind schon ziemlich weit gekommen», meinte er, «aber wir brauchen diese Liste. Wenn die Sache ein Bluff ist, brauchen wir die Hilfe des Mitarbeiters einer Behörde, damit wir Zugang zu allen Informationen über diese Stiftung bekommen.»

«Oder aber wir finden eine der Frauen, denen die Stiftung tatsächlich geholfen hat. Oder jemanden, der dort arbeitet.»

«Wenn es denn solche Frauen oder Angestellte überhaupt gibt», sagte Schyman.

Die Liste war immer noch nicht gekommen. Das Fax war in Ordnung. Mehr als zwei Stunden waren vergangen, seit sie mit Rebecka Björkstig gesprochen hatte.

Annika setzte sich an Berit Hamrins Arbeitsplatz und wählte die abhörsichere Geheimnummer. Die Klingelzeichen verhallten im Äther, sie rief noch einmal an. Keiner ging an den Apparat. Kein Anrufbeantworter. Keine Rufumleitung.

«Kannst du mir Bescheid sagen, wenn die Liste auftaucht?», rief sie Eva-Britt Qvist zu.

Die Frau telefonierte und tat, als hätte sie Annikas Frage nicht gehört.

Annika ging zu einem Computer mit Modem und wählte sich in die Dafa/Spar ein, das staatliche Personen- und Adressenregister, in dem jeder Mensch mit einer schwedischen Personennummer registriert ist, tippte F8, um in das Menü für Namenssuche zu gelangen, und schrieb Björkstig, Rebecka. Der Computer ratterte und spuckte schließlich seine Antwort aus. Ein Treffer.

... die Angaben zur Person sind geheim.

Das war alles. Nicht mehr und nicht weniger.

Annika starrte auf den Bildschirm, was zum Teufel war denn das?

Sie tippte sich selber ein, Bengtzon, Annika, Stockholm, der Mullverband am Finger behinderte sie, da war sie. Personennummer, Adresse, letzter Wohnungswechsel vor zwei Jahren. Sie wählte ein anderes Menü und tippte F7 ein, um den letzten Wohnsitz zu ermitteln, und fand ihre alte Adresse am Tattarbacken in Hälleforsnäs. An der Technik war nichts auszusetzen.

Noch einmal tippte sie Björkstig, Rebecka, Frau, ein, und das gleiche Ergebnis erschien auf dem Bildschirm.

... die Angaben zur Person sind geheim.

Es war Rebecka tatsächlich gelungen, gelöscht zu werden.

Annika starrte lange auf den Bildschirm. Es gehörte zu ihren nächtlichen Arbeitsaufgaben, Fotos von Leuten zu besorgen, meistens Passbilder, und um sie zu bekommen, brauchte sie eine Personennummer, und um diese Personennummer zu bekommen, gab sie den Namen der betreffenden Person in die Dafa ein. Fast tausend solcher Recherchen hatte sie während ihrer Jahre in der Nachtschicht durchgeführt, dabei aber noch nie zuvor diese Antwort erhalten. Sie druckte das Ergebnis aus, zögerte kurz, schrieb Aida Begovic und bekam acht Treffer auf den Bildschirm. Eine der Frauen wohnte auf dem Fredriksbergsvägen in Vaxholm, das musste ihre Aida sein. Sie druckte auch dieses Suchergebnis aus und kehrte zu Berits Platz zurück.

«Keine Liste?»
Eva-Britt Qvist schüttelte den Kopf. Sie rief nochmals in der Stiftung an, aber niemand antwortete. Mit voller Wucht knallte sie den Hörer auf die Gabel, verdammter Mist.
Was sollte sie jetzt tun? Der Finger tat weh. Sollte sie ins Krankenhaus zurückfahren? Versuchen, ein Pflegeheim in Stockholm aufzutreiben? Nach Hause fahren und putzen?
Sie wühlte in ihren Unterlagen und fand die Broschüre vom Finanzamt über Stiftungen, die sie aus dem Archiv erhalten hatte.
Seit dem 1. Januar 1996 gibt es ein Stiftungsgesetz, las sie. Gesetzlich festgelegt ist die Gründung einer Stiftung, die Verwaltung von Stiftungen, die Buchführung und Buchprüfung, die Aufsicht, Registrierung etc.
Sie überflog den Text. Es gab offensichtlich verschiedene Arten von Stiftungen, die verschiedenen Steuersätzen unterlagen. Stiftungen, die ein «anerkannt gemeinnütziges Ziel» verfolgten, bezahlten weniger Steuern.
Es reichte nicht aus, toll klingende Statuten aufzustellen, man musste seine eigenen Statuten auch befolgen.
Sie legte die Broschüre weg, was sollte das alles? Das war doch bloß Mist, warum las sie sich das durch? Das hatte doch nichts zu bedeuten.
Doch, dachte sie plötzlich, es bedeutet, dass es auch für *Paradies* festgelegte Statuten geben muss. Es muss eine Buchführung und Wirtschaftsprüfer geben. Die Stiftung muss Steuern zahlen. So total gelöscht können sie gar nicht sein.
Sie nahm die Blätter, die sie von Rebecka Björkstig bekommen hatte, und studierte die Postfachadresse im Briefkopf. Dann rief sie die Post in Järfälla an und erkundigte sich, wer dieses Postfach gemietet hatte.

«Darüber kann ich Ihnen keine Auskunft geben», antwortete eine gestresste Postbeamtin.
«Aber jedem Postfach muss doch eine Straßenadresse zugeordnet sein, nicht wahr?», beharrte Annika. «Ich möchte gern wissen, wer Postfach Nummer 259 hat.»
«Diese Information unterliegt dem Datenschutz», erwiderte die Beamtin. «Informationen dieser Art geben wir nur an Mitarbeiter staatlicher Behörden weiter.»
Annika dachte ein paar Sekunden angestrengt nach.
«Aber vielleicht bin ich ja Mitarbeiterin einer staatlichen Behörde», sagte sie. «Das können Sie doch gar nicht wissen. Ich habe mich nicht vorgestellt, und Sie haben auch nicht gefragt, wer ich bin.»
Für einen Moment blieb es still am anderen Ende der Leitung.
«Ich muss im Disa nachsehen», sagte die Postbeamtin.
«Wo?», fragte Annika.
«Im Disa-System. Wir können uns dort einwählen und die entsprechenden Bestimmungen nachlesen. Einen Augenblick, bitte …»
Es dauerte eine Ewigkeit, mehrere Minuten.
Die Stimme der Postbeamtin war noch abweisender, als sie wieder erklang.
«Seit der Privatisierung der Post sind alle Verträge zwischen uns und den Kunden nicht einsehbar. Sollte die Polizei ein Verbrechen vermuten, das mit einer Haftstrafe von mehr als zwei Jahren geahndet werden könnte, geben wir die Informationen weiter, aber sonst nicht.»
Annika bedankte sich, legte auf und drehte eine rastlose Runde durch die Redaktion. Die Angestellten unterhielten sich, riefen, lachten, Telefone klingelten, Computerbildschirme flimmerten. Mitarbeiter von Behörden, sie musste einen Beamten finden,

der etwas über die Sache wusste. Weil sie keinen der Fälle kannte, musste sie aufs Geratewohl ihr Glück versuchen. Sie ging zu ihrem Platz zurück, schlug das Telefonbuch auf und rief die Stockholmer Stadtverwaltung an.

«Welche Bezirksverwaltung möchten Sie sprechen?»

Sie entschied sich für ihre eigene, Kungsholmen, und landete in einer Warteschleife. Nach zwölf Minuten massiver Stille im Hörer legte sie wieder auf.

Järfälla vielleicht?

Die Personen- und Familienfürsorge war telefonisch zwischen 8.30 und 9.30 Uhr zu erreichen, donnerstags auch zwischen 17 und 17.30 Uhr.

Sie stöhnte auf. Es hatte keinen Sinn, wahllos in der Gegend herumzutelefonieren. Selbst wenn sie, was nicht sehr wahrscheinlich war, jemanden auftreiben sollte, der etwas wusste, würde er ihr keine Auskunft geben. Fälle dieser Art unterlagen dem Datenschutz. Sie musste einen Ausgangspunkt haben, einen Ort, bei dem sie sicher sein konnte, dass die Gemeindeverwaltung eingeschaltet worden war.

Sie holte sich eine Tasse Kaffee. Auf dem Rückweg kam sie an einer Gruppe von Frauen vorbei, die sich in der Abteilung für Vermischtes fröhlich unterhielten, und blickte, ohne zu grüßen, zu Boden. Als sie vorbeiging, hatte sie das Gefühl, dass die Stimmen der Frauen verstummten, als hätte man über sie gesprochen.

Hirngespinste, dachte sie, fand sich aber nicht sehr überzeugend.

Sie stellte den Plastikbecher so schwungvoll auf Berits Schreibtisch ab, dass der Kaffee überschwappte, und versuchte sich auf die Arbeit zu konzentrieren. Es hat keinen Sinn, sich die Sozialarbeiter vorzunehmen, dachte sie. Die geraten schon in

Panik, bevor man überhaupt eine Frage gestellt hat, und antworten auf gar nichts, nicht einmal bei etwas, das nicht der Schweigepflicht unterliegt.
Wo konnten die Informationen zugänglich sein?
Die Rechnungen. Natürlich!
Den Rechnungen der Stiftung musste man zahlreiche Informationen entnehmen können, Organisationsnummer und Adresse, Bankkonto oder Postgirokonto. Ein Betriebswirt bei einer Gemeindeverwaltung könnte vielleicht Angaben über Steuern, Statuten und Wirtschaftsprüfer bekommen.
In den grünen Seiten des Telefonbuchs blätterte sie die Liste der Städte und Gemeinden durch. Welche sollte sie nehmen? Sie ließ das Telefonbuch fallen und nahm stattdessen die Ausdrucke von den Dafa-Seiten zur Hand. Rebecka Björkstigs Wohnort war nicht verzeichnet, aber Aida war in Vaxholm gemeldet.
Vaxholm.
Annika wusste nur, dass es nördlich von Stockholm an der Küste lag.
Das ist ein Schuss ins Blaue, dachte Annika. Es ist nicht gesagt, dass Aida Kontakt zur Stiftung aufgenommen hat. Es ist nicht gesagt, dass ihre Gemeinde eingeschaltet worden ist. Vielleicht ist auch noch zu wenig Zeit vergangen.
Auf der anderen Seite war es eine Chance. Sie wählte die Nummer und musste ewig warten. Ihre Gedanken schweiften ab, sie sollte lieber anrufen, um zu hören, wie es ihrer Großmutter ging. Als sich die Telefonzentrale endlich meldete, hatte sie fast vergessen, wo sie angerufen hatte. Sie fragte nach jemandem, der für die Finanzen der Sozialverwaltung zuständig war. Dort sei besetzt, und es warte bereits jemand in der Leitung, ob sie später noch einmal anrufen könne?

Sie legte auf, zog ihre Jacke an, steckte den Notizblock in die Tasche und nahm Kurs auf den Hausmeister und die Dienstwagen.

«Keine Liste?»

Eva-Britt Qvist antwortete erst gar nicht.

Die E 18 nach Roslagen war berühmt für ihre nachmittäglichen Verkehrsstaus. In Bergshamra stand sie fast eine Viertelstunde, bis es endlich weiterging.

Es machte ihr Spaß, Auto zu fahren. Sie fuhr zu schnell, überholte, der Wagen war ziemlich flott. Das Stadtzentrum von Vaxholm tauchte wesentlich schneller auf, als sie erwartet hatte. Muntere kleine Wimpel über einer kopfsteingepflasterten Straße, die von pittoresken Häusern mit Ecktürmchen gesäumt wurde. Eine Bank, ein Blumengeschäft, ein Supermarkt. Annika fiel ein, dass sie keinen Stadtplan hatte.

Das Rathaus liegt bestimmt am Marktplatz, dachte sie. Es kann nicht so schwer sein, es zu finden.

Sie fuhr die Straße hinunter, bis sie zum Wasser kam, bog rechts in einen kleinen Kreisverkehr ab und landete an einer Fähre. Eine lange Autoschlange wartete auf das schmutzig gelbe Fährboot zur Insel Rindö.

Sie fuhr nach links. Östra Ekuddsgatan. Sie spähte zu den aufgereihten Villen mit Strandgrundstück hinüber.

Das Villenviertel, dachte sie. *The hot shit people.*

Das Auto glitt langsam einen steilen Hang hinauf, mit sandigem Asphalt, Gartentoren und Zäunen um jedes einzelne Haus.

«Trist», sagte sie laut und merkte, dass sie wieder an ihrem Ausgangspunkt angekommen war. Erneut fuhr sie die muntere Straße mit den Wimpeln hinunter und bog diesmal an ihrem Ende nach links ab statt nach rechts. So gelangte sie schließlich zu einem Polizeipräsidium an einem kleinen Platz. Direkt vor ihr lag ein großes orangefarbenes Haus, das von einem kleinen russischen Zwiebelturm gekrönt wurde. Die Doppeltüren waren ebenso wie die beiden Laternenpfosten, die sie flankierten, marmoriert. Auf einem kleinen Briefkasten las sie: Gemeinde Vaxholm, Rathaus.

Das Wetter wurde einfach nicht besser. Das Grau hatte sich in Thomas' Hirn gebohrt, und er hätte am liebsten geweint. Die enge Straße unter dem Fenster sah aus wie ein Straßengraben voller Lehm. Die Stapel mit Akten und Arbeitsaufgaben drohten ihn zu ersticken, das Telefon klingelte andauernd. Er starrte den schrillenden Apparat an.

Ich gehe einfach nicht dran, dachte er. Es ist ja doch nur wieder eine Kindertagesstätte, die sich einbildet, dass noch Geld in ihrem Etat ist.

Er riss den Hörer mit einem Ruck an sich.

«Hallo, hier ist die Zentrale. Bei mir steht eine Zeitungsreporterin, die mit jemandem sprechen möchte, der für die Finanzen und Verträge der Sozialverwaltung zuständig ist, und da habe ich gedacht, dass Sie vielleicht ...»

Oh, mein Gott, nahm das denn nie ein Ende?

«Ich bin kein Politiker. Schicken Sie die Frau zum Stadtrat.»

Der Pförtner war nicht mehr zu hören, und als seine Stimme wieder erklang, war sie kurz angebunden.

«Sie will keinen Politiker sprechen, sie will nur ein paar ... wonach wollten Sie noch fragen?»

Er legte die Stirn in die Hand und stöhnte auf. Herr, gib mir Kraft!

Das Murmeln im Hintergrund wurde jetzt lauter.

«Könnte ich vielleicht selber mit ihm sprechen?», hörte er jemanden sagen, gefolgt von einem fragenden Hallo.
«Worum geht es?», sagte er trocken und müde.
«Hallo, ich heiße Annika Bengtzon und bin Journalistin. Ich wollte fragen, ob Sie vielleicht ein paar Minuten Zeit für mich hätten, um ein paar kurze Fragen dazu zu beantworten, wie in einer Gemeindeverwaltung Dienstleistungen und Verträge gehandhabt werden?»
Warum immer ich?, dachte er.
«Ich habe keine Zeit», antwortete er.
«Warum nicht?», erkundigte sie sich schnell. «Sind Sie ausgebrannt?»
Er musste plötzlich lachen, was für eine Frage.
«Sie haben keinen Termin», sagte er, «und ich habe im Moment unheimlich viel zu tun.»
«Es dauert nur eine Viertelstunde», meinte die Journalistin. «Sie brauchen sich keinen Zentimeter von der Stelle zu rühren, ich komme zu Ihnen.»
Er seufzte leise.
«Ehrlich gesagt ...»
«Ich stehe hier beim Pförtner. Es geht ganz schnell. Bitte.»
Das letzte Wort sagte sie flehend.
Er rieb sich die müden Augen. Es würde sicher länger dauern, sie abzuwimmeln.
«Dann kommen Sie schon.»
Sie war mager, hatte zerzaustes Haar, einen leicht manischen Zug um den Mund und etwas zu markante Schatten unter den Augen, um wirklich hübsch zu sein.
«Ich muss Sie um Entschuldigung dafür bitten, dass ich hier so hereintrample», sagte sie und stopfte ihre große Tasche unter seinen Besucherstuhl. Ihre Jacke und das Halstuch dra-

pierte sie achtlos auf der Rückenlehne, und ein Ärmel rutschte auf die Erde. Sie streckte ihm die Hand entgegen und lächelte. Thomas nahm sie, schluckte und merkte, dass seine rechte Hand ein wenig feucht war. Er war den Kontakt zu Medienvertretern nicht gewohnt.

«Sie müssen mir sagen, wenn ich mit meinen Fragen zu weit gehe», sagte die Frau. «Im Sozialamt geht es ja um sensible Themen, das ist mir schon klar.»

Sie setzte sich auf den Stuhl, ließ ihn nicht aus den Augen, war voll konzentriert und hielt den Stift schreibbereit in der Hand.

Er räusperte sich.

«Was haben Sie mit Ihrer Hand gemacht?»

Sie wandte ihren Blick nicht von ihm ab.

«Mir den Finger geklemmt. Haben Sie schon einmal von einer Stiftung gehört, die *Paradies* heißt?»

Er stutzte, schrak zurück.

«Was zum Teufel wissen Sie darüber?»

Der Frau war seine Reaktion nicht entgangen, das sah er an ihrer zufriedenen Miene.

«Ich weiß einiges, aber nicht genug. Ich würde gern wissen, ob Sie vielleicht mehr wissen als ich.»

«Alle Angelegenheiten, die das Sozialamt betreffen, unterliegen dem Datenschutz», sagte er kurz angebunden.

«Aber nie im Leben», widersprach ihm die Journalistin, die jetzt beinahe amüsiert klang. «Es gibt eine ganze Menge, was öffentlich zugänglich ist. Ich weiß nicht, wie die Verwaltungsprozeduren sind, und genau danach wollte ich Sie fragen.»

Sie hatte ihn völlig aus der Fassung gebracht. Wie zum Teufel sollte er damit umgehen? Über den konkreten Fall, die Frau aus Bosnien, konnte er nichts sagen, eigentlich durfte er überhaupt nichts davon wissen. Und er wollte um jeden Preis ver-

meiden, dass es in der Presse hieß, die Gemeindeverwaltung beauftrage dubiose Stiftungen mit teuren Dienstleistungen.
«Ich kann Ihnen da leider nicht weiterhelfen», sagte er trocken und stand auf.
«Sie lügt», sagte die Journalistin leise. «Die Geschäftsführerin der Stiftung *Paradies* ist eine Lügnerin. Wussten Sie das?»
Er stutzte. Sie sah ihn mit ihren dunklen Augen an, saß etwas vorgebeugt auf dem Stuhl und hatte die Beine übereinander geschlagen. Sie hatte große Brüste.
Er setzte sich wieder und starrte auf den Schreibtisch.
«Ich weiß nicht, wovon Sie reden. Es tut mir Leid, aber ich kann Ihnen nicht helfen. Wenn Sie mich jetzt bitte entschuldigen würden, ich habe viel zu ...»
Sie blätterte in einem großen und unförmigen Block und machte keine Anstalten aufzustehen.
«Hätten Sie etwas dagegen, wenn ich Ihnen ein paar ganz allgemeine Fragen zur Auftragsvergabe bei Dienstleistungen dieser Art stelle?»
«Wie ich schon sagte, eigentlich habe ich keine ...»
«Wie hat die Auslagerung öffentlicher Dienste die Arbeit der Städte und Gemeinden beeinflusst?»
Sie sah ihm tief in die Augen, war ganz auf ihn und seine Antwort konzentriert. Er räusperte sich erneut.
«Nach der Dezentralisierung, die mit der veränderten Sozialgesetzgebung von 1982 eingesetzt hat, ging es vor allem um Zahlen. Jede einzelne Kindertagesstätte, jedes Altenheim, alle Abteilungen sollten ihren eigenen Etat verwalten. Jetzt, nach den Privatisierungen, sind es weniger Details geworden. Jede Institution taucht als ein einziger Kostenfaktor im Etat auf.»
Sie hörte ihm zu, ohne eine Miene zu verziehen, und hatte bislang noch keinen Gebrauch von ihrem Stift gemacht.

«Und was heißt das auf Schwedisch?»

Das Blut schoss ihm in den Kopf, er war verärgert, fühlte sich zurechtgewiesen, beschloss aber, sich nichts anmerken zu lassen.

«In gewisser Weise ist es leichter geworden», sagte er. «Die Stadt bezahlt einfach eine festgelegte Summe, dann dürfen die beauftragten Unternehmen damit machen, was sie wollen.»

Jetzt machte sie sich Notizen. Er verstummte.

«Was machen Sie?», wollte sie von ihm wissen. «Was ist Ihre Position?»

«Ich bin Sozialkämmerer, verantwortlich für die Finanzen und die Tätigkeitsplanung, verwalte und plane den Etat. Ich leite die internen Arbeiten, bin verantwortlich für die finanziellen Voraussetzungen, bin Ansprechpartner für die Bedürfnisse und Wünsche des Personals in den einzelnen Abteilungen, stelle die Quartalsabschlüsse zusammen und den Jahresabschluss ... Man könnte sagen, dass ich an drei Jahren gleichzeitig arbeite; dem vergangenen, dem laufenden und dem kommenden ...»

«Unglaublich», unterbrach ihn die Frau. «Reden Sie immer so?»

Thomas verlor den Faden.

«Es hat verdammt lange gedauert, es zu lernen», erwiderte er.

Sie lachte auf, hatte regelmäßige weiße Zähne.

«Was halten die Verwaltungsangestellten von der Entwicklung?», fragte sie. «Mögen die Leute die neuen Zeiten?»

Sie bewegte sich, und ihre Brüste wippten unter dem Pullover. Er sah wieder auf den Schreibtisch.

«Je nachdem», sagte er. «Die Leiter der einzelnen Arbeitsbereiche haben an Macht verloren. Das kommt nicht besonders gut an. Sie können nicht mehr bis ins letzte Detail alles steuern, wie dies noch möglich war, als alle Kindergärten und Altenheime kommunal waren. Auf der anderen Seite tragen sie auch nicht mehr so viel Verantwortung.»

Er wunderte sich über seine eigene Aufrichtigkeit. Sie machte sich Notizen, ohne aufzusehen. Sie hatte schöne, kräftige Hände.

«Die Leute haben ein Recht darauf, eigene Ansichten zu haben», fuhr er fort. «Auch die Beamten haben natürlich politische Ansichten zu den Veränderungen, sind von unterschiedlichen Ideologien geprägt.»

«Können Sie mir sagen, was Sie genau machen und warum?», fragte sie.

Er nickte und beantwortete ausführlich ihre Frage. Manche Dinge musste er mehrmals erklären, nach neuen Wörtern und anderen Ausdrucksweisen suchen. Sie schien nicht besonders gebildet zu sein, verfügte aber über eine rasche Auffassungsgabe. Er erläuterte seine Rolle im Führungsgremium, zu dem außer ihm der Stadtdirektor und die einzelnen Amtsleiter gehörten, mit anderen Worten der Jugendamtsleiter, der Schulamtsleiter, die zuständigen Beamten für die Altenfürsorge und die Personen- und Familienfürsorge ... Sie gingen die Entscheidungsprozesse in der Sozialverwaltung durch, dass der Sozialausschuss die Dinge beschloss, dass der Stadtdirektor bei den Sitzungen immer anwesend war, fast immer auch die Betriebswirte und die Beamten, die zu einem bestimmten Tagesordnungspunkt referierten, und manchmal auch die einzelnen Amtsleiter.

«Und wer hat die Macht?», fragte sie.

Er beobachtete sie aus den Augenwinkeln, schmale Schenkel, eine enge Hose.

«Das kommt ganz darauf an», antwortete er. «Viele Beschlüsse werden auf der Verwaltungsebene getroffen, andere natürlich im Ausschuss diskutiert. Manche Fälle werden bis zum Verwaltungsgericht und zum Oberverwaltungsgericht durchgefochten, ehe eine endgültige Entscheidung feststeht.»

Sie dachte einen Moment lang nach und klopfte sich dabei mit dem Stift an die Stirn.

«Wenn Sie ein Angebot von einer völlig neuen Einrichtung bekämen», sagte sie und sah ihn lange an, «einer Stiftung zum Beispiel, die Menschen in Not helfen möchte. Wer würde dann den Beschluss fassen, dieses Angebot anzunehmen?»

Plötzlich begriff er, worauf sie mit ihrer kleinen Befragung hinauswollte, aber aus irgendeinem Grund missfiel ihm das nicht.

«Die erstmalige Auftragsvergabe bei dieser Art von Dienstleistungen ist ein Beschluss, der vermutlich im Ausschuss getroffen würde», sagte er langsam. «Aber sobald das einmal geschehen ist, können weitere Beschlüsse von einzelnen Beamten getroffen werden.»

«Bekommen Sie viele Angebote dieser Art? Von Stiftungen und privaten Unternehmern?»

«Nicht besonders viele», antwortete er. «In der Regel ist es die Stadt oder Gemeinde selbst, die Angebote einholt, wenn verschiedene Betriebe dieselben Dienstleistungen anbieten.»

Sie blätterte ein wenig in ihrem Block.

«Falls die Gemeinde Vaxholm beschlossen hätte, eine solche Stiftung zu beauftragen, würden Sie dann darüber Bescheid wissen?»

Thomas seufzte schwer.

«Ja», sagte er.

«Hat man das getan?»

Er seufzte wieder.

«Ja», wiederholte er. «Der Sozialausschuss hat auf seiner gestrigen Sitzung beschlossen, die Dienste einer Stiftung namens *Paradies* in Anspruch zu nehmen. Das Sitzungsprotokoll liegt wahrscheinlich noch nicht vor, aber die Zustimmung zum entsprechenden Vertrag wird daraus unter Tagesordnungspunkt Nummer siebzehn hervorgehen, und das Protokoll ist ein öffentlich zugängliches Dokument. Deshalb kann ich Ihnen das auch mitteilen», sagte er.

Die junge Frau hatte etwas Farbe im Gesicht bekommen.

«Was wissen Sie über die Frau, um die es dabei ging, Aida Begovic aus Bijeljina?»

Wieder stutzte er und wurde plötzlich wütend.

«Was wollen Sie eigentlich von mir?», brüllte er. «Sie kommen her, stellen eine Menge harmloser Fragen, und dann unterstellen Sie ...»

«Immer mit der Ruhe», sagte die Jounalistin in scharfem Ton. «Ich glaube, wir können uns gegenseitig helfen.»

Er verlor den Faden und wurde sich bewusst, dass er aufgesprungen war. Er war erregt. Das Blut war ihm ins Gesicht geschossen, und die rechte Hand hatte er, zu einer Faust geballt, erhoben, was zum Teufel tat er da? Mein Gott, er musste sich beherrschen!

Er setzte sich abrupt wieder hin. Die Haare fielen ihm ins Gesicht, und er strich sie mit beiden Händen nach hinten.

«Verzeihung», sagte er. «Großer Gott, Entschuldigung, es tut mir Leid, dass ich so aufbrausend ...»

Sie grinste breit.

«Klasse», sagte sie. «Es gibt außer mir also noch andere, die aggressiv sind.»

Er starrte sie an, die Haare, die auf dem Kopf nicht stillliegen wollten, die Augen, die ihn durchschauten.

Er sah weg.
«Was wollen Sie eigentlich?»
Sie wurde ernst und klang endlich aufrichtig.
«Ich bin in eine Sackgasse geraten», sagte sie. «Ich bin dabei, Material über diese Stiftung zu sammeln, und es läuft nicht besonders gut. Wenn man Rebecka Björkstigs Angaben Glauben schenkt, müsste die Stiftung in den letzten drei Jahren über achtzehn Millionen Kronen eingenommen haben, und wenn ich richtig geschätzt habe, liegen die Ausgaben bei rund sieben Millionen. Ich weiß nicht, was für eine Form von Stiftung *Paradies* letztlich ist, sodass ich auch nicht beurteilen kann, unter welche Form der Besteuerung sie fällt, aber das Ganze kommt mir höchst seltsam vor.»
«Wissen Sie, ob die eigentliche Arbeit so durchgeführt wird, wie sie das behaupten?», fragte er.
Sie schüttelte den Kopf, sah ehrlich betrübt aus.
«Keine Ahnung. Ich habe Rebecka Björkstig getroffen, und ich habe Aida getroffen, aber ich weiß nicht, ob die Hilfe funktioniert.»
«Rebecka Björkstig, ist das die Geschäftsführerin?»
Die Journalistin nickte.
«Das behauptet sie jedenfalls, und ich glaube ihr. Sie haben sie nicht kennen gelernt? Sie macht einen glaubwürdigen Eindruck, aber wir haben sie bei einer Lüge oder jedenfalls einer falschen Aussage erwischt. Sie weiß nicht so viel, wie sie gern glauben machen möchte, und wenn man etwas hinterfragt, weicht sie einem aus. Was wissen Sie denn eigentlich?»
Er zögerte, aber nur eine Sekunde.
«Fast gar nichts. Niemand scheint etwas Genaueres zu wissen. Der Beschluss wurde gestern im Ausschuss gefasst, ob-

wohl die vorliegenden Informationen äußerst dürftig waren. Ich habe nicht einmal eine Organisationsnummer.»

«Aber Sie könnten sie herausfinden?»

Er nickte.

«Ist die Arbeit der Stiftung juristisch haltbar?»

«Wir haben diese Frage heute Morgen unseren Juristen vorgelegt.»

Annika Bengtzon sah mit eindringlichem Blick zu ihm auf. «Was wissen Sie generell über Stiftungen? Warum hat Rebecka Björkstig wohl diese Gesellschaftsform gewählt?»

Er beugte sich vor.

«Eine Stiftung hat weder einen Inhaber noch Mitglieder. Es gibt viel weniger Bestimmungen als für Aktiengesellschaften oder Handelsgesellschaften.»

Annika machte sich Notizen.

«Weiter!»

«Soweit ich weiß, dienen Stiftungen manchen Leuten auch dazu, nach einem Konkurs Geld auf die Seite zu schaffen. Stiftungen kann man zudem benutzen, um Betrügereien aller Art zu begehen. Außerdem nutzt man den Mangel an Kontrolle.»

Die Frau blickte auf.

«Warum gibt es keine Kontrolle?»

«Wenn eine Stiftung registriert wird, braucht die Person, die sie vertritt, ihre Personennummer nicht anzugeben. Es ist schon vorgekommen, dass die Vertreter sich als fiktive Personen, als bloße Erfindungen herausgestellt haben.»

Sie nickte, kratzte sich am Kopf, dachte nach.

«Einerseits», meinte sie, «wird dadurch alles noch verdächtiger. Rebecka Björkstig kann die Stiftung aus dem einzigen Grund ins Leben gerufen haben, den Leuten Geld aus der Tasche zu ziehen. Andererseits ist eine Stiftung natürlich auch die beste Gesellschaftsform, wenn die Organisation wirklich so funktioniert, wie sie behauptet.»

Sie saßen sich eine Zeit lang schweigend gegenüber. Thomas fiel auf, dass im Rathaus keine Geräusche mehr zu hören waren, und er sah auf die Uhr.

«Oh, Gott», platzte er heraus. «Ist es wirklich schon so spät?»

Sie lächelte.

«Die Zeit verfliegt, wenn man Spaß hat.»

Er stand schnell auf.

«Ich muss gehen», sagte er.

Sie legte ihren Notizblock in die große Tasche, zog Jacke und Halstuch an und gab ihm die Hand.

«Danke, dass Sie sich Zeit für mich genommen haben.»

Ein direkter Blick, ein gerader Rücken. Sie war nicht sehr groß, und dann diese Brüste. Seine Hand wurde wieder feucht.

«Ich werde die Sache weiterverfolgen», sagte sie, schüttelte ihm die Hand und hielt sie fest. «Eines würde ich noch gern wissen», fuhr sie fort und hielt seine Hand in ihrer. «Wenn ich etwas herausfinde, möchten Sie es dann erfahren?»

Er schluckte, hatte einen trockenen Hals, nickte.

Sie lächelte.

«Schön. Falls Sie auf etwas stoßen sollten, würden Sie es mich dann auch wissen lassen?»

Er ließ ihre Hand los.

«Mal sehen ...»

«Bis bald.»

Sekunden später war sie verschwunden. Er starrte die geschlossene Tür an und hörte, wie ihre Schritte auf dem Flur verhallten, ging zum Besucherstuhl und setzte sich. Die Sitzfläche war noch warm von ihrer Wärme, von ihrem Schoß. Hastig stand er wieder auf, zog einen Ordner aus dem Regal

und schlug den Personaletat der Verwaltung auf. Die Ziffern tanzten vor seinen Augen. Gereizt schlug er den Ordner wieder zu und ging zum Fenster. Die pittoresken Schilder der Geschäfte grinsten ihn höhnisch an: Zwischen Felsen & Inseln, Vaxholms Tee- & Kräuterhandel.
Er sollte lieber nach Hause gehen. Eleonor hatte das Abendessen sicher schon fertig.

In Richtung Stockholm war der Verkehr wesentlich geringer als in Gegenrichtung. Annika starrte durch die Windschutzscheibe hinaus, die schwedische Vororttristesse umhüllte das Auto. Sobald sie den Stadtkern von Vaxholm hinter sich gelassen hatte, verschwand alles Pittoreske, und Mietskasernen traten an seine Stelle. Hier sieht es aus wie daheim in Flen, dachte sie. Ein Schild zeigte die Richtung nach Fredriksberg an, dort hatte Aida gewohnt. Sie fuhr langsamer und überlegte einen Moment lang, ob sie hinfahren und nach Aidas Adresse suchen sollte, ließ es dann aber bleiben.
Im Autoradio wurde vor überfrierender Nässe gewarnt.
Ich lebe zumindest, dachte sie. Ich darf noch eine Zeit lang mitspielen.
Sie versuchte zum Himmel aufzublicken, aber die Wolkendecke war undurchdringlich. Kein Stern war zu sehen. Niemand konnte sie aus dem Weltall beobachten.
Zurück fuhr sie langsam und wurde überholt, statt selber zu überholen. In ihrem Bauch breitete sich Ruhe aus, und ihre Großmutter lag wie ein Stein aus Trauer in ihrem tiefsten Inneren.
Die Landschaft Richtung Stockholm war ausgesprochen gesichtslos. Die Straße hätte genauso gut von Hälleforsnäs nach Katrineholm führen können. Sie fand einen Sender, der ein

Boney-M-Lied nach dem anderen spielte. *Brown girl in the ring, tjalalalala. Ma Baker, she taught her four sons, mama-mama, Ma Baker, to handle their guns. Run run, Rasputin, lover of the Russian queen.*

Als sie nach Arninge kam und auf die E 18 hinauffuhr, fing es ein wenig an zu nieseln, aber der Regen erreichte kaum den Erdboden. Sie hörte deutsche Discomusik, bis sie das Gebäude der Zeitung in Marieberg erreichte.

Der Hausmeister war nicht da, sie legte die Autoschlüssel auf seine Theke. Anschließend ging sie nach Hause in die Hantverkargatan, wobei sie den Weg durch den Rålambshovpark und am nördlichen Mälarufer entlang nahm. Es war nasskalt. Die Dunkelheit wurde von Straßenlaternen und Neonreklamen durchbrochen, war aber dennoch kompakt und bedrückend. In Gedanken war sie bei ihrer Großmutter. Was sollten sie nur tun? Der Krampf in ihrer Magengrube wurde stärker, und ihr Herz klopfte vor Angst.

Als sie zu Hause ankam, war sie ganz durchgefroren und klapperte mit den Zähnen. Das Telefon klingelte, und sie lief mit dreckverschmierten Schuhen in die Wohnung.

Großmutter! Oh, Gott, war etwas mit Großmutter?

Sie schämte sich über die Ruhe, die sie sich vorgegaukelt hatte, und machte sich Vorwürfe, dass sie nicht bei ihr war.

«Ich wollte beim Thailänder vorbeischauen und mir Hähnchen aus dem Wok mit Cashewkernen holen», sagte Anne. «Willst du auch etwas?»

Annika ließ sich auf den Boden fallen.

«Danke, gern.»

Eine halbe Stunde später tauchte Anne Snapphane mit zwei Stanniolverpackungen in einer Tüte auf.

«Teufel, ist das kalt», sagte sie, als sie sich die Schuhe abgeputzt hatte. «Diese raue Luft ist tödlich für den Rachen. Ich kann regelrecht fühlen, dass bei mir eine Bronchitis im Anmarsch ist.»
Anne Snapphane neigte wie kaum ein anderer dazu, sich wie ein Hypochonder zu benehmen.
«Zieh Wollsocken an. Solange man warme Füße hat, kann einem nichts passieren, sagt Großmutter immer», meinte Annika und begann zu weinen.
«Ja, aber, was ist denn los?»
Anne setzte sich neben Annika auf die Couch und wartete. Annika weinte und spürte, dass der Stein in ihrem Magen wärmer und weicher wurde und sich allmählich auflöste.
«Es ist wegen meiner Großmutter», sagte sie. «Sie hatte einen Gehirnschlag und liegt im Krankenhaus. Sie wird nie wieder richtig gesund.»
«So ein Mist», erwiderte Anne mitfühlend. «Was passiert jetzt mit ihr?»
Annika schnäuzte sich in eine Serviette, trocknete ihr Gesicht ab und atmete tief durch.
«Das wissen wir noch nicht. Es gibt nirgendwo einen Therapieplatz für sie, und niemand hat Zeit, sich um sie zu kümmern, und dabei braucht sie viel Hilfe und muss intensiv rehabilitiert werden. Es wird wohl darauf hinauslaufen, dass ich aufhöre zu arbeiten und sie herhole.»
Anne legte den Kopf schräg.
«Drei Etagen ohne Fahrstuhl, ohne Toilette oder warmes Wasser?»
Annika sprach aus, was ihr den ganzen Tag über im Magen gelegen hatte.
«Ich werde wohl in eine Wohnung in Katrineholm ziehen

müssen. Das ist halb so wild. Denk doch mal nach, was mach ich denn hier schon? Ich schreibe die Texte anderer Reporter um, in einer Scheißzeitung mit schlechtem Ruf. Ist das vielleicht wichtiger, als sich um den einzigen Menschen zu kümmern, den man liebt?»

Anne antwortete nicht und ließ Annika zu Ende schluchzen. Sie ging in die Küche und holte Gläser und Besteck. Annika schaltete den Fernseher ein. Dann sahen sie die Nachrichten und aßen das Hähnchen direkt aus der Verpackung. Die Börsenkurse waren wieder gestiegen. Neue Unruhen in Mitrovica. Die Sozialdemokraten kurz vor dem Parteitag.

«Willst du denn wirklich aufhören?», wollte Anne Snapphane wissen, nachdem sie beide, viel zu satt, um sich noch von der Stelle zu rühren, gegen die Rückenlehne gesunken waren.

Annika strich sich mit der Hand über die Stirn und seufzte schwer.

«Nur, wenn es nicht anders geht. Ich will nicht aufhören zu arbeiten, aber was soll man denn tun, wenn es keine andere Lösung gibt?»

«Den Märtyrer zu spielen ist aber auch keine Lösung», meinte Anne. «Du musst auch an dich denken. Man darf sein Leben nie von einem anderen abhängig machen. Möchtest du ein Glas Wein?»

«Die Ärztin meinte zu mir, ich solle Alkohol trinken», erwiderte Annika. «Am liebsten hätte ich ein Glas Weißwein.»

«Was hast du denn gedacht? Von Rotwein bekomme ich Ausschlag. Wieso ist es hier eigentlich so kalt, steht das Fenster etwa offen?»

Anne stand auf und ging in die Küche.

«Es ist bei dem Sturm kaputtgegangen», rief Annika ihr nach.

Anne kehrte mit dem Wein zurück, und dann deckten sie sich jede mit einer Decke zu und tranken Chardonnay aus dem Tetrapak.
«Und sonst?», fragte Anne.
Annika schloss die Augen und legte den Kopf an die Rückenlehne.
«Ich habe mich mit meiner Mutter gestritten. Sie kann mich nicht leiden. Das habe ich zwar schon immer gewusst, aber es war doch verdammt traurig, es aus ihrem Mund zu hören.»
Der Schmerz stieg in ihrem Körper auf. Die fehlende Liebe löste einen ganz eigenen Schmerz aus.
Anne Snapphane machte ein skeptisches Gesicht.
«Ich kenne niemanden, der sich mit seiner Mutter versteht.»
Annika schüttelte den Kopf, entdeckte, dass sie lächeln konnte, und blickte in ihr Weinglas.
«Ich glaube wirklich, dass sie mich nicht mag. Ehrlich gesagt, glaub ich auch nicht, dass ich sie mag. Muss man das?»
Anne dachte nach.
«Im Grunde nicht. Es kommt ganz darauf an, wie die Mutter sich benimmt. Wenn sie es verdient hat, kann man sie lieben, wenn man will, aber es darf niemals zu einem Zwang werden. Dagegen», fuhr Anne fort und hob den Zeigefinger, «dagegen hat man immer die Pflicht, seine Kinder zu lieben. Man hat eine Verantwortung für sie, der man sich niemals entziehen kann.»
«Sie findet, dass ich keine Liebe verdiene», sagte Annika.
Anne Snapphane zuckte mit den Schultern.
«Das stimmt nicht und zeigt nur, dass sie ein Idiot ist. Jetzt will ich etwas Schönes hören. Ist denn gar nichts Amüsantes passiert?»
Eine Last fiel von ihren Schultern ab. Annika atmete auf und lächelte.

«Ich bin da einer interessanten Sache auf der Spur. Eine verdammt dubiose Stiftung, die verfolgte Menschen aus allen Registern löscht.»

Anne Snapphane trank einen Schluck Wein, hob die Augenbrauen, und Annika sprach weiter.

«Ich habe heute einen Typen von einer Gemeindeverwaltung getroffen, die Geschäfte mit der Stiftung macht. Wenn ich lieb bin, kann ich da vielleicht noch mehr erfahren.»

«War er süß?»

Anne Snapphane kippte den Wein hinunter und schenkte sich noch ein Glas ein.

«Ein richtiger Holzkopf», antwortete Annika, «quatschte so ein Beamtenkauderwelsch. Ich habe alles versucht, damit er sich etwas entspannt, ein bisschen um den heißen Brei geredet und so, hat aber nicht viel gebracht. Der hatte vorher bestimmt noch nie mit einem Journalisten zu tun, so verdammt gestresst wie ...»

«Ach was», unterbrach Anne sie und drehte ihr Glas. «Der hat sich bestimmt an deinen Titten aufgegeilt.»

Annika starrte ihre Freundin an.

«Du hast sie doch nicht alle», meinte sie. «Ein Sozialkämmerer?»

«Der hat doch auch einen Penis, oder etwa nicht? Und was machte er im Freihafen?»

Annika stöhnte, stellte ihr Glas ab und stand auf.

«Du hörst ja gar nicht richtig zu. Das mit dem Freihafen war vorgestern. Der Typ arbeitet in Vaxholm. Willst du auch ein Glas Wasser?»

Sie holte eine Wasserkaraffe und zwei saubere Gläser. Ein langhaariges Zuckerpüppchen namens Per war gerade mit der Wettervorhersage fertig geworden, und eine neue Sendung begann, in der eine Gruppe von Frauen mittleren Alters aus der Kulturschickeria über etwas völlig Sinnloses diskutierte. Annika schaltete ab.

«Wie ist es denn so auf der *Frauencouch*?»

Jetzt stöhnte Anne auf.

«Michelle Carlsson, die Neue, will immer nur auf den Bildschirm. Sie taucht bei allen Drehs selber im Bild auf und weigert sich, das rauszuschneiden. Sie hat den Vorschlag gemacht, dass eine Podiumsdiskussion Bestandteil der Sendung werden soll, in der Frauen verschiedene Themen diskutieren, Sex und so weiter, und sie will natürlich mitdiskutieren.»

«Hat sie das gesagt?», fragte Annika. «Dass sie mitdiskutieren will?»

Wieder stöhnte Anne Snapphane auf.

«Nein, aber das kann man sich ja denken. Deshalb hat sie doch den Vorschlag überhaupt erst gemacht.»

«Es ist doch gar nicht so schlecht, wenn jemand auf den Bildschirm will», meinte Annika. «Ich würde mich mit Händen und Füßen dagegen wehren, lieber würde ich sterben.»

«Bei den meisten Leuten ist es genau umgekehrt», erwiderte Anne Snapphane. «Viele würden über Leichen gehen, um ins Fernsehen zu kommen.»

Die Fernsehdiskussion galt der Stellung der Kunst in der Gesellschaft, eine Frage, die fast immer aktuell war.

«Meine Frage an Sie alle lautet», sagte die Moderatorin, «welche Bedeutung hat der Begriff Kunst für Sie?»

Die erste Diskussionsteilnehmerin deutete mit der rechten Hand einen Kreis an, während sie sprach.

«Ein immer währendes Gespräch», sagte sie wedelnd.

«Gute Kunst ist Kunst, die gesellschaftlich relevant ist, zu ihr gehören neue schöpferische Wege, Substanz und die Fähigkeit, viele Menschen zu berühren», meinte die zweite und streckte die linke Hand seitlich vom Körper weg.

«Ernst zu nehmende Künstler spiegeln ihre Zeit. Persönlich bin ich der Auffassung, dass es gut ist, wenn eine Diskussion ausgelöst wird, und die entstandene Debatte zeigt, dass die Kunst relevant gewesen ist», fuhr die dritte mit hochgezogenen Augenbrauen fort.

«Soll das heißen, dass Kunst schon relevant ist, wenn sie nur Diskussionen auslöst?», wollte die Moderatorin wissen.

«Es gibt sicher Grenzen», führte die Dritte aus, «und die muss man von Fall zu Fall neu bestimmen. Wenn man die Kreativen kennt, dann weiß man, wie seriös sie zumeist arbeiten, aber man darf auf der anderen Seite in seinem Urteil auch nicht stehen bleiben. Die konzeptuelle Kunst, bei der die Idee, die der Ausstellung zu Grunde liegt, das Entscheidende ist, ist ...»

Thomas stand vom Sofa auf.

«Ich hol mir ein Bier, willst du auch eins?»

Eleonor antwortete nicht, sondern zeigte ihm mit einem irritierten Stirnrunzeln, dass sie nicht gestört werden wollte. Er ging die Treppe hinauf, während die kulturbeflissenen Stimmen ihm in den Ohren klingelten.

«... die Gegenwartskunst ist zu allen Zeiten ein wenig schwer gewesen. Vielleicht knurrten die Betrachter auch mürrisch, die kalten Finger um die Kollekte gekrümmt, als Giotto di Bondone die religiöse Malerei seiner Zeit revolutionierte ...»

Er ging zum Kühlschrank, aber es war kein Bier kalt gestellt. Er seufzte, ging zur Vorratskammer und öffnete eine lauwarme Flasche. Dann suchte er nach den Abendzeitungen, konnte sie aber nirgendwo entdecken.

«Willst du nicht mitgucken?», rief Eleonor ihm zu.
Er blieb noch ein paar Sekunden auf dem Küchenstuhl sitzen und trank einen großen Schluck. Die Kohlensäure stieg ihm in die Nase, er seufzte und ging wieder hinunter.
«Der Feminismus hat die literarische Diskussion und die Bedingungen für die Literaturgeschichtsschreibung nachhaltig beeinflusst», meinte die Moderatorin. «Aber hat er auch die Literatur beeinflusst? Und wenn ja, auf welche Weise?»
Thomas setzte sich auf die Couch. Die Frau, die jetzt das Wort ergriff, sah aus wie eine Birne, war Herausgeberin einer Literaturzeitschrift und eine derartige Labertante, dass Thomas beinahe einen Lachanfall bekommen hätte.
«… förderte das Werk weiblicher Autoren», sagte die Birne, «indem sie auf eine besondere Art und Weise wahrgenommen wurden. Ich erinnere mich an einen Satz der dänischen Autorin …»
«Gott, nimmt die sich selber vielleicht ernst!», platzte er heraus.
«Still, ich will das hören.»
Er stand schnell von der Couch auf und ging wieder in die Küche.
«Thomas, was ist denn?», rief Eleonor ihm nach.
Er stöhnte leise und durchwühlte seine Aktentasche auf der Suche nach den Abendzeitungen.
«Nichts.»
Da. Er zog die verknitterten Zeitungen heraus, die so schnell überholt waren und uninteressant wurden.
«Willst du dir die Diskussion denn nicht ansehen? Am Samstag wird man im Kulturverein bestimmt darüber reden.»
Er antwortete nicht und begann mit dem *Abendblatt*. Dort arbeitete sie. Er hatte sie nicht wieder erkannt. Anscheinend

schrieb sie keine dieser Reportagen mit kleinen Fotos der Autoren darunter.

«Thomas!»

«Was ist?»

«Du brauchst mich nicht anzuschreien. Haben wir noch leere Videokassetten? Ich möchte das aufnehmen!»

Er ließ die Zeitung sinken und schloss fest die Augen.

«Thomas!»

«Ich weiß es nicht! Mein Gott! Darf ich jetzt vielleicht in Ruhe Zeitung lesen?»

Er schlug demonstrativ die Zeitung wieder auf. Ein großer Mann in dunklen Kleidern starrte ihn von der Zeitungsseite an, der Anführer irgendeiner Zigarettenmafia. Er hörte Eleonor am Videorekorder herumfummeln und wusste, was passieren würde. Gleich würde sie fluchen und auf die Apparate einschlagen und ihn auffordern, sie wieder in Ordnung zu bringen.

«Thomas!»

Er schmiss die Zeitung weg und war mit drei Schritten die Treppe hinunter.

«Ja», sagte er, «hier bin ich. Jetzt sag schon, was ich tun soll, damit ich wieder hochgehen und in Ruhe meine verdammte Zeitung lesen kann!»

Sie starrte ihn an, als wäre er ein Geist.

«Was ist denn mit dir los? Du bist ja ganz rot im Gesicht. Du sollst mir doch bloß kurz mit dem Videorekorder helfen, ist das etwa zu viel verlangt?»

«Du könntest ruhig mal lernen, auf welche Knöpfe man drücken muss.»

«Jetzt stell dich nicht so an», sagte sie unsicher. «Ich verpasse ja die ganze Diskussion!»

«Ein paar bescheuerte, prätentiöse Mittelklasseschabracken, die sich im Fernsehen selbst befriedigen, was soll man da schon verpassen?!»
Sie starrte ihn mit halb geöffnetem Mund an.
«Du spinnst wohl», widersprach sie ihm. «Ganz Schweden würde in einer ewigen Kulturdämmerung versinken, wenn es diese Frauen nicht gäbe! Sie repräsentieren und formulieren unsere Kultur für uns, unser aktuelles Gesellschaftsbild!»
Er sah Eleonor an, die so formuliert, so repräsentiert war, machte auf dem Absatz kehrt, nahm seinen Mantel und ging hinaus.

Als Aida die Augen öffnete, wusste sie sofort, dass sie kein Fieber mehr hatte. Sie konnte wieder klar denken, alle Schmerzen waren verschwunden. Sie hatte Durst.
Die Frau saß neben ihr auf einem Hocker.
«Möchten Sie etwas trinken?»
Sie nickte, und die Frau reichte ihr ein Glas mit Apfelsaft. Aidas Hand zitterte, als sie das Getränk entgegennahm. Sie war noch sehr schwach.
«Wie fühlen Sie sich?»
Sie schluckte und nickte und sah sich um. Ein Krankenhauszimmer, ein etwas unangenehmes Gefühl im rechten Arm, ein Tropf. Sie war nackt.
«Viel besser, danke.»
Die Frau stand vom Hocker auf und beugte sich über sie.
«Ich heiße Mia», sagte die Frau. «Ich werde Ihnen helfen. Wir werden noch heute Nacht wieder von hier wegfahren, also versuchen Sie, sich so gut auszuruhen, wie es eben geht. Möchten Sie etwas essen, sind Sie hungrig?»
Sie schüttelte den Kopf.

«Was ist das hier?», fragte sie und schwenkte den rechten Arm.

«Intravenös verabreichte Antibiotika», antwortete Mia. «Sie haben eine schwere beidseitige Lungenentzündung. Sie müssen die nächsten zehn Tage weiter Antibiotika nehmen.»

Aida schloss die Augen und fuhr sich mit der linken Hand über die Stirn.

«Wo bin ich?», flüsterte sie.

«In einem Krankenhaus weit weg von Stockholm», sagte Mia. «Mein Mann und ich haben Sie hierher gefahren.»

«Bin ich hier sicher?»

«Vollkommen. Die Ärzte hier sind alte Freunde von mir. Sie sind nirgendwo registriert, und Ihr Krankenblatt nehmen wir mit, wenn wir fahren. Der Mann, der Sie verfolgt, wird Sie hier niemals finden.»

Aida blickte auf.

«Dann wissen Sie ...?»

«Rebecka Björkstig hat es mir erzählt», sagte Mia, beugte sich über sie und flüsterte: «Aida. Trauen Sie Rebecka nicht.»

TEIL 2

NOVEMBER

Kein Mensch ist frei von Schuld

Auch ich kann mich von den Konsequenzen meines Tuns nicht freisprechen.
Die Schuldgefühle sind jedoch im Verhältnis zur Verantwortung nicht korrekt verteilt. Wenn es darum geht, die Bürde aufzuteilen, gibt es keine göttliche Gerechtigkeit. Derjenige, der die größten Schuldgefühle haben müsste, kann sie meistens abwehren und lässt all jene die unmenschlich schwere Last tragen, deren Befähigung zum Mitgefühl am größten ist. Ich will mich damit einfach nicht abfinden.
Ich weiß, was ich getan habe, und ich gedenke mich nicht mit der Rolle abzufinden, die man mir auferlegt hat. Ich werde weiter mein Werkzeug gebrauchen, bis ich mein Ziel erreicht habe. Die Gewalt ist ein Teil von mir geworden, sie zerstört mich, aber ich habe meine Vernichtung akzeptiert.
Meine Schuld sitzt tiefer und hat den Teil meiner Seele ausgefüllt, der mir noch geblieben ist. Ich kann meinen Fehler niemals wieder gutmachen, mich niemals mit ihm aussöhnen.
Mir kann niemals Absolution erteilt werden. Mein Verrat ist so groß wie der Tod.
Ich habe versucht, damit zu leben, aber das ist nicht möglich, da der Gedanke an sich schon paradox ist.
Ich lebe, darin besteht meine Schuld.
Es gibt nur einen Weg, sie zu sühnen.

DONNERSTAG, 1. NOVEMBER

Es schneite. Schneeflocken blieben auf ihrer Jacke liegen, färbten die Vorderseite und Annikas Haar weiß. Auf dem Erdboden wurden sie schnell zu einem Matsch aus Salz und Wasser aufgelöst. Annika trat in eine Pfütze und musste feststellen, dass ihre Schuhe undicht waren.
Das Bürgerbüro ihres Stadtbezirks lag an ihrer Straße, direkt am Fridhemsplan in einem Backsteingebäude. Sie spiegelte sich in seinen Schaufenstern und sah aus wie ein Schneemann. Hinter der Glasfassade war eine kleine Ausstellung zu erkennen, der man entnehmen konnte, dass am Rålambshovpark ein neues Hotel gebaut werden sollte, mitten in der Auffahrt zum Essingeleden. Hier konnte man seine Meinung zu dem Bauvorhaben äußern.
Sie klingelte, und die Tür des Bürgerbüros öffnete sich, überall lagen Informationen. Sie sammelte alle Broschüren über Altenpflege und Altenwohnheime ein, die sie finden konnte. Als sie gehen wollte, fiel ihr auf, dass neben dem Büro ein Beerdigungsinstitut seine Geschäftsräume hatte.
Abgesehen von den Schneeflocken, war die Luft klar und rein. Alle Geräusche wurden gedämpft, in Watte eingebettet. Sie nahm sich die Zeit, zu lauschen, zu atmen, in sich hineinzuhorchen. Sie war ausgeschlafen und konnte klar und ruhig denken.
Es gab immer einen Ausweg. Alles ließ sich regeln.

Langsam stieg sie die Treppen zu ihrer Wohnung hinauf, den Blick fest auf die Stufen gerichtet. Deshalb sah sie die Frau zuerst nicht, die vor ihrer Tür wartete.
«Sind Sie Annika Bengtzon?»
Sie schrak zusammen, machte einen Fehltritt und wäre beinahe rückwärts die Treppe hinuntergefallen.
«Wer sind Sie?»
Die Frau kam auf sie zu und streckte ihr die Hand entgegen.
«Ich heiße Maria Eriksson. Ich wollte Sie nicht erschrecken.»
Annikas Blickfeld verengte sich, ihr Körper nahm eine abwehrende Haltung ein.
«Was wollen Sie von mir? Und wie haben Sie mich gefunden?»
Die Frau lächelte ein wenig traurig.
«Sie stehen im Telefonbuch, mit Adresse. Es gibt da etwas, worüber ich mich gern mit Ihnen unterhalten würde.»
«Und das wäre?», fragte Annika gereizt.
«Wenn es geht, bitte nicht im Treppenhaus.»
Annika wollte nicht, nicht jetzt. Sie wollte, in eine Decke gehüllt, auf ihrer Couch sitzen, Tee trinken und sich die Broschüren über Wohnmöglichkeiten für alte Menschen durchlesen, den Ausweg finden, Frieden finden. Welches Anliegen diese Frau auch immer haben mochte, es war nicht ihr Problem, davon war sie fest überzeugt.
«Ich habe jetzt keine Zeit», sagte Annika. «Meine Großmutter ist krank, ich muss für sie einen Platz in einem Reha-Zentrum finden.»
«Es ist sehr wichtig», erwiderte die Frau ernst.
Sie machte keine Anstalten, sich von der Tür zu entfernen.
Annikas Gereiztheit wurde zu Wut, um dann blitzschnell in Angst umzuschlagen. Die Frau vor ihr ließ sich nicht abwimmeln und nötigte ihr Respekt ab.

Aida, dachte Annika und wich zurück.
«Wer hat Sie geschickt?»
«Niemand», antwortete Maria Eriksson. «Ich komme aus eigener Initiative. Es geht um die Stiftung *Paradies.*»
Annika starrte die Frau an, die den Blick ruhig erwiderte, blieb aber dennoch misstrauisch.
«Ich weiß nicht, wovon Sie sprechen.»
Auf einmal trat Verzweiflung in die Augen der Frau.
«Vertrauen Sie Rebecka Björkstig nicht!», sagte sie.
Jetzt war Annikas Neugierde geweckt, jetzt wollte sie nicht mehr ausweichen. Es war doch ihr Problem, ein Problem, dass sie selber gewählt hatte.
«Kommen Sie rein», sagte sie, ging zur Tür und schloss auf.
Sie hängte ihre nassen Kleider über den Heizkörper im Schlafzimmer, schloss die Tür und zog Hose und Strümpfe aus. Anschließend holte sie trockene und saubere Sachen aus dem Kleiderschrank, trocknete sich die Haare mit einem Handtuch ab und ging in die Küche, um Wasser aufzusetzen.
«Möchten Sie einen Kaffee, Maria? Oder Tee?»
«Nennen Sie mich Mia. Nein, danke.»
Die Frau hatte sich im Wohnzimmer auf die Couch gesetzt. Annika goss eine große Kanne Zitronentee auf und trug ein Tablett ins Wohnzimmer.
Maria Eriksson sah konzentriert und angespannt aus.
«Sie haben sich mit Rebecka Björkstig getroffen, nicht wahr?», sagte sie.
Annika nickte und goss sich eine Tasse Tee ein.
«Möchten Sie wirklich keinen?»
Die Frau hörte sie gar nicht.
«Rebecka erzählt, dass Sie im *Abendblatt* einen großen Artikel darüber bringen wollen, wie gut die Stiftung ist. Stimmt das?»

Annika rührte in ihrem Tee. Ein mahlendes Gefühl von Unruhe regte sich hinter der Neugierde in ihrem Bauch.
«Ich kann Ihnen nichts darüber sagen, was die Zeitung schreiben oder nicht schreiben wird.»
Plötzlich begann die fremde Frau auf der Couch zu weinen. Annika stellte unsicher ihre Tasse auf der Untertasse ab.
«Bitte schreiben Sie nichts, ehe Sie wissen, wie die Dinge liegen», bat Maria Eriksson. «Schreiben Sie Ihren Artikel erst, wenn Sie alle Fakten kennen.»
«Das ist doch selbstverständlich», meinte Annika. «Aber die Informationen über die Stiftung sind extrem schwer zu überprüfen. Sie ist so geheim, dass alle Informationen anscheinend über Rebecka Björkstig laufen müssen.»
«Sie heißt nicht Rebecka.»
Annika ließ vor Überraschung den Löffel in ihre Tasse fallen und war plötzlich sprachlos.
«Bis vor kurzem hatte sie einen anderen Namen, das weiß ich», fuhr Maria Eriksson fort, zog ein Papiertaschentuch heraus und wischte sich die Tränen aus den Augen. «Ich weiß nicht genau, wie sie hieß, Agneta Soundso, glaube ich.»
«Woher wissen Sie das?», fragte Annika.
Maria Eriksson schnäuzte sich.
«Rebecka sagt, ich sei gelöscht», sagte sie.
Annika starrte die junge Frau auf der Couch an, so wirklich und mit klaren Konturen. Gelöscht!
«Dann funktioniert es also?», fragte sie.
Die Frau legte das Papiertaschentuch in ihre Handtasche zurück.
«Nein», antwortete sie. «Ich glaube ganz und gar nicht, dass es funktioniert. Das ist ja das Problem.»
«Aber Sie sind gelöscht?»

Maria Eriksson lachte auf.
«Ich bin schon seit ein paar Jahren praktisch gelöscht», sagte sie. «Ich bin schon seit Ewigkeiten in keinem Register mehr verzeichnet, aber das hat nichts mit Rebecka oder der Stiftung zu tun. Diese Schutzmaßnahmen habe ich selbst für mich und meine Familie organisiert, aber das Problem ist, dass dies keinen ausreichenden Schutz bietet, und deshalb habe ich mich an die Stiftung gewandt.»
«Dann befinden Sie sich im Moment in der Organisation?»
«Mein Fall ist noch nicht entschieden, das Sozialamt meiner Heimatgemeinde hat den Vertrag bislang nicht befürwortet», antwortete Maria Eriksson. «Deshalb bin ich im Grunde genommen nicht drin, aber ein wenig außen zu stehen hat mir einen größeren Einblick in die Stiftung erlaubt, als wenn ich völlig in sie verstrickt gewesen wäre.»
Annika streckte sich nach ihrer Teetasse, blies und versuchte ihre Eindrücke zu sortieren: Angst, Skepsis, Spannung, Verblüffung. Die Frau war so wirklich, blond und ernst, ihre Augen durchschauten alles. Aber sagte sie auch die Wahrheit?
Ihre Verwirrung gewann die Oberhand.
«Wie lange haben Sie schon Kontakt zur Stiftung?»
«Seit fünf Wochen.»
«Und Sie sind nicht aufgenommen worden?»
Maria Eriksson seufzte.
«Das liegt am Sozialamt. Es untersucht, ob man dafür zahlen soll, dass wir uns im Ausland ein neues Leben aufbauen können.»
«Mit Hilfe der Stiftung?»
Die Frau nickte.
«Rebecka Björkstig verlangt sechs Millionen dafür, uns mit

dem Umzug ins Ausland zu helfen. Unser Fall ist im Grunde vollkommen klar. Das Oberverwaltungsgericht hat entschieden, dass wir in Schweden kein normales Leben führen können, Sie können das Urteil gern lesen.»

Annika griff sich an die Stirn.

«Ich muss mir Notizen machen. Ist das okay?»

«Ja, natürlich.»

Annika ging in den Flur hinaus, wo ihre nasse Tasche lag. Sie leerte den Inhalt, bestehend aus einer Schachtel Halspastillen, einer zerrissenen Zugfahrkarte, Notizblock und Stift und einer schweren Goldkette, auf dem Fußboden aus.

Die Goldkette. Annika hob sie auf. Aidas Geschenk. Die hatte sie ganz vergessen.

Rasch stopfte sie alles außer dem Notizblock und dem Stift in die Tasche zurück.

«Warum sind Sie bedroht?», fragte sie, während sie sich wieder auf die Couch setzte.

Maria Eriksson lächelte schwach.

«Ich glaube, ich nehme doch einen Tee, er sieht so gut aus. Danke. Das Übliche, ich habe mich in den falschen Mann verliebt. Ich habe mir schon gedacht, dass Sie danach fragen werden, deshalb habe ich die Unterlagen zu meinem Fall mitgebracht.»

Sie holte eine Mappe mit einem Stapel Blätter hervor.

«Das sind Kopien. Wenn Sie wollen, können Sie sie behalten, aber ich wäre Ihnen dankbar, wenn Sie die Papiere an einem sicheren Ort verwahren könnten.»

«Erzählen Sie», sagte Annika und nahm die Mappe entgegen.

«Er hat versucht, mich zu erwürgen», begann Maria Eriksson und schüttete Zucker in ihren Tee. «Mich mit einem Messer bedroht, misshandelt, vergewaltigt. Er hat versucht, unsere

Tochter zu entführen, das Haus beschädigt, alles, was man sich vorstellen kann. Brandstiftung. Ich könnte noch viel mehr aufzählen, und es gibt niemanden, der etwas dagegen unternimmt.»

Sie trank vorsichtig einen Schluck Tee. Annikas alter Zorn erwachte wieder zum Leben.

«Ich weiß, wie so etwas sein kann», sagte sie. «Warum hat die Polizei nichts unternommen?»

Maria Eriksson lächelte wieder.

«Meine Eltern wohnen noch in meiner Heimatstadt», antwortete sie. «Er würde sie umbringen, wenn ich reden würde.»

«Woher wollen Sie wissen, dass er nicht nur blufft?»

«Er hat versucht, meinen Vater zu überfahren.»

«Ich werde mir Ihre Unterlagen später anschauen», sagte Annika und legte sie auf den Fußboden.

Sie wusste nichts mehr zu sagen. Sie würde die Sache sorgfältig studieren, aber sie ahnte schon, dass sie bestätigt finden würde, was Maria erzählt hatte. Sie glaubte der Frau, die etwas Unverfälschtes ausstrahlte, vielleicht lag das an der Angst.

Sie schwiegen eine Weile, nur das Porzellan klirrte.

«Gibt es diese Stiftung überhaupt?», erkundigte sich Annika.

Maria Eriksson nickte.

«Rebecka verlangt Geld, aber das ist im Großen und Ganzen auch schon alles, was sie tut. Eine Löschung findet, soweit ich sehen kann, nicht statt. Manchmal beantragt Rebecka für den Klienten einen Sperrvermerk beim Einwohnermeldeamt.»

«Was ist das?», fragte Annika.

Maria setzte sich zurecht.

«Es gibt zwei, drei verschiedene Formen von Schutz für bedrohte Personen», antwortete sie. «Am einfachsten ist es,

einen Sperrvermerk zu bekommen. Dabei unterliegen Personennummer, Adresse und Angaben über Verwandte in allen behördlichen Registern der Geheimhaltung. Man findet in den Registern dann nur den Vermerk, dass die Angaben zur Person geheim sind.»
Annika nickte und erinnerte sich an den Computerbildschirm zu Rebecka Björkstig.
«Das ist ziemlich ungewöhnlich, oder?»
«Weniger als zehntausend Menschen in Schweden haben einen Sperrvermerk», erwiderte Maria Eriksson. «Die Entscheidung über einen solchen Sperrvermerk wird vom Leiter des zuständigen Finanzamts an dem Ort, wo man gemeldet ist, getroffen. Um einen Sperrvermerk zu bekommen, ist eine konkrete Bedrohung erforderlich.»
«Haben Sie einen Sperrvermerk?»
«Nein, meine Familie hat etwas, das man *Restschreibung* nennt. Das ist eine umfangreichere und kompliziertere Art von Personenschutz. In solchen Fällen kennt nur eine einzige Person den Ort, an dem man gemeldet ist, und zwar der Leiter des dortigen Finanzamts. Um eine solche Restschreibung zu bekommen, müssen zudem strengere Kriterien erfüllt werden als für einen Sperrvermerk, die Bedrohung soll ungefähr der Schwere entsprechen, bei der auch ein Besuchsverbot ausgesprochen wird.»
«Wie viele Menschen in Schweden haben eine solche Restschreibung?»
«Weniger als hundert Personen», sagte Maria Eriksson.
Sie war tatsächlich gelöscht worden.
«Gibt es noch andere Möglichkeiten?»
«Man kann natürlich auch einen neuen Namen und eine neue Personennummer annehmen. Die bekommt man über

das Hauptpolizeiamt, das vom Finanzamt eine neue Personennummer errechnen lässt.»

Hier weiß jemand haargenau, wovon er redet, dachte Annika.

«Haben Sie eine neue Identität angenommen?»

Maria Eriksson zögerte kurz, nickte dann aber.

«Ich habe mehrere Namen gehabt und eine Zeit lang auch eine neue Personennummer bekommen. Ich bin eigentlich Jungfrau und bin dadurch plötzlich zum Widder geworden!»

Sie mussten beide lachen.

«Was tut Rebecka Björkstig noch?»

Maria Eriksson wurde wieder ernst.

«Was hat sie denn gesagt, was sie tut?»

Annika trank ihren Tee aus. Jetzt musste sie sich entscheiden, entweder glaubte sie dieser Frau, oder sie warf sie hinaus. Sie entschied sich für Ersteres.

«Sechzig Fälle in drei Jahren», sagte sie. «Zwei Familien, denen eine neue Existenz im Ausland aufgebaut wurde, fünf Angestellte mit einem Gehalt von vierzehntausend Kronen im Monat, jeglicher Kontakt zur Außenwelt wird mit Hilfe eines Systems von Referenznummern über die Stiftung abgewickelt, Kontaktpersonen stehen rund um die Uhr zur Verfügung, Telefonverbindungen werden umgeleitet, Wohngebäude in ganz Schweden, die Möglichkeit, in anderen Ländern eine Stelle im öffentlichen Dienst zu bekommen, komplette ärztliche Versorgung, juristischer Beistand, totale Fürsorge.»

Maria Eriksson seufzte und nickte.

«Das ist in etwa das, was sie immer erzählt. Es wundert mich, dass sie die neue Existenz im Ausland erwähnt hat, das behält sie in der Regel für sich.»

«Das hat sie auch lange Zeit getan.»

«Okay», sagte Maria. «Die fünf Angestellten sind sie selber, ihr Bruder, ihre Schwester und ihre Eltern. Sie bekommen bestimmt ein Gehalt, aber sie arbeiten nicht. In dieser Stiftung wird überhaupt nicht gearbeitet. Ihre Mutter geht ab und zu einmal ans Telefon, aber das ist dann auch schon alles.»
Es wurde still.
«Und was ist mit den Häusern?»
Maria Eriksson lachte auf.
«Sie besitzen eine Bruchbude in Järfälla, dort wohnen wir, und dort steht auch das Telefon. Es klingelt in regelmäßigen Abständen, wenn Rebecka einen neuen Fall übernommen hat. Dann sitzt irgendwo ein armer Schlucker, ist verzweifelt und ruft immer wieder an, aber niemand geht an den Apparat ...»
Annika schüttelte den Kopf.
«Dann ist mit anderen Worten alles gelogen, jedes Wort?»
Maria Eriksson zwinkerte mit Tränen in den Augen.
«Ich weiß es nicht», antwortete sie. «Ich weiß nicht, was mit den anderen geschieht.»
«Den anderen?»
Die Frau beugte sich zu ihr vor und flüsterte:
«Den anderen, die zur Stiftung kommen, ich weiß nicht, was aus ihnen wird! Sie kommen, sind kurz da und verschwinden wieder!»
«Wohnen sie nicht in dem Haus?»
Maria Eriksson lachte erneut auf.
«Nein, da sind nur wir, wir haben ein Zimmer von ihr gemietet, bezahlen schwarz. Sie glaubt, dass sie mit uns das große Geld machen kann, weil unser Fall so sonnenklar ist, deshalb dürfen wir dort wohnen. Aber ich habe begriffen, was sie vorhat. Falls unsere Sozialverwaltung das Geld ausbezahlt,

nimmt sie es und verschwindet. Wir würden keine Öre bekommen.»

Sie legte den Kopf in ihre Hände.

«Und ich habe ihr geglaubt! Ich bin vom Regen in die Traufe gekommen!»

Annika fiel plötzlich der Verwaltungsmensch aus Vaxholm wieder ein.

«Sie müssen mit Ihrer Gemeindeverwaltung sprechen», sagte sie.

Die Frau holte ein neues Papiertaschentuch heraus.

«Ich weiß, aber wir müssen erst etwas finden, wo wir wohnen können, mein Mann hat vielleicht ein Wochenendhaus an der Hand. Sobald damit alles klar ist, werden wir aus dem *Paradies* abhauen, und dann werde ich der Gemeindeverwaltung alles erzählen. Aber ich kann nichts sagen, solange wir im Haus der Stiftung wohnen.»

«Was glauben Sie, wie lange das noch dauern wird?»

«Ein paar Tage vielleicht, spätestens bis zum Wochenende.»

Annika dachte nach.

«Die Drohungen gegen Rebecka Björkstig, wissen Sie davon etwas?»

«Rebecka behauptet, die Mafia sei hinter ihr her, ich habe keine Ahnung, warum. Ich finde, es klingt ein wenig weither geholt. Was soll sie denen schon getan haben?»

Annika zuckte mit den Schultern.

«Haben Sie eine Vorstellung davon, was mit dem ganzen Geld geschieht?»

Maria Eriksson schüttelte den Kopf.

«In ihr Büro komme ich nicht rein. Sie verwahrt ihre Unterlagen in einem Zimmer im Erdgeschoss, und die Tür ist immer abgeschlossen. Aber sie zahlt sich selber ein großzügiges

Gehalt, ich habe Ende letzter Woche eine Gehaltsabrechnung im Abfall gefunden.»

Annika reckte sich. Die Gehaltsabrechnung, das bedeutete eine Kontonummer, eine Personennummer und eine ganze Reihe anderer Informationen.

«Haben Sie die dabei?»

«Ja, ich glaube schon ...»

Sie wühlte kurz in ihrer Handtasche und fand ein zerknittertes Blatt mit Kaffeesatzflecken.

«Es ist ein bisschen eklig», sagte sie entschuldigend, als Annika es nahm.

Es stand alles da. Bankkonto, Personennummer, Adresse, Steuerklasse, alles außer der Organisationsnummer der Stiftung. Sie verdiente gut, fünfundfünzigtausend Kronen im Monat.

«Das Konto hat sie bei der Sparkasse», meinte Maria Eriksson, «die Adresse ist die gleiche wie für das *Paradies*, das Postfach in Järfälla.»

«Wie lautet die richtige Adresse?», erkundigte sich Annika.

Maria Eriksson gab sie ihr.

In der Besprechung um elf ging es wie immer zu wenig um den vergangenen Tag und zu viel darum, was in Zukunft geschehen würde. Die Visionen der Nachrichtenchefs von der Zeitung von morgen waren oft nicht mehr als Luftschlösser und extrem tendenziöse Darstellungen, die voraussetzten, dass Leute aus dem Nähkästchen plauderten, Skandale bestätigten oder gestanden, über die Trauer, den Schmerz, die Wut, den Kunstfehler oder die Ungerechtigkeit sprachen, die ihnen das Leben schwer machte. Katastrophen wurden schlimmer dargestellt, als sie in Wirklichkeit waren, die Informationen über

das Privatleben von Prominenten aufgebauscht. Die Konsequenzen neuer politischer Vorschläge wurden vereinfacht und die Allgemeinheit immer entweder als «Gewinner» oder als «Verlierer» dargestellt.
Anders Schyman seufzte, so lief das in ihrer Branche nun einmal. Übermäßig enthusiastische Nachrichtenchefs waren aber keine besondere Eigenart des *Abendblatts*. Dieses Phänomen kannte er schon vom staatlichen Fernsehen, wo er lange gearbeitet hatte, wenn auch mit etwas anderen Vorzeichen. Wer die Arbeit plante, sollte immer vom bestmöglichen Ergebnis ausgehen. Für das *Abendblatt* konnte dies ein Prominenter sein, der bei einer Reality-Show stolperte, für ein politisches Magazin im Fernsehen dagegen ein Machthaber, der stotterte und sich blamierte. Im Moment berichtete Ingvar Johansson gerade, wie es nach der geglückten Kampagne um den behinderten Jungen, der gegen seine Gemeinde Recht bekommen hatte, weitergehen sollte. Eine Torte und Blumen, kein Sekt, ein großes Bild von der ganzen Familie mit dem Jungen in der Mitte, der von allen umarmt wird. Die Artikel sollten in der Mitte der Zeitung erscheinen, die Spartenüberschrift *Wenn das Abendblatt eingreift!* stand bereits fest.
«Wissen wir eigentlich, ob die Familie überhaupt mitspielt?», erkundigte sich Schyman.
«Nein», antwortete Ingvar Johansson, «aber dafür sorgt der Reporter schon. Es ist Calle Wennergren, also brauchen wir uns da keine Sorgen zu machen.»
Alle nickten zustimmend.
«Die Sache mit den Morden im Freihafen zieht immer größere Kreise», meinte Sjölander. «Ein älterer Typ, ein Orientierungsläufer in der Seniorenklasse, hat den Lastwagen, in dem sich die verschwundenen Zigaretten befanden, gestern gefun-

den. Er war vollkommen ausgebrannt und stand in einer Art Schlucht an der Grenze zwischen Östergötland, Södermanland und Närke.»

«Da brauchte wohl jemand dringend eine Zigarette», kommentierte Bild-Pelle, und vereinzelt wurde gelacht.

«In der Fahrerkabine fand man zwei Leichen», fuhr Sjölander fort, ohne eine Miene zu verziehen. «Der Bericht der rechtsmedizinischen Untersuchung liegt noch nicht vor, aber die Polizisten sind ganz schön erschüttert. Es hat den Anschein, als wären die Opfer gefoltert worden, bevor sie gestorben sind. Alle Knochen im Leib sind gebrochen. Der Kommissar, mit dem ich gesprochen habe, hat gesagt, er habe noch nie etwas Schlimmeres gesehen.»

Es wurde still im Raum. Die Klimaanlage säuselte.

«Was kann die Polizei an die Öffentlichkeit geben?», fragte Schyman.

Sjölander blätterte in seinen Notizen.

«Der exakte Fundort liegt in einem unzugänglichen Waldgebiet nördlich von Hävla in der Gemeinde Finspång. Es gibt eine furchtbar schlechte Schotterpiste, die an der Senke vorbeiführt, in der man den Lastwagen gefunden hat. Es gab dort ein paar interessante Spuren. Abgesehen von den Reifenspuren des Sattelschleppers, gibt es noch weitere Reifenspuren, die verdammt ungewöhnlich sind. Es handelt sich um eine Art von Winterreifen, die ohne Spikes auskommen. Breite amerikanische Reifen, die nur für ganz wenige Automarken benutzt werden, das heißt für Pkw, die gleichzeitig richtig schwere Geländewagen sind, zum Beispiel Range Rover oder die größten Modelle vom Toyota Land Cruiser. Die Polizei hat das Wrack inzwischen abtransportiert, was offensichtlich gar nicht so einfach war, und möchte gern, dass wir die Leute aufrufen, sich zu melden, falls sie etwas gesehen haben sollten.»

«Wie haben sie den Lastwagen denn in die Schlucht bekommen?», fragte Ingvar Johansson.

Sjölander seufzte.

«Sie haben ihn hingefahren und sich dafür einen Tag ausgesucht, an dem der Boden gefroren war. Der Waldbesitzer ist nicht gerade begeistert, denn auf der Fahrt haben sie etwa hundert junge Bäume niedergemäht.»

«Wer steckt dahinter?», fragte Schyman.

«Die jugoslawische Mafia», antwortete Sjölander. «Todsicher. Und das ist bestimmt noch lange nicht das Ende. Die Männer in dem Lastwagen können nicht geredet haben, sonst hätten sie noch ein paar heile Knochen im Leib gehabt. Die Typen, denen die Zigaretten gehören, werden Menschen umbringen, bis sie die Ladung gefunden haben. Jeder, der etwas darüber weiß, steckt in großen Schwierigkeiten.»

«Was wissen wir sonst noch über die jugoslawische Mafia?», wollte Schyman wissen. «Ich meine, an Sachen, die wir nicht bringen können.»

«Man glaubt, dass möglicherweise die serbische Regierung dahinter steckt», sagte Sjölander, «aber das konnte bis jetzt noch keiner beweisen. Weil die ganzen Operationen mit solch einem enormen Aufwand durchgeführt werden, wird vermutet, der Staat habe sie sanktioniert. Deshalb gibt es auch keinen Informanten, der den Überblick über das Ganze hat. Sämtliche Personen, die alles wissen, sitzen in der Regierung oder in Kreisen, die der Regierung in Belgrad nahe stehen, die Polizeichefs, die höchsten Militärs.»

«Ist es gefährlich, in der Sache zu wühlen?», fragte Schyman.

Sjölander zögerte.

«Nicht direkt», erwiderte er. «Über die Morde zu berichten ist einigermaßen ungefährlich. Damit rechnen sie. Man darf nicht vergessen, dass es hier um Geschäfte geht. Für die handelnden Personen ist das nur ein Tag von vielen im Büro. Es geht ihnen nur darum, dass man sie nicht ungestraft hereinlegen darf. Man sollte ihnen nicht ihre Schmuggelware klauen, und man sollte auch möglichst nicht wissen, wer es getan hat.»

Die Besprechung wandte sich anderen Themen zu, aber Anders Schyman war etwas abwesend. Ein Gespräch wie dieses hatten sie selten geführt. Er empfand Erleichterung und Genugtuung. Er war nervös gewesen nach dem gestrigen Zusammenstoß, aber jetzt wusste er es.

Er hatte gewonnen.

Der Monatswechsel Oktober – November war immer arbeitsintensiv. Die Gemeindeverwaltung stellte den Haushalt im Oktober zusammen, und der Gemeinderat beriet ihn im November. Na ja, wenn er ehrlich war, zog es sich auch noch ein paar Tage in den Dezember hinein. Jede einzelne Kindertagesstätte in der Gemeinde hatte angerufen und gefragt, ob es stimme, dass sie noch dreitausend Kronen auf dem Konto hätten, und gleichzeitig arbeitete er noch an den Zahlen für das letzte Quartal.

Dennoch konnte er sich nicht konzentrieren. Er machte sich wirklich Sorgen wegen seiner Gefühlsausbrüche. Die Journalistin hatte ihn gestern gefragt, ob er ausgebrannt sei, und er musste immer wieder daran denken. Es gab überhaupt keinen Grund, übermäßig gestresst zu sein, denn er machte die gleiche Arbeit, die er auch schon in den vergangenen sieben Jahren gemacht hatte, wohnte im gleichen Haus mit der gleichen Frau und ging zur gleichen Arbeit.

Es war etwas anderes. Er wollte es lieber gar nicht erst in Worte fassen, weil es so zwingende Konsequenzen mit sich bringen würde.
Die Wahrheit war, dass er von seinem Leben mehr erwartete. Das war es. Er wollte weiterkommen, er beherrschte seine Arbeit jetzt im Schlaf. Er wollte in die Stadt, er wollte ins Kino und ins Theater gehen, ohne es ewig im Voraus planen zu müssen, über Straßen mit hohen Häuserfassaden, indischen Restaurants und unbekannten Menschen promenieren.
Gestern Abend war er stundenlang durch Vaxholm gelaufen, Straße für Straße. Er kannte jeden einzelnen Stein in- und auswendig. Eine Zeit lang hatte er in einem schäbigen Restaurant gesessen und Bier getrunken, war aber gegangen, als eine Horde von Gymnasiasten einfiel, um einen draufzumachen. Er hatte gehofft, Eleonor wäre noch wach, damit sie miteinander reden könnten, aber sie schlief bereits, die letzte Nummer des Kulturmagazins *Moderne Zeiten* neben sich auf dem Nachttisch.
Wieder klingelte das Telefon. Er widerstand der Versuchung, die Leitung herauszureißen und den Apparat gegen die Wand zu donnern.
«Ja?!», brüllte er in den Hörer.
«Thomas Samuelsson? Hier spricht Annika Bengtzon, die Journalistin von gestern. Ich habe ein paar Dinge über die Stiftung herausgefunden. Haben Sie inzwischen die Organisationsnummer besorgt?»
Er stöhnte auf.
«Ehrlich gesagt, habe ich anderes zu tun gehabt», sagte er.
«Ist doch schön», erwiderte sie, «dass Sie Ihren Job machen. Dann haben Sie vielleicht auch schon herausgefunden, dass Rebecka Björkstig früher einen anderen Namen hatte, dass

die Stiftung ihren Sitz in einer abbruchreifen Bude in Järfälla hat, dass es keine Angestellten gibt und auch keine Leistungen erbracht werden, außer dem Schreiben von Rechnungen?»

Er suchte nach Worten.

«Ist das wahr?»

Die Journalistin am anderen Ende der Leitung seufzte.

«Es sieht fast danach aus. Ich weiß es zwar noch nicht hundertprozentig, aber ich habe Rebecka Björkstigs Personennummer in die Finger bekommen und werde der Sache beim Gerichtsvollzieher in Sollentuna nachgehen. Ich nehme die Bahn in einer Viertelstunde. Wenn Sie das, was ich weiß, interessiert, können Sie sich ja dort mit mir treffen.»

Er sah auf die Uhr, er würde drei Termine absagen müssen.

«Ich weiß nicht, ob ich Zeit habe», meinte er.

«Das müssen Sie selbst wissen», erwiderte die Journalistin. «Falls Sie kommen, bringen Sie doch bitte die Organisationsnummer der Stiftung mit.»

Sie legte auf. Er schlug den Ordner vor sich zu und ging zu der Kollegin hinüber, die den Fall der Frau aus Bosnien, Aida Begovic, bearbeitete. Sie hatte Besuch von einem Klienten, einem Mann mit kahl geschorenem Schädel, der auf seinem Stuhl saß und an seinen Pickeln herumdrückte. Thomas betrat trotzdem das Büro.

«Ich brauche die Organisationsnummer der Stiftung», unterbrach er das Gespräch.

Die Frau hinter dem Schreibtisch versuchte sich zu beherrschen.

«Ich bin mitten in einem Gespräch», sagte sie, jedes einzelne Wort dabei betonend. «Würden Sie bitte wieder hinausgehen.»

«Nein», erwiderte Thomas. «Ich brauche die Nummer, und zwar sofort.»
Die Beamtin lief rot an.
«Jetzt müssen Sie aber wirklich ...»
«Auf der Stelle!», brüllte Thomas.
Sie stand erschrocken auf und zog einen Ordner aus dem Regal, den sie ihm aufgeschlagen reichte.
«Ganz oben rechts», sagte sie spitz.
«Sagen Sie mir Bescheid, wenn Sie eine Rechnung bekommen», sagte Thomas. «Entschuldigen Sie bitte die Störung.»
Er nahm den Ordner und verließ das Büro. Dann schrieb er die Nummer auf einen Notizzettel, legte ihn in sein Portemonnaie, zog seinen Mantel an und ging. Er hatte kein Auto dabei und musste deshalb erst nach Hause gehen, um es zu holen.
«Ich komme heute nicht mehr zurück», rief er der Frau an der Information auf dem Weg nach draußen zu.
Als er die Östra Ekuddsgatan hinaufging, fiel ihm ein, dass er nicht wusste, wo die Amtsräume des Gerichtsvollziehers in Sollentuna waren. Er musste ins Haus gehen und im Telefonbuch nachschlagen. Tingsvägen 7, wo zum Teufel war denn das? Er riss die entsprechende Seite aus dem Stadtplan im Telefonbuch und lief zum Auto.
Der Verkehr wurde dichter, sobald er auf der E 18 war, und auf der Landstraße 262 stand schließlich alles wegen eines Verkehrsunfalls bei Edsberg. Frustriert schlug er auf das Lenkrad ein. Schließlich erreichte er das Ortszentrum über den Sollentunavägen. Die Amtsräume lagen unmittelbar hinter dem Messegelände in einem gelben Hochhaus, in dem auch die Polizei und andere juristische Instanzen ihre Räumlichkeiten hatten. Er parkte auf einem eigentlich reservierten Parkplatz und nahm den Aufzug in den fünften Stock.

Sie war schon da und saß mit jeder Menge Computerausdrucken vor sich an einem Tisch in einem Besucherraum. Ihr Haar war gewellt, so als wäre es getrocknet, ohne gekämmt worden zu sein. Sie deutete mit einer kurzen Geste auf den Stuhl neben sich.

«Sehen Sie sich das an», sagte sie. «Wenn die Personennummer tatsächlich stimmt, hat unsere Freundin in den letzten fünf Jahren keine einzige Rechnung bezahlt. Vorher vermutlich auch nicht, aber diese Schulden sind noch nicht im Computer erfasst, sondern nur auf Mikrofiche gespeichert.»

Er starrte auf den Stapel Computerausdrucke.

«Was ist das alles?»

Annika Bengtzon stand auf.

«Das sind die Akten über Rebecka Björkstig im Zwangsvollstreckungsregister des Gerichtsvollziehers», antwortete sie. «Einhundertsieben Stück. Möchten Sie einen Kaffee?»

Er nickte und legte Mantel und Schal ab.

«Danke, mit Milch.»

Er setzte sich und begann wahllos in den Ausdrucken zu blättern. Es war nicht unmittelbar zu erkennen, wer diese Schulden angehäuft hatte, denn er fand nur den Vermerk, dass die Angaben zur Person geheim seien. Aber die Schulden unterlagen nicht dem Datenschutz, sondern standen in langen Kolumnen aufgelistet, größere und kleinere Posten, bei Behörden, Unternehmen, Privatpersonen. Unbezahlte Steuern. Strafzettel für Falschparken und zu schnelles Fahren. Unbezahlte Ikea-Möbel, Mietwagen, Ferienreisen, Bankdarlehen, Schulden auf verschiedenen Kreditkarten …

Mein Gott! Er blätterte weiter.

… nicht zurückgezahlte Studienkredite, unbezahlte Fernsehgebühren, ein Kredit bei einer Privatperson namens Andersson, schuldig gebliebenes Geld für einen gemieteten Fernsehapparat der Marke Thorn …

«Es gab keine Milch», sagte sie und stellte einen braunen Plastikbecher auf das Blatt, das er gerade las. Sie hatte die weiße Bandage um den Finger abgenommen und durch ein Pflaster ersetzt.

«Großer Gott», sagte er. «Wann haben Sie das herausgefunden?»

Sie setzte sich neben ihn und seufzte.

«Heute Morgen. Eine Informantin gab mir eine Personennummer, die wahrscheinlich die von Rebecka Björkstig ist. Ich kann es nicht mit letzter Sicherheit beschwören, weil Rebecka Björkstig einen Sperrvermerk im Einwohnermelderegister erwirkt hat, aber im Moment gehe ich davon aus, dass es stimmt. Sie ist zwar erst dreißig Jahre alt, hat aber hart daran gearbeitet, sich schwer zu verschulden. Aber das ist erst der Anfang. Die Sachbearbeiterin geht gerade die Akten des Patent- und Registeramts durch und sucht nach eventuellen Konkursen. Haben Sie die Organisationsnummer?»

Er holte sein Portemonnaie heraus und gab ihr den Notizzettel.

«Ich bin gleich wieder zurück», meinte sie.

Er trank einen Schluck von dem Kaffee und versuchte seine Gedanken zu ordnen.

Was bedeutete das alles eigentlich?

Dass die feine Dame ihre Rechnungen nicht zahlte, hatte im Grunde nichts zu sagen, denn sie konnte natürlich trotzdem geschickt darin sein, Menschen aus Registern zu löschen. Aber die Menge der Schulden und die konsequent durchgehaltene Strategie, niemals etwas zu bezahlen, ließen ahnen, was noch kommen würde.

Er trank den Kaffee aus, schmiss den Becher in den Papierkorb und blätterte weiter.

... Schulden bei American Express, bei einer Direktbank, weitere Strafzettel, Schulden bei einer Versicherung, unbezahlte Stromrechnungen, Telefonrechnungen, Kfz-Steuer ...

Die meisten Schulden waren abgeschrieben, also auf die eine oder andere Art beglichen worden, entweder durch Lohnpfändung oder Einkünfte oder Konkurs.

Wo blieb nur Annika Bengtzon?

Er verließ den Raum. Als er um die Ecke in Richtung Pförtner biegen wollte, stieß er mit ihr zusammen. Er spürte ihre Brüste.

«Mist», sagte sie, stolperte und ließ einen Stapel Blätter fallen.

Er fing Annika auf, stellte sie wieder auf die Beine und wurde rot.

«Entschuldigung», sagte er. «Das wollte ich nicht.»

Er bückte sich und raffte die Blätter zusammen.

«Schauen Sie sich das an», sagte sie. «Die Lady ist schon auf alle möglichen Arten in Konkurs gegangen, hat innerhalb von vier Jahren zwei Mal einen Offenbarungseid geleistet und ist mit einer Aktiengesellschaft, einer Handelsgesellschaft und einer Kommanditgesellschaft in Konkurs gegangen. Die Stiftung *Paradies* hat immense Schulden. Autos, Fernsehapparate, zwei Immobilien, die abbezahlt werden sollen und für die man bisher keinen Pfennig berappt hat ...»

Sie ging vor ihm wieder in den Besucherraum zurück.

«Bleibt die Frage, was das alles letztlich zu bedeuten hat», meinte sie und setzte sich. «Denn es bedeutet ja nicht automatisch, dass Rebecka Björkstig eine Gaunerin ist, aber ein gutes Gefühl hat man bei der Sache auch nicht gerade.»

Er starrte sie an. Vor wenigen Minuten hatte er genau das Gleiche gedacht. Er ließ sich neben ihr nieder und nahm den Auszug aus dem Patent- und Registeramt in die Hand, begutachtete das Datum der Schulden und Konkurse und wann eine neue Firma angemeldet wurde und wieder aufhörte zu existieren.

«Ich glaube, es gibt ein Muster», sagte er. «Schauen Sie, hier. Sie gründet eine Firma, kauft eine Menge Zeug, nimmt große Darlehen auf und geht in Konkurs. Immer wieder. Sie leistet einen Offenbarungseid und dann noch einen. Irgendwann geht es nicht mehr weiter, weil ihr niemand mehr etwas leiht. Stattdessen ruft sie eine Stiftung ins Leben, die sich nicht mit ihr persönlich in Verbindung bringen lässt. Die genannten Gründer haben in Wirklichkeit ganz andere Namen, vielleicht gibt es sie auch gar nicht.»

Annika folgte dem Weg seines Zeigefingers, der von einem Posten zum nächsten sprang.

«Und dann konnte wieder fröhlich eingekauft werden», sagte sie und hielt die Schulden der Stiftung hoch. «Sehen Sie hier, vor vier Monaten hat sie angefangen, Schulden anzuhäufen.»

«Vermutlich ist die Stiftung noch gar nicht älter», meinte Thomas.

«So viel zu den drei Jahren und sechzig Fällen», sagte Annika.

Sie saßen schweigend nebeneinander, lasen und blätterten. Dann stand die Journalistin auf und sammelte die Computerausdrucke ein.

«Ich muss noch einmal mit dem Gerichtsvollzieher sprechen, ehe er nach Hause geht», sagte sie. «Haben Sie noch die Zeit mitzukommen?»

Er sah auf die Uhr. In diesen Minuten begann der dritte Termin, den er verpasste.

«Ja, kein Problem.»
Sie traten auf einen langen Behördenkorridor mit einem dunkelblauen Teppich, der Geräusche und Staub aufsaugte. Annika Bengtzon ging vor ihm zu der Tür am Ende des Flures.
«Hallo», sagte sie und trat ein, «da bin ich wieder. Das hier ist Thomas Samuelsson, Sozialkämmerer aus Vaxholm.»
Der Gerichtsvollzieher saß, umgeben von zahlreichen Akten, vor ihnen.
«Haben Sie gefunden, wonach Sie gesucht haben?», fragte er.
«Viel mehr als das. Sie erinnern sich nicht zufällig an eine Rebecka Björkstig?»
Er schüttelte den Kopf.
«Ich habe schon darüber nachgedacht, aber da klingelt nichts bei mir.»
«Und was ist hiermit?», erkundigte sie sich und schob ihm die Aufstellung der Schulden der Stiftung *Paradies* zu.
Der Mann setzte seine Brille auf und überflog die Seite.
«Oh, ja», antwortete er und zeigte auf den unteren Teil der Seite, «daran erinnere ich mich. Ich habe letzte Woche mit dem Autohaus gesprochen, dem diese Fahrzeuge gehören, sie waren ziemlich verzweifelt. Sie können die Person, die diese Wagen geleast hat, nicht erreichen und haben nicht einmal eine Anzahlung erhalten.»
«Wie können sie die Autos denn ohne Anzahlung herausrücken?», fragte Thomas Samuelsson.
Der Gerichtsvollzieher sah ihn über den Rand seiner Brille hinweg an.
«Sie meinten, die Frau habe einen sehr vertrauenswürdigen Eindruck gemacht. Wissen Sie, wo sich die Person, die hinter dieser Stiftung steckt, im Moment aufhält?»
Seine letzten Worte hatte er an Annika gerichtet.

«Nein», antwortete sie wahrheitsgemäß. «Ich kenne zwar die Adresse von einem Haus der Stiftung, aber dort wohnt sie nicht. Diese Informationen müsste man doch bei den Hypotheken finden, mit denen die Häuser beliehen wurden.»

Annika Bengtzon legte die entsprechenden Blätter vor.

«Welche Schlussfolgerungen ziehen Sie aus all diesen Papieren?»

Der Gerichtsvollzieher seufzte.

«Den Leuten geht es schlechter», erwiderte er, «wir haben immer mehr zu tun für immer weniger Angestellte. Aber diese Dame ist nicht erst kürzlich verarmt, sie ist kein Otto Normalverbraucher, der seine Raten nicht mehr bezahlen kann, sie ist eine notorische, pathologische Schuldnerin.»

«Sie kennen diesen Typ?», fragte Annika.

Der Mann nickte und seufzte erneut. Sie bedankten sich und traten wieder auf den Korridor hinaus.

«Jetzt reicht es mir für heute», sagte die Journalistin auf dem Weg zum Pförtner, gähnte und streckte die Arme über dem Kopf aus. «Ich muss nach Hause und meine Großmutter anrufen.»

Thomas sah zu ihr hinab, sanfte Locken, eine freie Stirn.

«Schon?»

Sie lächelte.

«Die Zeit vergeht wie im Flug», meinte sie. «Sollen wir für Sie Kopien von den Unterlagen machen?»

Sie ging zum Pförtner. Er blieb mit leerem Kopf und steifem Schwanz stehen.

«Soll ich Sie vielleicht irgendwo absetzen?», rief er ihr hinterher.

Sie warf ihm einen Blick über die Schulter zu.

«Gern.»

Er ging auf Toilette, wusch sich Hände und Gesicht und versuchte sich zu entspannen.
Sie wartete mit den Kopien in einer Plastikhülle in der Eingangshalle auf ihn.
«Das muss man Ihnen lassen», meinte er. «Sie arbeiten flott!»
«Das war nicht ich», erwiderte sie. «Das war mein neuer Freund.»
Er verstand kein Wort.
«Wer?»
«Der Pförtner! Wo steht das Auto?»

Es war ein recht neuer, frisch gewachster Toyota Corolla mit Alarmanlage und Zentralverriegelung. Da der Wagen auf einem reservierten Parkplatz stand, hatte er sich einen verärgerten Zettel an der Windschutzscheibe eingehandelt, den er sich schnappte, zerknüllte und zielsicher in einem drei Meter entfernt stehenden Papierkorb versenkte. Seine Haare fielen ihm ins Gesicht, und er strich sie mit einer gänzlich unbewussten Geste nach hinten. Er trug einen dunkelgrauen Mantel, einen teuren Anzug, eine Krawatte.
Annika beobachtete ihn aus den Augenwinkeln. Er hatte breite Schultern und bewegte sich schnell und gewandt. Das war ihr bis jetzt nicht aufgefallen, da sie ihn nur hinter dem Schreibtisch sitzend gesehen hatte, sie hatte nicht bemerkt, dass er in seinen Bewegungen so klar und deutlich war.
Ein alter Sportler, dachte sie. Er hat Geld und weiß sich zu benehmen.
Thomas warf seine Aktentasche auf den Rücksitz.
«Die Tür ist offen», sagte er.
Sie setzte sich auf den Beifahrersitz und warf einen Blick nach hinten, keine Kindersitze trotz des Eherings. Sie stellte ihre

Tasche zwischen die Beine. Er ließ den Wagen an, und die Klimaanlage schaltete sich ein.
«Wo wohnen Sie?»
«Mitten in der Stadt. Hantverkargatan.»
Er legte den Arm auf die Lehne hinter ihren Kopf, als er rückwärts aus der Parklücke setzte. Annikas Mund wurde trocken.
«Der Klarastrandsleden ist um diese Uhrzeit total zu», meinte sie. «Am besten fährt man noch über Hornsberg ...»
Sie saßen schweigend nebeneinander, und sie entdeckte ein neues Gefühl, eine andere Art des Schweigens. Er hatte schmale, kräftige Hände, schaltete oft, fuhr ziemlich schnell. Die Haare wollten sich nicht legen, sondern fielen hell und glänzend wieder nach vorne.
«Wohnen Sie schon lange auf Kungsholmen?», fragte er und schielte zu ihr hinüber. Da war etwas in seinem Blick, sie sah es, fühlte es.
«Seit zwei Jahren», antwortete sie. Sie sah nach vorn, und plötzlich glühten ihre Wangen. «In einer Dreizimmerwohnung im dritten Stock auf dem Hinterhof.»
«War sie teuer?», fragte er.
Sie musste lachen. In seiner Welt kaufte man seine Wohnungen natürlich.
«Das Haus soll abgerissen werden», sagte sie. «Es gibt weder Zentralheizung noch warmes Wasser, keinen Aufzug und keine Toilette.»
Er blickte schnell zu ihr hinüber.
«Im Ernst?»
Sie lachte wieder und fühlte innere Wärme.
«Aber einen Fernseher haben Sie doch, oder etwa nicht?»
«Natürlich», erwiderte sie. «Aber verkabelt bin ich nicht.»

«Haben Sie gestern zufällig die Kulturdiskussion im Zweiten gesehen?»
Sie betrachtete ihn prüfend und fragte sich, warum seine Stimme plötzlich schneidend geworden war.
«Ein paar Minuten», antwortete sie zögernd. «Ehrlich gesagt, habe ich ausgeschaltet. Ich weiß, dass es wichtig ist, was diese Frauen tun, aber ich finde sie so verdammt kategorisch. Alles, was nicht total ambitioniert oder elitär ist, ist in ihren Augen Mist. Diese Einstellung geht mir auf die Nerven. Sie denken, sie wären etwas Besseres als wir.»
Er nickte enthusiastisch.
«Haben Sie die mit der Literaturzeitschrift gesehen? Die Labertante?»
«Das Birnengesicht? Ja, die habe ich gehört.»
Sie lachten ein wenig.
«Dann sind Sie also in keinem Kulturverein Mitglied?», fragte er und schielte zu ihr hinüber, während ihm die Haare wieder ins Gesicht fielen.
«Ich gehe zum Eishockey, Djurgården ist meine Mannschaft», antwortete sie, «falls das noch unter Kultur fallen sollte.»
Sein Blick löste sich von der Straße, und er starrte sie an.
«Sie mögen Eishockey?»
Sie blickte auf ihre Hände herab.
«Ich bin viele Jahre zum Bandy gegangen. Das ist toll gewesen, aber es ist so verdammt kalt, weil es im Freien gespielt wird. Eishockey ist besser, da friert man nicht. Zu den regulären Spieltagen bekommt man auch problemlos Karten, nur zu den Play-offs ist der Globen regelmäßig ausverkauft.»
«Sind Sie letztes Frühjahr bei den Finalspielen gewesen?», erkundigte er sich.

«Ich stand in der Fankurve», sagte sie, hob die linke Faust und skandierte in Richtung Wagendach: «Hardy Nilssons Eisenkerle! Hardy Nilssons Eisenkerle!»
Er lachte, aber es war ein Lachen, das wehmütig verklang. Sie sah ihn an und wunderte sich über ihre eigene Sehnsucht.
«Sind Sie Djurgården-Fan?»
Er überholte einen Flughafenbus.
«Ich habe selber gespielt, bis ich achtzehn war, in Österskär», erwiderte er. «Ich habe aufgehört, weil ich mich mit dem Trainer überworfen hatte, außerdem wollte ich mich auf mein Studium konzentrieren.»
Sein Profil zeichnete sich vor dem Seitenfenster des Wagens markant ab. Annika musste schlucken, wandte den Kopf ab und schaute in die entgegengesetzte Richtung. Ihre Wangen brannten, und sie spürte ein Kitzeln zwischen den Beinen. Das Karolinska-Krankenhaus verschwand rechts von ihr, und sie geriet ein wenig in Panik, bald waren sie da, bald war er fort, vielleicht würde sie nie wieder mit ihm sprechen.
«Wie lange wohnen Sie schon in Vaxholm?», fragte sie etwas zu atemlos.
Er seufzte schwer, was sie irgendwie freute.
«Schon immer», meinte er.
Sie sah ihn von der Seite an. Legte sich nicht ein verbitterter Zug um seinen Mund?
«Sind Sie es leid?», fragte sie.
Er warf ihr einen abwartenden Blick zu.
«Wieso?»
«In dem Ort scheint nicht gerade viel los zu sein», sagte sie. «Er erinnert mich an den Ort, aus dem ich komme. Hälleforsnäs.»
«Und da ist auch nichts los?»

Sie nahm einen Anlauf.
«Sie sind verheiratet?»
«Seit zwölf Jahren.»
Erneut betrachtete sie prüfend sein Profil.
«Das muss ja Verführung Minderjähriger gewesen sein», meinte sie.
Er lachte.
«Der Verdacht stand im Raum. Müssen Sie hier raus?»
Sie schluckte. Mist.
«Ja, hier können Sie mich absetzen.»
Er fuhr heftig bremsend rechts ran und warf einen Blick in den Rückspiegel. Annika begriff, dass er nach dem Bus hinter ihnen Ausschau hielt. Sie stieg aus dem Wagen, nahm ihre Tasche und lehnte sich noch einmal zu ihm hinein.
«Danke fürs Mitnehmen.»
Aber er sah sie schon nicht mehr, seine Gedanken waren woanders.
«Gern geschehen.»

Es klickte und knisterte, als die Krankenschwester das Telefon in das Zimmer ihrer Großmutter rollte.
«Hallo?», sagte Annika.
Rauschen im Telefonhörer.
«Großmutter?»
«Nein, hier spricht Barbro.»
Nicht Mama. Barbro.
«Wie geht es ihr?»
«Nicht so gut. Sie schläft jetzt.»
Schweigen, Distanz und der intensive Wille, eine Brücke zu bauen.
«Ich habe mir Informationen über Pflegeheime in Stockholm

besorgt», sagte Annika. «Es gibt mehrere auf Kungsholmen ...»
«Das kommt gar nicht in Frage», erwiderte ihre Mutter bestimmt und mit fester Stimme. Sie wollte keine Brücken. «Es muss eine Lösung in der örtlichen Gemeinde gefunden werden. Ich habe heute mit einem ... mit einer Person gesprochen, er hat das gesagt.»
Neue Gefühle wallten in ihr auf. Sie war gekränkt, wütend, niedergeschlagen.
«Hast du etwa mit jemand von der Pflegeversicherung gesprochen? Mama! Ich habe doch gesagt, dass ich dabei sein will!»
«Du bist doch in Stockholm. Es muss aber jetzt eine Lösung gefunden werden.»
«Ich komme morgen. Ich muss nur vormittags noch etwas erledigen, dann komme ich.»
«Nein, das ist nicht nötig. Birgitta ist heute hier gewesen. Du wirst sehen, wir kriegen das schon hin.»
Sie schloss die Augen, legte die Hand an die Stirn, kämpfte dagegen, ausgeschlossen zu werden, gegen die Ungerechtigkeit, unterdrückte ihre Wut und sagte mit erstickter Stimme: «Dann bis morgen.»

FREITAG, 2. NOVEMBER

Thomas riss die Plastikfolie um den Anzug mit einem einzigen Ruck herunter, riss sich an dem scharfen Haken des Bügels die Hand auf und fluchte, diese verdammte Reinigung. Eleonor stöhnte zur gleichen Zeit über ein Loch in einem Paar Nylonstrümpfe.

«Neunundsiebzig Kronen», sagte sie und warf sie in ihren Papierkorb neben dem Bett.

«Gibt es keine billigeren?», wollte Thomas wissen und saugte an seinem Finger, um sich nicht mit Blut zu bekleckern.

«Nicht mit Shape-up», sagte seine Frau und riss eine neue Verpackung auf. «Du weißt, dass Nisse und Ulrica heute Abend kommen?»

Er wandte sich ab und ging ins Badezimmer, um sich ein Pflaster zu holen. Dort angekommen, starrte er sich sekundenlang im Spiegel an, das nach hinten gekämmte Haar, das Hemd, die Krawatte, die Manschettenknöpfe, klebte ein kleines Pflaster auf die Fingerspitze und ging ins Schlafzimmer zurück. Eleonor schlängelte sich gerade in ihre neue Strumpfhose, die kaum über die Hüften ging, er schluckte.

«Müssen wir heute Abend Besuch bekommen?», fragte er. «Ich würde mich lieber mit dir unterhalten. Wir haben einiges zu besprechen.»

«Jetzt nicht, Thomas», erwiderte seine Frau und zog die Strumpfhose hoch, Bauch und Hüften saßen jetzt in einem Schraubstock.

Er ging um die Frau herum, umarmte sie von hinten, hielt eine BH-Brust mit Füllung in jeder Hand und hauchte in ihren Nacken.
«Wir könnten zusammen sein», murmelte er, «nur wir zwei. Ein Glas Wein trinken, uns einen Film ansehen, uns unterhalten.»
Sie nahm seine Hände weg, ging zum Kleiderschrank, zog eine weiße Bluse an und hob einen Kleiderbügel mit einem schwarzen Rock heraus.
«Wir haben dieses Abendessen die ganze Woche geplant. Nisse und ich wollen ein paar Dinge zu dem neuen Projekt durchgehen. Du weißt doch, dass wir in der Bank nicht darüber sprechen können.»
Er sah sie an, wie gut er sie kannte, es war absolut vorhersehbar gewesen, dass sie ihm widersprechen würde.
«Eleonor», sagte er, «ich will wirklich nicht. Ich habe im Moment alles furchtbar satt und glaube, dass wir miteinander reden müssen.»
Sie ignorierte seine Argumente weiterhin und kam stattdessen zu ihm, ohne ihm in die Augen zu sehen.
«Kannst du die bitte zumachen?»
Er nahm die Halskette, schloss sie und fuhr ihr anschließend liebkosend mit den Händen über die Schultern, hielt sie fest.
«Ich meine es ernst», sagte er. «Wenn du heute Abend schon wieder deine Arbeitskollegen zum Essen einlädst, komme ich nicht nach Hause. Dann fahre ich lieber nach Stockholm und esse da.»
Sie riss sich los und ging wütend zum Kleiderschrank, zerrte ein Paar schwarze Pumps heraus und steckte sie in eine Tasche. Als sie zu ihm aufblickte, waren ihre Haare in Unordnung geraten, und ihr Gesicht glühte. Kleine rote Flecken waren auf ihren Backenknochen aufgetaucht.

«Jetzt reiß dich aber mal zusammen», sagte sie. «Du kannst in diesem Haus nicht einfach ein und aus gehen, wie es dir gerade passt, verstehst du? Wir sind zu zweit, wir tragen gemeinsam die Verantwortung.»

«Ganz genau», erwiderte Thomas erregt. «Wir sind zu zweit, aber wie kommt es dann, dass du die Macht hast und ich die Verantwortung?»

Eleonor zog ihr Jackett an und ging in den Flur hinaus.

«Das ist unglaublich ungerecht», sagte sie kurz angebunden.

Thomas blieb im Schlafzimmer zurück, ihrem Schlafzimmer, dem Schlafzimmer ihrer Eltern.

Zum Teufel, diesen Streit würde er nicht einfach auf sich beruhen lassen.

«Hör auf, so verdammt überlegen zu tun», schrie er, rannte ihr hinterher, holte sie im Flur ein und packte sie am Arm.

«Lass mich los», kreischte sie und befreite sich mit einem Ruck aus seinem Griff. «Spinnst du?»

Er atmete schnell, die Haare fielen ihm in die Augen.

«Ich will, dass wir umziehen», sagte er. «Ich will nicht mehr in diesem Haus wohnen.»

Sie sah ihn eher ängstlich als wütend an.

«Du weißt nicht, was du willst», erwiderte sie und wich zurück.

«Doch», sagte er voller Eifer. «Ich weiß genau, was ich will! Ich will, dass wir eine Wohnung in Stockholm kaufen oder ein Haus in Äppelviken oder Stocksund. Das würde dir doch auch gefallen!»

Er ging zu ihr, umarmte sie und atmete durch ihre Haare ihr Parfüm ein.

«Ich will einen neuen Job, vielleicht beim Landschaftsverband oder beim Schwedischen Gemeindetag, bei einer Unter-

nehmensberatung oder in einem Ministerium. Ich kann verstehen, dass du hier wohnen bleiben willst, Eleonor, aber ich ersticke hier, ich sterbe hier draußen ...»
Sie schob ihn von sich weg, war verletzt und den Tränen nah.
«Du verachtest mich, weil es mir hier gefällt. Du findest, dass ich keinen Ehrgeiz habe und faul bin.»
Er strich seine Haare mit beiden Händen nach hinten.
«Nein», widersprach er, «ich beneide dich! Ich wünschte, ich hätte die gleiche Ruhe wie du, ich wünschte, ich wäre zufrieden mit dem, was wir haben!»
Sie wischte sich die Tränen aus den Augenwinkeln, ihre Stimme klang erstickt.
«Du bist so unglaublich kindisch und verwöhnt, dass du alles wegschmeißen musst, was wir zusammen geschaffen haben und wofür wir all die Jahre gearbeitet haben.»
Sie drehte sich um und ging zur Haustür. Er rief ihrem Rücken aus schwarzem Armani hinterher.
«Nein! Ich will nichts wegschmeißen, ich will nur etwas Neues ausprobieren! Wir könnten in Stockholm wohnen, ich suche mir eine neue Stelle. Du könntest pendeln, und irgendwann würdest du vielleicht auch einen neuen Job wollen ...»
Sie zog ihren Mantel an, und er sah, dass ihre Hände zitterten, als sie ihn zuknöpfte.
«Mein Leben ist hier draußen. Ich liebe diese kleine Stadt. Such dir einen neuen Job und pendele selbst, wenn du etwas anderes tun willst.»
Er blieb stumm aus Überraschung darüber, dass er nicht selbst auf diese Idee gekommen war.
Natürlich konnte er sich eine neue Stelle suchen. Er brauchte dafür nicht umzuziehen. Er würde pendeln und sich in Stockholm vielleicht ein Zimmer zum Übernachten nehmen können.

Die Tür fiel mit einem gut geölten, leisen Klicken hinter ihr ins Schloss. Die Einsamkeit senkte sich auf ihn herab wie eine staubige Decke, schwer und erstickend.

Mein Gott, was war bloß los mit ihm?

Das Klingeln schnitt durch Annikas Kopf, sie sah alles nur verschwommen. Sie meldete sich, ohne den Kopf vom Kissen zu heben.

«Es ist etwas Furchtbares passiert!»

Die Stimme war ein Schrei im Hörer.

Annika setzte sich ruckartig auf, das Herz schlug ihr bis zum Hals.

«Großmutter? Ist etwas mit Großmutter?»

«Hier spricht Mia Eriksson. Eine Frau ist verschwunden. Sie hat gesagt, dass sie alles der Gemeindeverwaltung erzählen würde, und Rebecka ist wahnsinnig wütend geworden!»

Annika strich sich mit der Hand über die Stirn und sank in die Kissen zurück. Die Panik klang ab, es war nichts passiert, alles würde gut werden.

«Was ist passiert?»

«Gestern gab es hier einen riesigen Krach, das wollte ich Ihnen erzählen. Ich glaube, es ist wichtig, dass Sie das erfahren.»

Annika wurde ärgerlich.

«Was hat das denn mit mir zu tun?»

«Die Frau hat behauptet, Sie zu kennen und Sie hätten ihr die Stiftung empfohlen. Sie heißt Aida Begovic und kommt aus Bijeljina in Bosnien.»

Annika schloss die Augen und spürte, wie ihr das Blut in den Kopf schoss. Das kann nicht sein, dachte sie, das kann einfach nicht sein.

«Was ist mit Aida?», brachte sie mit hochrotem Kopf hervor.

«Sie hat gesagt, sie würde ihrer Gemeinde mitteilen, was für eine Betrügerin Rebecka sei, und dann hat Rebecka geschrien, sie solle verdammt vorsichtig sein mit dem, was sie da sage, denn sie wisse ganz genau, wer hinter Aida her sei. Das war gestern Abend, und jetzt ist Aida verschwunden!»
Die Frau am anderen Ende der Leitung begann zu weinen. Annika schüttelte den Kopf, um richtig wach zu werden und klar denken zu können.
«Warten Sie», sagte sie, «immer mit der Ruhe. Das ist doch gar nicht so schlimm. Aida ist vielleicht nur einkaufen gegangen.»
«Sie kennen Rebecka nicht», hauchte Maria Eriksson. «Sie hat das früher schon mal gesagt, im Vertrauen. Wer sie verrät, den bringt sie um.»
Annikas Magen krampfte sich zusammen.
«Nicht doch», meinte sie. «Das ist doch nur leeres Gerede. Rebecka Björkstig lügt wie gedruckt, aber eine Mörderin ist sie nicht. Werden Sie jetzt nicht paranoid.»
«Sie hat eine Waffe», erwiderte Mia. «Das habe ich gesehen. Eine Pistole.»
Vor lauter Wut setzte Annika sich doch wieder im Bett auf.
«Sie will Ihnen doch nur Angst machen, begreifen Sie das nicht? Sie will nur sicher sein, dass niemand etwas über die Methoden der Stiftung ausplaudert.»
Maria Eriksson klang alles andere als überzeugt.
«Wir verschwinden noch heute von hier. Ich werde nie wieder einen Fuß in dieses Haus setzen.»
«Wohin fahren Sie?»
Die Frau am anderen Ende der Leitung zögerte.
«Weg, wir fahren weg. Wir haben eine Hütte in einem Waldgebiet gefunden.»
Annika verstand. Sie hatte sich am Abend zuvor Maria Eriks-

sons Unterlagen durchgelesen und wusste, warum sie niemals erzählte, wo sie sich aufhielt.
Beide schwiegen für eine Weile.
«Ich werde die Stiftung weiter unter die Lupe nehmen», versprach Annika.
«Glauben Sie Rebecka Björkstig kein Wort», antwortete Maria Eriksson.
Annika seufzte.
«Viel Glück.»
«Schreiben Sie nur, was Sie wirklich beweisen können», sagte Maria Eriksson.
Die Stille legte sich dicht um sie, als sie aufgelegt hatte. Die Gardinen bauschten sich, die Schatten tanzten. Das *Paradies* wollte sie nicht loslassen.
Die Post plumpste auf den Fußboden des Flurs. Sie stand dankbar auf, nahm die Umschläge mit und öffnete sie auf der Toilette. Eine Gasrechnung, eine Werbesendung von einem Buchklub. Eine Einladung zu einem Klassentreffen ihrer alten Mittelstufenklasse.
«Lieber sterbe ich», murmelte sie und warf alles außer der Rechnung in den Eimer für Binden.
Sie musste zur Zeitung.

Eva-Britt Qvist saß an ihrem Platz und sortierte ihre Blätterstapel.
«Ist die Liste gekommen?»
Die Redaktionssekretärin sah zu Annika auf.
«Deine Informanten scheinen nicht sehr zuverlässig zu sein», meinte sie.
Annika schluckte eine passende Antwort herunter und lächelte stattdessen.

«Du kannst sie ja in mein Postfach legen, falls sie auftaucht.»
Sie drehte sich um, ohne eine Antwort abzuwarten. Dann brüte doch über deinem bescheuerten Fax, du altes Mäusehirn, dachte sie. Sie setzte sich an einen Computer mit Internet-Zugang und wählte sich in die Dafa ein.
«Du weißt ja, dass jede Internet-Recherche Geld kostet?», sagte Eva-Britt Qvist von ihrem Platz aus.
Annika stand auf und ging zu der Redaktionssekretärin zurück, stemmte die Hände auf die Blätterstapel und beugte sich zu der Frau hinab.
«Glaubst du eigentlich, ich bin hier, um dir das Leben schwer zu machen?», fragte sie. «Oder kannst du dir unter Umständen vorstellen, dass ich versuche, meine Arbeit zu machen, genau wie du?»
Eva-Britt Qvist lehnte sich zurück und blinzelte verständnislos und beleidigt.
«Ich bin für die Dafa verantwortlich, daran wollte ich dich nur erinnern.»
«Aber nicht für die Einhaltung des Etats, oder? Das ist doch Sjölander.»
Zwei rote Flecken erblühten auf dem runden Gesicht der Frau.
«Ich habe zu tun», sagte sie. «Ich muss telefonieren.»
Annika ging zu dem Computer zurück und ballte die Hände zu Fäusten, damit sie aufhörten zu zittern. Warum musste sie nur immer das letzte Wort behalten? Warum konnte sie sich nicht ein bisschen anpassen?
Sie setzte sich mit dem Rücken zur Redaktionssekretärin, schloss die Augen und konzentrierte sich. Wo sollte sie anfangen?
Sie tippte auf F8, Namenssuche, und versuchte es noch ein-

mal mit Rebecka Björkstig, aber wieder wurde ihr der Zugriff verweigert.
Warum konnte sie es nicht einfach sein lassen?
Dann wählte sie ein anderes Suchmenü und nahm F2, Personennummer, und tippte Rebecka Björkstigs Zahlenkombination ein, erhielt aber das gleiche Ergebnis.
Dann entschied sie sich für F7, biografische Liste, und tippte erneut die Personennummer ein.
Nordin, Ingrid Agneta.
Annika starrte auf die Angaben, was zum …?
Sie überprüfte die Personennummer und wiederholte den Suchbefehl.
Das gleiche Ergebnis.
Ingrid Agneta Nordin, wohnhaft auf dem Kungsvägen in Sollentuna. Änderung durchgeführt vor einem halben Jahr. Sie kehrte in das Menü zur Namenssuche zurück und gab die neuen Angaben ein. Tatsächlich!
Annika starrte auf den Bildschirm.
Es funktionierte. Die Informationen erschienen, und sie fand noch einen weiteren Hinweis auf einen drei Jahre zurückliegenden Eintrag in dem Register.
Rasch loggte sie sich aus, griff nach dem Telefonhörer und wählte die Durchwahl des Gerichtsvollziehers in Sollentuna.
«Ich wollte nur fragen, ob Ihnen der Name Ingrid Agneta Nordin etwas sagt?»
Der Mann dachte nach, und Annika hielt den Atem an.
«Oh, ja», meinte er, «hier in Sollentuna, nicht wahr? Ich hatte jahrelang sehr viel mit einer Frau dieses Namens zu tun.»
«Sie hat einen anderen Namen angenommen und heißt jetzt Rebecka Björkstig, aber in der Dafa gibt es noch einen Verweis in die Vergangenheit, auf den ich keinen Zugriff habe.

Könnten Sie überprüfen, ob die Informationen bei Ihnen gespeichert sind?»

Der Gerichtsvollzieher kramte in seinen Blättern.

«Was könnte das denn Ihrer Meinung nach für eine Information sein?»

«Vielleicht nur eine alte Adresse», antwortete Annika. «Aber es könnte auch noch eine weitere Identität sein.»

Der Mann notierte sich Rebecka Björkstigs Personennummer.

«Wann soll das gewesen sein?»

«Vor dreieinhalb Jahren.»

Er ging irgendwohin und war fünf Minuten weg.

«Also», sagte er anschließend und räusperte sich, «sie hatte früher einen anderen Namen. Sie hieß Eva Ingrid Charlotta Andersson, wohnhaft in Märsta.»

Annika schloss die Augen, Volltreffer.

Sie dankte ihm schnell und legte auf.

Anders Schyman schloss die Tür hinter sich und sah sich in seiner verstaubten Bude um. Er setzte sich an seinen Schreibtisch und warf durch die Glaswände einen Blick über die Redaktion. Annika Bengtzon hüpfte voller Energie an seinem Käfig vorbei und verschwand in Richtung Cafeteria. Er würde sie auf dem Rückweg zu sich hereinrufen und sich erkundigen, ob sie schon weitergekommen war.

Die heutige Besprechung der Redaktionsleitung hatte die Fronten geklärt. Chefredakteur Torstensson hatte sich dazu durchgerungen, ein wenig aus dem Nähkästchen zu plaudern, von der Stelle bei der EU. Die Partei wolle, dass er sich für sie vor Ort in Brüssel um Fragen der Öffentlichkeitsarbeit kümmere. Er war verhalten stolz, als er davon berichtete, und Schyman glaubte den Grund für seinen Stolz zu kennen.

Torstensson hatte im Grunde keine innere Beziehung zum *Abendblatt*. Er hatte den Posten auf Grund seiner politischen Beziehungen bekommen, und Schyman bezweifelte, dass Torstensson die Zeitung vor seiner Ernennung zum Chefredakteur überhaupt regelmäßig gelesen hatte.
Trotz des wohlklingenden Titels war er nicht besonders zufrieden mit seinem Posten. Er begriff nie, worum es in der Zeitung eigentlich ging. Er nahm an Podiumsdiskussionen im Fernsehen teil und enthüllte seine Unwissenheit, sobald er nur den Mund aufmachte, und zwar in Sätzen, die aus politisch korrekten Floskeln bestanden.
Anders Schyman fragte sich, warum das Angebot aus der Politik ausgerechnet jetzt kam. Soweit er beurteilen konnte, gab es im Moment keinen dringenden Bedarf für einen weiteren Parteilobbyisten in Öffentlichkeitsfragen in Brüssel. Er vermutete vielmehr, dass der Aufsichtsrat der Zeitung die roten Zahlen leid war und nach einer Möglichkeit suchte, um einer Debatte in den Massenmedien nach einer offenen Absetzung des Chefredakteurs aus dem Weg zu gehen. Von der Parteiführung war vermutlich ein gewisser Druck ausgeübt worden, und schon tauchte an einem anderen Horizont eine attraktive Stelle auf.
Die Frage war nur, was als Nächstes geschehen würde. Wenn Torstensson wirklich den Posten in Brüssel bekommen und annehmen würde, wenn es ihm wiederum gelänge, die Umstrukturierung durchzuführen, ehe er verschwand, wer würde dann sein Nachfolger werden? Nervosität machte sich in ihm breit, und er unterdrückte das Gefühl schnell wieder.
Annika Bengtzon näherte sich auf der anderen Seite der Glasscheibe mit einer Kaffeetasse in der Hand, und Schyman erhob sich, machte seine Tür auf und rief sie zu sich in seinen Bunker.

«Wie läuft es mit der Stiftung?»
Die junge Frau ließ sich auf den Besucherstuhl fallen.
«Sie sollten mal jemanden bitten, hier staubzusaugen. Es läuft gut. Ich habe eine ganze Menge Informationen über unsere Freundin Evita Perón zusammengetragen.»
Der Redaktionsleiter sah verständnislos drein, und Annika Bengtzon wedelte auffordernd mit den Händen.
«Rebecka Björkstig», sagte sie, «alias Ingrid Agneta Nordin alias Eva Ingrid Charlotta Andersson. Beim Gerichtsvollzieher liegen einhundertsieben Zwangsvollstreckungsbescheide gegen sie persönlich vor und etwa zwanzig gegen die Stiftung. Sie hat alle nur erdenklichen Arten von Konkursen mindestens einmal gemacht. Ich habe eine Informantin, die aussagt, dass die Stiftung nichts tue, außer Geld zu kassieren, aber das habe ich noch nicht nachweisen können.»
Schyman machte sich Notizen, das wunderte ihn nicht.
«Wenn das stimmt, klingt es nach einer typischen Wirtschaftskriminellen.»
Annika nickte enthusiastisch.
«Allerdings. Ich habe die Polizei in den Gemeinden angerufen, in denen sie, unter welchem Namen auch immer, früher gewohnt hat. Dabei habe ich einen Kripobeamten aufgetrieben, der sie schon seit einem halben Jahr sucht. Evita steht bei all ihren Konkursen unter dem Verdacht des betrügerischen Konkurses.»
Schyman betrachtete die junge Journalistin nachdenklich. Sie war unglaublich gut darin, Sachen herauszufinden. Die Geschichte machte ihr Spaß, das merkte man.
«Was machen wir daraus? Wann können Sie schreiben?»
Annika Bengtzon blätterte in ihrem Notizblock.
«Ich habe das Gerüst klar vor Augen, es muss nur noch mit

Leben gefüllt werden. Ich habe mit einer Frau gesprochen, die in der Stiftung gewesen ist, und dann kenne ich noch eine Frau, die dorthin wollte. Ich habe einen Beamten vom Sozialamt in Vaxholm aufgetan, der redet, und ich habe mir vorgenommen, mir das Haus in Järfälla anzusehen. Ich muss noch handfestere Infos über die Arbeit der Stiftung oder eher die fehlende Arbeit finden. Dann muss ich natürlich auch noch einmal mit Rebecka Björkstig sprechen und sie um eine Erklärung dafür bitten, warum sie gelogen hat.»

Er nickte, das klang vernünftig.

«Wir können wohl mit einer Art Kettenreaktion rechnen», fuhr sie fort. «Wenn wir erst einmal mit unseren Informationen an die Öffentlichkeit gehen, werden unter Umständen noch mehr Leute aus ihren Löchern kriechen, die sich bei uns melden und uns noch mehr erzählen.»

«Das lässt sich im Voraus nicht planen», meinte Schyman.

«Nein», erwiderte Annika, «aber wir müssen zumindest darauf vorbereitet sein, die Informationen entgegenzunehmen, wenn sie kommen.»

«Dann sind da auch noch die Gemeindeverwaltungen, die sie bezahlen», sagte er. «Sie könnten daran interessiert sein, Rebecka Björkstig anzuzeigen.»

«Verhöre, Anklage, Prozess, Gefängnis», sagte Annika.

Er lächelte die junge Frau an.

«Schön, dass Sie alles so strukturiert und klar vor Augen haben.»

«Ich werde meine Notizen ausformulieren», sagte sie, «dann gehe ich ins Wochenende und fahre zu meiner Großmutter. Sie hatte einen Gehirnschlag.»

Annika Bengtzon stand auf und hängte sich ihre Tasche über die Schulter.

«Sie müssen hier staubsaugen, sonst bekommen Sie noch Asthma.»

Der Schneematsch auf dem Bürgersteig war gefroren, und es war schwierig, darauf zu gehen. Die Sonne verbreitete ein kaltes weißes Novemberlicht, das die Konturen glitzern ließ. Annika streckte ihr Gesicht den schrägen Sonnenstrahlen entgegen. Es hatte länger gedauert als geplant, die Informationen über die Stiftung auszuformulieren, die Sonne stand schon tief.

Sie seufzte. Sie hatte Anders Schyman nicht alles erzählt. Sie hatte nicht berichtet, dass sie selber eine Frau in die Stiftung geschleust hatte, dass diese Frau verschwunden war und dass Rebecka Björkstig dieser Frau gedroht hatte.

Wenn das denn tatsächlich stimmte.

Sie schüttelte ihr Unbehagen ab, stieg in den Bus, fuhr zum Tegelbacken und ging zum Hauptbahnhof. Der nächste Zug nach Katrineholm ging in fünfunddreißig Minuten. Sie kaufte sich ein Sandwich und setzte sich mit dem Rücken zur Wartehalle auf eine Bank. Das Stimmengewirr hing wie Nebel hinter ihr, ihre Gedanken schweiften ab.

Rebecka Agneta Charlotta, gefährlich und schwer greifbar. Thomas Samuelsson, reich und gut aussehend.

Sie musste ihm erzählen, was sie herausgefunden hatte, die anderen Identitäten, die Ermittlungen. Sie aß das Brot auf, nahm ihre Sachen und ging zu den Telefonzellen.

Der Sozialkämmerer war nicht mehr im Haus. Wollte sie eine Nachricht hinterlassen?

Er war nicht mehr im Büro, war zu seiner Frau nach Hause gegangen.

Nein, danke, keine Nachricht.

Ihre Großmutter war in ein anderes Zimmer verlegt worden. Die elektronischen Apparate waren nicht mehr so auffällig, aber ansonsten sah alles genauso aus. Sie war wach, als Annika kam.

«Entschuldige, dass ich nicht früher gekommen bin», sagte Annika, zog ihren Mantel aus, ließ ihn in der Ecke hinter der Tür fallen und ging zu der alten Frau.

Sofia Katarina sah leicht verwirrt zu ihr auf.

«Barbro?»

«Nein, ich bin es, Annika, Barbros Tochter.»

Die alte Frau versuchte zu lächeln.

«Mein Licht», sagte sie mit gebrochener und atemloser Stimme wie bei einem Wispern. Die Worte waren undeutlich, die Augen trüb.

Annika schnürte es die Brust zusammen, und die Tränen hingen wie ein Vorhang vor den Augen.

«Habt ihr schon beschlossen, wo du demnächst wohnen wirst?», fragte sie.

Die Augen der Großmutter irrten blind durch den Raum und sahen Dinge aus anderen Zeiten.

«Wohnen? Wir wohnten in Hästskon», sagte sie, «wir bekamen ein Zimmer mit einem Herd mitten an der Wand ...»

Annika nahm die gelähmte Hand in ihre gesunden und strich sachte über die alten Finger, ihre Hoffnung schwand.

«Habt ihr euch mit jemandem von der Pflegeversicherung getroffen? Weißt du, ob man ein Heim für dich gefunden hat?»

«Ein einziges Zimmer hatten wir», keuchte die alte Frau. «Mutter hat fünfzehn Männer beköstigt. Sie kochte das ganze Essen auf dem Herd an der Wand, und dann wusch sie auch noch, zehn Öre für ein Taschentuch, fünfzig Öre für einen Blaumann ...»

Annika leckte sich die Lippen, sie wusste nicht, wie sie reagieren und was sie sagen sollte, streichelte nur still den Arm der alten Frau. Dann verstummte ihre Großmutter, und der Brustkorb hob und senkte sich schnell und leicht, die Augen suchten im Gedächtnis.

«Wir wurden vom Feueralarm geweckt, Mutter und ich», flüsterte sie. «Es war noch dunkel, die Sirenen heulten immer weiter, die ganze Gießerei stand in Flammen. Wir liefen hinaus, es war warm draußen, ich hatte nur mein Nachthemd an. Das Feuer war so groß, die Flammen schlugen bis in den Himmel, es brannte und brannte ...»

Annika wusste, wovon ihre Großmutter sprach, vom großen Brand im Stahlwerk in der Nacht zum 21. August 1934. Sofia Katarina war damals fünfzehn gewesen.

«Wir haben geholfen, Mutter und ich, wir haben Unterlagen aus den Büroräumen getragen, wichtige Papiere für die Fabrik. Vater hat in der Löschkette gestanden und Wassereimer aus dem Fluss weitergereicht. Dann ist die Feuerwehr aus Flen gekommen, und dann hat es angefangen zu regnen ...»

«Ich weiß», sagte Annika leise. «Ihr habt mitgeholfen, Hälleforsnäs zu retten.»

Die Großmutter nickte.

«Als es hell wurde, ist dann der Pumplöschzug aus Eskilstuna eingetroffen. Arvid hat auch zu den Männern gehört, die gelöscht haben. Er hat gleich nach der Schule Arbeit in der Fabrik bekommen. Einundzwanzig Öre in der Stunde, zehn Kronen und zehn Öre in der Woche, das Erste, was er sich gekauft hat, war ein Fahrrad.»

Sie versuchte zu lächeln, aber die eine Mundhälfte wollte nicht gehorchen.

«Er hat mich auf dem Fahrrad mitgenommen, den ganzen

Weg an Fjellskäfte vorbei bis zur Kirche in Floda. ‹Da werden wir heiraten›, hat er gesagt, aber daraus ist dann doch nichts geworden, wir haben dann in der Kirche in Mellösa …»

Annika senkte den Kopf, tätschelte die kalte Hand, ließ ihren Tränen freien Lauf. Sie hatte ihren Großvater niemals kennen gelernt. Er war im Herbst vor ihrer Geburt mit zerfressener Lunge gestorben. Durch ihre ganze Kindheit geisterte er als verrußtes Gespenst, immer schmutzig nach der Arbeit, immer voller Anekdoten und Einfälle. Sie wuchs mit Großvater Arvids Erzählungen auf, sie lebten nach seinem Tod weiter, formten ein Bild von ihm, das sie niemals überprüfen konnte.

Annika blickte in das verwirrte Gesicht ihrer Großmutter, sah Arvid von neuem als jungen Mann auf dem Fahrrad.

«Sehnst du dich nach Arvid?», flüsterte Annika.

Die Augen der Großmutter wurden klar, und sie begegnete Annikas Blick.

«Ich vermisse den jungen Mann», sagte sie, «den starken und gesunden, nicht den nörgelnden und versoffenen.»

Annika erschrak. Sie hörte zum ersten Mal, dass ihr Großvater getrunken hatte.

«Sein eigenes Geld durfte er wohl vertrinken, aber an meins kam er nicht dran, mein Lohn ernährte mich und das Mädchen und brachte auch noch das Essen für den Mann auf den Tisch …»

Plötzlich begann ihre Großmutter zu weinen. Die Tränen rannen ihr aus den Augen in die Ohren hinab, und Annika wischte sie mit einem Papiertaschentuch weg.

«Barbro konnte einem Leid tun», murmelte Sofia Katarina. «Sie musste als Kind zu oft allein bleiben. Ich konnte sie nicht ständig mit zur Arbeit nehmen, dort waren immerhin Minister und Präsidenten und Reichstagsabgeordnete, da konnte doch

kein kleines Mädchen herumlaufen. Das war nicht gut, daraus ist eine Trauer in ihrer Brust geworden, die niemals stirbt.»
Die Großmutter legte ihre gesunde Hand auf Annikas und sah ihr in die Augen.
«Sei nicht zu streng mit Barbro», flüsterte sie. «Du bist viel stärker als sie.»
Annika blinzelte die Tränen weg und versuchte zu lächeln.
«Keine Sorge», erwiderte sie. «Wir werden uns schon vertragen, und du wirst wieder ganz gesund.»
Ihre Großmutter schloss für eine Minute die Augen und ruhte sich aus. Dann schlug sie die Augen wieder auf.
«Annika», murmelte sie. «Dich liebe ich am meisten. Das ist sicher ein Fehler von mir gewesen, einen mehr als die anderen zu lieben.»
«Aber dadurch bin ich so stark geworden», flüsterte Annika.
Der Stille, die als Antwort folgte, entnahm sie, dass ihre Großmutter wieder eingeschlafen war.

Die schneebeschwerten Zweige der Tannen formten einen Tunnel durch die Winternacht. Das Auto mit Maria Eriksson, ihrem Mann und ihren Kindern kam auf den vereisten Straßen nur langsam voran. Der Nordwind peitschte gegen die Windschutzscheibe und warf Kaskaden wirbelnden Schnees auf sie und um sie herum.
«Wir müssen tanken», sagte Anders.
Die Frau auf dem Beifahrersitz antwortete nicht, sie starrte nur in den unendlichen, undurchdringlichen Wald hinaus. Sie wusste, was sie erwartete. Noch eine dieser ausgekühlten und zugigen Holzhütten mit einem rußenden Holzherd und Mäusen unter den Bodendielen. Noch eine Küche ohne fließendes Wasser, mit abgestoßenem Porzellan und angebrannten Möh-

ren. Plumpsklo auf dem Hof. Sie hatte geglaubt, das alles hinter sich gelassen zu haben, hatte gehofft, dass die Stiftung die Lösung für ihre Probleme sein würde.
«Ich weiß, was du denkst», sagte der Mann und legte seine Hand auf ihre. «Bald ist es vorbei.»
Sie kamen in eine kleine Ortschaft. Ein geschlossenes Tabakgeschäft mit Lottoannahmestelle, eine Pizzeria, eine Zapfsäule mit Automat.
«Hast du Geld?», fragte sie.
Er nickte und stieg aus. Sie zögerte einen Moment, beschloss dann aber doch, sich die Beine ein wenig zu vertreten. Sie waren unendlich lange gefahren, und die Kinder waren schon lange auf der Rückbank eingeschlafen. Sie trat in die eiskalte Luft hinaus, jetzt waren sie wirklich in Norrland. Sie drehte eine Runde um die kleine Tankstelle herum und überlegte, wo sie im Schatten des Gebäudes pinkeln könnte, ließ es dann aber bleiben, steckte die Hände in die Hosentaschen, fühlte das kalte Metall und erstarrte.
Sie zog heraus, worauf ihre Hand gestoßen war, zwei Schlüssel zu Sicherheitsschlössern, ein Assa-Schlüssel und ein Plastikanhänger mit einer Mickymaus darauf. Rebecka würde rasend werden vor Wut.
Na ja, was machte das schon. Sie würden sich doch nie wieder sehen. Sie ging zu der Mülltonne neben der Tanksäule, um die Schlüssel wegzuschmeißen.
«Mia, kommst du?», rief ihr Mann. Die Kinder waren aufgewacht.
Sie hielt inne. Warum sollte sie die Schlüssel eigentlich wegwerfen? Sie dachte ein paar Sekunden nach, *ich werde die Stiftung weiter unter die Lupe nehmen*, und drehte sich zu ihrem Mann um.

«Haben wir irgendwo einen Briefumschlag?»
Er wollte gerade die Autotür zuziehen und hielt mitten in der Bewegung inne.
«Hier? Wozu?»
«Die TÜV-Unterlagen, die liegen doch im Handschuhfach, oder? Gib mir den Umschlag und dann noch einen Kaugummi von den Kindern.»
Der Mann seufzte und gab ihr, worum sie ihn gebeten hatte. Rasch legte sie den Schlüsselbund in den aufgerissenen Umschlag, steckte den Kaugummi in den Mund und kaute eine halbe Minute lang wie verrückt. Anschließend klebte sie den Brief mit dem Kaugummi zu und fischte einen Stift aus ihrer Manteltasche.
«Gib mir noch bitte mein Portemonnaie», sagte sie.
Sie klebte vier Briefmarken in die rechte obere Ecke und schrieb daraufhin Name und Adresse, Hantverkargatan 32, Hinterhof, 3. Stock, und in die linke untere Ecke die Worte: Die Schlüssel zum *Paradies*, Gruß Mia.
«Bist du so weit?», wollte ihr Mann wissen.
«Ich will das nur noch schnell in den Briefkasten werfen», sagte sie und ging zu dem gelben Kasten hinüber.

SAMSTAG, 3. NOVEMBER

Er hörte den Demonstrationszug, noch bevor er ihn sah, ein Rauschen aus Stimmen, die rhythmisch und taktfest etwas skandierten. Autos blieben stehen, Verwirrung machte sich breit, ein gewisses Chaos entstand. Er schärfte seine Sinne, gleich war es so weit. Er sah sich um, ließ den Blick über die Fassaden schweifen, Glas und Blech, Ziegel und Putz, und landete bei dem Muster aus Dreiecken direkt vor ihm. Sie würde kommen, früher oder später würde sie hier auftauchen. Es kam nur darauf an, als Erster da zu sein, überlegen zu sein. Es schauderte ihn in der Kälte, dieses Land war so verdammt kalt.

Jetzt sah er den Demonstrationszug. Sechs Frauen führten ihn an, über ihren Köpfen ein Transparent und das Porträt eines inhaftierten Anführers. Hinter ihnen war ein Meer aus Menschen zu erkennen, vor allem Männer, aber auch Frauen und Kinder, Tausende von Menschen, die sich versammelt hatten, um gegen etwas zu protestieren. Er trat auf der Stelle und fror in seiner dünnen Jacke. Ein paar Jugendliche zündeten eine türkische Flagge an, die schnell verbrannte, woraufhin die Teenager das Interesse an der Aktion zu verlieren schienen. Die Menschen strömten auf den großen Platz, Sergels Torg, füllten das dreieckig gewürfelte Muster aus Platten. Jetzt hörte er, was sie riefen. Türkei Terrorist, Türkei Terrorist. Flaggen, Transparente und Porträts schaukelten im Wind.

Eine Art improvisiertes Rednerpult wurde aufgestellt und eine Lautsprecheranlage hervorgezaubert. Ein schwedischer Mann, vermutlich ein Politiker, begann zu sprechen.

«Die PKK hat den militärischen Kampf geführt», rief er. «Das hat zu Verletzungen der demokratischen Spielregeln und auch zu Terrorakten geführt, die durch nichts zu entschuldigen sind. Aber dazu ist es in einer Kriegssituation gekommen, während eines türkischen Angriffskriegs ...»

Jetzt kam es darauf an.

Er begann sich schnell und diskret durch die Menschenmenge zu bewegen, steckte seine Hand in die Jacke und streichelte die Waffe, eine Beretta 92, neun Millimeter, fünfzehn Patronen im Magazin und eine im Lauf, Schalldämpfer.

Er hielt sich leicht zusammengekauert an der Wand, unter der Betondecke, die den Platz teilweise überdachte.

«Eh, Kumpel, haste Speed?»

Er winkte den Junkie vor sich beiseite, erwog einen Moment lang, das Fernglas herauszuholen, entschied sich dann aber dagegen. So hatte er einen besseren Überblick.

Dann sah er sie plötzlich in zwanzig Meter Entfernung. Sie wandte ihm den Rücken zu. Sie wurde von den Demonstranten sachte nach vorn gedrückt, weg von ihm. Perfekt.

Er ging schneller, schob sich zwischen Kinderwagen und Transparenten durch, sah sie zögern und sich umsehen. Das Adrenalin sang in seinen Adern ein Lied, an das er sich erinnern konnte.

Als er nur noch einen Meter hinter ihr war, zog er die Waffe, machte den letzten Schritt, drehte ihr den Arm auf den Rücken und setzte den Lauf in ihrem Nacken unter ihre Haare.

«Das war's dann», flüsterte er. «Du hast verloren.»

Alle Geräusche waren versickert, die Menschen um sie herum

skandierten stumme Parolen, die Zeit war stehen geblieben. Die Frau blieb regungslos stehen, wie gelähmt, atmete nicht.
«Ich weiß, dass du es warst», zischte er, und die Worte hallten in seinem Kopf wider.
Er trat noch einen Schritt näher, starrte in ihr Haar hinab, glänzende Schattierungen in Blau, er hätte jetzt gerne ihr Gesicht gesehen. Die Waffe ruhte optimal am Übergang zwischen Nacken und Hinterkopf.
«Bijeljina», flüsterte er, «erinnerst du dich an Bijeljina?»
Plötzlich verschwand der Druck gegen die Mündung der Waffe. Die Frau befreite mit einem Ruck ihren Arm und bewegte sich schnell durch die Menschenmenge, und es dauerte einen Moment, bis er hinterherstürzte. Beinahe wäre er über einen Kinderwagen gestolpert, aber er holte sie ein, das Adrenalin raste in seinen Adern, er drehte ihr den Arm wieder auf den Rücken, aber sie wehrte sich und war jetzt vorbereitet. Sie hatte eine Pistole in der Hand, die Leute stießen sie an, sie wurde zurückgedrängt, und er schlug ihr mit dem Pistolengriff auf die Finger, woraufhin sie die Waffe verlor. Eine Frau starrte sie erschreckt an, und er versuchte zu lächeln. Dann gelang es ihm, die Pistole wieder in ihrem Nacken zu platzieren, und er sah, dass ihr Mund sich bewegte. Er beugte sich vor.
«Was hast du gesagt?»
«Du kannst niemals gewinnen», flüsterte sie. «Ich habe dein Leben zerstört.»
Er sah sie von der Seite an, begegnete ihrem Blick.
Sie lächelte.
Etwas geriet in seinem Kopf und in seiner Hose außer Kontrolle. Er drückte ab, und sie fiel mit weit aufgerissenen Augen sanft in seine Arme. Er legte sie auf die Erde, stopfte die Waffe unter seinen Pullover und registrierte aus den Au-

genwinkeln erstaunte Blicke. Die Geräusche kehrten zurück, Türkei Terrorist, und er ging schnell in Richtung U-Bahn, riss sich Jacke und Handschuhe vom Leib, sobald er in der U-Bahn-Station war, drückte sie in einen Papierkorb und ging am anderen Aufgang wieder hinaus.

Der Wagen glitt heran, sobald er bei Åhléns wieder auf der Straße auftauchte. Er setzte sich auf den Rücksitz, zog die Tür zu und zitterte am ganzen Leib. Der Fahrer fuhr bei Gelb los und bog rechts in die Klara Norra Kyrkogata. Es blieb ihnen nicht viel Zeit, bis die Absperrungen stehen würden. An der Olof Palmes Gatan fuhren sie nach links, dann schnell nach rechts auf die Dalagatan und mit Vollgas bis zum Vanadisvägen. Dort angekommen, fuhren sie auf dem Hinterhof in die Garage hinunter und parkten. Kein Mensch war zu sehen.

«Hat alles geklappt?», erkundigte sich der Fahrer.

Er öffnete die Tür und stieg aus, steckte sich eine Zigarette an und knallte die Tür wieder zu.

«Sieh zu, dass du das Auto loswirst», sagte er und ging zu den Aufzügen.

Er musste sich umziehen, sonst brachte der Gestank ihn noch um.

Die Nacht war ruhig verlaufen. Annika hatte auf einer Liege neben ihrer Großmutter tief und fest geschlafen und war kein einziges Mal wach geworden. Am Morgen schlief die alte Frau noch und musste zum Frühstück geweckt werden. Nach dem Essen nickte sie sofort wieder ein.

Annika duschte und drehte ihre Unterhose auf links. Anschließend saß sie lange da und betrachtete ihre Großmutter, das friedvolle Gesicht, die Falten wie Wellen, der helle Flaum, den man auf ihren Wangen erahnen konnte. Der Mund war

schief, und Annika wischte ihr von Zeit zu Zeit etwas Speichel aus dem Mundwinkel.
Dann unternahm sie unruhige Wanderungen auf dem Korridor, rief ihre Mutter an, keine Antwort, ihre Schwester, auch nicht da. Sie trank Kaffee und warme Hagebuttensuppe aus einem Getränkeautomaten.
Man muss sich um die Menschen kümmern, die man liebt.
Beim Mittagessen versuchte Annika wieder, ihre Großmutter zu füttern, aber die alte Frau sagte, sie habe keinen Hunger.
Der Nachmittag schleppte sich dahin. Sie trieb ein paar Zeitungen auf, konnte sich jedoch beim Lesen nicht konzentrieren. Das *Abendblatt* machte mit einem Artikel von Calle Wennergren auf. Er hatte eine Quittung gefunden, der man entnehmen konnte, dass eine Ministerin Schokolade mit ihrer Regierungskreditkarte gekauft hatte.
Großer Gott, dachte Annika, da hat mal wieder jemand gezielt ein Gerücht gestreut, jemand, der findet, dass die Ministerin allmählich zu viel Macht bekommt, dass sie zu jung, zu hübsch, zu clever ist. Ein niedlicher kleiner Skandal lenkt dann von der Kernfrage auf dem sozialdemokratischen Parteitag ab, wer neuer Parteisekretär und damit der Hoffnungsträger für die Zukunft der Arbeiterbewegung werden soll.
Sie legte die Zeitung weg, ging hinaus und setzte sich in den Aufenthaltsraum. Dort schaltete sie den Fernseher ein, es lief ein Programm in türkischer Sprache. Man muss nicht in Stockholm leben, dachte sie. Man kann auch in Istanbul leben und bei Nese im Hotel arbeiten. Man kann in Katrineholm leben und seine Großmutter versorgen.
Sie verweilte bei diesem Gedanken, drehte und wendete ihn. Warum nicht? Was sprach dagegen, dass sie den wichtigsten Menschen in ihrem Leben auch diesen Platz einnehmen ließ?

Ihre Arbeit. Ihre Karriere, alles, woran sie im Journalismus geglaubt und wofür sie gekämpft hatte. Ihre Freunde, obwohl die ja nicht verschwanden, wenn sie umzog. Ihre Wohnung, aber wenn man ehrlich war, musste man zugeben, dass es eigentlich keinen Grund gab, sie zu vermissen.
Plötzlich begann sie zu weinen. Sie sehnte sich nach dem Gefühl, das sie erfüllt hatte, als sie dort eingezogen war, erinnerte sich, wie das Licht die Räume durchflutet hatte, Wände und Decken leben und atmen ließ, an die Stille, den Frieden, die Lust weiterzumachen. Eigentlich hatte sie alles bekommen, und wohin hatte sie das gebracht?
Ein alter Mann mit einer Gehhilfe und zwei lautstarke Frauen betraten den Fernsehraum, und Annika wischte sich schnell die Tränen aus dem Gesicht.
«Sehen Sie sich das an?», fragte eine der Frauen skeptisch.
Annika schüttelte den Kopf, stand auf und ging. Die Frauen nahmen den Raum in Besitz.
«Um fünf fängt ein Nachmittagskonzert an, das willst du doch bestimmt sehen, nicht wahr, Papa?»
Der Korridor war recht dunkel, die Neonröhren an der Decke nicht eingeschaltet. Das Tageslicht schlich sich durch offene Türen, glänzte im Bohnerwachs des Fußbodens. Sie ging langsam zum Zimmer ihrer Großmutter, das stählerne Band legte sich wieder um ihre Brust. Die Sehnsucht war ihr noch geblieben, die Erinnerung an Momente, in denen die Atmung leicht und flüchtig war, die heißen Tage in Neses Hotel, die warmen Augenblicke mit Sven. Sie lehnte die Stirn an den Türpfosten, sie sehnte sich nach Liebe, nach Sinn. Sie schluckte, tastete die Hosentasche ab, fand Kleingeld. Sie ging zu der engen Telefonzelle vor der Station und suchte die Nummer im Telefonbuch heraus, die Privatnummer. Östra Ekuddsgatan. Wählte

sieben Ziffern, zögerte bei der achten, drückte sie schließlich. Es klingelte ein, zwei, drei Mal.

«Samuelsson.»

Eine Frau. Sie hatten den gleichen Nachnamen.

«Hallo?»

Hatte sie seinen oder er ihren angenommen?

«Ist da jemand? Hallo?»

Sie legte auf, ohne etwas zu sagen. Das war alles ein Fehler, er lag ihr schwer im Magen. Sie ging zurück und sah nach ihrer Großmutter, die immer noch schlief, und kehrte dann in den leeren Fernsehraum zurück. Sie versuchte zu atmen, versuchte zu lesen.

Das wird schon. Alles wird gut.

«Wer war dran?», fragte Thomas.

Er stand mit dem Rücken zu ihr, und als sie nicht antwortete, warf er einen Blick über die Schulter. Eleonor sah ihn forschend und abwartend an.

«Es war niemand. Wartest du auf einen Anruf?»

Er drehte sich um und wandte seine Aufmerksamkeit wieder dem Messer zu.

«Nein, ganz und gar nicht, sollte ich das?»

«Es ist nur so seltsam, wenn niemand etwas sagt.»

«War sicher falsch verbunden», meinte Thomas und hackte die letzten Reste der Zwiebel klein. «Reichst du mir das Öl?»

Sie hielt ihm die Flasche mit Maisöl hin, es vertrug höhere Temperaturen. Thomas goss die Flüssigkeit in einem dünnen, verschnörkelten Strahl in die Pfanne.

«Wir hätten uns einen Gasherd anschaffen sollen», sagte Eleonor. «Der ist viel besser, wenn man mit dem Wok kocht.

Vielleicht könnten wir ja einen Gasherd einbauen lassen, wenn wir die Küche renovieren, was meinst du?»
«Es geht auch so ganz gut», erwiderte Thomas und rührte wie wild in den Zwiebeln.
Eleonor stellte sich neben ihn und küsste ihn auf die Wange.
«Du kannst gut kochen», sagte sie.
Er antwortete nicht, kippte stattdessen die Hähnchenfiletstreifen hinein und rührte weiter. Dann gab er die Fischsauce hinzu, wobei ihm wie immer der Geruch nach Geschlecht auffiel, und würzte das Ganze mit Chilipaste, eingelegtem Koriander und frischem Basilikum.
«Kannst du bitte die Kokosmilch aufmachen?»
Eleonor reichte ihm die bereits geöffnete Dose.
«Das hätten wir», sagte Thomas, als alles anfing einzukochen.
«Der Reis ist fertig», meinte Eleonor.
Er drehte sich zu ihr um, zu seiner Frau, und blickte in ihr glattes, ungeschminktes Gesicht. So war sie am schönsten. Er legte den Woklöffel weg, machte einen Schritt auf sie zu und legte die Arme um ihren Rücken. Sie antwortete, indem sie ihm über die Schultern strich und seinen Hals küsste.
«Entschuldige», flüsterte sie.
«Ich bin es, der sich dumm benommen hat.»
Seine Antwort war ein Flüstern in ihren Haaren.
«Du bist schon so lange traurig gewesen», sagte sie leise und küsste ihn auf den Mund.
Er begegnete ihren salzigen, etwas spröden Lippen und wurde erregt.
«Komm, wir gehen ins Bett», sagte sie.
Er folgte ihr zum Schlafzimmer, sie blieb in der Badezimmertür stehen.

«Geh schon vor», sagte sie.
Er wusste, was sie tun würde. Sie würde ein wenig Gleitmittel in die Scheide einführen, um das Eindringen zu erleichtern. Langsam ging er zum Bett, nahm die Tagesdecke herunter, schlüpfte aus seinen Kleidern. Sie kam herein und stellte sich hinter ihn, griff nach seinen Hüften, knetete seine Schenkel und drückte sie an ihr Geschlecht. Er sank neben dem Bett auf die Knie, sie ging um ihn herum, setzte sich vor ihn, ein Bein auf jeder Seite, und legte sich zurück. Er starrte in ihren Schoß hinab, der vom Gleitmittel glänzte, streichelte den gepflegten Busch mit den Fingern, fand die Klitoris, die er unendlich vorsichtig und langsam massierte, bis sie stöhnte. Sein Schwanz stand wie eine Eins, er zog sie zu sich herab, setzte die Eichel in die Öffnung. Sie stöhnte. Er drückte ganz leicht, und die warme Tiefe umschloss ihn, zog ihn an, ließ ihn aufstöhnen. Ihr Schoß begann unter und um ihn zu leben, zu atmen und zu rotieren. Er zog ihn langsam heraus, spielte mit ihm in der Scheidenöffnung, massierte die Klitoris, sie warf den Kopf zurück und schrie. Da trieb er ihn hinein, hart und tief, hämmernd und rhythmisch, bis er ihren Krampf spürte. Daraufhin kam auch er, in ihren ausklingenden Orgasmus hinein.
«Oh, Liebling», sagte sie, «das war so schön.»
Er brach über ihr zusammen und legte den Kopf zwischen ihre Brüste.
«Du, das Hähnchen ist bestimmt längst fertig», meinte sie. «Hast du mal ein Papiertaschentuch?»
Das Gefühl, zu versinken, machte es ihm unmöglich zu antworten. Sie schob sich unter ihm hervor, und er sah sie ein Papiertaschentuch aus der Nachttischschublade nehmen und sich zwischen den Beinen abtrocknen.
«Ich geh die Pfanne absetzen», sagte sie.

Er kroch auf das Bett und schlummerte für einen Moment ein. Nach einer Minute wurde er wieder wach, hatte kalte Füße und Kratzspuren auf den Knien. Er rappelte sich auf, zog seinen Bademantel an und ging in die Küche.
«Ich habe unten gedeckt», sagte sie.
Er pinkelte, trocknete sein Glied ab, Gleitmittel, Sperma, dann ging er ins Wohnzimmer hinunter. Auf dem Fernsehtisch standen Wein, Salat und zwei Gedecke. Er setzte sich, während sie mit der Wokpfanne und einem Topfuntersetzer kam. Sie ließ sich neben ihm auf die Couch fallen und küsste ihn auf die Stirn.
«Von Sex werde ich immer so hungrig», sagte sie.
Sie aßen schweigend, tranken.
«Ich habe mich wie ein Idiot benommen», sagte er schließlich.
Sie sah in ihr Weinglas, das mit einem kräftigen australischen Chardonnay gefüllt war.
«Du hattest eine schlechte Phase», sagte sie. «Die hat jeder mal.»
«Ich verstehe wirklich nicht, was in mich gefahren ist», erwiderte er. «Nichts hat mehr Spaß gemacht.»
«Das passiert, wenn man so viel arbeitet wie wir. Wenn wir nicht aufpassen, sind wir irgendwann einmal ausgebrannt.»
Er zuckte zusammen, hörte die Stimme der Journalistin: Sind Sie ausgebrannt? Er räusperte sich, legte einen Arm um Eleonor, griff mit der anderen nach der Fernbedienung und lehnte sich zurück. Die Nachrichten hatten gerade angefangen. Bei den Sozialdemokraten gab es kurz vor dem Parteitag Streit. Er bekam vage mit, dass es um private Einkäufe mit einer Regierungskreditkarte ging. Ein Feuer auf den Philippinen bedrohte eine ganze Stadt. Eine kurdische Frau war wäh-

rend einer Demonstration auf dem Sergels Torg ermordet worden.

«Möchtest du Musik hören?», fragte sie und stand vom Sofa auf.

Er murmelte etwas, während er gleichzeitig zu hören versuchte, was genau passiert war. Sie war mit einem Kopfschuss getötet worden, inmitten all der Menschen, wie war das möglich?

«Bach oder Mozart?»

Er unterdrückte sein inneres Seufzen.

«Ist mir egal», antwortete er. «Entscheide du.»

SONNTAG, 4. NOVEMBER

Annika hasste Sonntage. Sie nahmen einfach kein Ende. Alle widmeten sich irgendwelchem Blödsinn und verschwendeten Energie auf sinnlose Dinge, um sich damit die Zeit zu vertreiben. Die ganze Gesellschaft gruppierte sich um eine hohle Idylle, Picknick machen, ins Museum gehen, die Kinder tätscheln, grillen. Der normale, Angst eindämmende Alltag war abgestellt, ausgesteckt. Der einzige triftige Grund, um dieser Sonntagsgemeinschaft zu entkommen, war die Arbeit, darauf konnte sie es schieben, sie musste sich ausruhen, schlafen, dösen, um die Nachtschicht durchzuhalten.

Gott sei Dank musste sie heute Abend wieder in der Redaktion sein.

Ihre Mutter und Birgitta kamen nach dem Mittagessen auf die Station. Sie saßen zu dritt zusammen und unterhielten sich mit Großmutter. Annika konnte bereits ein Muster erkennen: Arvid, die Fabrik, die Eltern, vor allem die Mutter, die kleine Schwester, die gestorben war. Nach einer guten Stunde war die alte Frau müde und schlief ein. Sie gingen zur Cafeteria hinunter, die natürlich geschlossen war, Sonntag Ruhetag, und kauften Rumkugeln und Kaffee aus dem Automaten.

«Das ist keine gute Umgebung für sie», sagte Annika. «Großmutter muss in ein ordentliches Rehabilitationszentrum, je schneller, desto besser.»

«Was sollen wir denn machen», erwiderte Birgitta, «wenn es

keine freien Plätze gibt? Hast du darüber schon einmal nachgedacht?»
Annika blickte erstaunt in das distanzierte und aggressive Gesicht ihrer jüngeren Schwester.
Sie steht auf Mamas Seite, fuhr es ihr durch den Kopf. Sie mag mich auch nicht.
«Ja», sagte Annika, «ich habe darüber nachgedacht. Ich könnte mich vielleicht um sie kümmern.»
«Du?», sagte ihre Mutter verächtlich. «Das kann ja schön werden in dieser furchtbaren, unkomfortablen Wohnung. Ich begreife nicht, wie du es da aushältst.»
Plötzlich war Annika den Tränen nah und konnte nicht mehr. Sie stand auf, zog ihre Jacke an, hängte sich die Tasche über die Schulter und sah ihre Mutter an.
«Trefft keine Entscheidungen, ohne erst mit mir gesprochen zu haben», sagte sie.
Sie wandte sich ihrer Schwester zu.
«Bis bald.»
Dann drehte sie sich um und ging auf den Parkplatz hinaus. Die Sonne schien, diesiges Licht, Schnee auf der Erde, knarzende Schuhe. Es war kalt. Sie wickelte sich den Schal um den Kopf, atmete mit offenem Mund, die Tränen standen ihr in den Augen.
Der Bahnhof. Sie musste nach Hause. Fort.

Sjölander saß an Janssons Schreibtisch und trank Kaffee, als sie in die Redaktion kam. Es war schon dunkel, die Wirklichkeit überschaubar, die Redaktion noch still, fließend, fast verlassen. Eigentlich fing ihr Dienst erst in ein paar Stunden an, aber sie hielt es nicht länger aus, allein zu sein. Der Zug hatte wegen eines Signalfehlers vor Södertälje auf offener Strecke

gestanden, und sie war vom Hauptbahnhof direkt zur Zeitung gefahren.
«Also, was haben wir?», fragte Jansson, klapperte auf der Tastatur und schrieb seine Notizen direkt in den Computer.
«Eine ganze Menge», erwiderte Sjölander und legte seine Aufzeichnungen auf den Schreibtisch.
«Und was können wir bringen?», erkundigte sich Jansson, ohne den Bildschirm aus den Augen zu lassen.
«Fast alles», antwortete Sjölander.
«Worum geht es?», fragte Annika, setzte sich hin, holte Notizblock und Stift heraus und schaltete den Computer ein. «Die kurdische Frau?»
«Ja», antwortete Jansson. «Eine idiotische Geschichte. Fünftausend Zeugen, und kein Mensch hat was gesehen.»
«Die Polizei hat die Kleider des Mörders gefunden», ergänzte Sjölander, «braune Handschuhe, dunkelgrüne Popelinjacke. Die Handschuhe wurden bei Åhléns gleich nebenan gekauft und sind mit Fingerabdrücken übersät, bislang sind schon achtzehn Abdrücke identifiziert worden, die meisten von verschiedenen Personen. Die Jacke war klinisch rein, wenn man von den Spuren des Rückstoßes, Schmauchspuren auf dem Ärmel, absieht.»
«Dann haben sie seinen Wäschekorb aufgespürt, oder was?», fragte Jansson.
«Papierkorb. Die Kleider lagen im Müll in einem Papierkorb in der U-Bahn-Station.»
Annika lehnte sich zurück, die Routine begann in ihrer Brust zu surren, willkommen und wohl bekannt.
«Und keiner hat etwas gesehen?», fragte sie nach.
«Oh, doch», meinte Sjölander, «hundert Personen haben einen dunkel gekleideten Mann beschrieben, der vielleicht Schwede war, vielleicht auch Türke, möglicherweise Araber oder doch

ein Finne. Er hat offensichtlich zuerst mit dem Opfer gesprochen, es dann erschossen und auf die Erde gelegt und ist daraufhin zur U-Bahn gelaufen. Die Klamotten lagen gleich hinter den Eingangstüren im Papierkorb. Es gibt Zeugen von der Haltestelle, unter anderem einen Wachmann, die gesehen haben, wie er sich auszog. Der Typ trug unter der Jacke helle Kleidung. Dann streiten sich die Geister, wohin er verschwunden ist. Raus, dem Wachmann zufolge. In die U-Bahn, sagt eine Gang von Jugendlichen. Zurück auf den Platz, sagt eine Frau mit Kinderwagen. Er hätte sie fast über den Haufen gerannt. Jedenfalls ist er verschwunden.»

«Ganz schön dreist», sagte Jansson, «zwischen all den Menschen.»

«Vermutlich hat ihm das sogar geholfen, die Menschenmenge hat ihn geschützt. Wirklich eiskalt.»

In Sjölanders Stimme schwang fast so etwas wie Bewunderung mit.

«Was wissen wir noch? Die Waffe?»

Sjölander blätterte in seinen Aufzeichnungen.

«Schalldämpfer natürlich. Also handelt es sich um eine Pistole oder einen Revolver. Über die Kugel bin ich informiert worden, das können wir bringen. Die Munition war halb ummantelt. Die Frau ist in den Nacken geschossen worden, eine voll ummantelte Patrone wäre glatt durch den Kopf gegangen und hätte das ganze Gesicht weggerissen, es wäre eine ziemliche Sauerei gewesen. Stattdessen ist die Kugel hinter der Nase stecken geblieben, nachdem sie das Gehirn zermatscht hatte. Die Frau war vorne völlig unversehrt, und die Leute haben offenbar zuerst geglaubt, sie wäre gefallen.»

Annika schauderte es, verdammt schrecklich. Sie gähnte, die erste Nacht der Schicht kam einem immer besonders lang vor.

«Wissen wir, wie sie hieß?»
«Ja, sie haben den Namen bekannt gegeben. Sie hatte keine Verwandten in Schweden, sie war Flüchtling, aus dem Kosovo, glaube ich, und hat offensichtlich auch dort keine lebenden Verwandten mehr, hier habe ich es. Sie kam aus Bosnien, aus ... was steht da, Bijeljina? Aida hieß sie. Aida Begovic.»
Die Redaktion schrumpfte zu einem Loch um Annika, ihr Blickfeld verengte sich zu einem Tunnel, die Farben verschwanden, alle Geräusche gedämpft wie unter Wasser. Sie stand auf.
«Was ist los?», sagte Jansson, und seine Stimme kam aus weiter Ferne. Sie sah sein Gesicht vor sich, der Fußboden kenterte, Stimmen in der Ferne: «Annika, was zum Teufel, bist du krank oder, setz dich, verdammt, du bist ja leichenblass ...»
Jemand setzte sie auf einen Bürostuhl, drückte ihren Kopf zwischen die Knie, befahl ihr zu atmen.
Sie starrte die Unterseite der Sitzfläche an, den Mechanismus zum Heben und Senken, schloss die Augen fester, hielt den Atem an.
Aida, Aida aus Bijeljina war tot, und sie hatte Aida auf dem Gewissen.
Ich habe es wieder getan, dachte sie. Ich habe wieder gemordet.
«Annika, verdammt, lebst du noch?»
Sie setzte sich auf, ließ die Haare ins Gesicht fallen, das ganze Haus schwankte.
«Mir ist schlecht», sagte sie mit der Stimme einer anderen. «Ich muss nach Hause fahren.»
«Ich rufe dir ein Taxi», sagte Jansson.

Dunkelheit. Sie konnte kein Licht machen, saß nur auf ihrer Couch und starrte die Gardine an, die sich leicht bauschte, ein tanzender Schatten.

Aida war tot. Ein Mann hatte sie getötet. Der schwarz gekleidete Mann hatte sie gefunden. Aber wie?

Durch Rebecka Björkstig natürlich. Aida hatte ihr gedroht, den Bluff mit der Stiftung auffliegen zu lassen, und Rebecka Björkstig hatte sich gerächt, indem sie Aida verraten und ihren Verfolger hatte wissen lassen, wo sie sich verbarg.

Was für ein Schwein. Was für ein dreckiger Mörder.

Und sie hatte Aida in die Falle gelockt.

Totschlag.

Der Druck auf ihrer Brust wurde stärker, härter, bald, bald würde sie zerbrechen.

Sie streckte sich nach dem Telefon, musste anrufen, musste mit jemandem reden. Anne Snapphane war zu Hause.

«Was ist passiert?», fragte Anne. «Bist du krank?»

«Die Frau, die auf dem Sergels Torg erschossen wurde», sagte Annika, «ich habe sie gekannt. Es ist meine Schuld, dass sie gestorben ist.»

«Wovon redest du?»

Annika zog die Knie hoch, legte den Arm um die Unterschenkel, wiegte sich auf der kratzenden Couch vor und zurück und weinte in den Hörer.

«Ich habe ihr geraten, sich an die Stiftung zu wenden, und die haben sie verraten. Jetzt ist sie tot.»

«Einen Moment mal», sagte Anne Snapphane. «Die Frau wurde ermordet, oder? Durch einen Kopfschuss. Was, bitte, sollst du damit zu tun haben?»

Annika atmete, der Weinkrampf löste sich.

«Dieses *Paradies* ist ein Bluff. Die Geschäftsführerin ist eine

Betrügerin. Aida, die Ermordete, hat ihr gedroht, den ganzen Mist auffliegen zu lassen. Deshalb ist sie gestorben.»

«Jetzt gehen wir das Ganze noch einmal von Anfang an durch», sagte Anne. «Erzähl mir alles.»

Annika nahm Anlauf und erzählte Anne Snapphane die ganze Geschichte von dem Punkt an, wo Rebecka Björkstig angerufen hatte, um ihre Stiftung anzupreisen, ihr Treffen in dem seltsamen Hotel, der ausgeklügelte Aufbau der Organisation, ihre eigenen Überlegungen, die zweite Begegnung, dass sie Rebecka Björkstigs Angaben zu finanziellen Dingen nicht verstehen konnte, die Bedrohung durch die jugoslawische Mafia, die Familien im Ausland, wie sie von Rebecka Björkstigs Schulden und verschiedenen Identitäten erfahren hatte, die Konkurse und Ermittlungen gegen sie. Dann Aida, die Gefahr, in der sie schwebte, der Mann, der versucht hatte, in ihr Hotelzimmer einzudringen, dass sie Aida die Telefonnummer vom *Paradies* gegeben und ihr empfohlen hatte, dort Hilfe zu suchen. Mia Eriksson, die plötzlich bei ihr im Treppenhaus aufgetaucht war, ihre Geschichte, dann das verzweifelte Telefongespräch, in dem Mia Eriksson ihr erzählte, dass Aida verschwunden sei und Rebecka Björkstig ihr gedroht habe.

«Und du denkst, dass du an alldem schuld bist», sagte Anne Snapphane.

«Das stimmt doch auch.»

Anne seufzte.

«Bitte, Annika», sagte sie, «nimm nicht die Schuld für alle Probleme dieser Welt auf dich. Ich weiß, dass du eine Weltverbesserin bist, aber es muss Grenzen geben, und jetzt hast du sie überschritten. Du klingst völlig fertig. Deine Großmutter ist krank, begreifst du denn nicht, wie viel Kraft es dich gekostet hat, dich um sie zu kümmern? Du machst dir so viele

Gedanken um alle anderen, jetzt musst du auch mal nett zu dir selber sein.»
Annika antwortete nicht. Sie saß in ihrer dunklen Wohnung und sog Annes Worte ein.
«Es kann unmöglich dein Fehler gewesen sein, dass diese Frau eine Kugel in den Kopf bekommen hat», fuhr Anne fort. «Sie hat sich ganz allein in die Scheiße geritten, oder etwa nicht? Du hast versucht, ihr zu helfen, und das ist vielleicht nicht besonders gut gelaufen, aber hier zählt doch der Wille. Was wolltest du, als du Aida die Nummer der Stiftung gegeben hast? Ihr helfen, ganz genau. Nun komm schon, Annika. Dich trifft keine Schuld, nicht die geringste. Begreifst du das denn nicht?»
Annika begann wieder zu weinen, aber es waren Tränen der Erleichterung.
«Aber sie ist tot. Ich mochte sie.»
«Du darfst ja um sie trauern. Du hast versucht, ihr zu helfen, und sie ist trotzdem gestorben. Das ist wirklich blöd gelaufen, aber es ist nicht deine Schuld.»
«Nein», flüsterte Annika, «es ist nicht meine Schuld.»
«Bist du okay?», fragte Anne. «Soll ich vorbeikommen? Ich habe ein Kilo Süßigkeiten, die kann ich mitbringen.»
Annika lächelte in den Hörer.
«Nein», sagte sie. «Nicht nötig.»
«Okay», sagte Anne. «Ich bin dir also egal. Überleg dir mal, wie ich aussehen werde, nachdem ich mir die ganze Tüte allein reingeschoben habe. Übrigens werde ich vielleicht Fernsehmoderatorin.»
«Du? Warum denn das?»
«Tu nicht so erstaunt. Die Moderatorin der *Frauencouch* ist von einem anderen Sender abgeworben worden, die Fehlent-

scheidung des Jahres, wenn du mich fragst. Jetzt müssen wir in Windeseile eine neue Moderatorin aus dem Ärmel schütteln, entweder ich oder das Zuckerpüppchen, Michelle Carlsson, du weißt schon. Oh, Gott, ich bekomme schon Angst, wenn ich nur daran denke, jetzt brauche ich was Süßes ...»
Die Dunkelheit war freundlicher, als sie aufgelegt hatte, der Atem der Gardine von abstrakter Unregelmäßigkeit.
Es war nicht ihre Schuld. Eine traurige Situation, eine furchtbare Geschichte, aber nichts, woran sie etwas hätte ändern können. Es war zu spät, zu spät für Aida aus Bijeljina.
Sie zog sich in der Dunkelheit aus, ließ die Kleider in einem Haufen auf der Couch liegen und schlief traumlos.

MONTAG, 5. NOVEMBER

Annika wurde wach, als jemand an der Wohnungstür Sturm klingelte. Verwirrt stand sie auf, verhedderte sich im Betttuch, wickelte sich darin ein und ging hinaus, um zu öffnen.

«So geht das nun wirklich nicht», sagte der Briefträger.

Er hielt eine Plastiktüte mit Müll hoch.

Annika blinzelte ihn verschlafen an und rieb sich den Schlaf aus den Augen.

«Was?», fragte sie.

«Sagen Sie Ihren Freunden, Sie sollen in Zukunft richtige Umschläge benutzen. Wir können doch Briefe nicht wieder verschließen, die so kaputt sind.»

«Ist das für mich?», erkundigte sie sich skeptisch.

«Sind Sie Annika Bengtzon? Dann bitte.»

Er reichte ihr die Tüte und einen Stapel Fensterkuverts, lauter Rechnungen. Was für ein schöner Morgen.

«Danke», murmelte Annika und zog die Tür zu.

Sie ließ das Betttuch auf den Boden fallen und betrachtete die Tüte, was zum Teufel war das? Sie hielt sie gegen das Licht, um besser sehen zu können. Ein kaputter Briefumschlag, ein alter Kaugummi und ein Schlüsselbund? Sie riss die Plastiktüte auf, ging nackt ins Wohnzimmer und schüttete den Inhalt auf den Couchtisch. Vorsichtig tippte sie den Umschlag an, tatsächlich, er war in einer gleichmäßigen, aber eiligen Handschrift an sie adressiert, die Schreibunterlage war offensicht-

lich uneben gewesen. Unten in der Ecke stand etwas: Die Schlüssel zum *Paradies*.
Von Mia Eriksson.
Sie setzte sich auf die Couch. Die Schlüssel zum *Paradies*. Sie nahm den Umschlag in die Hand, der schon einmal benutzt worden war. Der Brief war folglich in großer Eile abgeschickt worden. Sie sah sich den Stempel an, ein Ort in Norrland. Natürlich. Mia Eriksson brauchte sie nicht mehr. Dies mussten die Schlüssel zu dem Haus in Järfälla sein. Sie hatte ja die Adresse. Mia Eriksson hatte sie ihr gegeben, sie hatte sie notiert. Sie ging zu ihrer Tasche, schüttete den Inhalt aus, Binden und Lakritzbonbons, Notizblock, Stift, Goldkette …
Sie hielt inne. Die Goldkette. Sie setzte sich auf die Erde und nahm sie in die Hand. Aidas Goldkette, die beiden Berlocken, eine Lilie, ein Herz. Aidas Dank dafür, dass Annika ihr das Leben gerettet hatte.
Und dann ist sie trotzdem gestorben, dachte Annika, aber das war nicht meine Schuld. Ich habe getan, was ich konnte.
Sie zog die Kette über den Kopf, drapierte sie um den Hals. Das Metall war kalt und schwer. Die anderen Sachen legte sie wieder zurück in die Tasche, nur den Block nahm sie mit ins Wohnzimmer, wo sie die Adresse raussuchte. Eine Ecke des Blattes war abgerissen, dort hatte sie die Adresse noch einmal aufgeschrieben und sie dem Typen von der Gemeindeverwaltung gegeben, Thomas Samuelsson. Thomas, der ein alter Eishockeyspieler war, mit seiner Frau, Frau Samuelsson, verheiratet.
Sie holte die Gelben Seiten und schlug den Stadtplan von Järfälla auf.
Das Telefon klingelte, und sie erschrak zu Tode.
«Wie geht es Ihnen? Jansson hat erzählt, dass Sie gestern krank geworden sind und nach Hause fahren mussten.»

Es war Anders Schyman.
«Besser», antwortete sie zögernd.
«Was ist passiert? Sind Sie ohnmächtig geworden?»
«So ungefähr», sagte sie.
«Sie haben in letzter Zeit müde ausgesehen», meinte der Redaktionsleiter. «Vielleicht haben Sie ein bisschen zu viel an der Sache mit der Stiftung gearbeitet.»
«Aber ich habe nicht ...», begann sie.
«Hören Sie», unterbrach Schyman sie. «Jetzt lassen Sie sich für den Rest der Schicht krankschreiben, und dann schauen wir, wie es Ihnen geht. Denken Sie nicht an die Stiftung. Kümmern Sie sich jetzt lieber um sich selbst. Wie war das noch, Ihre Mutter ist auch krank?»
«Großmutter.»
«Kümmern Sie sich um sie, wir sehen uns dann bei der nächsten Schicht. In Ordnung?»
Als sie aufgelegt hatten, breitete sich Wärme in ihrem Innern aus. Jemand machte sich Gedanken um sie. Sie lehnte sich auf der Couch zurück. Die unerwartete Freizeit kam ihr nun weder schicksalsträchtig noch bedrohlich vor, sondern unbeschwert und angenehm.
Sie ging ins Schlafzimmer und zog ihren Jogginganzug an. Sie wusste, was sie heute tun würde. Sie wollte vorher nur noch duschen.

Er musste aufpassen. Er durfte es nicht so weit kommen lassen, dass die Menschen, auf die er setzte und denen er vertraute, mit dem Kopf durch die Wand wollten. Als ausgebrannte Wracks waren sie wertlos. Annika Bengtzon durfte nicht zusammenbrechen.
Anders Schyman atmete tief ein, es roch nach Putzmittel.

Das Sofa rauszuwerfen und über das Wochenende eine gründliche Reinigung seines Käfigs zu verlangen war ein genialer Schachzug gewesen.
Mit einem Gefühl von Kontrolle und Wohlempfinden lehnte er sich zurück und schlug die Zeitung auf, aber je länger er in ihr las, desto unwohler fühlte er sich. Im Aufmacher ging es um den spektakulären Mord auf dem Sergels Torg, die junge Frau, die während einer Demonstration durch einen Kopfschuss getötet worden war. Der Artikel war mit einem großen, unscharfen Bild der Frau illustriert. Sie war jung und schön. Den Namen und das Bild des Opfers zu bringen ging völlig in Ordnung, dagegen waren die makabren Einzelheiten um ihren Tod viel zu eingehend beschrieben. Man brauchte nicht zu wissen, dass die halb ummantelte Kugel ihr Gehirn zerfetzt hatte und hinter der Nase stecken geblieben war. Schyman seufzte, na ja, das waren Details.
Die nächste Doppelseite behandelte die aktuelle Regierungskrise und den Parteitag der Sozialdemokraten, der am Donnerstag beginnen und eine Woche dauern würde. Der Machtkampf in der Partei war voll entbrannt. Carl Wennergren wühlte weiter in den verspätet bezahlten Kindergartenbeiträgen der Ministerin und näherte sich mit raschen Schritten der Grenze für das publizistisch und ethisch Vertretbare. Die Zeitung hatte immer noch nicht die Kernfrage aufgegriffen, warum die Ministerin ausgerechnet jetzt in die Schusslinie der Kritik geraten war. Allen war bekannt, dass die Findungskommission sie für den Posten der Parteisekretärin vorschlagen wollte, wodurch sie automatisch zur Kronprinzessin für den Posten des Ministerpräsidenten würde, was die übergangenen Betonköpfe um die fünfzig die Messer wetzen ließ. Das wollte er in seiner Zeitung untersucht sehen. Es sollte be-

schrieben werden, wie die mächtigen Männer dachten und was sie zu tun gewillt waren, um ihre Macht zu erhalten. Die restlichen Nominierungen waren nicht an die Öffentlichkeit gelangt, obwohl man wusste, dass drei Mitglieder den Parteivorstand, das Machtzentrum der Partei, verlassen würden. Er hatte im Gefühl, dass die Namen nicht unumstritten sein würden, es würde ein spannender Parteitag werden. Es wurde gemunkelt, dass der frühere Außenhandelsminister Christer Lundgren, der nach dem Skandal um Studio 6 zurücktreten musste, ein politisches Comeback plane. Er persönlich bezweifelte das, weil der Skandal zu groß und zu undurchsichtig gewesen war und weil das, was sich unter der Oberfläche befand, zu viel politischen Zündstoff enthielt. Dagegen war es durchaus möglich, dass Kultusministerin Karina Björnlund in den Vorstand gewählt wurde, was seiner Meinung nach an sich schon ein Skandal wäre. Die Frau hatte allen Ernstes vorgeschlagen, dass der Staat die Chefredakteure und Herausgeber in sämtlichen Medienunternehmen Schwedens ernennen und absetzen können solle. Trotz dieses absurden Vorschlags blieb sie im Amt, und er wusste auch, warum. Den Grund dafür hatte Annika Bengtzon ihm vor gut zwei Jahren genannt.

Der Rest der Zeitung war einigermaßen belanglos. Neue Tipps für Aktienanleger: So machen Sie Gewinne – er seufzte. In der Mitte folgte ein Interview mit einer Fernsehprominenten, die vorhatte, zu einem anderen Sender zu wechseln. Der Hintergrund des Wechsels schien offensichtlich zu sein, einfach mehr Geld bei dem neuen Sender. Schyman seufzte ein wenig. In der vergangenen Woche hatte man kein Dokument von bleibendem Wert zu Stande gebracht, etwas, worauf man in der Montagsausgabe hätte aufbauen können, während man

darauf wartete, dass die Wirklichkeit und die Arbeitswoche wieder in Gang kamen.
Aber, na ja, die Druckerei hatte gut gearbeitet, die Zeitung war pünktlich erschienen. Man musste sich wohl schon über kleine Dinge freuen.

Die Pizza lag Thomas wie ein Stein aus Käsemasse im Magen, und ihm war leicht übel. Nach dem Mittagessen nahm er die Abendzeitungen mit, sah zu, dass er in sein Büro kam, und verzichtete auf den Kaffee.
Auf seinem Schreibtisch lag die Rechnung der Stiftung. Geschütztes Wohnen für eine Klientin in den Monaten November, Dezember und Januar. Dreihundertzweiundzwanzigtausend Kronen. Er wusste, dass dieses Geld im laufenden Etat nicht mehr vorhanden war. Man würde gezwungen sein, die Renovierung einer Kindertagesstätte mit Schimmelbefall zu verschieben, um das Geld stattdessen dieser verdammten Betrügerin in den Rachen zu werfen.
Die zuständige Sachbearbeiterin hatte ihm die Rechnung gegeben, als er mit seinen Kollegen auf dem Weg in die Mittagspause war.
«Das ist gerade per Fax gekommen», hatte sie mit eisiger Stimme und kaltem Blick gesagt. Sie hatte ihm noch nicht verziehen, dass er sie vor einem Klienten unmöglich gemacht hatte.
Er hatte verlegen gedankt, was ihm wiederum unangenehm war.
Jetzt starrte er auf die Rechnung und begann im Kopf die einzelnen Haushaltsposten durchzugehen, bei denen man streichen können würde, damit der Haushalt nicht gesprengt wurde.

Ach, verdammt, dachte er und schob den Gedanken beiseite. Das ist nicht mein Problem. Der Ausschuss hat für diesen Mist gestimmt, sollen die Ausschussmitglieder doch selber sehen, wie sie das wieder hinkriegen.

Er lehnte sich auf seinem Stuhl zurück und griff nach dem *Abendblatt*. Er schlug die Zeitung in der Mitte auf und stieß auf ein großes Interview mit einer Fernsehmoderatorin, die ihre Stelle wechseln wollte. Wen interessiert das schon, dachte er und blätterte zum Nachrichtenteil zurück. Dort sah er ein Bild des Opfers auf dem Sergels Torg, der kurdischen Frau, die mitten in einer Demonstration ermordet worden war. Wie jung sie noch gewesen war. Sein Blick fiel auf die Bildunterschrift.

Aida Begovic aus Bosnien.

Für Sekunden stand sein Gehirn still. Dann warf er die Zeitung auf den Tisch und griff nach der Rechnung der Stiftung. Sie trug das Datum des heutigen Tages, 5. November.

Das kann doch wohl nicht wahr sein, dachte er, zerrte die unterste Schublade auf und kramte alle Aufzeichnungen und Kopien heraus, die den Fall betrafen. Er blätterte in den Papieren und stellte fest, dass seine Erinnerung ihn nicht trügte.

Aida Begovic aus Bijeljina in Bosnien.

Vor Wut verschlug es ihm den Atem, sein Blickfeld verfärbte sich rot. Diese verfluchte … Sie war so dreist, Geld für den Schutz einer Frau zu berechnen, die ermordet worden war. Er verteilte die Blätter auf dem Schreibtisch, irgendwo musste ein kleiner Zettel mit der Adresse sein. Der Zettel fiel heraus, als er die Kopien der Unterlagen vom Gerichtsvollzieher in Sollentuna schüttelte, eine kleine Ecke von Annika Bengtzons großem Notizblock. Er schob die Rechnung und die Adresse in die Brusttasche seines Jacketts, zog seinen Mantel an und ging.

Annika stieg in Jakobsberg aus dem Zug, Seite 18 aus dem Kartenteil der Gelben Seiten in der Hand. Es wehte ein scharfer, kalter und feuchter Wind, der in die Haut biss. Überall braune Mietshäuser aus den Sechzigern, die Volkshochschule, ein Friseursalon, eine Kirche. Sie schaute auf den Stadtplan, musste in nordwestliche Richtung. Sie fand eine Fußgängerunterführung unter dem Viksjöleden, machte Halt bei Emils Fast Food und schlang einen Hamburger herunter.

Als sie aus der Imbissbude herauskam, traf sie die Nervosität mit voller Wucht. Der Geschmack von Schnellrestaurant lag wie ein Film in ihrem Mund, der Hamburger drehte ihr den Magen um, sie hatte Sodbrennen. Vermutlich war sie auf dem besten Wege, sich eines eigenmächtigen Vorgehens schuldig zu machen.

Sie starrte zu den Häusern hinauf, die im Nebel farblos und verschwommen waren.

Ich muss das nicht tun, dachte sie. Ich bin krankgeschrieben. Das *Paradies* kann warten.

Sie zögerte und starrte von einem Haus zum anderen.

Ich könnte zumindest einen Blick riskieren, dachte sie. Ich brauche ja nicht reinzugehen, nur weil ich mir das Haus von der Straße aus ansehe.

Erleichtert darüber, die Entscheidung vertagt zu haben, ging sie in Richtung des Wohnviertels, das offenkundig Olovslund hieß. Es machte nicht den Eindruck, das Ergebnis sorgfältiger städtebaulicher Planung zu sein. Alle Häuser waren in unterschiedlichen Stilen und Epochen erbaut worden, Häuser von der Jahrhundertwende standen neben einem alten Bauernhaus, einfache Einfamilienhäuser aus den dreißiger Jahren neben modernen Fassaden aus Ziegeln und braun lasiertem Holz. Das Wohngebiet war auf beiden Seiten eines beachtlichen Hügels entstanden, und viele Straßen trugen Namen, die ihre Lage beschrieben, Höhenstraße, Hangstraße, Steilweg. Andere hatte man nach Jahreszeiten und Monaten benannt, und sie kreuzte unter anderem die Herbst- und die Novemberstraße.

Ich frage mich, wie viel man in solchen Wohngebieten von den Nachbarn mitbekommt, dachte sie. Wahrscheinlich nicht viel.

Dann stieß sie auf die richtige Straße und ging langsam hinauf. Rissiger Asphalt, Müll in den Straßengräben, der Schlüsselbund klimperte und brannte in ihrer Tasche.

Das Haus lag fast auf der Hügelkuppe, und zwar auf der Nordseite. Sie blieb an der Einfahrt stehen und studierte es vorsichtig. Das Grundstück war abschüssig und zugewachsen, die braunen Blätter verrotteten zwischen den Schneeflecken. Das Haus selbst war in den vierziger, vielleicht auch Anfang der fünfziger Jahre gebaut worden, zwei Stockwerke, heller, graubrauner Putz, der vermutlich einmal weiß gewesen war, jetzt aber abblätterte. Keine Gardinen, keine Lampen, kein Licht. Die Fenster sahen aus wie Zahnlücken in einem Mund voll schlechter Zähne.

Sie hatte Herzklopfen, und ihre Atemzüge wurden in der Kälte gepresst. Sie sah sich um, aber in den Häusern um sie herum brannte nirgends Licht, und kein Mensch war zu sehen.

Unter der Woche nachmittags ist es in schwedischen Vororten so, als hätte eine Bombe eingeschlagen, dachte sie und wog die Schlüssel in der Hand.

Mia Eriksson hatte ein Zimmer in diesem Haus gemietet und für den ganzen Monat bezahlt. Sie hatte Annika Adresse und Schlüsselbund gegeben. Das kam praktisch einer Einladung gleich.

Sie holte tief Luft und betrat das Grundstück. Der Weg, der zum Haus hinaufführte, war vereist und uneben. Sie warf einen schnellen Blick über die Schulter, aber niemand sah sie, und offenbar wunderte sich niemand, was sie hier machte. Schnell stieg sie die Treppe hinauf, den Schlüsselbund in der Tasche bereithaltend, mit schwitzigen Händen. Sie lauschte an der Tür, aber es war nichts zu hören. Sie drückte die Klingel, und es schrillte im Haus. Wenn jemand öffnete, musste sie sich etwas einfallen lassen, nach dem Weg fragen oder versuchen, ein Zeitschriftenabonnement zu verkaufen. Sie klingelte noch einmal, aber nichts geschah. Prüfend begutachtete sie die Haustür, ein stabiles Produkt aus den vierziger Jahren, zwei Sicherheitsschlösser. Sie holte die Schlüssel hervor und probierte den ersten Schlüssel im oberen Schloss, er passte nicht. Schweiß trat auf ihre Oberlippe, und wenn es eine Falle war? Sie wechselte mit zitternden Fingern den Schlüssel, klick. Sie atmete auf, wechselte wieder den Schlüssel für das untere Schloss, erneutes Klicken, dann das Assa-Schloss. Quietschend glitt die Tür auf. Sie trat ein, das Blut pochte ihr in den Ohren, sie zog die Tür hinter sich wieder zu. Sie ahnte einen dunklen Flur und blinzelte, um die Augen schneller an die Dunkelheit zu gewöhnen, da sie nicht wagte, Licht anzumachen.

Sie blieb lange hinter der Tür stehen und wartete, bis die Dunkelheit wich und ihr Herz sich wieder beruhigte. Es roch ein wenig streng, muffig und feucht, und es war ziemlich kalt. Sie putzte sich die Füße an einer ausgefransten alten Matte ab, weil sie keine Fußabdrücke hinterlassen wollte.

Der Flur war unmöbliert. Von dort aus führten in verschiedene Richtungen Türen. Sie öffnete die erste Tür links. Eine Treppe, die ins obere Geschoss führte, lag dahinter, durch ein

Fenster oben fiel mattes Tageslicht herein. Lautlos schloss sie die Tür wieder und öffnete die nächste. Sie führte zu einer Abstellkammer, die den Raum unter der Treppe einnahm.
Ein Auto brummte auf der Straße draußen, und sie erstarrte. Die Schlösser, dachte sie. Ich muss die Türen wieder abschließen, sonst merken sie sofort, dass jemand im Haus ist.
Sie lief auf Zehenspitzen zurück zur Tür und verschloss sie mit ungeschickten Händen. Anschließend schlich sie sich wieder zu der Abstellkammer. Als sie die Tür öffnete, fiel der Schlüssel aus dem Schloss scheppernd auf den Boden, und das Klirren hallte durch das leere Haus. Schnell steckte sie den Schlüssel zurück, lauschte in die Stille hinein und ging geradeaus zur nächsten Tür. In der Küche, die man offenbar nicht mehr renoviert hatte, seit das Haus gebaut worden war, gab es eine niedrige Arbeitsplatte und eine rostige Spüle. Zwei Fenster, eines nach Norden, eines nach Westen. Ein alter Tisch mit Laminatplatte und vier seltsame Stühle. Eine Kaffeemaschine. Sie zog die oberste Schublade im Küchenschrank auf, etwas Besteck, ein Brotmesser. Sie zog die nächste heraus, leer, die dritte, auch leer. Sie durchsuchte den Küchenschrank, fand aber nur ein paar Töpfe, eine gusseiserne Pfanne, einen Durchschlag. In der Vorratskammer standen ein Paket Makkaroni und zwei Dosen mit Pizzatomaten. Sie blieb stehen und sah sich um. Die Küche war ziemlich aufgeräumt, vermutlich Mia Erikssons Verdienst.
Eine weitere Tür lag nach Osten, eine Schiebetür. Annika zog an dem glänzenden, muldenförmigen Griff. Abgeschlossen. Sie zerrte erneut mit beiden Händen, aber es war zwecklos. Sie tastete das Schloss ab. Man brauchte einen sehr kleinen Schlüssel, von ihren würde keiner passen. Dann ging sie in den Flur zurück, probierte es mit der letzten Tür und gelangte

in ein helles Zimmer mit einer Couch, einem niedrigen kleinen Tisch und einem offenen Kamin in einer Zimmerecke. Brauner Linoleumboden mit Parkettmuster. Zur Linken eine weitere Tür, die musste zu dem Zimmer hinter der Küche führen. Annika versuchte sie zu öffnen, aber sie war abgeschlossen. Sie probierte ihre Schlüssel, doch sie passten nicht.
Das Büro, dachte Annika. Zu diesem Zimmer hatte Mia Eriksson keinen Zugang.
Sie war gerade auf dem Weg zurück in die Küche, um dort nach einem Schlüssel zu dem verriegelten Zimmer zu suchen, als das obere Sicherheitsschloss rasselte.
Alles Blut sackte aus ihrem Kopf in die Füße. Sie konnte sich nicht bewegen und stand wie festgenagelt da, als sich das erste Schloss drehte. Als das zweite zu klicken begann, fing sie sich wieder und flog zu der Tür, hinter der sich die Treppe ins Obergeschoss verbarg. Sie bekam die Tür auf, schob sich hindurch, schloss sie hinter sich und schwebte blitzschnell und lautlos die Treppenstufen hinauf, worauf sie in einen weiteren Flur mit dem gleichen parkettgemusterten Linoleumbelag gelangte. Es gab vier Türen, und sie riss eine von ihnen auf und gelangte in ein Schlafzimmer, wo sie sich unter das hintere Bett warf, oh, Gott, hilf mir, vergib mir all die dummen Dinge, die ich getan habe …
Der Fußboden unter dem Bett war unglaublich staubig, und sie hielt sich die Hand vor Nase und Mund, um die Atemluft ein wenig zu filtern und nicht niesen zu müssen. Jemand bewegte sich in dem Zimmer unter ihr, es lief Wasser, das musste die Küche sein. Sie atmete schwer, schnell und tief.
Nein, dachte sie, keine Panikattacke, nicht jetzt.
Ihre Atmung gehorchte ihr nicht, sie hyperventilierte und drehte sich mühsam auf den Rücken, um in ihren Taschen

nach etwas zu suchen, in das sie hineinatmen konnte. Sie fand ihre Handschuhe, hielt einen wie eine Tüte vor Nase und Mund und atmete, bis der Anfall vorüber war und sie erschöpft und vollkommen reglos dalag. Sie starrte auf einen sechzig Jahre alten Bettrost, braunbeige Riemen hielten staubige Stahlfedern.

Dann drehte sie den Kopf zur Seite und legte das Ohr auf den Fußboden. Erregte Stimmen waren zu hören, ein Mann und eine Frau. Der Mann war aggressiv, die Frau leicht hysterisch. Sie erkannte sie wieder. Rebecka Agneta Charlotta Evita.

«Das war mein Fall!», sagte die Frau. «Mein Fall! Diese Verräterin! Das Sozialamt will gerade bezahlen, und dann verduftet sie, dieses Schwein!»

Sie redet von Mia Eriksson, dachte Annika. Unten ging etwas in die Brüche, sie tippte auf die Kaffeemaschine. Der Mann murmelte etwas, aber sie hörte nicht, was, und dann schrillte ihr etwas direkt ins Ohr. Sie fuhr hoch und schlug sich den Kopf an den Stahlfedern, verdammter Mist. Das Schrillen hörte auf, und sie legte sich wieder hin und tastete mit den Fingern ihre Stirn ab. Sie blutete ein wenig. Dann ging es wieder los, es war die Türklingel. Sie war in der Küche, gleich unter der Decke, angebracht.

In der nachfolgenden Stille hörte sie die Stimmen leiser sprechen, eher erstaunt als erregt, eher ängstlich als aggressiv.

«... nein, ich erwarte niemand ...»

«... vielleicht kommen sie ja zurück ...»

Von unten hörte man jetzt Schritte, Blut lief ihr in die Augenbraue, sie konzentrierte sich auf ihr Gehör.

Es war ein Mann, ein Mann war gekommen. Man diskutierte etwas, die Stimmen wurden lauter. Die Haustür wurde geschlossen, sie gingen in die Küche zurück.

«Wenn Sie glauben, dass ich bereit bin, diese Rechnung zu bezahlen, irren Sie sich gewaltig», sagte einer der Männer, und Annika schnappte nach Luft.
Thomas Samuelsson.
Die Stimme der Frau sickerte durch die Decke, abgeklärt und verächtlich.
«Wir haben einen Vertrag, und der muss erfüllt werden.»
«Aber die Frau ist doch, verdammt noch mal, tot!»
Der Sozialkämmerer war unglaublich wütend.
«Sie ist weggelaufen», erwiderte Rebecka Evita. «Das war ihre eigene Entscheidung. Das befreit Sie aber noch lange nicht von Ihrer Verantwortung und Ihrer Zahlungspflicht.»
Thomas Samuelsson sprach jetzt leiser, und Annika konnte nicht alles verstehen.
«Ich werde Sie anzeigen, Sie verdammte Betrügerin», glaubte sie ihn sagen zu hören. «Ich weiß alles über Ihre Schulden und Ihre Konkurse, und auf Geld von der Gemeinde Vaxholm können Sie warten, bis Sie schwarz werden.»
Danach wurde es chaotisch. Der andere Mann schrie etwas, Thomas Samuelsson antwortete, die Frau keifte, man hörte einen dumpfen Schlag, Holz splitterte, Brüllen und Schreien, das Haus erzitterte.
«Sperr ihn ein», schrie Rebecka Björkstig.
Ein weiterer entfernter Schlag, dumpfe Schreie, rhythmisch hämmernde Fäuste.
«Was sollen wir jetzt tun?», fragte der Mann.
«Ihn zum Schweigen bringen», keifte die Frau.
Die Fäuste hämmerten, rasende Rufe: Lasst mich hier raus, ihr verdammten Betrüger. Dann Schritte, ein Krachen, anschließend Stille.
«Ist er tot?», fragte die Frau.

Annika hielt den Atem an.
«Nein», antwortete der Mann. «Er kommt durch.»
Sie schloss die Augen und atmete auf.
«Warum hast du so hart zugeschlagen? Idiot! Hier kann er nicht liegen bleiben!»
«Wir müssen das Auto holen», meinte der Mann.
«Ich werde ihn nicht hinaustragen!»
«Jetzt hör auf zu motzen, verdammt noch mal, ich sage doch, dass ...»
Die Haustür fiel mit einem Knall ins Schloss, die Stimmen erstarben.
Annika blieb in der Stille verstaubt und erhitzt liegen. Eine Daunenfeder schwebte zwischen den Stahlfedern zu Boden und landete unter ihrer Nase. Die Zeit stand still, und sie atmete flach und lautlos.
Sie kommen zurück. Bald sind sie wieder hier, und dann sind sie motorisiert. Dann fahren sie Thomas Samuelsson weg, und dann ist es zu spät.
Der letzte Gedanke hallte in ihrem Kopf wider, zu spät, zu spät. Zu spät für Aida aus Bijeljina, zu spät für Thomas aus Vaxholm.
Sie blies die Daunenfeder weg und kroch heraus, nieste, war von Kopf bis Fuß verstaubt, rutschte auf den Knien zum Fenster und schaute hinaus. Rebecka Björkstig und der Mann gingen den Hang hinab und kamen gerade an einem Wagen vorbei, den Annika als Thomas Samuelssons grünen Toyota Corolla wieder erkannte.
Sie setzte sich auf den Fußboden, konnte keinen klaren Gedanken fassen, was sollte sie tun? Sie hatte keine Ahnung, wie lange Rebecka Björkstig und der Mann fortbleiben würden. Vielleicht war es das Beste, hier liegen zu bleiben und abzu-

warten, sie den Sozialkämmerer holen zu lassen und sich anschließend davonzuschleichen, sobald es dunkel wurde.
Sie schaute wieder hinaus, es dämmerte schon. Keine Spur von Rebecka Björkstig. Wenn sie vorhatte, etwas anderes zu tun, als zu warten, musste sie es bald tun.
Sie setzte sich wieder hin, schloss die Augen, zögerte.
Wenn sie nur nicht so feige wäre, wenn sie nicht so schwach wäre, wenn sie nur etwas mehr Zeit hätte.
Jämmerlicher Waschlappen, dachte sie. Du weißt doch gar nicht, wie viel Zeit du hast. Vielleicht kannst du ihn von hier fortschaffen, wenn du jetzt endlich in die Gänge kommst.
Sie stand auf, schlich schnell in den Flur und die Treppe hinunter, außer Atem vor lauter Nervosität. Sie sah sich um, die gusseiserne Pfanne lag mitten im Zimmer auf der Erde. Was hatten sie mit ihm gemacht?
Ein schwaches Stöhnen aus der Abstellkammer unter der Treppe ließ sie herumfahren. Der Schlüssel steckte noch im Schloss, und sie ging hin und drehte ihn herum.
Der Mann stürzte heraus, fiel auf sie, und sie fing ihn auf und ging in die Knie. Sein Kopf landete in ihrem Schoß. Er blutete aus einer großen Wunde am Haaransatz, das helle, glänzende Haar war braun von Blut. Sie löste seine Krawatte, und er stöhnte.
Die Wut trieb ihr die Tränen in die Augen, diese verfluchten Mörder! Erst Aida, dann Thomas. Nahm das denn nie ein Ende?
«Hör zu», sagte sie und gab ihm eine leichte Ohrfeige. «Wir müssen hier weg.»
Sie versuchte ihn auf die Beine zu stellen, aber stattdessen glitt er ihr aus den Händen und rutschte zu Boden.
«Thomas!», sagte sie. «Thomas Samuelsson aus Vaxholm, wo hast du die Autoschlüssel?»

Seine Antwort bestand aus einem Stöhnen. Er rollte auf den Rücken und brachte den Kopf auf dem kleinen, ausgefransten Läufer in eine bequemere Lage.
Sie wühlte in seinen Manteltaschen, weicher Stoff, ungeschickte Hände, da war der Schlüssel. Sie ging in das Zimmer mit der Couch, um nachzusehen, ob Rebecka Björkstig zurückkam, aber sie war nicht zu sehen.
Als sie hinausgehen wollte, sah sie, dass die Tür zu dem abgeschlossenen Zimmer einen Spalt weit offen stand. Sie blieb stehen und zögerte einen Moment. Sie sollte jetzt lieber verschwinden, sofort, sie sollte nachschauen, was sich hinter der Tür verbarg.
«Verdammt, was ist passiert?»
Die Stimme im Flur klang belegt und verwirrt. Sie ging hin.
«Sie haben dir mit einer Bratpfanne einen Schlag auf den Kopf verpasst», sagte sie. «Wir fahren gleich, ich muss nur noch etwas nachsehen.»
Thomas Samuelsson versuchte aufzustehen, fiel aber gleich wieder hin.
«Bleib hier einfach noch eine Minute sitzen, dann komme ich», sagte sie.
Schnell lief sie zu dem jetzt unverschlossenen Zimmer zurück, schlug die Tür auf und registrierte das Bild, das sich ihr bot. Sie war enttäuscht.
Sie wusste nicht, was sie erwartet hatte, aber jedenfalls nicht das. Ein Schreibtisch, ein Telefon, ein Fax. Ein Bücherregal mit zahlreichen Aktenordnern und ein Stapel loser Blätter. Sie lauschte, keine Geräusche, lief zum Regal und riss den ersten Ordner mit dem Etikett Löschungen auf.
Leer.
Der nächste mit dem Etikett Weiterbearbeitung.

Leer.
Der nächste, Rechnungen an Gemeindeverwaltungen, etwa zwanzig Stück, Gemeinde Österåker, Ihr Zeichen Helga Axelsson, unser Zeichen Rebecka Björkstig, Gemeinde Nacka, Ihr Zeichen Martin Huselius, alle über große Summen, jeweils mindestens hunderttausend Kronen. Dann überprüfte sie alle Ordner auf dem obersten Regalbrett, die mit Angaben wie Klienten in der Rehabilitierung, Geschützte Wohnungen, Neue Existenzen im Ausland beschriftet waren.
Alle Ordner waren leer.
Der Stapel aus losen Blättern enthielt persönliche Angaben, Urteile, Angaben zur Person, Formulare von Krankenversicherungen. Die privaten Unterlagen der bedrohten Menschen.
Sie wandte dem Bücherregal den Rücken zu und ließ den Blick durch das Zimmer schweifen, sie mussten jetzt fahren. Hatte sie etwas übersehen?
Der Schreibtisch. Sie stürzte hin, zerrte an den Schubladen. Sie waren abgeschlossen.
Okay, dachte sie, das muss reichen.
Thomas Samuelsson saß im Flur an die Wand gelehnt, den Kopf zwischen den Knien.
«Lebst du noch?», erkundigte sie sich nervös.
«Fast tot», murmelte er.
Sie schloss die drei Schlösser auf und hockte sich dann vor ihn hin.
«Thomas», sagte sie, «sie können jeden Moment wieder hier sein. Wir müssen hier weg. Kannst du gehen?»
Er schüttelte den Kopf, und seine Haare hingen herab wie eine Gardine mit braunen Flecken.
«Leg den Arm um meine Schulter, dann stütze ich dich. Nun komm schon.»

Er tat, was sie gesagt hatte, war aber schwerer als gedacht. Sie ging unter seinem Gewicht in die Knie, schaffte es dennoch bis zur Tür. Annika trat sie auf, es war jetzt fast dunkel. Sie setzte den Mann auf der Treppe ab, wo er bedenklich hin und her schwankte. Ihre Hände waren so verschwitzt und zittrig, dass ihr die Schlüssel aus der Hand auf den Rasen fielen. Sie war den Tränen nah, verdammter Mist, sollte sie die Tür einfach offen stehen lassen? Sie lauschte die Straße hinab, keine Autos, sprang über den schwankenden Mann nach unten und holte die Schlüssel, stieg wieder über ihn und ging zur Tür, wo ihr plötzlich die Abstellkammer einfiel. Sie lief hinein und verschloss auch diese Tür, zog anschließend die Haustür zu und schloss sie in Windeseile ab, hievte sich den Mann wieder auf die Schultern und schleppte ihn zu seinem Toyota. Die Autotüren öffneten sich mit einem fröhlichen Blip, und sie setzte ihn auf dem Beifahrersitz ab, lief um das Auto herum und musste den Schlüssel mit beiden Händen festhalten, als sie ihn ins Zündschloss steckte. Gott sei Dank, er sprang sofort an. Sie ließ den Motor aufheulen, legte den ersten Gang ein und fuhr über die Hügelkuppe. Das Letzte, was sie im Rückspiegel sah, war ein Auto am Fuß des Hangs, das aufwärts fuhr.

Sie fuhr in panischer Angst einfach geradeaus und begann wieder, zu schnell zu atmen. Als die Straße endete, bog sie abrupt rechts ab. Thomas Samuelsson rutschte zu ihr herunter, und sie schob ihn wieder in eine aufrechte Position.

Großer Gott, wie sollte sie hier nur wegkommen? In welcher Richtung lag Stockholm?

Sie fuhr abwärts, irgendwo musste doch eine größere Straße kommen, eine Hauptverkehrsstraße, wie hieß die hier? Mälarvägen?

Sie warf einen Blick in den Rückspiegel, Scheinwerferlichter von anderen Autos, aber keines, das ihr zu folgen schien. Sie sah wieder nach vorn, eine rote Ampel! Eine Landstraße? Viksjöleden! Sie bog rechts ab, fort von dem Haus, fort von Rebecka Björkstig, merkte bald, dass sie im Kreis fuhr, kam an einer weiteren großen Straße vorbei, Järfällavägen, und wusste plötzlich, wo sie war. Der Factory-Outlet in Barkaby. Sie hatte noch Anne Snapphanes enthusiastische Stimme im Ohr: Today is outlet day! Im Herbst und im Frühjahr suchten sie hier nach Schnäppchen, kauften Lederjacken und Sportkleidung und Probekollektionen von Edelmarken zu absoluten Spottpreisen. Von hier aus fand sie nach Hause. Sie bog auf die E 18 und raste auf der Überholspur Richtung Stockholm.

Der Mann neben ihr fing auf einmal an, sich zu übergeben. Er erbrach sich über seinen Mantel und seine Hose und schlug mit dem Kopf gegen das Armaturenbrett.

«Mist», sagte Annika. «Brauchst du Hilfe?»

Er stöhnte und übergab sich noch einmal. Annika fuhr weiter und hielt verzweifelt nach einer Abfahrt Ausschau, sah keine, fühlte sich gefangen, konnte nichts tun.

Thomas Samuelsson blieb vornübergebeugt sitzen und legte die Hände an den Kopf.

«Was ist eigentlich passiert?», fragte er matt.

«Das waren Rebecka Björkstig und ihr Komplize», antwortete Annika. «Sie haben dich niedergeschlagen.»

Er blickte schnell zu ihr auf.

«Du?», sagte er. «Was machst du denn hier?»

Sie starrte geradeaus, der Verkehr wurde dichter.

«Ich habe gehört, wie sie dich unter der Treppe eingeschlossen haben. Als sie losgingen, um das Auto zu holen, habe ich dich rausgeschleppt. Du hast eine Gehirnerschütterung und musst zum Arzt. Ich fahr dich zum St.-Görans-Krankenhaus.»

«Nein», protestierte er lahm, «ich bin okay. Mir brummt nur der Schädel ein bisschen.»

«Blödsinn», sagte sie. «Du könntest eine Gehirnblutung haben. Damit ist nicht zu spaßen.»

Sie verfranste sich ein wenig bei den ganzen Auffahrten zur E 4, kam aber schließlich bei Järva Krog auf die Autobahn. Anschließend fuhr sie über Hornsberg zur Notaufnahme des Krankenhauses und parkte. Ihre Hände zitterten nicht mehr, als sie den Zündschlüssel aus dem Schloss zog, und sie spürte im ganzen Körper die Erleichterung darüber, entkommen zu sein.

Inzwischen war es richtig dunkel, und eine gelbe Straßenlaterne tauchte alles in Brauntöne.

«Ich kann da so nicht reingehen», murmelte Thomas und zeigte auf das Erbrochene auf seinem Mantel.

«Wir werfen ihn in den Kofferraum», erwiderte Annika, stieg aus dem Auto, ging zur Beifahrerseite und öffnete die Tür.

«Nun komm schon», sagte sie, «steh auf. Ich helfe dir.»

Der Mann kam auf die Beine, er hatte wirklich ordentlich gekotzt.

«Den gibst du jetzt mir», sagte Annika und zog ihm den Mantel aus, wobei er wieder ein wenig schwankte.

«Wo bist du hergekommen?», fragte er und sah sie an, als wäre sie ein Gespenst.

«Das erkläre ich dir später», antwortete sie. «Jetzt gehen wir erst einmal rein.»

Er legte einen Arm um ihre Schulter, und sie packte ihn fest um die Hüfte und bugsierte ihn in die Notaufnahme. Eine

ähnliche Tante hinter einer ähnlichen Glasscheibe wie in Katrineholm.
«Meine Hose», sagte er. «Da ist Kotze drauf.»
«Wir waschen das auf der Toilette ab», sagte sie. «Hallo. Herr Samuelsson hat einen Schlag auf den Kopf bekommen, war ein paar Minuten bewusstlos, hat Kopfschmerzen und erbricht sich. Er erinnert sich nicht so gut daran, was passiert ist, und ist verwirrt.»
«Sie haben Glück», sagte die Frau. «Es ist nicht viel los, sie sind sofort dran. Personennummer?»
«Meine Hose», flüsterte Thomas.
«Großartig», sagte Annika. «Er muss vorher nur kurz auf die Toilette.»

Sie blieb im Wartezimmer sitzen, die Untersuchung war schnell vorbei. Es war ihm nicht viel passiert. Er zeigte keine klinischen Symptome eines Gehirnschadens und konnte schon bald wieder klar denken. Der Arzt begleitete ihn ins Wartezimmer hinaus.
«Muss ich lange Bettruhe halten?», erkundigte sich Thomas.
Der Arzt lächelte.
«Nein, im Gegenteil. Ein schnelles Wiederaufnehmen normaler körperlicher Aktivitäten ist nur förderlich und verhindert, dass Symptome wie Kopfschmerzen und Müdigkeit dauerhaft anhalten.»
Sie gingen zum Auto. Beide waren erschöpft und entspannt.
«Ich fahr dich nach Hause», meinte Thomas und ging in Richtung Fahrerseite.
«Nie im Leben», erwiderte Annika. «Du fährst heute nicht mehr Auto. Ich fahre dich nach Hause.»
Die Antwort rutschte ihm heraus, ehe er sich besinnen konnte.

«Ich will nicht nach Hause.»
Annika sah nicht überrascht aus. Sie betrachtete ihn vielmehr mit einem Blick, den er nicht deuten konnte, und schien unschlüssig zu sein.
«Also gut», sagte sie schließlich. «Dann fahren wir zu mir. Du musst dich wenigstens ein bisschen ausruhen, ehe du dich wieder ans Steuer setzt.»
Er protestierte nicht, setzte sich nur auf den Beifahrersitz und schnallte sich an. Ihm fiel auf, dass er sonst nie dort saß. Eleonor fuhr nie mit seinem Wagen, sie hatte ja den BMW.
Sie fuhren Richtung Fridhemsplan, und Thomas sah schweigend aus dem Fenster. So viele glitzernde Lichter, so viele namenlose Menschen. Es gab so viele verschiedene Arten von Leben, das Dasein konnte so unerhört verschiedene Formen annehmen.
«Hast du starke Kopfschmerzen?», fragte Annika.
Er sah sie an und lächelte ein wenig.
«Ziemlich.»
Seltsamerweise gab es in der Nähe ihres Hauses zahlreiche freie Parkplätze.
«Die Kehrmaschine kommt», erklärte sie. «Nach zwölf darf man vierhundert Kronen löhnen, wenn man hier steht.»
Er legte den Arm um ihre Schultern, als sie ihm die Treppen hochhalf. Obwohl sie so klein war, war sie doch kräftig. Er spürte ihre Brust unter seiner Achselhöhle.
Die Wohnung war komplett weiß gestrichen und der Holzfußboden abgenutzt und leicht uneben.
«Das Gebäude stammt aus den achtziger Jahren des neunzehnten Jahrhunderts», sagte sie, während sie ihren Mantel aufhängte. «Der Hauseigentümer ging nach dem Zusammenbruch des Immobilienmarktes Anfang der neunziger Jahre

Pleite, und die Pläne für eine Renovierung waren hinfällig. Möchtest du einen Kaffee?»

Er strich über seine feuchte Hose und fragte sich, ob sie stank. «Gern. Oder ein Glas Wein, wenn du hast.»

Sie blieb stehen und dachte nach, aufrecht und mit klaren Augen.

«Ich glaube, ich habe noch einen angebrochenen Tetrapak Weißwein, aber vielleicht solltest du jetzt lieber keinen Alkohol trinken, was denkst du?»

Er lächelte etwas verwirrt, fuhr sich über die Haare. Die Wunde am Haaransatz war mit fünf Stichen genäht worden, er fasste sich an die Krawatte und strich sein Jackett glatt.

«Ich denke, das geht schon in Ordnung», sagte er. «Ein schnelles Wiederaufnehmen normaler körperlicher Aktivitäten ist nur förderlich, weißt du.»

Sie verschwand in der Küche, und er blieb schwankend im Wohnzimmer stehen und sah sich vorsichtig um: welch ein eigentümlicher Raum. Weiße, matt glänzende Wände, weiße, durchsichtige Gardinen, eine Couch, ein Tisch, ein Fernsehapparat, ein Telefon. Ansonsten war das große Zimmer leer. Eine kaputte Fensterscheibe war mit einer Plastiktüte geflickt worden, die Zugluft setzte die weißen Stoffmassen in Bewegung. Der Fußboden war grau, matt, seidig weich.

«Setz dich, wenn du willst», sagte sie und kehrte mit einem Tablett mit Gläsern, Tassen, einer Tetrapaktüte und einer Kaffeekanne zurück. Sie bewegte sich leichtfüßig und geschmeidig, deckte den Tisch mit flinken Fingern. Eine schwere Goldkette fiel auf ihre Brüste.

Er setzte sich hin, die Couch war nicht sonderlich bequem. «Wohnst du gern hier?»

Sie setzte sich neben ihn auf die Couch und schenkte ihm ein Glas Wein und sich selbst einen Kaffee ein.
«Es geht so», antwortete sie. «Manchmal.»
Sie verstummte, nahm ihre Tasse und blickte hinein.
«Früher habe ich gern hier gewohnt», sagte sie leise. «Als ich eingezogen bin, fand ich es phantastisch, hier zu wohnen. Alles war so hell, irgendwie schwebend. Dann ... gab es Veränderungen, also nicht in der Wohnung, sondern was die Voraussetzungen rundherum anging, in meinem Leben ...»
Sie verstummte und trank einen Schluck Kaffee. Er nippte an seinem Wein, der erstaunlich gut schmeckte.
«Und du?», fragte sie zurück und blickte zu ihm auf. «Geht es dir gut?»
Er wollte erst lächeln, ließ es dann aber bleiben.
«Nicht besonders», sagte er. «Ich habe mein Leben gründlich satt.»
Er nahm einen großen Schluck Wein und wunderte sich über seine eigene Aufrichtigkeit.
Sie nickte nur und fragte nicht nach dem Grund.
«Was hast du in Järfälla gemacht?», wollte sie wissen.
Er schloss die Augen, dachte nach, sein Kopf schien zu platzen.
«Die Rechnung», sagte er. «Habe ich die noch?»
«Welche Rechnung?»
«Von der Stiftung, ich hatte sie in der Hand, als ich hineinging. Dreihundertzweiundzwanzigtausend Kronen, geschütztes Wohnen für einen Klienten für drei Monate. Wir haben sie heute Vormittag per Fax bekommen, obwohl die Frau, um die es geht, schon tot ist. Diese verfluchten Betrüger!»
«Ich habe keine Rechnung gesehen», meinte sie, «allerdings habe ich auch nicht in der Abstellkammer nachgesehen. Hast du schon deine Taschen durchforstet?»

Schnell steckte er die Hände in die Taschen des Sakkos, aber ohne Erfolg, und sah anschließend in der Brusttasche nach, wo er ein zusammengefaltetes Blatt Papier fand, das er herauszog.

«Hier ist sie! Gott sei Dank.»

Er studierte die Ziffern einen Moment, ließ das Blatt sinken und sah Annika an.

«Was ist eigentlich passiert?», fragte er. «Wie bist du da hingekommen?»

Sie stand auf und ging in Richtung Küche.

«Ich glaube, ich trinke auch ein Glas Wein.»

Sie kehrte mit einem zweiten Glas zurück.

«Also», sagte sie, «ich wollte dich anrufen. Ich habe nämlich eine ganze Reihe neuer Informationen über unsere Freundin Rebecka Björkstig. Sie hat mehrfach die Identität gewechselt und steht bei all ihren Konkursen unter dem Verdacht des schweren Betrugs.»

Sie schenkte Wein aus dem Tetrapak ein, zuerst sich, dann ihm.

«Heute Morgen ist ein Schlüsselbund mit der Post gekommen. Ich hatte Kontakt mit einer Frau, die mit der Stiftung zu tun hatte und in dem Haus in Olovslund gewohnt hat. Sie ist letzten Freitag mit ihrer Familie abgehauen und hat mir die Hausschlüssel aus einem Ort im Landesinneren von Norrland geschickt. Ich bin sofort nach Järfälla gefahren.»

Er sah sie verblüfft an.

«Dann bist du in das Haus gegangen? War denn keiner da?»

Sie schüttelte den Kopf.

«Nein, aber sie kamen kurz darauf. Ich habe mich in der oberen Etage versteckt. Dann bist du gekommen, und es gab einen ziemlichen Aufruhr. Sie müssen dich mit einer Bratpfanne niedergeschlagen haben. Rebecka Björkstig und der Typ sind dann verschwunden, um ein Auto zu holen, und ich habe dich zu deinem Toyota geschleppt, und dann sind wir weggefahren.»

Er strich sich über die Stirn und versuchte Ordnung in seine Gedanken zu bekommen.

«Dann warst du also schon da, als ich kam.»

«Genau.»

«Du hast mich aus der Abstellkammer geschleppt und weggefahren?»

«Korrekt. Und ich habe sowohl die Abstellkammer als auch das Haus hinter uns abgeschlossen, du kannst dir vorstellen, wie sie geguckt haben, als sie zurückgekommen sind, um dich zu holen!»

Sie grinste fröhlich. Er glotzte sie ein paar Sekunden verständnislos an und brach dann in schallendes Gelächter aus.

«Du hast die Abstellkammer abgeschlossen? Und die Haustür?»

«Alle Schlösser!»

Sie lachten beide, immer weiter. Er lachte Tränen, sie lachte aus vollem Hals.

«Herrlich!», jubelte er.

«Sie haben bestimmt geglaubt, dass du dematerialisiert worden bist.»

Er beruhigte sich wieder, musste aber immer wieder kurz lachen.

«Dass ich was?»

Sie lächelte.

«Dass du dematerialisiert, aufgelöst, digitalisiert worden bist. So werden wir in der Zukunft reisen. Man dematerialisiert sich und schickt sich selber über das Internet, schnell und um-

weltfreundlich. Stell dir mal vor, wenn wir in den Weltraum wollen, ist das überhaupt kein Problem mehr.»
Er starrte sie an, wovon redete sie?
«Es muss allein in der Milchstraße zwischen zehntausend und hunderttausend gleich hoch oder höher entwickelte Zivilisationen geben», sagte sie. «Forscher haben herausgefunden, dass Leben wesentlich leichter entsteht, als man bislang geglaubt hat. Es ist alles vielleicht gar nicht so verdammt kompliziert. Wenn die richtigen Bedingungen gegeben sind, kann jederzeit und überall Leben entstehen. Es reicht schon, wenn es Wasser gibt.»
Thomas lachte erstaunt auf.
«Was für ein Gedankensprung, wie bist du jetzt darauf gekommen?»
«Ich frage mich, wie sie aussehen», sagte sie. «Stell dir nur den Tag vor, an dem wir sie treffen werden! Das wäre doch toll! Stell dir nur all die vielen Gerichte vor, die wir dann probieren könnten. Ich habe Möhren und Kartoffeln so satt. Lauter neue Gemüsearten! Gewürze! Es muss so viele neue Welten da draußen geben, und ich habe diese hier so satt!»
Sie verstummte, ihr Lachen war versiegt.
«Warum?», fragte er.
Sie sah ihm ernst in die Augen.
«Selber warum.»
Er seufzte stumm, trank seinen Wein aus und war betrunkener, als er sein sollte.
«Ich mag mein Leben nicht mehr», sagte er.
Aus irgendeinem Grund war es ganz selbstverständlich, ihr davon zu erzählen. Er wusste, dass sie ihn verstehen und nicht verurteilen würde. Er sah sie müde an, sie war etwas zu dünn, ihre starken Hände lagen in ihrem Schoß.

«Ich liebe meine Frau», sagte er, «wir haben ein nettes Haus, viel Geld, einen großen Bekanntenkreis, ich habe eine Arbeit, die ich mir selber ausgesucht habe und die mir gefällt. Trotzdem …»

Er verstummte, zögerte, fingerte an seiner Krawatte herum, zog sie sich über den Kopf, faltete sie zusammen und legte sie neben sich auf die Couch.

«Wir haben so verschiedene Ziele im Leben», fuhr er fort. «Sie will Karriere in ihrer Bank machen und mit der Zeit ins gehobene Management aufsteigen. Allmählich wird es Zeit dafür, im Frühjahr wird sie vierzig.»

Sie saßen eine Weile schweigend zusammen.

«Wie habt ihr euch kennen gelernt?», fragte Annika.

Er lächelte. Dummerweise stiegen ihm Tränen in die Augen.

«Sie war die Schwester eines Kumpels in der Eishockeymannschaft, um einiges älter als ihr Bruder. Ab und zu fuhr sie uns zu den Spielen. Hübsch. Cool. Führerschein.»

Er lachte auf, um seiner Sentimentalität Herr zu werden.

«Dein heimlicher Traum?», fragte sie, und er wurde ein wenig rot.

«Das könnte man so sagen. Ich dachte vor dem Einschlafen manchmal an sie. Einmal, als ich bei Jerker zu Hause war, sah ich, wie sie in BH und Slip aus dem Badezimmer kam. Sie sah phantastisch aus. An dem Abend habe ich wie ein Verrückter onaniert.»

Sie lachten gemeinsam.

«Wie seid ihr ein Paar geworden?»

Er blickte in sein leeres Weinglas hinab, er sollte jetzt lieber nichts mehr trinken, und schenkte sich den letzten Schluck aus dem Tetrapak ein.

«In dem Sommer, in dem ich siebzehn wurde, wollte eine

ganze Gang von uns Jungs Interrail machen. Alle würden sich einen Job besorgen und Geld verdienen, und in der zweiten Julihälfte würden wir dann fahren. Man hätte sich eigentlich denken können, wie die Sache ausgehen würde …»
Sie lächelte.
«Keiner hat gearbeitet.»
«Außer mir natürlich», sagte Thomas. «Meinen Eltern gehört ein Supermarkt in Vaxholm, also konnte ich gar nicht anders, ich war verantwortlich für die Fleischtheke. Außerdem habe ich an allen Feiertagen und an Wochenenden gearbeitet, und Mitte Juli hatte ich einen riesigen Batzen Geld.»
«Aber niemanden, der mitfahren konnte», meinte Annika.
«Und meine Mutter wollte nicht, dass ich alleine fahre», sagte Thomas. «Ich war verzweifelt, schlug mit den Türen und redete weder mit meinen Freunden noch mit meinen Eltern. Die ganze Welt war furchtbar. Aber dann ist ein Wunder geschehen.»
Sie nahm seine Krawatte und faltete sie auseinander.
«Eleonors Freund, ein fürchterlicher Schickimickityp, machte kurz vor ihrem gemeinsamen Sommerurlaub in Griechenland Schluss mit ihr. Eleonor zerriss die Flugtickets und warf sie ihm ins Gesicht. Sie beschloss, stattdessen auf Interrail-Reise zu gehen, wozu sich dieser Typ niemals herabgelassen hätte, aber sie wollte nicht allein fahren.»
Annika zog seine Krawatte an und grüßte militärisch.
«Du bist ihre männliche Eskorte gewesen.»
Er zog an der Krawatte, und Annika tat, als würde sie ersticken. Sie lachten, saßen eine Zeit lang schweigend da, und sie zog die Schlinge wieder aus.
«Was ist dann passiert?»
Thomas trank einen Schluck Wein.

«Eleonor war anfangs nicht besonders nett zu mir. Wir bleiben zusammen, bis wir nach Griechenland kommen, dann sehen wir weiter, sagte sie. In München sind wir in den falschen Zug gestiegen und in Rom gelandet, es waren vierzig Grad, als wir dort ankamen. Während ich losging, um Wasser zu kaufen, ist eine Gang Halbstarker gekommen und hat Eleonor ausgeraubt. Als ich zurückkam, war sie rasend vor Wut auf mich, auf Italien, auf alles. Ich habe mich in Grund und Boden geschämt, weil es mir nicht gelungen war, sie zu beschützen. Wir haben dann ein schäbiges Hotelzimmer gleich neben dem Bahnhof genommen, das ich bezahlt habe, und haben uns voll laufen lassen. Wir taumelten durch die Straßen, jeder mit so einer Bastflasche Chianti in der Hand. Eleonor schrie herum und flippte völlig aus, klammerte sich an mich, klammerte sich an jeden, der vorbeikam. Ich versuchte, so gut es ging, zurückzuklammern. Es passierte nichts wirklich Schlimmes, bis wir auf die Piazza Navona kamen. Dort setzte Eleonor es sich in den Kopf, wie Anita Ekberg in dem Brunnen zu baden.»

«Nur dass es der falsche Brunnen war», sagte Annika.

Thomas nickte.

«Ja, und der falsche Augenblick. Die Piazza war mit siebentausend betrunkenen italienischen Fußballfans gefüllt, und als Eleonors T-Shirt nass wurde, konnte man durchgucken. Sie haben buchstäblich versucht, ihr die Kleider vom Leib zu reißen, und sie wäre auf dem Grund des Bassins beinahe vergewaltigt worden.»

Annika lächelte und grüßte erneut militärisch.

«Aber du hast sie gerettet.»

«Ich schrie wie ein wild gewordener Pizzabäcker, zog sie aus dem Brunnen und schleppte sie ins Hotel.»

«Und dann seid ihr ein Paar geworden?»
«Leider nicht», erwiderte Thomas. «Eleonor hat sich die ganze Nacht übergeben. Am nächsten Tag war sie ganz grün im Gesicht. Den ganzen Vormittag saßen wir bei der Polizei, um den Raub anzuzeigen, und anschließend saßen wir den ganzen Nachmittag in der schwedischen Botschaft, um einen provisorischen Pass für sie ausstellen zu lassen. Am Abend haben wir uns dann an die Autobahn A1 gestellt und sind Richtung Norden, Richtung Heimat getrampt. Wir mussten eine Ewigkeit warten, und es war furchtbar heiß. Wir wären fast an einer Kohlenmonoxidvergiftung gestorben. Schließlich nahm uns ein kleiner, dicker Mann in einem roten Wagen mit. Er hatte einen ähnlich schlimmen Kater wie Eleonor und verstand kein Wort in irgendeiner uns bekannten Sprache. An der ersten Area Servizio, die auf unserem Weg lag, fuhr er ab, bedeutete uns mitzukommen und marschierte in die Bar. Er bestellte drei Gläser von etwas Rotem, Zähflüssigem, sagte Hua und kippte sich den Inhalt des Glases in einem Zug hinter die Binde. Nachdem er das Glas auf die Theke geknallt hatte, schaute er uns auffordernd an, fuchtelte mit den Händen und sagte: Prego, prego. Wir hatten höllische Angst, dass er uns aus dem Wagen werfen würde, also kippten wir die Brühe in uns hinein und fuhren weiter. An jeder Area Servizio passierte das Gleiche. Drei Gläser, hua, und auf den Tisch geknallt. Schon bald sangen wir Lieder im Auto. Es wurde sehr dunkel. Am späten Abend erreichten wir eine phantastische Stadt, hoch oben auf einem Berg. Perugia, sagte der Mann und quartierte uns bei seinem Freund, dem Bäcker, ein. Wir bekamen ein Zimmer direkt über dem Geschäft, mit schrägen Decken, Tapeten mit Rosenmuster. Dort liebten wir uns. Es war das erste Mal für mich.»

Er verstummte, die Erinnerungen hingen im Raum. Annika schluckte, fühlte gleichzeitig Nähe und Abstand, durchwoben von Schmerz und Sehnsucht.

«Letztes Frühjahr haben wir eine Reise zu Weingütern in der Toscana gemacht», fuhr er fort. «An einem Tag unternahmen wir einen Abstecher nach Umbrien. Es war schon ein komisches Gefühl, wieder nach Perugia zu kommen, die Stadt ist immer etwas ganz Besonderes für uns gewesen. Dort wurden wir ein Paar. Seitdem sind wir keinen Tag voneinander getrennt gewesen.»

Wieder verstummte er.

«Was ist passiert?», fragte Annika.

«Wir haben nichts mehr wieder erkannt. Unser Perugia war ein stilles, mittelalterliches Dorf, eine gezeichnete Kulisse auf einem Berggipfel. Das wirkliche Perugia war eine großzügige, vitale und laute Universitätsstadt. In meinen Augen war es phantastisch. Perugia war wie unsere Beziehung, etwas, das als ein Teenagertraum begonnen und sich dann zu einer großzügigen, vitalen und intellektuellen Gemeinschaft entwickelt hat. Ich wollte bleiben, aber Eleonor war entsetzt. Sie hatte das Gefühl, verraten und betrogen worden zu sein. Sie fand in Perugia keine vitale Ehe, sie verlor ihren Traum.»

Sie schwiegen eine Weile.

«Warum habt ihr die Stadt nicht wieder erkannt?»

Er seufzte.

«Vermutlich, weil wir vorher noch nie da gewesen sind. Der Mann in dem roten Auto war so betrunken, dass er sich durchaus in der Stadt geirrt haben könnte, oder aber wir haben ihn falsch verstanden. Wir können genauso gut in irgendeiner anderen umbrischen Stadt gewesen sein. Assisi, Terni, Spoleto ...»

Sie sah ihn mit seinen Erinnerungen kämpfen. Er saß vorgebeugt, die Ellenbogen auf die Knie gestützt, das widerspenstige, glänzende Haar steif vom Blut, und musste den Impuls unterdrücken, es zur Seite zu streichen. Wie schön er war.
«Hast du Hunger?», fragte sie stattdessen.
Er sah sie an und schien für eine Sekunde verwirrt zu sein.
«Um ehrlich zu sein, ja», antwortete er.
«Ich bin berühmt für meine Bandnudeln mit Tomatensauce aus der Dose», sagte sie. «Isst du so etwas?»
Er nickte tolerant, ja sicher, kein Problem.
Sie ging in die Küche und warf einen Blick zum Fenster hinaus. Jemand saß in der Gästewohnung gegenüber auf der Toilette. Sie holte Tagliatelle und eine Dose italienische Tomatensauce aus dem Schrank und setzte Wasser auf. Er stellte sich in die Türöffnung und lehnte sich gegen den Türrahmen.
«Immer noch groggy?», erkundigte sie sich.
«Das kommt bestimmt vom Wein», antwortete er. «Eine tolle Küche, Gasherd.»
«Original von 1935», sagte sie.
«Wo ist die Toilette?»
«Eine Treppe tiefer. Zieh lieber Schuhe an, der Boden ist furchtbar schmutzig.»
Sie deckte den Tisch und überlegte, ob sie Servietten auf die Teller legen sollte, hielt dann aber inne und analysierte ihren eigenen Gedanken. Servietten? Wann zum Teufel hatte sie zuletzt Servietten benutzt? Warum sollte sie es also jetzt tun? Um Eindruck zu machen und sich als jemand zu präsentieren, der sie gar nicht war?
Sie schüttete die Nudeln in ein Sieb, als er zurückkam, hörte, wie er sich die Schuhe auszog und sich räusperte. Als er in die Küche trat, hatte sein Gesicht etwas Farbe bekommen.

«Interessantes Toilettenarrangement», meinte er. «Wie lange wohnst du jetzt schon hier?»
«Gut zwei Jahre. Möchtest du eine Serviette?»
Er setzte sich an den Tisch.
«Danke, gern», erwiderte er.
Sie reichte ihm eine ostergelbe Papierserviette. Er faltete sie auseinander und legte sie sich auf den Schoß, das schien für ihn die natürlichste Sache der Welt zu sein. Sie selbst ließ ihre zusammengefaltet neben dem Teller liegen.
«Leckere Nudeln», sagte er.
«Ach komm, vergiss es», sagte sie.
Sie aßen schweigend und hungrig, warfen sich ab und zu verstohlen Blicke zu, lächelten. Ihre Knie stießen unter dem kleinen Küchentisch gegeneinander.
«Ich werde spülen», sagte er.
«Es gibt kein warmes Wasser», wandte Annika ein. «Ich erledige das später.»
Sie überließen das dreckige Geschirr seinem Schicksal und gingen wieder ins Wohnzimmer zurück. Eine neue Art von Stille entstand jetzt zwischen ihnen, ein Kribbeln in ihrem Unterleib. Sie blieben zu beiden Seiten des Couchtisches stehen.
«Und du?», fragte er. «Bist du nie verheiratet gewesen?»
Sie ließ sich wieder auf die Couch fallen.
«Verlobt», sagte sie.
Er setzte sich neben sie, die Lücke zwischen ihnen war elektrisch geladen.
«Warum hat es nicht gehalten?», fragte er interessiert und freundlich.
Sie holte tief Luft und versuchte zu lächeln. Seine Frage war so gewöhnlich, so normal. Warum hat es nicht gehalten? Sie suchte nach Worten.

«Weil ...»

Sie räusperte sich, fingerte an der Tischkante herum, wie findet man die normale Antwort auf eine normale Frage?

«War es so schlimm? Hat er dich verlassen?»

Seine Stimme war so freundlich, so mitfühlend, dass etwas in ihr zerbrach, kaputtging, und sie begann zu weinen, kauerte sich zusammen, schlug die Hände vor ihr Gesicht, konnte sich nicht beherrschen. Sie spürte seine Verblüffung, Unsicherheit, Ratlosigkeit und konnte nichts dagegen tun.

Jetzt geht er, dachte sie, jetzt verschwindet er für immer, auch gut.

«Aber», sagte er, «was ist denn los?»

«Entschuldige», weinte sie, «entschuldige, ich wollte dich nicht ...»

Er klopfte ihr vorsichtig auf den Rücken und streichelte ihr ein wenig über die Haare.

«Aber, Annika, was ist denn passiert? Erzähl!»

Sie versuchte, sich zu beruhigen, zu atmen, und ließ den Rotz auf ihre Knie tropfen.

«Ich kann nicht», sagte sie. «Es geht nicht.»

Er fasste sie bei den Schultern, drehte sie zu sich, aber sie wandte instinktiv ihr tränenverquollenes Gesicht ab.

«Ich bin so hässlich», murmelte sie.

«Was ist mit deinem Verlobten passiert?»

Sie weigerte sich aufzublicken.

«Ich kann es nicht erzählen», sagte sie. «Du würdest mich hassen.»

«Dich hassen? Aber warum denn?»

Sie sah zu ihm auf, spürte, dass ihre Nase rot war und die Wimpern verklebt. Sein Gesicht war beunruhigt, bekümmert, die Augen blitzend blau. Es war ihm nicht egal. Er wollte es

wirklich wissen. Sie sah wieder nach unten, atmete schnell durch den Mund, zögerte, zögerte, nahm Anlauf.
«Ich habe ihn umgebracht», flüsterte sie in Richtung Fußboden.
Die Stille wurde tief und bedrückend, und sie spürte, wie er neben ihr erstarrte.
«Warum?», fragte er leise.
«Er hat mich misshandelt, mich beinah erwürgt. Ich musste ihn verlassen, sonst wäre ich gestorben. Als ich Schluss machte, schlitzte er meine Katze mit einem Messer auf. Mich wollte er auch umbringen. Ich habe ihm einen solchen Schlag versetzt, dass er in einen alten Hochofen gefallen ist ...»
Sie starrte intensiv den Fußboden an und fühlte den Abstand zwischen ihnen.
«Und er ist gestorben?»
Seine Stimme war jetzt verändert, erstickt.
Sie nickte, und die Tränen schossen ihr wieder in die Augen.
«Wenn du dir nur vorstellen könntest, wie furchtbar das gewesen ist. Wenn es etwas gäbe, das ich in meinem Leben verändern könnte, dann wäre es dieser Tag, dieser Schlag.»
«Gab es einen Prozess?»
Klang er abwesend? Distanziert?
Sie nickte wieder.
«Totschlag. Ich bekam eine Bewährungsstrafe. Ich musste ein Jahr lang eine Therapie machen, weil mein Bewährungshelfer der Meinung war, dass ich eine bräuchte, aber es hat nicht viel gebracht. Der Therapeut war ziemlich merkwürdig. Seit dieser Zeit geht es mir nicht besonders gut.»
Sie verstummte, schloss die Augen und wartete darauf, dass er aufstehen und gehen würde. Was er auch tat. Sie verbarg ihr Gesicht in den Händen und wartete darauf, dass die Woh-

nungstür ins Schloss fiel. Ein Abgrund tat sich vor ihr auf, die monumentale Verzweiflung, die Leere und die Einsamkeit, oh, Gott, hilf mir …

Stattdessen fühlte sie seine Hand auf ihrem Haar.

«Hier», sagte er und reichte ihr eine Osterserviette. «Putz dir die Nase.»

Er setzte sich wieder neben sie.

«Ehrlich gesagt, glaube ich», sagte er, «dass es manchmal gar nicht so verkehrt ist, sie zu erschlagen.»

Sie sah schnell zu ihm auf, er lächelte blass.

«Ich bin immerhin Diplom-Sozialwirt», fuhr er fort, «und arbeite seit sieben Jahren in der Sozialverwaltung. Ich habe schon viel gesehen. Du bist kein Einzelfall.»

Sie blinzelte.

«Für die Frauen kann der Rest ihres Lebens die reinste Hölle sein», sagte er. «Ich finde nicht, dass du ein schlechtes Gewissen haben musst. Das war doch Notwehr. Es ist traurig, dass du an so einen Idioten geraten bist. Wie alt warst du, als ihr euch begegnet seid?»

«Siebzehn Jahre», flüsterte sie, «vier Monate und sechs Tage.»

Er streichelte ihr über die Wange.

«Arme Annika», sagte er. «Du hast etwas Besseres verdient.»

Dann lag sie in seinen Armen, die Wange an seiner Hemdbrust, und hörte sein Herz schlagen. Seine Arme waren um ihren Kopf geschlungen. Sie legte ihre Arme um seine Hüften und hielt ihn, der so warm und groß war, fest.

«Wie ging es bei dir weiter?», flüsterte er in ihre Haare hinein.

Sie schloss die Augen und lauschte seinem lebendigen, pochenden Herzen.

«Chaos», sagte sie an seiner Brust, «zuerst war alles Chaos. Ich konnte nicht sprechen, nicht denken, nicht essen. Im Grunde fühlte ich nichts, alles war irgendwie nur ... weiß. Dann stürzte alles auf mich ein, und ich glaubte, ich würde zerbrechen, nichts ging mehr. Ich hatte Angst zu schlafen, weil die Albträume kein Ende nehmen wollten, und schließlich musste ich für ein paar Tage ins Krankenhaus. Daraufhin zwang mich der Bewährungshelfer, eine Therapie anzufangen ...»

Er strich ihr über die Haare, streichelte ihren Rücken.

«Wer hat sich um dich gekümmert?»

«Meine Großmutter. Das ganze erste Jahr wohnte ich bei Großmutter, sobald ich frei hatte. Ich habe lange Spaziergänge im Wald gemacht, viel geredet und oft geweint. Großmutter war immer für mich da, sie war wirklich unglaublich. Alles fiel von mir ab, aber anschließend war nichts mehr da. Alles wurde leer, kalt, sinnlos.»

Er wiegte sie leicht und atmete in ihre Haare hinein.

«Wie fühlst du dich jetzt?»

«Großmutter ist krank geworden, es ist ganz furchtbar. Sie hatte einen Gehirnschlag. Ich denke darüber nach, unbezahlten Urlaub zu nehmen und mich um sie zu kümmern. Das ist das Wenigste, was ich für sie tun kann.»

«Aber wie fühlst du dich?», fragte er.

Sie schloss fest die Augen, um die Tränen zurückzudrängen.

«Es geht so», flüsterte sie. «Ich habe Probleme mit dem Essen, aber das wird besser. Wenn die Sache mit Großmutter nicht wäre, wäre eigentlich alles ganz okay. Ich finde es schön, dass ich dich getroffen habe.»

Sie hörte sich selber die Worte aussprechen, er hörte auf, sie zu streicheln.

«Wirklich?», fragte er.
Sie nickte an seiner Brust. Er ließ sie los und sah in ihre dunklen Augen, verstand die Tiefe, sah die Trauer. Sie begegnete seinem blauen Blick, streichelte seine Wange, küsste ihn. Er zögerte einen Moment, erwiderte dann aber ihren Kuss, leckte und saugte an ihren Lippen …
Sie zog ihren Pullover aus, und die Brüste fielen heraus, die Goldkette tanzte, sie trug keinen BH. Er starrte fasziniert ihre Brüste an, sie waren so groß, und legte seine Hand auf die eine, sie war so warm, so weich. Sie zog ihm das Jackett aus, knöpfte sein Hemd auf, sah die weiche, dennoch feste, ein wenig behaarte Brust, küsste seine Schulter und biss ihn, bis er aufstöhnte. Er küsste ihren Hals und glitt mit der Zunge über ihr Kinn, fand das Ohrläppchen, biss, saugte, leckte, und ihre Hände glitten seinen Rücken herab, Fingernägel kreisten leicht und schnell. Dann hielten sie inne, schauten sich in die Augen, sahen das Gefühl, den gemeinsamen Willen, waren heimisch in ihm und ließen ihn wachsen, bis er ihnen über den Kopf wuchs. Sie rissen sich die Kleider vom Leib, Hände, Zungen, Lippen überall, Brüste, Bäuche, Geschlechtsteile, Arme, Füße …
Er legte sich auf die Couch, und die Füße ragten über den Rand hinaus, als sie sich auf ihn setzte, auf ihn glitt, ihn umschloss. Sie fühlte, wie sein Geschlecht sie ganz ausfüllte und Platz nahm in dem Raum, den sie fast vergessen hatte. Er spürte die Wärme, den Druck, den Puls und wollte sich bewegen, aber sie sagte:
«Warte.»
Wieder sahen sie sich in die Augen, blickten in die grenzenlose Erregung des anderen und wurden ineinander gesogen, und plötzlich wurde er von einem Schwindel, einer totalen und kompromisslosen Ekstase erfasst. Er schloss die Augen,

legte den Kopf in den Nacken und schrie. Sie begann ihn langsam zu reiten. Er wollte sie schneller werden lassen, aber sie hielt ihn zurück, er keuchte, stöhnte, schrie, glaubte, dass sich alles auflösen würde.
Sie sah ihn an, begegnete ihm in seiner ungeheuren Erregung, ließ den Schwanz so langsam gleiten, dass die Seele ihm zuvorkam, tief hinein, so tief wie möglich, wieder und immer wieder, und dann war es so weit, die Welle kam, sie spürte die Wärme ihre Schenkel hinablaufen. Sein Körper versteifte sich, jeder Muskel verkrampfte sich, der Samen pumpte. Sie fiel über ihm zusammen, er umarmte sie, war immer noch in ihr und streichelte ihr Haar. Erst jetzt bemerkte sie, dass sie ganz verschwitzt waren, glatt und glänzend. Sie lag mit der Nase an seinem Schlüsselbein, atmete seinen kräftigen, ein wenig säuerlichen Duft ein.
«Ich glaube, ich liebe dich», flüsterte sie und sah zu ihm auf.
Er küsste sie, und sie begannen sich wieder zu bewegen, sachte, vorsichtig, dann immer schneller und härter, so nass, so glatt.

Er wachte davon auf, dass er fror. Ein Fuß war eingeschlafen, weil sie auf ihm lag. Er hörte ihre gleichmäßigen, tiefen Atemzüge, und ihm wurde klar, dass sie schlief.
«Annika», flüsterte er und strich ihr über das Haar. «Annika, ich muss aufstehen.»
Sie wachte mit einem Ruck auf, sah ihn verwirrt an, lächelte.
«Hallo», flüsterte sie.
«Hallo», sagte er und küsste ihre Stirn. «Ich muss hoch.»
Sie blieb noch eine Sekunde liegen.
«Sicher», sagte sie, stand linkisch auf und zog ihn von der Couch hoch.

Dann standen sie sich nackt und verschwitzt gegenüber, sie einen halben Kopf kleiner, und küssten sich. Sie legte ihre Arme um seinen Hals, stellte sich auf die Zehenspitzen. Er spürte ihre wunderbar weichen Brüste an seinen Rippen.
«Ich muss nach Hause fahren», flüsterte er.
«Sicher», sagte sie wieder, «aber nicht jetzt. Lass uns noch etwas schlafen.»
Sie nahm ihn an der Hand und führte ihn in ihr Schlafzimmer. Das Bett, eine Matratze ohne Bettrahmen, war ungemacht. Sie sank auf die Matratze und zog ihn an sich.
Sie liebten sich wieder.

Der Koloss war abweisend und dunkel. Ratko starrte an der Backsteinfassade hoch. Er sah die Straßenlaternen im Glas der Fenster glimmen, sein Mund war ausgetrocknet.
Warum hatten sie ihn herbestellt, noch dazu mitten in der Nacht? Da war doch was im Busch.
Die Autos rauschten hinter ihm vorbei, als er langsam den Haupteingang passierte, um die Ecke bog und den Botschaftsparkplatz sah, ein Parkplatz für den Konsul, einer für den Botschafter. Er ging zur Tür und klopfte schnell und leise an. Der Fette öffnete ihm.
«Du kommst spät», sagte er, wandte ihm den Rücken zu und wackelte zurück.
Er folgte dem Fetten die wenigen Treppenstufen bis zu dem großen Zimmer, dem Wartezimmer, und war sofort wieder in Belgrad: ostblockgrüne Wände, graue Plastikstühle. Der Schalter geradeaus, die Glaswand links, er ahnte einen Lichtstreif im Zimmer des Konsuls.
«Warum bin ich hier?», fragte er.
Der Fette zeigte auf die Tür neben der Glaswand.

«Setz dich und warte», sagte er.

Ratko ging durch den Raum, machte einen Bogen um den Tisch und die Stühle herum, ließ den engen Flur mit dem Schreibtisch des Fetten hinter sich und betrat das Empfangszimmer, das sich nicht verändert hatte: die Stühle an der Wand, das Sofa, die Bücherregale, die Karte von Jugoslawien vor der Teilung. Er erwog, sich hinzusetzen, blieb dann aber stehen. Bislang war er fast immer unter ausgesprochen angenehmen oder zumindest freundschaftlichen Umständen hier gewesen. Diesmal war das anders. Er konnte sich nicht setzen, denn dann wäre er in die Position des Schwächeren geraten, wenn die Vorgesetzten den Raum betraten.

Auf dem Tisch waren die Ringe von Flaschen zu erkennen, Slibowitz, und plötzlich merkte er, wie durstig er war. Ein reiner Wodka, kalt und ohne Eis. Er schluckte und leckte sich die Lippen.

Wo zum Teufel blieben sie nur? Was machten sie? Sie hielten ihn mit eisernem Griff an den Eiern, ein Gefühl, das ihm gar nicht gefiel.

Er ging ein paar Schritte weiter und warf einen verstohlenen Blick in den Flur hinaus. Mehrere Männer standen dort, von denen er einige noch nie gesehen hatte. Alle trugen sich ähnelnde braune und schlecht sitzende Anzüge, was, zum Teufel? Schnell wich er mit lautlosen Schritten in den Raum zurück. Schweiß trat auf seine Stirn, er begriff, wer die Männer waren. Es waren RDB-Leute aus Belgrad, was machten die denn hier? Waren sie seinetwegen hier?

«Der Konsul empfängt dich jetzt.»

Wieder in den Flur hinaus, vorbei an dem Fetten, in das nächste Zimmer, die Unbekannten beachteten ihn nicht.

«Ratko», sagte der Konsul, «morgen früh um sieben geht ein

Flugzeug über Wien nach Skopje. Unsere Leute werden dich am Flugplatz abholen. Du fährst sofort.»

Er starrte den glatzköpfigen kleinen Mann an, der einige Dokumente auf seinem Schreibtisch sortierte, was zum Teufel war hier los?

«Warum?»

«Wir haben schlechte Nachrichten aus Den Haag.»

Die Bedrohung wurde greifbar, verdammter Mist, das UN-Kriegsverbrechertribunal.

«Ab morgen zwölf Uhr wird mit einem internationalen Haftbefehl nach dir gesucht.»

Er schluckte, der Schweiß brannte, all diese Männer, was hatten sie mit der Sache zu tun?

Der Konsul klopfte die Blätter gegen die Tischplatte, um sie zu einem Stapel zu ordnen, stand auf und ging um den Tisch herum.

«Wir haben dir neue Papiere besorgt», sagte er. «Unsere Besucher haben den ganzen Abend an ihnen gearbeitet. Du musst hier noch unterschreiben und dich fotografieren lassen, dann ist alles fertig.»

Seine Gedanken kamen langsam in Bewegung.

«Aber», sagte er, «die Haftbefehle sind doch geheim, bis sie offiziell bekannt gegeben werden, woher wisst ihr denn schon Bescheid?»

Der Konsul, der einen Kopf kleiner war als er, blieb mit ausdruckslosem Gesicht vor ihm stehen. Die Sache bereitete ihm offensichtlich keine Freude.

«Wir wissen es», sagte er nur. «Sobald du deinen neuen Pass bekommen hast, musst du das Land verlassen, noch heute Nacht. Du fliegst von Oslo aus.»

Er wollte sich fallen lassen, einen Wodka trinken, Zeit haben, um zu verstehen. Er würde zur Mittagszeit noch nicht in Sicherheit sein, sondern in der Luft zwischen Wien und Mazedonien, und Skopje lag viele Stunden von Belgrad entfernt. Er schluckte und starrte den Konsul an.

«Du bekommst einen norwegischen Pass. Du heißt Runar Aakre. Wir hoffen, dass du mit ihm gut über die Grenze kommst.»

Die Männer im Zimmer traten auf einen Wink hin zu ihm. Alle hatten eine Aufgabe zu erfüllen, und die Zeit drängte.

DIENSTAG, 6. NOVEMBER

Das Haus war dunkel und hockte bedrohlich am Meeresufer. Thomas wusste, dass sie wach war. Irgendwo in dieser Dunkelheit saß Eleonor und wartete. Er war vorher noch nie einfach so fort gewesen, in sechzehn Jahren nicht.

Vorsichtig schloss er die Autotür, und das Piepen der Zentralverriegelung hallte zwischen den Häusern wider. Dann atmete er drei Mal tief durch, schloss die Augen und versuchte, sich über seine Gefühle klar zu werden.

Die junge Frau, die er schlafend im Bett zurückgelassen hatte, war noch als eine große und verzehrende Wärme in ihm gegenwärtig. Mein Gott, nie zuvor hatte er etwas Vergleichbares empfunden. Die Sache war ernst. Sie war einfach unglaublich, so echt und lebendig.

Annika.

Ihr Name war auf seiner Fahrt aus der Stockholmer Innenstadt nach Vaxholm unablässig in ihm erklungen. Sein Entschluss war unterwegs in der Dunkelheit gereift, und im Grunde war er selbstverständlich.

Er würde ehrlich sein. Er würde alles erzählen und seiner Frau sagen, wie die Dinge lagen. Ihre Ehe war tot, das musste Eleonor einsehen. Er wollte mit ihr, der anderen Frau, zusammen sein und ein neues Leben anfangen, ein anderes Dasein. Er würde sich nicht wegen Annika scheiden lassen, sie brachte ihn nur dazu, den entscheidenden Schritt zu tun.

Erleichtert darüber, seinen Entschluss in die Tat umsetzen zu können, ging er zum Haus hinauf. Der gefrorene Schotter knirschte unter seinen Füßen.

Es würde hart werden, aber Eleonor würde schon darüber hinwegkommen. Das Haus konnte sie behalten, er wollte es nicht. Andererseits musste sie ihm eigentlich seinen Anteil am Wert der Immobilie ausbezahlen, die Wertsteigerung gehörte ihr nicht allein.

Sie stand in einem rosa Morgenmantel, mit rot verheulten Augen und einem Gesicht, das vor Wut kreideweiß war, hinter der Tür.

«Wo bist du gewesen?»

Er setzte die Aktentasche im Flur ab, hängte seinen Mantel auf und machte das Licht an. Sie schrie auf.

«Was hast du gemacht? Was ist passiert?»

Sie eilte zu ihm und strich mit dem Finger über die Stiche auf der Stirn. Er zuckte zurück und fing ihre Hand ab.

«Das tut weh», sagte er.

Sie umarmte ihn, presste sich an ihn, begann zu weinen, sah zu ihm auf und strich ihm über das Haar.

«Oh, ich habe mir solche Sorgen gemacht, was ist denn passiert, was hast du gemacht?»

Er wich ihrem Blick aus, schob sie von sich, wollte ihren Körper und die harten BH-Körbchen unter dem Morgenmantel nicht spüren.

«Ich muss mich hinlegen», sagte er, «ich bin völlig erledigt.»

Er ging an ihr vorbei in Richtung Schlafzimmer, aber sie packte seinen Arm und hielt ihn zurück.

«Nun sag doch!», schrie sie unter Tränen. «Was ist passiert? Hast du einen Unfall gehabt?»

Er sah sie an. Sie war völlig aufgelöst. Ihr Haar war zerzaust und ihr Gesicht von den feuchten Spuren der Tränen überzogen. Er suchte nach Worten, fand nichts und blieb wie gelähmt stehen.

Sie trat mit farblosen Lippen einen Schritt näher.

«Begreifst du denn nicht, was für eine Angst ich gehabt habe?», flüsterte sie. «Was wäre denn gewesen, wenn ich dich verloren hätte, was hätte ich denn dann tun sollen?»

Sie schloss die Augen und weinte. Er starrte sie an, hatte sie noch nie so fassungslos gesehen, seine Ehefrau, die Frau, der er versprochen hatte, sie zu lieben, bis der Tod sie scheide.

«Wenn dir etwas zugestoßen wäre, dann wäre ich gestorben», sagte sie, öffnete die Augen und starrte in seine.

Das schlechte Gewissen traf ihn mit voller Wucht und drohte ihn zu ersticken, mein Gott, was hatte er getan, o Gott, war er denn noch ganz bei Trost?

Er zog sie an sich, umarmte sie fest und strich ihr über die Haare. Sie weinte an seiner Hemdbrust, weinte genau wie die andere …

«Entschuldige», flüsterte er. «Ich habe … die ganze Nacht in der Notaufnahme gesessen.»

Sie machte sich los und blickte zu ihm auf.

«Warum hast du nicht angerufen?»

Er zog sie wieder an sich, konnte ihren Blick einfach nicht erwidern.

«Es ging nicht», sagte er. «Ich war die ganze Nacht in Behandlung, du weißt schon, beim Röntgen und so …»

«Aber was ist denn passiert?»

Plötzlich stieg ihm der Geruch von Sex in die Nase, ein Geruch, der von seinem Körper ausging und dort absolut nichts zu suchen hatte. Er schluckte und streichelte ihren Rücken, den rauen Frotteestoff ihres Morgenmantels.

«Mach uns einen Kaffee», sagte er, «ich muss duschen. Dann werde ich dir alles erzählen, es ist eine lange Geschichte.»
Sie ließen sich los und sahen sich in die Augen. Er hielt ihrem Blick stand und zwang sich zu einem Lächeln.
«Mach dir keine Gedanken», sagte er und küsste sie auf die Stirn. «Ich liebe dich.»
Sie küsste ihn aufs Kinn und ging in die Küche. Er ging ins Badezimmer, stopfte seine Kleider in den Wäschekorb und stellte sich unter die heiße Dusche. Sie war auf seinem ganzen Körper, in jeder Pore, er roch sie überall, ihr Duft stieg zusammen mit dem Wasserdampf auf und füllte das ganze Badezimmer. Er spürte den harten kleinen Körper wieder unter sich, die weichen Brüste, die wirren, wilden Haare, schloss die Augen und blickte in diese bodenlosen dunklen Augen, und sein Penis wurde wieder steif. Er drehte das kalte Wasser auf und schrubbte seinen Schritt mit Wella-Shampoo.
Seine Verzweiflung wurde größer. Er wusste nicht, was er tun sollte.

Wieder eine Besprechung der Redaktionsleitung. Er tat wirklich nichts anderes, als den ganzen Tag in Besprechungen zu sitzen. Wie schaffte man es bloß, eine Zeitung zu produzieren, wenn alle die ganze Zeit über nur herumsaßen und schwafelten?
Anders Schyman gab sich alle Mühe, sich seine schlechte Laune nicht anmerken zu lassen. Fortwährend als der stets verantwortungsbewusste, mitfühlende und einfühlsame Chef durch die Gegend zu laufen ging ihm allmählich auf die Nerven.
Auf der anderen Seite war er es gewohnt, dass sich alle wie im Kindergarten benahmen, und die publizistischen Diskussio-

nen waren sein täglich Brot. Es war etwas anderes, Neues, das ihn so viel Kraft kostete.
Der Machtkampf.
Das war er nicht gewohnt. Jede Stelle, jeden Posten hatte er bekommen, weil jemand ihn dort haben wollte. Man hatte ihn mit Einfluss ausgestattet, ohne dass er dafür hätte kämpfen müssen, und er hatte vom Tisch der Macht gegessen, ohne dass er zuvor eine Beute hätte erlegen und schlachten müssen.
Er ließ den Blick über die Redaktion schweifen. Die tägliche Arbeit war in vollem Gange. Reporter telefonierten, Redakteure hämmerten auf Tastaturen, betrachteten, werteten aus, änderten, die Mäuse klickten. Gleich würde er die fünfundvierzig Meter zum geräumigen Eckzimmer des Chefredakteurs zurücklegen, ein Mann der Macht, und wo er vorbeiging, würden Gespräche unterbrochen, Blicke geschärft, Rücken gestreckt werden.
Wozu waren die Männer der Macht fähig, wenn es darum ging, ihre Macht zu sichern?
Er sah aus dem Augenwinkel, dass sich die Herren versammelten, die flanellgekleideten Rücken bewegten sich auf die Räume der Zeitungsleitung zu, wo der Korridor gepflegt war und die Zimmer Aussicht und viel Platz hatten. Er folgte ihnen, und als er den Raum betrat, setzten sich die anderen, warteten, verstummten.
«Wir fangen sofort an», sagte er und sah Sjölander an. «Kriminalredaktion. Wie entwickelt sich die Geschichte mit der jugoslawischen Mafia? Hatte die Frau aus Bosnien, die auf dem Sergels Torg ermordet worden ist, etwas mit der Sache zu tun?»
Alle Blicke wanderten von ihm zu Sjölander, der sich aufrichtete.

«Vielleicht», sagte der Leiter der Kriminalredaktion. «Die beiden Leichen aus dem ausgebrannten Sattelschlepper konnten identifiziert werden. Es waren zwei junge Männer aus einer Unterkunft für Asylbewerber in Väsby, in Uppland, nördlich von Stockholm, sie waren neunzehn und zwanzig Jahre alt. Sie wurden schon eine ganze Weile vermisst, und sowohl die Polizei als auch die Leitung der Unterkunft haben geglaubt, die beiden wären abgehauen, um einer bevorstehenden Abschiebung zuvorzukommen. Was offensichtlich nicht der Grund ihres Verschwindens gewesen ist. Einen der Männer konnte man anhand seiner Zähne identifizieren, da er seit seiner Ankunft in Schweden schon einmal beim Zahnarzt gewesen ist. Bei dem anderen ist man sich noch nicht hundertprozentig sicher, aber alles deutet darauf hin, dass es sich um den ebenfalls verschwundenen Kumpel des Ersteren handelt. Die Polizei glaubt, dass es einen Zusammenhang zwischen der Frau auf dem Platz und den Männern geben könnte.»

«Wieso das?», erkundigte sich Schyman. «Stammten sie denn auch aus Bosnien?»

«Nein», antwortete Sjölander, «sie waren Kosovo-Albaner. Aber Aida, die ermordete Frau, hat in der gleichen Unterkunft gewohnt. Das ist zwar schon lange her, aber das dortige Personal hat angegeben, sie sei des Öfteren zu Besuch gekommen. Sie könnte die beiden Männer dort kennen gelernt haben.»

Der Redaktionsleiter lehnte sich zurück.

«Was sagt uns das?», fragte er. «Was ist das hier eigentlich für eine Geschichte?»

Alle sahen ihn schweigend, abwartend, unsicher an. Er betrachtete sie der Reihe nach, die Flanelllappen, die Leitartikler, die Leiter der Ressorts Unterhaltung, Gesellschaft, Leserforum, Sport, Bild und dann Torstensson.

«Es hat jetzt fünf Morde in gut einer Woche gegeben», sagte er. «Alle diese Morde sind extrem spektakulär gewesen. Zuerst sind die beiden jungen Männer im Freihafen aus großer Entfernung mit einer großkalibrigen Jagdwaffe durch Kopfschüsse getötet worden. Dann haben wir die beiden armen Teufel in dem Sattelschlepper, die man zu Tode gefoltert und Stück für Stück erschlagen hat, und zuletzt die Frau auf dem Sergels Torg, hingerichtet mit einem Nackenschuss unter fünftausend Zeugen. Was sagt uns das?»

Alle starrten ihn an.

«Macht», sagte er. «Wir haben es mit einem Machtkampf zu tun. Vielleicht geht es um Geld oder um politischen und kriminellen Einfluss, aber es geht um die Macht über Leben und Tod. Ich glaube, das Ganze wird noch weitergehen. Sjölander, ich will, dass wir an der Sache dranbleiben.»

Alle nickten, alle waren seiner Meinung, er registrierte das sehr genau.

Macht. Er war dabei, die Sache in den Griff zu bekommen.

Die Decke schwebte über ihr und schimmerte im Dunkeln. Eine Sekunde lang lag sie da, fragte sich, wo sie eigentlich war, und gab sich dem Rausch und dem Gefühl vollkommener Seligkeit hin, bis ihr klar wurde, was nicht stimmte.

Annika setzte sich im Bett auf und legte ihre Hand auf das Kissen neben sich, um sich zu vergewissern, dass er wirklich nicht da war. Kalt und schneidend schlug die Leere zu.

Er war gefahren, nach Hause gefahren zu seiner Frau, die Eleonor hieß, Eleonor Samuelsson.

Sie fuhr aus dem Bett, um nachzusehen, ob er ihr eine Nachricht hinterlassen hatte, ein paar Worte über ihre Begegnung oder ein Versprechen, sie anzurufen. Sie suchte in der Küche, im Flur und im Wohnzimmer, riss die Bettbezüge hoch, um sicher zu sein, dass er nichts auf das Kissen gelegt hatte, einen Zettel, der irgendwo dazwischengefallen war, sie zog das Bett zur Seite und suchte darunter.

Nichts.

Sie versuchte Ordnung in ihre Gefühle zu bringen, Glück, Verlassenheit, Leere, Zuversicht, jubelnder Rausch.

Sie legte sich zwischen Laken und Betttuch und starrte wieder an die Decke.

Seligkeit. Nie zuvor hatte Annika sie empfunden, nicht so. Als sie mit Sven zusammen war, gab es immer den dunklen Unterstrom in ihrer Liebe, den Zwang zur Leistung, die Forderung nach Glück.

Das hier war anders. Warm, leicht, eigenartig, phantastisch.

Sie legte sich auf die Seite und zog die Beine hoch, sein Sperma klebte noch zwischen ihren Schenkeln. Sie zog sich das Betttuch über den Kopf und sog seinen Duft ein.

Thomas Samuelsson, Verwaltungsbürokrat.

Sie lachte laut auf, ließ ihren brodelnden Gefühlen freien Lauf.

Thomas Samuelsson mit seinen glänzenden Haaren und seinem breiten Brustkorb und einem Mund, der küssen und liebkosen und saugen und beißen konnte.

Sie rollte sich zu einem kleinen Ball zusammen, wiegte sich selbst, summte vor sich hin.

Sie wusste es. Sie war sich vollkommen sicher. Sie wollte ihn haben, Thomas Samuelsson, den Verwaltungsbürokraten.

Sie setzte sich auf und griff nach dem Telefon.

«Thomas Samuelsson ist krankgeschrieben», sagte die Telefonistin der Gemeinde Vaxholm. «Er ist das Opfer eines Überfalls geworden. Wir sind alle ziemlich schockiert.»

Annika lächelte, da sie wusste, dass man sich um den Sozialkämmerer keine großen Sorgen machen musste, dankte und legte wieder auf. Sekundenlang blieb sie zögernd mit dem Hörer in der Hand sitzen. Dann wählte sie die Nummer, die achtstellige Privatnummer, und wartete mit klopfendem Herzen, als es klingelte, bald war er wieder bei ihr, bald. Sie lächelte, und ihr wurde warm ums Herz.

«Samuelsson.»

Sie war zu Hause, Eleonor war nicht in der Bank, sie war zusammen mit ihm zu Hause.

«Hallo? Wer ist am Apparat? Was soll denn das?»

Annika legte langsam den Hörer auf, sie hatte einen trockenen Mund bekommen, verdammt. Die glitzernde Begierde versank, die Einsamkeit klopfte an.

Sie sah die beiden zusammen, deutlich konturiert den Mann und undeutlicher die Frau, den Jugendtraum. Sie schluckte, ihr fehlgeschlagener Versuch, mit ihm zu sprechen, nagte an ihr. Sie zog ihren Jogginganzug an, drehte eine Runde durch die Wohnung, ging zur Toilette, dann in die Küche, wo sie Kaffee kochte, und setzte sich mit ihren Aufzeichnungen und dem Telefon an den Küchentisch.

Thomas Samuelsson und seine Frau, verdammt.

Sie rief Anne Snapphane an, aber sie war nicht zu Hause, dann ihre Mutter, aber keiner ging dran, und schließlich die Station im Kullbergska, aber ihre Großmutter schlief.

«Ich komme heute Abend», teilte sie der Stationsschwester mit.

Anschließend wählte sie die Durchwahl von Berit Hamrin, keine Antwort. Stattdessen versuchte sie es bei Anders Schyman. Es war nicht besetzt. Sie wollte gerade wieder auflegen, als er, ein wenig außer Atem, an den Apparat ging.

«Beschäftigt?», fragte sie.

«Ich komme gerade aus einer Besprechung», antwortete er. «Wie geht es Ihnen?»

Sie bekam einen Anflug von schlechtem Gewissen, eigentlich sollte sie ja krank sein.

«Es geht so», sagte sie. «Ich war gestern in Järfälla, beim Haus der Stiftung. Das war interessant.»

Sie hörte Lärm, Möbelrücken.

«Ich hatte Ihnen doch gesagt, Sie sollten nicht daran denken.»

«Mir ging es gut», erwiderte sie, «also habe ich einen Spaziergang gemacht. Die Angaben meiner Informantin scheinen jedenfalls zu stimmen. Ich habe das Büro dort durchsucht, konnte aber, abgesehen von Rechnungen, keine Spuren der Arbeit dieser Stiftung entdecken. Sie versteht es wirklich, sich gut bezahlen zu lassen. Alle Aktenordner im Regal waren leer ...»

«Moment mal», warf der Redaktionsleiter ein. «Rebecka Björkstig hat Sie in ihr Büro gelassen?»

Sie schloss die Augen und biss für einen Moment die Zähne zusammen. «Nicht direkt», sagte sie. «Aber eingebrochen bin ich im Grunde genommen auch nicht. Ich war eingeladen und habe die Schlüssel bekommen.»

«Von Rebecka Björkstig?»

«Von ihrer Mieterin. Und als ich da war, kam Rebecka Björkstig zusammen mit einem Mann, vielleicht ihrem Bruder ...»

«Und Sie hielten sich in ihrem Haus auf?»

Annika war plötzlich gereizt und stand auf.

«Jetzt hören Sie mir doch erst einmal zu», sagte sie. «Ich habe mich versteckt, und während ich noch da war, kam Thomas

Samuelsson zu dem Haus, der Verwaltungsmensch aus Vaxholm. Er war rasend vor Wut wegen einer Rechnung, die Rebecka Björkstig ihm an diesem Morgen gefaxt hatte. Die Klientin, für die sie das Honorar haben wollte, war bereits tot!»

Es wurde still. Annika hatte das Gefühl, dass der Name Thomas Samuelsson in der Stille weiterhallte, dass ihre Stimme seltsam geklungen hatte, als sie seinen Namen aussprach, dass sie eigenartig voll und warm geworden war.

«Fahren Sie fort», sagte Schyman. «Was ist dann passiert?»

Sie räusperte sich.

«Sie haben den Typen von der Gemeindeverwaltung niedergeschlagen, ihn in einer Abstellkammer eingeschlossen und sind losgegangen, um ein Auto zu holen. Ich habe ihn rausgelassen und zur Notaufnahme gefahren.»

«Mein Gott, die sind ja gewalttätig! Annika, Sie fahren da nicht noch einmal hin, hören Sie!»

Sie kratzte sich an der Stirn und tastete die Schürfwunden ab, die von der Spiralfeder unter dem Bett herrührten, zögerte und beschloss, nichts von Aida zu erzählen.

«Okay», sagte sie.

«Wir müssen diese Geschichte bald bringen», meinte Schyman. «Was brauchen Sie noch, um sie schreiben zu können?»

Annika dachte nach.

«Kommentare verschiedener Personen, Interviews mit Juristen und Sozialarbeitern, die Aktivitäten der Stiftung müssen in einen größeren Zusammenhang gestellt werden. Das wird etwas dauern. Rebecka Björkstig muss natürlich auch die Möglichkeit erhalten, auf die Kritik zu reagieren.»

«Dieser Typ von der Verwaltung, glauben Sie, dass er redet?»

Ihre Stimme wurde wieder sanft.

«Thomas Samuelsson? Das wird er vielleicht tun.»
«Können Sie Kontakt zu anderen Beamten aufnehmen?»
Sie schloss die Augen und dachte nach.
«Ich habe ein paar Rechnungen gesehen, das war zwar nicht unbedingt legal, aber ich konnte mir einige der zuständigen Personen merken. Helga, Helga Axelsson glaube ich, in ... Österåker. Und dann noch jemand in Nacka, Martin Soundso ... was mit -lius, davon kann es nicht so viele geben. Den Rest konnte ich nicht mehr durchsehen, es war alles ein wenig stressig.»
«So etwas nennt man eigenmächtiges Vorgehen und Hausfriedensbruch», sagte Schyman, und Annika konnte nicht heraushören, ob er zufrieden oder bekümmert war.
«Ja», stimmte Annika zu, «wenn man erwischt wird, aber ich habe mir mit einem Schlüssel Zugang verschafft und keine Spuren hinterlassen.»
«Haben Sie Handschuhe getragen?»
Sie antwortete nicht. Sie hatte keine Handschuhe getragen, und ihre Fingerabdrücke waren bei der Polizei gespeichert.
«Ich glaube nicht, dass Rebecka Björkstig die Polizei rufen wird», sagte sie.
«Brauchen Sie Hilfe bei den Recherchen?», erkundigte sich der Redaktionsleiter.
Jedenfalls nicht von Eva-Britt Qvist, dachte sie.
«Ich würde gern mit Berit Hamrin zusammenarbeiten», erwiderte sie.
«Ich werde Berit bitten, Sie anzurufen», sagte er.
«Okay.»
Stille. Sie ahnte, dass am anderen Ende der Leitung nachgedacht wurde.
«Wir machen Folgendes», sagte Anders Schyman. «Ich werde

Sie für die nächste Schicht von der Nachtarbeit befreien. Sie ruhen sich den Rest der Woche aus und kommen am Montag wieder und arbeiten tagsüber, bis die Artikel fertig sind, geht das in Ordnung?»

Annika schloss die Augen, atmete auf, und ein Lächeln stieg aus ihrem tiefsten Inneren auf.

«Klar.»

Sie flog regelrecht zum Bahnhof, tanzte, ohne den Boden zu berühren, spürte den schneidenden Wind nicht. Sie war am Ziel. Jetzt würde sie wieder Reporterin werden, das hatte sie im Gefühl. Sie würde Interviews machen, Artikel schreiben, die Machthaber unter die Lupe nehmen, Korruption und Skandale aufdecken, die Perspektive der kleinen Leute in den Vordergrund stellen, sich auf die Seite der Benachteiligten schlagen.

Im Zug saß sie so, dass sie entweder auf die Gepäckablage oder die vorbeirauschenden braungrünen Nadelbäume starren konnte. Sie schloss die Augen, der Zug ratterte.

Tho-mas Tho-mas, Tho-mas Tho-mas, Tho-mas Tho-mas.

Ihr Jubel versiegte, stattdessen kam die Wut, die Kränkung. Er hatte nicht angerufen. Er hatte ihr keine Nachricht hinterlassen. Er hatte sie schlafend im Bett verlassen, ohne ein Wort zu sagen. Hatte er sie angesehen, ehe er ging? Hatte er ihr über die Wange gestrichen? Was hatte er gedacht, gefühlt? Scham, Reue? Seligkeit, berauschenden Jubel?

Dies nicht zu wissen tat ihr körperlich weh, brannte in der Brust und ließ sie zittern.

Sie biss die Zähne zusammen und starrte aus dem Fenster.

Groß-mutter Groß-mutter, Groß-mutter Groß-mutter, Groß-mutter Groß-mutter.

Stabilität und Liebe, wo wäre sie ohne beides geblieben? Die alte Frau war ihr Halt, ihre Verankerung in einer Wirklichkeit, die nicht aufhören wollte zu schwanken. Sie müsste eigentlich die Verantwortung für sie übernehmen, das war das Mindeste, was man von ihr verlangen konnte, aber sie hatte nicht die Kraft, sie wollte nicht. Sie schämte sich für diese Einsicht, kauerte sich auf dem Sitz zusammen, fror.

Jetzt war sie doch endlich am Ziel. Ihr Studium, die Plackerei in der Lokalzeitung, die Hundejahre in der Nachtschicht, jetzt war es an der Zeit, die Ernte einzufahren. Sollte sie das alles aufgeben, um etwas zu tun, was eigentlich Aufgabe der Gesellschaft war? Aber war es wirklich die Aufgabe der Gesellschaft? Was sind wir einander schuldig?

Der Zug ratterte, Schnee verschmierte die Scheibe. Als sie in Katrineholm ausstieg, war der Wind wesentlich stärker geworden. Das Unwetter schlug ihr wie mit einem harten Besen ins Gesicht. Das Gefühl von Ungerechtigkeit und Wut wuchs, warum gerade hier, gerade jetzt?

Sie kämpfte sich vor, ging über den Bahnhofsvorplatz Richtung Trädgårdsgatan. Der Gegenwind ließ nicht nach, und es wurde schnell glatt. Das schlechte Wetter machte die Dunkelheit noch kompakter, alle Geräusche wurden ausradiert. Autos glitten mit schwachen Scheinwerfern und knirschenden Spikesreifen vorüber. Das Krankenhaus erhob sich schließlich viereckig und grau zu ihrer Rechten. Sie stolperte in den Eingang, klopfte sich ab, lehnte sich an die Wand und atmete auf. Zwei junge Frauen waren auf dem Weg nach draußen. Beide waren schwanger und trugen farbenfrohe Steppjacken.

Annika wandte den Blick ab und tat, als hätte sie die beiden nicht gesehen.

Lieber würde ich sterben, als in dieser Stadt zu leben.

Langsam ging sie zur Station hinauf, sah die langsamen Stunden vor sich, das murmelnde Sprechen ihrer Großmutter über alles, was gewesen war, die harte Liege, auf der sie diese Nacht schlafen würde.

Der Korridor lag im flatternd blauen Neonlicht verwaist vor ihr, ein Gespräch sickerte aus dem Schwesternzimmer, aber sie ging vorbei, ohne ihr Kommen anzumelden. Einige Türen standen einen Spalt weit offen, und sie hörte alte Menschen röcheln und husten. Die Tür zum Zimmer ihrer Großmutter war geschlossen, und als Annika sie aufzog, schlug ihr kühle Zugluft entgegen. Das Zimmer war dunkel, und die alte Frau lag in ihrem Bett. Annika ging zu ihr und schaltete die kleine Lampe am Kopfende ein. Das Licht fiel auf das gelbe Laken des Landschaftsverbands.

Sie lächelte und hob die Hand zu einem Streicheln über die Wange der alten Frau.

«Großmutter?»

Die alte Frau lag auf dem Rücken. Annika sah ihr eingefallenes Gesicht und wusste es sofort. Es war zu still, zu weiß, zu schlaff. Dennoch berührte sie mit ihrer Hand die kalte und graue Haut. Der Stoß der Erkenntnis erreichte ihre Brust, dann ihr Gehirn und schließlich die Lungen, und dann schrie sie, schrie und schrie, die Krankenschwestern kamen, die Ärztin kam, sie schrie immer weiter.

«Rettet sie, ihr müsst sie retten, Herzmassage, Elektroschocks, künstliche Beatmung, tut etwas, tut doch etwas ...»

Die Ärztin mit dem Pferdeschwanz tauchte mit ernstem Gesicht im Gegenlicht vor ihr auf.

«Annika», sagte sie, «Sofia Katarina ist tot.»

«Nein», schrie Annika. «Nein!»

Sie wich zurück, etwas kippte um, sie sah es nicht. Alles versank im Chaos.
«Annika ...»
«Sie müssen sie wiederbeleben, etwas tun, operieren ...»
«Sie ist im Schlaf gestorben, ruhig und friedlich, sie war sehr krank, Annika, es war vielleicht besser so ...»
Annika blieb stehen und starrte die Ärztin an.
«Besser so? Spinnen Sie? Besser so? Sie haben sich nicht richtig um sie gekümmert, Sie haben sie hier einfach sterben lassen, sie schlecht gepflegt, bis sie gestorben ist, ich werde euch alle anzeigen, ihr Schweine ...»
Sie musste hinaus, musste fort und ging zur Tür. Leute standen ihr im Weg, sie machte kehrt, stieß mit einer Krankenschwester zusammen, und die Ärztin packte sie an der Schulter.
«Annika, beruhigen Sie sich, Sie sind hysterisch, wir waren noch vor weniger als einer Stunde bei Sofia Katarina, da schlief sie ganz ruhig.»
Annika riss sich los.
«Sie kann nicht tot sein, sie ist doch im Krankenhaus, warum habt ihr nicht nach ihr gesehen, warum habt ihr sie hier liegen und sterben lassen, ihr Teufel, ihr Teufel ...»
Jemand hielt sie fest, und sie schlug um sich und schrie. Sie wollten sie von Großmutter trennen, sie wollten noch mehr zerstören, sie würden sie nicht bekommen.
«Lasst mich in Ruhe, lasst mich zu ihr, ihr habt sie sterben lassen, ich will mich um sie kümmern ...»
Die Gesichter glitten vorbei, sie wollte sie nicht sehen, warf sich nach hinten, sie schrien sie an, Annika! Als Antwort brüllte sie und weigerte sich, ihnen zuzuhören, sie weigerte sich, auf sie zu hören.

«Verdammte Mörder», schrie sie, «ihr habt sie einfach sterben lassen!»
Sie pressten Annika auf eine Liege und hielten sie fest. Jetzt würden sie sich auch auf sie stürzen, und sie schrie und wehrte sich.
«Wir brauchen etwas zur Beruhigung», sagten die Stimmen. «Wir müssen ihr Sobril geben ...»
Plötzlich konnte sie nicht mehr und sank auf die Liege. Die Trauer erstickte sie, das Licht verschwand, sie konnte nicht mehr schreien, bekam keine Wärme, keine Luft mehr, schnappte nach Luft, atmete, atmete, jemand schrie, sie hyperventiliert, wir brauchen eine Tüte, Nebel, Nebel, Dunkelheit.

Ihre Mutter saß neben ihr. Der Nerzmantel hing über einem zweiten Stuhl. Annika lag auf der harten Liege. Sie hatte Tabletten bekommen, der Raum war ihr entglitten und schwankend versunken. Sie blickte zum Fenster hinaus. Draußen war es vollkommen schwarz.
Ich weiß nicht, wie viel Uhr es ist, dachte sie.
Ihre Großmutter lag still und weiß in ihrem Bett. Zwei Kerzen brannten im Zimmer, eine an jeder Seite des Bettes, und beschrieben zwei goldene Zirkel in der Dunkelheit.
Annika setzte sich auf. Ihre Mutter weinte.
«Ich bin nicht mehr rechtzeitig gekommen», schluchzte Barbro. «Sie haben angerufen, und Mama war schon tot, als ich kam. Sie ist im Schlaf gestorben, es war sicher sehr friedlich.»
Annika hatte das Gefühl, das Zimmer schwanke wie bei hohem Seegang, sie hatte einen trockenen Mund.
«Das kann das Personal doch gar nicht wissen», sagte sie. «Ich habe sie gefunden. Die Kerzen haben hier nichts zu suchen.»

Annika stand auf, machte einen Schritt ins Zimmer, schwankte, wollte zu ihrer Großmutter, wollte die Kerzen wegnehmen, den Tod, und Leben in sie schütteln.

Ihre Mutter stand auf und hielt sie fest.

«Setz dich. Mach diesen Augenblick nicht kaputt. Lass uns auf ruhige und würdige Art Abschied nehmen.»

Sie führte Annika zur Liege zurück.

«Es war besser so», meinte ihre Mutter und wischte sich die Tränen aus den Augen. «Sofia hätte nie wieder ein anständiges Leben führen können. Sie ist doch immer so gern im Wald spazieren gegangen, und jetzt musste sie hier wie ein Bündel liegen. Das hätte sie nicht gewollt.»

Annika saß auf der Liege. Es fiel ihr schwer, die Balance zu halten. Sie sah ihre Mutter nach unten sinken und dann wieder schaukelnd hochsteigen.

«Die haben sie umgebracht», sagte Annika.

«Hör auf, solchen Blödsinn zu reden», erwiderte ihre Mutter. «Es ist zu einer weiteren Blutung gekommen, sagen die Ärzte, vermutlich an der gleichen Stelle. Sie konnten nichts mehr für sie tun.»

Annika sah ihre Großmutter an, die Liebe, die Kraft, den Halt, sie war so klein, so weiß, so dünn. Bald würde sie für immer fort sein. Jetzt war sie allein.

«Wie soll ich nur zurechtkommen?», flüsterte sie.

Ihre Mutter stand auf, ging zu der Toten und blickte in das alte Gesicht.

«Sie hatte auch ihre Macken», sagte Barbro. «Sie konnte ungerecht sein und streng urteilen, aber jetzt, da sie nicht mehr ist, sollte man über diese Dinge hinwegsehen. Wir werden uns an die guten Zeiten erinnern.»

Annika wollte gern etwas erwidern, fand aber nicht die passenden Worte in ihren Gedanken und wollte keine Plattitüden von sich geben. Sie hatte nicht die Kraft, das Spiel ihrer Mutter mitzuspielen. Stattdessen blieb sie schweigend sitzen und starrte auf ihre Hände hinab. Sie erinnerte sich an das Gefühl der kalten Haut, des toten Kopfes, und steckte ihre Hand in die Wärme ihrer Achselhöhle.

«Sie hatte Fehler», fuhr Barbro fort, «aber die haben wir ja alle. Ich wünschte mir immer eine Mama, die für mich da war und sich um mich kümmerte. Alle anderen Mädchen hatten so eine Mama, als ich klein war.»

Annika antwortete nicht und versuchte, nicht hinzuhören. Ihre Mutter sprach eher an sich selbst gewandt weiter.

«Aber seine Mama liebt man natürlich trotzdem immer, die Mutter ist eben doch der Mensch, der einem am nächsten steht.»

«Großmutter stand mir am nächsten», flüsterte Annika, und Tränen liefen ihr über die Wange. Sie unternahm nichts dagegen, sondern ließ sie laufen, ließ den Schmerz an sich herankommen.

Ihre Mutter blickte zu ihr auf. Ihr schwarzer Blick war weit weg.

«Das ist doch wieder einmal typisch, dass das ausgerechnet jetzt von dir kommen musste», sagte sie.

Sie verließ die Tote und ging mit rot unterlaufenen Augen zu Annika. Ihr Mund war ein schmaler Strich.

«Mama hat dir immer den Rücken freigehalten», flüsterte Barbro, «aber das kann sie jetzt nicht mehr tun.»

Annika schloss die Augen und spürte, dass ihre Mutter an sie herantrat.

«All die Jahre hat sie dich Birgitta vorgezogen, und du hast nur an dich gedacht. Kannst du dir vorstellen, wie deine kleine Schwester sich gefühlt hat? Was?»

Annika verbarg ihr Gesicht in den Händen.
«Birgitta hatte doch dich», erwiderte sie.
«Und du nicht, meinst du? Hast du jemals darüber nachgedacht, woran das gelegen haben könnte? Vielleicht hatte es ja mit dir als Person zu tun! Sieh mich an!»
Annika sah auf und blinzelte, ihre Mutter stand vor ihr, über ihr. Ihr Blick war düster, ihr Gesicht vor Schmerz und Verachtung verzerrt.
«Du hast den anderen immer alles kaputtgemacht», flüsterte Barbro. «Du bist ein Unglücksrabe, bei dir stimmt was nicht. Seit deiner Geburt hast du um dich herum nur Elend verbreitet.»
Annika stöhnte auf und wich auf der Liege zurück.
«Aber, Mama», sagte sie, «du weißt ja nicht, was du da sagst.»
Ihre Mutter beugte sich vor.
«Wir wären eine glückliche Familie gewesen», sagte sie, «wenn es dich nicht gegeben hätte.»
Die Tür wurde geöffnet, und die Ärztin trat ein und schaltete das Neonlicht an.
«Oh, Entschuldigung», meinte sie, «sollen wir noch einmal rausgehen?»
Die Mutter richtete sich auf, ihre Augen starrten in Annikas.
«Aber nein», erwiderte sie, «das ist nicht nötig. Ich wollte gerade gehen.»
Sie nahm ihre Handtasche und ihren Pelz, streckte die Hand aus und dankte der Ärztin, murmelte etwas, warf einen letzten Blick auf die Tote und verließ das Zimmer.
Annika blieb mit offenem Mund sitzen. Die Tränen hingen wie ein Vorhang in ihrem Gesicht, sie war am Boden zerstört. Hatte sie richtig gehört? Hatte ihre Mutter wirklich diese

Worte ausgesprochen, die niemals ausgesprochenen, die ständig unterschwellig mitschwingenden Worte, die verbotenen Schlüssel, die ihre Kindheit aufschlossen und definierten?

«Wie geht es Ihnen?», erkundigte sich die Ärztin und setzte sich neben Annika auf die Liege.

Annika senkte den Kopf und schnappte nach Luft.

«Ich werde Sie bis zum Ende des Monats krankschreiben», sagte die Ärztin. «Ich werde Ihnen auch ein Rezept ausstellen, fünfundzwanzig Stück Sobril zu 15 Milligramm. Es ist praktisch unmöglich, eine Überdosis zu nehmen, aber Sie dürfen die Tabletten nicht zusammen mit Alkohol einnehmen, dann werden sie gefährlich.»

Annika schlug die Hände vor das Gesicht und versuchte, das Zittern ihres Körpers zu unterdrücken. Die Ärztin blieb noch einen Moment schweigend bei ihr sitzen.

«Stand Ihre Großmutter Ihnen nahe?», fragte sie dann.

Annika nickte.

«Sie haben einen furchtbaren Schock erlitten», sagte die Ärztin, «besser gesagt, zwei. Sie haben Ihre Großmutter ja auch zu Hause gefunden, nicht wahr?»

Sie nickte wieder.

«Es gibt Phasen, die alle Angehörigen in stärkerer oder schwächerer Form durchmachen», meinte die Ärztin. «Als Erstes kommt der Schock, das ist Ihr momentaner Zustand, anschließend kann eine Phase der Aggressivität folgen, danach Verneinung des Geschehenen und schließlich das Akzeptieren des Todes. Sie müssen jetzt nett zu sich sein. Eventuell kommt eine Periode mit stärkeren Angstzuständen auf Sie zu, und Sie könnten auch mit Verdauungs- oder Schlafstörungen zu kämpfen haben. Das ist normal, es geht wieder vorbei. Aber wenn es Ihnen zu schlecht geht, müssen Sie sich helfen lassen. Nehmen Sie die Tabletten, wenn es zu schwer wird. Sie können jederzeit hier im Krankenhaus anrufen, wenn Sie mit jemandem reden wollen. Sie können auch einen Gesprächstermin bei einem Therapeuten bekommen, wenn Sie das möchten.»

Annika schüttelte den Kopf.

«Ich will keinen Therapeuten», sagte sie.

Die Ärztin strich ihr über den Rücken.

«Sagen Sie Bescheid, wenn etwas ist. Wir werden Sofia Katarina jetzt fortbringen. Brauchen Sie Hilfe, um nach Hause zu kommen?»

«Sofia Katarina», flüsterte Annika. «Ich bin nach ihr getauft worden. Ich heiße Annika Sofia.»

«Annika Sofia», sagte die Ärztin, «jetzt müssen Sie gut auf sich Acht geben.»

Annika blickte zu der Frau auf, die unmittelbar neben ihr saß und doch so weit weg war.

Sie antwortete nicht.

TEIL 3

DEZEMBER

Die Scham ist das Schlimmste

Wir können über alles sprechen, nur nicht über das, wofür wir uns am meisten schämen. Andere Gefühle, auch die negativsten, können wir mit anderen teilen und aussprechen, aber niemals die Scham. Das liegt in ihrer Natur. Die Scham ist unser größtes Geheimnis, ist an sich schon eine Strafe.
Die Scham gewährt keine Gnade. Alles andere kann verziehen werden: Gewalt, Bösartigkeit, Ungerechtigkeit, Schuld, aber für das Beschämendste gibt es keine Absolution.
Bei mir sind Schuld und Scham untrennbar miteinander verbunden. Das ist normal, aber nicht die Regel. Ich habe einen Verrat begangen. Alles, was ich in den letzten Jahren getan habe, ist ein Versuch gewesen, meine Feigheit zu sühnen. Deshalb ist die Schuld trotz allem eine kreative Kraft, sie mahnt zur Handlung und zur Rache.
Mit meiner Scham werde ich nicht fertig. Gemeinsam mit der Gewalt zerstört sie mich. Sie wächst nicht und sie schrumpft nicht, aber sie liegt wie eine bösartige Geschwulst in den tiefsten Schichten meines Bewusstseins.
Auf den richtigen Augenblick wartend.
Aushöhlend.

MONTAG, 3. DEZEMBER

Der schwarz gekleidete Mann landete lautlos auf dem Bahnsteig. Seine Knie federten den Sprung ab, die Gummisohlen unter seinen Schuhen verschluckten die restlichen Geräusche. Er atmete tief durch und sah sich um. Er war der Einzige, der hier ausstieg. Schnell drehte er sich um und drückte die Tür wieder zu. Er wollte nicht, dass jemand seinen Abgang bemerkte.

Die Luft war frisch und kalt, und ein Gefühl des Triumphs erfüllte seine Brust.

Ratko war nach Schweden zurückgekehrt. Alles war genauso abgelaufen, wie er es geplant hatte. Es kam eben nur darauf an, den richtigen Drive im Körper zu haben, einen unbeugsamen Willen und die nötige Kompromisslosigkeit. Sie hatten gedacht, sie wüssten, woran sie mit ihm wären und dass sie ihn unter Kontrolle hätten.

Von wegen.

Der Schaffner öffnete eine Tür im vorderen Zugteil, und er bewegte sich lautlos und nicht besonders schnell in Richtung Bahnhofsgebäude, ein nächtlicher Spaziergänger auf dem Bahnhof im südschwedischen Nässjö, eine rastlose Seele.

Er warf einen Blick auf die Uhr, 3.48, der Zug war fast pünktlich gewesen.

Als er um die Ecke des Bahnhofsgebäudes bog, warf er einen Blick über die Schulter. Der Schaffner wandte ihm den Rü-

cken zu und schenkte ihm keinerlei Beachtung. Warum sollte er auch?
Er ging auf die schlafende Stadt zu, während alle annahmen, dass der norwegische Staatsbürger Runar Aakre weiterhin in seinem Liegewagenabteil nach Stockholm schlief.
Er schritt die Hauptstraße hinab. Er war lange nicht mehr hier gewesen. Plötzlich wurde er unruhig, vielleicht war doch etwas schief gegangen, er durfte sich auf keinen Fall zu früh freuen, alles Mögliche konnte mit dem Auto passiert sein. Vielleicht war es gestohlen worden, eingefroren, oder die Batterie war leer.
Den Teufel an die Wand zu malen ist jetzt wirklich das Letzte, was ich gebrauchen kann, dachte er gereizt.
Er überquerte den Stortorget und fror bereits. Er hatte noch einen langen und kalten Spaziergang vor sich.
Vor dem Kulturzentrum auf der Rådhusgatan stand eine ganze Reihe von Fahrrädern. Er sah sie rasch durch und fand tatsächlich ein Damenrad, das nicht abgeschlossen war.
Es würde so zwar noch kälter werden, aber dafür nur für kürzere Zeit. Schnell radelte er nach Norden in Richtung Jönköpingsvägen.
Es war die Hölle. Er hatte Gegenwind, es war glatt und dunkel, und schon nach wenigen Metern geriet er außer Atem. Bald, dachte er, bald bin ich da.
Die Reise hatte ihm zugesetzt. Der falsche Pass brannte in seiner Tasche. Bei jeder Grenzkontrolle war er nervös geworden, und das nicht ohne Grund.
Er hatte keinen Einfluss mehr, man hatte ihn all seiner Macht beraubt. Er durfte den Nachtklub behalten, aber seine übrigen Privilegien hatte man ihm genommen. So etwas machte sich in einer Stadt wie Belgrad blitzschnell bemerkbar. Der

Respekt vor ihm schwand, und seine Frau wollte sich scheiden lassen. Nicht einmal sein Ruf als Kriegsheld nutzte ihm noch. Für die Leute war er ein Ewiggestriger, der sich im Kosovo nicht seiner Verantwortung gestellt hatte, für seine Vorgesetzten war er der Mann, der eine Ladung im Wert von fünfzig Millionen Kronen verschlampt hatte. Die Arbeiter in der Fabrik, in der die Schmuggelware produziert wurde, mussten seinetwegen auf ihren Lohn verzichten. Die ganze Organisation verlor an Schwung. Jetzt mussten alle doppelt so hart arbeiten, um den Verlust nach dem Fehler, seinem Fehler, wieder auszubügeln. Was waren dagegen schon die Säuberungen, die zehn Jahre zurücklagen?

Er trat in die Pedale, verdammt, waren das Hügel, das hatte er ganz vergessen, sie waren steil, moosbewachsen und tückisch.

Sie hatten geglaubt, er würde aufgeben und der Haftbefehl aus Den Haag würde ihn dazu veranlassen, sich in irgendeinem elenden Vorstadtloch zu verkriechen und für den Rest seines Lebens einmal in der Woche zum Fußball zu gehen, irgendwelche Flittchen zu bumsen und Slibowitz zu trinken, aber von wegen.

Er stand jetzt auf eigenen Beinen, war sein eigener Auftraggeber. Er tat, wonach ihm der Sinn stand.

Sollte sie doch ruhig zu Hause hocken, seine verdammte, verräterische Hure von Frau, und darüber nachgrübeln, wer in Zukunft ihre Klamotten und Drinks bezahlen würde.

Die Rückreise von Stockholm nach Belgrad vor einem Monat war reibungslos verlaufen. Niemand zog seinen Pass in Zweifel, und die Männer erwarteten ihn wie geplant in Skopje. Die Autofahrt nach Belgrad war so entsetzlich langweilig wie immer, aber mit Slibowitz im Leib verging sie schneller. Sie wa-

ren alle ziemlich abgefüllt, als sie schließlich ankamen. Niemand hatte einen Gedanken daran verschwendet, seinen Pass zurückzufordern.
Anschließend wurde er aufs Abstellgleis geschoben. Seine Vorgesetzten nahmen keinen Kontakt mehr zu ihm auf. Wollte er Leibwächter haben, musste er sie selber engagieren und aus eigener Tasche bezahlen.
Die Verbitterung nagte an ihm, und er trat fester in die Pedale.
Das sind doch Weichlinge, dachte er, die haben doch gar keine Ahnung, wie es ist, auf dem Schlachtfeld zu operieren. Sie wissen nicht, wie man im feindlichen Lager überlebt.
Jetzt ging es bergab, und er kam wieder zu Atem. In dem schneidenden Wind kehrte sein Triumphgefühl zurück.
Wie er sie hereingelegt hatte! Er war einfach auf und davon, ohne dass sie die geringste Ahnung davon hatten. Niemand wusste, wohin er unterwegs war, er hatte sich in Luft aufgelöst.
Der Mitarbeiter des Roten Kreuzes, Runar Aakre, hatte in Belgrad ein Auto gemietet, um einen Ausflug nach Ungarn zu machen. An der Grenze erklärte er auf Englisch, dass er nach Szeged fahren müsse, um ein paar Sachen zu besorgen, und nur ein paar Stunden bleiben werde. Er hatte alle nötigen Papiere zur Hand, die grüne Karte und eine international gültige Versicherung. Der Zollbeamte hatte ihn eingehend betrachtet und mit einer Taschenlampe in den Wagen geleuchtet. Auf dem Beifahrersitz lag eine fünfundzwanzig Tage alte Ausgabe der norwegischen Abendzeitung *Verldens Gang*, was der Zollbeamte jedoch nicht bemerkte. Ratko hatte sie seit seinem Abflug vom Osloer Flughafen aufbewahrt, weil er ahnte, dass er noch Verwendung für sie haben würde.

Sie hatten ihn durchgewunken.
Er blieb natürlich nicht in Szeged, sondern fuhr weiter nach Budapest. Dort schlief er ein paar Stunden auf der Rückbank, ehe er das Auto auf einem Parkplatz vor einem Möbelhaus stehen ließ.
In einem Postfach im Stadtzentrum warteten die Tickets auf ihn. Er hatte sie von einem Telefon in einer Bar aus gebucht, mit einer sauberen Kreditkarte bezahlt und als Adresse das Postfach angegeben. Das hatte er auch früher schon benutzt.
Der Wind drehte und wurde stärker, traf ihn von der Seite. Die Räder brachen im Schneematsch aus, er stöhnte. Na ja, die Kälte konnte er jetzt gelassen sehen, bald würde er sie für immer hinter sich lassen. Seine neue Aufgabe würde ihn an Orte führen, an denen noch nie Schnee gefallen war. Es kam jetzt nur darauf an, alles zu organisieren: die Finanzierung, die Kunden, die Mitarbeiter.
Natürlich war es idiotisch, Serbien zu verlassen, wenn Den Haag einem auf den Fersen war. Niemand glaubte, dass er auf eine solche Idee käme, alle erwarteten, dass er in seinem Vorstadtloch verrottete. Aber es war kein Problem, ungesehen durch Westeuropa zu reisen, solange man Intercitys benutzte. Die Bummelzüge aus dem Osten kamen nicht in Frage, aber die Pendelzüge der Geschäftsleute zwischen den europäischen Hauptstädten drosselten an den Grenzkontrollen kaum die Geschwindigkeit. Es war zwar ein Umweg, aber dieser Umweg war notwendig. Er musste nach Schweden, und er musste seinen Freund im Osten treffen.
Die Zugreise hatte ihn zwar nervös gemacht, war aber ohne Zwischenfälle verlaufen. Wien, München, Hamburg, Kopenhagen. Gestern Abend war er zusammen mit vierhundert heimkehrenden Schweden, die alle Karren mit Bierkästen da-

beihatten, im Malmöer Fährhafen Limhamn an Land gegangen. Er hatte ebenfalls einen Kasten mitgeschleppt, um in der Menge nicht aufzufallen, und sang während der Passkontrolle gemeinsam mit einem völlig betrunkenen Trelleborger. Der Nachtzug nach Stockholm ging pünktlich um 22:07. Bis 3:30 Uhr schlief er wie ein Stein.

Er radelte an dem Örtchen Äng vorbei, fuhr schnell und leise weiter, wollte nicht gesehen werden. Der ganze Ort schlief. Dann bog er rechts ab, zwischen den Bäumen hindurch, die Hügel hinauf. Die Baumstämme umschlossen ihn, er wurde wieder unsichtbar. Die Straße war jetzt schlechter, was das Radfahren erschwerte, sodass er zwei Mal stürzte. Schließlich sah er die Abzweigung nach links, blieb stehen und merkte, wie erschöpft er war. Seine Beine zitterten vor Anstrengung, seine Hände wiesen erste Anzeichen von Erfrierungen auf, die Nase lief. Er ruhte sich einen Moment, über den Fahrradlenker gebeugt, aus und keuchte. Anschließend warf er das Fahrrad zwischen die Bäume – verroste, du verdammtes Ding – und stieg dann mit großen Schritten über den trockenen Harsch zur Garage hinauf.

Dort, da war der rote Dachgiebel. Sein Herz schlug schneller. Und wenn doch etwas schief gegangen war, was machte er dann?

Mit zitternden Fingern tastete er über die Wand an der Rückseite, bildete sich ein, er wäre weg, geriet fast in Panik, fand ihn dann doch. Der Schlüssel lag noch da, wo er ihn hingelegt hatte.

Er stolperte zur Vorderseite, schloss auf und versuchte die Tür zu öffnen. Er musste mit aller Kraft ziehen, um die dünne Schneeschicht zur Seite zu schieben. Dann betrachtete er die Schrottkarre, die wirklich nicht viel hermachte. Es war ein zweitüriger Fiat Uno, Baujahr 87. Er holte die Steuermarke heraus, die er von einem Lastwagen in Malmö gekratzt hatte. Die Autonummer stimmte zwar nicht, aber bei einem flüchtigen Blick würde das niemandem auffallen. Er klebte sie mit dem doppelseitigen Klebeband fest, das er in der Tasche hatte.

Jetzt kam das Entscheidende.

Er ging um den Wagen herum, tastete über den rechten Vorderreifen und fand die Autoschlüssel. Er schloss das Auto auf, setzte sich hinein und drehte den Zündschlüssel.

Der Motor heulte auf, stotterte, hustete und ging wieder aus.

Er schluckte.

Dann drehte er erneut den Zündschlüssel. Wieder stotterte und hustete der Motor, und dann lief er. Erleichtert atmete Ratko auf und bemerkte pötzlich, dass ihm trotz der Kälte der Schweiß auf der Stirn stand. Er gab ein paar Mal Gas, wartete in der Garage, ließ Motor und Öl auf Touren kommen.

Während das Auto langsam auftaute, beugte er sich vor, öffnete das Handschuhfach und suchte tastend nach dem kleinen Messingschlüssel. Auch er war noch da.

Er schloss die Augen, erholte sich, wurde ruhig.

Das Geld war in Sicherheit. Es lag in einem Schließfach im Keller einer Bank in Gamla Stan in Stockholm. Er hatte niemals die Absicht gehabt, es für sich zu benutzen, denn es war eigentlich für unvorhergesehene Ausgaben beim Zigarettenschmuggel vorgesehen, aber sie hatten es anders entschieden. Sie hatten ihn aufs Abstellgleis geschoben, und jetzt sollten sie dafür bezahlen.

Er begriff nicht, warum sie ihn so im Stich gelassen hatten. Die verdammte verschwundene Ladung war zwar eine Menge

Geld wert, aber das erklärte noch lange nicht, warum sich seine Vorgesetzten vollkommen von ihm distanzierten. Nicht einmal der Haftbefehl durch das UN-Kriegsverbrechertribunal hätte solche Konsequenzen haben dürfen. Serbien war voll von Leuten, denen Kriegsverbrechen vorgeworfen wurden und die dennoch großes Ansehen genossen.

Es gab noch etwas anderes, aber er konnte nicht sagen, was. Vielleicht hatte jemand ganz bewusst versucht, ihn kaltzustellen, jemand von ganz oben, jemand, der auf seine Macht und seine Befugnisse scharf war.

Sie können niemals meinen Platz einnehmen, dachte er. Kein anderer hat meine Erfahrung und meine Kontakte.

Er gab Gas, und der Motor heulte auf, es wurde langsam wärmer im Inneren des Wagens.

Abgesehen von dem Geld, hatte er in Stockholm noch ein paar offene Rechnungen zu begleichen. Die Ladung mochte verschwunden sein, aber er war es nicht gewohnt, Dinge nicht zu Ende zu bringen. Er ließ das Auto langsam in die Nacht hinausrollen.

Die Adventssterne im Fenster der Gästewohnung hingen schief. Eine Frau von der Baufirma war letzten Freitag dort herumgeklettert und hatte dekoriert und geschmückt. Annika starrte die Strohsterne an, die ein wenig in der warmen Luft schaukelten, die von den Elektroheizkörpern aufstieg. Sie wunderte sich über die Fähigkeit des Menschen, sich mit solch sinnlosen Dingen zu beschäftigen und Zeit und Energie auf eine Weihnachtsdekoration zu verschwenden.

Sie legte sich wieder hin, starrte die Wand an und konzentrierte sich auf das Muster hinter der dünnen Farbschicht, lila Medaillons. Das Hinterhaus war verlassen, nur der arbeitslose Hardrocker im Erdgeschoss war zu Hause. Sie schloss die Augen, ließ die Bassläufe in ihrem Körper vibrieren.

So geht es nicht weiter, dachte sie. Ich kann so nicht weitermachen.

Sie drehte sich auf den Rücken, starrte an die Decke, sah die Spinnweben im Luftzug schweben, der durch die zerbrochene Fensterscheibe im Wohnzimmer kam. Ihr Blick folgte den Rissen, fand den Schmetterling im Muster, das Auto, den Totenschädel. Der Einsamkeitston erklang in ihrem linken Ohr.

Sie warf sich wieder auf die Seite und legte sich das Kissen auf den Kopf, konnte ihm aber nicht entgehen, niemals, konnte sich nie verbergen. Verzweiflung ergriff sie. Ihr Körper zog sich zusammen und wurde zu einem harten Ball, ihr Kopf fiel nach hinten, sie hörte das Geräusch, ihre eigenen Laute, das hemmungslose Weinen. Sie kannte es schon und bekam keine Angst mehr. Die Tränen zerrissen sie, aber sie wusste, dass es wieder aufhören würde, denn der Körper konnte es nicht endlos aushalten.

Hinterher war sie matt, durstig und mitgenommen von der Anstrengung. Die Schmerzen im Rücken waren am schlimmsten und verschwanden niemals ganz, ebenso wenig wie das anhaltende Spannen im Bauch. Sie blieb noch eine Weile schwer und schluchzend liegen und ließ die Tränen auf den Wangen trocknen.

Ich frage mich, was die Nachbarn von mir denken. Vielleicht glauben sie, dass ich allmählich verrückt werde.

Sie stand auf. Ihr war schwindlig, und sie hielt sich auf dem Weg in die Küche in der Nähe der Wand. Die Strohsterne schaukelten. Der Wasserhahn tropfte. Der Kühlschrank war leer.

Sie setzte sich an den Küchentisch, ließ die Arme auf die kalte

Tischplatte fallen, legte den Kopf in die Hände und starrte den Messingkerzenständer ihrer Großmutter an. Er war ein Hochzeitsgeschenk, das Sofia Katarina und Arvid bekommen hatten, als sie heirateten. Der Kerzenständer hatte, solange sie denken konnte, in Lyckebo auf dem Büfett gestanden.

Annika schloss die Augen. Ihre Großmutter war nicht mehr da. An die Beerdigung konnte sie sich kaum erinnern, nur an die Verzweiflung, die Tränen, die Hilflosigkeit. Es waren recht viele Leute gekommen, starrende Augen, Flüstern, vorwurfsvolle Blicke.

Staub bist du gewesen …

Sie stand auf und ging zur Couch im Wohnzimmer. Eine Staubwolke stieg auf, als sie sich setzte. Sie betrachtete das Telefon. Birgitta hatte sie nach der Beerdigung angerufen und gefragt, warum sie so gemein zu ihrer Mutter gewesen sei.

«Könnt ihr denn niemals Ruhe geben?», hatte Annika geschrien. «Ist es nicht bald genug? Wie sehr soll ich denn noch dafür bestraft werden, dass mich jemand geliebt hat? Wann seid ihr endlich zufrieden? Wenn ich tot bin?»

«Du hast doch nicht mehr alle Tassen im Schrank», hatte Birgitta erwidert. «Die Leute haben wirklich Recht. Du Ärmste.»

Ihre Großmutter hatte praktisch nichts besessen, aber um das Wenige, was es gab, musste es natürlich Streit geben. Annika hatte darum gebeten, den Kerzenständer zu bekommen, den Rest konnten sie behalten.

Sie zog die Beine hoch und wiegte sich lange, das Fenster mit der Plastiktüte stieg und sank, stieg und sank.

Thomas hatte nicht angerufen, nicht ein einziges Mal. Jene Nacht hatte es nie gegeben, das berauschende Gefühl war die Erinnerung an einen Traum. Sie weinte still über die Liebe, aus der nichts wurde, und schaukelte weiter. Montag, der fünfte November, das war ihr Tag, ihre Nacht gewesen, die entschwundene Nacht, das war jetzt achtundzwanzig Tage her. Sie war einen Monat älter geworden, es war siebenundzwanzig Tage her, dass Großmutter gestorben war, sie war siebenundzwanzig Jahre einsamer geworden. Sie fragte sich, wie lange sie wohl zählen würde, ein Jahr seit Großmutters Tod, zwei Jahre, sieben Jahre, seit sie allein zurückgeblieben war.

Die Schmerzen im Bauch wollten einfach nicht weggehen, der anhaltende Schmerz im Rücken zehrte an ihr. Sie hörte auf, sich hin und her zu wiegen, und starrte den Tisch an. Die Wohnung hatte sie verschluckt, seit vier Wochen saß sie jetzt hier und war die meiste Zeit allein. Die Ärztin in Katrineholm hatte sie bis Ende des Jahres krankgeschrieben. Anne Snapphane besuchte sie ein paar Mal in der Woche, brachte etwas zu essen mit, einen Videorekorder und einen Gettoblaster.

«Die Geräte gehören der Produktionsfirma», hatte sie erklärt. «Ich habe sie mir bis auf weiteres geliehen.»

Stille und Leere hatten Konkurrenz von Filmen aus der Videothek und Jim Steinman und Andrew Lloyd-Webber auf der Stereoanlage bekommen.

Sie hatte ihn gewollt. Sie hatte ihn vor achtundzwanzig Tagen für eine Nacht gehabt, und bald würde sie sich nicht mehr an diese Nacht erinnern können.

Sie bekam Krämpfe im Unterleib, ein wohl bekanntes Gefühl, sie hatte ihre Tage bekommen. Sie stöhnte und ging ins Schlafzimmer, um sich eine Binde zu holen.

Die Packung war leer. Hatte sie woanders noch Binden?

Sie ging in den Flur hinaus und sah in ihre Tasche, aber die losen Binden waren in ihren Einmalverpackungen kaputtgegangen und voller Schmutz und Dreck. Sie setzte sich auf den Bo-

den. Ihr war plötzlich schwindlig und schlecht. Sie schaute in die Unterhose.
Nichts. Keine Tage.
Vor achtundzwanzig Tagen.
Sie schrak zusammen, ein atemberaubender Gedanke nahm Gestalt in ihr an. Sie holte ihren kleinen Taschenkalender heraus, Oskar und Ossian hatten heute Namenstag, der Mond war abnehmend, Heiligabend fiel dieses Jahr auf einen Montag.
Sie rechnete, dachte nach, wann? Das Wochenende 20./21. Oktober? Sie erinnerte sich nicht mehr.
Und wenn …?
Der Gedanke nahm immer mehr Raum ein. Sie starrte in ihren Kalender, und ihre Hand legte sich unwillkürlich unterhalb des Nabels auf ihren Bauch.
Das konnte nicht wahr sein.

«Haben Sie Zeit?»
Anders Schyman blickte auf. Sjölander und Berit Hamrin standen zögernd in der Tür. Er zeigte auf seine Besucherstühle.
«Wir können jetzt die Artikel über die Stiftung *Paradies* bringen», sagte der Leiter der Kriminalredaktion. «Berit ist Annika Bengtzons Material durchgegangen und hat die fehlenden Einzelheiten ergänzt. Es ist eine richtige Räuberpistole.»
Anders Schyman lehnte sich zurück. Berit Hamrin legte einen Stoß Papier auf seinen Schreibtisch.
«Hier sind die Entwürfe zu den Artikeln», sagte sie. «Sie können sie sich später ansehen. Ich habe die Geschäftsführerin der Stiftung, Rebecka Björkstig, nicht namentlich erwähnt. Sjölander möchte, dass wir sowohl ihren Namen als auch ein

Bild von ihr bringen, aber das können wir vielleicht diskutieren, nachdem ich alles zusammengefasst habe.»
Der Redaktionsleiter wartete schweigend, während sie die Artikel in unterschiedliche Stapel sortierte.
«Als Erstes haben wir die eigentliche Geschichte», sagte sie. «Die Informationen, die Annika recherchiert hat, treffen offensichtlich alle zu. Die Beamten in Nacka und Österåker haben sich zunächst gesträubt, aber nachdem der Typ aus Vaxholm seine Geschichte erzählt hatte, waren sie bereit zu reden.»
Sie nahm den ersten Artikel in die Hand und überflog ihn.
«Erster Veröffentlichungstag», sagte sie. «Die Enthüllungen über die Stiftung *Paradies*, Rebecka Björkstigs Version, die Aufdeckung aller Lügen.»
«Wen zitieren wir?», erkundigte sich Schyman.
«Vor allem den Beamten aus Vaxholm, einen sehr netten Sozialkämmerer namens Thomas Samuelsson. Er spielt ein bisschen die Rolle des Helden, könnte man sagen. Er ist bei dem Versuch, eine Rechnung mit Rebecka Björkstig zu diskutieren, misshandelt und niedergeschlagen worden.»
«Stimmt, ja», warf der Redaktionsleiter ein, «davon hat Annika Bengtzon mir erzählt. Hat er Anzeige erstattet?»
«Das hat er. Dann haben wir noch die anderen Verwaltungsmenschen. Sie wollen anonym bleiben, haben aber bestätigt, dass die Stiftung ihre Arbeit nicht gemacht hat.»
«Wie viel haben sie bezahlt?»
«Der eine 955500, der andere 1274000, verteilt auf zwei, drei verschiedene Rechnungen. Vaxholm hat sich geweigert zu zahlen, die Klientin war bereits tot, als die Rechnung kam.»
Der Redaktionsleiter stieß einen Pfiff aus.

«Diesen Teil der Geschichte kennen Sie ja schon recht gut», meinte Berit. «Es ist der Rest, der uns zweifelhafter erscheint.»

Berit zog einen weiteren Artikel hervor.

«Es besteht die Möglichkeit, dass Rebecka Björkstig sich an einem Mordkomplott beteiligt hat», sagte Berit.

Schyman fiel die Kinnlade herunter.

«Wie bitte?», fragte er.

Berit reichte ihm den Artikel.

«Können Sie sich an die Frau erinnern, die vor ungefähr einem Monat auf dem Sergels Torg ermordet wurde? Sie war eine Klientin der Stiftung.»

«Das gibt's doch nicht», erwiderte Schyman.

Die Reporterin seufzte.

«Die Frau, Aida Begovic, hatte gedroht, den ganzen Bluff bei ihrer Gemeindeverwaltung auffliegen zu lassen. Rebecka Björkstig hat ihr dann wiederum gedroht, was an und für sich nichts Ungewöhnliches ist, denn das hat sie häufiger getan. Alle Frauen, die zur Stiftung kamen, begriffen natürlich augenblicklich, dass sie dort keine Hilfe erwarten konnten. Viele von ihnen sind wütend geworden, und die beiden Personen aus Österåker und Nacka haben gesagt, dass sie die zuständigen Sachbearbeiter informieren würden.»

«Wie sind sie eigentlich an die Stiftung geraten?», erkundigte sich Schyman.

«In beiden Fällen hat alles damit angefangen, dass die bedrohten Menschen sich gemeinsam mit einem Beamten von der Sozialverwaltung mit Rebecka Björkstig getroffen haben. Allen wurde die gleiche Geschichte serviert, und seltsamerweise sind auch alle darauf hineingefallen. Sobald die erste Rechnung bezahlt war, mussten die Klienten dann wieder aus dem Haus in Järfälla verschwinden. Dort hat Rebecka Björkstig alle Unterlagen verwahrt, sie durchgelesen und kontrolliert, dass alle notwendigen Angaben dabei waren, und anschließend die Klienten hinausgeworfen. In dem einen Fall handelt es sich um eine allein erziehende Mutter und ihre beiden Kinder, in dem anderen um eine Frau mit drei Kindern. Rebecka Björkstig hat ihr mit den Worten gedroht: ‹Ich weiß, wer hinter dir her ist. Wenn du den Verwaltungsbeamten auch nur ein Wort sagst, werde ich deinem Verfolger erzählen, wo du bist.›»

«Oh, mein Gott», sagte Schyman.

«Und Aida ist gestorben», fuhr Sjölander fort. «Es gibt eine Zeugin dafür, dass Rebecka Björkstig sie bedroht hat. Am nächsten Tag wurde Aida ermordet.»

«Was sagt die Polizei dazu?»

Berit griff nach einem dritten Artikel.

«Ich habe gerade mit ihr gesprochen. Das Dezernat für Wirtschaftskriminalität sucht schon eine ganze Weile nach Rebecka Björkstig, und durch die jetzt vorliegenden Informationen haben sich die Verdachtsmomente gegen sie verdichtet und wiegen schwerer. Die Polizei will sie zügig verhaften, also müssen wir die Artikel so bald wie möglich bringen.»

«Okay», meinte Schyman. «Am ersten Tag bringen wir die Stiftung selbst, den Bluff, die Drohungen. Was nehmen wir am zweiten Tag?»

Berit blätterte in den Ausdrucken.

«Die Geschichten der bedrohten Frauen. Annika hat den wichtigsten Artikel geschrieben, bevor sie krank geworden ist, und zwar über eine Frau namens Maria Eriksson. Ich habe die beiden anderen Fälle und ihre Geschichten übernommen. Dann muss sich jemand bereithalten, weitere Augenzeu-

genberichte nach der Veröffentlichung am ersten Tag entgegenzunehmen.»
Schyman machte sich Notizen.
«Gut, dafür werden wir sorgen. Der dritte Tag?»
«Reaktionen», erwiderte Berit. «Einige liegen schon bereit, ein Professor für Strafrecht, ein Dozent für Sozialpsychologie, die Vorsitzende des Landesverbands der Frauenhäuser. Wir können davon ausgehen, dass von weiteren Gemeinden Anzeige erstattet wird.»
«Wie äußert sich die Frau selbst?», fragte Anders Schyman.
«Rebecka Björkstig behauptet, dass all unsere Informationen schwere Verleumdungen sind. Sie kann nicht begreifen, wer ihr so übel mitspielen will. Die Arbeit ihrer Stiftung befinde sich nach wie vor in der Aufbauphase, aber dass sie jemanden getäuscht oder sogar bedroht habe, sei schlichtweg gelogen.»
«Wobei wir das Gegenteil beweisen können», kommentierte Schyman. «Droht sie, uns zu verklagen, wenn wir damit an die Öffentlichkeit gehen?»
Die Reporterin seufzte.
«Oh, ja. Sie hat auch die Höhe des Schadenersatzes genannt, den sie fordern würde, dreißig Millionen.»
Anders Schyman lächelte.
«Sie kann uns nicht verklagen, wenn wir kein Bild von ihr und ihren Namen nicht bringen. Wenn sie nicht identifizierbar ist, dann ist auch kein publizistischer Schaden entstanden.»
«Ich finde, wir sollten dennoch Namen und Bild bringen», meinte Sjölander. «Sie soll spüren, wie es ist, wenn man in der Scheiße sitzt.»
Schyman warf dem Leiter der Kriminalredaktion einen unbewegten Blick zu.
«Seit wann ist diese Zeitung ein Organ des Strafvollzugs?»,

fragte er. «Rebecka Björkstig ist keine Person des öffentlichen Lebens. Wir werden natürlich ihre Stiftung beschreiben und wie sie andauernd die Identität gewechselt hat, ihre zwielichtigen Geschäfte und seltsamen Drohungen öffentlich machen. Aber die Geschichte wird nicht besser dadurch, dass wir genau wissen, wie sie im Moment gerade heißt.»

«Es ist feige», wandte Sjölander ein, «nicht alles zu bringen, was man in der Hand hat. Warum sollen wir auf diese verdammte Sau Rücksicht nehmen?»

Anders Schyman lehnte sich über den Tisch.

«Weil wir für die Wahrheit sind», antwortete er, «und nicht gegen den Verbrecher. Weil wir eine ethische und publizistische Verantwortung tragen, weil wir die Macht haben und das Vertrauen genießen, die Wirklichkeit für die Menschen in unserer Gesellschaft zu definieren. Wir werden unsere Macht nicht dazu benutzen, einzelne Personen zu vernichten, egal, ob es sich um Politiker oder Kriminelle oder Prominente handelt. In die Zeitung zu kommen ist nicht das Gleiche, wie in der Scheiße zu landen.»

Sjölander war ein wenig rot geworden, aber Anders Schyman sah, dass es keinen Grund zur Beunruhigung gab. Sjölander konnte einiges schlucken, das hier hatte er schon verdaut.

«Okay», sagte er. «Sie sind der Boss.»

Der Redaktionsleiter lehnte sich wieder zurück.

«Nein», erwiderte er, «das bin ich nicht. Das ist Torstensson.»

Sie sahen sich alle drei einen Moment lang an und brachen dann in einhelliges Gelächter aus, Torstensson, ein guter Witz.

«Was gibt's sonst noch?», fragte Schyman.

«Ja, also», sagte Sjölander und seufzte, «es ist ein bisschen zu ruhig für meinen Geschmack. Es ist schon länger nichts mehr passiert. Wir überlegen, ob wir den Mord an Olof Palme mal wieder auffrischen, Nils Langeby hat einen neuen Tipp bekommen.»

Der Redaktionsleiter bekam eine Falte zwischen den Augenbrauen.

«Passt bloß auf mit Langebys Tipps, ich traue ihnen nicht. Was ist denn eigentlich aus der Jugoslawengeschichte im Freihafen geworden?»

Sjölander seufzte.

«Sie ist im Sand verlaufen. Ratko, der Typ, den sie im Verdacht hatten, hat vermutlich das Land verlassen.»

«War er der Täter?»

Sjölander wand sich ein wenig auf seinem Stuhl, zögerte, erinnerte sich an seine früheren Behauptungen.

«Das ist nicht gesagt», antwortete er schließlich. «Ratko ist noch nie wegen Mordes verurteilt worden, aber er ist ein verdammt widerlicher Kerl. Bankraub, Drohungen, Körperverletzung, vor allem soll er als Schläger eingesetzt worden sein. Seine Spezialität ist es, den Leuten eine Scheißangst einzujagen, sie zum Reden zu bringen. Er stopft ihnen eine Maschinenpistole ins Maul, und anschließend haben die meisten dann ausgepackt.»

«Dann wären da noch seine Kriegsverbrechen», erinnerte Berit.

«Es dürfte schwer für ihn geworden sein, sich über Landesgrenzen zu bewegen», meinte Anders Schyman.

Der Mann stand seit dem Mittag des 6. November offiziell auf der Fahndungsliste des UN-Kriegsverbrechertribunals in Den Haag. Ihm wurden Verbrechen gegen die Menschlichkeit in der ersten Phase der Kampfhandlungen in Bosnien vorgeworfen.

«Er wird sich vermutlich in irgendeiner Vorstadt von Belgrad totsaufen», sagte Sjölander.

Schyman seufzte.

«Die Frau auf dem Platz, was ist mit ihr? Ist man dem Mörder auf der Spur?»

Berit und Sjölander schüttelten die Köpfe.

«Sie wird morgen begraben», sagte Berit. «Eine tragische Geschichte.»

«Okay», meinte Schyman abschließend. «Ich sehe die Artikel durch, und wenn ihr nichts von mir hört, habt ihr für alles grünes Licht.»

Die Kriminalreporter standen auf und verließen den Raum.

Annika blätterte in einer zwei Jahre alten Ausgabe von *Eltern*. Sie hatte bereits drei Frauenzeitschriften, zwei Broschüren über Aids und eine Tageszeitung vom Vortag gelesen. Sie wollte nicht nach Hause gehen, konnte jetzt einfach nicht allein sein und hatte deshalb gesagt, sie wolle im Wartezimmer bleiben, bis das Ergebnis vorliege. Die Hebammen hatten sie zwar komisch angesehen, aber nicht protestiert.

Zeit war zu etwas geworden, das es zu überbrücken galt und das sie betrachtete, während es entglitt. Sie hatte keine Ahnung, wie sie auf das Testergebnis reagieren würde.

Einmal hatte sie geglaubt, von Sven schwanger zu sein. Das war gegen Ende ihrer Beziehung gewesen, als sie bereits nach Auswegen suchte, um das Verhältnis zu beenden. Sie hatte sich wahnsinnige Sorgen gemacht, denn ein Kind wäre einer Katastrophe gleichgekommen. Damals war der Test negativ gewesen, aber die Erleichterung war dennoch ausgeblieben. Noch heute konnte sie ihre eigene Enttäuschung, das Gefühl der Leere nicht verstehen.

«Annika Bengtzon?»
Ihr Puls raste. Sie stand auf und folgte dem weißen Kittel bis zu der Empfangstheke auf der gynäkologischen Station.
«Der Test ist positiv», sagte die Frau leise und langsam. «Das bedeutet, dass Sie schwanger sind. Wann war die letzte Periode?»
In ihrem Kopf drehte sich alles, sie war schwanger, sie würde ein Kind bekommen, großer Gott, ein Kind …
«Ich erinnere mich nicht genau, um den 20. Oktober herum, glaube ich.»
Ihr Mund war völlig ausgedörrt.
Die Hebamme drehte an einer runden Scheibe.
«Dann sind Sie in der siebten Woche schwanger. Man rechnet vom ersten Tag der letzten Menstruation an. Sie sind also noch in einem sehr frühen Stadium der Schwangerschaft. Möchten Sie das Kind austragen?»
Der Fußboden schwankte unter ihr, sie hielt sich an der Theke fest.
«Ich … weiß nicht.»
«Falls Sie sich entschließen sollten, einen Schwangerschaftsabbruch durchführen zu lassen, ist es das Beste, den Eingriff so schnell wie möglich vorzunehmen. Wenn Sie das Kind behalten wollen, werden wir Ihnen einen Termin für Ihre erste Untersuchung bei einer Hebamme hier in der Mütterfürsorge geben. Die Untersuchung dauert eine gute Stunde. Die Hebamme wird Sie dann während Ihrer Schwangerschaft betreuen. Sie wohnen auf Kungsholmen?»
«Sind Sie auch sicher?», fragte Annika. «Bekomme ich wirklich ein Kind? Es kann kein Irrtum vorliegen?»
Die Frau lächelte.
«Sie sind schwanger», sagte sie. «Garantiert.»

Sie wandte sich ab, ging zur Tür, sie hatte Schmerzen und ein Ziehen im Rücken, was war mit einer Fehlgeburt?
«Eine Fehlgeburt», sagte sie und drehte sich noch einmal um. «Wie häufig kommt so etwas vor?»
«Ziemlich häufig», antwortete die Hebamme. «Das Risiko einer Fehlgeburt ist bis einschließlich zur zwölften Woche am größten. Aber über all diese Dinge werden wir bei der ersten Untersuchung sprechen, falls Sie sich entschließen sollten, das Kind zu behalten. Rufen Sie an und teilen Sie uns mit, wofür Sie sich entschieden haben.»
Sie trat in das Treppenhaus hinaus, stieg die schönen, breiten Treppen in dem alten Serafinenlazarett hinab, in dem heute die Poliklinik mit ihrer Hausärztin und die Mütterfürsorge beherbergt waren.
Ihr Kind.
Es zerrte und zog im Bauch, wenn die Füße auf die Treppenstufen traten.
Hauptsache, ich habe keine Fehlgeburt. Hauptsache, dem Kind passiert nichts.
Sie schluchzte auf, mein Gott, sie würde ein Kind bekommen, sie und Thomas, das Glück überwältigte sie, ein Kind! Ein kleines Kind, ein Grund zu leben!
Sie trat an die Wand, lehnte sich an und weinte. Es waren erleichterte, heitere und sanfte Tränen.
Ein Kind, ihr kleines Kind.
Sie trat in die Abenddämmerung hinaus, es war an diesem Tag niemals richtig hell geworden. Die Wolken zogen wie dunkelgraue Tonnen über den Himmel, bald würde es wieder anfangen zu schneien. Vorsichtig ging sie nach Hause, wollte nicht stolpern, das Kind nicht gefährden.
In ihrer Wohnung war es ziemlich kalt, die Heizkörper knack-

ten. Sie machte alle Lampen an und setzte sich mit dem Telefon auf dem Schoß auf die Couch.

Sie sollte auf der Stelle anrufen, bevor er vom Büro nach Hause ging. Sie wollte nicht wieder Eleonor am Apparat haben. Ihr Herz klopfte, was sollte sie nur sagen?

Ich bin schwanger.

Wir werden ein Kind bekommen.

Du wirst Vater.

Sie schloss die Augen, atmete drei Mal tief durch, versuchte ihr Herz zu beruhigen und wählte die Nummer.

Ihre Stimme war belegt, als sie in der Telefonzentrale nach ihm fragte. Das Rauschen in ihrem Kopf wurde stärker, ihre Hände zitterten. Sie konnte nicht atmen, nicht sprechen.

«Hallo?», fragte er gereizt.

Sie schluckte.

«Hallo», sagte sie mit kaum hörbarer Stimme. «Ich bin es.»

Ihr Herz geriet außer Kontrolle, und sie atmete stoßweise, er antwortete nicht.

«Annika Bengtzon», sagte sie, «ich bin es, Annika.»

«Ruf mich hier nicht an», erwiderte er kurz angebunden mit erstickter Stimme.

Sie schnappte nach Luft.

«Was meinst du damit?»

«Bitte», sagte er, «lass mich in Ruhe. Ruf mich bitte nicht mehr an.»

Das Klicken hallte in ihrem Kopf wider, das Gespräch war beendet, Leere kam ihr aus der Leitung entgegen und füllte sie aus.

Sie legte den Hörer auf. Ihre Hände zitterten so sehr, dass sie Probleme hatte, die Gabel zu treffen, und ihre Handflächen waren ganz nass. Sie begann zu weinen, oh, Gott, er wollte sie nicht haben, er wollte ihr gemeinsames Kind nicht haben, Hilfe, bitte, Hilfe …

Das Telefon auf ihrem Schoß klingelte, und der Schreck ließ sie hochfahren. Jedenfalls rief er an, er rief sie zurück.

Sie riss den Hörer ans Ohr.

«Annika? Hallo, hier ist Berit von der Zeitung. Ich wollte dir nur erzählen, dass wir deine Geschichte über die Stiftung morgen bringen werden … was ist denn los?»

Sie weinte in den Hörer hinein, schluchzte herzzerreißend.

«Aber, meine Liebe», sagte Berit erschrocken, «was ist denn passiert?»

Sie holte tief Luft und zwang sich dazu, die Tränen zu unterdrücken.

«Nichts», antwortete sie und wischte sich mit dem Handrücken die Nase ab. «Ich bin nur traurig. Entschuldige bitte.»

«Du brauchst dich doch nicht zu entschuldigen, ich weiß ja, wie nahe du deiner Großmutter gestanden hast. Ich wollte dir nur erzählen, dass wir die Artikel jetzt veröffentlichen.»

Annika legte ihre Hand über Nase und Mund und unterdrückte die Tränen.

«Gut», brachte sie heraus, «wie schön.»

«Am schlimmsten ist die Sache mit Aida, ich komme nicht darüber hinweg», meinte Berit. «Sie wird übrigens morgen beerdigt, die arme Frau. Sie hatte keine Verwandten, und es hat auch niemand nach ihrer Leiche gefragt, es wird eine kurze Trauerfeier auf dem Nordfriedhof geben …»

«Entschuldige, Berit, aber ich muss jetzt Schluss machen», sagte Annika.

«Sag mal», meinte ihre Kollegin, «brauchst du Hilfe?»

«Nein, nein», flüsterte Annika, «alles in Ordnung.»

«Du versprichst mir doch, dass du dich meldest, wenn du reden willst?»
«Klar», hauchte sie.
Schwer und heiß landete der Hörer wieder auf der Gabel. Er wollte sie nicht haben. Er wollte ihr gemeinsames Kind nicht haben.

Er fand auf ganz Kungsholmen keinen Parkplatz. Thomas hatte zwanzig Minuten lang Runden gedreht und keinen gefunden, aber das spielte auch keine Rolle. Er hatte hier nichts zu erledigen, fuhr nur ziellos durch die Gegend, nahm die Scheelegatan, bog rechts in die Hantverkargatan, fuhr langsam an Hausnummer 32 vorbei, den Hügel hinauf, auf die Bergsgatan, am Polizeipräsidium vorbei, hinunter auf der Kungsholmsgatan, dann war er wieder an seinem Ausgangspunkt angekommen.
Er hatte das Richtige getan, das einzig Anständige, Eleonor war seine Frau. Versprechen und Vertrauen waren ihm wichtig, er fühlte sich verantwortlich.
Und dennoch, ihre Stimme heute am Telefon. Er hatte die Fassung verloren und auf eine Weise reagiert, die er nicht wahrhaben wollte, so physisch, so hart. An ein Weiterarbeiten war nicht mehr zu denken gewesen. Er war aus dem Rathaus geflohen und zum Wasser gehastet. Es war windig, und es hatte angefangen zu schneien. Er hatte ihre Stimme gehört und erinnerte sich an ihren Körper, o Gott, was hatte er getan? Warum war diese Erinnerung so unerbittlich, so gegenwärtig? Er blieb im Wind stehen, bis seine Haare und sein Mantel nass von Meerwasser und Schnee waren, war erfüllt von einer leisen, traurigen Stimme. Anschließend ging er langsam in sein leeres Zuhause zurück. Eleonor war bei ihrem Manage-

mentkurs. Er nahm den Wagen und fuhr in die Stadt. Er überlegte nicht, wollte nicht denken, fuhr einfach los.
Geh etwas essen, sagte er sich, halte an einer Wirtschaft mit Abendzeitungen und einem Bier.
Einer Wirtschaft auf Kungsholmen.
Er würde keinen Kontakt zu ihr aufnehmen. Er würde standhaft bleiben. Er wollte nur sehen, wie es hätte sein können, wie dieses Leben gewesen wäre, welche Menschen er gesehen hätte, welche Gerichte er hätte essen können.
Was er Eleonor angetan hatte, war unverzeihlich. Die Scham stand ihm die ganze erste Woche ins Gesicht geschrieben, und er hatte sich zwingen müssen, normal zu klingen, normal zu gehen, normal zu lieben. Eleonor hatte nichts gemerkt, oder hatte sie das vielleicht doch?
Anfangs träumte er nachts von Annika, aber in der letzten Zeit war die Erinnerung an sie verblasst, bis heute. Er schlug mit der flachen Hand gegen das Lenkrad, verdammter Mist, warum musste sie auch anrufen? Warum konnte er nicht seine Ruhe haben? Es war auch so schon schwer genug.
Plötzlich spürte er, dass er den Tränen nah war, biss die Zähne zusammen und gab Gas, er musste etwas essen. Er bog auf die Agnegatan und parkte auf einer Wendeplatte, egal.
Er schloss den Wagen ab, das hier war ihr Viertel. Er sah an der verfallenden Fassade hoch, das Haus hätte schon vor zwanzig Jahren renoviert werden müssen.
Vielleicht war sie sogar zu Hause. Vielleicht saß sie oben in ihrer Wohnung im zweiten Stock, der weißen, schwebenden Wohnung, vielleicht las sie ein Buch oder sah fern.
Der Gedanke ließ seinen Mund trocken werden und sein Herz schneller schlagen.
Eine Lampe beleuchtete matt den Gang zum Hinterhof. Das

Tor stand offen, er brauchte nur hineinzugehen, so einfach war das. Langsam bewegte er sich auf das Gebäude zu, sah das, was sie jeden Tag sah, die Graffitis an der Wand, den abblätternden Putz.

Und wenn sie jetzt herauskam? Er hielt inne. Sie durfte ihn nicht sehen. Er blieb am Ende des Gangs stehen und schaute nach oben.

Zwei erleuchtete Fenster, das rechte mit einer Plastiktüte statt der obersten Scheibe, ihre Wohnung. Sie war zu Hause.

Dann sah er sie. Sie ging am Fenster vorbei und nahm etwas vom linken Fensterbrett. Für einen Moment sah er ihre schwarze Silhouette vor dem hellen Zimmer, ihre Haare, den mageren Körper, die Hände, dann drehte sie sich um, und die Lampen wurden gelöscht.

Vielleicht wollte sie das Haus verlassen.

Er machte auf dem Absatz kehrt und lief zu seinem Auto zurück, warf sich auf den Fahrersitz und fuhr los, ohne die Handbremse zu lösen. Erst jetzt wurde ihm bewusst, wie sehr sein Herz schlug.

Er würde sie niemals wieder sehen.

DIENSTAG, 4. DEZEMBER

Annika vermied es, einen Blick auf den gelben Aushänger zu werfen. Er war greller als je zuvor, und die reißerischen Überschriften schienen mindestens auf einen Weltkrieg hinzudeuten. Das *Abendblatt* enthüllt: Das *Paradies*, das bedrohte Menschen hereinlegt.

Sie eilte vorbei, wollte das nicht wahrnehmen, zog die Jacke enger um sich, umklammerte das Portemonnaie in der Hand und fror. Sie eilte die Treppenstufen zum Laden hinauf. Der Mann an der Kasse war noch nicht dazu gekommen, die Zeitungen auszupacken, und sie riss das Plastikband ab und begutachtete das Resultat.

Auf der ersten Seite war ein heimlich und aus weiter Entfernung aufgenommenes Bild von einer Frau zu sehen. Vermutlich war es Rebecka Björkstig, aber ihre Haare und das Gesicht waren durch schwarze Balken ersetzt worden. Annika kniff die Augen zusammen. Das war der klassische Trick, um besser sehen zu können, was das Foto zeigte. Das Bild wurde tatsächlich etwas deutlicher, aber die Frau ließ sich dennoch nicht identifizieren.

Sie wog die Zeitung in der Hand, wie leicht sie war, wie wenig ihre Anstrengungen im Grunde bedeuteten. Annika faltete sie zusammen, legte sie in den Einkaufskorb, sie konnte weiterlesen, wenn sie wieder zu Hause war. Dann ging sie zur Lebensmittelabteilung, packte Joghurt und Weißbrot, Käse und

Bratwürste in ihren Korb, bezahlte, klemmte sich die Zeitung unter den Arm und ging hinaus. Die Luft war klar und kühl, die Sonne ging am Horizont auf. Schnell ging sie die Hantverkargatan zurück, rutschte aus, ihr Herz schlug, sie konnte nicht anders, das *Paradies* war trotz allem ihre Geschichte. Sie stellte die Lebensmitteltüte im Flur auf den Boden, nahm die Zeitung, ließ sich im Wohnzimmer auf die Couch fallen und las den Aufmacher auf der ersten Seite. Hingewiesen wurde auf die Seiten 6, 7, 8, 9, 10 und 11. Sie bekam eine Gänsehaut, das war wirklich ein durchschlagender Erfolg.
Schnell blätterte sie am Leitartikel und dem Kulturteil vorbei, der erste Artikel handelte von der Stiftung, gab Rebecka Björkstigs Beschreibung davon wieder, wie die Stiftung funktionierte. Die Bilder bestanden aus mehreren heimlich aufgenommenen Fotos von Rebecka Björkstig und einigen anderen Personen, vermutlich ihrer Familie. Annika meinte, im Hintergrund das Haus der Stiftung in Olovslund erkennen zu können, aber die Bilder hätten auch ganz woanders aufgenommen worden sein können. Sie las die Texte aufmerksam durch. Berit hatte sie zwar geschrieben, aber sie basierten zu hundert Prozent auf ihren Informationen. Die Artikel hatten einen doppelten Bildeinschlag, Berit und sie waren beide als Autorinnen genannt.
Sie betrachtete lange ihren Namen und versuchte zu definieren, was sie dabei empfand. Vielleicht war es Stolz, vielleicht auch ein wenig Angst, das würde Konsequenzen haben. Ein gewisses Maß an Distanzierung musste sein, sie konnte das nicht alles auf einmal aufnehmen.
Sie seufzte, blätterte weiter und schrak zusammen.
Thomas Samuelsson starrte sie von einem Schwarzweißbild auf Seite acht an. Das Foto war in seinem Büro im Vaxholmer

Rathaus gemacht worden, sie erkannte das Bücherregal im Hintergrund wieder. Er enthüllte den Bluff, lautete die Überschrift. Berits Text nahm Rebecka Björkstigs Argumente auseinander, entlarvte die Lügen, die Schulden, die Identitätswechsel. Thomas Samuelsson hatte die Rolle des Helden, der die kriminelle Organisation zerschlagen hatte. Am Haaransatz war eine Narbe zu erkennen, und die Bildunterschrift erläuterte, der Sozialkämmerer sei bei dem Versuch, einen Betrug zu verhindern, misshandelt und niedergeschlagen worden. Weitere Vertreter von Behörden kamen, wenn auch anonym, zu Wort. Sie bestätigten, dass die Stiftung nichts anderes als ein Bluff war. Sie hatten Schwindel erregende Summen an Rebecka Björkstig gezahlt, insgesamt über zwei Millionen Kronen.

Sie konnte nicht weiterlesen, wollte immer nur das Bild anstarren, den Mann. Er war ernst, verbissen, die Haare fielen ihm ins Gesicht. Das Jackett war zugeknöpft, die Krawatte perfekt gebunden, die Hand ruhte auf dem Schreibtisch, seine warme, starke Hand.

Es schnürte ihr den Hals zusammen, o Gott, wie schön er war, sie hatte fast vergessen, wie er aussah. Tränen fielen aus ihren Augen auf die Zeitungsseite.

Wir bekommen ein Kind, flüsterte sie dem Bild zu, einen kleinen Jungen. Ich weiß, dass es ein Junge wird, aber du willst uns nicht haben. Du willst deinen Krawattenknoten und deine Bankdirektorin und dein luxuriöses Haus im Villenviertel.

Sie strich mit dem Finger über das Bild, folgte der Linie seines Kinns, strich ihm über die Haare.

Ich kann ihn nicht auf die Welt bringen, wenn du nicht willst.

Sie legte die Zeitung weg und weinte hemmungslos. Als sie

nicht mehr konnte und ihre Tränen versiegt waren, griff sie nach dem Hörer und rief im Söderkrankenhaus an. Sie konnte noch am gleichen Vormittag vorbeikommen.

Ratko überließ nichts dem Zufall. Gestern hatte er das Gelände gründlich sondiert, war mit einer Harke umhergegangen und hatte so getan, als pflegte er die Gräber. In seinen dunklen, anonymen Kleidern war er niemandem aufgefallen. Sein Fiat Uno stand auf dem Banvaktsvägen, gleich neben einem großen Loch im Zaun. Wahrscheinlich hatten Radfahrer es in den Zaun geschnitten, um so die Abkürzung über den Friedhof nehmen zu können. Im Kofferraum hinter der Rückbank des Autos lag eine Sporttasche. Man konnte einen Tennisschläger zwischen der Sportkleidung erkennen. Unter den Kleidungsstücken lagen das Geld und seine schweren Waffen. Er war nervös, unsicher und kam sich etwas bescheuert vor. Verlor er etwa die Kontrolle?

Er ging zum Haupteingang am Linvävarvägen. Hier waren die Grabsteine groß und alt, die meisten stammten aus dem ersten Jahrzehnt des zwanzigsten Jahrhunderts, Herren mit Titeln, eingerahmt von ihren Familien. Die Umgebung versuchte Stille und Frieden zu verströmen, was angesichts des Autobahnlärms in fünfzig Meter Entfernung jedoch nicht leicht war. Er stützte sich auf die Harke und betrachtete den winterlich verschlafenen Park: zurechtgestutzte Thujas, gewaltige Eichen mit nackten Kronen, knorrige Kiefern, schwarze, schmiedeeiserne Zäune. Der Unterschied zu den Soldatenfriedhöfen in Bosnien war enorm. Er lehnte sich an den Zaun, seufzte, erinnerte sich an die siebziger Jahre in der UDBA, der jugoslawischen Geheimpolizei, an all die Oppositionspolitiker, die sie zum Schweigen gebracht hatten, Deutsch-

land, Italien, Spanien, die Banküberfälle, die Jahre im Gefängnis.
Nie wieder, dachte er frierend.
Langsam ging er zur nördlichen Kapelle, welche die Größe einer Kirche hatte und frisch renoviert war. Braun glasierte Dachziegel glitzerten in der Sonne. Das Gotteshaus thronte auf einem Hügel am hinteren Ende des Friedhofs, und hinter ihm erhob sich ein gigantisches hellblaues Getto aus Mietskasernen: Hagalundsgatan, Blåkulla. Er ging um ein Wäldchen herum und gelangte in den westlichen, ebenen Teil des Friedhofs, Feld 14E. Am Waldsaum blieb er stehen und betrachtete die Grube, Aidas letzte Ruhestätte. Eine unbelaubte Hecke trennte ihr Grab von der Straße. Auf der anderen Seite der Hecke lagen eine Tankstelle und ein McDonald's. Er wandte sich ab, nahm seine Harke und ging langsam zu den jüdischen Gräbern hinüber.
Die Bestattung begann um vierzehn Uhr, er hatte angerufen und sich erkundigt, er hatte noch ein paar Stunden Zeit. Hatte er sich vielleicht in etwas verrannt? Bildete er sich etwas ein? Hatte er schon Hirngespinste? War die Reaktion seiner Vorgesetzten wirklich heftiger gewesen, als zu erwarten war? Und warum sollte das alles etwas mit Aida aus Bijeljina zu tun haben?
Ehrlich gesagt, war ihm das alles egal. Das Einzige, was ihn interessierte, war seine eigene Zukunft. Er wollte das Spielfeld, seine Bedingungen kennen, seine Feinde identifizieren können. Dabei sollte ihm Aida nach ihrem Tod helfen.
Er steckte sich eine Zigarette an, nahm ein paar tiefe Züge und spürte, wie der Sauerstoff seine Lungen füllte und das Nikotin in sein Gehirn leitete. Verdammt, war dieses Land kalt. Wenn heute alles nach Wunsch ablief, brauchte er nie wieder

hierher zu kommen. Alles wäre dann in trockenen Tüchern, und er würde dieses verfluchte Land hinter sich lassen können.

«Thomas! Sie stehen in der Zeitung!»
Die Sachbearbeiterin, die für Aida Begovics Fall verantwortlich gewesen war, hüpfte in einem missglückten Joggingversuch aus ihrem Büro heraus. Ihre Wangen waren rot, die Stirn glänzte, und sie lächelte einfältig und schwenkte erregt die Morgenausgabe des *Abendblatts*.
Thomas zwang sich, ihr Lächeln zu erwidern.
«Ich weiß», sagte er.
«Sie schreiben darüber, dass Sie ...»
«Ich weiß!»
Er ging in sein Büro und schloss die Tür mit einem Knall hinter sich, konnte das einfach nicht ertragen. Er ließ sich auf den Stuhl am Schreibtisch fallen und legte den Kopf in die Hände. An diesem Morgen hätte er es fast nicht über sich gebracht, zur Arbeit zu gehen. Der Haushalt war im Gemeinderat verabschiedet worden, die Quartalsberichte waren fertig. Er hatte alles rechzeitig geschafft, sie waren pünktlich fertig geworden. Jetzt war es an der Zeit, wieder von vorn anzufangen, zum achten Mal, jedes Jahr mit weniger Einnahmen und größeren Ausgaben und Kürzungen beim Personal. Die Betroffenen sah man dann in den Medien. Sie waren wütend, verzweifelt, traurig, resigniert. Die Zahl der Langzeitkranken stieg, die Mittel für Rehabilitierungsmaßnahmen sanken.
Er seufzte und streckte sich. Sein Blick landete auf der aufgeschlagenen Zeitung, und er las ihren Namen. Er hatte die Artikel vorher lesen dürfen, aber nicht gewusst, dass sie die Texte geschrieben hatte. Eine andere Frau hatte ihn angeru-

fen, eine Reporterin namens Berit Hamrin. Warum hatte Annika nicht angerufen?
Er verdrängte den Gedanken gereizt, wollte nicht, dass sie ihn anrief, er strich die Zeitung vor sich glatt. Das Bild von ihm war furchtbar. Die Haare hingen ihm ins Gesicht, was schlampig aussah. Er las die Texte noch einmal, Annikas Texte, und erkannte ihre Informationen wieder. Sie hatte ihm wirklich alles erzählt, was sie wusste, sie war ehrlich zu ihm gewesen.
Es klopfte an seiner Tür, und er schlug instinktiv die Zeitung zu und legte sie in die oberste Schreibtischschublade.
«Darf ich reinkommen?»
Es war seine Chefin.
«Natürlich. Setz dich.»
«Ich weiß, dass du eine schwierige Phase durchgemacht hast», sagte seine Chefin, «aber ich möchte, dass du weißt, dass du hier von allen sehr geschätzt wirst.»
Sie war freundlich und ernst und sah ihm in die Augen. Er wich ihrem Blick aus und starrte ein Dokument auf seinem Schreibtisch an.
«Ich bin sehr zufrieden mit deiner Arbeit. Ich weiß, dass du dich eine Zeit lang schwer getan hast, aber ich hoffe, dass es besser wird, sobald die Arbeit am Haushalt erst einmal hinter dir liegt. Wenn du das Gefühl hast, mit jemandem reden zu müssen, kannst du dich jederzeit an mich wenden.»
Er blickte zu ihr auf und konnte seine Verwunderung nicht verbergen. Jetzt war seine Chefin an der Reihe, den Blick zu senken.
«Ich wollte nur, dass du das weißt», sagte sie und stand auf.
Thomas erhob sich ebenfalls und murmelte ein paar dankbare Worte.

Als die Frau die Tür hinter sich geschlossen hatte, ließ er sich wieder verblüfft auf seinen Stuhl fallen. Was sollte das denn? In der gleichen Sekunde klingelte das Telefon, und er schrak zusammen.

«Thomas Samuelsson?»

Es war ein Dezernent des Schwedischen Gemeindetags, o Gott, was wollten die denn von ihm? Automatisch nahm er eine aufrechte Haltung hinter seinem Schreibtisch ein.

«Sie erinnern sich vielleicht nicht an mich, aber wir sind uns letztes Jahr bei den Tagen der sozialen Dienste auf Långholmen begegnet.»

Er erinnerte sich an die Konferenz, eine zähe Angelegenheit über die sozialen Dienste, die drei Tage gedauert hatte. Der Dezernent war ihm dagegen nicht im Gedächtnis geblieben.

«Wir haben seitdem des Öfteren an Sie gedacht, und als wir heute Ihr Bild in der Zeitung gesehen haben, ist uns klar geworden, dass Sie der richtige Mann für uns sind.»

Thomas räusperte sich und brachte einen fragenden Laut zu Stande.

«Wir suchen einen Projektleiter, der eine Untersuchung zu den Unterschieden in der Ausbezahlung von Sozialhilfe in den Kommunen leiten kann. Das braucht nicht unbedingt eine Ganztagsstelle zu sein. Wenn Sie es auf einer halben Stelle machen wollen, rechnen wir damit, dass es ungefähr ein Jahr dauert. Sind Sie interessiert?»

Er schloss stumm die Augen und strich überwältigt seine Haare nach hinten. Im Zentrum arbeiten, als Gutachter, Projektleiter, mein Gott, genau das hatte er sich immer in seiner Phantasie vorgestellt.

«Ja, allerdings», brachte er hervor. «Das klingt nach einem unglaublich spannenden und wichtigen Projekt.»

Er bremste sich, klang allzu enthusiastisch.
«Ich würde gern die notwendigen Voraussetzungen und Bedingungen mit Ihnen diskutieren», fügte er deshalb etwas gedämpfter hinzu.
«Ausgezeichnet! Könnten Sie nächsten Donnerstag vorbeikommen?»
Als er aufgelegt hatte, starrte er minutenlang ins Leere. Das Angebot rauschte in ihm mit der Kraft eines Bachs im Frühling, was für eine Chance, was für ein Auftrag! Das Lächeln kam tief aus seinem Inneren. Das erklärte auch den merkwürdigen Besuch seiner Chefin, man musste sie schon vorher informiert haben.
Sie hatten seinen Namen in der Zeitung gesehen.
Er zog die oberste Schublade auf und holte sie wieder heraus, las ihren Namen und atmete auf.
Er würde sie vergessen. Alles würde besser werden. Er musste nur durchhalten.
Er hatte die richtige Entscheidung getroffen.

Annika schnappte unfreiwillig nach Luft, denn das bläuliche Gel war eiskalt, als es auf ihrem Bauch landete. Die Frau in dem weißen Kittel hantierte mit einem Kabel und einem großen Spatel. Annika machte große Augen.
«Durch das Gel bekommen wir ein gutes Ultraschallbild», sagte die Ärztin.
Annika lag ausgestreckt und angespannt auf der flaschengrünen Liege. Die Frau setzte sich neben sie, drückte den Spatel in die Matsche und fuhr über Annikas Bauch. Annika musste wieder nach Luft schnappen, verdammt, war das kalt, und so weit unten, praktisch in den Schamhaaren. Der Saum ihrer Unterhose wurde klebrig von dem blauen Gel. Die Ärztin

schraubte an einem Regler neben einem kleinen grauen Bildschirm, weiße Streifen wanden sich wie Würmer auf dem Schirm. Dann hielt sie inne.
«Da», sagte sie und zeigte auf den Bildschirm.
Annika stützte sich auf die Ellenbogen, starrte auf den Bildschirm und sah einen kleinen weißen Ring in der rechten oberen Ecke.
«Da haben wir den Embryo», sagte die Frau und drehte an dem Regler.
Annika betrachtete misstrauisch den Fleck, der sich ein wenig bewegte, sich drehte, schwamm.
Ihr Kind. Thomas' Kind. Sie schluckte.
«Ich möchte abtreiben», sagte sie.
Die Gynäkologin nahm den Spatel von ihrem Bauch, und das Bild verlosch, die kleine schwimmende Blase verschwand. Die Krankenschwester reichte Annika hartes grünes Krepppapier, damit sie sich den Bauch abtrocknen konnte.
«Ich möchte auch noch kurz abtasten», sagte die Ärztin und übergab den Spatel zum Saubermachen der Krankenschwester. «Wenn Sie sich bitte auf den Behandlungsstuhl setzen würden.» Die Stimme war freundlich, desinteressiert, effektiv. Annika erstarrte.
«Muss ich wirklich untersucht werden?», fragte sie.
«Wir liegen schon hinter dem Zeitplan zurück», meinte die Krankenschwester leise.
Die Ärztin seufzte.
«Setzen Sie sich bitte.»
Annika zog Hose und Unterhose aus und schwang sich gehorsam auf den gynäkologischen Stuhl, das Folterinstrument. Die Ärztin nahm zwischen ihren Beinen Platz und zog sich Handschuhe an.

«Könnten Sie bitte ein bisschen tiefer rutschen? Weiter. Weiter! Und entspannen Sie sich bitte.»
Sie holte tief Luft und schloss die Augen, als die Ärztin mit den Fingern in ihren Unterleib fuhr.
«Entspannen Sie sich bitte, sonst tut es weh.»
Sie kniff die Augen fest zusammen, während die Ärztin ihren Bauch abtastete, eine Hand in ihr, eine Hand darauf, es tat weh, ihr war übel.
«Ihre Gebärmutter liegt nach hinten», sagte die Ärztin. «Das ist ungewöhnlich, aber nicht schlimm.»
Sie zog die Hand wieder heraus. Annika hörte ein schmatzendes Geräusch und schämte sich.
«So. Dann können Sie sich jetzt anziehen. Kommen Sie bitte anschließend in mein Büro.»
Die Ärztin warf die Handschuhe in einen Mülleimer und ging schnell in das angrenzende Zimmer. Annika versuchte verwirrt, die Knie aus ihrer Position oberhalb der Ohren herunterzubekommen. Man war so ausgeliefert, es war ekelhaft. Irgendwas klebte zwischen ihren Beinen, aber sie traute sich nicht, nach etwas zu fragen, mit dem sie es wegwischen konnte. Schnell zog sie Unterhose und Jeans an. Der ganze untere Teil des Bauchs fühlte sich klebrig an. Sie folgte der Krankenschwester in den Nebenraum.
«Sie sind in der siebten Woche schwanger», sagte die Ärztin. «Sie möchten einen Schwangerschaftsabbruch vornehmen lassen?»
Annika nickte, räusperte sich, setzte sich.
«Sie haben das Recht auf eine Schwangerschaftsberatung, wünschen Sie eine solche Beratung?»
Sie schüttelte den Kopf. Ihre Hände kamen ihr auf einmal zu groß vor, sie verbarg sie zwischen den Oberschenkeln.

«Also gut. Sie können einen Termin am Freitag, den 7. Dezember, haben. Ginge das bei Ihnen?»
Nein, dachte sie, jetzt. Jetzt! Bis Freitag sind es noch drei Tage, das geht nicht, das halte ich nicht durch, ich kann das Kind nicht noch drei Tage in mir haben, ich will nicht die Schwere fühlen, die Übelkeit, die spannenden Brüste, das pochende Leben.
«Sollen wir den siebten nehmen?», wiederholte die Ärztin und sah sie über den Rand ihrer Brille hinweg an.
Annika nickte.
«Sie müssen um sieben Uhr morgens hier sein. Ab Mitternacht müssen Sie nüchtern bleiben, weil Sie eine Kurznarkose bekommen werden. Zunächst wird ein Stift in den Gebärmuttermund eingeführt, der ihn öffnet, anschließend werden wir Sie betäuben. Als Nächstes werden wir die so genannte Absaugmethode anwenden. Dabei wird der Gebärmutterhals erweitert und der Inhalt der Gebärmutter abgesaugt. Das dauert etwa eine Viertelstunde, und Sie können nachmittags wieder nach Hause gehen. Auf Grund des Infektionsrisikos dürfen Sie zwei Wochen nach dem Eingriff keinen Geschlechtsverkehr haben. Haben Sie noch Fragen?»
Eine Viertelstunde, der Inhalt wird abgesaugt.
Nein, keine Fragen.
«Schön, dann sehen wir uns am Freitag.»
Danach stand sie in dem langen grauen Korridor, wo sie mit einer jungen Frau zusammenstieß, die in das Behandlungszimmer wollte, und sie vermieden es, sich anzuschauen. Sie hörte die Ärztin grüßen. Das Schwindelgefühl kehrte zurück, die Übelkeit, die Schmerzen im Rücken, sie musste raus.

Der Bus der Linie 48 schwankte und schaukelte, und Annika hätte sich beinahe auf den Boden übergeben. Am Kungsholmstorg stolperte sie ins Freie und verschwand schnell in der Toreinfahrt von Nummer 32. Anschließend stand sie auf dem Innenhof und kämpfte gegen die Übelkeit an, ehe sie sich die Treppen des Hinterhauses hochschleppte.

Die eingekauften Lebensmittel standen immer noch hinter der Wohnungstür, aber sie hatte nicht die Kraft, sich darum zu kümmern. Stattdessen sank sie auf der Couch zusammen und starrte vor sich hin.

Eine kleine Blase, ein kleiner weißer Ring.

Sie wusste, dass es ein Junge war, ein kleiner blonder Junge wie Thomas. Sie schloss die Augen, weinte und riss die Seite mit den Comics aus der Zeitung und schnäuzte sich damit. Noch einmal schlug sie die Artikel über die Stiftung auf und überflog den Text auf der letzten Doppelseite. Der Polizei zufolge stand Rebecka Björkstig unter dem Verdacht der Anstiftung zum Mord. Sie habe einer Klientin namens Aida Begovic gedroht, die am darauf folgenden Tag auf dem Sergels Torg ermordet worden sei. Die Frau werde heute um vierzehn Uhr beerdigt.

Sie ließ die Zeitung fallen, es schrie in ihrem Körper. Sie beugte sich vor, der Bauch schmerzte, der Ring schwamm, das Herzklopfen wurde stärker, sie schaukelte und schaukelte. In ihrem Inneren hörte sie Berits Stimme von gestern, *sie hatte keine Verwandten, und es hat auch niemand nach ihrer Leiche gefragt, es wird eine kurze Trauerfeier auf dem Nordfriedhof geben …*

Niemand darf so von allen verlassen sein, dachte Annika. Jeder Mensch hat es verdient, dass jemand von ihm Abschied nimmt.

Sie ließ sich gegen die Rückenlehne der Couch fallen.
Drei weitere Tage mit dem Kind in ihrem Bauch.
Sie sah auf die Uhr.
Wenn sie jetzt losfuhr, würde sie es noch rechtzeitig zu Aidas Beerdigung schaffen.

Es saßen Menschen in der Kapelle.
Annika blieb, plötzlich verunsichert, in der Tür stehen und schaute sich vorsichtig um. Ein paar Frauen und ein Junge in der letzten Bank drehten sich um und sahen sie an.
Ganz vorne stand ein kleiner glänzender und weißer Sarg mit drei roten Rosen auf dem Sargdeckel.
Ihr war übel, und sie zitterte. Sie ging ein paar Schritte, zog ihre Jacke aus und setzte sich auf eine leere Bank ganz hinten. Sie hatte vergessen, Blumen mitzunehmen, und wurde sich auf einmal ihrer leeren Hände bewusst.
Es herrschte tiefe Stille, der Raum war hell erleuchtet. Das Sonnenlicht fiel durch die mit Blei eingefassten Fenster unter der Kuppel herein und warf bunte Flecken auf Wände und Fußboden. Es traf die Wände und ließ die gelbe Farbe aufglühen.
Ein schwaches Summen war zu hören. Annika versuchte, die übrigen Trauergäste verstohlen in Augenschein zu nehmen, ohne dass es auffiel. Die meisten waren Frauen, von denen etwa die Hälfte Schwedinnen zu sein schienen. Die anderen stammten vermutlich aus dem ehemaligen Jugoslawien. Insgesamt waren vielleicht zwölf, vierzehn Menschen gekommen, und alle hatten Blumen mitgebracht.
Ihre Verwunderung über die Anwesenheit von Trauergästen verwandelte sich in Ärger.
Wo wart ihr, als Aida eure Hilfe brauchte?

Es ist verdammt einfach, da zu sein, wenn es zu spät ist.
Die Kirchenglocken begannen über ihrem Kopf zu läuten. Ihr Klang sickerte dumpf und schicksalsschwer zu den spärlich besetzten Bankreihen hinab und stieß durch ihren Körper. Tränen trübten ihren Blick.
Die Glocken verklangen, die nachfolgende Stille wog umso schwerer. Man hörte Schluchzen und Räuspern, das Rascheln von Gesangbuchseiten. Dann schaltete jemand eine CD an, und sie erkannte den ersten Satz von Mozarts Requiem. Sie konnte die Tränen nicht mehr zurückhalten, wurde ganz von der Musik erfüllt, den langsamen Strophen, die der sterbende Wolfgang Amadeus geschaffen hatte.
Die Musik verklang. Ein Mann in einem dunkelgrauen Anzug, offensichtlich der Geistliche, stellte sich vor den Sarg. Er sagte ein paar Dinge über das Leben und den Tod, es waren Plattitüden. Nach ein, zwei Minuten schloss sie die Augen, hörte seine Worte und ließ sie vorbeiziehen, es ist am schönsten, wenn das Licht versiegt, all die Liebe, die im Himmel liegt, Musik erklang von neuem, eine Mischung aus schwedischen Songs. Sie wurde wieder ärgerlich.
Wer zum Teufel hat eigentlich diese Musik zusammengestellt?
Annika wischte sich wütend die Tränen ab. Alle schienen zu weinen. Sie sah den Geistlichen an, seinen routiniert gesenkten Kopf, in der ersten Bankreihe, was wusste er schon über Aida? Kein einziges persönliches Wort kam über seine Lippen, weil er sie nie kennen gelernt hatte.
Sie versuchte sich an Aida zu erinnnern und sah sie vor sich, krank, ängstlich, gehetzt.
Wer warst du?, dachte Annika. Warum bist du gestorben?
Der Mann in dem Anzug sprach wieder, rhythmisch, es war ein Gedicht von Edith Södergran. Eine der Frauen aus der ers-

ten Bankreihe stellte sich anschließend an den Altar und sang allein mit klarer und reiner Stimme. Annika verstand kein Wort, das Lied war auf Serbokroatisch. Die Töne stiegen auf, wirbelten unter der Decke, lebten und wuchsen, die Trauer, die in der Kapelle aufstieg, war auf einmal echt und anrührend, warum, warum?

Annika weinte in ihre Hände hinab, die Trauer saß wie ein schwerer, greifbarer Kloß in ihrer Brust, sie fühlte sich schuldig.

Wir tun das für uns, dachte sie, nicht für Aida. Ihr wäre das egal gewesen.

Dann folgte ein Kirchenlied, das sie wieder erkannte, denn es war auch auf der Beerdigung ihrer Großmutter gespielt worden, und ihr Mund formte stumm die Worte, herrlich ist die Erde, herrlich Gottes Himmel, mit Gesang betreten wir das Paradies.

Sie senkte den Kopf und presste die Lippen zusammen.

Stille erfüllte nun wieder den Raum, und sie konnte nicht atmen. Die Kirchenglocken läuteten zum Abschluss noch einmal, es war vorbei. Aida entfernte sich, wurde ausradiert. Sie wollte plötzlich protestieren, die Männer aufhalten, die nun herantraten, um den Sarg hochzuheben und ihn dann auf ihren Schultern durch den Mittelgang zu tragen, nur knapp einen Meter entfernt an ihr vorbei. Ich bin noch nicht fertig mit ihr, ich muss mehr über sie erfahren! Annika stand auf, ihr war übel. Sie wartete, bis die anderen Trauergäste an ihr vorbeigegangen waren, spürte ihre verstohlenen Blicke, ging als Letzte hinaus.

Die Kälte schlug ihr klar und frisch entgegen, das Sonnenlicht ließ den Schnee glitzern. Die Männer stellten den Sarg auf einen Katafalk. Sie sah, dass die anderen Trauergäste auf der

Treppe und längs der Wege zusammenstanden, sich schnäuzten und flüsterten.
Sie alle kannten Aida. Alle haben in irgendeiner Beziehung zu ihr gestanden. Sie alle wissen mehr als ich.
Langsam ging sie zu einer Frau, die ein paar Treppenstufen tiefer stand.
«Entschuldigen Sie bitte», sagte Annika und stellte sich vor. «Ich kenne hier kaum jemanden, woher kannten Sie Aida?»
Die Frau lächelte freundlich und trocknete sich mit einem Papiertaschentuch die Tränen unter den Augen ab.
«Ich bin die Leiterin der Flüchtlingsunterkunft, in der Aida untergebracht wurde, als sie nach Schweden kam.»
Sie gaben sich die Hand, holten beide tief Luft und lächelten verlegen.
«Ich bin Journalistin», sagte Annika. «Ich bin gekommen, weil ich geglaubt habe, dass Aida ganz allein war.»
Die Leiterin nickte zustimmend.
«Sie war sehr allein. Viele haben versucht, Kontakt zu ihr zu bekommen, aber man kam nur schwer an sie heran. Ich glaube, ihre Einsamkeit war selbst gewählt.»
Annika schluckte. Es war so verdammt einfach, nach ihrem Tod auch noch die Schuld dafür auf sie zu schieben.
«Und die Menschen, die hier sind?», fragte Annika. «Wenn sie keine Freunde hatte, wer sind dann diese Menschen?»
Die Frau sah sie erstaunt an.
«Das sind einige Asylbewerber aus der Unterkunft, die Aida dort kennen gelernt haben. Sie kam gelegentlich zu Besuch. Ihren Nachbarn aus Vaxholm erkenne ich und dann die Repräsentanten des bosnischen Kulturvereins. Zum Beispiel die Frau, die eben gesungen hat. War das nicht schön?»
«Konnte ihr denn niemand helfen?», fragte Annika. «Gab

es wirklich niemanden, an den sie sich hätte wenden können?»

Die Leiterin sah Annika traurig an.

«Sie kannten sie nicht besonders gut, oder?»

Die Männer hatten den Sarg auf dem Katafalk platziert, und der Wagen begann seine langsame Fahrt zum Grab. Die Frau ging zu den anderen, und Annika folgte ihr.

«Das stimmt», sagte Annika leise, «ich kannte sie nicht besonders gut. Ich habe sie nur wenige Tage vor ihrem Tod getroffen. Wann ist sie eigentlich nach Schweden gekommen?»

Die Leiterin sah Annika über die Schulter an und zögerte.

«Gegen Ende des Krieges», antwortete sie dann flüsternd. «Sie hatte mehrere Schusswunden, überall Granatsplitter, es war ein furchtbarer Anblick. Flashbacks, Schüttelfrost, Schweißausbrüche, eine schlechte Wirklichkeitsauffassung. Sie trank ziemlich viel. Wir haben wirklich alles getan, um ihr zu helfen, Ärzte, Berater, Psychologen. Ich glaube nicht, dass es viel gebracht hat. In Aida wüteten furchtbare Dämonen.»

Annika sperrte die Augen auf.

«Wie meinen Sie das?»

Eine andere Frau trat zu der Leiterin und flüsterte etwas. Gemeinsam gingen die beiden daraufhin zu einer der Flüchtlingsfrauen, die unter Tränen zusammenbrach. Annika sah sich verwirrt um, rutschte auf einem Eisfleck aus und wäre beinahe hingefallen, ihr war schlecht, der Katafalk quietschte in der Kälte. Der Sarg glitt zwischen die Bäume, in die Schatten, außer Reichweite. Sie unterdrückte den Impuls, hinterherzulaufen und an den Sargdeckel zu klopfen.

Welche Dämonen lasteten auf dir? Was haben sie mit dir gemacht?

Das Grab war unheimlich, verlor sich in Dunkelheit und Kälte, warum gruben sie auch so verdammt tief? Hastig trat sie einen Schritt zurück.
Der Sarg ruhte neben dem Grab auf ein paar Brettern. Die Trauernden versammelten sich ringsum, alle hatten verheulte Augen. Der Geistliche sprach wieder. Annika fror so sehr, dass sie zitterte und am liebsten gegangen wäre. Aida lag nicht in diesem Sarg, Aida war nicht anwesend, Aida war mit ihren Dämonen und Geheimnissen bereits entglitten.
Aus den Augenwinkeln sah sie etwas heranfahren, zwei große schwarze Autos mit getönten Scheiben und blauen Nummernschildern. Sie bremsten, hielten an, die Motoren wurden abgestellt. Annika betrachtete sie erstaunt.
Plötzlich öffneten sich gleichzeitig alle Türen, und fünf, sechs, sieben Männer stiegen aus. Der Pfarrer hörte auf zu lesen, und alle sahen sich verwirrt an. Die Männer in den Autos trugen graue Mäntel, blickten sich um und blickten die Trauergäste grimmig an.
Dann löste sich ein alter Mann aus der Gruppe. Annika starrte ihn mit halb geöffnetem Mund an. Es war ein Militär, sein Gang war schleppend und gebeugt, das Gesicht verschlossen, der Blick starr auf den Sarg gerichtet. Seine Uniform war mit zahlreichen Orden besetzt. In der Hand hielt er eine kleine Plastiktüte. Die Trauergäste machten ihm Platz. Annika stand auf der anderen Seite des Grabs und sah verblüfft, wie der alte Mann auf die Knie fiel, seine Schirmmütze abnahm und unverständliche Worte flüsterte. Seine Haare waren grau und schütter, die Kopfhaut darunter glänzte. Er kniete und betete lange, atmete schwer.
Annika konnte die Augen nicht von ihm lassen und lauschte intensiv seiner gebrochenen Stimme.

Dann stand er mühsam auf, hob die Tüte auf, schob eine Hand hinein, zog sie wieder hinaus und warf etwas auf den Sarg, Erde! Eine Hand voll Erde!
Das Murmeln wurde lauter. Annika lauschte erstarrt, eine weitere Hand voll Erde, weitere bedeutungsschwere Worte, eine dritte Hand, die Worte verstummten, der Mann steckte die Tüte mit Erde wieder in die Tasche und klopfte sich die Hände ab.
Du weißt alles über Aida, dachte sie. Du kennst ihre Dämonen.
Sie rannte um das Grab herum, denn der Mann war bereits auf dem Rückweg zu den Autos und den anderen Männern, sie packte ihn am Ärmel.
«Please, Sir!»
Er blieb überrascht stehen und sah sie über die Schulter hinweg an.
«Wer sind Sie?», fragte sie auf Englisch. «Woher kannten Sie Aida?»
Der Mann starrte sie an und versuchte sich aus ihrem Griff zu befreien.
«Ich bin Journalistin», sagte Annika. «Ich bin Aida wenige Tage vor ihrem Tod begegnet. Wer sind Sie?»
Plötzlich waren die Männer in den dunkelgrauen Mänteln überall und schoben sich zwischen sie und den Offizier. Sie schienen erregt zu sein und fragten den Mann etwas. Mehrmals wurden die gleichen Worte wiederholt, aber der alte Mann winkte nur abwehrend mit der Hand und wandte sich von ihr ab. Wie eine graue Masse glitten sie zu ihren Autos, stiegen ein, ließen die Wagen an und rollten zwischen den Bäumen davon.
Annika starrte ihnen, in Schweiß gebadet und mit blassem Gesicht, nach.

Sie hatte ein Wort verstanden, das der Mann am Grab gemurmelt hatte, ein einziges. Er hatte es mehrere Male ausgesprochen, da war sie sich ganz sicher.
Bijeljina.

Die Frauen traten einzeln an das Grab heran, sagten etwas und legten Blumen auf den Sarg. Annika geriet in Panik. Sie hatte keine Blume, sie hatte nichts zu sagen, nur: Verzeih, dass ich dich getäuscht und in den Tod gelockt habe.
Sie wandte sich ab, stolperte, musste weg, konnte nicht mehr am Grab bleiben.
Der alte Mann musste Aida sehr nahe gestanden haben, vielleicht war er sogar ihr Vater.
Wenn er wüsste, schoss es ihr durch den Kopf, was ich getan habe.
Aber ich habe wirklich versucht zu helfen, verteidigte sie sich, ich habe es gut gemeint.
Schwankend vor Scham und Schuld, ging sie in Richtung Bushaltestelle. Ihr war schlecht, sie wollte sich übergeben.
Sie hatte das Loch im Zaun ein paar Meter hinter sich gelassen, als ihr jemand die Hand auf den Mund legte.
Ihr erster Gedanke war, dass die Männer in den grauen Mänteln zurückgekommen waren, um sie zu holen. Der alte Offizier wollte mit ihr abrechnen.
«Ich drücke dir eine Pistole ins Rückgrat», zischte der Mann. «Geh weiter.»
Annika konnte sich nicht bewegen. Sie stand wie gelähmt auf dem Bürgersteig, Ratkos Kopf hing über ihrer Schulter.
Er fuhr ihr mit der Hand in die Haare und riss ihren Kopf nach hinten.
«Vorwärts!»

Jetzt sterbe ich, dachte sie, jetzt sterbe ich.

«Jetzt geh schon, du Sau!»

Sie schloss, atemlos vor Angst, die Augen und begann langsam die Straße entlangzustolpern. Der Mann keuchte in ihrem Nacken, er roch schlecht. Nach etwa zehn Metern blieb er stehen.

«Ins Auto», sagte er.

Sie blickte sich um, hatte einen steifen Nacken, ihre Kopfhaut brannte, welches von den Autos?

Er schlug ihr ins Gesicht, und sie spürte, dass etwas Warmes von ihren Lippen herunterlief. Auf einmal war sie vollkommen klar, das kannte sie, an Schläge war sie gewöhnt, damit konnte sie umgehen.

«Und wenn ich mich weigere?», sagte sie. Ihr Lippe wurde schon dick.

Er schlug sie noch einmal.

«Dann bringe ich dich auf der Stelle um», antwortete er.

Sie starrte in sein Gesicht hinauf, rote Flecken von der Kälte, müde Schatten unter den Augen. Sie atmete jetzt schneller, flach und hastig, ihr Blickfeld begann zu flimmern, sie konnte nicht und wollte auch nicht.

«Dann mal los», sagte sie.

Etwas ging in dem Mann vor. Er zerrte einen Strick hervor, presste sie gegen das Fahrzeug neben ihr, ein kleines blaues Auto, drehte ihr die Arme auf den Rücken, verschnürte ihre Hände und presste die kalte Mündung einer Pistole in ihren Nacken.

«Du weißt, wie es Aida ergangen ist.»

Sie schloss die Augen. Der Abwehrmechanismus setzte ein, und sie fühlte nichts, wandte alles nach innen, schaltete ab. Ich muss tun, was er sagt.

«Jetzt aber rein mit dir, zum Teufel.»
Ratko riss die Tür zu dem blauen Auto auf. Sie stolperte versteinert auf den Rücksitz, sah den Mann um das Auto herumgehen, den Motor anlassen und losfahren. Sie starrte seinen Nacken an. Weiße Schuppen lagen auf den dunklen Aufschlägen seiner Jacke. Es war, als wäre sie von der Wirklichkeit abgeschirmt, als wäre Plexiglas zwischen ihr und der Welt. Sie blickte zu den Häusern hinaus, die vorbeirauschten, sah aber keinen Menschen, niemand beachtete sie.
«Die Waffe liegt auf meinem Schoß», sagte Ratko. «Ich erschieße dich, wenn du Mätzchen machst.»
Die Sonne würde bald untergehen, der Tag war rot und kalt. Blåkulla wirbelte vorbei, der Solnavägen, Autos, Menschen, niemand, dem sie etwas zurufen konnte, niemand, der ihr helfen konnte. Sie saß eingeklemmt auf dem Rücksitz eines schmutzigen kleinen Autos, saß auf ihren Händen, sie taten weh. Sie versuchte sich zu bewegen, um das Gewicht zu verlagern.
Der Mann am Steuer machte einen Schlenker, warf ihr einen kurzen Blick über die Schulter zu und schrie sie an.
«Sitz still, verdammt noch mal.»
Sie erstarrte mitten in der Bewegung.
«Ich sitze so unbequem.»
«Halt's Maul!»
Sie fuhren die nördliche Umgehungsstraße bis Norrtull, Sveaplan, Cederdalsgatan. Der Verkehr brauste um sie herum, Tausende von Menschen umgaben sie, dennoch war sie so allein, immer allein.
Sie schloss die Augen und sah Aidas Sarg vor sich, sah den gebeugten Rücken des Mannes, hörte sein Murmeln.
Vielleicht bin ich jetzt an der Reihe.
In einem Stau kurz vor Roslagstull kamen sie zum Stehen. Sie

schaute direkt in ein anderes kleines Auto hinein, in dem eine Mutter mit ihrem kleinen Kind saß. Sie starrte die Frau an und versuchte ihren Blick auf sich zu ziehen. Schließlich fühlte sich die Frau beobachtet, sah zu ihr hin. Annika riss die Augen auf und bewegte überdeutlich den Mund.

Hilfe, sagte sie stumm. Helfen Sie mir!

Die Frau wandte sich schnell ab.

Nein!, dachte sie. Sieh mich an! Hilf mir!

«Hilfe!», schrie sie gellend und hämmerte den Kopf gegen die Scheibe. «Zu Hilfe! Zu Hilfe!»

Die Schläge hallten durch ihren Kopf, und ihr wurde ganz schwindlig. Das Glas war hart und kalt.

Ratko erstarrte, rührte sich aber nicht und fuhr mit der Wagenkolonne langsam weiter Richtung Roslagsvägen.

Annika holte tief Luft und schrie, so laut sie konnte.

«Er hat mich gekidnappt!», brüllte sie. «Zu Hilfe! Hilfe!»

Die Autos glitten eins nach dem anderen an ihr vorbei, passierten sie im Abstand von einem Meter und doch tausend Jahre entfernt, isoliert von ihr. Sie riss den Mund auf, schrie, warf sich gegen das Autodach, schwitzte, ihr wurde schwindlig, sie wurde heiser. Sie warf sich lauthals schreiend gegen die Scheibe, donnerte den Schädel gegen das Glas. Ein Mann in einem neuen Volvo begegnete ihrem Blick und sah sie bekümmert an. Ratko wandte sich dem Mann zu, zuckte mit den Schultern und lächelte. Der Mann lächelte zurück.

Annika hielt keuchend inne, es hatte keinen Sinn. Die Menschen um sie herum waren zu sehr mit sich selbst beschäftigt. Was sollten sie sich da noch mit einer schreienden Verrückten auf der Nebenspur abgeben?

Sie verstummte. Sie hatte Kopfschmerzen von all den Schlägen und begann zu weinen. Ratko sagte nichts. Am Roslagstull löste sich der Stau auf. Sie kamen am Naturhistorischen Museum vorbei und bogen bei Albano ab. Annika ließ ihren Tränen freien Lauf, jetzt war es aus mit ihr, wer hätte gedacht, dass es so enden würde.

Der Wagen fuhr jetzt durch zahlreiche kleinere Straßen. Auf den Schildern las sie im Vorbeifahren Björnnäsvägen, Fiskartorpsvägen, Wald, Bäume.

Schließlich hielt der Wagen. Annika starrte geradeaus; vor ihnen, auf der anderen Seite der Windschutzscheibe, stand ein alter Schuppen. Ratko ging um das Auto herum, holte etwas aus dem Kofferraum, öffnete die Beifahrertür und riss den Beifahrersitz nach vorn.

«Steig aus», sagte er.

Sie gehorchte, der Hals tat ihr weh.

«Was willst du von mir?», fragte sie heiser.

«In den Schuppen», erwiderte der Mann.

Er versetzte ihr einen Stoß, und sie stolperte halb bewusstlos vorwärts.

Im Inneren des Bretterverschlags war es dunkel. Das schwächer werdende Tageslicht schaffte es nicht durch die Ritzen und überließ das Brennholz und die Spinnweben der Dunkelheit und den Schatten.

Ratko drückte sie auf einen Hackklotz in einer Ecke. Die Angst kroch ihr den Rücken hinauf, die Wände schwankten. Er legte ein Seil um den Klotz und fesselte ihre Beine an ihn. Dann beugte er sich zu ihr hinab und zischte mit harter und leiser Stimme in ihr Ohr.

«Ich stelle hier die Fragen», sagte er, «und du antwortest. Es hat keinen Sinn, den harten Hund zu spielen, früher oder später reden doch alle. Du ersparst dir also eine Menge Schmerzen, wenn du gleich redest.»

Sie atmete schnell, geriet in Panik. Ratko griff nach seiner Sporttasche, wühlte darin und zog eine Maschinenpistole heraus. Er baute sich vor ihr auf und hielt die Waffe genau in Höhe ihres Gesichts.
«Die Ladung», sagte er. «Wo ist sie?»
Sie schluckte, atmete, atmete, schluckte.
«Die Ladung!», schrie er. «Wo zum Teufel ist sie?»
Sie zitterte am ganzen Körper. Sie schloss die Augen, konnte nicht sprechen.
«Wo?!»
Sie spürte die Mündung der Waffe an ihrer Stirn und begann in ihrer Panik zu weinen.
«Ich weiß es nicht!», stotterte sie. «Ich bin Aida nur ein einziges Mal begegnet.»
Er nahm die Waffe weg und gab ihr eine Ohrfeige.
«Hör auf, solchen Blödsinn zu reden», sagte er und griff nach ihrer Halskette. «Du trägst Aidas goldene Halskette.»
Sie zitterte, und die Tränen liefen über ihr Kinn den Hals herab.
«Sie hat sie mir geschenkt», flüsterte sie.
Regungslos saß sie da, konnte nicht denken und war wie gelähmt vor Angst. Der Mann ließ die Kette los und schwieg eine Weile. Sie spürte seine Blicke.
«Wer bist du?», fragte er leise.
Sie holte Luft.
«Ich bin ... Journalistin. Aida rief bei meiner Zeitung an. Sie brauchte Hilfe. Ich habe mich mit ihr in einem Hotelzimmer getroffen. Dann bist du gekommen und ... ich habe dich reingelegt. Anschließend habe ich Aida eine Telefonnummer von Leuten gegeben, die ihr helfen sollten zu ...»
«Warum hast du mich reingelegt?»

Sein Ausruf zerriss ihre atemlose Erklärung.
«Ich wollte Aida retten», flüsterte sie.
Der Mann bewegte sich, und sein Gesicht tauchte direkt vor ihrem auf.
«Wer war der Mann auf der Beerdigung?», fragte er, und seine Augen funkelten.
Annika starrte ihn an und verstand nicht.
«Wer?»
«Der Offizier», schrie er, «du verdammte dämliche Hure! Wer zum Teufel war der Offizier?»
Sie schloss fest die Augen, spürte seinen Speichel auf ihrem Gesicht.
«Ich weiß es nicht», flüsterte sie.
«Worüber hast du mit ihm geredet?»
Sie schnappte ein paar Mal schnell nach Luft.
«Ich ... habe ihn genau das gefragt, wer er ist ... und woher er Aida kannte.»
«Und was hat er gesagt?»
Sie zitterte und antwortete nicht.
«Was hat er gesagt?!»
«Ich weiß es nicht», weinte Annika. «Er sagte Bijeljina, als er am Grab stand, Bijeljina, Bijeljina, da bin ich mir sicher ...»
Es dauerte ein paar Sekunden, ehe sie begriff, dass Ratko verstummt war.
«Bijeljina?», meinte er skeptisch. «Ihre Heimatstadt?»
Annika nickte.
«Ich glaube schon.»
«Was noch?»
«Ich kann kein Serbokroatisch.»
«Was haben die Wachhunde gesagt?»
Sie blickte verwirrt zu ihm auf.

«Welche Hunde?»
Er fuchtelte mit der Waffe vor ihrem Gesicht herum.
«Die Wachen, die RDB-Typen aus der Botschaft, die Typen in den grauen Mänteln! Was haben sie gesagt?»
Sie durchforstete ihr Gedächtnis.
«Ich weiß es nicht! Nichts, was ich verstehen konnte.»
«Mir ist scheißegal, was du verstehst! Was haben sie gesagt?»
Er setzte die Mündung der Maschinenpistole wieder an ihre Stirn. Sie machte sich kleiner, schloss die Augen und keuchte mit halb geöffnetem Mund.
«Wenn du nicht reden kannst», meinte Ratko, «brauchst du im Grunde auch keinen Mund, nicht wahr?»
Er schob die Mündung in ihren Mund, sie schlug an ihre Zähne. Sie spürte den metallischen Geschmack und die Kälte, Dunkelheit zog durch ihr Gehirn, und sie schwankte.
«Was haben die Wachhunde gesagt? Willst du es mir jetzt erzählen?»
Dunkelheit, Kälte, hatte sie die Augen geschlossen, oder war der Tag vorbei?
«Zum letzten Mal, was haben die Leibwächter zu dem Offizier gesagt? Willst du es mir nicht erzählen?»
Sie nickte langsam. Die Mündung wurde entfernt und schlug dabei wieder an ihre Zähne. Jetzt konnte sie wieder atmen, am liebsten hätte sie sich übergeben.
«Es gab da etwas, was sie mehrere Male gesagt haben», flüsterte sie. «Porut ... irgendwas. Porutsch ... porutschn ...»
«Porutschnick?», fragte Ratko mit erstickter Stimme.
«Vielleicht», flüsterte sie.
«Was noch? Was haben sie noch gesagt?»
«Ich weiß es nicht ...»
Die Waffe wurde wieder an ihre Lippen gepresst.

«Mii», sagte sie. «Miisch ... miischitj.»
«Miischitj?»
Die Waffe verschwand, und sie nickte.
«Das war es. Sie haben Miischitj gesagt.»

Ratko starrte die erbärmliche Braut an und triumphierte, was für ein Volltreffer! Astrein! Jetzt wusste er Bescheid, begriff die Zusammenhänge, das Muster wurde in dem dunklen Schuppen vor seinen Augen sichtbar.
Porutschnick Miischitj.
Er packte rasch seine Sachen zusammen, verstaute die Waffe wieder in der Tasche. Das Seil ließ er zurück, man konnte es in jedem beliebigen Eisenwarenladen in ganz Schweden kaufen, und es war ohne Fingerabdrücke.
«Ich weiß immer, wo du bist», leierte er. Das war die übliche Floskel, die er bei seinen redseligen Informanten am Ende fallen ließ. «Wenn du jemals auch nur ein Wort darüber verlierst, was heute passiert ist, lege ich dich um, hast du mich verstanden?»
Sie schien ihn nicht zu hören, saß nur zusammengekauert mit dem Kopf zwischen den Beinen da.
«Hast du mich verstanden?», schrie er ihr ins Ohr. «Ich bringe dich um, wenn du redest, klar?»
Sie zitterte am ganzen Körper, und er fühlte plötzlich, dass er genug hatte. Er warf einen Blick auf die Uhr, es war Zeit zu gehen.
«Einen Mucks, und du bist tot. Ich stecke dir die Maschinenpistole ins Maul, und anschließend liegt dein Gehirn über halb Djurgården verteilt, okay?»
Er öffnete die Tür und warf ihr einen letzten Blick zu. Sie würde nicht reden. Selbst wenn sie reden sollte, so what? Falls

sie ihn eines Tages wirklich schnappten, gab es wesentlich schlimmere Dinge als das hier, wofür sie ihn anklagen konnten.

Er trat in die Winternacht hinaus, ließ die Tür hinter sich zufallen und atmete auf.

Porutschnick Miischitj oder Porucnik Misic, wie es geschrieben wurde.

Wer hätte gedacht, dass das so gut laufen würde! Er konnte sein Glück kaum fassen.

Er öffnete den Kofferraum, zerrte die Waffe aus der Sporttasche und warf sie unter eine dreckige Decke.

Glück, dachte er daraufhin und schnaubte verächtlich. Nein, Geschick! Beginne das Verhör mit etwas, was dir im Grunde völlig egal ist, und wenn sie dann weich sind, kommst du zu dem, was du wirklich wissen willst.

Er setzte sich ins Auto und warf die Tasche auf den Beifahrersitz. Der Wagen sprang sofort an. Er wendete und fuhr in Richtung Freihafen davon.

Oberst Misic, eine Legende in der KOS, dem geheimen Abwehrdienst, dem Geheimdienst der jugoslawischen Volksarmee. Der Mann, der alle Säuberungen überlebt hatte, der Mann, auf den Milosevic hörte.

Ratko drehte die Heizung an, bald hatte die Kälte ein Ende. Er wusste nicht, wie, aber dieser Mann hatte Aida nahe gestanden. Wann und warum war ihm egal, er war an ihrer verdammten Beziehung nicht interessiert, aber er hatte eine Antwort bekommen. Jetzt wusste er, was schief gegangen war und warum man ihm all seine Macht genommen hatte.

Aida hatte einen Beschützer gehabt, und es musste ihr gelungen sein, ihm vor ihrem Tod noch eine Nachricht zukommen zu lassen.

Er zuckte mit den Schultern und lockerte sie, sie waren verspannt und hart. Jetzt pfiff er auf Aida Begovic aus Bijeljina. Sollte sie doch in ihrem verdammten Grab neben der Tankstelle in Solna verfaulen.
Er bog vom Tegeluddsvägen ab, fuhr zum Hafen und sah das Schild nach Tallinn, Klaipeda, Riga, St. Petersburg. Den Wagen stellte er auf einem leeren reservierten Parkplatz ab. Was machte das schon? Dann holte er die Tasche mit seinem Sportzeug und dem Bargeld aus dem Kofferraum, ließ sich den schneidenden, von der salzigen See kommenden Wind um die Ohren wehen und atmete auf.
Das Gelände zwischen den einzelnen Lagerhallen war in goldgelbes Scheinwerferlicht getaucht. Er sah den Parkplatz mit den Sattelschleppern direkt am Meer.
Hier hat es angefangen, dachte er.
Oder besser gesagt, hier hat es aufgehört.
Er warf einen Blick auf seine Uhr.
Es war Zeit.

In weiter Ferne hörte sie ein Auto anspringen und wegfahren, hatte den Metallgeschmack noch im Mund. Sie blieb vornüber gebeugt sitzen, und es wurde dunkel und still.
Sie fror. Ihr Körper war taub, ihre Gedanken gelähmt.
Sie blieb auf dem Hackklotz sitzen und war dabei einzuschlafen, sank immer mehr zu einer Seite. Die Kälte und ihre Benommenheit nahmen zu.
Wie leicht, wie schön das war, so davonzugleiten.
Sie strampelte ihre Beine von dem Holzstumpf los, das Seil saß nicht besonders fest, und legte sich auf den bloßen Erdboden. Es war unbequem. Regungslos lag sie mit der Wange auf der Erde und spürte, wie ihre Hände kalt und abgestorben

waren. Der Einsamkeitston begann zu pfeifen und wurde in ihrem linken Ohr lauter und wieder leiser.
Bald, dachte sie. Bald ist es vorbei. Bald wird es still sein.
Dieser Gedanke ließ den Ton verstummen.
Es würde vorbei sein.
Die Erkenntnis ließ sie wieder wach werden. Die Erde unter ihrem Gesicht war gefroren, körnig und roch schlecht. Sie lag auf einem Arm, der vom Ellenbogen abwärts eingeschlafen war.
Sie stöhnte auf.
Wenn sie in dieser Kälte liegen blieb, würde es bald ungeheuer still werden.
Sie richtete sich mühsam auf und lehnte sich an den Holzklotz. Die Kälte drang mühelos durch ihre Jeans, sie fühlte immer weniger.
Und wenn er zurückkam?
Der Gedanke ließ sie schneller atmen, aber dann beruhigte sich ihre Atmung wieder. Erschöpft begann sie wieder zu weinen.
Ich will nach Hause, dachte sie. Ich will nach Hause, denn ich habe Bratwürstchen gekauft.
Sie weinte noch ein wenig und zitterte vom Weinen und von der Kälte.
Sie musste hier weg.
Beim Aufrichten schabte der Strick über ihre Handgelenke. Er saß nicht besonders fest. Sie wand die Hände ungefähr eine Minute lang in verschiedenen Zirkeln hin und her, bekam dann die linke Hand frei, und der Strick fiel herab. Es war völlig dunkel, sie blieb stehen und suchte mit den Augen nach einem hellen Türspalt, sah aber keinen.
Und wenn er abgeschlossen hatte?

Sie stolperte zur Wand, tastete über die Bretter, riss sich Splitter in die Haut, dann gab die Wand nach, die Tür glitt auf. Der Wind erfasste die Tür, eine wütende Kälte zog vom Meer herauf. Draußen erkannte sie Bäume und einen kleinen Weg. Großer Gott, wo war sie nur?

Sie lehnte sich an den Türpfosten, schloss die Augen und strich sich über die Stirn.

Sie hatten den Roslagsvägen genommen und waren kurz vor der Universität von der Autobahn abgefahren. Sie befand sich irgendwo nördlich des Lill-Jans-Waldes, hinter Stora Skuggan. Sie rieb sich die trockenen und rot unterlaufenen Augen. Linie 56, dachte sie, fährt von Stora Skuggan nach Kungsholmen.

Sie trat hinaus, da unten verlief eine Art Weg. Sie blieb stehen und schaute in den Himmel hinauf. Rechter Hand wurde er heller, dort schimmerte der Horizont gelbrosa.

Das ist nicht die Sonne, dachte sie, das ist die Stadt.

Sie ging los.

MITTWOCH, 5. DEZEMBER

Die Besprechung um elf begann wie immer mit zehnminütiger Verspätung. Anders Schyman wurde immer gereizter. Ein Gedanke, der ihm in letzter Zeit immer häufiger kam, tauchte auch jetzt wieder auf.

Sobald ich die Macht übernommen habe, werde ich Arbeitsabläufe einführen, an die sich alle zu halten haben.

Er hatte sich gerade hingesetzt und die Kollegen zum Schweigen gebracht, als Torstensson an die Tür klopfte.

Schyman hob erstaunt die Augenbrauen, denn der Chefredakteur war bei den täglichen Besprechungen nur selten anwesend.

«Herzlich willkommen», sagte der Redaktionsleiter eine Spur zu sarkastisch. «Wir haben schon angefangen.»

Torstensson sah sich verwirrt nach einem freien Stuhl um.

«Da in der Ecke.» Schyman zeigte in die Richtung.

Der Chefredakteur räusperte sich und blieb stehen.

«Ich habe Ihnen etwas Wichtiges mitzuteilen», sagte er mit leicht gellender Stimme.

Anders Schyman machte keine Anstalten, aufzustehen und dem verantwortlichen Herausgeber der Zeitung seinen eigenen Platz am Kopfende des Tisches anzubieten.

«Setzen Sie sich», sagte er und zeigte erneut auf den freien Platz am hinteren Ende des Tisches.

Torstensson schlurfte los, scharrte mit dem Stuhl und setzte

sich. Man hätte eine Stecknadel fallen hören können, alle starrten den kleinen Mann an. Wieder räusperte er sich.
«Mein Auftrag in Brüssel ist auf unbestimmte Zeit verschoben worden», sagte er. «Ich bin soeben vom Parteisekretär unterrichtet worden, dass Öffentlichkeitsarbeit dort nicht länger Vorrang hat. Wie die Dinge nun liegen, werde ich unsere Zeitung in der nächsten Zeit nicht verlassen.»
Er verstummte, Verbitterung hing im Raum. Einer der Leitartikler ließ ein bedauerndes Geräusch hören, die anderen blickten verstohlen zum Redaktionsleiter hinüber.
Anders Schyman saß wie angewurzelt auf seinem Stuhl, sein Kopf war vollkommen leer. Darauf war er beim besten Willen nicht vorbereitet gewesen. Die Möglichkeit, dass die Partei den geplanten eleganten Abgang des Chefredakteurs, doch noch vereiteln könnte, war ihm nie in den Sinn gekommen.
«Aha», sagte er ausdruckslos. «Können wir jetzt den Tag durchgehen?»
Alle begannen, mit ihren Papieren zu rascheln, in Zeitungen und Bildern zu blättern und leise Bemerkungen der Zufriedenheit oder des Missvergnügens auszustoßen. Torstensson blieb mit leeren Händen auf seinem Stuhl sitzen.
«Pelle», sagte Schyman, «halt bitte mal die Fotos von der Betrügerin hoch.»
Der Bildredakteur zeigte Abzüge von ein paar Bildern, die am gleichen Morgen in Järfälla aufgenommen worden waren. Sie zeigten Rebecka Björkstig in Handschellen, die zusammen mit drei Polizisten auf einen Streifenwagen zuging.
«Torstensson», sagte Anders Schyman, «was ist Ihre Position in der Diskussion über die Veröffentlichung des Namens?»
Der Chefredakteur zuckte zusammen.
«Bitte?»

«Ob wir Namen und Bild bringen sollen?», sagte der Redaktionsleiter. «Finden Sie, dass man im Fall von Rebecka Björkstig eine Anzeige wegen schwerer Verleumdung riskieren sollte?»

«Wem?», fragte Torstensson verwirrt.

Ich bin ein schlechter Mensch, schoss es Anders Schyman durch den Kopf. Ich weiß haargenau, wie wenig der Chefredakteur kann und weiß, und mache ihn hier vor allen Leuten lächerlich.

«Wir können es morgen sowieso nicht auf der ersten Seite bringen», fuhr Schyman freundlich fort. «Also, was meinen Sie, Torstensson?»

«Warum können wir es nicht auf der ersten Seite bringen?», fragte der Chefredakteur zurück.

Schyman ließ die Stille für sich sprechen, die Einsicht durfte ungehindert in die Köpfe aller Umsitzenden sacken. Sie wussten, warum man die gleiche Geschichte nicht an drei aufeinander folgenden Tagen auf Seite eins und als Aushänger bringen konnte. Der Verkauf ging am dritten Tag fast immer zurück, egal, wie gut die Geschichte war. Die Hauptschlagzeile am dritten Tag zu wechseln war Grundregel Nummer eins. Alle kannten diese Regel, nur der Chefredakteur nicht.

«Das ist ein verdammt gutes Bild», meinte Schyman. «Ich schlage eine Skybox vor, eng beschnitten, noch gepixelt. Die Anonymität bleibt gewahrt, es sei denn, Sie wären anderer Ansicht.»

Er sah zum Chefredakteur hinüber, der den Kopf schüttelte.

«Okay», sagte Schyman. «Was haben wir stattdessen?»

Alle Redakteure begannen nun energisch zu rascheln, voller Enthusiasmus über die Aussicht, dass eventuell etwas aus der eigenen Abteilung ganz vorne gebracht werden könnte.

«So verdienen Sie an der neuen Telia-Aktie», schlug der adrett gekleidete Kollege aus der Abteilung Arbeit und Geld vor.

Alle kommentierten den Vorschlag mit Einwänden.

«Ich sehe keine Freudensprünge», meinte Schyman und lächelte. «Weitere Vorschläge?»

«Wir haben einen Politiker ausgemacht, der seine Parteikreditkarte für private Einkäufe genutzt hat», schlug Ingvar Johansson vor.

Alle stöhnten auf, das machten doch wirklich alle, einen Politiker zu finden, der das *nicht* getan hatte, das wäre was gewesen.

«In Motala hat die Gemeinde den Zivi eines geistig behinderten Kindes gestrichen. Der Junge wird von seiner allein erziehenden Mutter versorgt, die von Sozialhilfe lebt. Die Mutter hat angerufen, geweint und gesagt, jetzt könne sie einfach nicht mehr. Es ist die Frage, ob wir die Sache verfolgen wollen, wir haben immerhin gerade erst eine ähnliche Geschichte gebracht.»

«Das Thema hat Berührungspunkte zu der Geschichte um die Stiftung», meinte Schyman. «Wir können ja abwarten, bis wir die eine Story abgeschlossen haben. Etwas anderes?»

«Wir müssen die Jas-Testflüge recherchieren», sagte der Leiter der politischen Redaktion. «Jeden Moment kann uns ein Flugzeug auf den Kopf fallen.»

Die versammelten Männer wachten auf, was denn für Testflüge, wo denn, wann denn?

«Sie beginnen heute Mittag», erwiderte der Redakteur. «Es ist eine ganze Reihe ausländischer Potentaten eingeladen worden, um die Flugzeuge vor einem eventuellen Ankauf zu begutachten, und dann gibt es natürlich eine noch größere

Zahl von Eingeladenen, die spionieren, um ihr Wissen auf den neuesten Stand zu bringen.»

«Das müssen wir untersuchen», sagte Schyman. «Aber wie sich das in der Zeitung niederschlägt, hängt davon ab, was wir finden. Keine Informationen aus zweiter Hand, bitte. Weiter?»

«Wir werden eine Geschichte über eine neue Moderatorin der Sendung *Die Frauencouch* machen», meinte der Leiter der Unterhaltungsredaktion. «Sie heißt Michelle Carlsson und sieht verdammt gut aus.»

Interessierte Rufe waren zu hören.

«Große Titten?»

«Ist sie für Body-Painting zu haben?»

«Wissen wir eigentlich, was dieses Jahr das beliebteste Weihnachtsgeschenk wird?», erkundigte sich Schyman nachdenklich. «Oder ob einer der traditionellen Cartoons aus dem traditionellen Disney-Weihnachtsprogramm gestrichen werden soll?»

Augenbrauen wurden gerunzelt, denn alle erinnerten sich noch an den Aufschrei des Entsetzens, als der Stier Ferdinand gestrichen werden sollte. Ein unartikuliertes Gegackere brach aus, und Schyman ließ sie gewähren. Er beobachtete den Chefredakteur hinten in seiner Ecke. Schweiß stand ihm auf der Stirn, niemand beachtete ihn.

Ich bin ein schlechter Mensch, dachte Schyman erneut.

Andererseits weiß ich wenigstens genau, was ich tue. Ist es wirklich gut, die Inkompetenz regieren zu lassen? Soll ich diesen Schwachkopf Torstensson die Zeitung in den Ruin treiben lassen, sodass mehrere hundert Menschen arbeitslos werden und sich die Medienvielfalt weiter verringert?

«Was meinen Sie, Torstensson?», fragte er ruhig. «Was sollen wir Ihrer Meinung nach bringen?»

Der Chefredakteur stand auf.

«Ich muss eine Besprechung vorbereiten», sagte er, schob seinen Stuhl quietschend zurück und ging hinaus.

Als sich die Tür mit einem kurzen, wütenden Knall hinter ihm schloss, zuckte Anders Schyman vielsagend mit den Schultern.

«Okay», sagte er. «Wo waren wir stehen geblieben?»

Annika stieg aus dem Bett. Ihr war kalt, und sie konnte keinen klaren Gedanken fassen. Sie ging in die Küche, hatte den Metallgeschmack im Mund, das bitter Verbrannte, putzte sich die Zähne, schrubbte und schrubbte. Sie goss Joghurt in einen Teller, aß, ihr wurde schlecht. Eine Weile saß sie regungslos am Tisch, starrte Großmutters Kerzenständer an, atmete und sah die Strohsterne tanzen.

Sie hatte flimmernde und verschwommene Erinnerungen an ihre Heimkehr am Abend zuvor. Von dem Schuppen aus war sie Richtung Straße gegangen. Sie wusste nicht, wie weit sie gelaufen war, aber schon recht bald kam sie auf der Rückseite eines Streichelzoos aus dem Wald und sah eine Bushaltestelle. Auf der Bank wäre sie beinahe eingeschlafen, während sie auf den Bus wartete. Dann kam er, es war die Linie 56. Die Menschen im Bus benahmen sich ganz normal, niemand beachtete sie, niemand sah, dass sie gebrandmarkt und vom Tode gezeichnet war.

In dieser Nacht hatte sie immer wieder Albträume und erwachte von ihren eigenen Schreien. Die Männer vom Studio 6 hatten versucht, sie zu ersticken. Sie bekam keine Luft mehr, stand vom Tisch auf, die Wände stürzten über ihr ein, sie schleppte sich ins Wohnzimmer, die Beine gaben nach, sie landete auf dem Fußboden, schlug die Arme um die Unterschenkel, gekrümmt wie ein Fötus, ihre Atemzüge wurden immer kürzer, starrer, krampfhafter. Erschöpft lag sie da, hatte überall Schmerzen, stand nicht wieder auf. Sie schlief ein und wurde vom Klingeln des Telefons geweckt, aber sie ging nicht an den Apparat.

Stattdessen setzte sie sich auf die Couch und schloss die Augen. Der weiße Sarg tanzte auf ihrer Netzhaut, das Murmeln des Offiziers hallte in ihren Ohren wider, der Geschmack von Metall war in ihrem Mund.

Sie atmete ein paar Mal tief durch. Die Wände hoben sich und sanken wieder, das geht vorbei, das geht vorbei. Dann ging sie in die Küche, wo der Kerzenständer ihrer Großmutter glänzte, trank Wasser, viel Wasser, wollte den Metallgeschmack loswerden, weinte. Sie öffnete den Küchenschrank und starrte wieder einmal die Verpackung mit den Tabletten an, fünfundzwanzig in Stanniol verpackte 15 Milligramm Sobril, und hörte wieder die Stimme der Ärztin.

Es ist praktisch unmöglich, eine Überdosis zu nehmen, aber Sie dürfen die Tabletten nicht zusammen mit Alkohol einnehmen, dann werden sie gefährlich.

Sie holte die Tabletten aus der Schachtel und drückte leicht auf die Verpackung. Es klickte und raschelte unter den Plastikblasen. Sie hielt die erste Tablette über eine Kaffeetasse und drückte zu. Mit einem Klingeln fiel sie in die Porzellantasse. Anschließend drückte sie eine Tablette nach der anderen heraus.

Auf dem Grund der Tasse bildete sich nach und nach ein kleiner Haufen, der nach nichts roch, als sie eine probierte, jedoch bitter schmeckte. Sie schwenkte die Tabletten in der Tasse und schloss die Augen. Der Druck, der auf ihrer Brust lastete, wurde stärker. Sie presste Luft in die Lungen, schnappte nach Luft, stöhnte, die Tränen liefen ihr auf den Hals herunter.

Sie dürfen die Tabletten nicht zusammen mit Alkohol einnehmen.

Sie stellte die Tasse auf der Spüle ab, ging in den Flur, zog Schuhe an, wischte sich die Tränen aus dem Gesicht, hielt sich auf dem Weg nach unten krampfhaft am Treppengeländer fest und folgte den Häuserwänden auf der Agnegatan und Garvargatan. Das war der Schleichweg zum staatlichen Alkoholgeschäft am Kungsholmstorg. Abgesehen von ein paar älteren Frauen und einer Gruppe von Pennern, war das Geschäft praktisch leer. Sie wandte den anderen Menschen den Rücken zu, fand auf einer Bank eine gelesene Ausgabe des *Abendblatts* und starrte beharrlich, aber ohne etwas wahrzunehmen, auf die schwarzen Überschriften. Zitternd und stotternd bestellte sie, als sie an der Reihe war, der Mann an der Kasse beäugte sie misstrauisch. Sie kaufte eine große Flasche Wodka, ging den gleichen Weg wieder zurück, schwankte über den schmalen Bürgersteig. Die Plastiktüte schlenkerte, und die Zeitung trug sie verkrampft unter den Arm geklemmt. Schließlich war sie, durchgefroren und erschöpft, wieder zu Hause. In der Küche setzte sie die Tasse mit den Tabletten, die Zeitung und die Schnapsflasche neben dem Kerzenständer auf dem Küchentisch ab, ließ sich auf einen Stuhl fallen und weinte.

Jetzt wollte sie nicht mehr, jetzt konnte sie nicht mehr. Die Opfer vom *Paradies* berichten auf den Seiten 8, 9, 10 und 11. Sie legte den Kopf auf ihre Arme, schloss die Augen und lauschte ihren Atemzügen. Für Aida war alles vorbei, sie brauchte nicht mehr zu kämpfen.

Annika richtete sich auf, streckte sich nach der Wodkaflasche und brach die Versiegelung um den Korken.

Es brachte nichts, die Sache noch länger aufzuschieben. Sie konnte es genauso gut hinter sich bringen.
Sie hielt die Flasche in der einen, die Tabletten in der anderen Hand und schloss die Augen. Das Glas war kälter als das Porzellan.
Das war es dann wohl, dachte sie.
Sie öffnete die Augen.
Wir kamen vom Regen in die Traufe. Mia Eriksson, eine der Frauen, die von der Stiftung Paradies *ausgenutzt wurden, berichtet dem* Abendblatt *exklusiv vom Terror der Stiftung. Die Enthüllungen werden heute fortgesetzt.*
Annika stellte Tasse und Flasche ab, zögerte einen Moment und ging dann mit den Tabletten, der Schnapsflasche und der Zeitung ins Wohnzimmer, wo sie sich auf die Couch setzte. Auf Seite acht stand ihr Artikel über Mia, auf Seite neun folgten Berits Interviews mit den Betroffenen aus Nacka und Österåker. Auf den Seiten zehn und elf wurden Aussagen weiterer Zeugen abgedruckt, die sich offenbar im Laufe des gestrigen Tages gemeldet hatten.
Sie ließ die Zeitung sinken und lehnte sich zurück. Sie trug die Schuld an Aidas Tod, Rebecka Björkstig hatte geredet, Aidas Versteck verraten, es war ihr Fehler gewesen, dass sich Rebecka Björkstig diese Möglichkeit geboten hatte. Sie schlug die Hände vor ihr Gesicht. Die Bilder von der Beerdigung kehrten zurück, das Licht unter der Decke.
Porutschnick Miischitj, Porutschnick Miischitj, Porutschnick Miischitj.
Das Telefon klingelte wieder, aber sie ließ es klingeln und wartete, bis es verstummte. Die anschließende Stille war bedrückend. Sie richtete sich auf der Couch auf und schraubte den Deckel von der Schnapsflasche. Ihr drehte sich der Ma-

gen um, das Kind, sie schwenkte die Tabletten in der Tasse, das Selbstmitleid meldete sich.
Ist das alles furchtbar, dachte sie. Muss es denn wirklich allen so dreckig gehen? Die arme Aida, die arme Mia. Sie nahm die Zeitung, strich die Seite glatt und las ihre eigenen Worte.
Der Vater von Mias erstem Kind hatte sie misshandelt, bedroht, verfolgt und vergewaltigt. Als Mia heiratete und ihr zweites Kind bekam, wurde alles nur noch schlimmer.
Ihr Exmann schlug alle Fensterscheiben im Haus der Familie ein, überfiel Mias neuen Ehemann im Dunkeln, versuchte, Mia und die Kinder zu überfahren, versuchte, seiner Tochter die Kehle durchzuschneiden, sodass das Mädchen stumm wurde. Die Behörden waren hilflos. Sie taten, was sie konnten, aber das war nicht viel. Sie setzten Gitter vor die Fenster, stellten Mia eine Begleitperson zur Verfügung, sobald sie das Haus verließ. Schließlich kam das Sozialamt zu der Auffassung, dass die Familie untertauchen müsse.
Zwei Jahre lang reiste die Familie umher und hauste in schäbigen Motelzimmern. Niemand durfte wissen, wo sie sich befanden. Man wies sie an, niemals das Zimmer zu verlassen. Nicht einmal Mias Eltern wussten, ob die Familie noch am Leben war. Vor kurzem hatte das Oberverwaltungsgericht entschieden, dass die Familie auf absehbare Zeit in Schweden kein normales Leben würde führen können. Sie mussten emigrieren, die Frage war nur, wohin. Rebecka Björkstig hatte behauptet, eine Lösung für dieses Problem zu haben, aber bei ihr war die Familie vom Regen in die Traufe geraten.
Annika legte die Zeitung in den Schoß.
Die Lebensbedingungen der Menschen waren so grässlich, so widerlich. Warum wurden junge Mädchen im Krieg verletzt und mussten durch ganz Europa fliehen? Warum sind wir un-

serer Verantwortung nicht gerecht geworden? Warum haben wir die Menschen, die wir geliebt haben, sterben lassen? Warum durfte es Mia nicht gut gehen? Warum durfte sie kein normales Leben führen wie alle anderen auch, mit Mann und Kindern und Arbeit und dem Abholen der Kinder vom Kindergarten?

Sie stand auf, holte sich ein Glas Wasser und ließ sich mit dem Artikel auf dem Schoß wieder auf die Couch fallen.

Die Probleme der Menschen, dachte sie, sollten sich auf die Frage beschränken, welche Weihnachtsdekoration man in der Adventszeit in die Fenster hängt oder ob man seine Großmutter freitags oder samstags besuchen soll oder ob man versuchen soll, im Job weiterzukommen, ob man lieber eine Wohnung mieten oder ein Haus kaufen soll. Mia wünschte sich diese Art von Problemen, aber sie waren ihr nicht vergönnt.

Sie starrte den Artikel an, ihre eigenen Formulierungen, ihre Schlussfolgerungen.

Das Recht auf einen Mann und Kinder und Arbeit und ein normales Leben.

Nicht nur für Mia und Aida, sondern auch für sie selbst.

Sie schnappte nach Luft, als die Erkenntnis sie wie ein Schlag in den Bauch traf. Sie starrte die Tasse mit den Tabletten und die Schnapsflasche an und blieb vollkommen regungslos sitzen, während sich die Einsicht in ihrem ganzen Körper verbreitete.

Sie selbst entsagte, sie selbst wollte verzichten, wollte aufgeben, abspringen, bevor es zu Ende war, und die Welt weitermachen lassen, ohne zu erfahren, was noch passieren würde.

Sie hörte die Stimme ihrer Mutter:

Du bringst niemals etwas zu Ende. Immer versagst du. Du bist feige und faul und anstrengend!

Annika legte die Hand an ihre Wange. Die Ohrfeige der Mutter brannte heute, zwanzig Jahre später, immer noch.
Nein, Mama, dachte sie, du hattest Unrecht, so war es nicht. Ich wollte schon gern Dinge zu Ende bringen, aber ich dachte nicht so weit voraus und kam auf immer neue Ideen, und dann wurdest du wütend und fandest mich schlampig. Birgitta war niemals schlampig.
Regungslos saß sie auf der Couch. Seit Jahrzehnten hatte sie nicht mehr an ihre frühe Kindheit gedacht, warum dann jetzt? Wenn du wolltest, dass wir einen Vogel zeichnen, dann zeichnete Birgitta einen Vogel, ich aber zeichnete einen ganzen Wald voller Vögel und anderer Tiere, und du wurdest wütend, ich machte es falsch, tat nie, was du mir sagtest.
Weitere Szenen tauchten vor ihrem inneren Auge auf, der Zorn der Mutter auf ihren Skitouren, die Badeurlaube, der Samstagsputz. Ihre Mutter fand immer einen Grund, sie anzuschreien. Wenn Annika sich beim Putzen beeilte, machte sie es nicht ordentlich genug, wenn sie sorgfältig war, trödelte sie, wenn sie bei den Anstiegen mit den Skiern wegrutschte, versaute sie ihnen die Skitour, wenn sie schnell lief, machte sie sich aus dem Staub, wenn sie ihr Tempo dem der anderen anpasste, war sie im Weg.
Ich konnte es ihr nie recht machen, dachte Annika, verblüfft über diesen Gedanken, der ihr einfach so zugeflogen war.
Aber das war nicht mein Fehler.
Der Gedanke traf sie körperlich, ließ ihre Fingerspitzen kribbeln.
Die Wutanfälle hatten nichts mit ihr zu tun, sie waren das Problem ihrer Mutter. Die Mutter ertrug ihr eigenes Leben nicht, und Annika musste dafür bezahlen.
Annika starrte mit halb offenem Mund vor sich hin. Ein Vor-

hang war vor ihr zur Seite gezogen worden, und eine Landschaft, von der sie nichts geahnt hatte, breitete sich vor ihren Augen aus. Sie sah Ursache und Wirkung, Konsequenzen und Zusammenhänge.

Ihre Mutter hatte einfach nicht die Kraft, sie zu lieben. Das war traurig und schmerzhaft, aber nichts, woran sie etwas ändern konnte. Ihre Mutter hatte getan, was sie konnte, war damit aber nicht sehr weit gekommen. Blieb die Frage, wie lange sich Annika dafür noch selber bestrafen wollte, wann sie endlich vorhatte, die Verantwortung für ihr Leben selbst in die Hand zu nehmen, mit Teufelskreisen und alten Verhaltensmustern zu brechen und erwachsen zu werden.

Sie konnte aber auch noch mal Barbro bestimmen lassen und sich mit der Rolle abfinden, die man ihr zugeteilt hatte: Annika, der hoffnungslose Fall, die Frau, die den anderen alles kaputtmachte, die immer im Weg war, der niemals etwas gelang.

Ihr Leben gehörte nur ihr, und sie hatte ein Recht darauf, alles zu bekommen. Wer hinderte sie daran außer sie selbst?

Wieder weinte sie, aber es waren keine verzweifelten Tränen, sondern warme und traurige.

Die Geborgenheit war wie vom Erdboden verschluckt. Es schien unvorstellbar, dass es vor gerade einmal zehn Jahren hier eine gut funktionierende Gesellschaft gegeben hatte.

Ratko ging mit schnellen, zielstrebigen Schritten und den Händen in den Manteltaschen vergraben durch die Straßen. Als die Stadt noch Leningrad hieß, gab es hier keine dreckigen kleinen Ganoven. Huren konnten sich mitten in der Nacht im Stadtzentrum frei bewegen, ohne auch nur daran zu denken, dass es gefährlich sein könnte. Heute musste jeder, sogar er,

im Hinterkopf Augen haben. Die einzelnen Banden waren unkontrollierbar, jeder verdammte Bauerntölpel konnte hier mit Morden und Raubüberfällen Karriere machen.
Kapitalismus, dachte er voller Verachtung. Diese Stadt zeigt, dass er nicht funktioniert.
Er versuchte sich zu entspannen, der Newsky Prospekt war wie die meisten Hauptstraßen trotz allem einigermaßen sicher. Nur noch zwei Häuserblocks um die Ecke auf der Mayakowskaya, dann war er am Ziel.
Die Seitenstraße war dunkler. Er sah Gestalten zwischen den Schatten aufblitzen, wechselte mit eiligen Schritten die Straßenseite, um ihnen auszuweichen, und schämte sich, weil ihm plötzlich klar wurde, dass er auf dem besten Wege war, paranoid zu werden.
Die Tür war abgeschlossen, er klingelte an der Sprechanlage. Die Tür öffnete sich, ohne dass er etwas zu sagen brauchte. Er schielte nur vorsichtig zu der versteckten Überwachungskamera oberhalb des Türrahmens hinauf.
Im Treppenhaus stank es. Auf jedem Treppenabsatz standen Blechtonnen voller Abfall. Farbe blätterte von den Wänden ab, herabgefallener Putz lag in den Ecken.
Manche Dinge haben sich nicht verändert, dachte er. Warum können die Leute hier das nicht besser sauber halten?
Oberste Etage, kein Aufzug. Die Klingel funktionierte nicht, er klopfte leicht an die Holztür, deren Farbe abgewetzt war. Lautlos glitt sie auf, von innen war sie mit Stahl gepanzert.
«Ratko! Du alter Drecksack, ich habe gehört, dass sie hinter dir her sind!»
Sein alter Freund im Osten war noch fetter geworden. Sie umarmten sich und tauschten Bruderküsse aus.
«Das muss gefeiert werden, holt ein paar Flaschen!»

Ein paar junge Männer wieselten mit Schnaps, Gläsern und Zigarren hin und her. Er ging mit seinem Freund durch den Flur mit den verblichenen Samttapeten, die Dielen unter dem Linoleumfußboden knarrten. Sie betraten das hinterste Zimmer und setzten sich. Als der Schnaps an seinem Platz stand, schrie sein Freund den Wieseln zu, dass sie ihn und Ratko in Ruhe lassen sollten.

Die Tür wurde geschlossen, sein Freund füllte die Gläser, sie tranken, und dann wurde es ernst.

«Ich brauche Geld», sagte Ratko leise. «Es geht um eine große Investition.»

Er erzählte dem anderen von seinen Plänen, wie seine neue Organisation aufgebaut sein würde, von den Kunden, den Kontakten, den Mitarbeitern.

Sein Freund lauschte, ohne ihn zu unterbrechen, und saß breitbeinig, mit gesenktem Kopf und dem Glas in der Hand vor ihm.

«Ich habe sieben Millionen in schwedischem Bargeld», sagte Ratko, «aber du verstehst sicher, dass ich mehr brauche, um loslegen zu können, ich muss die richtigen Leute finden.»

Der Fette trank aus und nickte.

«Was springt für uns dabei heraus?»

Ratko lächelte.

«Die Branche steckt noch in den Kinderschuhen und wird wie der Teufel wachsen. Es kommt darauf an, von Anfang an dabei zu sein.»

«Zu den üblichen Bedingungen?»

«Natürlich», antwortete Ratko.

Sein Freund seufzte asthmatisch.

«Wie kommst du hin?»

«Nonstopflug nach Kapstadt. Mein Pass ist heiß, norwegisch,

es war teuer, ins Land zu kommen, und es wird noch teurer werden, wieder herauszukommen. Ich muss noch heute Nacht fliegen.»

Sein Freund antwortete nicht, rührte sich nicht. Sie tranken.

«Wie viel brauchst du?»

Ratko lächelte wieder.

DONNERSTAG, 6. DEZEMBER

Der Schwedische Gemeindetag lag diskret zurückgezogen ein paar Häuserblocks von Slussen entfernt. Thomas starrte die strenge, gelb verputzte Fassade eine Zeit lang an, die Schaltzentrale der Macht, die Hochburg der zentralen Direktiven. Das Ziel seiner Karriere oder zumindest eines seiner Ziele. Er holte tief Luft, hatte feuchte Hände.

Verdammt, er wollte diesen Job wirklich haben.

Das Foyer war geräumig und hell. Hinter einer Glasscheibe saß eine Frau mit einem Headset und sah sehr beschäftigt aus. Er meldete sich an und ließ sich mit seiner Aktentasche in einer Sitzecke neben dem Eingang nieder. Er versuchte Zeitung zu lesen, konnte sich aber nicht konzentrieren.

«Thomas Samuelsson, schön, Sie zu sehen.»

Er stand auf und versuchte zu lächeln. Der Dezernent kam von den Aufzügen auf ihn zu, schüttelte Thomas die Hand und klopfte ihm auf die Schulter.

«Wie schön, dass Sie sich so kurzfristig freimachen konnten, sind Sie schon einmal hier gewesen?»

Der Dezernent wartete die Antwort nicht ab. Stattdessen leitete er Thomas die Treppe hinauf, einen Korridor entlang, auf einen Innenhof, in einen Aufzug und mehrere Etagen höher.

Aus diesem Labyrinth werde ich nie wieder herausfinden, dachte Thomas.

Geschlossene und geöffnete Türen glitten vorbei, überall waren Menschen, die redeten, diskutierten und lasen.
Was machen die alle, fragte er sich verwirrt.
Sie erreichten das Büro des Dezernenten, einen schönen Raum im siebten Stock mit Aussicht auf die Dächer der Hornsgatan. Nachdem sie sich in die bequemen Sessel gesetzt hatten, kam eine Frau herein, brachte Kaffee, Kuchen und Plätzchen und verschwand wieder.
Thomas schluckte und konzentrierte sich darauf, einen entspannten Eindruck zu machen.
«Die Sozialhilfe kostet die Gemeinden jährlich über zwölf Milliarden», sagte der Dezernent und goss Kaffee in zwei Tassen, die das Emblem des Gemeindetags trugen. «Die Kosten steigen mit jedem Jahr, während die Politiker sie am liebsten senken würden.»
Der Dezernent lehnte sich zurück und blies auf seinen Kaffee. Thomas begegnete seinem prüfenden, klugen Blick.
«Die Sozialhilfeempfänger sind die Bevölkerungsgruppe, denen Kommunalpolitiker die geringste Aufmerksamkeit schenken», fuhr der Dezernent fort. «Um es einmal in aller Deutlichkeit zu formulieren, die Empfänger von Sozialhilfe werden als uninteressante Parasiten angesehen. Mehr als zwei Drittel aller Politiker sind der Meinung, dass Sozialhilfeempfänger zu wenig gefordert werden. Diese Einstellung hat verheerende Konsequenzen für unsere Mitbürger gehabt. Bitte schön, er ist ganz frisch!»
Thomas biss gehorsam in ein Stück Kuchen, das ungeheuer süß war.
«Die Landesregierungen haben untersucht, wie die Sozialämter in den Gemeinden im letzten Jahr gearbeitet haben», sagte der Dezernent. «Das Bild, das sich ihnen bot, war verheerend.

Ich bin der Meinung, dass wir die Kritikpunkte ernst nehmen müssen.»

Der Dezernent überreichte Thomas einen Bericht. Er schlug ihn auf und begann ihn zu überfliegen.

«Im Großen und Ganzen kann man sagen, dass die Bevölkerung die Sozialämter negativ wahrnimmt, gleichgültig und verständnislos», fasste der Dezernent zusammen. «Es ist schon schwierig, überhaupt einen Termin bei einem Sachbearbeiter zu bekommen. Viele Anstragsteller werden bereits zwischen Tür und Angel oder am Telefon mit der Information abgewimmelt, sie hätten kein Anrecht auf Sozialhilfe. Weil in diesen Fällen kein formaler Beschluss gefasst wurde, lässt sich auch kein Einspruch erheben, was eine inakzeptable Ausdünnung der Rechtssicherheit bedeutet.»

Thomas blätterte in der Schrift.

«Immer mehr Menschen empfinden die Art, wie mit ihnen in den Sozialämtern umgegangen wird, als kränkend», fuhr der Dezernent fort. «Aber daran ist nicht allein das Personal schuld. Die meisten Sachbearbeiter geben sicher ihr Bestes, aber ihre Arbeitsbelastung ist ebenso gestiegen wie die Gefahr, verheizt zu werden und Fehler zu machen. Das kann so nicht weitergehen.»

Thomas schlug den Bericht wieder zu.

«Ehrlich gesagt», meinte der Dezernent, «bin ich äußerst besorgt. Wir haben die Klassenunterschiede in unserer Gesellschaft nicht mehr im Griff. Draußen in den Gemeinden hätten wir wirklich die Möglichkeit, negative Trends zu brechen, aber wir haben weder das Wissen noch die Mittel. Heute Morgen rief mich eine verzweifelte Mutter aus Motala an. Sie hat ihren geistig behinderten Sohn zehn Jahre lang ganztags betreut und von Sozialhilfe gelebt. Die Gemeindeverwaltung

hat ihr im Oktober den Zivildienstleistenden für ihren Sohn gestrichen. Seitdem hat sie das Kind allein versorgt, rund um die Uhr. Sie konnte gar nicht mehr aufhören zu weinen. So etwas erfüllt mich mit ohnmächtiger Verzweiflung.»
Der Dezernent strich sich über die Augen. Thomas erkannte mit leichtem Erstaunen, dass die Erregung des Mannes tief und echt war.
«Das dürfte aber gegen die Kommunalgesetzgebung verstoßen», meinte Thomas, «gegen einen solchen Beschluss lässt sich sicher Einspruch erheben.»
«Das habe ich ihr auch zu erklären versucht», erwiderte der Dezernent, «aber die Frau hat nicht einmal mehr die Kraft, sich anzuziehen. Ihr aus den Kommunalgesetzen vorzulesen und die Verfahrensweise bei einem Einspruch zu erklären wäre zynisch gewesen. Ich habe stattdessen den sozialen Notdienst in Motala angerufen und ihnen von dem Gespräch berichtet. Sie wollen sich um die Frau kümmern.»
Thomas starrte auf den Bericht auf seinem Schoß, verdammt, ging es manchen Leuten schlecht.
«Wir müssen das vorhandene Wissen und die vorhandenen Mittel besser koordinieren», sagte der Dezernent. «Und damit wären wir bei Ihrem Auftrag. Die Menschen, die Sozialhilfe beantragen, werden sehr unterschiedlich behandelt, abhängig davon, wo sie wohnen, wie die Arbeit organisiert ist und welchen Sachbearbeitern sie begegnen. Was wir brauchen, sind klare Richtlinien und eine gemeinsame Strategie für alle Städte und Gemeinden. Wir müssen eine Form für die regelmäßige Diskussion von Anliegen entwickeln, die Möglichkeiten zum persönlichen Gespräch verbessern. Außerdem brauchen wir offensichtlich Controlling, Strukturen für eine interne Kontrolle der Bearbeitung einzelner Fälle, eine intern

wie extern gut entwickelte Zusammenarbeit und eine verdammt sorgfältige Dokumentation der Abläufe.»
Der Dezernent seufzte und lächelte schwach.
«Sind Sie unser Mann?»
Thomas lächelte zurück.
«Absolut», antwortete er.

Annika stieg aus der Dusche. Ihr Körper war matt nach dem Joggen. Sie hatte ganz vergessen, wie sehr sie das Laufen liebte, wie befreiend es war, den Körper über den Asphalt fliegen zu lassen. In Bademantel und Gummistiefeln trottete sie über den Hinterhof und die Treppen hinauf.
Sie nahm ein üppiges Frühstück zu sich, kochte Kaffee und setzte sich mit den Zeitungen ins Wohnzimmer.
Als sie die Titelseite des *Abendblatts* sah, wurde ihr schwindlig, verdammt, Rebecka Björkstig ist verhaftet worden, man hat sie tatsächlich geschnappt.
Das *Paradies* war nicht länger die wichtigste Schlagzeile auf der Titelseite, aber über dem Zeitungskopf fand sich ein kleiner Hinweis auf den Innenteil. Mit zitternden Fingern gelang es Annika, die Seiten sechs und sieben aufzuschlagen. Rebecka Björkstig, immer noch anonym, der Kopf durch Balken ersetzt, wurde von drei Polizisten abgeführt.
Annika starrte das Bild an, konzentrierte sich auf die Details. Rebecka Björkstigs helle Kleidung, ihre zierlichen Stiefel, die wildwüchsigen Bäume im Hintergrund, das musste das Haus in Olovslund sein. Sie holte sich noch eine Tasse Kaffee, setzte das Telefon auf ihren Schoß, zögerte, wählte dann aber die Durchwahl im Polizeipräsidium.
«Nein, sieh einer an», sagte Q, «long time no see.»
Annika lächelte in den Hörer hinein.

«Hatten Sie schon Gelegenheit, meine Freundin Rebecka Björkstig zu treffen?»

«Rebecka liebt Sie», antwortete der Polizist. «Sie verstehen es wirklich, sich gute Freunde zu machen.»

Annikas Lächeln verschwand.

«Was meinen Sie damit?»

«Wenn das, was Sie in der Zeitung schreiben, stimmt, sollten Sie vielleicht vorsichtig sein», erwiderte er. «Sie sind immerhin die Einzige, die etwas über Rebecka Björkstigs Stiftung an die Öffentlichkeit gebracht hat.»

«Ich dachte, sie wäre im Moment eher mit anderen Dingen beschäftigt», sagte Annika. «Zum Beispiel damit, sich mit Ihnen zu unterhalten.»

«Zum Beispiel», meinte Q. «Was wollen Sie?»

«Ist sie schuldig?»

«Wessen schuldig? Schulden, Namenswechsel, Untreue gegenüber den Gemeinden? Ja, ohne jeden Zweifel, jedenfalls, soweit das strafbar ist. Anstiftung zum Mord? Da bin ich mir nicht so sicher wie Sie.»

«Wissen Sie, ob ihre Stiftung überhaupt jemals funktioniert hat?»

«Ja, in einem einzigen Fall: Es ist ihr gelungen, sich selber zu löschen. Sie ist nicht dumm, die Frage ist nur, ob sie es gut gemeint hat oder ob sie wirklich versucht hat, Verbrechen zu begehen.»

«Aber die ganzen Identitätswechsel? Das ist doch ziemlich faul, oder etwa nicht?»

«Finden Sie? Zuerst hat sie den Mädchennamen ihrer Mutter angenommen, dann ihren Rufnamen geändert und anschließend einen völlig neuen Nachnamen angenommen. Das passiert jeden Tag.»

Es wurde still.
«Sonst noch etwas?», fragte er.
«Die Morde im Freihafen», sagte Annika. «Sind Sie einer Lösung näher gekommen?»
Ein schwerer Seufzer war zu hören.
«Die Antwort lautet nein», erwiderte Q. «Wir sind uns nicht ganz sicher. Es hat etwas mit der jugoslawischen Mafia und der verschwundenen Ladung Zigaretten zu tun, aber wir wissen nicht genau, wie das alles zusammenhängt. Hier geht es nicht nur um die gewöhnlichen Schmuggelgeschäfte, da steckt noch etwas anderes dahinter, aus dem wir noch nicht schlau werden.»
Annika holte Luft.
«Hat die Sache etwas mit Aida Begovic zu tun?»
Q verstummte.
«Vermutlich», sagte er nur.
«Hat es mit Rebecka Björkstig zu tun?»
«Das untersuchen wir gerade.»
«Sie hat mir gegenüber einmal behauptet, von der jugoslawischen Mafia verfolgt zu werden, ist da etwas dran?»
Der Polizist seufzte.
«Also, das ist so», sagte er. «Die jugoslawische Mafia stellt eine Menge Dinge an, von denen niemand jemals etwas erfährt, aber man beschuldigt sie auch einer Menge Dinge, mit denen sie nicht das Geringste zu tun hat. Björkstig hat uns die gleiche Geschichte erzählt. Offensichtlich geht es um einen alten Gläubiger namens Andersson, der sie mit seinen Kontakten zur Mafia eingeschüchtert hat.»
«Dann gibt es also keine Verbindung zwischen Rebecka Björkstig und den Serben?»
«Nein.»

Annika schloss die Augen und zögerte.
«Und Ratko?», sagte sie. «Der Chef der Zigarettenmafia, wissen Sie, wo er sich im Moment aufhält?»
«Vermutlich in Serbien, dem einzigen Ort in Europa, an dem er einigermaßen sicher ist. Woanders kann er sich unmöglich frei bewegen.»
«Könnte er sich in Schweden aufhalten?»
«Wenn, dann nur zu einem verdammt kurzen und lichtscheuen Besuch, warum fragen Sie?»
Sie schluckte schwer, dachte nach, hatte wieder den Metallgeschmack im Mund.
«Ach übrigens», sagte sie, «was bedeutet Porutschn ... Porutschnick Miischitj?»
«Bitte?», fragte der Kriminalbeamte zurück.
«Porutschnick Miischitj. Das ist Serbokroatisch. Glaube ich jedenfalls.»
«Entschuldigen Sie bitte», erwiderte Q, «dass ich nicht alle Sprachen der Welt fließend beherrsche.»
«Es ist wichtig», beharrte Annika. «Kennen Sie nicht jemanden, der das wissen könnte?»
Er stöhnte auf.
«Wir haben hier Dolmetscher», meinte er. «Wie wichtig ist es?»
«Sehr wichtig.»
Es knallte in Annikas Ohr, als der Polizist den Hörer auf den Tisch fallen ließ. Sie lauschte seinen Schritten, die sich aus dem Zimmer bewegten, hörte ein entferntes «Nikola» und dann «Was bedeutet Porutschnick Miischitj?».
Die Schritte kehrten zurück.
«Es ist ein Dienstgrad und ein Name», sagte er. «Porucnik bedeutet Oberst, Misic ist ein ziemlich weit verbreiteter Nachname.»

«Oh, shit», sagte Annika.

«Was ist los? Jetzt bin ich aber neugierig.»

«Ein Mann, der so heißt, ist gestern auf Aidas Beerdigung aufgetaucht. Er trug jede Menge Orden an seiner Uniform.»

«So, so», erwiderte Q. «Das war wahrscheinlich ein alter Verwandter. Na und?»

«Er kam in einem Wagen der Botschaft, ist das nicht ein bisschen seltsam?»

«Er ist bestimmt wegen der Jas-Testflüge hier, genau wie all die anderen dubiosen Typen. Wie sahen seine Orden denn aus?»

Annika dachte scharf nach.

«Laub», sagte sie.

«Laub?»

«Ja, irgendwie sahen sie aus wie Laub, und dann waren da noch eine Menge Medaillen.»

«Haben Sie gesehen, was auf ihnen stand?»

Sie schloss die Augen.

«Ich glaube, auf einer von ihnen stand Santa irgendwas.»

Q stieß einen Pfiff aus.

«Sind Sie sicher?»

«Natürlich nicht. Denken Sie, ich hätte ein Gedächtnis wie ein Computer?»

«Er könnte von der KOS sein», meinte Q. «Obwohl die Typen beinahe alle ausgestorben sind.»

Sie legte sich auf die Couch und sah zur Decke hinauf.

«Was ist denn KOS? Wovon reden Sie?»

«Für Sie ist das eine Urlaubsinsel, nicht wahr? KOS ist die Bezeichnung für den Geheimdienst der jugoslawischen Volksarmee. Milosevic hat die Abteilung fast vollständig abgewickelt. In den letzten fünfzehn Jahren hat ein Machtkampf zwischen der KOS und dem RDB gewütet, den die KOS verloren hat. Die altgedienten Militärs sind deswegen unglaublich verbittert.»

«RDB?», fragte Annika verwirrt.

«Slobodans Jungs, der Geheimdienst beim Innenministerium der Republik Serbien, die Elite der Elite. Diese Leute kontrollieren in Serbien sowohl die kriminelle Szene als auch die Polizei, das sind ganz harte Burschen.»

Annika brauchte ein paar Sekunden, um diese Informationen zu verdauen.

«Entschuldigung», sagte sie dann, «aber wo zum Teufel haben Sie gearbeitet, ehe Sie zum Dezernat für Gewaltdelikte versetzt worden sind?»

«That's classified», antwortete er, und sie konnte regelrecht hören, dass er grinste.

«Wo wohnt ein KOS-Oberst, wenn er sich wegen der Jas-Testflüge in Stockholm aufhält?»

«Wenn er die RDB-Männer in der Botschaft mag, wohnt er dort. Wenn nicht, hält er sich in einem der großen Hotels in der Innenstadt auf.»

«Wie zum Beispiel ...?»

«Ich würde es als Erstes mit dem Royal Viking versuchen.»

«I love you forever», sagte Annika.

«Verschonen Sie mich», entgegnete er und legte auf.

Oberst Misic wohnte im Sergel Plaza. Annika stand minutenlang mit klopfendem Herzen vor seiner Zimmertür, die Hand zum Anklopfen erhoben. Schließlich trafen ihre Knöchel das Holz. Sie hörte ein fragendes «Da?» hinter der Tür und klopfte noch einmal.

Die Tür wurde einen Spalt weit geöffnet.

«Da?»
Im Türspalt erkannte sie das alte, unrasierte Gesicht, eine behaarte Schulter, ein Unterhemd.
«Oberst Music? Ich heiße Annika Bengtzon. Ich würde gern mit Ihnen sprechen.»
Sie versuchte ein Lächeln.
Der Mann sah sie an, aber sein Gesicht lag im Schatten, sodass sie seinen Gesichtsaudruck nicht erkennen konnte.
«Warum?», fragte er mit belegter Stimme.
«Ich kannte Aida», antwortete sie mit zu heller, nervöser Stimme.
Er antwortete nicht, schloss aber auch nicht die Tür.
«Ich habe Sie auf der Beerdigung gesehen», fuhr sie fort. «Ich habe Sie angesprochen.»
Der Mann zögerte.
«Was wollen Sie?», fragte er.
«Nur reden», erwiderte sie schnell. «Ich möchte mit jemandem über Aida reden, der sie früher gekannt hat.»
Der alte Oberst trat einen Schritt zurück und zog die Tür auf. Er war barfuß, hatte sich schnell eine Hose angezogen, die Hosenträger baumelten in Kniehöhe.
«Setzen Sie sich», sagte er. «Ich will mir nur ein Hemd anziehen.»
Annika betrat das Zimmer, ein kleines Doppelzimmer mit zwei schmalen Betten, Fernsehapparat, Schreibtisch und einem Stuhl mit verchromten Beinen. Die Tür schloss sich hinter ihr, sie hörte sich selber schlucken. Der Mann war im Badezimmer verschwunden, und für einen Moment geriet sie in Panik.
Und wenn er nun mit einer Maschinenpistole wieder herauskam?

Oder mit einem Messer?
Vielleicht hatte er Aida ermordet!
Ihr Puls raste noch schneller, und sie wollte schon in den Korridor flüchten, als der Mann mit offen stehendem Hemd und einem Paar Strümpfe in der Hand aus dem Badezimmer zurückkehrte.
«Wie gut haben Sie Aida gekannt?», fragte er in gebrochenem Englisch.
Annika schaute zu Boden.
«Nicht besonders gut», antwortete sie, blickte auf und begegnete dem trüben Blick des alten Mannes. «Aber ich hätte sie gern näher kennen gelernt.»
«Sie tragen ihre Kette», sagte der Mann, «die bosnische Lilie, das Herz steht für Liebe. Ich habe sie Aida geschenkt. Sie hat die Berlocke mit den serbischen Adlern entfernt.»
Annikas Hand legte sich unwillkürlich an die Halskette, und sie wurde rot.
Der alte Mann setzte sich auf eines der Betten, legte den Fuß über das andere Bein und zog sich einen Strumpf an.
«Setzen Sie sich», sagte er.
Sie ließ sich mit weichen Knien auf dem gegenüberliegenden Bett nieder und ließ ihre Tasche am Kopfende des Bettes auf den Boden fallen.
«Weshalb sind Sie hier?», fragte sie.
Annika sah den alten Mann an, seine grau gesprenkelten Wangen, seine herabhängenden Schultern, den schweren Körper, das Hemd, das sich nur mit Mühe über dem Bauch zuknöpfen lassen würde, sein schütteres Haar.
Die Trauer hat ihn gebrochen, erkannte sie. Eine solche Trauer kann Menschen krank werden lassen.
Würde jemals jemand so um sie trauern?

Plötzlich begann sie zu weinen. Sie verbarg das Gesicht in den Händen.

Der Mann blieb stumm sitzen, ohne sich zu rühren.

«Verzeihung», flüsterte sie schließlich und wischte die Tränen mit dem Handrücken fort. «Meine Großmutter ist kürzlich gestorben, ich bin in letzter Zeit nicht mehr ich selbst gewesen.»

Der Oberst stand auf, ging ins Badezimmer hinaus und kam mit einer Rolle Toilettenpapier wieder zurück.

«Danke», sagte Annika, nahm die Rolle entgegen und schnäuzte sich.

Der Mann sah sie prüfend und eindringlich, aber nicht abweisend an.

«Warum tragen Sie Aidas Kette?»

Annika trocknete mit dem Toilettenpapier die Tränen unter den Augen ab.

«Ich habe mich wenige Tage vor ihrem Tod mit ihr getroffen», antwortete Annika. «Sie war krank und hatte große Angst. Ich bin Journalistin. Aida rief bei der Zeitung an, für die ich arbeite, sie bat um Hilfe, und ich habe versucht, ihr zu helfen …»

«Wie?»

Annika holte tief Luft und atmete dann lautlos aus.

«Sie war so allein. Es gab niemanden, der ihr helfen konnte. Sie wurde von einem Mann verfolgt und hatte Todesangst. Ich habe mich mit ihr getroffen, weil sie Informationen zu zwei Morden hatte, die hier begangen wurden. Dann konnte ich sie nicht einfach wieder verlassen, sie war doch so krank, also habe ich ihr die Telefonnummer einer Organisation gegeben, die *Paradies* heißt … weil ich geglaubt habe, dass man ihr dort helfen können würde.»

Sie warf dem Mann einen verstohlenen Blick zu. Er lauschte aufmerksam, reagierte aber nicht, als sie den Namen der Stiftung nannte.

«Die Frau, die hinter dieser Organisation stand, hat sich inzwischen als eine Betrügerin herausgestellt», fuhr Annika fort. «Ich habe mich sehr schuldig gefühlt, weil ich Aida dazu überredet habe, Kontakt zu ihrer Organisation aufzunehmen.»

Sie senkte den Kopf und wartete auf einen Wutanfall, der jedoch ausblieb.

«Es ist eine gute Sache», sagte er, «einem Kameraden zu helfen. Aida muss Ihren Versuch zu schätzen gewusst haben, sonst hätte Sie Ihnen nicht die Kette geschenkt.»

«Es tut mir so Leid», flüsterte sie.

Der alte Oberst stand auf, trat ans Fenster und schaute auf den Sergels Torg hinab.

«Hier ist sie gestorben», murmelte er. «Hier ist Aida gestorben.»

Die Stille wurde bedrückend. Sie spürte die Verzweiflung des Mannes, sah seine Schultern zucken. Sie blieb unsicher und mit kalten und unbeholfenen Händen sitzen. Schließlich riss sie etwas Toilettenpapier ab, stand auf und trat vorsichtig zu dem Mann. Die Tränen liefen ihm über die Wangen und blieben in seinen Bartstoppeln hängen. Er machte keine Anstalten, das Toilettenpapier zu nehmen.

«Verzeihen Sie», sagte Annika leise. «Ich habe wirklich geglaubt, ich würde ihr helfen.»

Der Mann warf ihr einen kurzen Blick zu und starrte anschließend wieder auf den Platz hinaus.

«Warum fühlen Sie sich schuldig?», fragte er.

«Die Frau, die hinter der Organisaton steckte, ich fürchte, dass sie ...»

Der Mann drehte sich hastig um, ging zum Kühlschrank, holte eine Flasche Slibowitz heraus und schenkte sich ein.

«Aida hat ihren Tod selbst gewählt», sagte er und streckte Annika die Flasche entgegen. Sie schüttelte den Kopf. Er setzte den Korken wieder auf die Flasche und stellte sie zurück. Dann wankte er zum Bett und ließ sich so schwer darauf fallen, dass die Bettfedern knackten.

«Wer war Aida eigentlich?», fragte Annika. «Woher kannten Sie sie?»

«Ich bin in Bijeljina geboren», antwortete der alte Mann, «genau wie Aida.»

Annika setzte sich ihm gegenüber.

«Kennen Sie Bijeljina?»

Sie versuchte zu lächeln.

«Nein, aber ich habe Bilder aus Bosnien gesehen. Es ist sehr schön dort, die Berge und die Palmen ...»

«So etwas gibt es in Bijeljina nicht», unterbrach sie der Oberst. «Die Stadt liegt in einer Ebene, nordöstlich von Tuzla, die Winter sind streng, im Frühjahr regnet es nur.»

Sein Blick war auf einen unbestimmten Punkt über ihrem Kopf gerichtet.

«Nicht einmal der Fluss, der in der Nähe vorbeifließt, ist besonders schön.»

Er seufzte und schaute Annika an.

«Den Fluss haben Sie sicher schon einmal auf einem Bild gesehen, es ist die Drina, die entlang der serbischen Grenze fließt, obwohl die berühmten Bilder ein Stück weiter flussabwärts aufgenommen worden sind, in der Nähe von Gorazde.»

Sie schüttelte den Kopf.

«Die Leichenberge», sagte er, «die Körper, die in den Fluss

Drina geworfen wurden und auf der Höhe von Gorazde hängen blieben. Ein dänischer Fotograf ist durch unsere Linien geschlüpft und hat sie fotografiert. Die Bilder sind um die ganze Welt gegangen.»

Annika schluckte, doch, jetzt erinnerte sie sich wieder, sie hatte einen Roman darüber gelesen, und das *Abendblatt* hatte die schwedischen Rechte an den Aufnahmen erworben.

Er verstummte. Sein Blick ging wieder in die Ferne, und Annika wartete.

«Dann sind Sie Serbe?», fragte sie.

Der alte Offizier sah sie müde an.

«Damals wuchs man auf, ohne an seine Herkunft zu denken», erwiderte er. «Ich war ein Einzelkind, und mein bester Jugendfreund war wie ein Bruder für mich. Es war Aidas Vater. Jovan war ein sehr intelligenter Mann, aber weil er Moslem war, waren ihm im Staatswesen alle Türen verschlossen. Er wurde Bäcker, und zwar ein sehr guter.»

Der Mann verstummte und fuhr sich mit seiner behaarten Hand und den behaarten Fingern über die Augen.

«Aber Sie wurden kein Bäcker», sagte Annika leise.

«Ich habe Karriere beim Militär gemacht», sagte der alte Mann, «genau wie mein Vater und mein Großvater vor mir auch. Ich habe niemals geheiratet. Jovan dagegen bekam eine fantastische Familie, eine schöne Frau und drei begabte Kinder. Ich habe sie in all den Jahren immer wieder besucht, im Sommer und zu Weihnachten. Mein Liebling war die Tochter des Hauses, Aida. Sie war süß wie ein Engel und hatte eine glockenklare Stimme ...»

Der alte Mann kippte seinen Schnaps in einem Schluck runter und wischte sich den Mund mit dem Handrücken ab.

«Weshalb machen Sie sich Gedanken über Aida?», fragte er.

«Ich bin Journalistin», antwortete sie, «meine Arbeit besteht darin, über Dinge zu schreiben, die wichtig und wahr sind, die Lebensbedingungen der Menschen zu beschreiben ...»

«Ha!», platzte der Mann plötzlich heraus. «Journalisten sind Lakaien, genau wie Soldaten. Nur, dass ihr mit Lügen statt mit Waffen kämpft.»

Annika zuckte zusammen, auf seinen Wutanfall war sie nicht vorbereitet gewesen.

«Das ist nicht wahr!», sagte sie vorsichtig. «Mein einziger Auftraggeber ist die Wahrheit.»

Der Offizier sah in sein leeres Glas.

«Ach ja, so so, dann schreiben Sie also im Dienst einer guten Sache? Dann bekommen Sie kein Geld für Ihre Arbeit?»

Sie breitete die Arme aus.

«Natürlich bekomme ich ein Gehalt, ich bin Angestellte einer unabhängigen und überparteilichen Zeitung ...»

«Eine kommerzielle Zeitung, die man für Geld kaufen kann? Wie kann eine solche Zeitung frei sein? Ihre Stimme ist gekauft, korrupt, verlogen.»

Der Mann stand wieder auf und füllte sein Glas nach. Diesmal bot er Annika nichts an. Als er sich ihr gegenüber wieder hinsetzte, sah sie etwas in seinen Augen aufblitzen. Dies war ein Mann, der es früher geliebt hatte zu diskutieren, der sowohl die Worte als auch die Macht dazu gehabt hatte.

«Das Kapital ist seine eigene Wahrheit», sagte er. «Es zielt nur darauf ab, sich zu vermehren, koste es, was es wolle.»

«Das ist nicht wahr», wandte sie ein und war selber erstaunt über ihre Streitlust. «Nur eine freie und unabhängige Presse kann den Fortbestand der Demokratie garantieren ...»

«Die Demokratie, ha! Die schafft doch nur Konkurrenz und Instabilität, Politiker, die sich den Wählern feilbieten wie Hu-

ren, Kapitalisten, die ihre Mitmenschen ausnützen und ausbeuten. Ich gebe nicht viel auf Ihre Demokratie.»
«Und was ist bitte die Alternative?», fragte Annika. «Ein totalitärer Staat mit einer zensierten Presse?»
Der Mann beugte sich vor und lächelte jetzt beinahe ein wenig.
«Allein der Staat kann Verantwortung für die Menschen übernehmen», sagte er. «Das einzige Ziel des Staates muss das Wohl der Menschen sein. Die Presse soll ohne wirtschaftlichen Gewinn informieren und aufklären. In euren Zeitungen und Fernsehprogrammen sprechen keine freien Stimmen, sondern der Kapitalismus.»
Annika schüttelte den Kopf.
«Sie irren sich», sagte sie. «Wie toll ist es denn eigentlich bei Ihnen in Serbien mit Slobodan Milosevic?»
Das Gesicht des Mannes verdüsterte sich. Annika hätte sich am liebsten die Zunge abgebissen. Was hatte sie da wieder gesagt?
«Verzeihen Sie», flüsterte sie, «ich wollte Sie nicht verletzen ...»
«Milosevic ist ein Bauer», sagte der alte Mann mit erstickter Stimme. «Sehen Sie sich an, was er aus meinem Land gemacht hat! Er hat die KOS zerschlagen, die einzige Organisation, die über die Mittel verfügte, Recht und Ordnung aufrechtzuerhalten, er hat unseren Etat gekürzt, bis nichts mehr übrig war, und das ganze Geld dem RDB gegeben.»
Er ließ seine Faust mit solcher Wucht auf den Nachttisch niedersausen, dass Annika vom Bett auffuhr.
«Dieser verdammte RDB, sehen Sie sich doch an, was die aus meinem Land gemacht haben! Sie haben zugelassen, dass kriminelle Bauern ganz Serbien in den Ruin getrieben haben.

Wenn die KOS die nötige Macht gehabt hätte, wäre Jugoslawien nach wie vor eine Großmacht, ein ungeteiltes Großserbien. Wir hätten niemals zugelassen, dass das Land zerfällt.»

Er blieb mit hängendem Kopf und die Ellenbogen auf die Knie gestützt sitzen. Annika wagte nicht, sich von der Stelle zu rühren.

«Bis Ende der achtziger Jahre gab es noch so etwas wie Moral auf dem Balkan», sprach er leise weiter, «einfache Normen und Werte, aber dann ist die Barbarei ausgebrochen. Männer wie Ratko bekamen Macht, Schläger, kriminelle Idioten.»

Annika befeuchtete ihre Lippen und weigerte sich, wieder den metallischen Geschmack zu spüren.

«Wer ist Ratko eigentlich?»

Der alte Mann seufzte und richtete sich auf.

«Er stammt aus einer wohlhabenden Familie, die bei den Enteignungen durch die Kommunisten ihr ganzes Vermögen verloren hat. Sein Vater ist dann Gießer geworden, ein ehrbarer Fabrikarbeiter, aber die Familie fühlte sich in ihrer Ehre gekränkt. Ratko beschloss, jemand zu werden. Er ist nach Schweden gegangen, um hier sein Glück zu machen, und landete ganz unten in einer Lastwagenfabrik. Er sah seine Landsleute an Berufskrankheiten zu Grunde gehen und schlug einen anderen Weg ein: den des Berufsverbrechers.»

Er trank einen Schluck.

«Ratko und sein Vater meinen, die neuen Gesetze würden für sie nicht gelten. Sie sind der Meinung, dass der Kommunismus ihnen alles, was sie hatten, geraubt hat, ihnen ihre Geschichte und ihre Würde genommen hat. Das Gesetz ist Ratkos Feind, ihm zu folgen bedeutet, alles zu verlieren. Das Einzige, was den Menschen überhaupt antreibt, ist seine Gier, seine Gewinnsucht, materielle Dinge.»

«Das ist nicht wahr», widersprach Annika ihm.
«Nur der Staat kann die nötige Verantwortung für die Menschen übernehmen», sagte der Mann.
«Aber wir sind doch selber der Staat», erwiderte Annika. «Der Staat kann doch niemals besser sein als die Menschen, die ihn repräsentieren.»
Er sah sie an.
«Die Gesellschaft ist immer größer als das Volk. Wenn wir uns als unabhängige Individuen betrachten, siegt der Egoismus.»
«Das ist nicht gesagt», widersprach Annika. «Die Bürger sind der Staat, und die Verantwortung können wir niemand anderem aufbürden als uns selbst. Wir selbst gestalten unsere Zukunft, wir sind der Staat. Wir tragen Verantwortung füreinander, und diese Verantwortung müssen wir annehmen. Ein einzelner Mensch kann Großes leisten!»
«Und dann geht alles zum Teufel!», rief der Mann aus und hämmerte wieder mit der Faust auf den Nachttisch. «Sehen Sie sich doch Serbien an! Als Milosevic sich selber über den Staat stellte, ging alles den Bach runter! Der RDB hat nicht das erforderliche Wissen, obwohl er alle Mittel zur Verfügung gestellt bekommen hat. Sie setzen sie völlig falsch ein, missbrauchen ihre Macht, unterstützen die kriminelle Szene...»
Er verstummte ein wenig atemlos.
Annika starrte ihn an. Schweiß perlte auf seiner Kopfhaut.
«Wie viel wissen Sie eigentlich?», fragte sie leise.
«Ich weiß alles.»
«Alles?»
«Alles.»
«Auch über die Mafia?»
Der Mann sah sie intensiv an, studierte ihr Gesicht, ihre Haare, ihre Hände.

«Sie sind doch eine Kämpferin für das freie Wort», sagte er. «Können Sie alle Wahrheiten schreiben?»

«Solange ich sie kontrollieren kann und sie von Interesse für die Allgemeinheit sind.»

«Aha!», sagte der Mann. «Und wer beurteilt das?»

«Zunächst ich selbst, dann meine Redaktionsleitung.»

«Die Zensoren», konstatierte der alte Mann.

«Nein!», widersprach Annika. «Wir arbeiten einzig und allein im Dienst der Wahrheit.»

«Sie werden es nicht wagen, meine Wahrheit zu bringen», sagte der Mann. «Niemand kann veröffentlichen, was ich weiß.»

«Dazu kann ich nichts sagen, ich kenne Ihr Wissen ja nicht.»

Der Mann sah sie lange an, und ihr wurde unwohl in ihrer Haut. Sie fühlte sich nackt.

«Haben Sie einen Stift dabei? Einen Notizblock? Na schön, dann schreiben Sie doch auf, was ich zu sagen habe. Wir werden ja sehen, ob Sie dann auch wagen, es zu veröffentlichen.»

Annika bückte sich, griff nach ihrer Tasche und holte Stift und Notizblock heraus.

«Also?», sagte sie.

«Die Mafia ist der Staat», begann der alte Mann, «und der Staat ist die Mafia. Alles wird von den Machthabern in Belgrad kontrolliert. Der RDB, der Geheimdienst des serbischen Innenministeriums, hält alle Fäden in der Hand. Der Waffenschmuggel ist die größte und wichtigste Einnahmequelle. Drei Viertel des eingenommenen Geldes stammten aus dem Verkauf von Waffen. Sie haben das gesamte ehemalige Jugoslawien nach Waffen durchkämmt, die sie in riesigen Lagern horten. Mit diesen Arsenalen können sie bis zum Jüngsten Tag Krieg führen oder ihn sogar selbst herbeiführen. Sie machen oft Geschäfte mit dem Mittleren Osten und dem Irak. Nordkorea ist sehr an Chemiewaffen interessiert, da kann Belgrad behilflich sein. Sie sorgen für Nachschub bei einer Reihe afrikanischer Länder mit lokalen Konflikten. Man bedient sich polnischer Schiffe, die in Danzig in See stechen, belädt sie in Serbien und fährt mit ihnen durch den Suezkanal, wo die Zollbeamten bestochen worden sind.»

Annika starrte den Mann an. Sie hatte bis jetzt noch keine einzige Zeile geschrieben.

«Was wollen Sie mir eigentlich sagen?», fragte sie. «Ist das auch wahr?»

«Der Schmuggel von Zigaretten ist ebenfalls wichtig», fuhr der Oberst fort, «und dann sind da natürlich noch Alkohol, Rauschgift und Prostitution. Die Zigaretten werden in großen, illegalen Fabriken hergestellt, mit falschen Etiketten versehen, Marlboro, in Lastwagen geladen, die verplombt und mit Finnland als Ziel durch Europa gefahren werden. In Schweden wird die Plombe aufgebrochen, und die Lastwagen werden entladen. Anschließend fährt man zur Botschaft und bekommt eine neue Plombe, was dadurch ermöglicht wird, dass der Staat das Ganze arrangiert. Daraufhin fährt man nach Finnland weiter und entlädt ein paar Pappkartons.»

Annika senkte den Kopf.

«Warten Sie einen Moment», sagte sie. «Könnten Sie den Anfang bitte noch einmal wiederholen? Waffen, Afrika? Nordkorea?»

Der alte Mann wiederholte geduldig mehrere Details.

«Was die Prostitution betrifft, so stammen die Frauen vor allem aus der Ukraine und Weißrussland und werden in die Bordelle in Mitteleuropa, vor allem in Deutschland, Ungarn, Tschechien und Polen exportiert. Das Rauschgift stammt größtenteils aus Afghanistan. Nicht die Taliban, sondern die oppositionellen Kräfte produzieren das Rauschgift. Die Route führt durch die Türkei, und in letzter Zeit sind es immer öfter die Kosovo-Albaner, die diesen Teil der Wegstrecke übernehmen. Wenn die Kosovo-Albaner dann das Rohmaterial erhalten haben, verkaufen sie es an die Serben weiter. Die Serben veredeln es dann zu erstklassigem Stoff. Ganze Krankenhäuser sind in diese Arbeit eingebunden, ebenso wie große Teile der landwirtschaftlichen Industrie.»

Annika schluckte. Ihr wurde schwindlig, und sie schrieb so schnell, dass ihr der Arm wehtat, war das denn wirklich möglich?

«Der Alkohol wird in großen Fabriken produziert und mit falschen Etiketten versehen, zum Beispiel für zwölf Jahre alten schottischen Whisky oder finnischen Wodka. Wenn diese Geschäfte unterbunden würden, wäre das Land innerhalb weniger Tage wirtschaftlich am Ende. Die Arbeiter bekämen keine Löhne mehr, das System würde zusammenbrechen.»

Der Mann seufzte.

«Der RDB stellt alle Arten von Pässen her, skandinavische, französische, amerikanische. Er verfügt über ein dichtes Netzwerk in ganz Europa in Form von Bars, Diskotheken, serbischen Vereinen und Schachklubs.»

Er lachte auf, aber es war ein freudloses Lachen.

«Die serbische Geheimpolizei hat einen kleinen Tick», sagte er. «Anschläge und Verhaftungen werden nur mittwochs durchgeführt. Hat man den Mittwoch überstanden, ist man sicher bis zur nächsten Woche. Die Säuberungspatrouillen bestehen jeweils aus Gruppen von drei oder fünf Männern. Wenn sie in einem anderen Land operieren, setzen sie sich mit Hilfe der Botschaften oder der Konsulate wieder ab.

In Schweden ist das Konsulat in Trelleborg ausgesprochen aktiv.»

Er verstummte. Annika vervollständigte ihre Notizen und blieb mit dem Stift auf dem Papier sitzen.

«Wie soll ich das alles nachprüfen können?», wollte sie wissen.

Der Mann stand auf, ging in den kleinen Flur hinaus, öffnete die Tür des Kleiderschranks und drehte die Zahlenkombination eines kleinen Tresors. Als er zurückkam, hielt er ein paar Dokumente in den Händen, von denen zwei blau waren.

«Ich habe sie in der Botschaft gestohlen», sagte er. «Zwei TIR-Plomben für Lastwagen. Man wird sie dort bald vermissen.»

Er legte sie auf das Bett neben Annika, die die Schilder anstarrte, zu dem Mann aufsah und immer verwirrter wurde.

«Wie ist das möglich?», fragte sie.

Der Mann ließ sich wieder auf das Bett fallen.

«Überall in Schweden gibt es Waffenverstecke», sagte er. «Lager mit Rauschgift, Alkohol, Zigaretten, ganze Häuser voller Serben ohne Aufenthaltsgenehmigung, Lastwagen, Autos, Boote.»

Annika schluckte.

«Wissen Sie, wo?»

Er sah sie an, nickte und begann zu erzählen.

Als er verstummte, spürte Annika das Adrenalin in ihren Adern, die Geschichte war einfach unglaublich.

«Aber was passiert, wenn ich das alles unter meinem eigenen Namen veröffentliche? Wird die Mafia mich dann nicht verfolgen?»

Der alte Mann sah sie müde an.

«Sie haben Angst um Ihre Haut? Sind Sie etwa wichtiger als die Wahrheit? Kann Ihr Staat aus freien Bürgern sich nicht um Sie kümmern und Sie beschützen?»

Sie wich seinem Blick aus und wurde rot.

«Sie müssen wissen», fuhr der Mann fort, «dass es hier um nichts Persönliches geht, es ist nur Geschäft. Ratko hat keine Freunde mehr, niemand wird Sie als persönliche Vendetta aus dem Weg räumen. Wenn Sie die kriminellen Strukturen zerschlagen, gibt es niemanden mehr, der Ihnen etwas antun kann, niemand wird mehr Interesse daran haben.»

Annika sah auf.

«Aber was ist mit der Botschaft, wenn es wirklich stimmt, was Sie sagen, und sie hinter allem steckt?»

«Die jugoslawische Botschaft wird Ihre beste Lebensversicherung sein. Es wird in ihrem persönlichen Interesse liegen, dass Ihnen nichts zustößt. Dagegen würde ich Ihnen empfehlen, in der nächsten Zeit keine Reisen in die Balkanregion zu unternehmen. Dort könnten Sie unter Umständen den falschen Personen begegnen.»

Sie blickte auf ihre Aufzeichnungen und räusperte sich.

«Was geschieht mit Ratko?»

Der Mann zögerte.

«Ratko ist abgehauen, niemand weiß, wohin. Sobald er sich in Europa zeigt, ist er ein toter Mann. Ich vermute, dass er nach Afrika gereist ist, zu einem der Abnehmer seiner Waffen.»

«Was geschieht mit Ihnen?», flüsterte Annika.

Der alte Offizier stand wieder auf, ging zum Fenster und sah auf den Platz hinunter, der im fahlen Licht der Abenddämmerung grau war.

«Ratko hat die ganze Familie ermordet, außer Aida. Das war

im März 1992, und es war der Beginn der Gewalt in Bosnien.»

Annika stöhnte auf.

«Oh, mein Gott, die ganze Familie?»

«Jovan, seine Frau, die schwangere Frau seines Sohnes, ihren jüngsten Sohn, der erst neun Jahre alt war. Jovans Sohn war in der Armee und starb ein halbes Jahr später an der Front.»

«Er hat sie alle ermordet?»

Der Mann sprach weiter, den Blick fest auf das Dreiecksmuster des Platzes gerichtet.

«Ratko und seine Panter. Politische Spannungen hatte es schon länger gegeben, und in Kroatien wurde bereits gekämpft, aber das Massaker in Bijeljina war das erste in Bosnien, das Aufmerksamkeit erregte.»

«Und unter den Opfern war Aidas Familie?»

«Ich weiß nicht, warum sie überlebt hat, sie hat es mir nie erzählt.»

«Was ist mit ihr geschehen? Wie kam sie hierher?»

Der Mann starrte auf den Platz hinaus, auf den jetzt Schneeflocken herabschwebten.

«Sie war damals siebzehn, und soweit ich weiß, ging sie unmittelbar nach den Morden zu Fuß nach Tuzla. Per Anhalter fuhr sie dann nach Sarajewo weiter und ließ sich dort von der Armija BiH anwerben. In Sarajewo lebte ihr Onkel, Jovans jüngerer Bruder, der sie in seine *Speciale diversanskij group* aufnahm.»

Annika wartete atemlos auf die Fortsetzung, die Tränen hingen auf ihren Lippen.

«Und?», fragte sie.

«*Speciale diversanskij group*», wiederholte der Mann, wobei er jedes Wort einzeln betonte. «Sie wurde ein Sniper. Als ich das hörte, nahm ich meine schützende Hand von ihr und brach jeden Kontakt zu ihr ab.»

Annika blinzelte verständnislos.

«Heckenschütze», sagte der alte Mann unendlich müde. «Sie ließ sich zum Heckenschützen ausbilden, lag auf Häuserdächern und erschoss Menschen auf der Straße, Männer, Frauen, Kinder, ohne einen Unterschied zu machen.»

Annika konnte nicht atmen.

«Nein ...»

Er drehte sich um und sah sie an.

«Ich kann Ihnen versichern», sagte er, «dass sie ziemlich gut war. Nur Gott allein weiß, wie viele Menschen Aida getötet hat.»

Er setzte sich wieder ihr gegenüber.

«Das wussten Sie nicht?», fragte er.

Annika schüttelte den Kopf.

«Wie», sagte sie und schluckte, «wie ist sie hierher gelangt? Nach Stockholm?»

Der Mann rieb sich die Augen.

«Sie wurde verletzt und durch den Tunnel aus Sarajewo auf den Berg Igman getragen. Dort sorgte sie dafür, dass sie die Genehmigung erhielt, eine Gruppe von Frauen und Kindern, die das Rote Kreuz zusammengestellt hatte, zu begleiten. Es gab Probleme auf dem Weg aus Bosnien heraus. Einmal wurde der Transport gestoppt und einige der jüngeren Frauen von betrunkenen Soldaten, Barbaren, aus dem Bus geschleppt. Wir wissen nicht, was genau passiert ist, aber als der Bus weiterfuhr, lagen zwei Soldaten tot in ihren Schilderhäuschen, mit ihren eigenen Waffen in den Mund geschossen. Das kann nur Aida gewesen sein.»

Der Mann ließ den Kopf hängen. Annika wurde übel.
«Warum wollte sie nach Schweden?», flüsterte sie.
«Sie hatte gehört, Ratko sei hier. Sie hatte Rache geschworen. Das war das Einzige, was ihr noch etwas bedeutete. Er hatte ihr die ganze Familie genommen, ihr Leben. Jahrelang habe ich nichts mehr von ihr gehört. Das hat mir oft wehgetan. Ich habe damals einen Fehler gemacht. Ich hätte den Kontakt aufrechterhalten sollen. Alleine kann man nicht leben. Aida hätte mich gebraucht.»
Plötzlich brannte die Kette um ihren Hals, war schwer und heiß, die Dankbarkeit einer Mörderin.
«Dann hat sie mir geschrieben», sagte der Mann mit erstickter Stimme, «am Samstag, dem 3. November. Ihr Auftrag sei fast erledigt, schrieb sie. Sie habe Kontakt zu Ratko aufgenommen, sie wollten sich treffen, einer von ihnen werde bei diesem Treffen sterben.»
«Sie hat den Kontakt aufgenommen?», fragte Annika. «Sind Sie sicher, dass sie selber Kontakt zu Ratko aufgenommen hat? Die beiden haben sich auf ihre Initiative hin getroffen? Dann hat sie also gar keiner verraten?»
Der Mann senkte den Kopf.
«Sie wollte es zu einer entscheidenden Konfrontation mit Ratko kommen lassen», sagte er leise. «Sie hat mich gebeten, den Rest zu erledigen, falls etwas schief gehen sollte. Ich habe alle Säuberungen überlebt, ich genieße immer noch Milosevics Vertrauen, ich habe Ratkos Existenz zerstört.»
Seine Schultern schüttelten sich wieder, und er hielt sich die Hand vor die Augen.
«Gehen Sie», bat er.
«Aber ...»
«Gehen Sie jetzt.»

Sie bückte sich, legte Stift und Notizblock in ihre Tasche, zögerte einen Augenblick und ließ dann die blauen Dokumente ebenfalls darin verschwinden, die TIR-Plomben aus der jugoslawischen Botschaft.
«Danke für alles», flüsterte sie.
Der Mann antwortete nicht.
Sie verließ ihn, ging schweigend in den kleinen Flur, öffnete die Zimmertür und trat in den Hotelkorridor hinaus.

Der alte Offizier blieb auf dem Bett sitzen, während es dunkel wurde. Seine Schultern, der Rücken und die Hände schmerzten. Seine Füße wurden kalt und taub. Die junge Journalistin hatte die Plomben mitgenommen, das war gut so. Sie würden niemals nachweisen können, dass er sie gestohlen hatte, auch wenn sie es natürlich vermuten würden.
Er beschloss, ein Bad zu nehmen, ging ins Badezimmer, machte das Licht an, setzte den Stopfen auf den Abfluss und ließ heißes Wasser einlaufen. Während sich die Wanne mit Wasser füllte, saß er auf dem Toilettendeckel, ließ die Kälte des gekachelten Fußbodens in seine Beine hochziehen, hieß den Schmerz willkommen. Als das Wasser über den Rand lief und seine Zehen erreichte, drehte er ab, ging wieder in das Zimmer und in die Dunkelheit hinaus, zog sich aus und legte seine Kleider sorgfältig zusammengefaltet auf einen Stuhl.
Anschließend ließ er sich bis zum Kinn in das heiße Wasser sinken, schloss lange die Augen und blieb so liegen, bis sein Körper sich aufzulösen schien.
Als das Wasser abgekühlt war, stieg er aus der Wanne, trocknete sich sorgfältig ab, rasierte und kämmte sich und holte seine Paradeuniform mit allen Orden und Medaillen für be-

sondere Verdienste aus dem Schrank. Langsam und sorgsam zog er sich an, strich mit den Händen über die Aufschläge seiner Uniform und setzte sich die Offiziersmütze korrekt auf den Kopf. Anschließend ging er wieder zu dem kleinen Tresor und holte seine Dienstwaffe heraus.

Er betrachtete sein Spiegelbild in der Fensterscheibe, das ganze spiegelverkehrte Hotelzimmer schwebte über den dreieckigen Betonplatten auf dem Sergels Torg. Er begegnete seinem ruhigen und entschlossenen Blick unter dem Schirm der Mütze, richtete die trüben Augen auf den Platz, behielt den Ort im Blick, wo sie gestorben war.

Zusammen, dachte er, steckte sich die Mündung in den Mund und drückte ab.

Eleonor strich sich mit dem Handrücken über die Stirn.

«Das Filet ist fertig», sagte sie. «Wie sieht es mit dem Gratin aus?»

Thomas öffnete die Ofenklappe und stach mit einer Ofennadel in die Mitte des Gratins.

«Es braucht noch ein bisschen.»

«Sollen wir es mit Folie abdecken, damit es nicht verbrennt?»

«Ich glaube, es geht auch so», meinte Thomas.

Eleonor wusch sich die Hände an der Spüle, trocknete sie an ihrer Schürze ab und atmete auf.

«Habe ich rote Bäckchen bekommen?», erkundigte sie sich und lächelte.

Er schluckte und lächelte zurück.

«Das sieht sehr charmant aus», antwortete er.

Sie löste die Schleife der Schürze auf dem Rücken, hängte sie an den Haken und ging ins Schlafzimmer, um sich andere Schuhe anzuziehen. Thomas ging mit der Salatschüssel ins

Esszimmer und stellte sie zwischen Kristallgläsern, englischem Porzellan und Silberbesteck ab. Er warf einen prüfenden Blick auf den Tisch, die kalten Antipasti als Vorspeise, Servietten, Mineralwasser, der Salat, alles außer dem Wein war an seinem Platz.

Er seufzte, war müde, hätte jetzt lieber auf der Couch gelegen, ferngesehen und über sein Projekt nachgedacht. Den ganzen Nachmittag hatte er sich mit dem Bericht beschäftigt, in dem Menschen davon erzählten, wie sie es empfanden, von der Sozialhilfe zu leben, wie das Leben am Existenzminimum sie verschliss, wie unangenehm es war, erklären zu müssen, warum das Kind neue Sportschuhe benötigte, die gestresste Haltung der Sachbearbeiter, das ständige Gefühl, Almosen anzunehmen und erniedrigt zu werden. Dass sie gezwungen waren, sich entweder die Zähne machen zu lassen oder ihre Medikamente zu kaufen, und es sich niemals leisten konnten, Fleisch zu essen oder dem Betteln der Kinder um Schlittschuhe oder ein Fahrrad nachzugeben.

Die Verzweiflung dieser Menschen hatte tiefe Spuren in ihm hinterlassen, sie wollte ihn nicht loslassen, es blieb eine Wunde in ihm.

Wenn es doch nur in meiner Macht stünde, etwas zu verändern, dachte er, schloss die Augen und atmete tief durch.

Dann hörte er, wie in der Einfahrt Autotüren zugeschlagen wurden, und wartete auf das knirschende Geräusch von Schotter gegen Eis.

«Sie kommen!», rief er in Richtung Schlafzimmer.

Die spröde Melodie der Türklingel erklang. Thomas trocknete sich die Hände ab und ging in den Flur hinaus, um zu öffnen.

«Herzlich willkommen, kommt rein, legt bitte ab, soll ich mit dem Pelz helfen …?»

Die Gäste waren Nisse von der Bank, die Filialleiter aus Täby und Djursholm und der Regionalleiter aus Stockholm, drei Männer und eine Frau.

Eleonor erschien, als er die ersten Drinks servierte. Sie war kühl, schön und lächelte.

«Wie schön, dass ihr gekommen seid», sagte sie. «Herzlich willkommen!»

«Wir haben immerhin einiges zu feiern», erwiderte der Regionalleiter. «Schön habt ihr es hier!»

Er gab ihr richtige Küsse auf beide Wangen, und Thomas beobachtete ärgerlich, dass Eleonor rot wurde.

«Danke, wir fühlen uns hier sehr wohl.»

Sie schielte zu Thomas hinüber, der ein wenig gezwungen lächelte. Sie prosteten sich zu.

«Soll ich euch kurz das Haus zeigen?», fragte Eleonor.

Der Vorschlag fand enthusiastische Zustimmung, und die Gesellschaft machte sich auf den Weg, während Thomas allein im Salon zurückblieb. Die helle Stimme seiner Frau erklang.

«Wir wollen die Küche renovieren lassen», sagte sie gut gelaunt, «und bei der Gelegenheit einen Gasherd einbauen lassen. Wir kochen doch so gern, und es ist eben ein ganz anderes Gefühl mit einer offenen Flamme … Fußbodenheizung wollen wir haben und Marmor, am liebsten in Grün, das ist so beruhigend … Und hier unten haben wir die Souterrainetage, da drüben planen wir einen Weinkeller, wir haben das Gefühl, dass wir ein bisschen sorgfältiger mit unserer Weinsammlung umgehen sollten …»

Er stellte seinen Drink ab und bemerkte, dass seine Hand zitterte. Was für eine Weinsammlung? Eleonors Eltern hatten

einen guten Weinkeller auf dem Land, gefüllt mit einer Reihe guter Tropfen, aber sie selber hatten nicht einmal ansatzweise damit begonnen, Wein zu sammeln, dafür hatten sie bisher überhaupt keine Zeit gehabt.
Plötzlich spürte er, dass langsam Panik in ihm hochkroch, und ihm wurde ganz kalt.
Nein, bat er, nicht jetzt, lass mich wenigstens noch den heutigen Abend überstehen, er ist so wichtig für Eleonor.
Er ging in die Küche und öffnete die Rotweinflaschen, damit der Wein Luft bekam. Anschließend ließ er den Sektkorken knallen und füllte die Gläser.
«Was für ein herrliches Haus!», sagte der Regionalleiter, als sie aus dem Wohnzimmer die Treppe hinaufkamen. «Wunderbar, wenn man so viele Pläne hat.»
Thomas versuchte zu lächeln, was ihm nicht besonders gut gelang.
«Wollen wir uns nicht setzen?», fragte er.
Eleonor lächelte nervös.
«Es gibt nichts Besonderes», meinte sie. «Thomas und ich arbeiten ja sehr viel, Thomas ist Stadtkämmerer bei der Gemeinde Vaxholm.»
«Sozialkämmerer», verbesserte Thomas sie.
Eleonor ging ins Esszimmer und wies den Gästen ihre Plätze am Tisch an.
«Nisse, wenn du dich vielleicht hierhin setzen würdest, Leopold, hier neben mir, Gunvor ...»
Die Gäste wussten das Essen und den Wein zu schätzen, die Stimmung wurde schon bald lebhaft. Thomas hörte Bruchstücke von Gesprächen über Gewinne, Geschäftsergebnisse, den Markt. Er versuchte zu essen, bekam aber kaum einen Bissen herunter, er war matt, und ihm war schwindlig. Nach

einer Weile schlug der Regionalleiter mit der Gabel an sein Glas und bat um Ruhe.

«Ich möchte auf Eleonor trinken», sagte er feierlich, «unsere Gastgeberin an diesem netten Abend, und auf ihre phantastischen Resultate in der Bank während des letzten Geschäftsjahres. Sie sollen wissen, Eleonor, dass sich die Bankleitung Ihrer Erfolge, Ihrer Zielstrebigkeit und Ihres Enthusiasmus bewusst ist. Prost!»

Thomas sah seine Frau an. Die lobenden Worte hatten Eleonors Wangen rot gefärbt.

«Und als kleine Überraschung werde ich Ihnen bereits heute Abend verraten, in welcher Form die Leitung der Bank ihrer Zufriedenheit Ausdruck verleihen will.»

Die vier Bankdirektoren streckten sich erwartungsvoll. Thomas wusste, dass nun der Clou des Abends kam, jetzt würde man ihnen ein paar Knochen vorwerfen.

«Sie repräsentieren die Filialen mit den besten Geschäftszahlen in ganz Mittelschweden», fuhr der Regionalleiter fort. «Die Rendite auf das Eigenkapital steigt auch in diesem Jahr, die Fragebögen der Firmen- und Privatkunden zeigen uns eine große Zufriedenheit mit Ihrer Arbeit.»

Er machte eine Kunstpause.

«Ich darf Ihnen darüber hinaus verraten, dass auch die Befragungen zur Wertschätzung der Filialleiter durch das Personal abgeschlossen sind und dass Sie auch hier an der Spitze stehen. Deshalb habe ich die große Freude», sagte er und schmunzelte, «Ihnen mitzuteilen, dass die Leitung der Bank beschlossen hat, sowohl Ihre Extradividende als auch Ihre Gewinnbeteiligung zu erhöhen.»

Eleonor schnappte nach Luft, ihre Augen glänzten vor Begeisterung.

«Und», ergänzte der Regionalleiter und beugte sich über den

Tisch, «ab nächstem Jahr werden Sie zudem das Privileg genießen, in das Optionsprogramm der Leitung aufgenommen zu werden!»
Jetzt konnten die versammelten Bankdirektoren nicht mehr ruhig bleiben und stießen kurze Jubelrufe aus.
«Außerdem», sagte der Regionalleiter, «werden Sie in den Genuss eines äußerst vorteilhaften Pakets von Krankenversicherungen kommen, das die Bank bezahlt. Damit werden nicht nur Sie selbst an allen Warteschlangen vorbeigelotst werden, sondern auch Ihre Angetrauten!»
Eleonor sah Thomas freudig strahlend an.
«Hast du gehört, Liebling, ist das nicht phantastisch?»
Dann wandte sie sich wieder dem Regionalleiter zu.
«Oh, Leopold, wie sollen wir nur der unglaublichen Anerkennung von Seiten der Bankleitung gerecht werden können, was für eine Verantwortung!»
Der Regionalleiter erhob sich von seinem Platz.
«Auf gemeinsame Erfolge!»
Die anderen folgten seinem Beispiel.
«Auf gemeinsame Erfolge!»
Thomas spürte plötzlich, dass er sich übergeben musste. Er lief aus dem Esszimmer, durch den Flur und ins Badezimmer, schloss die Tür ab, warf sich über die Toilette und atmete stoßweise. Schweiß stand ihm auf der Stirn, und er war einer Ohnmacht nahe.
Eleonor klopfte besorgt an die Tür.
«Liebling, wie geht es dir? Was ist denn passiert?»
Er antwortete nicht, wollte nur weinen.
«Thomas!»
«Mir ist schlecht», sagte er. «Geh du zu den anderen, ich lege mich hin.»

«Aber ich dachte, dass du vielleicht den Kaffee kochen könntest!»
Er schloss die Augen. Seine Kehle brannte säuerlich von der heruntergewürgten Magensäure.
«Ich kann nicht», flüsterte er. «Es geht nicht mehr.»

FREITAG, 7. DEZEMBER

Annika wachte drei Minuten vor sechs durstig und ausgehungert auf. Die Winternacht hinter den Fenstern war noch undurchdringlich, schwarz und kalt. Sie lag auf der Seite und betrachtete die leuchtenden Zeiger des Weckers. In achtzehn Minuten würde er klingeln.

Um sieben musste sie im Söderkrankenhaus sein und durfte vor der Narkose weder essen noch trinken. Man würde einen Stab in den Gebärmutterhals einführen, der den Gebärmuttermund so weit dehnen würde, dass der Inhalt der Gebärmutter abgesaugt werden konnte.

Ein Junge, dachte sie. Mit hellen Haaren wie sein Papa.

Sie legte sich auf den Rücken und sah zur Decke hinauf, konnte in der Dunkelheit aber keine Muster erkennen.

Es besteht kein Grund zur Eile. Ich schaffe es noch rechtzeitig.

Sie schloss die Augen und lauschte dem neugeborenen Tag, der zu atmen begann. Um sechs schaltete sich die Belüftung im Hinterhof ein, die Bremsen der Linie 48 quietschten, der Jingle zu den Morgennachrichten war aus der Wohnung des Nachbarn schräg unter ihr zu hören. Wohl bekannte, warme, freundliche Laute. Sie streckte die Arme aus, verschränkte sie unter dem Kopf und starrte in die Dunkelheit hinein.

Der alte Oberst glitt schwer, verbittert und einsam an ihrem Blickfeld vorbei. Er glaubte nicht an die Menschen, nur an

den Staat, hatte sich entschieden, an ihn zu glauben, man hatte immer eine Wahl.
Aida war Heckenschützin gewesen, eine Mörderin, sie hatte diese Wahl getroffen. Die Umstände formen uns alle, aber dennoch wählen wir selbst.
Annika spürte plötzlich das Gewicht der schweren Kette in ihren Händen, setzte sich auf, fand den Verschluss, bekam ihn mit Mühe auf und legte die Kette vor dem Wecker auf den Nachttisch. Die leuchtenden Zeiger warfen hellgrüne Reflexe in das Metall.
Sie wollte die Dankbarkeit der Mörderin nicht.
Sie stellte den Wecker ab, warf die Decke zur Seite, zog sich Bademantel und Stiefel an, griff nach ihrem Kulturbeutel und lief zur Dusche auf der anderen Seite des Hofs hinab. Sie wusch sich die Haare und spuckte sorgfältig aus, als sie sich die Zähne putzte, um vor der Narkose kein Wasser zu schlucken.
Dann ging sie wieder in die Wohnung hinauf. Vielleicht sollte sie trotz allem eine Tageszeitung abonnieren. Es könnte doch Spaß machen, beim Frühstück zu lesen. Sie öffnete den Kühlschrank. Dort gab es Saft, Joghurt, Eier, Schinken, frischen Knoblauchkäse und luftgetrockneten italienischen Schinken. Sie hatte gestern im Supermarkt eingekauft. Sie starrte in den Kühlschrank hinein, hielt mit der einen Hand den Türgriff fest und ließ die andere auf ihren Bauch gleiten.
Man wählt immer selbst.
Sie holte tief Luft, eigentlich war es ganz einfach, plötzlich lachte sie auf, es war doch überhaupt nicht schwer.
Sie holte den Saft heraus und goss sich ein großes Glas ein, schaltete eine Herdplatte an und setzte eine Bratpfanne darauf.
Sie trank, schlug Eier in die Pfanne und schnitt Schinken

dazu. Dann toastete sie Brot, bestrich es mit Knoblauchkäse und aß, während sie in dem Omelett rührte, aß immer weiter. Sie spürte, wie das Essen ihren Magen füllte, trank einen Schluck heißen Kaffee, und seine Wärme breitete sich in ihrem Inneren aus, das Koffein tat seine Wirkung. Sie zündete die Kerze im Kerzenständer auf dem Tisch an, dem Hochzeitsgeschenk ihrer Großmutter, dem Messingkerzenständer aus Lyckebo, sah die Flamme flattern und tanzen. Sie lächelte ihr Spiegelbild im Fenster an, die Frau im Bademantel mit den nassen Haaren, die Frau mit der Kerze, die bald ein Kind bekommen würde.

Anschließend ging sie ins Schlafzimmer, machte das große Licht an und sah das Gold auf dem Nachttisch glitzern. Sie zog sich an, nahm die Kette und wog sie in der Hand.

Sie war schwer, verdammt schwer.

Zum ersten Mal seit über einem Monat betrat sie das Zimmer hinter der Küche, das kahle ehemalige Mädchenzimmer, in dem in der Ecke nur ein Tisch und ein Stuhl mit einer kaputten Rückenlehne standen. Sie benutzte das Zimmer nicht, für sie war es immer noch Patricias Zimmer.

Hier, dachte sie, kann man schreiben.

Sie sah auf die Uhr, es war fast sieben. Um diese Zeit öffnete bereits der Goldschmied auf der gegenüberliegenden Straßenseite. Sie war einmal zufällig hineingegangen, als sie Anne Snapphane ein Paar Ohrringe zum Geburtstag kaufen wollte. Ein großer, glatzköpfiger Mann mit einer dicken Lederschürze und einer Zange in der Hand hatte sich vor ihr aufgebaut, und sie hatte sich erschreckt und gefragt, ob sie auch richtig sei. Das war sie, denn der Goldschmied führte tatsächlich Goldohrringe, und vor lauter Schreck hatte sie ein Paar alberner altmodischer Ohrringe gekauft.

Sie blies die Kerze aus, trocknete ihre Haare ab, setzte eine Mütze auf den Kopf, zog Jacke und Schuhe an und ging hinunter.

In der Nacht hatte es geschneit, und eine weiche Schneedecke ruhte noch auf den Bürgersteigen. Ihre Füße hinterließen Spuren, führten von der Tür über die Straße zu seinem Haus.

Er hatte schon geöffnet und empfing sie mit der gleichen dicken Schürze und dem gleichen freundlichen Gesichtsausdruck wie damals.

«Sie sind früh unterwegs», meinte er gut gelaunt. «Weihnachtsgeschenke?»

Sie lächelte, schüttelte den Kopf und reichte ihm Aidas Halskette.

«Das ist mir ja eine Kette», sagte der Goldschmied und wog sie in seinen Händen.

Annika sah das Metall in seinen gewaltigen Fäusten glitzern. Er würde sicher etwas Schönes aus der Dankbarkeit der Mörderin machen können.

«Ist es Gold?», fragte sie.

Der Mann schabte etwas in der Nähe des Verschlusses, drehte sich um und schaute sich die Kette genau an.

«Mindestens achtzehn Karat», antwortete er. «Wollen Sie die loswerden?»

Annika nickte, und der Goldschmied legte die Kette auf eine Waage.

«Die ist wirklich verdammt schwer», sagte er. «Hundertneunzig Gramm, achtundvierzig Kronen das Gramm.»

Er schaltete einen Taschenrechner an.

«Das macht neuntausendeinhundertzwanzig Kronen, einverstanden?»

Erneutes Nicken. Der Goldschmied ging in ein zurückliegen-

des Zimmer und kehrte mit dem Geld und einer Quittung zurück.
«Bitte schön», sagte er. «Verprassen Sie nicht gleich alles.»
Sie lächelte.
«Doch», sagte sie, «genau das habe ich vor.»
Die Computerfritzen um die Ecke machten eigentlich erst um neun auf, aber sie sah, dass einer von ihnen in einem Büroraum hinter dem Geschäft auf einer Tastatur hämmerte. Sie klopfte ans Fenster, und der Mann sah auf. Sie lächelte und winkte, und er ging in den Laden und öffnete die Tür.
«Ich weiß, dass ich zu früh bin», sagte Annika, «aber ich möchte gern einen Computer kaufen.»
Er öffnete die Tür und lachte.
«Und das hat keine Zeit, bis wir aufmachen?»
Sie lächelte ihn an.
«Haben Sie einen Computer für neuntausendeinhundertzwanzig Kronen?»
«Mac oder PC?», fragte er.
«Spielt keine Rolle», antwortete sie. «Hauptsache, er stürzt nicht andauernd ab.»
Der junge Mann sah sich in dem Durcheinander im Geschäft um. Dem Schild im Fenster zufolge verkauften sie neue und gebrauchte Computer, reparierten Computer, programmierten, warteten Geräte und entwarfen Homepages. Annika kam ungefähr acht Mal am Tag an ihrem Geschäft vorbei. Die meiste Zeit schienen sie Computerspiele zu spielen.
«Der hier», sagte der Mann und hob einen großen grauen Kasten auf einen Tisch, «er ist zwar gebraucht, hat aber einen neuen Prozessor eingebaut und einen verdammt großen Speicher. Wofür brauchen Sie ihn?»

«Als Schreibmaschine», erwiderte Annika. «Und ein bisschen zum Surfen.»
Der Mann klopfte auf den Computer.
«Dann ist der genau das Richtige. Alles ist schon vorinstalliert, alle Programme wie Word, Excel, Explorer ...»
«Ich nehme ihn», unterbrach sie ihn, «und einen Bildschirm und was sonst noch dazugehört.»
Der Verkäufer zögerte.
«Alles für die neuntausend?»
«Neuntausendeinhundertzwanzig. Der Computer ist immerhin gebraucht.»
Er seufzte.
«Na schön, aber nur, weil es noch so früh ist.»
Der Mann ließ sie im Geschäft allein, ging in das Hinterzimmer und kam mit einem kleinen Bildschirm zurück.
«Er ist nicht besonders groß, aber dafür TÜV-geprüft. Er strahlt nicht so, darauf sollte man achten. Mir wird regelrecht schwindlig an alten Bildschirmen, man wird ganz kribbelig im Kopf. Sonst noch ewas? Disketten?»
«Ich habe nur neuntausendeinhundertzwanzig Kronen.»
Er seufzte erneut, holte eine Papiertüte hervor und füllte sie mit zwei Lautsprechern, einer Maus, einem Mauspad, Disketten und einer Tastatur.
«Und noch einen Drucker», sagte Annika.
«Jetzt ist es aber gut», erwiderte der Mann. «Für neuntausendeinhundertzwanzig Kronen?»
«Mir reicht ein gebrauchter», sagte Annika.
Er ging in das Lager zurück und tauchte mit einem großen Karton wieder auf, auf dem Hewlett stand.
«Jetzt haben Sie den Computer praktisch umsonst bekommen», sagte er. «Können wir Ihnen sonst noch behilflich sein?»

Sie lachte.
«Ist schon in Ordnung, aber wie soll ich das alles nach Hause schaffen?»
«Das», sagte der Mann, «geht zu weit. Tragen müssen Sie ihn schon selber. Ich weiß, dass Sie gleich um die Ecke wohnen, ich habe Sie hier schon öfter gesehen.»
Annika wurde es warm ums Herz.
«Tatsächlich?»
Er lächelte ein wenig verlegen, sah ganz süß aus, hatte dunkle Locken.
«Sie kommen doch ständig hier vorbei», sagte er, «und Sie haben es immer eilig. Sie müssen ein interessantes Leben führen.»
Sie holte tief Luft.
«Ja», erwiderte sie, «das stimmt, aber ich bin trotzdem ziemlich schwach. Ich werde Hilfe bei den ganzen Sachen brauchen.»
Er stöhnte und rollte mit den Augen, packte den Drucker fester und ging zur Tür.
«Ich hoffe, es ist nicht weit», sagte er.
«Oberste Etage, kein Aufzug», erwiderte Annika und lächelte.

Es wurde langsam hell, als sie sich mit dem Notizblock neben sich im Mädchenzimmer an den Tisch setzte, zum Vorderhaus hinüberschaute und die Strohsterne schaukeln sah.
Das ist doch ein tolles Zimmer, dachte sie, warum habe ich es bis jetzt nicht genutzt?
Sie ging alles noch einmal durch, wieder und immer wieder, schrieb, radierte und änderte. Sie verlor jedes Gefühl für Zeit und Raum, ließ die Worte fließen, die Buchstaben tanzen.

Plötzlich spürte sie, dass sie wieder Hunger hatte. Sie lief runter, holte sich im Imbiss um die Ecke eine Pizza und aß am Computer.
Als sie mit dem reichlich langsamen Tintenstrahldrucker alles ausgedruckt hatte, wurde es schon wieder dunkel. Sie legte die Blätter in eine Prospekthülle, speicherte den Text auf einer Diskette ab und ging ins Polizeipräsidium.
«Sie können hier aber nicht einfach so auftauchen», sagte Q gereizt, als er zur Anmeldung herunterkam. «Was wollen Sie?»
«Ich habe einen Artikel geschrieben, zu dem ich gern Ihren Kommentar hören würde», antwortete sie.
Er stöhnte laut auf.
«Und das ist natürlich wieder einmal ungeheuer wichtig?»
«Klar.»
«Wir gehen einen Kaffee trinken.»
Sie setzten sich in das Café um die Ecke, bestellten Kaffee und Sandwiches, und Annika zog die Prospekthülle aus der Tasche.
«Ich weiß noch nicht, ob der Artikel abgedruckt wird», sagte sie. «Ich werde gleich zur Zeitung gehen und der Redaktion das Material übergeben, sobald ich mit Ihnen gesprochen habe.»
Der Kriminalbeamte sah sie prüfend an, nahm den Computerausdruck entgegen, las schweigend alles durch, blätterte zurück und las den Artikel noch einmal.
«Das hier», sagte er, «ist ein umfassender Bericht über die Aktivitäten der jugoslawischen Mafia, sowohl international als auch in Schweden. Alle Lager, Hauptquartiere, Fahrzeuge, Kontakte, Abläufe ...»
Sie nickte, und er starrte sie an.

«Sie sind völlig unglaublich», sagte er. «Woher haben Sie diese Informationen?»
«Ich habe außerdem noch zwei TIR-Plomben in meiner Tasche», sagte sie.
Plötzlich lehnte er sich auf seinem Stuhl zurück und ließ den Arm über die Rückenlehne hängen.
«Jetzt verstehe ich», sagte er. «Sie haben wirklich ein Talent, Menschen umzubringen.»
Annika erstarrte, es traf sie wie ein Messerstich in die Brust.
«Was wollen Sie damit sagen?»
Er starrte sie sekundenlang an und dachte an den Bericht auf seinem Schreibtisch, den Selbstmord im Sergel Plaza gestern Abend, der jugoslawische Oberst mit Diplomatenpass.
«Nichts», sagte er.
Er trank seinen Kaffee aus.
«Nichts. Das war dumm von mir. Entschuldigen Sie bitte.»
«Nun, was denken Sie?», fragte sie. «Stimmen die Informationen?»
Er dachte lange nach.
«Das muss ich erst kontrollieren, ehe ich dazu etwas sagen kann. Diese Pizzeria in Göteborg zum Beispiel hat unter Umständen nicht das Geringste mit der Mafia zu tun.»
Sie seufzte lautlos.
«Bis wann können Sie das überprüfen?», fragte sie leise.
«Hoffentlich», erwiderte er, «ehe Sie alle Fakten veröffentlichen, denn danach dürften die Informationen nicht mehr besonders aktuell sein.»
«Ich brauche eine Bestätigung der Angaben vor der Veröffentlichung, weil ich nur einen Informanten habe.»
Er sah sie lange an.
«Und wenn ich nicht will?»

Sie lehnte sich über den Tisch und sprach noch leiser.
«Ich will nur, dass Sie sich umhören und mir sagen, ob die Informationen zutreffen oder nicht.»
«Ich muss die Häuser durchsuchen lassen, um Ihnen das sagen zu können», meinte er, «und sobald wir an die erste Tür klopfen, wird Alarm geschlagen. Dann ist es zu spät.»
Sie nickte.
«Okay», sagte sie. «Daran habe ich auch schon gedacht. Wir könnten es so machen: Ich habe detaillierte Informationen über die Aufenthaltsorte der Mafia, über Unterkünfte und Lager bekommen, aber weil ich keine Bestätigung bekommen kann, werde ich damit auch nicht an die Öffentlichkeit gehen können. Mit anderen Worten, ich kann meine Informationen nur in allgemeinen Formulierungen bringen, nicht im Detail. Die Adressen sind ja nicht das Wichtigste. Und sobald Sie Ihre Überprüfung durchgeführt haben, wissen wir die Antwort, nicht wahr?»
Er zögerte und nickte dann.
Sie lächelte nervös.
«Gehe ich recht in der Annahme, dass die Polizei irgendwann an einem frühen Morgen eine konzertierte Aktion durchführen wird? Möglicherweise an dem Tag, an dem der erste Teil der Geschichte in den Druck geht?»
«Und wann wäre das?»
«Den genauen Tag kann ich Ihnen jetzt noch nicht sagen, aber die überregionale Ausgabe geht immer kurz nach sechs in den Druck.»
«Wie viele haben die Artikel bis dahin gesehen?»
Sie dachte nach.
«Weniger als zwanzig Personen, die Nachtschicht und die Jungs, die die Walzen in der Druckerei fertig machen.»

«Dann gibt es also kein Risiko, dass die Sache durchsickert? Okay, dann kann man wohl davon ausgehen, dass die Razzia an einem der nächsten Tage um Punkt sechs Uhr morgens stattfinden wird.»

Annika packte ihre Sachen zusammen.

«Es wird Sie sicher nicht überraschen, dass an diesem Morgen ziemlich viele Fotografen im Dienst sein werden.»

Q schob seine Kaffeetasse zur Seite und stand auf.

«Wir machen unseren Job», sagte er, «im Dienst der Allgemeinheit. Für keinen anderen.»

Annika zog ihre Jacke an und stand ebenfalls auf.

«Genau wie wir», erwiderte sie.

Anders Schyman blätterte in der aktuellen Ausgabe des *Abendblatts* und betrachtete das Bild auf der Titelseite. Anneli aus Motala zusammen mit ihrem geistig behinderten Sohn Alexander, im Stich gelassen von der Gemeindeverwaltung, verzweifelt, ausgeliefert. Carl Wennergrens Übersicht über alle Verstöße gegen die Kommunalgesetzgebung, derer sich das örtliche Sozialamt schuldig gemacht hatte, die hohlen Ausflüchte des Gemeinderats.

Mein Gott, geht es vielen Leuten schlecht, dachte Schyman. Er sehnte sich nach einem Whisky, nach seiner Frau, nach dem Hund, dem Sessel in ihrem Haus in Saltsjöbaden. Es war eine schwere Woche gewesen. Torstenssons plötzliche Rückkehr auf den Posten des Chefredakteurs hatte ihn stärker gereizt, als er zugeben wollte. Torstensson musste weg. Wenn die Zeitung überleben wollte, gab es keine Alternative.

Schyman raufte sich die Haare. Er glaubte, dass sie drei Jahre Zeit haben würden, um in die Gewinnzone vorzustoßen, nicht mehr. Wenn ihre Zeitung die Umstellung auf die neue

Technik und die neuen Zeiten schaffen wollte, war er gefordert. Er war gewillt, die Herausforderung anzunehmen, und er brauchte auf der Stelle einen großen Whisky.

Es klopfte an der Tür, verdammt, er wollte nicht mehr, was war denn jetzt noch?

Annika Bengtzon steckte den Kopf zur Tür herein.

«Hätten Sie mal kurz Zeit für mich?»

Er schloss die Augen.

«Ich bin praktisch schon auf dem Heimweg. Was ist denn?»

Sie zog die Tür hinter sich zu, stellte sich vor seinen Schreibtisch und ließ ihre Tasche, gefolgt von ihrer Jacke, auf den Boden fallen.

«Ich habe einen Artikel geschrieben», sagte sie.

Halleluja, dachte er.

«Und?», fragte er.

«Ich denke, Sie sollten ihn sich anschauen. Man könnte sagen, dass er ein wenig kontrovers ist.»

«Tatsächlich», murmelte er und nahm die Diskette entgegen, die sie ihm gab.

Er drehte sich auf seinem Stuhl um, drückte die Diskette in den Schlitz und wartete, bis sie als ein kleines Symbol auf seinem Bildschirm auftauchte. Er klickte sie an, das würde sicher schnell gehen.

Aber da hatte er sich getäuscht.

«Das sind ja drei Artikel», sagte er.

«Fangen Sie mit dem ersten an», erwiderte sie und setzte sich auf einen der unbequemen Besucherstühle.

Es war ein langer Text, eine ausführliche Beschreibung des Aufbaus der jugoslawischen Mafia in Belgrad, ihre Aktivitäten, die Zuständigkeiten einzelner Gruppierungen.

Der zweite Text war ein Bericht über die Ausbreitung und Aktivitäten der jugoslawischen Mafia in Schweden, gespickt mit genauen Adressen, hinter denen sich die verschiedenen Zentralen für Rauschgift, Zigaretten, illegal eingeführten Alkohol, Menschenschmuggel, Bordelle verbargen ...

Der dritte Artikel war ähnlich wie der zweite, allerdings fehlten die Adressen.

«Sind Sie nicht krankgeschrieben?», fragte er.

«Ich bin da über eine Sache gestolpert», antwortete sie.

Er las die Artikel noch einmal durch und seufzte.

«Das hier können wir nicht veröffentlichen», meinte er.

«Was genau?», erkundigte sich Annika.

Er seufzte erneut.

«Das mit den TIR-Plomben», erklärte er. «Zu behaupten, dass die Botschaft Zugang zu solchen Plomben hat, ist doch absurd, wie sollen wir das denn belegen?»

Sie bückte sich, wühlte in ihrer Tasche und legte einen Stapel Dokumente auf seinen Schreibtisch.

«Zwei TIR-Plomben», sagte sie, «gestohlen in der jugoslawischen Botschaft.»

Ihm fiel die Kinnlade herunter, sie suchte weiter in ihrer Tasche.

«Was die Aktivitäten auf schwedischem Boden angeht», sagte sie, «weiß ich, dass die Polizei im Moment dabei ist, eine koordinierte und zeitgleiche Razzia bei allen in dem Artikel genannten Adressen vorzubereiten. Die Aktion wird an einem der nächsten Tage gegen sechs Uhr morgens durchgeführt werden.»

«Woher wissen Sie das?», fragte er.

Sie sah ihm in die Augen.

«Ich weiß es, weil ich diese Liste der Polizei übergeben habe», erwiderte sie. «Wir müssen die Veröffentlichung der Artikel mit ihrer Razzia koordinieren.»

Er schüttelte den Kopf.
«Was machen Sie denn da? Worauf haben Sie sich eingelassen?»
«Die Informationen stammen aus einer sicheren Quelle, aber leider nur aus einer. Ich weiß, dass man die Texte in ihrer jetzigen Form nicht bringen kann, denn ich brauche für die Informationen eine Bestätigung, damit man sie veröffentlichen kann. Und die kann ich nur von der Polizei bekommen, und um sie zu bekommen, musste ich sie doch fragen, oder etwa nicht?»
Er griff sich an die Stirn.
«Am ersten Tag bringen wir die Artikel eins und drei», fuhr sie fort, «die allgemeine Beschreibung des internationalen Aufbaus der Mafia und die schwedische Beschreibung, aber ohne die Details. Während die Zeitung in Druck geht, sind wir dabei, wenn die Polizei zuschlägt. Das bringt uns die Artikel für den zweiten Tag. Nach den Enthüllungen des *Abendblatts* und so weiter, Sie wissen schon. Am dritten Tag bringen wir Reaktionen und Kommentare, sowohl von schwedischer als auch von jugoslawischer Seite. Offiziell wird die Botschaft die Polizeiaktion natürlich willkommen heißen. Informationen, nach denen man dort selbst in kriminelle Machenschaften verwickelt sein soll, wird man als bösartige Propaganda und die Plomben als Fälschungen abtun.»
Er starrte sie an.
«Wie haben Sie das nur wieder ausgeheckt?»
Die junge Frau zuckte mit den Schultern.
«Machen Sie damit, was Sie wollen. Ich habe die Artikel in meiner Freizeit geschrieben und verlange kein Honorar dafür. Die Polizei wird so oder so zuschlagen, ob nun mit oder ohne unsere Fotografen vor Ort. Sie entscheiden, ob die Zeitung

mit von der Partie ist oder nicht. Ich bin ja krankgeschrieben.»

Sie stand auf.

«Sie wissen, wo Sie mich finden», sagte sie.

«Warten Sie», sagte er.

«Nein», erwiderte sie. «Ich habe Ihre vagen Versprechungen satt. Ich will nicht mehr in der Nachtschicht ackern. Ich habe mir einen Computer gekauft und kann zu Hause sitzen und meine Artikel als freie Journalistin schreiben, wenn für mich bei dieser Zeitung kein Platz ist. Sie sind doch verdammt noch mal der Redaktionsleiter, Sie müssen doch wohl eigene Beschlüsse fassen können, zu denen Sie dann auch stehen.»

Sie ging hinaus und zog die Tür hinter sich zu.

Er starrte ihr nach und sah, wie sie aus der Redaktion verschwand, ohne mit jemandem zu sprechen oder zu grüßen. Sie war schwierig, eine Einzelgängerin, und sie meinte es ernst. Sie hatte die nötigen Qualifikationen für eine Reporterin, und er hatte einen Einstellungsstopp verhängt. Es wäre hirnrissig, sie gehen zu lassen. Im Vergleich zu den anderen Reportern verdiente sie außerdem verdammt wenig.

Er griff nach dem Telefon und wählte die Nummer des Hausmeisters im Foyer. Bei seinem Glück konnte es natürlich nur Tore Brand sein, der an den Apparat ging.

«Annika Bengtzon ist auf dem Weg zu Ihnen», sagte er. «Können Sie sie für mich abfangen?

«Sehe ich etwa aus wie ein Fischer?», fauchte der Hausmeister.

«Es ist wichtig», erwiderte Schyman.

«Ihr da oben seid immer so verdammt wichtig …»

Er saß mit dem Hörer in der Hand da, während ihm einiges durch den Kopf schoss.

Die Mafiageschichte war nicht ganz astrein, aber verdammt gut. Die Zusammenarbeit mit der Polizei war kontrovers, aber der schnellste und sicherste Weg, um den Wahrheitsgehalt der Geschichte zu kontrollieren. Ihre Vorgehensweise würde vermutlich eine Debatte auslösen, aber das konnte nicht schaden. Er würde sich gern bereit erklären, im Presseklub Rede und Antwort zu stehen und die Zeitung und die Meinungsfreiheit zu verteidigen. Die Zeit war reif, sich in der Öffentlichkeit zu zeigen.

Entweder oder, dachte Anders Schyman.

«Bengtzon! Telefon für Sie!»

Es knackte und rauschte, als Tore Brand ihr den Hörer durch die Glasluke reichte.

«Was gibt's?», fragte Annika.

«Vom 1. Januar an sind Sie Reporterin», sagte Anders Schyman. «Sie können wählen zwischen der Mittelschicht, der Nachtschicht, der Kriminalredaktion oder Vermischtes.»

Bis auf Tore Brands Murren im Hintergrund blieb es vollkommen still am anderen Ende der Leitung.

«Hallo?», sagte Schyman.

«Kriminalredaktion», sagte Annika. «Ich möchte in der Kriminalredaktion arbeiten.»

Sie haben mich zur Verantwortung gezogen

Sie haben mich eingeholt. Gemeinsam formulieren sie die Anklage gegen mich, das Urteil, meine Strafe.
Gewalt, Schuld und Scham. Meine drei Schildknappen, meine Triebfedern, meine Leitsterne.
Seid willkommen!
Gewalt, die du als Erste auf den Plan getreten bist, mein Schicksal geformt hast, ich habe dich in mein Herz geschlossen, dich zu einem Teil von mir gemacht.
Der Frühlingstag, es hatte den ganzen Vormittag geregnet, alles war grau und nass. Am Nachmittag klarte es auf, schräg stand die Sonne über der Stadt.
Ich lief los, um auf dem Markt noch etwas einzukaufen. Das Gemüse sah erbärmlich aus, und ich brauchte lange, um mich zu entscheiden.
Ich sah die Männer zwischen den Häusern, schwarze Kleidung, schwarze Barette.
Ich wusste nicht, dass du gekommen warst, kannte das Gesicht der Gewalt noch nicht.
Ich stand vor Stojiljkovics Café, als der Mann namens Ratko meinen Vater aus der Bäckerei zerrte. Ich sah, wie er die Pistole an die Schläfe meines Vaters setzte und abdrückte. Ich sah Papi auf der Straße zusammenbrechen, ich hörte die Schreie meiner Mutter. Ein anderer Mann in Schwarz schoss meiner Mutter in die Brust. Meine Schwägerin, Mariam, die

Frau meines Bruders, sie war nur ein paar Jahre älter als ich, sie schossen ihr in den Bauch, immer wieder, sie war schwanger.

Dann holten sie Petar heraus, meinen kleinen Bruder, meinen Sonnenschein, erst neun Jahre alt. Er schrie, oh, wie er schrie, und dann erblickte er mich vor Stojiljkovics Café und riss sich los, er lief und schrie, Aida, Aida, hilf mir, Aida, er streckte seine Hände aus, ich sah seine abgrundtiefe Angst.

Und ich versteckte mich.

Ich verkroch mich hinter dem Zaun bei Stojiljkovics Café, sah durch eine Ritze, wie Ratko seine Waffe hob, sah ihn zielen und schießen.

Mein Petar, mein kleiner Bruder, wie kann mir jemals verziehen werden?

Du lagst im Dreck auf der Straße und riefst meinen Namen, Aida, Aida, hilf mir, meine Aida, und ich traute mich nicht zu dir, ich wagte es nicht, ich weinte hinter dem Zaun bei Stojiljkovics Café und sah Ratko näher kommen, sah, wie du ihm dein Gesicht zuwandtest, ich sah den Mann zielen und schießen.

Verzeih, Petar, verzeih.

Du hättest nicht allein sterben müssen.

Verzeih mir meinen Verrat, willkommen Schuld, willkommen Scham.

Jetzt wart ihr an der Reihe.

Und ich brauchte Gewalt, um euch die Stange halten zu können.

Die Schuld sühnte ich mit dem Tod, der richtigen Art von Tod, dem Tod von Serben. Aber das half nicht. Mit jedem Toten wurde mehr Schuld geboren, mehr Hass, die Scham eines anderen, der einen Verrat beging.

Bei mir war die Scham allgegenwärtig, hauste in jedem Atemzug, jedem Augenblick meines Lebens, denn die Scham bestand darin, dass ich lebte.

Dann erfuhr ich, dass Ratko, der Anführer der schwarzen Panter, sich in Schweden aufhielt. Als ich verwundet wurde, war es so weit.

Ich musste stark sein, um die Gewalt gegen ihren Urheber zu wenden, gegen den Mann, der sie in meine Brust eingepflanzt hat. Ich verschaffte mir Zugang zu seinen Kreisen, schlief mit seinen Männern, schlief mit ihm, aber der Tod war nicht genug, er sollte auch Schuld und Scham zu spüren bekommen, und deshalb sabotierte ich seine Arbeit, zerstörte ich sein Leben.

Es tut mir Leid um die jungen Männer aus dem Kosovo, diese armen Idioten, die ich dazu überredet habe, mitzukommen. Sie sollten nur mit dem Sattelschlepper wegfahren, alles andere würde ich regeln, und dann stahlen sie den falschen Wagen. Der Sattelschlepper mit den Zigaretten steht noch immer im Stockholmer Freihafen, was für eine Ironie.

Aber die Gewalt ließ mich im Stich, gehorchte mir einfach nicht.

Es fing mit dem furchtbaren Sturm an, der an Gebäuden und Menschen zerrte und riss.

Ich musste unheimlich vorsichtig sein, kletterte auf das Dach, öffnete meine Tasche.

Schulterstütze und Abzug lagen in einem Futteral. Rohr, Zielfernrohr, Schalldämpfer und Verschlussstück in dem anderen. Ich nahm die Schulterstütze und schraubte den Lauf daran fest. Montierte unten einen Beschlag und schob das Zielfernrohr auf die Schiene. Schließlich schraubte ich den Schalldämpfer an das Rohr. Bei der kurzen Distanz war kein Stativ erforderlich.

Ich legte die linke Hand zum Abstützen des Laufs auf den Dachfirst, legte das Gewehr auf die Hand, eine Remington Sniper mit Plastikarmstütze.

Sie kamen gemeinsam, zu dritt, schwarz in dem gelben Licht, Ratko ein wenig hinter den beiden anderen, und kämpften gegen den Wind vom Meer.

Den Ersten erwischte ich am Kopf, das Eintrittsloch lag ziemlich weit oben an der Seite. Eine Sekunde für das Durchladen, der Zweite fiel. Noch eine Sekunde, und Ratko war verschwunden, wie vom Sturm verschluckt.

Ich rutschte vom First herunter, drückte die Waffe schnell in die Tasche und beeilte mich runterzukommen, um nicht in der Falle zu sitzen.

Aber die Gewalt ließ mich im Stich. Ich musste fliehen. Meine Kraft schwand in der Krankheit.

Als der richtige Augenblick gekommen war und ich wieder auf den Beinen war, nahm ich Verbindung zu ihm auf und bestimmte einen Treffpunkt.

Ich wusste, dass er kommen würde.

Aber die Gewalt war nicht auf meiner Seite.

Der Platz war voller Menschen, mein Aussichtsposten auf dem Dach des Kulturhauses war unbrauchbar.

Ich musste ihn stattdessen auf ebener Erde erledigen.

Als er mir seine Pistole in den Nacken setzte, wusste ich, dass ich gewonnen hatte, egal was passieren würde.

«Das war's dann», flüsterte er. «Du hast verloren.»

Er irrte sich. Pathetisch zischte er noch etwas.

«Bijeljina», flüsterte er anschließend, «erinnerst du dich an Bijeljina?»

Ich riss mich los, zog meine Pistole, aber ein Kinderwagen war mir im Weg. Er schlug mich, sodass ich meine Waffe ver-

lor, sie rutschte über die Platten weg, ich sah meine letzte Chance schwinden und spürte die harte Kälte im Nacken.
Ich sprach das Urteil, das Erbe von Gewalt, Schuld und Scham.
«Du kannst niemals gewinnen», flüsterte ich. «Ich habe dein Leben zerstört.»
Ich sah ihn am Rande meines Blickfelds.
Lächelte.
Anklage, Urteil, Strafe.
Absolution.

EPILOG

Es hatte wieder angefangen zu schneien. Große, weiche Flocken schwebten langsam auf den Asphalt herab. Annika ging zum Rålambshovsvägen hinunter. Sie war ruhig und schwer, hatte den ganzen Tag gegessen. Es zog und zerrte in ihrem Kreuz, ihr war ein wenig übel. Das war das Kind, der Junge mit den hellen Locken. Sie ging zum Taxistand vor der Imbissbude, setzte sich auf den Rücksitz und bat den Taxifahrer, sie nach Vaxholm zu fahren.

«Da sind um die Uhrzeit aber riesige Staus», meinte er.

«Das macht nichts», erwiderte Annika. «Ich habe alle Zeit der Welt.»

Sie brauchten vierzig Minuten, um aus der Stadt zu kommen. Annika saß auf dem warmen Rücksitz, das Radio spielte leise alte Hits von Madonna, die weihnachtlich dekorierten Schaufenster glitten vorbei, aufgedrehte Kinder zeigten voller Eifer auf mechanische Wichtelmännchen und Spielzeuge aus Plastik. Sie versuchte einen Blick in den Himmel zu werfen, aber er war hinter dem Schnee und den ganzen bunten Lichtern nicht zu erkennen.

Ich frage mich, ob sie auf anderen Planeten auch eine Art Weihnachten feiern, dachte sie.

Auf der Autobahn wurde der Verkehr dünner, die Landstraße 274 Richtung Küste war dann fast wie ausgestorben. Die Felder waren weiß verschneit und hellten den dunklen Nachmit-

tag auf, die Bäume hatten schwere Kleider bekommen und ließen ihre Äste zur Erde hängen.
«Wo soll ich Sie rauslassen?»
«Östra Ekuddsgatan», sagte sie. «Würden Sie bitte zuerst vorbeifahren, ich möchte sehen, ob sie zu Hause sind.»
Sie zeigte ihm, wo er abbiegen musste. Als das Taxi die steile Rechtskurve fuhr, wurde sie nervös. Sie bekam einen trockenen Mund, und ihre Handflächen wurden feucht, ihr Herz klopfte. Sie streckte den Hals, um besser sehen zu können, welches Haus war es?
Dort. Sie sah es. Ein Backsteinbau, sein grüner Toyota stand in der Einfahrt. Das Licht war an, also war jemand zu Hause.
«Soll ich hier anhalten?», erkundigte sich der Fahrer.
«Nein!», antwortete sie. «Fahren Sie weiter!»
Sie warf sich zurück und sah weg, als sie vorbeifuhren.
Die Straße endete, und sie gelangten wieder auf die Hauptstraße.
«Und jetzt?», fragte der Fahrer. «Sollen wir jetzt wieder nach Stockholm zurückfahren?»
Annika schloss die Augen, hielt die Hände unter der Nase verschränkt, ihr Puls raste, sie war vollkommen außer Atem.
«Nein», sagte sie. «Drehen Sie noch eine Runde.»
Der Taxifahrer seufzte und warf einen Blick auf das Taxameter. Es war ja nicht sein Geld.
Sie fuhren noch einmal um die vier Ecken, und Annika begutachtete das Haus, als sie wieder daran vorbeifuhren. Was für ein hässliches Haus. Es stand zwar direkt am Meer, war aber ein anonymer Flachbau, sicher aus den sechziger Jahren.
«Halten Sie bitte hinter der nächsten Wegbiegung», sagte sie.
Die Fahrt war teuer geworden, und sie bezahlte mit einer

Kreditkarte. Dann blieb sie stehen und sah das Auto in Dunkelheit und Schneeflocken davonfahren, die Bremslichter gingen an, dann der Blinker, der den Weg zurück in die Stadt wies. Sie holte tief Luft, um ihre Atmung und ihr Herz zu beruhigen, was ihr jedoch nicht gelang. Ihre Hände, die vor Nervosität klatschnass waren, vergrub sie tief in den Jackentaschen und ging langsam zu dem Haus zurück, dem Haus von Thomas und seiner Frau, Östra Ekuddsgatan, im Villenviertel.

Die Haustür war braun lackiert, zu beiden Seiten wurde die Tür von in Blei eingefassten farbigen Fenstern eingerahmt. Ein Knopf über dem Namensschild, Samuelsson.

Sie schloss die Augen, bekam kaum Luft, war plötzlich den Tränen nah.

Eine alberne kleine Melodie erklang im Haus.

Es tat sich nichts.

Sie klingelte noch einmal, diesmal länger.

Dann öffnete er die Tür. Die Haare wirr, das Hemd oben offen, er war barfuß und hatte einen Stift im Mund.

Sie zwang Luft in ihre Lungen, bald würden ihr die Tränen kommen.

«Hallo», flüsterte sie.

Thomas starrte sie an, wurde leichenblass und nahm den Stift aus dem Mund.

«Ich bin kein Gespenst», sagte sie, und Tränen fielen aus ihren Augen.

Er trat einen Schritt zurück und hielt die Tür auf.

«Komm rein», sagte er.

Sie trat in den Flur und merkte plötzlich, dass sie fror.

Er schloss die Tür hinter ihr und räusperte sich.

«Was ist los?», fragte er vorsichtig. «Was ist passiert?»

«Entschuldige», sagte sie mit belegter Stimme. «Entschuldige, es war nicht meine Absicht, zu heulen.»
Sie schielte zu ihm hoch, so ein Mist, sie wurde immer so hässlich, wenn sie weinte.
«Brauchst du Hilfe?», fragte er.
Annika schluckte.
«Ist sie ... zu Hause?»
«Eleonor? Nein, sie ist noch in der Bank.»
Annika zog Jacke und Schuhe aus. Thomas verschwand nach rechts, und sie blieb allein im Flur zurück und sah sich um. Designermöbel, einige Erbstücke, hässliche Bilder. Eine Treppe, die ins Untergeschoss führte.
«Darf ich reinkommen?»
Sie wartete seine Antwort nicht ab, sondern folgte ihm in die Küche. Thomas stand an der Spüle und füllte Kaffeepulver in einen Filter.
«Möchtest du einen?», fragte er.
Sie nickte und setzte sich.
«Arbeitest du nicht?»
Er stellte zwei Tassen auf den Küchentisch.
«Doch, doch, aber ich habe heute zu Hause gearbeitet. Ich habe vom Schwedischen Gemeindetag den Auftrag zu einer Untersuchung bekommen und werde teils zu Hause und teils in der Stadt arbeiten.»
Annika verbarg die Hände unter der Tischplatte und versuchte ihr Zittern abzustellen.
«Ist etwas passiert?», fragte er, setzte sich und sah sie an.
Sie sah ihm in die Augen, atmete tief ein, sie konnte nicht vorhersehen, wie er reagieren würde, hatte nicht die geringste Ahnung.
«Ich bin schwanger», sagte sie.

Er zuckte zusammen, sah aber ansonsten genauso aus wie vorher.

«Wie bitte?», sagte er.

Sie räusperte sich, ballte unter der Tischplatte die Hände zu Fäusten, ließ ihn nicht aus den Augen.

«Du bist der Vater. Daran kann es nicht den geringsten Zweifel geben. Ich bin mit keinem anderen Mann zusammen gewesen, seit ... Sven gestorben ist.»

Sie sah auf den Tisch und spürte seinen Blick.

«Schwanger?», sagte er. «Von mir?»

Sie nickte und begann wieder zu weinen.

«Ich möchte das Kind behalten», sagte sie.

Im gleichen Moment wurde die Haustür geöffnet, und sie spürte, dass Thomas erstarrte. Ihr eigener Puls raste wieder.

«Hallo? Liebling?»

Eleonor putzte sich die Füße ab, klopfte ihren Mantel ab und schloss die Tür hinter sich.

«Thomas?»

Annika sah Thomas an, der kreideweiß und sprachlos zurückstarrte.

«In der Küche», sagte er schließlich, stand auf und ging in den Flur hinaus.

«Was für ein Wetter», sagte Eleonor, und Annika hörte, wie sie ihrem Mann einen Kuss auf die Wange gab. «Hast du schon mit dem Abendessen angefangen?»

Er murmelte etwas, und Annika starrte wie gelähmt aus dem Fenster. Im Fenster sah sie dann Eleonor in die Küche kommen und abrupt stehen bleiben.

«Das ist Annika Bengtzon», sagte Thomas mit zittriger Stimme, «die Journalistin, die die Artikel über die Stiftung geschrieben hat.»

Annika holte tief Luft und sah Eleonor an.
Seine Frau trug ein moosgrünes, kragenloses Kostüm und eine schmale Goldkette um den Hals.
«Wie nett», sagte sie, lächelte und streckte Annika die Hand entgegen. «Wissen Sie eigentlich, dass Ihr Artikel Thomas zu einem richtigen Karrieresprung verholfen hat?»
Annika gab Eleonor ihre eiskalte und feuchte Hand, ihr Mund war völlig ausgedörrt.
«Thomas und ich erwarten ein Kind», sagte sie.
Die Frau lächelte weiter, und es vergingen ein paar Sekunden. Thomas wurde kreideweiß hinter dem Rücken seiner Frau, legte die Hände vor sein Gesicht und sank in sich zusammen.
«Wie bitte?», sagte Eleonor, immer noch lächelnd.
Annika ließ die Hand der Frau los und sah auf den Tisch.
«Ich bin schwanger. Wir werden ein Kind bekommen.»
Eleonors Lächeln verschwand. Sie drehte sich um und starrte Thomas an.
«Soll das ein Witz sein?», fragte sie.
Thomas antwortete nicht, strich nur seine Haare nach hinten und schloss die Augen.
«Ende Juli nächsten Jahres ist es so weit», sagte Annika. «Ich glaube, es wird ein Junge.»
Eleonor fuhr wieder herum und starrte Annika an. Jegliche Farbe verschwand aus dem Gesicht der Frau, ihre Augen verengten sich zu Schlitzen, und die Augäpfel färbten sich rot.
«Was hast du getan?», zischte Eleonor. Annika stand auf und wich zurück, und Eleonor drehte sich wieder zu Thomas um. «Was hast du getan? Hast du etwa mit *der da* geschlafen?»
Eleonor trat zu Thomas, der sich nicht von der Stelle rührte und auf die Erde starrte.
«Verdammte Scheiße!», sagte die Frau erstickt. «Krankheiten

und allen möglichen Dreck nach Hause zu bringen, nach Hause zu *mir.*»

Thomas sah seiner Frau in die Augen.

«Eleonor, ich ... es hat sich so ergeben.»

«Es hat sich so *ergeben*? Wie konnte sich das denn ergeben, Thomas? Womit denkst du eigentlich?»

Er strich sich über die Stirn. Annika hatte das Gefühl, ihr Gehirn würde zusammengepresst. Jetzt sterbe ich, dachte sie und hielt sich an der Tischplatte fest, um nicht umzukippen.

«Begreifst du denn nicht, was das bedeutet?», fragte Eleonor und versuchte ihre Fassung wiederzugewinnen. «Achtzehn Jahre lang wirst du bezahlen müssen, die ganze Zeit wirst du finanziell verantwortlich sein. War es das wirklich wert? Was?»

Thomas starrte seine Frau an, als würde er sie nicht kennen.

«Du bist wirklich unmöglich», sagte er.

Eleonor versuchte zu lachen.

«Ich?», sagte sie. «Habe ich hier etwas falsch gemacht? Du bist untreu gewesen und hast dir ein uneheliches Kind anhängen lassen. Glaubst du denn, ich könnte das einfach so akzeptieren?»

Annika konnte plötzlich nicht mehr atmen. Es gab keine Luft in diesem Haus, sie musste hinaus, fort, nach Hause. Sie zwang sich dazu, sich von der Stelle zu rühren, und ging um den Tisch herum in Richtung Flur und Haustür, ihre Knie zitterten. Eleonor nahm ihre Bewegung aus den Augenwinkeln wahr und drehte sich zu ihr um. Ihr Gesicht war verbittert.

«Raus aus meinem Haus!», schrie sie.

Annika blieb stehen, der Hass traf sie mit voller Wucht. Sie zog Thomas Blick auf sich und hielt ihn fest.

«Kommst du mit?», fragte sie. Thomas starrte sie an.

«Verschwinde, du *Luder*!»
Die Frau trat jetzt drohend einen Schritt näher, doch Annika blieb stehen.
«Thomas», sagte Annika, «komm jetzt mit.»
Thomas bewegte sich, ging in den Flur und nahm seinen Mantel und Annikas Jacke.
«Was tust du da?», sagte Eleonor verwirrt. «Was machst du denn da?»
Er ging zu seiner Frau, zog sich den Mantel über und die Schuhe an.
«Wir müssen später in Ruhe darüber reden», sagte Thomas. «Ich rufe dich an.»
Seine Frau keuchte und packte ihn am Mantelkragen.
«Wenn du jetzt gehst», drohte sie, «wenn du jetzt durch diese Tür gehst, will ich dich hier nie wieder sehen.»
Thomas seufzte.
«Eleonor», sagte er, «sei doch nicht so ...»
«Ehebrecher!», schrie sie. «Wenn du jetzt gehst, darfst du nie wieder zurückkommen. *Niemals*!»
Annika stand mit der Hand auf der Klinke an der Haustür, sah den Rücken des Mannes, sein glänzendes, dichtes Haar, das auf den Kragen fiel. Sie sah, wie seine Hände sich hoben und die Hände seiner Frau ergriffen.
Oh, nein, er bleibt, das Band zwischen ihnen ist zu stark, er kann es nicht zerreißen.
«Ich melde mich bei dir», sagte er.
Thomas drehte sich um. Sein Blick war auf den Fußboden gerichtet, seine Lippen zusammengepresst.
Dann blickte er mit klaren und offenen Augen zu Annika auf.
«Komm, lass uns gehen», sagte er.

Mitteilung der Presseagentur tt
Datum: 13. März
Abteilung: Innen

ANGEKLAGTE BETRÜGERIN MELDET SICH VOR DEM URTEIL ZU WORT

STOCKHOLM (TT) Die 31-jährige Frau, die hinter der Stiftung *Paradies* steht, hat sich zum ersten Mal entschlossen, das Wort zu ergreifen.
Am Montag wird in dem Aufsehen erregenden Prozess, in dem sie unter anderem der Anstiftung zum Mord angeklagt ist, das Urteil gesprochen.
«Das Gerichtsverfahren war ein Hexenprozess», sagt sie. «Das *Abendblatt* hat meine gesamte Existenz zerstört.»

Im Dezember letzten Jahres veröffentlichte das *Abendblatt* eine Reihe von Artikeln über die Stiftung *Paradies* und ihre Arbeit. Die Geschäftsführerin der Stiftung, eben jene 31-jährige Frau, wurde in dem Blatt unter anderem des Betrugs, rechtswidriger Drohungen, der Körperverletzung und der Anstiftung zum Mord angeklagt.
«Ich habe nie eine Chance bekommen, mich zu verteidigen», sagte die Frau zu tt. «Ich bin gar nicht dazu gekommen, meine Gedanken zu sammeln, ehe die Zeitung auch schon gedruckt worden ist. Das Ganze ist ein Missverständnis. Ich hätte alles erklären können.»
Die Zeitung hat verlauten lassen, mit mehreren Frauen gesprochen zu haben, die angeben, von Ihnen betrogen worden zu sein.

«Man darf nicht vergessen, dass wir hier von Menschen sprechen, die unglaublich kaputt sind. Sie wissen nicht immer, was das Beste für sie ist. Wir waren auf einem guten Weg, einer dieser Familien zu helfen, als sie es vorzog, sich aus dem Staub zu machen.»

Auch mehrere Städte und Gemeinden haben die Auffassung vertreten, Opfer eines Betrugsversuchs geworden zu sein.

«Unsere Methoden sind vollkommen neu gewesen. Es hat noch nicht alles so funktioniert, wie es sollte, das ist wahr. Aber das Ziel unserer Arbeit ist immer der Schutz von Menschen gewesen. Die Stiftung war keine öffentliche Pflegeeinrichtung. Das eigentliche Ziel unserer Arbeit bestand ja genau darin, dass die Behörden keinen allzu großen Einblick bekommen sollten. Das konnten einige Sozialverwaltungen offensichtlich nicht ertragen.»

Man wirft Ihnen Untreue gegenüber den Auftraggebern, die Manipulation der Buchführung, schweren Steuerbetrug, schwere Steuerhinterziehung sowie die Behinderung der Steuerprüfung vor.

«Ich habe versucht, ein Unternehmen in diesem Land zu führen und Arbeitsplätze zu schaffen. Manchmal habe ich dabei mit Menschen zusammengearbeitet, die mich hintergangen, die mich betrogen haben. Aber ich habe niemals versucht, jemandem Geld abzuluchsen, weder dem Staat oder den Gemeinden noch einzelnen Gläubigern. Ich habe finanzielle Probleme gehabt, das will ich nicht leugnen, aber der Großteil meiner Schulden ist beglichen worden.»

Die Staatsanwaltschaft ist der Meinung, dass Sie den Mord an Aida Begovic auf dem Sergels Torg im November letzten Jahres in Auftrag gegeben haben.

«Das ist der schlimmste Vorwurf von allen», sagte die Frau,

und es fiel ihr offenkundig schwer, ihre Stimme unter Kontrolle zu halten. «Ich verstehe nicht, wie jemand so grausam sein kann, mich solch einer Tat zu bezichtigen. Ich habe wirklich alles für Aida getan, aber sie litt viel zu sehr an den Folgen des Krieges, als dass man ihr hätte helfen können.»
Sie sind auch der Mithilfe bei einer Körperverletzung und der Freiheitsberaubung im Falle des Sozialkämmerers Thomas Samuelsson angeklagt.
«Er war es doch, der sich wie ein Krimineller benommen hat. Er ist in das Gebäude der Stiftung eingedrungen und hat uns gedroht. Mein Bruder und ich haben uns dann nur gewehrt, aber wir sind wohl etwas zu grob vorgegangen, und das bedauere ich.»
Sehen Sie dem Urteil nervös entgegen?
«Eigentlich nicht, ich vertraue auf die Gerechtigkeit. Aber ich bin gekränkt und fühle mich missverstanden, vernichtet. Ich habe drei Jahre daran gearbeitet, diese Stiftung zu entwickeln und aufzubauen, deshalb hatte ich auch solche finanziellen Schwierigkeiten. Aber ich habe alles gegeben, und mein einziges Ziel ist es gewesen, anderen Menschen zu helfen. Die Gesellschaft, die mich in diese Situation gebracht hat, ist es nicht wert, sich zivilisiert zu nennen.»

(nnnn)

Copyright: Presseagentur tt

Mitteilung der Presseagentur Associated Press
Datum: 18. April
Abteilung: Nachrichten

KRIEGSVERBRECHER RUFT PRIVATARMEE INS LEBEN

SÜDAFRIKA (AP) Der serbische Kriegsverbrecher Ratko, dem eine Beteiligung an den Massakern in Vukovar und Bijeljina zu Beginn des Krieges in Bosnien vorgeworfen wird, hat im südlichen Afrika eine private Söldnertruppe gegründet. Dies melden Quellen in Kapstadt am heutigen Tag.
Diese Privatarmee operiert im gesamten mittleren und südlichen Teil Afrikas im Auftrag von Regierungen und internationalen Unternehmen.
Es heißt, Ratko habe seine Truppe mit Geldern aus dem serbischen Zigarettenschmuggel nach Skandinavien sowie durch ein Darlehen von der russischen Mafia aufgebaut.

(nnnn)

Copyright: Associated Press

London, 4. Juli

Hallo Annika,
ich hoffe, Sie haben richtig schön Mittsommer gefeiert!
Meine Familie und ich haben den Feiertag auf ganz traditionelle Weise in der Hütte gefeiert, die wir damals mieten konnten, als wir die Stiftung verließen. Uns geht es gut.
Ich schreibe diese Zeilen auf dem Londoner Flughafen Gatwick. Wir müssen uns hier ein paar Stunden um die Ohren schlagen, bis wir weiterfliegen.
Wir haben die Aufenthaltsgenehmigung für unser neues Heimatland bekommen. Dies ist unsere letzte Zwischenlandung. Es fällt uns schwer, Schweden zu verlassen, aber wir werden es dort viel besser haben, vor allem die Kinder.

Herzliche Grüße

Mia Eriksson

Abteilung: Innen
Autor: Sjölander
Datum: 10. August
Seite: 1 von 2

DIE RUSSEN ÜBERNEHMEN

Der Frieden währte nicht lange.
Die Kriminalität hat wieder das gleiche Niveau erreicht wie vor den Polizeirazzien gegen die jugoslawische Mafia.
«Die Russen haben das Geschäft jetzt übernommen», heißt es in Polizeikreisen.

Am 13. Dezember vorigen Jahres enthüllte das *Abendblatt* den Aufbau der jugoslawischen Mafia in Schweden. Die Artikel führten zu der bislang größten konzertierten Polizeirazzia gegen das organisierte Verbrechen. Über 35 Häuser, Autos, Boote und Sattelschlepper wurden durchsucht oder während der Razzien beschlagnahmt, die einen ganzen Tag lang dauerten. Große Mengen Waffen, Rauschgift, Alkohol und Zigaretten wurden sichergestellt. Etwa fünfzig illegale Einwanderer sind abgeschoben worden.
Die Vernehmungen der Verdächtigen wurden den ganzen Sommer über fortgesetzt, aber die Ermittler haben noch viel Arbeit vor sich, bis es zur Anklageerhebung kommt.
«Die Ermittlungen gestalten sich außerordentlich schwierig. Die Verdächtigen streiten alles ab», heißt es aus Polizeikreisen.
«Wir können keine Anklage erheben, solange wir uns kein umfassendes Bild der Aktivitäten gemacht haben.»

Die Russen übernehmen

Der Rückgang in der Verbrechensstatistik, der unmittelbar nach der Razzia festgestellt werden konnte, ist mittlerweile wieder aufgehoben, konstatiert die Polizei.

«Wir schließen daraus, dass das Vakuum, das die Jugoslawen hinterlassen haben, schneller ausgefüllt worden ist, als wir gedacht hätten», teilt die Polizei mit.

«Die russische Mafia hat das Geschäft übernommen.»

Dann sind die Verhaftungen also vergeblich gewesen?

«So darf man das nicht sehen. Jeder verurteilte Verbrecher bedeutet einen Sieg für den Rechtsstaat.»

(Forts. Seite 2)

Bundsförvanten, Nr. 9, 21. September
Hauszeitschrift
Schwedischer Gemeindetag

SEITE 13

Neueinstellungen:
Thomas Samuelsson, Projektleiter bei der kürzlich abgeschlossenen Untersuchung zur Qualitätssicherung in der Sozialhilfe, ist als Gutachter in der Verhandlungsdelegation eingestellt worden.
Thomas Samuelsson war zuvor sieben Jahre als Sozialkämmerer in Vaxholm tätig.
Er wohnt gemeinsam mit seiner Lebensgefährtin und seinem neugeborenen Sohn auf Kungsholmen, Stockholm.

DANKSAGUNG

Dieses Buch ist ein Stück Fiktion. Sämtliche Romanfiguren sind voll und ganz der Phantasie der Autorin entsprungen, mit einer Ausnahme: Maria Eriksson. Mia existiert, ihr Schicksal habe ich ausführlich in dem Dokumentarroman *Gömda* [erscheint im Herbst 2002 auf Deutsch bei Hoffmann und Campe] beschrieben. Mia hat das Manuskript gelesen und sich damit einverstanden erklärt, dass sie Teil dieser fiktiven Erzählung ist.

Ansonsten sind Ähnlichkeiten mit lebenden Personen zufällig. Weder das *Abendblatt* noch die Stiftung *Paradies* existieren. Beide tragen Züge einer Reihe von bestehenden Organisationen, aber in diesem Roman sind sie vollkommen der Phantasie der Autorin entsprungen.

Die Beschreibung der serbischen Kriminalität, sowohl im auseinander brechenden Jugoslawien als auch in Schweden, basiert ebenfalls auf den Erfindungen und Schlussfolgerungen der Autorin.

Die Informationen über andere kriminelle Gruppierungen und ihre Betätigungsfelder basieren auf Fakten, die vor allem in der Zeitung *Aftonbladet* veröffentlicht wurden.

An einigen Stellen habe ich mir die schriftstellerische Freiheit genommen und Details geändert, wie Raumaufteilungen in Gebäuden und die Lage von Straßen in existierenden Orten.

Ich möchte allen Menschen danken, die bereit waren, mir meine gelegentlich recht eigenartigen Fragen zu beantworten, und zwar:

Johanne Hildebrandt, Kriegskorrespondentin, Fernsehproduzentin und eine gute Freundin von mir, für ihr immenses praktisches und theoretisches Expertenwissen zum Krieg und zur Lage auf dem Balkan.
Shqiptar Oseku, Sprecher des Kosovo-Informationsbüros in Skandinavien für Erkenntnisse über die Aktivitäten verschiedener baltischer Gruppierungen.
Peter Rönnerfalk, Arzt und medizinischer Ratgeber, für sein Fachwissen in medizinischen Fragen.
Ann-Sofie Mårtensson, Pressesprecherin der Stockholmer Häfen, für eine Führung durch den Stockholmer Freihafen und Informationen über seine Funktionen, Gebäude, Geschichte, Räumlichkeiten und Arbeitsweise.
Rolf Holmgren, Zollinspektor beim Grenzschutz in Stockholm, für Informationen über die Arbeitsweise des Zolls bei der Abwicklung des Güterfernverkehrs sowie für seine sachkundigen Erklärungen und Demonstrationen der Methoden von Zigarettenschmugglern und davon, wie man ihnen auf die Schliche kommt.
Hasse Ek, Bankdirektor, und Petra Nordin, Bankangestellte, für ihr Wissen und ihre Zeit.
Jonas Gummesson, Nachrichtenchef Innen in der Nachrichtenredaktion von TV4 für Material zur sozialdemokratischen Innenpolitik.
Lotta Snickare, Chefentwicklerin bei der Föreningssparbanken, für ihr Wissen über das Bankwesen und Kommunalverwaltungen.

Thomas Snickare, Projektleiter bei Telia, für seinen Einblick in die internen Abläufe des Sozialamts.
Pär Westin, Regionalchef bei der Stockholmer Friedhofsverwaltung, sowie seinem Personal für Details zu Trauerfeiern und Bestattungen.
Birgitta Elvås für ihre Ratschläge zur kommunalen Verwaltung.
Catarina Nitz, Reporterin beim *Katrineholms-Kuriren*, für Details über Sörmland.
Linus Feldt von der Bajoum interaktiv AB, genialer und preisgekrönter Computerprogrammierer, der mich ständig vor dem digitalen Zusammenbruch rettet.
Jan Guillou, Schriftsteller und Journalist, der mir bei Details über Waffen, Munition und deren Auswirkungen auf den menschlichen Körper geholfen hat.
Kaj und Maria Hellström für weitere Details über Sörmland.
Anne-Marie Skarp, Jessica Örner und Elisabeth Bredberg, meinen Freundinnen und Kolleginnen beim Pirat-Verlag.
Karin Kihlberg dafür, dass alles funktioniert.
Sigge Sigfridsson, meinem phantastischen Verleger, der dies alles ermöglicht hat.
Und last, but not least meiner genialen Lektorin, der Dramatikerin Tove Alsterdal.

Vielen Dank euch allen. Für mögliche Sachfehler, die sich eingeschlichen haben könnten, trage ich allein die Verantwortung.

Petra Hammesfahr

«Spannung bis zum bitteren Ende» Stern
«Es gehört zu den raffinierten Konstruktionen von Petra Hammesfahr, dass dann doch alles ganz anders sein könnte» Marie Claire

Das Geheimnis der Puppe
Roman 3-499-22884-X

Der gläserne Himmel
Roman 3-499-22878-5

Der Puppengräber
Roman 3-499-22528-X

Der stille Herr Genardy
Roman 3-499-23030-X

Die Chefin
Roman 3-499-23132-8

Die Mutter
Roman 3-499-22992-7

Die Sünderin
Roman 3-499-22755-X

Lukkas Erbe
Roman 3-499-22742-8

Meineid
Roman 3-499-22941-2

Roberts Schwester
Roman 3-499-23156-5

Merkels Tochter
Roman
Merkel war Kriminalbeamter, als er den Liebhaber seiner Frau erschoss. Als er nach 15 Jahren Haft zu seiner Tochter Irene zieht, hat er seine eigenen Vorstellungen von Gerechtigkeit...

3-499-23225-1

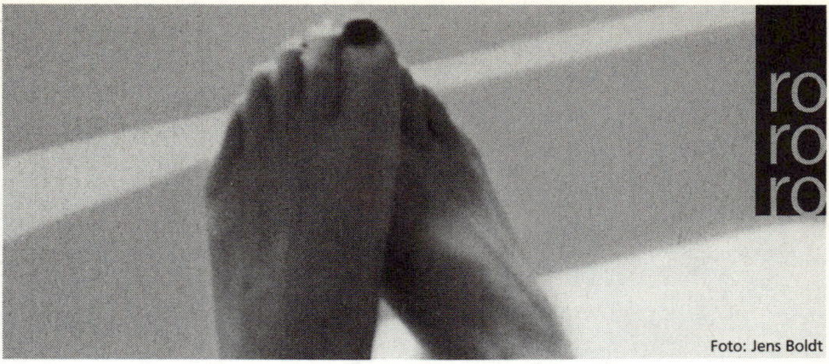
Foto: Jens Boldt

Die weibliche Problemzone heißt Mann!

Kathrin Tsainis
Dreißig Kilo in drei Tagen
Roman
3-499-22925-0
Vicky ist nicht dick, aber sie fühlt sich fett. Sie hätte gern wilden Sex mit ihrem neuen Schwarm, traut sich jedoch nicht, ihn anzumachen. Und eines weiß Vicky ganz genau: Ihr Leben sähe anders aus, wenn ihr Bauch flacher wäre, ihre Beine straffer und ihr Hintern kleiner. Abnehmen ist angesagt. Egal wie. Hauptsache, schnell fünf Kilo runter. Denn dann kommt das Glück von ganz allein. Oder nicht?

Tagediebe
Roman
3-499-23302-9

Christine Eichel
Wenn Frauen zu viel heiraten
Roman
3-499-23369-X

Ildikó von Kürthy
Mondscheintarif
Roman
3-499-22637-5
«Ich musste eine Schlaftablette nehmen, weil Lachzwang mich am Einschlafen hinderte.» (Wolfgang Joop)

3-499-23287-1

B 19/1

